INIMIGO

OBRAS DO AUTOR PUBLICADAS PELA EDITORA RECORD

1356
Azincourt
O condenado
Stonehenge
O forte

Trilogia *As Crônicas de Artur*
O rei do inverno
O inimigo de Deus
Excalibur

Trilogia *A Busca do Graal*
O arqueiro
O andarilho
O herege

Série *As Aventuras de um Soldado nas Guerras Napoleônicas*
O tigre de Sharpe (Índia, 1799)
O triunfo de Sharpe (Índia, setembro de 1803)
A fortaleza de Sharpe (Índia, dezembro de 1803)
Sharpe em Trafalgar (Espanha, 1805)
A presa de Sharpe (Dinamarca, 1807)
Os fuzileiros de Sharpe (Espanha, janeiro de 1809)
A devastação de Sharpe (Portugal, maio de 1809)
A águia de Sharpe (Espanha, julho de 1809)
O ouro de Sharpe (Portugal, agosto de 1810)
A fuga de Sharpe (Portugal, setembro de 1810)
A fúria de Sharpe (Espanha, março de 1811)
A batalha de Sharpe (Espanha, maio de 1811)
A companhia de Sharpe (janeiro a abril de 1812)

Série *Crônicas Saxônicas*
O último reino
O cavaleiro da morte
Os senhores do norte
A canção da espada
Terra em chamas
Morte dos reis
O guerreiro pagão
O trono vazio
Guerreiros da tempestade
O Portador do Fogo

Série *As Crônicas de Starbuck*
Rebelde
Traidor
Inimigo

Bernard Cornwell

INIMIGO

AS CRÔNICAS DE STARBUCK
LIVRO 3

Tradução de
ALVES CALADO

1ª edição

EDITORA RECORD
RIO DE JANEIRO • SÃO PAULO
2017

CIP-BRASIL. CATALOGAÇÃO NA PUBLICAÇÃO
SINDICATO NACIONAL DOS EDITORES DE LIVROS, RJ

Cornwell, Bernard, 1944-

C835i   Inimigo / Bernard Cornwell; tradução de Alves Calado. – 1ª ed. –
Rio de Janeiro: Record, 2017.
(As crônicas de Starbuck; 3)

Tradução de: Battle Flag
Sequência de: Traidor
Continua com: The Bloody Ground
ISBN: 978-85-01-10965-1

1. Ficção inglesa. I. Calado, Alves. II. Título III. Série.

CDD: 823
17-39616   CDU: 821.111-3

TÍTULO ORIGINAL:
Battle Flag

Copyright © Bernard Cornwell, 1996

Texto revisado segundo o novo Acordo Ortográfico da Língua Portuguesa.

Todos os direitos reservados. Proibida a reprodução, no todo ou em parte, através de
quaisquer meios. Os direitos morais do autor foram assegurados.

Direitos exclusivos de publicação em língua portuguesa somente para o Brasil
adquiridos pela
EDITORA RECORD LTDA.
Rua Argentina, 171 – Rio de Janeiro, RJ – 20921-380 – Tel.: (21) 2585-2000,
que se reserva a propriedade literária desta tradução.

Impresso no Brasil

ISBN 978-85-01-10965-1

Seja um leitor preferencial Record.
Cadastre-se no site www.record.com.br e receba informações
sobre nossos lançamentos e nossas promoções.

EDITORA AFILIADA

Atendimento e venda direta ao leitor:
mdireto@record.com.br ou (21) 2585-2002.

Inimigo
é dedicado ao meu pai, com amor

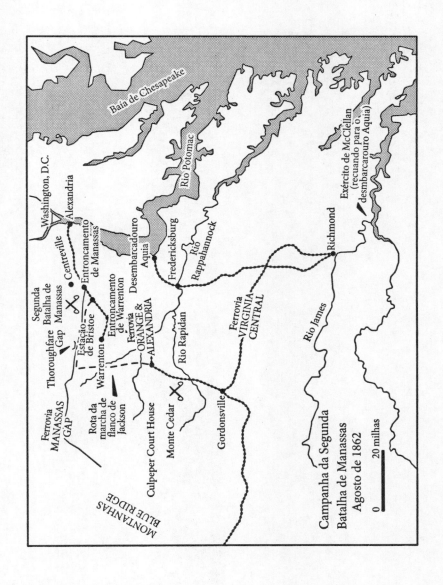

Parte 1

1

O capitão Nathaniel Starbuck viu pela primeira vez seu general comandante quando a Legião Faulconer atravessou um vau do rio Rapidan. Thomas Jackson estava na margem norte do rio, parecendo em transe, imóvel na sela com a mão esquerda erguida enquanto seus olhos, azuis e ressentidos, miravam as profundezas vazias e obscuras do rio. Sua imobilidade soturna era tão estranha que a coluna em marcha se desviou para a margem mais distante do vau em vez de passar perto de um homem cuja postura parecia um presságio da morte. A aparência física do general era igualmente perturbadora. Jackson estava com a barba hirsuta, um casaco simples e um gorro sujo, e, pelo jeito, seu cavalo deveria ter sido levado para um matadouro muito tempo atrás. Era difícil acreditar que esse era o general mais controverso do sul, o homem que provocava noites insones e dias nervosos no norte, mas o tenente Franklin Coffman, com 16 anos e recém-chegado à Legião Faulconer, afirmou que a figura estranha era mesmo o famoso Stonewall Jackson. Coffman havia sido aluno do professor Thomas Jackson.

— Veja bem, eu acredito que os generais não façam nenhuma diferença de verdade nas batalhas — confidenciou o jovem tenente a Nathaniel.

— Tanta sabedoria numa pessoa tão jovem! — exclamou Nathaniel, que tinha 22 anos.

— São os soldados que vencem as batalhas, não os generais — insistiu Coffman, ignorando o sarcasmo de seu capitão.

O tenente Coffman tinha recebido um ano de treinamento no Instituto Militar da Virgínia, onde Thomas Jackson tinha lhe dado aulas inúteis de artilharia e filosofia natural. Agora olhava para a figura rígida na sela surrada.

— Eu não consigo imaginar o velho Caixa Quadrada como general — comentou com escárnio. — Ele nem conseguia manter uma turma em ordem, quanto mais um exército.

— Caixa Quadrada? — perguntou Nathaniel.

O general Jackson tinha muitos apelidos. Os jornais o chamavam de Stonewall, seus soldados o chamavam de Velho Jack ou mesmo Velho Jack Maluco e muitos dos ex-alunos do Velho Jack gostavam de se referir a ele como Jack Pateta, mas Caixa Quadrada era um apelido novo para Nathaniel.

— Ele tem os maiores pés do mundo — explicou Coffman. — Gigantescos! E os únicos sapatos que cabiam eram iguais a caixas.

— Que fonte de informações úteis você é, tenente — disse Nathaniel em tom casual.

A legião ainda estava longe demais do rio para que Starbuck pudesse ver os pés do general, mas ele fez uma anotação mental de olhar para esses prodígios quando enfim chegasse ao Rapidan. No momento, a legião não se movia, o progresso tinha sido interrompido por causa da relutância dos homens à frente em marchar pelo vau sem antes tirar as botas esfarrapadas. Diziam que Jack Maluco Stonewall Caixa Quadrada Jackson odiava esse tipo de atraso, mas o general parecia alheio ao que estava acontecendo. Em vez disso, ele permaneceu apenas montado, a mão no ar e os olhos voltados para o rio, enquanto bem à sua frente a coluna se embolava e parava. Os homens atrás da obstrução agradeciam à pausa forçada, porque o dia estava insuportavelmente quente, o ar imóvel e o calor úmido como vapor. Nathaniel instigou seu oficial subalterno:

— Você estava falando da ineficácia dos generais, Coffman?

— Se o senhor pensar bem — prosseguiu Coffman com paixão juvenil —, não temos nenhum general de verdade, como os ianques, mas mesmo assim vencemos batalhas. Acho que é porque os sulistas são imbatíveis.

— E Robert Lee? Ele não é um general de verdade?

— Lee é velho! Ele é antediluviano! — respondeu Coffman, estarrecido por Nathaniel ter sugerido o nome do novo comandante do Exército do Norte da Virgínia. — Ele deve ter pelo menos 55 anos!

— Jackson não é velho — observou Nathaniel. — Ele ainda não tem nem 40!

— Mas ele é louco, senhor. Sério! Nós o chamávamos de Tom Doido.

— Então ele deve ser louco mesmo — provocou Nathaniel. — E por que vencemos batalhas apesar de termos generais loucos, generais velhos ou nenhum general?

— Porque a luta está no sangue sulista, senhor. De verdade.

Coffman era um rapaz ansioso, decidido a ser um herói. Seu pai tinha morrido de tuberculose, deixando a mãe com quatro filhos jovens e duas filhas pequenas. A morte do pai havia obrigado Coffman a deixar o Instituto Militar da Virgínia depois do primeiro ano, mas esse ano de estudos militares o havia equipado com uma infinidade de teorias marciais.

— O sangue dos nortistas é diluído — explicou. — Tem imigrantes demais no norte, senhor. Mas o sul tem sangue puro. O verdadeiro sangue americano.

— Quer dizer que os ianques são uma raça inferior?

— É um fato reconhecido, senhor. Eles perderam a cepa de sangue puro.

— Você sabe que eu sou ianque, Coffman, não sabe?

Imediatamente, Coffman ficou confuso, mas antes que pudesse pensar em qualquer resposta foi interrompido pelo coronel Thaddeus Bird, comandante da Legião Faulconer, que veio da retaguarda da coluna parada, andando com suas pernas compridas.

— Aquele é mesmo Jackson? — perguntou Bird, olhando para o outro lado do rio.

— O tenente Coffman me informou de que o verdadeiro nome do general é Velho Tom Doido Caixa Quadrada Jackson e que aquele é o próprio — respondeu Nathaniel.

— Ah, Coffman. — Bird olhou para o pequeno tenente como se Coffman fosse algum curioso espécime de interesse científico. — Eu me lembro de quando você não passava de um bebê que gorjeava bebendo as pequenas joias da minha imensa sabedoria. — Antes de se tornar um soldado, Bird era professor em Faulconer Court House, onde vivia a família de Coffman.

— O tenente Coffman não deixou de beber sabedoria — informou Nathaniel solenemente — nem de compartilhá-la, já que acaba de me esclarecer que nós, ianques, somos uma raça inferior, nosso sangue foi azedado, maculado e diluído pela cepa imigrante.

— E está certíssimo! — concordou Bird energicamente; em seguida, passou o braço fino pelos ombros diminutos de Coffman. — Eu poderia desdobrar uma narrativa, jovem Coffman, cuja palavra mais tênue dilaceraria sua alma, congelaria teu sangue jovem e faria seus dois olhos, como estrelas, saltar das órbitas. — E falou ainda mais perto dos ouvidos do tenente atarantado: — Você sabia, Coffman, que assim que um navio de imigrantes atraca em Boston todas as famílias de Beacon Hill mandam suas esposas até o porto para serem engravidadas? Não é uma verdade incontestável, Starbuck?

— De fato, senhor, e elas também mandam suas filhas se o barco chegar no sabá.

— Boston é uma cidade libidinosa, Coffman — continuou Bird com muita seriedade, enquanto se afastava do tenente de olhos arregalados —, e, se eu pudesse lhe dar apenas um conselho neste mundo vil e triste, seria de evitar aquele lugar. Fique longe de Boston, Coffman! Considere Boston como você consideraria Sodoma e Gomorra. Tire-a de seu catálogo de destinos. Entendeu, Coffman?

— Sim, senhor — respondeu Coffman, muito sério.

Nathaniel riu da expressão no rosto do tenente. Coffman tinha chegado no dia anterior com um grupo de recrutas para substituir as baixas de Gaines' Mill e Malvern Hill. A maioria dos recrutas tinha sido arrebanhada nos becos de Richmond e, para Nathaniel, eles pareciam um bando de patifes maltrapilhos e doentes, de confiabilidade duvidosa, mas Franklin Coffman, como os integrantes originais da Legião, era voluntário do Condado de Faulconer e cheio de entusiasmo pela causa sulista.

O coronel Bird parou de provocar o tenente e puxou a manga de Nathaniel.

— Nate, uma palavrinha.

Os dois se afastaram da estrada, atravessando uma vala rasa até chegar a uma campina esmaecida e amarronzada por causa da onda de calor do verão. Nathaniel mancava, não porque estivesse ferido, mas porque a sola da bota direita estava se soltando.

— Sou eu? — perguntou Bird enquanto os dois caminhavam pelo capim seco. — Será que estou ficando mais sábio ou os jovens estão ficando cada vez mais idiotas? E o jovem Coffman, acredite se quiser, era mais inteligente que a maioria das crianças a quem tive o infortúnio de ensinar. Eu lembro que ele dominou a regra dos gerúndios numa única manhã!

— Não sei se já dominei a regra dos gerúndios — observou Nathaniel.

— Não é difícil, desde que você se lembre de que eles permitem...

— E não sei se quero dominar essa porcaria — interrompeu Nate.

— Chafurde na ignorância, então — disse Bird em tom pomposo. — Você precisa cuidar do jovem Coffman. Eu não suportaria escrever à mãe do garoto dizendo que ele está morto, e tenho a sensação terrível de que ele provavelmente vai se mostrar idiotamente corajoso. Ele é como um cachorrinho. O rabo levantado, o nariz molhado e mal pode esperar para brincar de batalha com os ianques.

— Eu vou cuidar dele, Pica-Pau.

— Mas você também precisa cuidar de si mesmo. — Bird parou e olhou nos olhos de Nathaniel. — Corre um boato, só um boato, e Deus sabe que não gosto de repassar boatos, mas esse tem um cheiro desagradável, de que ouviram Swynyard dizer que você não vai sobreviver à próxima batalha.

Nathaniel Starbuck descartou a previsão com um sorriso largo.

— Swynyard é um bêbado, não um profeta.

Mesmo assim sentiu um tremor de medo. Ele era um soldado havia tempo suficiente para se tornar bastante supersticioso, e ninguém gostava de ouvir um pressentimento da própria morte.

— E se Swynyard tiver decidido arranjar isso? — perguntou Bird enquanto tirava dois charutos de dentro da faixa do chapéu.

Nathaniel olhou para ele, incrédulo.

— Arranjar a minha morte? — indagou, por fim.

Bird riscou um fósforo e se curvou sobre a chama.

— O coronel Swynyard — anunciou dramaticamente quando seu charuto estava adequadamente aceso — é um porco bêbado, um animal, um maluco de pedra, escravo da natureza e filho do inferno, mas, além disso, é um patife bastante esperto, Nate, e, quando não está de porre, deve perceber que está perdendo a confiança do nosso grande e reverenciado líder. Motivo pelo qual deve tentar fazer alguma coisa que agrade o nosso estimado mestre e senhor: se livrar de você. — As quatro últimas palavras foram ditas de forma brutal.

Starbuck riu, descartando-as.

— O senhor acha que Swynyard vai atirar nas minhas costas?

Bird entregou a Nate o charuto aceso.

— Eu não sei como ele vai matar você. Só sei que ele gostaria de matá-lo, e que Faulconer gostaria de que ele o matasse. E, pelo que sei, nosso estimado general está preparado para dar uma bela bonificação em dinheiro a Swynyard se ele tiver sucesso nisso. Portanto, tenha cuidado, Nate, ou então vá para outro regimento.

— Não — disse Nathaniel imediatamente.

A Legião Faulconer era seu lar. Ele era de Boston, um nortista, um estranho numa terra estranha, que tinha encontrado um refúgio do seu exílio na legião. A legião lhe proporcionava eventuais gentilezas e um grupo de amigos, e esses elos afetivos eram muito mais fortes que a inimizade distante de Washington Faulconer. Essa inimizade havia piorado quando Adam, o filho de Faulconer, desertou do Exército sulista para lutar pelos ianques, e o general de brigada Faulconer culpava o capitão Starbuck por isso. Mas nem a disparidade de posto entre os dois poderia convencer Nathaniel a abandonar sua luta contra o homem que havia criado a legião e que agora comandava os cinco regimentos, inclusive a própria legião, que compunham a Brigada Faulconer.

— Eu não preciso fugir. Faulconer não vai durar mais que Swynyard. Faulconer é um covarde e Swynyard é um bêbado. Antes do fim do verão, Pica-Pau, você vai ser o comandante da brigada e eu vou ser o comandante da legião.

Bird gritou de prazer.

— Você é incorrigivelmente presunçoso, Nate. Você! Comandando a legião? Imagino que o major Hinton e os outros tantos homens que estão acima de você tenham uma opinião diferente.

— Eles podem estar acima, mas eu sou o melhor.

— Ah, você ainda sofre da ilusão de que o mérito é recompensado neste mundo? Eu acho que você contraiu essa opinião junto de todos os outros absurdos que enfiaram na sua cabeça enquanto Yale fracassava em lhe ensinar a regra do gerúndio, não foi? — Depois de conseguir zombar da *alma mater* de Nathaniel Starbuck, Bird deu uma gargalhada. Sua cabeça se sacudia para a frente e para trás quando ele ria, e o estranho movimento espasmódico explicava o apelido: Pica-Pau.

Nathaniel riu também, já que, como quase todo mundo da legião, gostava tremendamente de Bird. O professor era excêntrico, tinha opiniões próprias, adorava contrariar e era um dos homens mais gentis do mundo. Além disso, tinha provado que possuía um inesperado talento militar.

— Finalmente estamos em movimento — comentou Bird, indicando a coluna parada que tinha começado a seguir para o vau, onde a figura estranha e solitária de Jackson esperava imóvel em seu pangaré. — Você me deve dois dólares — observou de repente, a levar Nathaniel de volta à estrada.

— Dois dólares!

— Os 50 anos do major Hinton estão chegando. O tenente Pine me garante que consegue arranjar um presunto, e vou convencer o nosso amado líder a fornecer um pouco de vinho. Vamos pagar por um banquete.

— Hinton é mesmo tão velho?

— É, e, se você viver por tanto tempo quanto ele, sem dúvida vamos lhe dar um jantar com muita bebida como recompensa. Você tem duas pratas?

— Não tenho nem dois centavos. — Nathaniel tinha algum dinheiro em Richmond, mas esse dinheiro era sua proteção contra um desastre e não para ser desperdiçado em presunto e vinho.

— Vou lhe emprestar o dinheiro — disse Bird com um suspiro desanimado. A maioria dos oficiais da legião tinha recursos particulares, mas o coronel Bird, assim como Nate, era obrigado a viver do pequeno soldo de oficial confederado.

Os homens da Companhia H se levantaram quando Nathaniel e Bird se aproximaram da estrada, mas um dos recém-chegados permaneceu deitado na beira do pasto e reclamou que não conseguiria dar nem mais um passo. Sua recompensa foi um chute nas costelas dado pelo sargento Truslow.

— O senhor não pode fazer isso comigo! — protestou o sujeito, esforçando-se para caminhar de lado para escapar do sargento.

Truslow agarrou a casaca do sujeito e aproximou o rosto dele do seu.

— Escuta, seu filho de uma puta bexiguenta, se eu quiser, posso cortar as suas tripas e vender para os ianques como comida de porco, e não porque sou um sargento e você é um soldado, mas porque eu sou um filho da puta e você é um verme preguiçoso. Agora fique de pé e marche.

— Que palavras reconfortantes diz o bom sargento! — observou Bird saltando de volta por cima da vala. Em seguida deu um trago no charuto. — Então não posso convencê-lo a ir para outro regimento, Nate?

— Não, senhor.

Pica-Pau Bird meneou a cabeça, triste.

— Eu acho que você é um idiota, Nate. Mas, pelo amor de Deus, seja um idiota cuidadoso. Por algum motivo estranho eu lamentaria a sua perda.

— Em forma! — gritou Truslow.

— Vou tomar cuidado — prometeu Nathaniel ao se juntar à sua companhia.

Seus trinta e seis veteranos estavam magros, bronzeados e maltrapilhos. Suas botas caíam aos pedaços, as casacas cinza estavam remendadas com um tecido marrom comum e suas posses se resumiam ao que cada um podia carregar suspenso na corda que servia de cinto ou preso num cobertor enrolado que atravessava o ombro. Os vinte recrutas faziam um contraste incômodo com os uniformes novos, os sapatos de couro desajeitados e as mochilas rígidas. Tinham o rosto pálido e os canos de seus fuzis não estavam enegrecidos pelos disparos. Eles sabiam que essa marcha para o norte pelos condados do centro da Virgínia provavelmente significava uma batalha iminente, mas o que seria dessa batalha era um mistério. Enquanto isso, os veteranos sabiam muito bem que um combate significaria gritos, sangue, ferimentos, dor e sede, mas talvez, também, um punhado de dólares ianques saqueados ou um saco de café de verdade tirado de um cadáver nortista apodrecendo, infestado de larvas.

— Marchem! — gritou Nathaniel, e ficou ao lado do tenente Franklin Coffman, à frente da companhia.

— Veja se não estou certo, senhor — disse Coffman. — O Velho Jack Maluco tem pés maiores que um cavalo de arado.

Enquanto marchava para vau, Nathaniel olhou para os pés do general. Eram mesmo enormes. Assim como as mãos de Jackson. Porém, o mais extraordinário de tudo era que o general ainda mantinha a mão esquerda erguida, como uma criança pedindo permissão para sair da sala de aula. Nathaniel já ia pedir uma explicação a Coffman quando, espantosamente, o general se mexeu. Ele afastou o olhar da água e o concentrou na companhia de Nathaniel.

— Coffman! — gritou numa voz abrupta, aguda. — Venha aqui, garoto.

Coffman saiu aos tropeços do vau e deu uma corridinha até o coronel.

— Senhor?

Jackson, com sua barba hirsuta, franziu a testa do alto de sua sela.

— Você se lembra de mim, Coffman?

— Sim, senhor, é claro que me lembro.

Jackson baixou a mão esquerda muito gentilmente, como se temesse danificar o braço caso o movesse depressa.

— Lamentei quando soube que você precisou sair cedo do instituto, Coffman. Foi depois do seu primeiro ano, não foi?

— Sim, senhor. Foi.

— Porque seu pai morreu?

— Sim, senhor.

— E sua mãe, Coffman? Ela está bem?

— Está, senhor. Sim, senhor, obrigado, senhor.

— A perda de um ente querido é um tormento terrível, Coffman. — Em seguida, o general se moveu de sua postura rígida para se inclinar até o tenente magro e de cabelos loiros. — Especialmente para quem não se encontra em estado de graça. Você se encontra em estado de graça, Coffman?

Coffman enrubesceu, franziu a testa e conseguiu assentir.

— Sim, senhor. Acho que estou.

Jackson se empertigou de novo e, de forma tão lenta quanto havia baixado a mão esquerda, ergueu-a de novo no ar. Afastou o olhar de Coffman para fitar o caminho enevoado.

— Você vai descobrir que é muito difícil encontrar seu Criador se não tiver certeza da graça Dele — disse o general com voz afável. — Portanto, estude as escrituras e recite as orações, garoto.

— Sim, senhor. Farei isso.

Coffman ficou imóvel, desajeitado e inseguro, esperando que o general falasse mais alguma coisa, no entanto, Jackson pareceu de novo em transe, e assim o tenente se virou e voltou para perto de Nathaniel. A legião continuou marchando e o tenente permaneceu em silêncio à medida que a estrada subia em meio a pequenos pastos, florestas esparsas e ao lado de fazendas modestas. Passaram-se uns bons três quilômetros até que enfim Coffman rompeu o silêncio.

— Ele é um grande homem, não é, senhor? Não é um grande homem?

— O Tom Doido? — provocou Nathaniel.

— É um grande homem, senhor — censurou Coffman.

— Se você diz...

Mas tudo que Nathaniel sabia de Jackson era que o Velho Jack Maluco era muito famoso por gostar de marchar e que, quando o Velho Jack Maluco marchava, homens morriam. E eles marchavam agora, marchavam para o norte, e ir para o norte significava apenas uma coisa: ianques à frente. Isso significava que logo haveria uma batalha e um campo de mortos depois dela. E, desta vez, se Pica-Pau estivesse certo, os inimigos de Nate não estariam apenas à frente, mas também atrás. Nathaniel continuou marchando. Um idiota indo para a batalha.

O trem do meio-dia parou no entroncamento de Manassas com o barulho de vagões chacoalhando, o chiado do vapor e o clangor do sino da locomotiva. Sargentos gritaram acima da balbúrdia mecânica, instigando as tropas a sairem dos vagões e ficarem na faixa de terra entre os trilhos e os armazéns. Os soldados desceram, felizes por estarem livres dos vagões apinhados e empolgados por estar na Virgínia. O entroncamento de Manassas podia não ser a frente de luta, mas mesmo assim fazia parte de um estado rebelde, por isso eles olhavam ao redor, como se a paisagem fosse tão maravilhosa e estranha quanto as colinas do misterioso Japão ou da distante Catai.

A maioria dos soldados que chegava eram rapazes de 17 e 18 anos vindos de Nova Jersey e Wisconsin, do Maine e de Illinois, de Rhode Island e Vermont. Eram voluntários, recém-uniformizados e ansiosos para se juntar a esse último ataque à Confederação. Eles alardeavam que tinham enforcado Jeff Davis numa macieira e falavam de como marchariam através de Richmond e arrancariam os rebeldes dos ninhos como ratos de um silo de grãos. Eram jovens e indestrutíveis, cheios de confiança, mas também assombrados com a aparência primitiva do destino estranho.

O entroncamento de Manassas não era um lugar convidativo. Tinha sido saqueado uma vez pelas tropas nortistas, destruído de novo pelos confederados em retirada e então reconstruído às pressas por empreiteiros nortistas, de modo que agora havia hectares de armazéns desolados, feitos de madeira crua, entre trilhos e campinas repletas de mato, atulhadas de canhões, armões e cofres de munição, forjas portáteis, ambulâncias e carroças. Provisões e armas chegavam de hora em hora, pois este era o depósito de suprimentos que abasteceria a campanha do verão de 1862, que acabaria com a rebelião e restauraria os Estados Unidos da América. A grande área de construções estava sempre encoberta por uma mortalha de fumaça oleosa que vinha das oficinas de ferreiros, dos barracões para conserto de locomotivas e das fornalhas das locomotivas que arrastavam os vagões de suprimentos e passageiros.

Dois oficiais da cavalaria esperavam na estação. Obviamente tinham feito um esforço considerável para se tornarem apresentáveis, já que os casacos dos uniformes estavam impecavelmente escovados, as botas com esporas brilhavam e os cintos de couro estavam engraxados. O homem mais velho era de meia-idade e estava ficando careca, de rosto agradável e fartas costeletas que se ligavam ao bigode. Era o major Joseph Galloway, e segurava nas mãos nervosas um chapéu emplumado. Seu companheiro era muito mais jovem, bonito e de cabelos loiros, com barba quadrada, ombros largos e aparência sincera, o que inspirava confiança. Seu casaco exibia divisas de capitão.

Os dois eram virginianos, mas ambos lutavam pelo norte. Joseph Galloway era dono de uma propriedade perto da própria Manassas, e agora essa fazenda era o centro de treino de um regimento de cavalaria nortista recrutado exclusivamente entre sulistas leais ao governo de Washington. A maioria dos soldados do regimento de cavalaria de Galloway era de voluntários dos estados de fronteira, das terras disputadas de Maryland e dos condados do oeste da Virgínia, mas uma boa quantidade era de refugiados dos próprios Estados Confederados. Galloway não tinha dúvida de que alguns de seus homens eram fugitivos da justiça sulista, mas a maioria era de idealistas que lutavam para preservar a União, e a ideia do major Galloway era recrutar esses homens para o serviço de reconhecimento por trás das linhas rebeldes. Os cavaleiros nortistas eram confiáveis e corajosos, mas percorriam o território da Virgínia como estranhos, e, em consequência, eram tímidos, comparados aos sulistas dissolutos que sabiam que cada povoado da Virgínia continha simpatizantes prontos para escondê-los e alimentá-los. A ideia de Galloway era montar um regimento que pudesse cavalgar pelos estados rebeldes como sulistas nativos, mas tudo que o plano recebeu foi um apoio morno de Washington. Monte o regimento e talvez nos dignemos a empregá-lo, disseram os burocratas do governo ao major Galloway, mas só se os homens estiverem adequadamente equipados com armas, cavalos e uniformes.

E era por isso que o major Galloway e o capitão Adam Faulconer esperavam um passageiro que supostamente viria no trem do meio-dia, que tinha acabado de entrar em Manassas. Os dois oficiais da cavalaria abriram caminho em meio ao intenso fluxo de soldados empolgados e foram para o último vagão do trem, reservado aos passageiros mais importantes que as meras buchas de canhão. Um cabineiro baixou os degraus do vagão e duas damas com saias volumosas, quase incapazes de se espremer pela porta estreita, receberam sua ajuda para descer. Depois das damas veio um grupo de oficiais de alta patente, com bigodes aparados, uniformes escovados e rostos vermelhos por causa do calor que estava fazendo e do consumo do uísque da ferrovia. Um oficial, mais jovem que os outros, se separou e gritou para que alguns ordenanças trouxessem cavalos.

— Depressa, depressa! Cavalos para o general! — gritou o ajudante.

As sombrinhas das duas damas balouçavam brancas e rendadas em meio à névoa de fumaça de tabaco e à confusão de chapéus militares escuros.

O último homem a sair do vagão de passageiros era um civil magro, alto e idoso, de barba e cabelos brancos, olhos ameaçadores e rosto magro e sério. Tinha bochechas profundas, um nariz romano tão imperioso quanto o olhar, sobrecasaca preta, cartola e, apesar do calor, um colete totalmente abotoado por cima do qual pendia um par de voltas eclesiásticas brancas e engomadas. Carregava uma bolsa de viagem de tapeçaria marrom e uma bengala de ébano que usou para tirar do caminho um empregado negro que colocava os baús das damas num carrinho de mão. O gesto foi categórico e automático, o ato de um homem acostumado à autoridade.

— É ele — avisou Adam, reconhecendo o pastor que tinha visto pregar em Boston pouco antes do início da guerra.

O major Galloway abriu caminho pela multidão para ir até o homem de cabelos brancos.

— Senhor? — gritou para o pastor recém-chegado. — Doutor Starbuck?

O reverendo Elial Joseph Starbuck, doutor em teologia, panfletário e o mais famoso de todos os pastores abolicionistas do norte, fechou o rosto para os anfitriões.

— Você deve ser Galloway. E você é Faulconer? Bom! Minha bolsa. — Ele enfiou a bolsa na mão de Adam, que estava estendida para um aperto.

— O senhor fez uma boa viagem? — perguntou o major Galloway enquanto levava o visitante para a estrada.

— Ela se tornou cada vez menos agradável, Galloway, à medida que eu seguia para o sul. Sou obrigado a concluir que a engenharia chegou ao seu ápice na Nova Inglaterra e que quanto mais viajamos para longe de Boston menos confortável é o meio de transporte. — O reverendo Starbuck fez esse julgamento numa voz treinada para alcançar os recessos mais profundos das maiores igrejas e salões de palestras dos Estados Unidos. — Devo dizer que as ferrovias sulistas são claramente repletas de irregularidades. Sem dúvida o produto degradado de uma escravocracia. Devo caminhar até meu destino? — perguntou, parando subitamente.

— Não, senhor, tenho uma charrete. — Galloway já ia pedir que Adam buscasse o veículo, mas percebeu que ele estava atrapalhado demais com a bolsa pesada. — Vou buscá-la, senhor. Não está longe.

O reverendo Starbuck dispensou Galloway, depois olhou com um ar ferozmente inquisitivo para um grupo de civis que esperavam a correspondência ser descarregada do vagão recém-chegado.

— Você já leu o livro de Spurzheim sobre frenologia? — perguntou a Adam.

— Não, senhor — respondeu Adam, surpreso com a pergunta repentina.

— A ciência tem muito a nos ensinar, desde que nos lembremos de que suas conclusões estão sempre sujeitas à aprovação e às emendas de Deus Todo-poderoso, mas estou interessado em observar essas provas do tratado de Spurzheim. — O reverendo balançou sua bengala na direção dos civis que aguardavam. — O habitante da Nova Inglaterra tem geralmente uma forma de testa nobre. Apresenta contornos cranianos que denotam inteligência, benevolência, sabedoria e tenacidade, mas nestas regiões do sul noto como a forma dos crânios dos homens indica depravação, combatividade, destrutividade e uma tendência nítida para o cretinismo.

A consciência torturada de Adam, da mesma forma que seu patriotismo entranhado, poderia tê-lo levado a lutar contra a terra de seu pai, mas ele ainda era um filho da Virgínia, e a crítica do pastor nortista o fez se eriçar.

— George Washington não era sulista, senhor? — perguntou rigidamente.

Mas o reverendo Starbuck estava habituado a discussões, portanto, não seria acuado.

— George Washington, rapaz, como você, era produto da elite. Minhas observações são restritas apenas à ralé. Aquele general ali, está vendo?

A bengala categórica, errando por pouco um sargento da artilharia, apontou para um oficial gorducho que tinha dividido o vagão de passageiros com o reverendo Starbuck.

— Estou vendo, senhor — disse Adam, imaginando que características seriam reveladas pela forma do crânio do general.

Mas o reverendo Starbuck tinha abandonado o tema da frenologia.

— Aquele é Pope — anunciou o pastor. — Ele fez a gentileza de me prestar os respeitos durante a viagem. É de fato um belo homem.

Adam olhou com interesse para o novo comandante do exército nortista na Virgínia. O general John Pope era um homem de tez avermelhada e aparência confiante, com olhos inteligentes e barba espessa. Se, efetivamente, a frenologia era um guia preciso para o caráter de um homem, a testa larga e a aparência rígida e quadrada de Pope sugeria que ele realmente poderia ser o salvador que o norte estivera em busca desde o triste início da guerra. John Pope havia se destacado na luta no Mississippi e agora tinha sido trazido para o leste a fim de aplicar sua magia no intransigente interior da Virgínia, onde um general nortista após o outro havia sido inicialmente enganado e depois derrotado pelos maltrapilhos exércitos rebeldes.

— Pope tem as ideias certas — continuou o reverendo Starbuck com entusiasmo. — Não é bom ser gentil com os rebeldes. Desobediência exige punição e desafio exige retribuição. A escravocracia deve ser esmagada, Faulconer, e suas terras devem ser devastadas.

E de fato, logo depois de ser nomeado comandante do exército da Virgínia, o general Pope havia declarado que a velha política de tratar civis sulistas com respeito estava acabada. De agora em diante os soldados nortistas tirariam tudo de que precisassem da população sulista, e qualquer morador local que resistisse a essas pilhagens seria castigado. O reverendo Elial Starbuck aplaudia o zelo de Pope.

— O sulista só entende uma língua: a força bruta. É a língua que ele usou para oprimir os negros e é a língua que agora deve ser usada para oprimi-lo. Concorda?

— Eu acho, senhor — disse Adam com tato —, que o norte deve obter a vitória muito em breve.

— É verdade, é verdade.

O reverendo Starbuck não teve certeza se Adam tinha ou não concordado com ele. Certamente merecia sua concordância, porque o futuro de Adam e do regimento de cavalaria de Galloway dependiam da generosidade do reverendo. Adam ficou sem um tostão ao desertar do sul, mas tinha a sorte de conhecer o major James Starbuck, filho mais velho do pastor, e James havia informado a Adam sobre o Regimento de Cavalaria de Galloway e sugerido que seu famoso pai poderia fornecer a verba necessária para que ele entrasse no regimento.

O reverendo doutor Starbuck havia se mostrado mais que disposto a adiantar o dinheiro. Velho demais para lutar, mas passional demais para se abster do combate, tinha acompanhado, impotente, o norte sofrer uma derrota após a outra na Virgínia. As derrotas instigaram o reverendo a contribuir com o próprio dinheiro e com o de sua igreja para que fossem criados e equipados regimentos em Massachusetts, para em seguida ver esses regimentos serem levados à ruína. Outros homens, homens inferiores, poderiam ter abandonado os esforços, mas as derrotas só alimentavam o zelo do pastor, motivo pelo qual, ao receber a chance de contribuir para o estabelecimento do Regimento de Cavalaria de Galloway, não tinha se demorado a concordar. Não apenas ajudava Adam como também doava quinze mil dólares em armas e munição para o regimento de Galloway. O dinheiro não era do próprio reverendo Starbuck; ele tinha sido levantado por abolicionistas da Nova Inglaterra tementes a Deus.

— No passado — disse ele a Galloway e Adam enquanto seguiam de charrete para o oeste de Manassas —, usávamos essas doações de caridade para nossas obras no sul: distribuindo terras, estabelecendo escolas sabatinas para negros e, claro, realizando investigações sobre os males da escravocracia. Mas agora, impedidos dessas atividades, nossa caridade precisa de outros meios para ser usada.

— Com certeza há muito a ser gasto com o bem-estar dos escravos fugidos, não é? — perguntou Adam, ao mesmo tempo esperando que não estivesse afastando Galloway e ele próprio das verbas.

— Os negros contrabandeados estão sendo amplamente servidos. Amplamente! — O tom de desaprovação do reverendo sugeria que os escravos que conseguiram escapar para o norte viviam em meio ao luxo e ao mimo em vez de lutar pela sobrevivência em acampamentos improvisados e insalubres. — Precisamos dar um golpe na raiz da escravidão, e não arrancar algumas folhas doentes de seus galhos mais altos. — Ouvindo a raiva por trás das palavras do pastor, Adam suspeitou que o reverendo Elial Starbuck estava muito mais ansioso para castigar os senhores de escravos do que para libertar os escravos.

A charrete subiu a colina baixa saindo de New Market, atravessou uma floresta densa e mergulhou morro abaixo para o entroncamento de Warrenton. Ao conduzir, o major Galloway apontava os marcos que ficaram famosos na batalha travada no verão anterior nesse mesmo terreno. Ali estavam as ruínas da casa em que a viúva do cirurgião Henry tinha morrido sob o fogo dos canhões, e ali a casa de Matthews, que havia sido usada como hospital. Enquanto a charrete chacoalhava pela estrada de Sudley, ao norte do entroncamento de Warrenton, Galloway apontou para o lugar aonde o ataque ao flanco norte tinha chegado, vindo do lado oposto do rio, mas, ao falar, percebeu que o pastor de Boston não dava respostas entusiasmadas. O reverendo doutor Starbuck não queria uma visita guiada pelo lugar onde o norte tinha sofrido sua primeira derrota; ele só queria ouvir promessas de vitória, e assim a conversa morreu conforme Galloway conduzia a charrete para a trilha que levava à fazenda herdada de seu pai.

O major Galloway, um homem gentil, estava nervoso perto do famoso abolicionista e ficou aliviado quando o reverendo Starbuck avisou que não tinha a intenção de passar a noite na fazenda confortável. Em vez disso, pretendia pegar o trem noturno para o sul, até Culpeper Court House.

— Meu amigo Banks fez a cortesia de me convidar — explicou o pastor, referindo-se ao general Nathaniel Banks, que tinha sido governador de Massachusetts e agora era general da União.

Banks acreditava que a visita do velho amigo serviria para encorajar suas tropas de ânimo abatido. O convite com certeza tinha feito maravilhas pelo ânimo do pastor. Ele estivera incomodado em Boston, recebendo notícias da guerra pelos jornais e cartas, mas agora podia descobrir pessoalmente o que estava acontecendo na Virgínia, e, com esse objetivo, tinha dado um jeito de se ausentar do púlpito durante todo o mês de agosto. Rezava com fervor para que um mês fosse suficiente para lhe permitir ser o primeiro pastor do norte a pregar o evangelho num púlpito em Richmond.

Mas, antes de se juntar a Banks, o pastor havia concordado em se encontrar com o major Galloway e seus homens. Ele falou com o regimento de Galloway na campina atrás da casa; encorajou os homens a travarem um belo combate, mas seus modos bruscos deixaram claro que estava com pressa de concluir os negócios do dia e continuar a viagem. Com tato, o major Galloway abandonou a planejada apresentação de luta com sabres e levou o convidado para a casa da fazenda, uma construção impressionante à sombra de grandes carvalhos e cercada por gramados amplos.

— Meu pai prosperou na advocacia — disse Galloway, explicando a casa luxuosa.

— E era dono de escravos? — perguntou o pastor com fúria na voz, apontando sua bengala de ébano para as pequenas cabanas ao norte da casa.

— Eu libertei todos — retrucou Galloway rapidamente. — Se eu os vendesse, senhor, não precisaria pedir dinheiro para o regimento. Hipotequei a fazenda para levantar verbas, senhor, e usei todo o dinheiro para comprar os cavalos e as armas que o senhor acaba de ver. Mas, francamente, não me restam recursos. Fiquei sem um tostão pela causa da liberdade.

— Uma causa pela qual todos devemos estar preparados para sofrer, Galloway! — exclamou o reverendo Starbuck, subindo com o major os degraus da varanda e entrando na casa.

Ela ecoava como uma construção vazia, o que era quase verdade, já que, com exceção de alguns móveis essenciais, Galloway tinha mandado todos os seus livros, quadros, cortinas e ornamentos para um depósito no norte, para que assim os vizinhos rebeldes não pudessem se vingar de sua aliança roubando seus bens valiosos. E, se os vizinhos não roubassem seus bens, explicou, seu próprio irmão o faria.

— Meu irmão luta pelo sul, infelizmente — explicou o major Galloway ao reverendo —, e ele adoraria tomar a casa e tudo que tem dentro dela. — Parou um instante. — Não há nada mais triste, senhor, que parentes lutando em lados opostos, não é?

O reverendo Starbuck deu um grunhido beligerante como resposta, e esse ruído mal-humorado deveria ter alertado o major que não prosseguisse no assunto, mas Galloway era um homem ingênuo.

— Estou certo em acreditar que o senhor tenha um filho que luta com os rebeldes?

— Eu não conheço essa pessoa — retrucou o reverendo, enrijecendo.

— Mas com certeza Nate... — começou Adam, porém foi interrompido com violência.

— Eu não tenho nenhum filho chamado Nathaniel! — reagiu rispidamente o pastor. — Eu não reconheço nenhuma pessoa chamada Nathaniel Starbuck. Ele está condenado, expulso, não só da minha família como também da amorosa congregação de Cristo! Ele é um réprobo! — Essa última condenação foi anunciada numa voz que poderia viajar um quilômetro no vento forte.

Galloway percebeu que tinha demonstrado falta de tato, por isso prosseguiu depressa, falando de forma inconsequente da casa e de suas instalações até chegar à porta da biblioteca, onde um capitão alto e corpulento os esperava. O capitão tinha um sorriso pronto e modos rápidos e amigáveis.

— Eu gostaria de lhe apresentar meu segundo em comando — disse Galloway ao pastor. — O capitão William Blythe.

— É um imenso prazer conhecê-lo, reverendo. — Blythe estendeu a mão.

— O capitão Blythe era comerciante de cavalos antes da guerra — comentou Galloway.

— Você jamais deveria ter contado isso ao pastor, Joe! — disse Blythe com um sorriso. — Todo mundo sabe que nós, comerciantes de cavalos, somos as pessoas mais trapaceiras deste lado da danação. Mas, que Deus me abençoe, senhor — ele havia se virado de novo para o pastor —, eu tentei ser o comerciante mais cristão que um homem pode ser.

— Fico feliz em ouvir isso — disse rigidamente o reverendo Starbuck.

— Um bom dólar, é um dólar honesto, senhor. Esse sempre foi o meu lema — observou Blythe, animado. — E, se algum dia eu enganei um homem, senhor, jamais foi de propósito. E vou lhe dizer outra coisa. — Blythe baixou a voz em tom confidencial. — Se algum homem da Igreja precisasse de um cavalo... bom, senhor, eu engolia o lucro e às vezes um bom bocado a mais. Confesso que nunca fui de frequentar a igreja, senhor, e lamento, mas meu pai sempre afirmou que um balde cheio de orações nunca fez mal a ninguém, e minha querida mãe, que Deus tenha sua alma querida, gastou um bocado dos joelhos nas tábuas da igreja. E sem dúvida ela gostaria de ouvir o senhor falar, porque todos dizem que seus sermões são poderosos!

O reverendo Starbuck pareceu satisfeito com os modos diretos e amistosos de Blythe, tão satisfeito que nem sequer demonstrou algum sinal de aversão quando o capitão alto passou um braço pelos seus ombros para conduzi-lo à biblioteca com estantes vazias.

— Você diz que não é de frequentar a igreja, mas confio que esteja salvo, não é, capitão? — perguntou o pastor.

Blythe soltou o ombro do reverendo, virando o rosto atônito para ele.

— Lavado no sangue do cordeiro até ficar branco, reverendo — respondeu Blythe numa voz que sugeria choque por alguém poder considerá-lo pagão. — De fato, eu me embriaguei nesse sangue precioso, senhor. Minha querida mãe se certificou disso antes de morrer, louvado seja o Senhor Deus, que Ele tenha a alma da minha querida mãe.

— E sua mãe, capitão, aprovaria sua aliança nesta guerra?

O capitão William Blythe franziu a testa para demonstrar sinceridade.

— Minha querida mãe, que Deus abençoe sua alma simples, sempre disse que, aos olhos de Deus, a alma de um preto é igual à de qualquer homem branco. Desde que o tal preto seja cristão, é claro. Ela dizia que, quando chegasse a hora de ir para o céu, todos seríamos brancos como a neve, até o preto mais preto de todos, louvado seja o Senhor por Sua bondade. — Blythe ergueu o olhar para o teto. Depois, por cima da cabeça do pastor insuspeito, deu uma piscadela ultrajante para o major Galloway.

Galloway interrompeu a bajulação de seu segundo em comando fazendo o convidado se sentar diante da grande mesa da biblioteca, que estava com uma pilha de livros de contabilidade. Galloway, Adam e Blythe se sentaram do lado oposto ao pastor, e o major descreveu as ambições para seu regimento de cavalaria — como eles cavalgariam pelos caminhos do sul com uma confiança e um conhecimento do local que nenhum cavaleiro nortista poderia igualar. O major falava com modéstia, enfatizando a necessidade de fazer um bom reconhecimento para o exército e suas ambições de montar um regimento de cavaleiros muito bem disciplinado. O reverendo Starbuck queria resultados rápidos e vitórias dramáticas, e foi o bombástico William Blythe quem primeiro percebeu esse desejo. Blythe interveio com um risinho.

— O senhor precisa perdoar o major, reverendo, por não nos revelar muito, mas a verdade é que vamos torcer o rabo de Jeff Davis, depois vamos escaldar a pele desse rabo, e que eu encontre a danação eterna se não o cortarmos fora! Eu prometo, reverendo, que vamos fazer os rebeldes gritarem, e o senhor vai ouvir esse grito lá de Boston. Não é, major?

Galloway pareceu surpreso, enquanto Adam olhava para o tampo arranhado da mesa, mas o reverendo Starbuck ficou deliciado com as implicações da promessa de Blythe.

— Vocês têm planos específicos? — perguntou, ansioso.

Blythe pareceu momentaneamente estarrecido.

— Não poderíamos dizer absolutamente nada específico, senhor. Seria uma postura pouquíssimo militar de nossa parte, mas prometo, reverendo, que nas próximas semanas não será sobre Jeb Stuart que o senhor lerá nos jornais de Boston, e sim sobre o major Joseph Galloway e seu galante regimento de cavaleiros! Não é verdade, Joe?

Galloway assentiu, perplexo.

— Faremos o máximo, certamente.

— Mas não podemos fazer nada, senhor — Blythe se inclinou para a frente com uma expressão séria —, se não tivermos canhões, sabres e cavalos. Como sempre dizia minha santa mãe, senhor, promessas não enchem barriga. É preciso acrescentar um bocado de trabalho duro e uma pitada de dinheiro se quiser encher a barriga de um garoto sulista. E acredite, senhor, me dói, me dói demais ver esses excelentes patriotas sulistas à toa por falta de um ou dois dólares.

— Mas o que vocês farão com o dinheiro? — quis saber o reverendo Starbuck.

— O que não poderemos fazer é a pergunta — respondeu Blythe. — Com Deus do nosso lado, reverendo, podemos virar o sul de cabeça para baixo e pelo avesso. Ora, senhor, eu não deveria lhe dizer, mas acho que o senhor é um homem discreto, por isso vou correr o risco, mas há um mapa de Richmond no meu quarto, e por que um homem como eu precisaria de um mapa de Richmond? Bom, eu não vou lhe dizer, senhor, só porque seria um comportamento muito pouco militar da minha parte, mas acho que um homem inteligente como o senhor pode deduzir qual é o lado da cobra que morde.

Adam levantou os olhos, atônito com a sugestão de que o regimento planejava atacar a capital rebelde, e Galloway parecia prestes a negar veementemente, mas o reverendo Starbuck estava fascinado com a investida que Blythe havia prometido.

— Vocês iriam a Richmond? — perguntou a Blythe.

— A própria, senhor. Aquele antro do mal e covil da serpente. Eu gostaria de lhe dizer como odeio aquele lugar, senhor, mas com a ajuda de Deus vamos purgá-lo, queimá-lo e limpá-lo até ficar novo.

Agora o comerciante de cavalos falava uma língua que o reverendo Starbuck ansiava por escutar. O pastor de Boston queria saber de promessas sobre a humilhação dos rebeldes e vitórias deslumbrantes da União, sobre feitos capazes de rivalizar com as realizações insolentes do rebelde Jeb Stuart. Ele não queria ouvir falar de incursões de reconhecimento realizadas com cuidado e paciência, e sim de promessas loucas de vitórias nortistas, e nenhuma porção de cautela do major Galloway o convenceria de que as promessas de Blythe eram exageradas. O reverendo Starbuck ouvia o que desejava ouvir, e para tornar isso realidade tirou um cheque do bolso interno da sobrecasaca. Pegou com o major uma pena e um tinteiro e o assinou com a devida solenidade.

— Louvado seja o Senhor — disse William Blythe quando o cheque estava assinado.

— Louvado seja, de fato — ecoou o pastor com devoção, estendendo o cheque para Galloway por cima da mesa. — Esse dinheiro, major, vem de um consórcio de igrejas abolicionistas da Nova Inglaterra. Representa os dólares obtidos com dificuldade por trabalhadores simples e honestos, dados de boa vontade em nome de uma causa sagrada. Use-o com sabedoria.

— Faremos o máximo, senhor! — exclamou Galloway, depois ficou momentaneamente em silêncio ao ver que o cheque não era dos quinze mil dólares que esperava, e sim de vinte mil. A oratória de Blythe havia realizado um pequeno milagre. — E obrigado, senhor — conseguiu completar.

— E em troca só peço uma coisa — prosseguiu o pastor.

— Qualquer coisa, senhor! — Blythe abriu suas mãos enormes como se quisesse abarcar o mundo inteiro. — Qualquer coisa mesmo!

O pastor olhou para a parede acima das amplas portas que davam para o jardim, onde um mastro polido, com uma ponta de lança e um desbotado estandarte de cavalaria, era a única decoração que restava na sala.

— Uma bandeira é importante para um soldado, não é?

— É, senhor — respondeu Galloway. O pequeno estandarte acima da porta era a bandeira que ele havia carregado na guerra com o México.

— Pode-se dizer que é sagrado — acrescentou Blythe.

— Então eu consideraria uma honra se vocês me entregassem uma bandeira rebelde que eu possa apresentar em Boston como prova de que nossas doações estão fazendo a obra de Deus.

— O senhor terá sua bandeira! — prometeu Blythe rapidamente. — Farei questão de que o senhor tenha uma. Quando retornará a Boston, senhor?

— No fim do mês, capitão.

— O senhor não irá de mãos vazias, não se meu nome é Billy Blythe. Eu prometo, pela sepultura da minha querida mãe, que o senhor terá sua bandeira de batalha rebelde.

Galloway balançou a cabeça, mas o pastor não viu o gesto. Só via uma odiada bandeira de batalha inimiga pendurada na capela-mor de sua igreja como objeto de desprezo. O reverendo Starbuck afastou a cadeira da mesa e consultou seu relógio de bolso.

— Devo retornar à estação — anunciou.

— Adam irá levá-lo, senhor — disse o major Galloway.

Em seguida, esperou até que o pastor fosse embora, depois balançou a cabeça com tristeza.

— Você fez um monte de promessas, Billy.

— E havia um monte de dinheiro em jogo — retrucou Blythe sem se preocupar. — E, diabos, eu nunca me importei em fazer promessas.

Galloway foi até a porta aberta para o jardim, de onde olhou para a grama amarelada pelo sol.

— Eu não me incomodo que um homem faça promessas, Billy, mas, sem dúvida, acho importante que ele as mantenha.

— Eu sempre mantenho minhas promessas, é claro que sim. Continuo fiel enquanto penso num modo de quebrá-las. — Blythe gargalhou. — Agora você vai me censurar por ter conseguido o seu dinheiro? Diabos, Joe, o jovem Faulconer já é devoto o suficiente.

— Adam é um homem bom.

— Eu nunca falei que ele não era. Eu só disse que ele é um devoto filho de uma puta e só Deus sabe por que você o nomeou capitão.

— Porque ele é um homem bom — declarou Galloway com firmeza —, porque a família dele é famosa na Virgínia e porque eu gosto dele. E eu gosto de você também, Billy, mas não se ficar discutindo com Adam o tempo todo. Agora, por que você não arruma alguma coisa para fazer? Você tem uma bandeira para capturar.

Blythe desconsiderou a tarefa.

— Tenho? Diabos! Tem pano vermelho, branco e azul suficiente por aí. Só precisamos mandar os crioulos da sua casa fazerem rapidamente uma bandeira rebelde.

Galloway suspirou.

— Eles são meus empregados, Billy, empregados.

— Mesmo assim são crioulos, não são? E a garota sabe usar uma agulha, não sabe? E o reverendo nunca vai saber a diferença. Ela pode fazer uma bandeira, eu a rasgo, sujo um pouco e aquele velho idiota vai achar que nós a arrancamos das mãos de Jeff Davis. — Blythe riu da ideia e pegou o cheque. Deu um assobio de apreciação. — Acho que minha conversa rendeu um bom lucro, Joe.

— Acho que sim. Portanto, agora vá gastá-lo, Billy.

Galloway precisava equipar a tropa de Adam com cavalos e a maioria dos seus homens, com sabres e armas de fogo, mas agora, graças à generosidade dos abolicionistas do reverendo Starbuck, a cavalaria de Galloway estaria tão bem equipada e montada quanto qualquer outro regimento de cavalaria do Exército nortista.

— Gaste metade em cavalos e metade em armas e arreios — sugeriu Galloway.

— Cavalos são caros, Joe — alertou Blythe. — A guerra fez com que eles ficassem escassos.

— Você é um comerciante de cavalos, Billy, portanto, faça um pouco da sua magia. A não ser que prefira que eu deixe Adam cuidar disso. Ele quer comprar os próprios cavalos.

— Jamais deixe um garoto fazer o trabalho de um homem, Joe. — Blythe levou o cheque do pastor aos lábios e deu um beijo exagerado. — Louvado seja o Senhor, louvemos Seu nome santo, amém.

A Legião Faulconer acampou apenas alguns quilômetros ao norte do rio onde os homens tinham vislumbrado pela primeira vez a figura funesta de seu novo general comandante. Ninguém na legião sabia onde estava, para onde ia nem por que marchava para lá, mas um major de artilharia que passava e era veterano das campanhas de Jackson disse que esse era o estilo do Velho Jack.

— Você vai saber que chegou quando o inimigo ficar sabendo, não antes disso — explicou o major, depois pediu um balde de água para o seu cavalo.

O quartel-general da brigada ergueu barracas, mas nenhum regimento se incomodou com esses luxos. A Legião Faulconer tinha começado a guerra com três carroças cheias delas, mas agora só restavam duas barracas, ambas reservadas ao doutor Danson. Os homens tinham passado a construir abrigos com galhos e relva, mas nessa noite quente ninguém precisava de proteção contra o tempo. Algumas equipes pegavam lenha para as fogueiras e outras buscavam água de um riacho a um quilômetro e meio dali. Alguns homens estavam sentados com os pés descalços balançando no riacho, tentando lavar as bolhas e o sangue da marcha diurna. Os quatro homens da legião que estavam sendo punidos davam água aos cavalos que puxavam as carroças de munição, depois percorreram o acampamento com toras recém-cortadas nos ombros. Eles cambaleavam sob o peso enquanto davam dez voltas em torno das linhas da legião, o que constituía o castigo noturno.

— O que eles fizeram? — perguntou o tenente Coffman a Nathaniel.

Nate olhou para o desfile miserável.

— Lem Pierce ficou bêbado. Matthews trocou cartuchos por meia garrafa de uísque e Evans ameaçou bater no capitão Medlicott.

— Uma pena não ter batido! — exclamou o sargento Truslow.

Daniel Medlicott tinha sido moleiro em Faulconer Court House, onde ganhou a reputação de homem difícil com dinheiro, mas, nas eleições para oficiais de campo na primavera, tinha distribuído promessas e uísque suficientes para ser promovido de sargento a capitão.

— E eu não sei o que Trent fez — concluiu Nate.

— Abram Trent não passa de um filho da puta bexiguento — explicou Truslow a Coffman. — Ele roubou comida do sargento-mor Tolliver, mas não é por isso que está sendo castigado. Ele está sendo castigado, garoto, porque foi pego.

— Você está ouvindo o evangelho segundo o sargento Thomas Truslow — disse Nathaniel ao tenente. — Roubarás tudo que puderes, mas não serás apanhado.

Nathaniel riu, depois chiou de dor quando furou o polegar com uma agulha. Estava empenhado em costurar de volta a sola da bota direita, e, para isso, tinha pegado emprestada uma das três preciosas agulhas da companhia.

O sargento Truslow, sentado do lado oposto da fogueira, zombou dos esforços do seu capitão.

— Você é um péssimo sapateiro.

— Eu nunca fingi ser bom.

— Você vai quebrar a porcaria da agulha fazendo força assim.

— Quer fazer? — perguntou Nathaniel, oferecendo o serviço pela metade ao sargento.

— É claro que não, eu não sou pago para remendar suas botas.

— Então cala a boca. — Nathaniel tentou passar a agulha por um dos antigos furos de costura da sola.

— Vai abrir de novo de manhã cedo — avisou Truslow depois de um momento de silêncio.

— Não se eu fizer direito.

— Sem chance de isso acontecer. — Truslow partiu um pedaço de tabaco e colocou dentro da bochecha. — Você precisa proteger o fio, sabe? Para ele não arrastar no chão.

— É o que estou fazendo.

— Não está, não. Você só está costurando a bota. Existem homens cegos e sem dedos que conseguem fazer um serviço melhor.

O tenente Coffman ouvia a conversa, nervoso. Tinham lhe dito que o capitão e o sargento eram amigos — de fato, disseram que os dois eram amigos desde que o ianque Starbuck tinha sido mandado para convencer Truslow, que odiava ianques, a deixar sua fazenda no alto da montanha e entrar para a Legião Faulconer —, mas para Coffman parecia uma amizade estranha, se era expressada com tamanho escárnio mútuo. Então o sargento intimidante se virou para o tenente nervoso.

— Um verdadeiro oficial — confidenciou Truslow a Coffman — teria um preto para costurar para ele.

— Um verdadeiro oficial enfiaria seus dentes podres goela abaixo com um chute — retrucou Nathaniel.

— Quando quiser, capitão — desafiou Truslow, sorrindo.

Nate deu um nó na linha e observou seu trabalho de modo crítico.

— Não está perfeito — admitiu. — Mas vai servir.

— Vai servir — concordou Truslow — desde que você não ande com ela.

Nathaniel gargalhou.

— Que inferno, vamos travar uma batalha em um ou dois dias, aí eu vou arranjar um par de botas ianques novo em folha.

Em seguida, calçou a bota consertada com cuidado e ficou agradavelmente surpreso porque a sola não se soltou de imediato.

— Como se fosse nova — disse, depois se encolheu, não por causa da bota, mas porque um grito súbito soou no acampamento. O grito foi interrompido abruptamente; houve uma pausa, depois ouviu-se um breve gemido de tristeza.

Coffman ficou consternado porque o som parecia ter vindo de uma criatura sendo torturada, o que era verdade.

— O coronel Swynyard está espancando um dos pretos dele — explicou o sargento Truslow ao novo tenente.

— O coronel bebe — acrescentou Nathaniel.

— O coronel é um bêbado — corrigiu Truslow.

— E ninguém sabe se o álcool vai matá-lo antes de um dos seus escravos fazer isso — afirmou Nate. — Ou um de nós, por sinal. — Depois, cuspiu na fogueira. — Eu mataria o filho da mãe de bom grado.

— Bem-vindo à Brigada Faulconer — disse Truslow a Coffman.

O tenente não sabia como reagir a esse cinismo, por isso apenas ficou sentado, parecendo perturbado e nervoso, depois se encolheu quando um pensamento atravessou sua mente.

— Vamos mesmo lutar em um ou dois dias?

— Provavelmente amanhã. — Truslow virou a cabeça para o céu ao norte, avermelhado por causa do brilho das fogueiras de um exército. — É para isso que você é pago, filho — acrescentou, quando viu o nervosismo de Coffman.

— Eu não sou pago — disse Coffman, e imediatamente enrubesceu com a confissão.

Truslow e Nathaniel ficaram em silêncio por alguns segundos; depois Nate franziu a testa.

— O que diabo você quer dizer com isso?

— Bom, eu sou pago — respondeu Coffman —, mas não recebo o dinheiro, entende?

— Não, eu não entendo.

O tenente estava sem graça.

— É a minha mãe.

— Quer dizer que ela recebe o dinheiro? — indagou Nathaniel.

— Ela deve dinheiro ao general Faulconer porque nós alugamos uma casa dele na rua Rosskill. Mamãe atrasou o aluguel, por isso Faulconer fica com o meu soldo.

Houve outra longa pausa.

— Meu Deus! — A blasfêmia de Truslow rompeu o silêncio. — Quer dizer que aquele filho da mãe rico e desgraçado está ficando com as suas míseras três pratas por semana?

— É justo, não é? — perguntou Coffman.

— Não, não é mesmo — respondeu Nathaniel. — Se você quiser mandar o dinheiro para a sua mãe, é justo, mas não é justo você lutar a troco de nada! Merda! — Ele xingou com raiva.

— Eu realmente não preciso de dinheiro. — Coffman defendeu o arranjo, nervoso.

— É claro que precisa, garoto — disse Truslow. — De que outro modo você vai pagar pelas putas e pelo uísque?

— Você já falou sobre isso com o Pica-Pau? — quis saber Nate.

Coffman balançou a cabeça.

— Não.

— Diabos, então eu vou falar. Não admito que você leve um tiro de graça. — Nathaniel se levantou. — Volto em meia hora. Ah, merda! — Esse último palavrão não foi de raiva por causa da ganância de Washington Faulconer, e sim porque sua sola direita havia se soltado no primeiro passo. — Mas que merda! — exclamou com raiva, depois foi a passos largos encontrar o coronel Bird.

Truslow riu do trabalho inábil de Nathaniel como sapateiro, depois cuspiu sumo de tabaco na borda da fogueira.

— Ele vai conseguir o seu dinheiro, filho — comentou.

— Vai?

— Faulconer tem medo de Starbuck.

— Medo? O general tem medo do capitão? — Coffman achou difícil de acreditar.

— Starbuck é um soldado de verdade. É um combatente, enquanto Faulconer não passa de um uniforme bonito num cavalo caro. Em longo prazo, filho, o combatente sempre vence. — Truslow tirou um fiapo de tabaco do meio dos dentes. — A não ser que seja morto, é claro.

— Morto?

— Você vai encontrar os ianques amanhã, filho, e alguns de nós vão ser mortos, mas vou me esforçar ao máximo para evitar que você seja trucidado. A partir de agora. — Ele se inclinou e arrancou as divisas do colarinho do coronel, depois jogou as tiras de pano na fogueira. — Os atiradores de elite colocam telescópios nos fuzis, filho, em busca de oficiais para matar, e os ianques não se importam se você ainda não é adulto. Se veem um par de divisas como aquelas, atiram, e você vai estar sete palmos abaixo da terra. — Truslow cuspiu mais sumo de tabaco. — Ou pior — acrescentou com ar sombrio.

— Pior? — perguntou Coffman, nervoso.

— Você poderia ser ferido, garoto, e ficar gritando feito um porco estripado enquanto um médico meio bêbado revira suas entranhas. Ou soluçando feito um bebê enquanto fica deitado no campo com as tripas sendo comidas por roedores sem que ninguém saiba onde diabos você está. Não é bonito, e só tem um jeito de impedir que fique mais feio ainda: matar os filhos da mãe antes que eles matem você. — Ele olhou para Coffman, reconhecendo como o garoto tentava esconder o medo. — Você vai ficar bem. A pior parte é a espera. Agora dorme, garoto. Você tem o trabalho de um homem para fazer amanhã.

Lá no alto, uma estrela cadente atravessou com fogo branco o céu que escurecia. Em algum lugar, um homem cantava sobre um amor deixado para trás enquanto outro tocava uma música triste no violino. O escravo açoitado do coronel Swynyard tentava não gemer, Truslow roncava e Coffman tremia pensando no dia seguinte.

2

A patrulha de cavalaria ianque chegou ao quartel-general do general Banks tarde da noite. Ela havia sido atacada no rio Rapidan, e a perda de um dos seus cavalos, além da necessidade de cuidar de dois feridos, tinha atrasado o retorno a Culpeper Court House. Um cabo de New Hampshire havia sido atingido por uma bala na parte inferior da barriga e com certeza morreria, e o comandante da patrulha, um capitão, tinha levado um disparo de raspão na costela. O ferimento do capitão não era sério, mas ele havia coçado e cutucado o arranhão até que uma quantidade satisfatória de sangue sujasse heroicamente sua camisa.

O general de divisão Nathaniel Banks, comandante da 2ª Unidade do general Pope, fumava um último charuto na varanda de sua casa confiscada quando soube que a patrulha tinha voltado com notícias agourentas de forças inimigas atravessando o Rapidan.

— Tragam o homem! Vamos ouvi-lo! Depressa, agora!

Banks era um homem agitado que, apesar de todas as evidências do contrário, estava convencido do próprio gênio militar. Sem dúvida tinha a aparência correta para o papel de soldado bem-sucedido, já que havia poucos homens que usavam o uniforme dos Estados Unidos com mais convicção. Era bem-arrumado, rude e confiante, mas até o começo da guerra nunca fora um soldado, era meramente um político. Havia chegado à presidência da Câmara dos Representantes, mas foram necessários cento e trinta e três votos para alcançar essa honra, e depois disso ele se tornou governador de Massachusetts, um estado com tamanha abundância de homens dispostos a serem taxados que o governo federal considerou necessário oferecer ao seu governador a chance da glória militar imortal como prova de agradecimento. O governador Banks, que era tão passional em seu amor pelo país quanto no ódio ao tráfico de escravos, tinha adorado a oportunidade.

Agora ele esperava, absolutamente empertigado, enquanto o capitão da cavalaria, usando a casaca como uma capa, de modo que a camisa suja de sangue aparecesse nitidamente, subia os degraus da varanda e prestava continência, que interrompeu dramaticamente encolhendo o corpo como se sentisse uma dor súbita no peito.

— Seu nome? — perguntou Banks peremptoriamente.

— Thompson, general. John Hannibal Thompson. De Ithaca, Nova York. Creio que o senhor conheceu meu tio, Michael Fane Thompson, quando era congressista. Ele foi representante de Nova York em...

— Você encontrou o inimigo, Thompson? — indagou Banks numa voz gélida.

Ofendido pela interrupção tão grosseira, Thompson deu de ombros.

— Certamente encontramos alguém hostil, general.

— Quem?

— Não faço ideia. Atiraram em nós. — Thompson tocou a crosta de sangue na camisa, que parecia mais marrom que vermelho à luz do lampião.

— Vocês atiraram também?

— Diabos, general, ninguém atira em mim sem receber retaliação, e acho que eu e os meus rapazes derrubamos alguns daqueles desgraçados.

— Onde foi isso? — perguntou o ajudante que acompanhava o general Banks.

O capitão Thompson foi até uma mesa de vime onde o ajudante do general tinha aberto um mapa do norte da Virgínia iluminado por duas lanternas de vela tremeluzentes. Mariposas batiam as asas freneticamente em volta da cabeça dos três homens inclinados sobre o mapa. Thompson usou uma das lanternas para acender um charuto, depois bateu com um dedo no mapa.

— Foi num vau por aqui, general. — Ele tocou no mapa bem a oeste da estrada principal que levava para o sul, indo de Culpeper Court House para Gordonsville.

— Você atravessou para a margem sul do rio? — quis saber Banks.

— Eu não podia fazer isso, general, porque um bando de rebeldes já ocupava o vau.

— Não há nenhum vau indicado aqui — exclamou o ajudante. O suor pingava de seu rosto, manchando as montanhas Blue Ridge, que ficavam bem a oeste dos rios. A noite não trouxera alívio para o calor de rachar.

— Um crioulo local nos guiou — explicou Thompson. — Ele disse que o vau não era muito conhecido, já que não passava de uma estradinha de verão que ia até um moinho de cereais. Alguns de nós acharam que ele podia estar mentindo, mas existia um vau afinal de contas. Parece que o crioulo estava sendo sincero.

— A palavra, Thompson, é negro — corrigiu Banks com muita frieza, olhando o mapa mais uma vez.

Outras patrulhas tinham falado de soldados da infantaria rebelde marchando para o norte pela estrada de Gordonsville, e esse novo relato sugeria que os confederados avançavam numa frente ampla e com força considerável. O que estariam fazendo? Um reconhecimento em massa, um ataque com força total destinado a destruir sua unidade?

Banks voltou a interrogar o petulante Thompson.

— E quantos homens atiraram em vocês?

— Eu não contei exatamente as balas, general, já que estava ocupado demais disparando também. Mas creio que havia pelo menos um regimento ao norte do rio e mais daqueles diabos chegando.

Banks olhou para o cavalariano, imaginando por que a responsabilidade sempre parecia ser dada aos idiotas.

— Você tentou pegar um prisioneiro?

— Acho que eu estava ocupado garantindo que não ia terminar sete palmos abaixo da terra, general. — Thompson gargalhou. — Diabos, nós éramos só doze, e eles eram mais de mil. Talvez dois mil.

— Conseguiu identificar o regimento que disparou contra vocês? — perguntou Banks com um pedantismo gelado.

— Sem dúvida identifiquei que era um regimento rebelde, general. Eles estavam carregando aquela bandeira nova, a que tem a cruz.

Banks estremeceu diante da estupidez obtusa do sujeito e se perguntou por que os cavaleiros do norte eram tão inábeis em serviços de inteligência. Provavelmente, pensou, porque não tinham nenhuma. Então, quem eram os rebeldes que marchavam para o norte? Havia um boato de que Stonewall Jackson tinha vindo para Gordonsville, e Banks se encolheu ao pensar no sujeito barbudo e maltrapilho cujas tropas marchavam tão rápido quanto fogo na selva e lutavam como demônios.

Ele dispensou o cavalariano.

— Inútil — disse, enquanto o sujeito caminhava pela rua principal de Culpeper Court House, onde sentinelas montavam guarda nas tavernas.

Nas pequenas casas de madeira da cidade, luzes amarelas ardiam atrás das cortinas de musselina usadas como telas contra insetos. Uma carroça de papa-defuntos, com os varais inclinados para o céu, estava do lado de fora de uma igreja onde, como lembrou Banks, o famoso pastor de Boston, Elial Starbuck, deveria discursar no domingo de manhã. A população da cidade não esperava com nenhum prazer o sermão do abolicionista, mas Banks, velho amigo do pastor, estava ansioso pela peroração de Starbuck e tinha exigido que o maior número possível dos seus oficiais estivesse presente. Nathaniel Banks tinha uma nobre visão de Deus e do país marchando de mãos dadas para a vitória.

Agora, de cara fechada, Banks voltou a olhar para o mapa, no qual seu suor pingava monotonamente. E se o movimento do inimigo fosse um blefe? E se um punhado de rebeldes estivesse meramente tentando amedrontá-los? Sem dúvida os rebeldes adivinharam que ele estava de olho em Gordonsville, porque, se capturasse aquela cidade, interromperia a via férrea que ligava Richmond às férteis terras agrícolas no vale do Shenandoah. Se cortasse aqueles trilhos, os exércitos inimigos passariam fome, e esse pensamento reacendia nos olhos de Nathaniel Banks o brilho da prometida glória marcial. Ele via uma estátua em Boston, visualizava ruas e cidades por toda a Nova Inglaterra recebendo seu nome e até sonhava que todo um novo estado poderia ser criado a partir dos territórios selvagens do oeste e receber seu nome. Rua Banks, Banksville, estado de Banks.

Essas visões inspiradas eram nutridas por mais que a mera ambição. Eram nutridas por um ardente desejo de vingança. No início do ano, Banks tinha comandado um ótimo exército pelo vale do Shenandoah, onde havia sido enganado e derrotado por Thomas Jackson. Até mesmo os jornais do norte admitiram que Jackson tinha humilhado Banks. De fato, os rebeldes haviam capturado tantos canhões e suprimentos de Banks que lhe deram o apelido de "comissário Banks". Eles zombaram dele e o ridicularizaram, e esse desprezo ainda machucava. Ele queria vingança.

— O rumo prudente, senhor, seria uma retirada para trás do Rappahannock — murmurou o ajudante, que era formado em West Point e supostamente deveria fornecer bons conselhos militares ao general-político.

— Talvez não passe de um reconhecimento — sugeriu Banks, pensando em vingança.

— Talvez, senhor — observou o ajudante afavelmente. — Mas o que ganhamos com uma batalha? Por que manter um território que podemos recuperar com facilidade em uma semana? Por que não deixar que o inimigo simplesmente se desgaste com a marcha?

Banks limpou cinza do charuto de cima do mapa. Recuar agora? Numa semana em que o mais famoso pastor de Boston visitava o exército? O que diria Massachusetts se soubesse que o comissário Banks tinha fugido de um punhado de rebeldes?

— Nós vamos ficar — declarou Banks.

Em seguida, cutucou os contornos do alto de um morro que barrava a estrada logo ao sul de Culpeper Court House. Se Jackson estivesse marchando para o norte na esperança de reabastecer seu exército à custa do comissário Banks, ele precisaria atravessar esse morro que ficava atrás da pequena proteção de um riacho. O riacho se chamava Cedar Run e ficava ao pé do monte Cedar.

— Vamos encontrá-lo aqui e vamos derrotá-lo aqui.

O ajudante não disse nada. Era um rapaz bonito e inteligente que achava que merecia algo melhor do que ficar preso àquele garnisé teimoso. O ajudante estava tentando pensar numa resposta, algumas palavras persuasivas que desviassem Banks da impulsividade, mas elas não vieram. Em vez disso, da rua iluminada por lampiões chegavam vozes cantando sobre amadas que ficaram para trás, sobre namoradas esperando, sobre o lar.

— Vamos encontrá-lo aqui — repetiu Banks, cutucando de novo o mapa com manchas de suor — e vamos derrotá-lo aqui.

No monte Cedar.

A legião não marchou até muito longe no dia em que atravessou o Rapidan. Havia uma curiosa falta de pressa na expedição, quase como se estivesse meramente mudando de base, em vez de avançando contra os nortistas que invadiram a Virgínia. E, na manhã seguinte, apesar de serem acordados muito antes do alvorecer e estarem prontos para marchar antes mesmo de o sol ultrapassar a copa das árvores altas no leste, os homens ainda esperaram por três horas enquanto uma sucessão de outros regimentos passava lentamente na estrada poeirenta. Uma bateria de pequenos canhões de seis libras e morteiros de cano curto foi arrastada, seguida por uma coluna de infantaria da Virgínia, que zombou com bom humor da Legião Faulconer por causa do nome pretensioso. O dia estava quente e prometia esquentar ainda mais, no entanto, eles continuavam esperando conforme o sol ficava cada vez mais alto. Mais tropas passaram até que, pouco antes do meio-dia, finalmente a legião seguiu à frente da Brigada Faulconer pela estrada poeirenta.

Instantes depois os canhões começaram a retumbar. O som vinha de longe, à frente, um barulho que poderia ser confundido com trovoadas se o céu não estivesse sem nuvens. O ar estava pesado, úmido e parado, e o rosto dos homens de Nathaniel Starbuck estava pálido com a poeira, através da qual o suor escorria em linhas escuras. Logo, pensou Nathaniel, alguns daqueles fios de suor estariam tingidos de vermelho-sangue, cobertos de moscas e estremecendo. Essa premonição da batalha revirou seu estômago e fez os músculos da sua coxa direita tremerem. Ele tentou antecipar os sons das balas enquanto se esforçava para demonstrar coragem, e não o medo que liquefazia as entranhas, e o tempo todo os canhões distantes emitiam repetidas vezes seu ruído chapado, sem alma, por sobre o terreno.

— Maldita artilharia — comentou Truslow em tom azedo. — Alguns pobres-diabos estão sofrendo o inferno.

O tenente Coffman pareceu prestes a dizer alguma coisa, depois decidiu ficar quieto. Um dos recrutas saiu da fila para baixar a calça e se agachar ao lado da estrada. Normalmente ele receberia provocações bem-humoradas, mas as pancadas surdas dos canhões deixavam todos os homens nervosos.

No início da tarde a legião parou num vale raso. A estrada adiante estava bloqueada por um batalhão da Geórgia, atrás do qual havia um morro com árvores escuras no topo, abaixo de um céu esbranquiçado pela fumaça dos canhões. Alguns georgianos dormiam na estrada, parecendo cadáveres. Outros escreviam o nome e a cidade natal num pedaço de papel que prendiam no casaco ou enfiavam na casa de um botão para que, se morressem, o corpo fosse identificado e a família informada. Alguns homens de Nate começaram a tomar a mesma precaução lúgubre, usando como etiqueta as páginas finais, em branco, da Bíblia.

— Culpeper Court House — anunciou de repente George Finney.

Sentado à beira da estrada, Nathaniel olhou para ele, à espera.

— Billy Sutton disse que essa é a estrada para Culpeper Court House — explicou George Finney. — Ele falou que o pai dele o trouxe por essa estrada há dois anos.

— Viemos enterrar minha avó, capitão — interveio Billy Sutton.

Sutton era cabo da Companhia G. Já havia feito parte da Companhia J, mas um ano de batalhas tinha encolhido a Legião Faulconer de dez para oito companhias, e, agora, até mesmo essas estavam reduzidas. No início da guerra, a legião tinha marchado para a batalha como um dos maiores regimentos do exército rebelde, mas, depois de um ano, ela mal encheria os bancos de uma igreja do interior.

Três cavaleiros galopavam para o sul através dos restos de um milharal que já tinha sido colhido, os cascos dos cavalos levantando nuvens de poeira da terra seca. Nathaniel supôs que fossem oficiais do estado-maior trazendo ordens. Truslow olhou para os três, depois balançou a cabeça.

— Os malditos ianques estão em Culpeper Court House — disse, afrontado. — Não temos nada com Culpeper Court House.

— Se é que é mesmo Culpeper Court House — disse Nathaniel em dúvida.

O Condado de Culpeper devia ficar a pelo menos noventa quilômetros do lar da legião, o Condado de Faulconer, e poucos homens da legião se afastaram mais de trinta quilômetros de casa em toda a sua vida. Ao menos até essa guerra tê-los feito marchar até Manassas e Richmond para matar ianques. Eles ficaram bons nisso. Também ficaram bons em morrer.

De repente, os disparos de canhão aumentaram numa daquelas passagens frenéticas em que, sem motivo aparente, todos os canhões num campo de batalha soavam ao mesmo tempo. Nathaniel prestou atenção, tentando escutar os estalos mais agudos dos mosquetes, mas não conseguia ouvir nada além do trovão interminável da artilharia.

— Pobres coitados.

— Logo vai ser a nossa vez — lembrou Truslow, sem ajudar.

— Nesse ritmo, vão ficar sem munição — observou Nate com esperança.

Truslow cuspiu como resposta ao otimismo do capitão, depois se virou quando ouviu o som de cascos.

— Maldito Swynyard — disse numa voz sem emoção.

Agora cada homem da companhia fingia dormir ou mantinha o olhar fixo na estrada coberta de poeira. O coronel Griffin Swynyard era um soldado profissional cujos talentos se dissolveram muito tempo atrás no álcool, mas cuja carreira havia sido resgatada pelo general Washington Faulconer. O primo de Swynyard era editor do jornal mais influente de Richmond, e

Washington Faulconer, sabendo que era mais fácil comprar uma reputação do que obtê-la, pagava pelo apoio do *Richmond Examiner* empregando Swynyard. Por um segundo, Nathaniel se perguntou se Swynyard vinha vê-lo, mas o coronel, seguido de perto pelo capitão Moxey, passou galopando pela Companhia H e subiu a encosta em direção ao som da batalha. O coração de Nate bateu mais forte ao adivinhar que Swynyard ia marcar o lugar onde a legião entraria em formação de combate, o que significava que a qualquer momento viriam as ordens de avançar até os canhões.

Adiante, onde a estrada desaparecia atravessando a colina baixa, as tropas da Geórgia já se esforçavam para ficar de pé e recolher cobertores e armas. Os disparos de canhão tinham diminuído momentaneamente, mas agora os estalos dos cartuchos de fuzil ressoavam na paisagem seca. O som aumentou o nervosismo de Nathaniel. Fazia um mês que a legião havia lutado pela última vez, mas um único mês não bastava para afastar os terrores do campo de batalha. Nate tinha ido esperando em segredo que a legião ficasse fora dessa escaramuça, mas o batalhão da Geórgia já seguia para o norte, deixando uma névoa de poeira sobre a estrada.

— De pé, Nate! — O capitão Murphy repassou as ordens de Bird para Nathaniel.

Truslow berrou para a Companhia H se levantar. Os homens jogaram os cobertores enrolados nos ombros e tiraram a poeira dos fuzis. Atrás da Companhia H, os soldados da Companhia G, do capitão Medlicott, ficaram de pé lentamente, as lapelas e as argolas dos cintos mostrando os pedaços de papel branco onde escreveram seus nomes.

— Procure Swynyard na estrada — disse o capitão Murphy a Nathaniel.

Nate se perguntou onde Washington Faulconer estaria, depois presumiu que o general devia estar comandando sua brigada por trás. Swynyard, independentemente de seus outros defeitos, não era um covarde.

— Avançar! — gritou Nathaniel.

Depois, com o fuzil e o cobertor pendurados, ocupou seu lugar à frente da coluna. A poeira levantada pelas botas dos georgianos fazia sua garganta e seus olhos arderem. A estrada estava cheia de manchas escuras de sumo de tabaco incrivelmente parecidas com sangue pingado de ferimentos. O som dos tiros de fuzil estava mais intenso.

E aumentava ainda mais enquanto Nathaniel levava a legião através da floresta no alto do morro que tinha servido para disfarçar e reduzir o som da luta, que agora se espalhava à sua frente numa cacofonia furiosa. Por mais de um quilômetro depois das árvores não havia nada além de fumaça de canhão, chamas e caos. Os campos à esquerda da estrada estavam cheios de feridos e cirurgiões cortando a carne estraçalhada, à direita havia uma colina coberta de fumaça de artilharia e à frente um segundo cinturão de árvores que escondia a luta de verdade, mas que não conseguia ocultar a mortalha de fumaça que subia dos dois lados da estrada nem disfarçar o som dos canhões.

— Por Deus — disse Coffman. Ele estava empolgado e nervoso.

— Fica perto de Truslow — alertou Nathaniel.

— Vou ficar bem, senhor.

— Todo desgraçado que morreu nesta guerra disse isso, Coffman — reagiu Nate com raiva. — E quero que você tenha barba antes de levar um tiro. Portanto, fica perto de Truslow.

— Sim, senhor — concordou Coffman humildemente.

Um disparo de artilharia atravessou a copa dos pinheiros à esquerda da estrada, agitando os galhos e criando uma chuva de folhas que caía na poeira. Homens feridos, todos rebeldes, estavam tombados nas duas margens. Alguns já haviam morrido. Um homem se afastou da luta, cambaleando. Estava de peito nu e seus suspensórios pendiam frouxos ao lado das pernas. Segurava a barriga, tentando impedir que suas tripas caíssem no chão. Os antebraços estavam encharcados de sangue.

— Por Deus — repetiu Coffman, e ficou pálido.

O sangue na estrada poeirenta parecia mais preto que as manchas de tabaco. Os sons dos fuzis lascavam a tarde, que cheirava a resina de pinheiro, enxofre e sangue. As sombras estavam longas, o suficiente para dar a Nathaniel um momento de louca esperança de que a noite cairia antes que ele precisasse lutar.

Nathaniel guiou a companhia pelo terreno aberto até a cobertura do segundo cinturão de árvores. Lá as folhas se sacudiam com os disparos e novas cicatrizes de madeira amarela surgiam onde os tiros da artilharia acertavam, arrancando galhos. Uma carroça de munição com uma das rodas em pedaços estava caída ao lado da estrada. Um cocheiro negro, com o couro cabeludo coberto de sangue, estava sentado, encostado na carroça abandonada, e observou os homens de Nathaniel passarem.

As árvores terminavam não muito adiante, e Nathaniel sabia que, mais além, na abertura cheia de fumaça, a batalha o esperava. O bom senso dizia para diminuir a velocidade e com isso retardar a entrada naquele palco atravessado por balas, mas o orgulho o fazia se apressar. Podia ver a fumaça das armas cruzando os últimos galhos verdes como a névoa da primavera soprando do porto de Boston. Sentia o fedor imundo da fumaça e sabia que se aproximava a hora de a legião se posicionar. Sua boca estava seca de pólvora, o coração num ritmo irregular e a bexiga cheia. Passou por um homem com o corpo aberto por um obus de artilharia. Ele ouviu Coffman ter ânsia de vômito. Moscas zumbiam no ar opressivo. Um dos seus homens riu do corpo eviscerado. Nathaniel tirou o fuzil do ombro e o tateou com o dedo para verificar se a espoleta estava no lugar. Ele era um capitão, mas não usava nenhum sinal de sua patente e portava um fuzil como seus homens. E agora, como eles, puxou a caixa de cartuchos presa ao cinto, posicionando-a à frente, onde ficaria à mão para recarregar. A bota direita quase solta o fez tropeçar quando ele saiu da sombra das árvores e viu à frente um vale raso rasgado e atulhado pela batalha. O terreno baixo estava coberto de fumaça e barulhento com os tiros. Ao lado da estrada havia um cavalo morto numa vala seca. Coffman estava com o rosto branco, mas se esforçava para parecer despreocupado e não se abaixar sempre que um projétil zunia ou passava acima de sua cabeça. Balas sibilavam no ar úmido. Não havia sinal do inimigo — de fato, praticamente não havia nenhum homem à vista, a não ser alguns artilheiros rebeldes e o coronel Swynyard, que, com Moxey ao lado, estava montado em seu cavalo num campo à esquerda da estrada.

— Starbuck! — gritou o coronel Swynyard. — Aqui! — Nate conduziu a companhia por cima dos restos do milharal. — Entrem em formação ali! — gritou Swynyard, apontando para um lugar logo atrás de seu cavalo; depois se virou na sela para olhar para o norte através de um binóculo.

O capitão Moxey ordenava que a Companhia H se alinhasse em sua marca, portanto, Nathaniel o deixou fazendo isso e foi se juntar a Swynyard. O coronel baixou o binóculo para observar a bateria rebelde de canhões de seis libras, posicionada apenas cem metros adiante. A fumaça das peças pequenas obscurecia o combate mais além, porém, de vez em quando, um projétil ianque explodia perto da bateria, fazendo Swynyard rir, apreciando.

— Ah, muito bem! Belo tiro! — gritou Swynyard quando um obus inimigo estripou um cavalo de parelha amarrado cinquenta passos atrás dos canhões. O cavalo relinchou, escoiceando coberto de sangue no chão, criando pânico entre os outros animais amarrados, que empinaram freneticamente enquanto tentavam arrancar do chão as estacas de ferro que os prendiam. — Caos! — disse Swynyard, animado, depois olhou para Nathaniel. — Os ianques estão bastante animados essa tarde.

— Acho que estavam esperando por nós — comentou Nathaniel. — Eles sabiam que estávamos vindo.

— Acho que alguém contou. Um traidor, hein? — Swynyard deu a sugestão em tom maroto.

Swynyard era um homem de feiura espantosa, boa parte em resultado de ferimentos recebidos com honra a serviço dos antigos Estados Unidos, mas parte dela era causada pelo uísque, que, em geral, o deixava num estado comatoso no início da noite. Tinha barba preta e hirsuta riscada de grisalho e com crostas de sumo de tabaco, olhos fundos e um tique na bochecha direita cheia de cicatrizes. Na mão direita faltavam três dedos, e a boca era cheia de dentes podres e fedorentos.

— Talvez o traidor seja um nortista, hein? — sugeriu desajeitadamente. Nathaniel sorriu.

— É mais provável que seja algum filho da puta bêbado que precisa de dinheiro para o uísque — fez uma pausa —, coronel.

A única reação de Swynyard foi sua risada casquinada, que sugeria loucura. Espantosamente, apesar da hora avançada, ele ainda estava sóbrio, fosse porque Washington Faulconer tivesse escondido seu uísque ou então porque os poucos fiapos de autopreservação o tivessem convencido a funcionar com eficiência num dia de batalha, caso contrário perderia o emprego. Swynyard olhou para a fumaça, depois de volta para o caderno onde escrevia. Na manga direita usava um quadrado de pano branco bordado com um crescente vermelho. O símbolo era tirado do brasão de Washington Faulconer, e o general tinha sonhado com a ideia feliz de dar distintivos a cada homem da brigada, mas ela não havia sido totalmente bem-sucedida. Alguns homens se recusavam a usar o remendo, e, em termos gerais, era possível separar os apoiadores dos detratores de Faulconer pela presença ou ausência do distintivo. Nate, obviamente, jamais tinha usado o distintivo do crescente, ainda que alguns de seus homens tivessem remendado os fundilhos das calças com o conveniente quadrado de pano.

Swynyard arrancou a página do caderno, guardou-o e depois sacou o revólver. Começou a colocar espoletas nas aberturas das câmaras carregadas. O cano da arma estava apontado para o peito de Nathaniel.

— Eu poderia causar um acidente — comentou Swynyard, mal-intencionado. — Ninguém poderia me culpar. Tenho três dedos a menos numa das mãos, e não é de espantar que às vezes sou desajeitado. Um tiro, Starbuck, e você vira carne para urubu no capim. Acho que o general Faulconer gostaria disso. — Swynyard começou a puxar o cão para trás.

Então um estalo soou atrás de Nathaniel e o polegar do coronel relaxou. O sargento Truslow baixou o cão de seu fuzil.

— Eu também posso causar um acidente — disse Truslow.

Swynyard não disse nada, apenas riu e se virou. A bateria ali perto tinha parado de disparar e os artilheiros empurravam seus canhões para os armões. A fumaça da bateria se dissipou lentamente no ar imóvel. Os canhões rebeldes tinham travado um duelo com uma bateria nortista, um duelo que os nortistas ganharam.

— Os ianques vão levantar a mira — observou Swynyard, olhando pelo binóculo. — Eles têm peças de quatro polegadas e meia com cano raiado. Não é possível lutar contra peças de quatro polegadas raiadas com canhões de seis libras. É o mesmo que jogar pedras nos filhos da mãe.

Nathaniel ficou observando as peças sulistas serem empurradas rapidamente para a retaguarda e se perguntou se agora deveria lutar contra canhões raiados de quatro polegadas e meia usando fuzis. Seu coração parecia bater alto demais, preenchendo o peito com o som de um tambor. Tentou passar a língua pelos lábios, mas sua boca estava excessivamente seca.

O som dos tiros ficou mais esparso, substituído por gritos de comemoração por parte dos nortistas. A comemoração dos ianques tinha um tom muito mais grave que o berro arrepiante dos rebeldes atacando. A fumaça dos canhões havia se dissipado o suficiente para permitir que Nate visse um cinturão de árvores a oitocentos metros dali, e depois uma visão que nunca tinha sonhado em testemunhar num dos campos de batalha de Thomas Jackson.

Ele viu pânico.

Adiante e à esquerda, uma horda de soldados sulistas corria da floresta e fugia para o sul pelo vale raso. Toda a disciplina havia desaparecido. Obuses explodiam no meio dos soldados de casaca cinzenta, aumentando o desespero. Uma bandeira rebelde caiu, foi erguida de novo, depois desapareceu em outro jato de fumaça de obus acompanhada de chamas. Cavaleiros galopavam no meio da massa em fuga numa tentativa de fazer os homens darem meia-volta, e aqui e ali, em meio ao pânico, alguns homens tentavam formar uma linha, mas esses pequenos grupos não tinham chance contra a torrente de medo que varria a maior parte para longe.

Swynyard podia ser um sujeito grosseiro, bêbado e mal-humorado, mas tinha sido soldado profissional por tempo suficiente para reconhecer um desastre. Ele se virou e viu que a Companhia G, do capitão Medlicott, havia se formado ao lado dos homens de Nathaniel.

— Medlicott! — gritou Swynyard. — Avance com essas duas companhias! Você está no comando!

Medlicott, apesar de muito mais velho que Nathaniel, tinha um posto menos elevado, como capitão, mas Swynyard havia lhe dado o comando das duas companhias como um modo de insultar Nathaniel.

— Está vendo aquele armão quebrado? — O coronel apontou para um veículo em pedaços, duzentos passos adiante, onde um trecho de capim marcava a separação entre um terreno de milho colhido e uma plantação de trigo maior. — Forme a linha de escaramuça lá! Eu vou levar a legião para dar apoio. — Swynyard se virou de volta para Nathaniel. — Pegue isso — disse, e se inclinou da sela, entregando-lhe um pedaço de papel dobrado.

Nate pegou o papel, depois gritou para seus homens avançarem ao lado da Companhia G. Um obus passou assobiando acima. Era estranho, pensou, como o nervosismo debilitante que afligia os homens antes da batalha podia ser suprimido pela proximidade do perigo. Até mesmo o calor sufocante do dia parecia suportável agora que estava sob fogo. Passou a língua pelos lábios, depois desdobrou o papel que Swynyard tinha lhe dado. Imaginava que conteria ordens, mas, em vez disso, viu que era uma etiqueta para um morto. *Starbuck*, dizia o papel. *Boston, Massachusetts*. Nathaniel o jogou longe, com raiva. Atrás, onde o restante da legião corria para formar fileiras, Swynyard viu o gesto e deu uma gargalhada.

— Isso é loucura — protestou Truslow com Nathaniel. Duas companhias de escaramuçadores não podiam suportar a maré de medo que se afastava o máximo possível dos canhões ianques.

— O restante da legião vai ajudar — retrucou Nathaniel.

— É melhor que ajude, caso contrário viramos carne de abutres.

A Companhia G avançava à direita de Nathaniel. Medlicott parecia despreocupado com as chances desfavoráveis e apenas seguia à frente de seus homens com um fuzil nas mãos. Ou talvez, pensou Nate, o moleiro simplesmente não demonstrasse o medo.

— Mantenha as fileiras organizadas! — gritou para Coffman. — Quero que elas fiquem firmes.

Em seguida, tateou o bolso e encontrou o toco de um charuto que vinha guardando para a batalha. Pegou um charuto emprestado com um soldado, acendeu o seu e tragou a fumaça amarga.

O tenente Coffman tinha avançado à frente da Companhia H e segurava uma baioneta de cabo de latão como se fosse uma espada.

— Para trás, Sr. Coffman! — gritou Nathaniel.

— Mas, senhor...

— Seu lugar é atrás da companhia, tenente! Vá para lá! E jogue fora essa espada de brinquedo!

De repente, os primeiros soldados nortistas apareceram junto à linha das árvores no topo do morro do outro lado do vale, que floresceu com os pequenos tufos de fumaça branca dos fuzis. Um obus explodiu próximo de Nathaniel e pedaços do invólucro passaram por ele assobiando. À esquerda, a plantação tinha sido parcialmente colhida, de modo que havia um pouco de trigo de pé, mas a maior parte estava secando em medas. Pequenas chamas tremulavam na colheita seca em áreas atingidas pelos obuses. Havia restolho de milho no meio do trigo e duas fileiras de pés de milho de pé, onde um grupo de soldados rebeldes tinha buscado cobertura. O milho tremia sempre que uma bala ou um obus atravessava as plantas. Uma bandeira nortista apareceu junto às árvores mais distantes. O porta-estandarte a balançava de um lado para o outro, fazendo as listras se agitarem, animadas. Uma corneta soou, e a oeste a infantaria rebelde continuava correndo. Oficiais rebeldes ainda galopavam no meio dos homens, tentando conter a fuga e fazê-los se virar. O general Jackson estava no meio deles, batendo com seu sabre embainhado nos soldados em pânico. Mais nortistas chegaram à linha das árvores, alguns agora bem adiante de Nate.

Outro obus caiu perto da Companhia H e Starbuck se perguntou por que Medlicott não ordenou que as duas companhias entrassem em ordem de escaramuça. Depois decidiu mandar para o diabo a etiqueta militar e gritou a ordem. Medlicott a ecoou, colocando as duas companhias numa formação indefinida e espalhada. Agora seu trabalho era lutar contra os escaramuçadores inimigos que deviam estar avançando à frente do principal ataque ianque.

— Certifiquem-se de estar carregados! — gritou Nathaniel.

A fileira nortista havia parado momentaneamente, talvez para se alinhar depois de atravessar as árvores. Os sulistas fugitivos tinham desaparecido atrás do flanco esquerdo de Nathaniel, e, de repente, o campo de batalha pareceu muito silencioso e solitário.

E também muito perigoso. O capitão Medlicott foi até Nate.

— Você acha que isso está certo? — perguntou, indicando os escaramuçadores isolados que estavam sozinhos no campo.

Medlicott nunca havia gostado de Nathaniel, e o remendo com o crescente vermelho no ombro de seu uniforme o marcava como apoiador do general Faulconer, mas agora o nervosismo o fazia se tranquilizar com o maior inimigo de Faulconer. De perto, Nate viu que Medlicott não estava escondendo o medo nem um pouco — uma bochecha tremia descontroladamente e o suor escorria do rosto, pingando da barba. Ele tirou o chapéu para abanar o rosto e Nathaniel viu que até mesmo a careca lisa e branca do moleiro estava com gotas de suor.

— Nós não deveríamos estar aqui! — exclamou Medlicott, petulante.

— Sabe lá Deus o que está acontecendo.

Uma bateria nortista havia aparecido no ponto em que a estrada sumia entre as árvores mais distantes. Nathaniel viu os canhões dispararem através de uma chuva de terra. Daqui a pouco, pensou, aquela artilharia vai poder mirar em nós sem nenhum obstáculo. Santo Deus, que fosse uma morte limpa, rápida como um pensamento, sem a demora agonizante sob a faca de um cirurgião ou uma morte de febre em meio ao suor em algum hospital infestado de ratos. Ele se virou para olhar para trás e viu a Brigada Faulconer saindo da estrada e formando fileiras.

— Swynyard vem logo — disse, tentando tranquilizar Medlicott.

A infantaria nortista avançou de novo. Seis bandeiras surgiram acima das fileiras escuras. Três delas eram dos Estados Unidos, as outras eram bandeiras de regimentos com brasões de estados ou insígnias marciais. Seis bandeiras se traduziam em três regimentos que agora atacavam duas companhias ligeiras. O capitão Medlicott voltou para os seus homens e o sargento Truslow se juntou a Nate.

— Somos só nós e eles? — perguntou indicando os ianques com a cabeça.

— Swynyard vai trazer o restante da brigada — respondeu Nathaniel. Obuses da bateria recém-posicionada passaram assobiando acima, em direção à Brigada Faulconer. — Melhor eles do que nós, hein? — disse com a indiferença insensível de alguém poupado da atenção dos artilheiros. Viu George Finney apontar o fuzil. — Não atira, George! Espera até os desgraçados estarem ao alcance.

Os escaramuçadores nortistas correram na dianteira da linha de ataque. O serviço deles era tirar os homens de Nathaniel da frente. Mas logo, pensou ele, os outros escaramuçadores da Brigada Faulconer avançariam para reforçá-lo. Outra salva de artilharia trovejou, os estalos das explosões soando um segundo depois da pancada percussiva dos próprios canhões. Nate começou a procurar oficiais inimigos no meio dos escaramuçadores que se aproximavam. Os oficiais ianques pareciam mais relutantes que os sulistas em abandonar a espada, as reluzentes divisas e as dragonas brilhantes.

Uma segunda bateria nortista abriu fogo do alto do morro. Um obus passou assobiando a centímetros da cabeça de Nathaniel. "Pelo que estamos para receber, que o Senhor nos torne realmente agradecidos", pensou. Conseguia ouvir o som dos tambores da infantaria ianque. Será que o norte queria romper nossas linhas nessa batalha? Será que os ianques finalmente obrigariam a Confederação a se render? A maior parte das forças rebeldes na Virgínia estava a mais de cem quilômetros dali, do outro lado de Richmond, com Robert Lee, mas era ali que os nortistas estavam atacando, e, se atravessassem aqui, o que iria impedi-los de marchar para o sul, sempre para o sul, até que Richmond fosse isolada e toda a parte superior do sul fosse separada da Confederação?

— Mantenham-se firmes agora! — gritou Nathaniel para os seus homens, enquanto andava lentamente ao longo de sua espalhada linha de escaramuça. Mais um minuto, pensou, e os escaramuçadores ianques estariam ao alcance. — Está vendo aquele filho da puta ruivo com a espada curva, Will? — gritou para Toby, um dos melhores atiradores da legião. — Ele é seu. Mate o filho da mãe.

— Eu cuido dele, capitão! — Toby puxou o cão do fuzil.

Nate viu os canhões inimigos desaparecerem atrás de nuvens de fumaça branco-acinzentada e previu outro voo de obuses acima da cabeça, mas, em vez disso, os projéteis atingiram o campo em volta dos seus homens. Um dos sargentos de Medlicott foi jogado para trás, o sangue formando uma névoa por um momento no ar quente. Um estilhaço de obus acertou o armão quebrado, que tinha uma legenda em estêncil anunciando que o veículo pertencia ao 4° Regimento de Artilharia dos E.U., prova de que os rebeldes haviam feito os ianques recuarem naquele vale antes de debandarem na floresta distante. Ou talvez, pensou Nathâniel, o armão tivesse sido capturado antes na guerra, já que parecia que metade do equipamento rebelde tinha origem nortista. Uma bala sólida caiu perto de Nathaniel, depois ela ricocheteou e continuou para trás. A proximidade do tiro o fez imaginar por que os artilheiros ianques estariam apontando para uma linha de escaramuça espalhada quando podia disparar nas fileiras compactas da Brigada Faulconer, e essa curiosidade o fez se virar para procurar o prometido reforço de Swynyard.

Mas Swynyard tinha sumido, e com ele toda a Brigada Faulconer, deixando Nate e Medlicott sozinhos no campo. Nathaniel se virou. Agora os escaramuçadores nortistas estavam perto, suficientemente perto para ele ver que os uniformes eram elegantes, e não remendados com pedaços de pano marrom e cinza como o dos rebeldes. Os nortistas avançavam em bom estilo, o sol se refletindo nas fivelas e nos botões de latão. Atrás da linha de escaramuça, um batalhão descia pisoteando um trecho de milharal ainda de pé. Havia seis oficiais montados na retaguarda da formação ianque, prova de que pelo menos um dos regimentos que atacava era novo na guerra. Oficiais experientes não convidavam a atenção de atiradores de elite empertigados em selas. Mas duas companhias de escaramuçadores também não costumavam ficar para lutar contra toda uma brigada ianque.

— Fogo! — gritou Truslow, e os escaramuçadores da legião começaram sua batalha. Os homens estavam em pares. Um disparava, depois recarregava enquanto seu companheiro procurava algum perigo. O ianque ruivo já havia caído, apertando o peito.

Truslow correu até Nathaniel.

— Eu nunca fui religioso — comentou o sargento enquanto socava uma bala no cano de seu fuzil —, mas não existe uma história na Bíblia sobre um rei filho da puta que mandou um homem morrer na batalha só para poder comer a mulher do sujeito?

Nate olhou através da fumaça dos fuzis, viu um ianque se apoiar sobre um dos joelhos para mirar e atirou no sujeito. Uma bala nortista passou pelo ar alguns centímetros à sua esquerda. Além da linha de escaramuça ianque, a brigada nortista avançava com firmeza sob as bandeiras reluzentes. Dava para ouvir as botas dos ianques esmagando os pés de milho, e Nathaniel soube que, assim que a linha em marcha alcançasse a outra ponta do campo de trigo, ela pararia para mirar, e então uma saraivada mortal assobiaria na plantação, com cada bala apontada para as duas companhias desgarradas da legião. Não havia nada para conter os ianques ali, em terreno aberto. Nenhum canhão rebelde disparava, não havia obuses explodindo nem tiros de metralha para salpicar de vermelho o campo de trigo. Tom Petty, um rapaz de 18 anos da companhia de Nate, girou com a boca aberta e os olhos arregalados. Sacudiu a cabeça incrédulo e tombou de joelhos. Viu os olhos de Nathaniel voltados para ele e forçou um sorriso corajoso.

— Eu estou bem, senhor! É só um arranhão! — Ele conseguiu se levantar e se virar para o inimigo.

— O rei Davi — respondeu Starbuck em voz alta. O rei Davi tinha mandado Urias, o heteu, para a linha de frente da batalha mais violenta para que Bate-Seba ficasse viúva. — Ponde Urias na frente da maior força da peleja; e retirai-vos de detrás dele, para que seja ferido e morra. — O versículo veio à memória de Nathaniel. Maldito Faulconer, que tinha feito Swynyard colocar Nate na linha de frente da batalha mais violenta para que ele pudesse ser ferido e morresse. — Vamos sair daqui! — gritou Nathaniel para o capitão Medlicott.

Apesar de oficialmente no comando, Medlicott agradeceu a liderança do mais jovem.

— Recuar! — gritou para a Companhia G.

Os ianques comemoraram e zombaram ao ver o punhado de escaramuçadores recuando.

— Aproveitem a surra, pessoal! — gritou um nortista.

— Continuem correndo! Estaremos logo atrás de vocês! — gritou outro, e um terceiro gritou para dar lembranças a Stonewall Jackson.

— E diga que agora vamos enforcá-lo com muito carinho!

— Firmes, agora! — ordenou Nathaniel aos seus homens. Ele ficou de costas para o inimigo, concentrando-se em sua companhia. — De volta às árvores! Firmes, não corram!

Não havia ninguém da brigada à vista. Swynyard ou Faulconer devia ter levado todos os homens de volta para a floresta, abandonando Nate e Medlicott ao inimigo. Mas por que Bird não havia protestado? Um obus caiu logo atrás de Nathaniel, atingindo-o com seu golpe de ar quente. Ele se virou e viu os escaramuçadores ianques correndo na sua direção.

— Rápido, de volta às árvores! — gritou, liberando seus homens da retirada lenta e firme. — Reúna todos perto da estrada, sargento! — gritou para Truslow.

Mais zombaria nortista e um punhado de balas seguiu a retirada apressada dos escaramuçadores. Os ianques estavam animados. Eles esperaram muito tempo para dar uma surra em Stonewall Jackson e agora batiam com força. De volta às árvores ao lado da estrada, os homens de Nathaniel ofegavam enquanto se agachavam e olhavam com nervosismo para seu oficial, que, por sua vez, observava as sombras se alongarem no campo de trigo. Ele também olhava para a linha de árvores do lado oposto, onde surgiram mais canhões e soldados de infantaria. Os ianques estavam em triunfo e os rebeldes, derrotados.

— Se ficarmos aqui — Medlicott havia se juntado de novo a Nate —, provavelmente vamos virar prisioneiros.

— Swynyard colocou você no comando — declarou Nathaniel objetivamente.

Medlicott hesitou, infeliz em assumir a responsabilidade, depois sugeriu timidamente que as duas companhias deveriam recuar mais por entre as árvores. A leste da estrada, uma furiosa batalha de artilharia ensurdecia o ar da tarde. A fumaça brotava da colina em que os canhões rebeldes estavam posicionados, mas esses canhões não tinham nenhuma utilidade para os homens derrotados a oeste da estrada, onde a linha ianque havia esmagado o milharal para fazer a infantaria de Jackson recuar para as árvores no topo ao sul do vale. Os canhões nortistas agora conseguiam alcançar essas árvores, e o bosque verdejante de verão estava tomado pela ameaça dos obuses assobiando. Nathaniel se perguntou para onde teria ido o regimento da Geórgia e em que lugar o restante da brigada estaria escondido.

— Não estou vendo a brigada! — disse Medlicott, desanimado.

Uma salva de obuses estrondeou diante dos escaramuçadores, preenchendo o espaço entre as árvores com estilhaços de metal quente assobiando. Os homens que iam à frente da retirada tinham seguido o caminho sinuoso até uma pequena depressão, e agora se agacharam instintivamente, em vez de abandonar a cobertura precária para entrar naquela zona de fogo. O perplexo e amedrontado capitão Medlicott parecia satisfeito em deixá-los descansar.

— Será que deveríamos mandar uma patrulha procurar a brigada? — sugeriu.

— Enquanto o restante de nós espera aqui para ser capturado? — perguntou Nathaniel, sarcástico.

— Não sei — disse Medlicott. De repente, o moleiro estava totalmente desprovido de confiança e iniciativa. Seu rosto molengo parecia expressar dor, como uma criança que recebe um tapa por uma ofensa que não cometeu.

— Ianques! — alertou Truslow, apontando para o oeste, onde uniformes azuis tinham aparecido na floresta.

— Fiquem parados! — gritou Medlicott em pânico súbito. — Abaixados!

Nathaniel teria continuado a retirada, esperando se juntar à reserva rebelde, mas Medlicott havia tomado uma decisão levado pelo pânico, e os homens se agacharam agradecidos nas sombras. Dois soldados da companhia de Nate baixaram um corpo que carregavam.

— Devemos enterrá-lo? — perguntou um dos dois.

— Quem é? — Estava escuro entre as árvores e o fim de tarde vinha chegando.

— Tom Petty.

— Ah, santo Deus — disse Nathaniel.

Tinha visto Petty ser ferido, mas pensou que ele sobreviveria, e sem dúvida Petty merecia viver, porque era um menino, não um homem. Ele costumava se barbear todas as manhãs, mas a navalha não fazia diferença em suas bochechas. Só usava a navalha para explicar a falta de barba, mas tinha sido um bom soldado, alegre e disposto. Nathaniel havia planejado promovê-lo a cabo, mas agora teria de ser Mellors, que não conseguia reagir tão rápido.

— Cavem uma cova rasa — disse —, e peçam ao cabo Waggoner que faça uma oração.

Por todos os lados os gritos dos ianques ficavam mais altos. O bosque estava cheio de obuses assobiando, tantos que às vezes as folhas arrancadas pareciam uma neve verde caindo pelo ar quente da tarde. As árvores faziam ecoar os gritos patéticos dos agonizantes. O tenente Coffman se abaixou ao lado de Nathaniel, o rosto pequeno demonstrando perplexidade porque seus amados sulistas estavam levando uma surra, porque o norte estava vencendo e porque nada no mundo fazia sentido.

O reverendo Elial Starbuck compartilhava o júbilo enquanto a percepção da vitória chegava ao quartel-general ianque. E que vitória! Prisioneiros confirmaram que o comandante inimigo era de fato o famoso Stonewall Jackson.

— Essa noite o desgraçado não vai conseguir seu jantar com as minhas carroças de suprimentos! — exultou o general Banks.

Era verdade que o inimigo ainda se mantinha firme nas encostas do monte Cedar, mas o estado-maior de Banks trazia uma mensagem após a outra contando que a ala direita federal, sob o comando do general Crawford, estava empurrando os rebeldes através do vale, para a floresta do outro lado.

— Agora vamos flanqueá-los! — exclamou Banks, gesticulando de modo extravagante para mostrar como pretendia encurvar a ala de seu exército em volta da retaguarda do monte Cedar e assim cercar os remanescentes do exército confederado. — Talvez tenhamos Jackson como convidado para o jantar dessa noite!

— Duvido que ele tenha muito apetite depois dessa surra — observou um major da artilharia.

— De qualquer forma, o sujeito tem a reputação de comer de um jeito estranho feito o diabo — comentou um ajudante, depois ruborizou por ter feito uma imprecação diante do reverendo Starbuck. — Nada além de pão velho e repolho picado, pelo que ouvi dizer.

— Você e eu poderíamos cortar um pouco de repolho para o patife, hein, Starbuck? — Assim o general Banks atraiu seu distinto convidado para a conversa jubilosa.

— Eu o faria comer o que os escravos comem! — exclamou o reverendo.

— Eu acho que a alimentação dele é pior que a de qualquer escravo! — zombou Banks. — Se forçássemos um escravo a comer o que Jackson janta, o mundo inteiro censuraria nossa desumanidade. Talvez devêssemos castigar o sujeito lhe dando uma refeição de verdade, hein? Ostras e faisão, por exemplo.

Os ajudantes de Banks gargalharam e o general voltou a olhar para a fumaça da batalha, tocada por um leve tom rosado do sol do fim da tarde. À luz inclinada, Banks parecia soberbo: de costas eretas, rosto sério, a própria imagem de um soldado. E, de repente, depois de meses de desapontamento, por fim o político se sentia um soldado. Tinha passado a gostar do serviço, admitiu modestamente, e agora estava preparado para as batalhas que viriam. Já que, apesar da vitória esplêndida deste dia, haveria mais batalhas. Com Stonewall Jackson derrotado, o general Robert Lee, que protegia Richmond do exército de McClellan, seria obrigado a ir para o norte, ainda que esse movimento abrisse a capital rebelde às forças de McClellan. McClellan cumpriria com seu dever derrotando as defesas de Richmond, Pope esmagaria Lee e depois, afora fazer uma limpeza no Mississippi e quebrar algumas cabeças no extremo sul, a guerra estaria acabada. Melhor ainda, estaria vencida. Tudo que restaria seriam algumas batalhas, a rendição dos rebeldes, um desfile da vitória federal e, mais importante de tudo, a necessidade absoluta de o presidente Lincoln e os patetas do Congresso dos Estados Unidos perceberem que Nathaniel Prentiss Banks havia sido responsável por dar início a todo o processo. Meu Deus, pensou Banks, outros tentariam roubar sua glória! Sem dúvida, John Pope faria a tentativa, e George McClellan com certeza escrevia para cada editor de jornal, o que tornava mais importante escrever o despacho sobre a vitória com firmeza e clareza esta noite. O despacho desta noite, Banks tinha consciência, moldaria os livros de história pelos próximos anos. Porém, mais importante, as palavras que ele escrevesse renderiam votos pelo resto de sua carreira.

Oficiais federais se reuniram em volta do general para congratulá-lo. O comandante da guarda pessoal de Banks, um zuavo alto da Pensilvânia, entregou ao general uma taça de prata com conhaque.

— Um brinde ao seu triunfo, senhor — proclamou o zuavo.

Uma fila de prisioneiros desconsolados passou caminhando penosamente pelo grupo de cavaleiros. Um ou dois rebeldes capturados lançaram um olhar carrancudo para o general nortista e um dos patifes cuspiu na direção dele; mas essa noite, pensou Banks, ele teria o prisioneiro mais

60

valioso como convidado para o jantar. Trataria o general Jackson com cortesia, como um soldado galante deveria fazer, e o mundo iria se maravilhar com a modéstia do vitorioso. Então Banks se imaginou em outra mesa de jantar, uma mesa muito mais grandiosa em Washington, reluzindo com a imensurável prataria presidencial. E na mente viu os diplomatas estrangeiros e suas esposas cobertas de joias, todas admiradas se inclinando para ouvir suas palavras. Presidente Banks! E por que não? George Washington podia ter criado esse país, mas fora necessário Nathaniel Prentiss Banks para salvá-lo.

Um quilômetro e meio ao sul de Banks, num cinturão de árvores onde chamas provocadas por obuses torturavam os feridos, homens gritavam, lutavam e morriam. O contra-ataque ianque era retardado pelo mato baixo e pela teimosa resistência dos fuzileiros sulistas, cujas chamas lançadas pelos canos se destacavam nas sombras cobertas pela fumaça. Obuses rasgavam a copa das árvores, fazendo os galhos sacudirem e martelando o céu com suas explosões. Sangue e fumaça fediam, um homem chamava pela mãe com voz de criança, outro xingava Deus, mas o norte continuava pressionando, metro a metro, atravessando o inferno em busca da paz.

— Não adianta nada dividir a brigada em pequenos destacamentos — disse o general Washington Faulconer com ar gélido. — Devemos ir para a batalha unidos.

— Se ainda restar alguma batalha — retrucou Swynyard com uma alegria insana. Ele parecia estar adorando o pânico que tinha se alastrado no lado oeste do exército de Jackson.

— Veja como fala, coronel — reagiu Faulconer rispidamente.

Ele estava mais insatisfeito que o normal com seu segundo em comando, que já havia perdido um quarto da legião, em vez de somente a companhia de Starbuck, e o que restava da brigada deveria ser poupado, e não desperdiçado, sendo posto na batalha aos poucos. Faulconer guiou seu cavalo para longe de Swynyard e olhou para a floresta cheia de fumaça e balançando com a passagem dos obuses e das balas sólidas dos nortistas. Só Deus sabia o que estava acontecendo no vale amplo para além daquela floresta, mas mesmo aqui, muito atrás de onde o combate acontecia, as evidências do desastre iminente eram espantosas e óbvias. Homens feridos voltavam das árvores cambaleando; alguns feridos eram ajudados por amigos, outros se arrastavam ou mancavam dolorosamente até os cirurgiões, que retalhavam, serravam e sondavam. Muitos fugitivos não estavam feridos, eram meramente homens apavorados tentando escapar do avanço ianque.

Faulconer não tinha intenção de permitir que esse avanço envolvesse a brigada.

— Quero o 65º à direita — gritou para Swynyard, referindo-se ao 65º da Virgínia, o segundo maior regimento depois da legião na Brigada Faulconer. — Os homens do Arkansas no centro e o 12º da Flórida na esquerda. Todo os outros da reserva devem ficar duzentos passos atrás.

Isso significava que as seis companhias restantes da legião, que no momento era o batalhão mais avançado da brigada, iriam se tornar a linha de retaguarda de Faulconer. Esse reposicionamento não era necessário, mas mover a linha de frente para a retaguarda matava um tempo precioso enquanto Faulconer tentava determinar exatamente que desastres aconteciam do outro lado da floresta.

— E, coronel — gritou Faulconer para Swynyard —, mande Bird fazer o reconhecimento do terreno. Diga para ele se reportar a mim em meia hora!

— O coronel Bird já foi. Foi pegar seus escaramuçadores de volta.

— Sem ordens? — perguntou Faulconer com raiva. — Então diga a ele que se explique a mim no instante em que voltar. Agora vá!

— Senhor? — O capitão Thomas Pryor, um dos novos ajudantes de Washington Faulconer, estava ansioso.

— Capitão?

— As ordens do general Jackson foram explícitas, senhor. Deveríamos avançar rapidamente, com qualquer unidade disponível. Para as árvores, senhor. — Nervoso, Pryor apontou para a floresta.

Mas Faulconer não queria avançar rápido. A floresta parecia tomada pela fumaça e pelas chamas, quase como se a própria terra arfasse nas garras de alguma batalha mítica. Tiros de fuzil espocavam, homens gritavam e canhões lançavam suas explosões no ar úmido, e Faulconer não desejava mergulhar naquele tumulto. Queria ordem e sentido, além de alguma segurança.

— O general Jackson está entrando em pânico — disse a Pryor. — Não serviremos a nenhum propósito nos comprometendo em partes. Vamos avançar em boa ordem ou não avançaremos.

Em seguida, deu as costas para a batalha e cavalgou até onde sua segunda linha seria formada. Essa linha de reserva era formada pelas seis companhias remanescentes da legião e por todo o 13º da Flórida, dois regimentos que Faulconer tinha toda a intenção de segurar até que sua primeira linha estivesse totalmente envolvida no combate. A segunda linha só lutaria se a primeira se rompesse e fugisse, e, mesmo assim, apenas para servir como retaguarda para a primeira linha em fuga. Washington Faulconer disse a si mesmo que estava sendo prudente e que essa prudência poderia impedir que a derrota se transformasse numa debandada.

Imaginou onde Nathaniel Starbuck estaria e sentiu o lampejo familiar de ódio. Faulconer culpava Nathaniel por todos os seus males. Foi Nathaniel quem o havia humilhado em Manassas, foi Nathaniel quem havia subornado Adam e foi Nathaniel quem o havia desafiado, permanecendo na legião. Faulconer estava convencido de que, se conseguisse se livrar de Nathaniel Starbuck, ele poderia transformar a brigada na unidade mais eficiente do Exército confederado, motivo pelo qual tinha ordenado a Swynyard que posicionasse uma companhia de escaramuçadores muito à frente da posição da brigada. Acreditava que Swynyard saberia exatamente que companhia de escaramuçadores seria sacrificada, mas não esperava que o idiota bêbado jogasse fora as duas. Mas até mesmo essa perda poderia valer a pena se Starbuck estivesse entre as baixas, refletiu.

À esquerda de Faulconer, uma coluna de tropas rebeldes avançava a passo acelerado, enquanto outra, também marchando depressa, ia para a floresta, à direita da brigada. Os reforços nitidamente chegavam à luta, o que significava, decidiu Faulconer, que ele não precisava lançar seus homens à frente num pânico desesperado. Devagar e com firmeza a batalha seria vencida, e essa cautela natural foi reforçada pela visão de um cavalo sem cavaleiro, cujo flanco estava vermelho, mancando para o sul pela estrada, com as rédeas se arrastando na poeira e sangue pingando dos estribos.

A Brigada Faulconer formou diligentemente suas novas linhas de batalha. Na primeira fila estava o 65º da Virgínia; os homens de Haxall, do Arkansas; e o 12º da Flórida. Os três regimentos ergueram suas bandeiras cobertas de poeira, rasgadas por balas e com suas cores fortes já desbotadas pelo sol. Os estandartes pendiam frouxos no ar parado. O coronel Swynyard entregou seu cavalo a um dos dois escravos intimidados e ocupou seu lugar no centro da linha de vanguarda, onde o desejo por fim dominou a cautela e o fez tirar um frasco de uma bolsa presa ao cinto.

— Vejo que nosso galante coronel está se inoculando para se proteger dos riscos da batalha — apontou o general Faulconer com ironia para o capitão Pryor.

— Bebendo água, senhor? — perguntou Pryor, intrigado.

Thomas Pryor era novo na brigada. Era o filho mais novo de um banqueiro de Richmond que fazia muitos negócios com Washington Faulconer. O banqueiro tinha implorado que ele tomasse conta de seu filho. "Thomas é um rapaz afável, bom demais, provavelmente, de modo que talvez uma temporada de guerra lhe ensine que a humanidade não é inerentemente honesta, não é?", tinha escrito o banqueiro.

A observação ingênua de Pryor, de que Swynyard estava bebendo água, foi acompanhada por um segundo de silêncio, depois uma tempestade de gargalhadas dominou o quartel-general da brigada.

— A água de Swynyard é do tipo que passarinho não bebe, que faz os homens dormirem e acordar com dor de cabeça.

O general sorriu de sua própria espirituosidade, depois se virou com indignação quando um homem montado galopou até ele, vindo da estrada.

— O senhor deve avançar! — gritou o oficial. Ele estava com uma espada desembainhada na mão direita.

Faulconer não se mexeu. Em vez disso, esperou enquanto o oficial fazia o cavalo parar. A montaria sacudiu a cabeça e pateou, nervoso. O animal estava coberto de suor e revirando os olhos.

— Você tem ordens para mim? — indagou ao oficial agitado.

— Do general Jackson, senhor. O senhor deve avançar com as outras brigadas.

O ajudante indicou a floresta, mas Faulconer continuou sem fazer nenhum movimento, a não ser estender a mão. O ajudante olhou para ele, boquiaberto. Ninguém mais nesse campo tinha exigido ordens escritas, já que certamente ninguém duvidaria da urgência da causa. Se os ianques vencessem ali, não haveria nada que os impedisse de atravessar o Rapidan e interromper as ligações ferroviárias de Richmond com o vale do Shenandoah. E não haveria nada, de fato, para impedi-los de avançar até a capital rebelde. Esse não era um momento para ordens escritas, e sim para os sulistas lutarem como heróis e protegerem seu país.

— O general Jackson manda seus cumprimentos, senhor — disse o ajudante num tom que mal conseguia se manter desprovido de insolência —, e lamenta não ter tempo para enviar as ordens por escrito, mas ficaria bastante satisfeito se o senhor avançasse com sua brigada para as árvores e ajudasse a repelir o inimigo.

Faulconer olhou para a floresta. Fugitivos continuavam emergindo das sombras, mas agora a maioria era de homens feridos na luta, não de soldados apavorados em busca de segurança. Mais perto da brigada, dois canhões pequenos eram descarregados próximo à estrada, mas pareciam uma força digna de pena para enfrentar a ruidosa investida nortista que se agitava entre as árvores cobertas pelas sombras. Essas sombras eram longas, lançadas por um sol que avermelhava no oeste. Chamas provocadas por um obus tremeluziam na floresta, onde os fuzis estalavam furiosamente.

— Devo dizer ao general Jackson que o senhor não vai avançar? — questionou o oficial, numa voz à beira do desespero. Ele não tinha dado seu nome nem anunciado sua autoridade, mas a urgência da voz e a espada na mão eram toda a autoridade de que precisava.

Faulconer desembainhou a espada. Não queria avançar, mas sabia que agora não tinha opção. A reputação e a honra dependiam de entrar naquela floresta terrível.

— Coronel Swynyard! — gritou, e as palavras mal passavam de um grasnido. — Coronel! — gritou de novo, dessa vez mais alto.

— Senhor! — Swynyard enfiou o frasco de uísque de volta na bolsa.

— Avance com a brigada!

Swynyard desembainhou a espada, com a lâmina raspando na bainha ao sair para a luz do dia que terminava. À frente dele chamas ardiam na floresta, com labaredas luminosas nas sombras escuras onde homens lutavam e morriam.

— Avante! — gritou Swynyard.

Avante para o tumulto onde a floresta ardia.

Para a batalha.

3

— É a vontade de Deus, Banks! É a vontade de Deus!

O reverendo Elial Starbuck estava fora de si de tanta alegria. O cheiro da batalha penetrava em suas narinas e o inflamava como uma infusão do Espírito Santo. O pastor tinha 52 anos e nunca havia conhecido uma exultação igual a esse frêmito da vitória. Ele estava testemunhando a mão de Deus trabalhar e vendo o triunfo dos justos sobre a escravocracia.

— Em frente, em frente! — gritou, encorajando uma nova bateria de artilharia nortista que ia em direção à fumaça da batalha. O reverendo Elial Starbuck tinha chegado a Culpeper Court House para pregar às tropas, mas em vez disso se via instigando-as à glória.

Seu júbilo combinava com a empolgação do general Banks. O político tornado general percebia que tinha vencido! Estava dando uma surra no desgraçado e infame Jackson, que havia lhe causado tanto sofrimento no início do ano. Os sinos de Boston tocariam por esse sucesso de um filho nativo, e, de repente, a percepção das ambições mais ousadas do governador pareciam tão próximas que poderia ofuscá-lo. Nathaniel Prentiss Banks, décimo sétimo presidente dos Estados Unidos da América. Disse a frase em voz baixa, apreciando-a, mas então a glória desse triunfo o deixou tonto na sela, e, para se firmar, ele se virou de novo para o reverendo Starbuck.

— Como está aquele seu filho, Starbuck? — perguntou, tentando dar a impressão de que era um homem suficientemente humilde e confiante para conversar sobre amenidades no momento de glória.

— James vai bem, obrigado, governador — respondeu o pastor. — Ele está com as forças de McClellan diante de Richmond. Sofreu um pouquinho de febre há um mês, mas escreveu dizendo que se recuperou totalmente.

— Estou me referindo ao rapaz que recebeu meu nome. Como ele está?

— Nathaniel está bem, pelo que sei — respondeu rapidamente o reverendo; depois, foi salvo de mais indagações sobre seu filho traidor pela chegada de um ajudante num cavalo com a crina empalidecida pela poeira e os flancos espumando de suor.

O ajudante prestou continência rigidamente a Banks e entregou um bilhete do general de brigada Crawford. O bilhete tinha sido escrito às pressas na sela, e Banks achou difícil decifrar as letras a lápis.

— Notícias da vitória, espero — sugeriu Banks ao ajudante recém--chegado.

— O general requisita reforços, senhor — respondeu o ajudante respeitosamente. Seu cavalo estremeceu quando um obus rebelde passou assobiando acima.

— Reforços? — Na pausa posterior à sua pergunta, o obus rebelde explodiu inofensivamente, espalhando terra na estrada. — Reforços? — perguntou Banks de novo, franzindo a testa como se achasse a palavra incompreensível. Depois ajeitou o uniforme já imaculado. — Reforços? — perguntou pela terceira vez. — Achei que ele estava expulsando o inimigo do campo!

— Nós precisamos romper a linha dos inimigos, senhor. — O ajudante parecia entusiasmado. — Mais uma brigada irá fazê-los debandar completamente.

— Eu esperava que já tivéssemos terminado. — Banks amassou o bilhete de Crawford.

— Eles estão se escondendo numa floresta, senhor. Nossos colegas continuam pressionando, mas vão precisar de ajuda.

— Não há nenhuma ajuda — disse Banks, indignado, como se o ajudante estivesse estragando seu momento de glória. — Eu mandei para ele a brigada de Gordon. Não basta?

O ajudante olhou para os zuavos da Pensilvânia com seus uniformes espalhafatosos, que formavam a guarda pessoal do general Banks.

— Talvez devêssemos mandar todos os homens disponíveis, senhor, para destruí-los antes de serem salvos pelo anoitecer. — Ele falava muito respeitosamente, como seria correto para um capitão oferecendo conselho tático a um general de brigada.

— Não temos reservas, capitão — retrucou Banks em voz presunçosa. — Estamos totalmente comprometidos! Portanto, pressionem. Pressionem firme! Diga a Crawford que a responsabilidade é dele. Não admitirei homens pedindo ajuda, não quando estamos à beira da vitória. Volte e diga a ele que pressione com firmeza, ouviu? Que pressione com firmeza e não pare até o anoitecer. — O longo discurso havia restaurado a confiança de Banks. Ele estava vencendo; era a vontade de Deus que o alardeado Stonewall Jackson fosse humilhado. — É nervosismo, puro nervosismo — explicou aos homens ao redor o pedido do general Crawford. — Um sujeito se vê do lado vitorioso e não acredita na própria sorte, por isso pede ajuda no último instante!

— Espero que o senhor seja gentil com Crawford em suas memórias — observou o comandante zuavo.

— Certamente, certamente — respondeu Banks, que não tinha pensado num livro de memórias até esse momento, mas agora se viu sonhando com uma obra em três volumes, com o título provisório de *A guerra de Banks*. Decidiu que narraria suas derrotas anteriores como ardis necessários que atraíram o comedor de repolho Jackson para a destruição no monte Cedar. "Posso ter sido vilipendiado", ensaiou o general na cabeça, "mas estava jogando uma cartada maior do que meus críticos tinham conhecimento, especialmente os jornalistas desprezíveis que ousavam me oferecer conselhos, ainda que nenhum deles fosse capaz de saber a diferença entre o cão de um fuzil e um vira-lata".

O reverendo Elial Starbuck interrompeu esse devaneio agradável pedindo permissão para cavalgar adiante, de modo a observar a perseguição e a humilhação final do inimigo.

— Seu triunfo é uma resposta às minhas orações, governador. E eu gostaria muito de testemunhar todos os frutos dele.

— Meu caro Starbuck, é claro que você deve ir. Capitão Hetherington?

Banks chamou um dos seus ajudantes mais novos para acompanhar o pastor, mas também alertou seu homem a não expor o reverendo Starbuck a nenhum perigo. O aviso foi dado para garantir que o reverendo sobrevivesse para pregar a fama de Banks em seu púlpito influente.

— Um patife ferido ainda pode morder — alertou Banks ao pastor —, de modo que você deve ficar longe das mandíbulas dos animais agonizantes.

— Deus irá me proteger, governador — garantiu o reverendo. — Ele é meu escudo forte e protetor.

Assim guardado, o reverendo Starbuck partiu pelos campos com Hetherington, primeiro abrindo caminho entre fileiras de carroças do Exército com coberturas de lona branca, depois passando por um hospital de campanha, onde parou para inspecionar o rosto dos prisioneiros sulistas feridos, que depois da cirurgia estavam deitados no capim do lado de fora das barracas. Alguns permaneciam desacordados por causa do clorofórmio, outros dormiam de pura exaustão, mas a maioria estava pálida e amedrontada. Algumas baixas com bandagens grosseiras esperavam as facas dos cirurgiões, e, para qualquer pessoa não acostumada à batalha, a visão de homens tão feridos poderia ser mais do que um estômago forte suportaria. Porém, o reverendo Starbuck parecia positivamente animado com aquele espetáculo horrendo. De fato, ele se inclinou na sela para olhar mais de perto para os membros mutilados e para o couro cabeludo sangrento de um homem.

— Está vendo a fenda craniana baixa e os dentes pronunciados? — observou para Hetherington.

— Senhor? — perguntou Hetherington, intrigado.

— Observe o rosto dele, homem! Observe o rosto de qualquer um deles! Não consegue ver a nítida diferença entre as feições deles e as nortistas?

O capitão Hetherington achava que os sulistas não pareciam muito diferentes dos nortistas, a não ser por geralmente serem mais magros e terem uniformes muito mais maltrapilhos, porém não queria contradizer o eminente pastor, por isso concordou que os rebeldes capturados realmente tinham testas baixas e dentes animalescos.

— Essas feições são os sintomas clássicos de debilidade mental e degradação moral — anunciou, feliz, o reverendo Starbuck; então se lembrou da obrigação cristã devida até mesmo a almas tão decaídas quanto aqueles prisioneiros rebeldes. — Ainda que seus pecados sejam tão rubros — gritou para eles —, vocês podem ser lavados até ficarem mais brancos que a neve. Vocês devem se arrepender! Devem se arrepender! — Ele tinha chegado equipado com exemplares de seu panfleto *Libertando os oprimidos*, que explicava por que os cristãos deveriam estar preparados para morrer pela causa sagrada da abolição da escravatura, e agora jogava alguns exemplares entre os feridos. — Algo para ler durante seu tempo de prisão — disse a eles. — Algo para explicar seus erros. — Em seguida, esporeou o cavalo, animado pela chance de espalhar a boa palavra. — Temos sido negligentes ao restringir nossa missão às terras pagãs e aos escravos do sul, capitão — declarou a Hetherington quando os dois deixaram o hospital para trás. — Deveríamos ter mandado mais homens bons para os estados rebeldes, para lutar contra os demônios que habitam a alma do homem branco.

— Existem muitas igrejas no sul, não existem? — indagou respeitosamente o capitão Hetherington depois de guiar o pastor em volta de um emaranhado de fios de telégrafo largado perto da estrada.

— De fato há igrejas no sul — concordou o reverendo em tom de aversão.

— E pastores também, ouso dizer, mas sua existência não deve nos iludir. As escrituras nos alertam sobre os falsos profetas que habitarão os últimos dias. E esses profetas não têm dificuldade em persuadir os simplórios a seguir o caminho do diabo. Mas a Segunda Epístola de Pedro nos garante que os falsos profetas atrairão para si mesmos uma destruição rápida. Eu acho que estamos testemunhando o início dessa providência. Pois isto é obra do Senhor — declamou o reverendo doutor Starbuck com felicidade, indicando dois cães que brigavam pelo intestino de um morto perto de uma fumegante cratera de obus —, e devemos nos regozijar e ficar felizes com ela!

Um impulso menos devoto fez o reverendo se perguntar se o dinheiro que tinha acabado de gastar com o Regimento de Cavalaria de Galloway seria desperdiçado. Talvez a guerra fosse vencida sem os homens de Galloway. Depois, afastou essa preocupação e deixou que as boas notícias desse dia o preenchessem de júbilo.

O capitão Hetherington queria afastar os dois cães das entranhas do homem, mas o reverendo Starbuck esporeava o cavalo, e o dever do ajudante era acompanhar o pastor, por isso galopou até alcançá-lo.

— O senhor está dizendo que nenhum rebelde é cristão? — perguntou respeitosamente.

— Como podem ser? Nossa fé jamais pregou a rebelião contra a autoridade legítima do Estado, dada por Deus, portanto, na melhor das hipóteses, o sul está cometendo um erro sério e por isso necessita desesperadamente de arrependimento e perdão. E na pior das hipóteses? — O reverendo balançou a cabeça em vez de considerar essa pergunta, mas o simples fato de fazê-la o levava a pensar em seu segundo filho e em como, neste momento, Nate estava condenado irrevogavelmente às chamas do inferno. Nate iria queimar no fogo eterno, atormentado por toda a eternidade por agonias inimagináveis. — E ele merece! — protestou em voz alta.

— Perdão, senhor? — questionou Hetherington, achando que tinha deixado de ouvir algum comentário dirigido a ele.

— Nada, capitão, nada. Como está sua alma?

— Salva, senhor. Encontrei Cristo há três anos, e desde então louvo a Deus por Sua misericórdia.

— Louvado seja Ele, com certeza — declarou o reverendo, embora, na verdade, estivesse secretamente desapontado porque seu acompanhante era um cristão renascido. Havia poucas coisas das quais Elial Starbuck gostasse mais que ter o que chamava de uma rusga com um pecador. Ele gostava de alardear que tinha deixado muitos homens fortes em lágrimas depois de uma hora de bons argumentos.

Os dois chegaram a uma bateria nortista de napoleões de doze libras. Os quatro canhões estavam silenciosos, com os artilheiros em mangas de camisa encostados nas rodas das armas e olhando para o outro lado do vale, onde um bosque com sombras alongadas estava coroado por fumaça de canhões.

— Não temos alvos, senhor — respondeu o comandante da bateria quando o reverendo Starbuck perguntou por que ele não estava disparando. — Nossos companheiros estão naquele bosque, senhor, ou talvez a quase um quilômetro além dele, o que significa que nosso serviço do dia está terminado. — Ele tomou um gole de seu cantil, que estava cheio de conhaque. — Aquelas explosões de obus são canhões rebeldes disparando a longa distância, senhor — acrescentou, indicando as explosões brancas que surgiam intermitentemente no alto da colina, ao longe. O som de cada impacto chegava alguns segundos depois, como uma pequena trovoada. — É só a retaguarda inimiga — declarou o artilheiro, confiante —, e podemos deixar que a plebe cuide deles.

— A plebe? — questionou o reverendo.

— A infantaria, senhor. Os mais baixos dos baixos, entende?

O reverendo não entendia, mas decidiu não explicitar a dúvida.

— E os rebeldes? Onde estão?

O major artilheiro observou as voltas eclesiásticas do interlocutor e se empertigou respeitosamente.

— Dá para ver alguns mortos, senhor, e perdoe minha insensibilidade, e o resto provavelmente já está a meio caminho de Richmond. Eu esperei mais de um ano para ver os patifes darem no pé, senhor, e é uma bela visão. Nossas jovens damas os fizeram partir em belo estilo. — O major deu um tapa no cano ainda quente do canhão mais próximo que, como o restante dos napoleões da bateria, tinha um nome de mulher pintado na conteira. Este era o Maud, e seus companheiros se chamavam Eliza, Louise e Anna.

— É obra do Senhor, obra do Senhor! — murmurou, feliz, o reverendo Starbuck.

— Os separatistas ainda estão animados por lá. — O capitão Hetherington indicou o distante monte Cedar, onde a fumaça dos canhões continuava sendo lançada pelas baterias rebeldes.

— Mas não por muito tempo. — O major artilheiro falava com confiança. — Vamos olhar para o traseiro deles e aprisionar cada homem de verdade. Desde que o anoitecer não chegue antes — acrescentou. O sol estava muito baixo e a luz se avermelhava.

O reverendo pegou uma pequena luneta do bolso e a apontou para a floresta adiante. Podia ver pouquíssimo além de fumaça, folhas e crateras de obuses ardendo, mas no terreno aberto mais próximo podia identificar as formas dos mortos caídos nos restos do milharal.

— Vamos para a floresta — anunciou ao companheiro.

— Eu não sei se deveríamos, senhor — contestou educadamente o capitão Hetherington. — Ainda há obuses caindo.

— Não sofreremos nenhum mal, capitão. Ainda que eu andasse pelo vale da sombra da morte, não temeria mal algum. Venha!

Na verdade, o reverendo Starbuck queria cavalgar mais perto dos obuses que explodiam. Ele havia decidido que sua empolgação era sintoma de um gosto natural pela batalha, que talvez estivesse descobrindo um talento divino para a guerra, e, de repente, não era de espantar que o Senhor das Hostes tivesse exortado Israel à luta com tanta frequência. O sangue e a carnificina eram um modo de ver a realização da obra de Deus! Pregar sermões e o trabalho missionário eram muito bons, e sem dúvida Deus ouvia as preces de todas aquelas mulheres que definhavam com marcadores de seda desbotados em suas Bíblias muito manuseadas, mas esse martelo de batalha era um método mais garantido para trazer Seu reino. Os pecadores eram flagelados pelos golpes santos de espada, aço e pólvora, e o reverendo doutor Starbuck exultava com esse processo.

— Avante, capitão! — encorajou. — O inimigo está derrotado, não há o que temer!

Hetherington fez uma pausa, mas o major artilheiro concordava totalmente com o pastor.

— Eles estão derrotados, senhor, e amém — declarou o major, e o encorajamento bastou para fazer o reverendo entregar alguns exemplares de *Libertando os oprimidos* para os artilheiros exaustos. Então, com o espírito voando alto, esporeou o cavalo e passou pelos leques de pés de milho queimados que marcavam o ponto em que Eliza, Louise, Maud e Anna lançaram chamas e fumaça no inimigo.

O capitão Hetherington o acompanhou descontente.

— Nós não sabemos se os rebeldes já foram expulsos da floresta, senhor.

— Então descobriremos, capitão! — disse o reverendo Starbuck com alegria.

E passou trotando pelos restos de um nortista que tinha sido despedaçado pelo impacto direto de um obus rebelde e agora não passava de uma massa disforme de ossos serrilhados, tripas azuladas, carne rasgada e retalhos de uniforme, tudo coberto de moscas. O reverendo não sentiu angústia com essa visão, apenas a satisfação de que o morto era um herói e tinha ido se encontrar com o Criador por ter sido morto pela causa mais nobre que jamais havia levado um homem ao campo de batalha. Alguns passos depois do soldado federal morto estava o cadáver de um sulista, com a garganta cortada até o osso por um fragmento de invólucro de obus. O desgraçado usava sapatos esburacados, calça rasgada e uma casaca puída, cinza pálido, remendada com pano marrom. Mas o aspecto mais repulsivo do cadáver era a aparência do rosto. O pastor acreditou ter visto a mesma fisiognomia depravada na maioria dos rebeldes mortos e no rosto dos rebeldes feridos que gritavam por socorro enquanto os dois cavaleiros passavam. Esses rebeldes, decidiu o reverendo, evidentemente tinham o espírito fraco e sem dúvida eram moralmente infantis. Os médicos em Boston estavam convencidos de que essas fraquezas mentais eram características herdadas, e, quanto mais o reverendo via esses sulistas, mais se convencia dessa verdade médica. Tinha havido miscigenação? Será que a raça branca havia se desgraçado tanto com seus próprios escravos a ponto de agora estar pagando o preço hereditário? Esse pensamento fazia o reverendo sentir tamanha repulsa que ele se encolheu, mas então um pensamento mais terrível lhe ocorreu. Será que a degradação moral de seu filho Nathaniel era herdada? O reverendo afastou essa suspeita. Nate era um apóstata, portanto, duplamente culpado. Os pecados de Nathaniel não poderiam ser postos à porta dos pais, e sim aos próprios pés malignos.

Assim, o reverendo Starbuck ruminava sobre hereditariedade, escravidão e fraqueza de espírito à medida que cavalgava pelo quente campo de batalha, mas não ignorava totalmente os gritos que vinham dos homens sedentos e feridos, abandonados impotentes pela luta. Os rebeldes feridos imploravam água, um médico ou ajuda para chegar aos hospitais de campanha, e o reverendo Starbuck oferecia o conforto possível garantindo que eles poderiam encontrar a salvação depois de um arrependimento verdadeiro. Um homem de barba escura, abrigado sob uma árvore crivada de balas e com metade da perna decepada e uma alça de fuzil servindo de torniquete em volta da coxa, xingou o pastor e exigiu conhaque em vez de um sermão, mas o reverendo apenas deixou cair um panfleto sobre ele e seguiu em frente, triste.

— Assim que esta rebelião terminar, capitão, estaremos diante de uma tarefa enorme no sul. Precisaremos pregar o evangelho a um povo levado ao erro por falsos mestres.

Hetherington estava prestes a concordar com essa observação devota, mas foi contido por um barulho súbito vindo do oeste. Para o reverendo Starbuck, não acostumado ao som da batalha, era como se enormes pedaços de lona rígida fossem rasgados, ou talvez o ruído provocado pelos moleques de rua desgraçados que gostavam de descer correndo a Beacon Hill passando varetas ao longo das cercas de ferro. O barulho foi tão repentino e intrusivo que ele conteve o cavalo instintivamente, mas então, presumindo que o som estranho pressagiasse o fim da rebelião, instigou o animal de novo e murmurou uma prece de agradecimento à providência divina por ter dado a vitória ao norte. O capitão Hetherington, menos otimista, conteve a montaria do pastor.

— Eu não achava que os rebeldes estariam tão a oeste — comentou, aparentemente para si mesmo.

— Oeste? — perguntou o pastor, confuso.

— Isso são saraivadas de fuzil, senhor — disse Hetherington, explicando o som estranho. O capitão olhou para o sol poente, onde um véu de fumaça trêmulo começava a surgir acima das árvores.

— Esse barulho! — exclamou o reverendo. — Ouça! Você está ouvindo esse barulho? O que é? — Sua empolgação era causada por um novo som acrescentado subitamente às saraivadas dos fuzis. Era um uivo agudo, tomado pelo triunfo e misturado com um tom ululante e alegre, sugerindo que as criaturas que o faziam vinham de boa vontade e até mesmo felizes para esse campo onde havia ocorrido um massacre. — Você sabe o que está ouvindo? — perguntou o reverendo Starbuck com entusiasmo. — É o peã! Jamais pensei que viveria para ouvi-lo.

Hetherington olhou para o pastor.

— Peã, senhor? — perguntou, intrigado.

— Você já leu Aristófanes, não leu? — questionou o pastor, impaciente. — Você se lembra de como ele descreve o grito de guerra da infantaria grega? O peã? — Talvez algum oficial com formação clássica em Yale ou Harvard tivesse criado a moda agradável de ensinar aos seus soldados nortistas aquele antigo grito de guerra, pensou o pastor. — Escute, homem — disse, empolgado. — É o som da falange! O som dos espartanos! O som dos heróis de Homero!

O capitão Hetherington podia ouvir o som com clareza até demais.

— Isso não é o peã, senhor. É o grito dos rebeldes.

— Você quer dizer... — começou o reverendo Starbuck, depois ficou abruptamente em silêncio.

Ele tinha lido nos jornais de Boston sobre o grito dos rebeldes, mas agora estava escutando, e, de repente, o som não parecia nem um pouco clássico. Em vez disso, era infundido com o mal mais puro; um barulho capaz de gelar o sangue como um bando de feras selvagens uivando ou como os berros de uma horda de demônios implorando para serem libertados dos portões fumegantes do inferno.

— Por que eles estão gritando?

— Porque não estão derrotados, senhor. Por isso — respondeu Hetherington.

Em seguida, pegou as rédeas do cavalo do pastor e fez a própria montaria dar meia-volta. O reverendo Starbuck protestou contra a virada, porque já estava muito perto da floresta e queria ver o que havia do outro lado das árvores, mas o capitão não podia ser convencido a continuar.

— A batalha não está vencida, senhor — disse em voz baixa. — Pode até estar perdida.

Porque um grito rebelde só podia significar uma coisa: um ataque rebelde.

Porque os desgraçados não estavam derrotados.

Agachado na floresta perto da estrada, o capitão Nathaniel Starbuck ouviu o grito de um contra-ataque rebelde.

— Já não era sem tempo — murmurou para ninguém em particular.

Nos últimos minutos, o tiroteio entre as árvores tinha sido esporádico e Nate havia começado a temer que os escaramuçadores desgarrados da legião ficassem presos atrás de um vitorioso exército nortista. Até agora a única resistência ao ataque do norte tinha parecido aleatória e inútil, mas agora os tiros de fuzil aumentavam até adquirir a intensidade de uma batalha, e os gritos dos atacantes sulistas acrescentavam um contraponto fantasmagórico. Para Nate, a batalha era composta de sons, já que ele não conseguia ver nada através do mato cheio de fumaça imerso em sombras profundas, mas os sons indicavam que os atacantes nortistas estavam sendo contidos e até mesmo contra-atacados.

— Acho que deveríamos nos juntar a eles — disse ao capitão Medlicott.

— Não — respondeu Medlicott. — Absolutamente não!

A resposta foi veemente demais, revelando seu medo. O moleiro transformado em soldado estava lívido, como se tivesse acabado de passar por um turno intenso junto às suas velhas mós. O suor pingava e brilhava na barba, e o olhar nervoso percorria o abrigo que seus homens tinham descoberto fortuitamente no meio das árvores. O abrigo era uma depressão rasa que seria inundada com a menor chuva, mas estava tão cercada de vegetação rasteira que um exército poderia marchar pela estrada do outro lado e não ver os homens escondidos a alguns passos de distância.

— Vamos esperar aqui até as coisas acalmarem — insistiu.

Nathaniel não gostava da ideia de ficar escondido nas sombras. Até agora as duas companhias tinham evitado qualquer nortista, mas essa sorte poderia não durar; no entanto, Medlicott não queria ouvir as ideias do rapaz. Medlicott tinha se prontificado a aceitar as ideias de Nate quando estavam expostos ao fogo inimigo, mas, agora que se encontrava num refúgio aparentemente seguro, ele redescobria a autoridade que o coronel Swynyard lhe havia conferido.

— Vamos ficar aqui — insistiu outra vez. — E é uma ordem, Starbuck.

Nathaniel voltou para sua companhia. Esticou-se na beira da depressão rasa e olhou através da folhagem, na direção dos sons da batalha. Os galhos da floresta formavam uma renda escura contra o céu da tarde, com camadas de faixas de fumaça tingidas de vermelho. O grito rebelde cresceu e diminuiu, sugerindo os ciclos à medida que os regimentos avançavam e se jogavam no chão antes de avançar de novo. Saraivadas atravessavam as árvores, depois pés pisoteavam a vegetação rasteira ali perto, mas as folhas eram tão densas que Nate não conseguia ver ninguém. Mesmo assim temia o súbito aparecimento de uma companhia de ianques nervosos, por isso se virou e falou baixo para seus homens calarem as baionetas. Se os ianques viessem, estaria preparado.

Ele sacou sua baioneta e a encaixou no lugar. Esquilos tagarelavam infelizes nos galhos acima e um clarão de penas vermelhas mostrou o lugar de onde um cardeal voou no meio dos troncos. Atrás de Nathaniel, para além da estrada deserta, a fumaça dos disparos parecia camadas de névoa acima de uma colcha de retalhos das plantações de trigo e milho. Não havia infantaria à vista ali. Era quase como se a estrada dividisse o campo de batalha em duas metades, uma cheia de fumaça dos canhões e a outra com homens lutando.

Truslow, segurando o fuzil com a baioneta de aço, jogou-se ao lado de Nate.

— O que tem de errado com Medlicott?

— Ele está com medo.

— Ele nunca serviu para nada. O pai era igual. — Truslow cuspiu um bocado de sumo de tabaco viscoso nas folhas secas do chão. — Uma vez vi John Medlicott correr de dois ladrões de cavalos que não tinham mais de 15 anos.

— Você era um deles? — perguntou Nathaniel, astutamente.

Truslow riu, mas, antes que pudesse responder, houve um súbito ruído de pés em pânico, e um único soldado nortista atravessou os arbustos à frente. O ianque não percebeu as duas companhias rebeldes até estar a apenas alguns passos de distância; então, seus olhos se arregalaram e ele parou, derrapando em pânico. Ficou boquiaberto. Ele se virou, aparentemente para gritar um alerta para os colegas, mas Nate tinha se levantado e deu uma coronhada na lateral da cabeça do nortista, uma fração de segundo antes que Truslow puxasse os pés do sujeito. O ianque caiu feito um novilho abatido com um porrete. Truslow e Nate o arrastaram para a companhia e o desarmaram.

— Cale essa maldita boca — sibilou Nathaniel para o homem que tinha começado a se mexer.

— Eu não vou...

— O oficial mandou você fechar a matraca, seu filho da puta, então fecha ou eu arranco a sua maldita língua — vociferou Truslow, e o nortista ficou absolutamente quieto. A fivela de seu cinto de couro mostrava que ele era da Pensilvânia. Havia um fio de sangue entre as raízes do cabelo acima da orelha. — Você está com um machucado aí, desgraçado — disse Truslow, animado. Ele estava revirando os bolsos e as bolsas do sujeito. Jogou os cartuchos de fuzil do ianque para o meio da companhia, depois encontrou um pacote marrom que tinha a marca registrada John Anderson's Honeydew Fine-Cut Tobacco of New York. — Não é da Virgínia, mas alguém vai fumar — disse, enfiando-o em sua bolsa.

— Deixe um pouco para mim — implorou o ianque. — Eu não fumo há horas.

— Então devia ter ficado na Pensilvânia, seu filho da puta, em vez de pisotear nosso milho. Você não é bem-vindo aqui. Se recebesse o que merecia, estaria respirando por um buraco nas costelas. — Truslow pegou um maço de notas nortistas enrolado no bolso de cima do sujeito. — Teve sorte com as cartas, foi?

— E com as mulheres. — O nortista tinha um charme presunçoso, de nariz arrebitado.

— Fique parado e quieto, garoto, ou sua sorte acaba aqui. — Truslow soltou o cantil do rapaz e descobriu que ainda tinha dois dedos de água, que ofereceu a Nathaniel. Apesar da sede, Nate recusou, por isso o próprio Truslow esvaziou o cantil na boca.

Nathaniel se levantou para observar o mato ao redor. O capitão Medlicott sussurrou para ele baixar a cabeça, mas Nate ignorou o moleiro. Outros gritos anunciaram uma renovada carga rebelde, e, dessa vez, um grupo de cerca de vinte e cinco ianques surgiu a apenas vinte passos do esconderijo das companhias. Um punhado de nortistas se ajoelhou e disparou para as árvores antes de recuar de novo. Dois ianques caíram enquanto voltavam, derrubados por balas rebeldes, e o restante dos homens sem dúvida continuaria correndo se a equipe da bandeira não tivesse vindo por entre as árvores para reuni-los. Um oficial alto, de cabelos brancos, brandiu uma espada na direção dos rebeldes.

— *Vorwärts! Vorwärts!* — gritou o oficial, e os homens que recuavam deram meia-volta, gritaram comemorando e dispararam uma saraivada na direção de seus perseguidores. As duas bandeiras eram quadrados de seda reluzentes nas sombras cobertas pela fumaça. Uma era a bandeira dos Estados Unidos, rasgada e manchada pela batalha, e a outra era uma bandeira púrpura bordada com uma águia e uma legenda que Nathaniel não conseguiu decifrar. — *Vorwärts!* — gritou de novo o oficial de cabelos brancos.

— Esses desgraçados são alemães? — perguntou Truslow. O sargento sentia uma aversão irracional pelos imigrantes alemães, culpando-os por muitas das regras e dos regulamentos que começaram a infestar seu antigo país. "Os americanos eram livres, então os malditos prussianos vieram nos organizar", declarava com frequência.

— Somos *alemães* da Pensilvânia — respondeu o prisioneiro.

— Então são uns filhos da mãe abandonados por Deus — disse Truslow.

Nate conseguiu ler a legenda em letras góticas na segunda bandeira — *Gott und die Vereinigten Staaten* — e percebeu que aquela bandeira seria um belo troféu.

— *Feuer!* — gritou o oficial de cabelos brancos, e outra saraivada nortista foi disparada contra os atacantes rebeldes. Os alemães comemoraram, sentindo que sua resistência súbita tinha pegado os atacantes de surpresa.

— Nós podemos acabar com esses desgraçados — comentou Nate com Truslow.

O sargento olhou para o capitão Medlicott.

— Não com a ajuda daquele desgraçado covarde.

— Então vamos fazer isso sem a ajuda do desgraçado covarde. — Nate sentia o entusiasmo de um soldado que tinha a vantagem inestimável da surpresa; esta era uma luta que ele não poderia perder, por isso engatilhou o fuzil e se virou para olhar para sua companhia. — Vamos mandar uma saraivada naqueles filhos da puta alemães e depois vamos expulsá-los da nossa terra. Rápido e com força, pessoal, vamos matar os filhos da puta de medo. Prontos?

Os homens riram para ele, dizendo que estavam preparados. Nathaniel riu também. Havia ocasiões em que se perguntava se alguma coisa, em toda a eternidade, teria um gosto tão bom quanto esses momentos de batalha. O nervosismo da antecipação tinha desaparecido completamente, substituído por uma empolgação feroz. Ele olhou para o prisioneiro.

— Fique aqui, ianque.

— Eu não vou me mexer nem um centímetro! — prometeu o prisioneiro, mas, na verdade, ele pretendia fugir assim que fosse deixado sem vigilância.

— De pé! — gritou Nate.

A mistura inebriante de medo e empolgação o atravessou. Ele entendia a tentação de fazer como Medlicott e ficar escondido e em segurança mas também queria humilhá-lo. Queria mostrar que era o melhor homem num campo de batalha, e ninguém demonstrava essa arrogância se escondendo no mato.

— Apontar! — gritou, e um punhado de ianques ouviu a ordem gritada e olhou em volta com medo, mas já era tarde demais. Os homens de Nate estavam de pé com os fuzis nos ombros. Então a coisa começou a dar errado.

— Parem! — gritou Medlicott. — Abaixem-se! Eu ordeno! Abaixem-se!

O moleiro tinha entrado em pânico. Estava subindo pela depressão rasa e gritava para os homens de Nathaniel, até mesmo empurrando alguns de volta para o chão. Outros homens se agacharam, e tudo ficou confuso.

— Fogo! — gritou Nate, e uma quantidade ridícula de chamas de fuzil se projetou das sombras.

— Abaixem-se! — Medlicott balançava a mão freneticamente.

— De pé e atirem! — O grito de Nathaniel foi feroz. — De pé! Fogo! — Os homens se levantaram de novo e puxaram os gatilhos, de modo que uma saraivada hesitante e desconexa lançou chamas no crepúsculo. — Atacar! — berrou Nathaniel, arrastando a palavra como um grito de guerra.

O oficial de cabelos brancos tinha feito os ianques da Pensilvânia se virarem para enfrentar a inesperada ameaça ao seu flanco. A interferência de Medlicott tinha garantido aos nortistas alguns segundos preciosos, o suficiente para meia companhia formar uma linha de tiro irregular em ângulo reto com relação ao restante do batalhão. Agora essa meia companhia encarava o confuso ataque de Nate, e, enquanto ele via os ianques levarem os fuzis aos ombros, sentiu o desastre se aproximar. Até mesmo uma saraivada de meia companhia a uma distância tão curta rasgaria o centro do seu ataque. Foi acometido pelo pânico. Sentiu a tentação de interromper a investida e mergulhar na vegetação rasteira em busca de cobertura. Na verdade, sentiu-se tentado a fugir, mas então a salvação chegou quando o regimento rebelde que atacava os homens da Pensilvânia pelo sul disparou uma saraivada avassaladora. A linha nortista formada às pressas se desfez. A fuzilaria que deveria ter destruído Nate jamais foi disparada. Em vez disso, as duas bandeiras da União hesitaram e caíram, e os ianques dominados começavam a recuar.

O alívio transformou o grito de guerra de Nathaniel num berro arrepiante e incoerente enquanto levava seus homens para a clareira. Um soldado de casaca azul tentou dar uma coronhada em Nate, que aparou o golpe violento com facilidade e usou o cabo de seu próprio fuzil para derrubar o sujeito no chão coberto de folhas. Um tiro de fuzil o deixou meio surdo; o nortista que havia disparado recuava de costas e tropeçou num galho caído. Robert Decker pulou em cima do sujeito, gritando tão alto quanto sua vítima aterrorizada. Somente Truslow avançava sem gritar; ele procurava lugares onde o inimigo poderia recuperar a iniciativa. Viu um dos novos recrutas da legião, Isaiah Clarke, sendo derrubado por um ianque enorme. Truslow estava com sua faca de caça na mão. Golpeou duas vezes com ela, depois chutou o nortista de modo que o corpo dele não caísse em cima de Clarke.

— Levanta, garoto — disse a Clarke. — Você não está muito ferido. Nada que um gole de uísque não cure.

Os ianques da Pensilvânia fugiam. A bandeira listrada dos Estados Unidos tinha desaparecido em direção à segurança do norte, mas a da águia azul, com sua ornamentada legenda em alemão, era carregada por um sargento que mancava. Nate correu até o sujeito, gritando para ele se render. Um cabo ianque viu Nathaniel e apontou um revólver que havia tirado do corpo de um oficial rebelde caído, mas as câmaras não estavam escorvadas e o revólver apenas estalou. O cabo xingou em alemão e tentou se desviar, mas a baioneta de Nate o acertou na barriga; então a coronha do fuzil de Esau Washbrook golpeou a cabeça do sujeito, que caiu. Uma enorme maré de rebeldes vinha gritando do sul. O oficial de cabelos brancos pegou a bandeira da águia azul com o sargento que mancava e brandiu o mastro como uma acha desajeitada. O sargento caiu e cobriu a cabeça com as mãos, e o oficial, gritando um desafio em alemão, tropeçou no corpo do sujeito. O oficial caído tentou sacar um revólver do coldre à cintura, mas agora Nate estava em cima dele, cravando a baioneta nas suas costelas. Nate gritou, e seu grito, em parte alívio e em parte algo visceral, abafou o berro do alemão agonizante. Nathaniel forçou a lâmina para baixo até que o aço não se mexeu mais, depois se apoiou no cabo da arma enquanto Truslow tirava a bandeira da águia das mãos que a agarravam e subitamente perderam o vigor. Agora, o cabelo comprido e branco do oficial agonizante estava vermelho-sangue nas últimas luzes do dia.

Com os instintos primitivos de um selvagem, Nathaniel pegou a bandeira com Truslow e a balançou no ar, lançando gotas de sangue da borda.

— Conseguimos! — disse a Truslow. — Conseguimos!

— Só nós — retrucou Truslow de modo significativo, virando-se para onde Medlicott ainda estava escondido.

— Eu vou chutar a barriga daquele filho da mãe — declarou Nate. Em seguida, enrolou a bandeira ensanguentada no mastro envernizado. — Coffman! — gritou, querendo que o tenente cuidasse da bandeira capturada. — Coffman! Onde diabos você está, Coffman?

— Aqui, senhor. — A voz do tenente soou fraca atrás de uma árvore caída.

— Ah, meu Deus — gritou Nathaniel.

A voz de Coffman tinha soado fraca, como a de alguém que se agarrasse à consciência. Nathaniel correu até a clareira, pulou por cima da árvore e encontrou o jovem tenente ajoelhado, de olhos arregalados e rosto pálido, mas quem estava ferido não era ele. Coffman estava bem, apenas em choque. Em vez disso, era Thaddeus Bird, o gentil coronel Bird, que se encontrava caído numa palidez mortal e sangrando ao lado do tronco.

— Ah, meu Deus, Nate, isso dói. — Bird falava com dificuldade. — Eu vim para levar você embora, mas eles me acertaram. E pegaram o meu revólver. — Ele tentou sorrir. — Nem estava carregado, Nate. Eu vivo me esquecendo de carregar.

— O senhor, não. O senhor, não! — Nate se ajoelhou, esquecendo a bandeira capturada e a covardia de Medlicott enquanto seus olhos se turvavam repentinamente. — Você, não, Pica-Pau, você, não!

Porque o melhor homem da brigada estava fora de combate.

Por todo o campo, desde as encostas do monte Cedar até os milharais destroçados a oeste da estrada, os rebeldes avançavam à luz de um sol poente que agora era uma enorme bola de fogo de um vermelho desbotado pela fumaça de canhão em movimento. Um vento fraco, de fim de tarde, tinha finalmente soprado para levar a fumaça por cima dos feridos e dos mortos.

Os quatro canhões chamados Eliza, Louise, Maud e Anna voltaram a encontrar utilidade de repente, quando a infantaria cinzenta apareceu como matilhas de lobos junto à linha das árvores. Os artilheiros disparavam por cima da cabeça dos homens de sua própria infantaria que recuava, mandando obuses que estalavam soltando uma fumaça pálida na floresta coberta pelas sombras.

— Tragam os armões! Rápido! — O major, que, pouco estivera folheando, sob os últimos raios de sol, as páginas do exemplar bastante manuseado de *Devaneios de um solteirão* que pertencia à bateria, viu que teria de mover seus canhões rapidamente para o norte, se quisesse que a bateria não fosse capturada. — Tragam meu cavalo! — gritou.

Os quatro canhões continuaram disparando enquanto as parelhas eram trazidas. Um tenente recém-saído de West Point notou um grupo de oficiais rebeldes montados junto à beira da floresta.

— Virem para a esquerda! — gritou, e sua equipe fez força com uma alavanca para virar a conteira de carvalho branco de Eliza. — Aí! Elevem uma volta. Carregar obus! — O saco de pólvora foi empurrado pelo cano escorvado e o sargento artilheiro enfiou um espeto no ouvido da arma para furar o saco de lona.

— Não temos mais obuses, senhor! — avisou um artilheiro da pilha de munição.

— Carregue com bala sólida. Carregue com qualquer coisa, mas, pelo amor de Deus, rápido! — O tenente continuava olhando para o alvo tentador.

Uma bala sólida foi enfiada em cima do saco de lona. O sargento empurrou sua escorva de fricção no ouvido da arma, depois ficou de lado segurando o cordão de disparo.

— Canhão pronto — gritou.

O armão de Eliza, puxado por seis cavalos, chegou a galope para levar o canhão embora.

— Fogo! — gritou o tenente.

O sargento puxou o cordão, raspando a haste de fricção pelo tubo cheio de escorva. O fogo saltou para o saco de lona, a pólvora explodiu e a bala de ferro com quatro polegadas e meia partiu assobiando por cima do campo coberto de fumaça. O canhão recuou com a força de uma locomotiva desgarrada, voltando dez passos e mutilando as patas dos dois cavalos da frente das parelhas do armão. Os animais caíram relinchando. Os outros empinaram e escoicearam, aterrorizados. Um cavalo despedaçou um balancim, outro partiu uma pata no armão, e, de repente, a retirada ordeira da bateria tinha se transformado num horror de cavalos relinchando em pânico.

Um artilheiro tentou soltar os cavalos que não estavam feridos, mas não conseguiu chegar perto porque os animais machucados escoiceavam de agonia.

— Atira neles, pelo amor de Deus! — gritou o major de cima da sela.

Uma bala de fuzil assobiou sobre ele. O grito rebelde soava fantasmagórico à luz sinistra do fim de tarde. O artilheiro que tentava desenredar os cavalos levou um coice na coxa. Gritou e caiu com a perna quebrada. Então um obus da artilharia rebelde atingiu a terra a alguns passos dali, e os fragmentos do invólucro partido voaram, sibilando no meio da massa de homens e cavalos que gritavam dominados pelo terror. Os outros três canhões já tinham sido presos aos armões.

— Vão! — disse o major. — Vão, vão, vão!

E Louise, Maud e Anna, com seus canos pretos, foram arrastados depressa para longe, as equipes se agarrando com toda a força às alças de metal dos armões enquanto os cocheiros estalavam os chicotes acima dos cavalos apavorados. O canhão chamado Eliza permaneceu parado, soltando fumaça, abandonado, quando um segundo obus rebelde caiu bem no meio da confusão de sangue, arreios partidos e cavalos agitados. O tenente do Eliza vomitou diante da súbita erupção de sangue, depois começou a mancar em direção ao norte.

O capitão Hetherington guiou o reverendo doutor Starbuck, passando pelo canhão abandonado e pela massa disforme coberta de sangue que restava de suas parelhas. O pastor tinha perdido a cartola e se virava constantemente na sela para observar a linha cinzenta de homens que avançavam sob as bandeiras imundas. Um dos rebeldes que avançavam usava a cartola do bostoniano, mas não foi esse insulto que fez o pastor franzir a testa, e sim o enigma de por que Deus tinha permitido essa última derrota. Por que uma causa justa, defendida pela nação escolhida por Deus, sofria desgraças tão constantes? Sem dúvida, se Deus favorecia os Estados Unidos, o país deveria prosperar, mas era perceptível que não prosperava, o que só podia significar que a causa, apesar de justa, não era justa o suficiente. Os líderes da nação podiam estar comprometidos com a causa política de preservar a União, mas não eram contundentes com relação à emancipação dos escravos. E, até que esse passo fosse dado, Deus certamente castigaria a nação. Assim, a causa abolicionista ficava mais explícita e urgente que nunca. Tranquilizado quanto à nobreza de sua missão, o reverendo Starbuck, com o cabelo branco balançando ao vento, galopou para a segurança.

Um quilômetro e meio atrás do reverendo Elial Starbuck, no alto de um morro coberto por uma floresta onde o ataque do norte havia brotado, chegado ao auge e depois repelido, o general Washington Faulconer e seu estado-maior estavam montados em seus cavalos examinando o campo de batalha. Duas brigadas de infantaria ianque recuavam pela grande plantação de trigo, com o progresso apressado por alguns canhões rebeldes que tinham chegado recentemente e disparavam obuses e balas sólidas contra as tropas. Apenas uma bateria nortista respondia ao fogo dos canhões.

— Não faz sentido virarmos alvos — anunciou Faulconer aos seus ajudantes, depois trotou de volta para as árvores para se esconder dos artilheiros.

Somente Swynyard permaneceu em terreno aberto. Ele estava a pé, pronto para comandar a primeira linha da brigada encosta abaixo. Outras tropas rebeldes já se encontravam meio quilômetro depois da floresta, mas a Brigada Faulconer tinha desaparecido no meio das árvores, por isso ele pegou seu frasco de uísque e o virou na boca. Bebeu até o fim, depois se virou para gritar para a linha avançada se apressar. Porém, assim que se virou, um golpe, como uma pancada poderosa de vento, retumbou em volta dele. O ar foi sugado de seu peito. Ele tentou gritar, mas não conseguia sequer falar. De repente, o uísque ficou azedo na garganta enquanto suas pernas cediam. Ele desmoronou um segundo antes de algo estalar como o clangor medonho dos portões do inferno atrás dele, e então pareceu que uma luz forte, mais brilhante que uma dúzia de sóis do meio-dia, preenchia, dominava e afogava sua visão. Ele ficou caído de costas, incapaz de se mover, quanto mais de respirar, e a luz cintilante piscou em volta de sua visão durante alguns segundos dourados antes que, abençoadamente, seu cérebro atordoado pela bebida desistisse de tentar entender o que havia acontecido.

Ele caiu inconsciente e sua espada escorregou da mão frouxa. A bala sólida que a condenada Eliza havia disparado errou sua cabeça por centímetros e se chocou num carvalho que crescia logo atrás. O tronco da árvore foi rachado pela bala de canhão, abrindo-se como uma letra Y com as faces internas expostas.

A Brigada Faulconer avançou, passando pelo coronel prostrado. Ninguém parou para ajudá-lo, nem mesmo para ver se ele estava vivo ou morto. Alguns homens cuspiram nele e outros teriam tentado revistar seus bolsos, mas os oficiais mantinham as fileiras em movimento, e assim a brigada marchou pela plantação de trigo numa perseguição preguiçosa ao inimigo em retirada.

Foi o capitão Starbuck, junto com o sargento Truslow, que por fim encontrou o coronel Swynyard. Eles tinham carregado o coronel Bird para o posto de apoio do doutor Danson, onde fingiram acreditar no médico, que tinha dito que o ferimento no peito do coronel talvez não fosse fatal.

— Já vi homens sobreviverem com coisa pior — comentou Danson, dobrando-se em seu avental enrijecido de sangue por cima de Bird, que respirava em haustos curtos. — E o Pica-Pau é uma ave velha e durona — insistiu —, por isso tem boas chances.

Durante um tempo, Nate e Truslow esperaram enquanto Danson sondava o ferimento, mas então, percebendo que não poderiam ajudar e que a espera só piorava o suspense, afastaram-se para seguir os passos da brigada que avançava. Assim, chegaram a Swynyard, que estava caído. O sol tinha baixado e todo o campo de batalha era preenchido por uma luz perolada de fim de tarde, dissipada pela fumaça ainda tingida pelo sol nas bordas superiores. Aves comedoras de carniça, com asas hirsutas e pretas, desciam até o chão, onde rasgavam os mortos com bicos afiados e aduncos.

— O desgraçado está morto — comentou Truslow, olhando para Swynyard.

— Ou bêbado — argumentou Nathaniel. — Eu acho que ele está bêbado.

— Alguém sem dúvida deu um belo chute no filho da mãe — observou Truslow, apontando para um hematoma inchado e amarelo na lateral da cabeça do coronel. — Tem certeza de que ele não está morto?

Nate se agachou.

— O filho da mãe está respirando.

Truslow olhou para o campo esburacado pelas crateras dos obuses e salpicado pelas formas pretas e encurvadas dos mortos.

— E o que você vai fazer com ele? O filho da puta tentou matar todos nós — quis saber Truslow, para o caso de Nathaniel ser levado em direção a um gesto de misericórdia.

Nate se empertigou. Swynyard estava caído, impotente, a cabeça virada para trás e a barba se projetando para o céu. A barba tinha uma crosta de sumo de tabaco seco e riscos de saliva. O coronel respirava devagar, com um ligeiro ronco soando na garganta a cada inspiração. Nathaniel pegou a espada caída de Swynyard e colocou a ponta fina por baixo da barba do coronel, como se fosse mergulhar o aço no pescoço magro. Swynyard não se mexeu sob o toque do aço. Nate sentiu a tentação de dar o golpe; depois virou a lâmina de lado.

— Não vale a pena matá-lo — declarou, baixando a ponta da espada e cravando-a num panfleto que tinha sido trazido pelo vento fraco até ficar encostado na cabeça ferida do coronel. — Vamos deixar o desgraçado sofrer com a dor de cabeça que vai ter. — E os dois se afastaram.

Na estrada, os federais fizeram um último esforço para salvar o dia. A infantaria, recuando, trocava saraivadas com os rebeldes que avançavam — e que também estavam sob o fogo de uma última e teimosa bateria de artilharia ianque que tinha ficado para dar cobertura à retirada do norte. Agora parecia que esses canhões seriam capturados, porque os artilheiros estavam quase ao alcance dos fuzis sulistas que ameaçavam matar as parelhas de cavalos antes que elas pudessem ser atreladas aos canhões.

Assim, para salvar os canhões, o 1º Regimento de Cavalaria da Pensilvânia recebeu ordem de avançar. Os homens montavam cavalos recém-alimentados com milho numa formação em três linhas de cinquenta cavaleiros cada. Uma corneta deu o toque de avançar e os cavalos baixaram a cabeça, fazendo as crinas balançarem à luz da tarde enquanto a primeira fila passava trotando pelos canhões.

A segunda linha avançou, depois a terceira, cada uma deixando espaço suficiente entre elas para que os soldados pudessem se desviar de algum cavalo morto ou agonizante. Sabres saíram raspando as bainhas e reluziram à luz vermelho-sangue da tarde que morria. Alguns homens deixaram os sabres embainhados e carregavam revólveres. Um guião em forma de cauda de andorinha, azul e branco, era carregado numa ponta de lança, na linha de frente.

Os canhões foram colocados em armões e a parafernália dos artilheiros foi posta em caixas ou penduradas nos ganchos das conteiras. Os artilheiros se apressaram, sabendo que a cavalaria estava lhes garantindo instantes preciosos para escapar. Os animais da cavalaria agora avançavam a trote rápido, deixando para trás pequenas nuvens de poeira. As três linhas se estenderam nos campos dos dois lados da estrada, que aqui passava entre plantações abertas cujo milho e trigo foram colhidos. As correntes das bridas e os elos das bainhas tilintavam com o avanço dos cavaleiros.

À frente dos cavaleiros, a infantaria confederada parou. Houve um chacoalhar metálico enquanto varetas socavam balas sobre as cargas de pólvora. Dedos manchados de preto pela pólvora enfiaram espoletas em cones escurecidos pelo fogo.

— Esperem até eles estarem perto, rapazes! Esperem! Esperem! — gritou um oficial.

— Mirem nos cavalos, rapazes! — ordenou um sargento.

— Esperem! — gritou o oficial. Homens se alinharam arrastando os pés e mais homens correram para se juntar às fileiras rebeldes.

A corneta nortista soou de novo, dessa vez um toque entrecortado, e os cavalos foram esporeados até o meio-galope. O guião foi baixado de modo que a ponta de lança apontasse para a infantaria que os esperava parecendo uma linha preto-acinzentada, irregular, atravessando a estrada. Chamas ardiam no alto do morro distante, a fumaça subindo lentamente e formando mortalhas sinistras no céu que escurecia, onde a estrela da manhã já era um ponto de luz frio e brilhante acima das encostas cobertas de fumaça do monte Cedar. Uma lua crescente, reluzente e afiada como uma lâmina, subia por trás daquela floresta sulista turva. Mais soldados de infantaria correram para a estrada, querendo acrescentar seu fogo à saraivada que ameaçava os cavaleiros.

A corneta tocou uma última vez, em desafio.

— Atacar! — gritou um oficial.

Os cavaleiros berraram desafiando os inimigos e instigaram os grandes cavalos com as esporas a avançar num galope pleno. Eram rapazes do campo, vindos das boas terras da Pensilvânia. Seus ancestrais montaram cavalos nas guerras da velha Europa e nas batalhas para libertar os Estados Unidos, e agora os descendentes baixaram os sabres fazendo a ponta das lâminas rasgar as costelas da linha rebelde como lanças. Os campos secos dos dois lados da estrada estremeceram com o peso dos cascos.

— Atacar! — gritou de novo o oficial da cavalaria, arrastando a palavra como um grito de guerra na noite.

— Fogo! — respondeu o grito rebelde.

Quinhentos fuzis lançaram chamas no escuro. Cavalos relincharam, caíram, morreram.

— Recarregar!

Varetas rasparam no cano quente dos fuzis. Homens que perderam os cavalos se afastaram cambaleando da carnificina na estrada. Nem um único cavaleiro da primeira fileira tinha permanecido na sela e não havia nenhum cavalo de pé. A segunda linha também havia sido atingida com força, mas homens em número suficiente sobreviveram para continuar galopando, as bocas abertas e os sabres brilhantes avançando para os restos da primeira fileira, onde cavalos relinchavam, cascos se agitavam e o sangue viscoso esguichava dos animais que se sacudiam ao morrer. Um cavaleiro da segunda linha saltou por cima de um monte de corpos se retorcendo apenas para ser atingido por duas balas. Os rebeldes passaram a dar seu próprio grito de desafio enquanto avançavam devagar, carregando e disparando. Um cavalariano sem cavalo voltou correndo alguns passos, depois se curvou para vomitar sangue. Cavalos relinchavam pateticamente, o sangue escorrendo em rios pretos e formando poças densas na estrada poeirenta.

A terceira linha se conteve atrás dos restos da segunda. Alguns cavalarianos disparavam revólveres por cima da barricada sangrenta, que era tudo o que restava das suas primeiras fileiras, mas então outra saraivada rebelde lançou suas chamas e soltou fumaça e os cavaleiros sobreviventes puxaram as rédeas com força e deram meia-volta. Sua retirada provocou zombarias do inimigo. Mais fuzis espocaram e mais selas foram esvaziadas. Um cavalo se afastou mancando, outro caiu no meio das medas de trigo e um terceiro disparou sem cavaleiro em direção ao oeste. Os cavalarianos restantes galoparam para o norte, atrás dos canhões salvos que eram levados de volta a Culpeper Court House.

Cento e sessenta e quatro cavalarianos tinham atacado um exército. Setenta voltaram.

E agora, finalmente, sob um vento quente que fedia a sangue, a noite caiu.

Nos campos ao pé do monte Cedar o lugar da batalha estava escuro sob as camadas de fumaça que amortalhavam o céu. Nuvens altas tinham se espalhado escondendo a lua, mas uma imensidão de estrelas brilhantes formava um arco no norte do céu.

Os feridos gritavam e pediam água. Alguns sobreviventes da batalha percorriam as florestas e os milharais em busca de feridos e lhes davam a ajuda que fosse possível, enquanto outros saqueavam os mortos e roubavam os feridos. Guaxinins se fartavam no meio dos corpos e um gambá, incomodado por um cavalo ferido que atravessava a floresta, soltou seu fedor no campo de batalha já fétido.

A nova linha de frente rebelde estava onde os ianques tinham começado o dia, enquanto os próprios ianques haviam recuado para o norte e formado uma nova linha de defesa atravessando a estrada para Culpeper Court House. Mensageiros traziam ao general Banks notícias de mais tropas nortistas que vinham rapidamente de Manassas para o sul, para o caso de o ataque rebelde pressagiar um avanço em escala total para o norte. Culpeper Court House deveria ser sustentada, ordenou o general Pope, mas essa ordem não impediu que alguns ianques em pânico carregassem carroças com saques das casas abandonadas e partissem para o norte, para o caso de a temida cavalaria rebelde já estar vindo do leste e do oeste da cidade para cortar o caminho do general Banks.

Outras carroças traziam os primeiros feridos do campo de batalha. A sede do governo municipal, uma bela construção com arcada, campanário e pináculo, foi transformada em hospital, no qual os cirurgiões trabalharam a noite toda à luz esfumaçada de velas e lâmpadas a óleo. Eles sabiam que a luz da manhã traria muitos outros corpos mutilados, e talvez também trouxesse rebeldes vingativos. As serras de ossos trabalhavam no escuro, e homens ofegavam, soluçavam e rezavam.

O general Banks escreveu seu despacho numa casa de fazenda saqueada por soldados nortistas que tinham entendido as ordens do general Pope para viver à custa da terra como permissão para pilhar todos os lares sulistas. Banks estava sentado num barril de pólvora vazio e usava outros dois como mesa. Mergulhou a pena de aço no tinteiro e escreveu que havia conseguido uma vitória. Em particular, admitia que não era a grande vitória que tinha esperado, mas mesmo assim era uma vitória, e suas palavras descreviam como sua pequena força tinha enfrentado e contido um poderosíssimo ataque rebelde contra o norte. Como bom político, escreveu com um olho na história, fazendo dessa batalha uma narrativa que demonstrava a teimosia destinada a se igualar aos espartanos que defenderam a Grécia das hordas persas.

Dez quilômetros ao sul, seu oponente também clamava vitória. A batalha não havia decidido nada, mas Jackson tinha ficado com o domínio do campo, e assim o general se ajoelhou rezando para agradecer ao Deus Todo-poderoso por essa nova prova de Sua misericórdia. Quando suas orações terminaram, o general deu ordens categóricas para a manhã: os feridos deviam ser recolhidos, os mortos, enterrados, e devia haver uma busca no campo de batalha por armas que ajudassem a causa confederada. E então, enrolado num cobertor surrado, Jackson dormiu no chão sob a fumaça que se dissipava.

Sentinelas nervosas perturbavam o sono dos dois exércitos com disparos de fuzil esporádicos, e, então, um artilheiro nortista apreensivo mandou um obus para o sul, mirando na luz das fogueiras que indicava onde os sulistas tentavam descansar no meio dos horrores de um campo depois da batalha. Fogueiras tremeluziam vermelhas, morrendo conforme a noite avançava, até que, por fim, uma paz inquieta recaiu sobre os campos feridos.

E naquela escuridão desassossegada uma patrulha de soldados se movia em silêncio.

Ela era composta de quatro homens, todos usando um retalho de pano branco bordado com um crescente vermelho. O líder era o capitão Moxey, o ajudante predileto de Faulconer, ao passo que os soldados vinham da companhia do capitão Medlicott, a mais leal a Faulconer. Medlicott havia emprestado com prazer os três homens, mas não tinha pedido a permissão do major Paul Hinton, que havia tomado o comando da legião do ferido Thaddeus Bird. Hinton, como Moxey e Medlicott, usava o distintivo com o crescente vermelho, mas era tão ambivalente com relação à sua lealdade que deliberadamente tinha sujado e esgarçado o remendo até que mal pudesse ser reconhecido como o brasão de Faulconer. E, se soubesse da missão de Moxey, sem dúvida teria impedido esse absurdo antes que começasse.

Os quatro levavam fuzis, nenhum carregado. Prometeram aos três soldados a recompensa de cinco dólares, em moedas e não em notas, caso a missão fosse bem-sucedida.

— Talvez vocês precisem quebrar algumas cabeças — tinha alertado Faulconer a Moxey —, mas não quero derramamento de sangue. Não quero nenhuma corte marcial, entendeu?

— É claro, senhor.

Mas, por acaso, a missão era ridiculamente fácil. A patrulha se esgueirou pelas linhas da legião, para o interior do círculo de sentinelas cujo serviço era olhar para fora, e não para dentro. Moxey seguia à frente, entre corpos adormecidos, desviando-se das fogueiras agonizantes, indo para onde a Companhia H, de Nathaniel Starbuck, dormia sob as estrelas. Ao chegar perto, e tomando cuidado para o caso de algum cachorro da companhia acordar e começar a latir, Moxey ergueu a mão.

O problema que tornara essa missão necessária tinha começado mais cedo, à tarde, quando os homens da Brigada Faulconer faziam o jantar possível com os restos de comida que tinham saqueado ou descoberto nas mochilas. O capitão Pryor, novo ajudante do general Washington Faulconer, tinha ido até Nate e exigido que a bandeira capturada do regimento da Pensilvânia fosse entregue.

— Por quê? — perguntou Nathaniel.

— O general a quer — respondeu Pryor com inocência. Thomas Pryor era novo demais na brigada para entender o grau de inimizade que havia entre Nate e Faulconer. — Devo levá-la para ele.

— Faulconer quer dizer que a capturou?

Pryor enrubesceu diante de uma acusação tão ignóbil.

— Tenho certeza de que o general não faria uma coisa dessas — retrucou.

Nathaniel gargalhou com a ingenuidade do ajudante.

— Vá e diga ao general Faulconer, com meus cumprimentos, que ele pode vir aqui e pedir pessoalmente a bandeira.

Pryor quis insistir, mas descobriu que Nathaniel Starbuck era um sujeito um tanto intimidante, até mesmo amedrontador, por isso levou a mensagem pouco útil ao general, que, surpreendentemente, não demonstrou indignação diante da insolência de Nate. Pryor atribuiu a reação do general a uma atitude magnânima, mas, na verdade, Washington Faulconer estava furioso, meramente escondendo sua cólera. Ele queria a bandeira e até se sentia no direito de tê-la, já que havia sido capturada por um homem sob seu comando, não é? Assim, considerava que a bandeira era propriedade sua, e planejava pendurar o troféu no corredor de sua casa nas proximidades de Faulconer Court House, motivo pelo qual, às três e quinze da madrugada, o capitão Moxey e três homens estavam parados perto da área onde os homens de Nate dormiam.

— Ali — sussurrou um dos homens de Moxey, e apontou para o lugar onde o tenente Coffman estava enrolado embaixo de um cobertor.

— Você tem certeza de que está com ele? — sussurrou Moxey.

— Tenho.

— Fica aqui — pediu Moxey, depois foi na ponta dos pés pelo capim seco até chegar ao tenente adormecido e viu a bandeira enrolada meio escondida sob o cobertor de Coffman. Moxey se abaixou e pôs uma das mãos na garganta de Coffman. O aperto acordou o rapaz. — Uma palavra — murmurou Moxey — e eu corto sua maldita garganta.

Coffman levou um susto, mas foi empurrado para baixo pela mão esquerda de Moxey, que pegou a bandeira com a outra mão e começou a puxá-la.

— Fica quieto — sibilou para Coffman — ou vou fazer com que suas irmãs peguem sífilis.

— Moxey? — Coffman tinha crescido na mesma cidade de Moxey. — É você?

— Cala a boca, garoto.

Finalmente a bandeira estava solta, então Moxey recuou, um pouco arrependido por não ter conseguido dar uma surra no adormecido Nate mas também aliviado porque não precisou se arriscar a acordar o nortista. Nathaniel tinha reputação de beligerante, como sua companhia, considerada a mais imprudente da legião, no entanto, os homens da Companhia H dormiram durante toda a investida de Moxey.

— Vamos! — disse Moxey aos seus homens, e eles se esgueiraram em segurança, tendo capturado o troféu.

Coffman ficou tremendo no escuro. Ele se perguntou se deveria acordar Nathaniel ou Truslow, mas estava com medo. Não entendia por que Moxey tinha precisado roubar a bandeira, e não suportava a ideia de decepcionar Nate. O capitão Starbuck era o responsável pelo general Washington Faulconer ter passado a pagar seu salário, e Coffman estava aterrorizado, imaginando que agora Nate ficaria com raiva dele, por isso simplesmente permaneceu deitado, imóvel e apavorado, enquanto ouvia os gemidos e os gritos distantes que vinham das barracas iluminadas por velas, onde os médicos exaustos serravam membros e arrancavam balas amassadas de dentro da carne ferida e ensanguentada. Thaddeus Bird estava numa das barracas do doutor Danson, ainda respirando, o rosto pálido como a lona sob a qual dormia.

O sofrimento dos homens que ainda estavam no campo de batalha era pior. Eles entravam e saíam de um sono doloroso, às vezes acordando com as vozes de outros homens que pediam socorro debilmente ou com o som de cavalos feridos que demoravam a noite inteira para morrer. Um vento fraco soprava para o norte, onde os ianques amedrontados esperavam outro ataque rebelde. De vez em quando um artilheiro nervoso disparava um obus das linhas ianques, a bala batia com força no milharal pisoteado e explodia. Torrões de terra caíam, e uma nuvem pequena e densa de uma fumaça amarga era lançada para o norte, enquanto o coro de vozes aterrorizadas soava mais alto momentaneamente antes de se esvair de novo. Aqui e ali um lampião mostrava o lugar onde soldados procuravam amigos ou tentavam salvar os feridos, mas eram homens demais caídos no sangue e homens de menos para ajudar, e assim os abandonados sofriam e morriam na madrugada maligna.

O coronel Griffin Swynyard não morreu nem pediu socorro. Em vez disso, dormiu. E, ao amanhecer, quando os primeiros raios do sol se lançaram por cima do monte Cedar para dourar o campo no qual os mortos apodreciam e os feridos gemiam, ele abriu os olhos para a claridade.

Cinquenta quilômetros ao norte, onde um trem depois do outro entrava na estação do entroncamento de Manassas enchendo a noite com o barulho dos vagões, o sibilo das válvulas e o fedor da fumaça, Adam Faulconer observava os cavalos comprados com o dinheiro do reverendo Elial Starbuck descerem dos vagões de carga. Os animais estavam assustados com os sons e os cheiros pungentes daquele lugar estranho, por isso eriçavam as orelhas, reviravam os olhos e relinchavam a ponto de dar pena ao serem guiados entre duas linhas de homens até um curral improvisado com carroças do Exército vazias. O capitão Billy Blythe, que tinha comprado os animais e os mandado para Manassas, estava sentado com as pernas esticadas na boleia de uma carroça e observava se Adam gostava dos cavalos.

— Cavalos realmente especiais, Faulconer — gritou Blythe. — Eu mesmo escolhi. Sei que não parecem grande coisa, mas não há nada de errado que alguns dias num pasto bom não resolvam. — Blythe acendeu um charuto e esperou a avaliação de Adam.

Adam não ousava dizer uma palavra para o caso de isso provocar uma briga com Blythe. Os cavalos eram bichos pavorosos. Adam tinha visto animais melhores presos em pátios de matadouros.

Tom Huxtable era o sargento de cavalaria de Adam. Ele tinha vindo da Louisiana, mas optara por lutar pelo norte para não forçar a lealdade de sua esposa nova-iorquina. Huxtable cuspiu com desprezo ao ver os cavalos recém-chegados.

— Não são cavalos, senhor — disse a Adam. — Diabos, esses aí não são cavalos. Não passam de mulas acabadas. — E cuspiu de novo. — Derreadas, mancas e cheias de vermes. Acho que Blythe simplesmente embolsou metade do dinheiro.

— Você disse alguma coisa, Tom Huxtable? — gritou Billy Blythe, rindo de cima de seu poleiro.

Como resposta, o sargento Huxtable apenas cuspiu de novo. Adam conteve a raiva enquanto inspecionava os vinte cavalos amedrontados e tentava encontrar alguma característica redentora entre eles, mas, à luz fraca dos lampiões, os animais pareciam de fato lamentáveis. Tinham jarretes inchados e quartelas tortas, costas derreadas e, o mais perturbador de tudo, muitos focinhos escorrendo. Um cavalo com pulmões ruins era um cavalo que precisava ser sacrificado, mas essas eram as montarias dos homens sob o seu comando. Adam se xingou por não os ter comprado pessoalmente, mas o major Galloway tinha insistido que a experiência de Blythe no comércio de cavalos era um dos pontos positivos do regimento.

— E o que você acha, Faulconer? — perguntou Blythe em tom de zombaria.

— Quanto o senhor pagou por eles?

Blythe balançou o charuto despreocupadamente.

— Paguei o bastante, garoto, o bastante.

— Então você foi enganado. — Adam não conseguiu esconder o azedume.

— Simplesmente não existem muitos cavalos disponíveis, garoto.

Blythe provocava Adam com a palavra "garoto", esperando instigar uma explosão. Ele tinha se contentado em ser o segundo em comando de Galloway e não via necessidade de o major arrumar um terceiro oficial para o regimento.

— O exército já comprou todos os cavalos decentes, por isso nós, os retardatários, precisamos nos virar com o que sobrou. Está dizendo que não consegue se virar com esses animais?

— Eu acho que esse cinza está doente — disse o cabo Kemp. Harlan Kemp, como Adam, era um nativo da Virgínia que não conseguia se desvencilhar da lealdade para com os Estados Unidos. Ele e toda a sua família abandonaram sua fazenda e foram para o norte.

— Então é melhor atirar no animal — disse Blythe, animado.

— Não com uma das suas armas — reagiu Adam rispidamente. — Não se elas forem tão boas quanto seus cavalos.

Blythe riu, satisfeito em ter instigado a demonstração de mau humor de Adam.

— Arranjei umas armas boas para você, Faulconer. Colts de repetição, novos em folha, ainda nas caixas de Connecticut.

O Colt de repetição era pouco mais que um revólver alongado até virar um fuzil, mas seu cilindro giratório dava ao homem a chance de disparar seis balas no tempo em que um fuzileiro inimigo dispararia apenas uma. A arma não era famosa pela precisão, mas o major Galloway achava que um pequeno grupo de cavaleiros precisava de volume de fogo em vez de precisão e dizia que quarenta cavaleiros disparando seis tiros valiam mais que duzentos homens com fuzis de disparo único.

— Não é uma arma confiável — murmurou o sargento Huxtable para Adam. — Eu já vi o tambor inteiro explodir e arrancar a mão de um sujeito.

— E o cano é comprido demais — acrescentou Harlan Kemp. — Muito difícil de carregar a cavalo.

— Você falou alguma coisa, Harlan Kemp? — desafiou Blythe.

— Eu estava dizendo que o Colt não é uma arma para um soldado a cavalo — respondeu Kemp. — Nós deveríamos ter carabinas.

Blythe deu um risinho.

— Vocês têm sorte por ter alguma arma. Com relação a armas e cavalos, estamos pegando a última teta, por isso vocês vão ter de mamar com força.

Huxtable ignorou a grosseria de Blythe.

— O que acha, senhor? — perguntou a Adam. — Esses cavalos não podem ser montados. Não passam de comida de verme. — Adam não respondeu, e Tom Huxtable balançou a cabeça. — O major Galloway não vai deixar a gente montar em pangarés assim, senhor.

— Acho que não — concordou Adam.

Esta noite o major Galloway estava recebendo ordens do general Pope, e essas ordens deveriam dar início às primeiras patrulhas ofensivas do

Regimento de Cavalaria de Galloway, mas Adam sabia que não poderia fazer nada com aqueles animais imprestáveis.

— Então o que vamos fazer? — perguntou Harlan Kemp, e os outros homens da tropa de Adam se juntaram para ouvir a resposta do capitão.

Adam olhou para os cavalos dignos de pena, tremendo, doentes. As costelas estavam à mostra e ele se perguntou por que cada empreendimento humano precisava ser azedado pelo ciúme e pelo rancor, mas então olhou para o rosto sorridente de Billy Blythe e seu desespero incipiente foi dominado por uma torrente de decisão.

— Vamos trocar os cavalos — disse aos seus homens ansiosos. — Vamos levar esses pangarés para o sul e trocá-los pelos melhores cavalos da Virgínia. Vamos trocá-los por cavalos rápidos como o vento e fortes como as montanhas.

Ele riu ao ver a incompreensão no rosto de Blythe. Não seria derrotado, porque sabia exatamente onde encontrar esses animais, e assim que tivesse encontrado seus cavalos semearia a destruição entre seus inimigos. Com ou sem Billy Blythe, Adam Faulconer iria lutar.

4

O sábado, o dia posterior à batalha, amanheceu quente e úmido. Nuvens cinzentas cobriam o céu e aumentavam a sensação de opressão do ar, que se tornava ainda mais imundo pelo miasma preso ao campo de batalha como uma névoa matinal. Às primeiras luzes, quando as tropas se levantaram relutantemente das camas improvisadas, o major Hinton procurou Nathaniel.

— Eu sinto muito pela noite passada, Nate — disse Hinton.

Nathaniel ofereceu ao novo oficial comandante da legião uma avaliação curta e negativa da investida de Washington Faulconer para roubar a bandeira capturada. Estava despido da cintura para cima e tinha o queixo e as bochechas cobertos de espuma de barbear saqueada de um armão de artilharia capturado. Afiou a navalha no cinto, inclinou-se para perto de seu caco de espelho e passou a lâmina comprida pelo rosto.

— E o que você vai fazer? — perguntou Hinton, nervoso com a possibilidade de Nate decidir fazer algo impensado.

— O filho da mãe pode ficar com aquele trapo. — Na verdade, Nathaniel não sabia o que fazer com uma bandeira capturada. Ele tinha pensado em talvez a dar a Thaddeus Bird ou então mandar para Sally Truslow, em Richmond. — O que eu queria mesmo era a de estrelas e listras — confessou a Hinton. — Aquela da águia era a segunda opção, por isso acho que aquele filho da puta do Faulconer pode ficar com ela.

— Mesmo assim foi uma atitude idiota da parte de Moxey — disse Hinton, incapaz de esconder o alívio porque Nate não pretendia aumentar a idiotice da noite transformando-a numa desculpa para buscar vingança. Ficou olhando-o franzir os olhos para um caco de espelho de barbear. — Por que não deixa a barba crescer?

— Porque todo mundo deixa — respondeu Nathaniel, embora, na verdade, fosse porque uma garota tinha dito que ele ficava melhor de barba feita. Raspou o lábio superior. — Eu vou matar o desgraçado do Medlicott.

— Não vai, não.

— Devagar. Para doer.

O major Hinton suspirou.

— Ele entrou em pânico, Nate. Isso pode acontecer com qualquer um. Da próxima vez posso ser eu.

— O filho da puta quase me fez ser morto por causa do pânico.

O major Hinton pegou o frasco saqueado de creme de barbear Roussel's, ficou mexendo na tampa e observou Nathaniel limpar a lâmina da navalha.

— Por mim — pediu, enfim —, você pode simplesmente esquecer isso? Os rapazes já estão infelizes o bastante por causa do Pica-Pau. Eles não precisam dos capitães brigando entre si. Por favor, Nate? Por mim?

Nathaniel secou o rosto com uma tira de pano.

— Me dá um charuto, Paul, e eu esqueço que aquele desgraçado careca, covarde e de barriga mole existe.

Hinton entregou o charuto.

— O Pica-Pau está indo bem — comentou, animando-se ao mudar de assunto. — Ou pelo menos tão bem quanto se pode esperar. O doutor Billy acha até que ele pode sobreviver a uma viagem de carroça até a estação de trem.

Hinton estava profundamente preocupado por substituir o coronel tão popular, apesar de ele próprio ser um oficial bastante estimado. Ele era um homem afável, pesado, que tinha sido fazendeiro de profissão, clérigo por convicção e soldado por acidente. Hinton esperava passar seus anos na região tranquila e rica do Condado de Faulconer, desfrutando da família, de suas terras e de caçadas a raposas, mas a guerra tinha ameaçado a Virgínia, e assim Paul Hinton pusera as armas nos ombros por dever patriótico. No entanto, ele não gostava muito de ser um soldado e achava que seu principal dever era levar o maior número possível de membros da Legião Faulconer de volta para casa. Os homens da legião reconheciam essa ambição e o apreciavam por isso.

— Hoje devemos ficar onde estamos — avisou. — Preciso destacar uma companhia para recolher armas pequenas no campo de batalha e outra para trazer os feridos. E, por falar em feridos — acrescentou depois de um segundo de hesitação —, você viu Swynyard ontem? Ele está sumido.

Nate também hesitou, depois contou a verdade.

— Truslow e eu o vimos ontem à noite. — Ele fez um gesto com o charuto na direção da floresta onde sua companhia tinha lutado contra os homens da Pensilvânia. — Estava caído desse lado das árvores. Truslow e eu achamos que não havia nada a ser feito por ele, por isso o deixamos.

Hinton era astuto o suficiente para supor que Nathaniel tinha abandonado Swynyard para morrer.

— Eu vou mandar alguém procurá-lo. Ele merece um enterro.

— Por quê? — perguntou Nathaniel com beligerância.

— Para animar a brigada, é claro — respondeu Hinton, depois ficou ruborizado por ter dito uma coisa dessas. Virou-se para a grande mancha de fumaça que subia das fogueiras de acampamento do norte, do outro lado da floresta. — Fique de olho nos ianques, Nate. Eles ainda não estão derrotados.

Mas naquela manhã os ianques fizeram poucos movimentos hostis. Seus piquetes sondavam, mas paravam obedientemente assim que os postos rebeldes avançados abriam fogo, e assim os dois exércitos se acomodaram numa proximidade inquieta. Depois começou a chover, a princípio fraco, mas com uma intensidade crescente após o meio-dia. A companhia de Nate montou abrigos na beira da floresta usando estruturas de galhos cobertos com relva. Logo os homens se deitaram embaixo das coberturas improvisadas e apenas observaram a paisagem cinzenta açoitada pela chuva.

No meio da tarde, quando a chuva diminuiu até virar uma garoa, o cabo Waggoner pediu a Hinton permissão para realizar uma reunião de orações. Não houvera chance para um serviço desses desde o fim da batalha, e muitos soldados da legião queriam dar graças. Hinton permitiu de boa vontade, e cinquenta soldados ou mais se reuniram embaixo de alguns cedros atingidos pelos canhões. Outros homens da brigada logo se juntaram a eles, de modo que, quando a garoa parou, havia quase cem homens sentados entre as árvores escutando o cabo Waggoner ler passagens do Livro de Jó. O irmão gêmeo de Waggoner tinha morrido nas batalhas do outro lado de Richmond, e desde então ele havia se tornado cada vez mais fatalista. Nate não tinha certeza se a devoção soturna de Peter Waggoner era boa para o moral da legião, mas muitos homens pareciam gostar das sessões espontâneas de oração e leitura da Bíblia. Nathaniel não se juntou ao círculo e ficou descansando ali perto, olhando para o norte, onde a linha de defesa ianque aparecia no meio das árvores distantes na forma de uma nova faixa de trincheiras recém-cavadas interrompida por plataformas de canhão montadas às pressas. Ele tinha dificuldades para admitir isso, mas o som familiar das orações e leituras bíblicas eram estranhamente reconfortantes.

Esse conforto foi interrompido por uma exclamação do sargento Truslow.

— Deus Todo-poderoso!

— O que foi? — perguntou Nathaniel. Estava quase cochilando, mas então se sentou totalmente acordado. Depois viu o que tinha provocado Truslow. — Ah, meu Deus — disse, e cuspiu.

Porque o coronel Swynyard não estava morto. Na verdade, ele nem parecia estar ferido. Seu rosto estava com um hematoma, coberto pela sombra de um chapéu de aba larga que ele devia ter pegado no meio do entulho do campo de batalha. Agora Swynyard caminhava por entre as linhas da brigada com seu familiar sorriso selvagem.

— Ele está bêbado — comentou Truslow. — A gente devia ter atirado no filho da mãe ontem.

A voz de Peter Waggoner hesitou conforme o coronel caminhava até a reunião de orações improvisada. Swynyard parou na borda da reunião, sem dizer nada, apenas olhando para os homens com suas Bíblias abertas e cabeças descobertas, e cada um deles parecia encurvado, com medo daqueles olhos malignos. O coronel sempre zombou dessas devoções despretensiosas, mas até esse momento tinha mantido o escárnio a distância. Agora sua malevolência matou completamente a atmosfera religiosa. Waggoner chegou a se esforçar para continuar lendo, mas, por fim, parou totalmente.

— Continue — disse Swynyard com sua voz rouca.

Em vez disso, Waggoner fechou a Bíblia. O sargento Phillips, do batalhão do Arkansas do major Haxall, que encolhia cada vez mais, levantou-se para impedir qualquer problema.

— Gostaria de se juntar a nós e rezar, coronel? — sugeriu, nervoso.

O tique na bochecha de Swynyard aumentou à medida que ele pensava na resposta. O sargento Phillips umedeceu os lábios enquanto outros homens fechavam os olhos numa oração silenciosa. Depois, para espanto de todos, o coronel Swynyard tirou o chapéu e assentiu para Phillips.

— Eu gostaria, sargento, gostaria mesmo.

O sargento Phillips ficou tão surpreso que não disse nada. Um murmúrio percorreu o grupo de estudos da Bíblia, mas ninguém falou em voz alta. Com o hematoma do rosto visível, Swynyard ficou sem graça diante do silêncio.

— Quero dizer, se vocês me aceitarem — acrescentou numa voz estranhamente humilde.

— Qualquer um é bem-vindo — conseguiu dizer o sargento Phillips.

Um ou dois oficiais do grupo murmuraram concordando, mas ninguém pareceu feliz em receber Swynyard. Todos no grupo de orações acreditavam que o coronel estava fazendo algum jogo sutil de zombaria, mas não entendiam qual era e ninguém sabia como impedi-lo, por isso lhe ofereceram boas-vindas relutantes.

— Será que vocês me permitem dizer uma ou duas palavras? — sugeriu Swynyard a Phillips, que parecia ter assumido a liderança da reunião.

Phillips assentiu com a cabeça e o coronel ficou se remexendo com o chapéu nas mãos enquanto olhava para os homens amedrontados ao redor. Swynyard tentou falar, mas as palavras não saíam. Pigarreou, respirou fundo e tentou de novo.

— Eu vi a luz — explicou.

Outro murmúrio percorreu o círculo de homens sentados.

— Amém — disse Phillips.

Swynyard torceu o chapéu nas mãos nervosas.

— Eu tenho sido um grande pecador, sargento — começou, e parou. Ainda exibia o mesmo sorriso odiado, mas alguns homens mais próximos podiam sentir que agora era um sorriso de embaraço, não de sarcasmo. Os mesmos homens conseguiam ver lágrimas nos olhos do coronel.

— Ele está bêbado feito uma puta no 4 de Julho — disse Truslow em tom de espanto.

— Não tenho certeza — retrucou Nate. — Acho que ele pode estar sóbrio.

— Então ficou maluco — opinou Truslow.

O sargento Phillips foi mais generoso.

— Todos temos sido pecadores, coronel, e estivemos afastados da glória de Deus.

— Eu mais que a maioria. — Pelo jeito, Swynyard estava decidido a fazer uma confissão pública de seus pecados e da fé recuperada. Ele piscava para conter as lágrimas e mexia no chapéu tão freneticamente que ele caiu das suas mãos. Deixou-o no chão. — Fui criado como cristão pela minha querida mãe e recebi o Senhor no coração numa reunião de acampamento quando era jovem, mas, desde então, tenho sido um pecador. Um grande pecador.

— Todos pecamos — garantiu o sargento Phillips de novo.

— Mas ontem eu voltei a mim. Quase fui morto e senti as asas do anjo da morte batendo perto de mim. Eu senti o cheiro do enxofre do poço sem fundo e o calor das suas chamas, e soube, caído no campo, que não merecia nada menos que aquele castigo terrível. — Ele fez uma pausa, quase dominado pela lembrança. — Mas então, louvado seja o Senhor, fui trazido de volta do poço e atraído para a luz.

Um coro de améns e aleluias soou no círculo de homens. Todos eram cristãos sinceros, e, apesar de terem sentido um ódio profundo daquele homem, os mais honestos também rezaram pela alma do coronel, e agora que suas orações eram atendidas, eles se sentiam dispostos a agradecer a Deus por Sua misericórdia para com um pecador.

Swynyard tinha lágrimas nas bochechas.

— Eu também sei, sargento, que no passado fui injusto com muitos homens aqui. A esses homens ofereço meu pesar e peço perdão. — O pedido foi feito com generosidade e os homens do grupo o receberam de modo igualmente generoso. Então Swynyard deu as costas para o círculo e procurou Nate no meio dos abrigos. — Eu devo um pedido de desculpas ainda maior a outro homem.

— Ah, meu Deus! — exclamou Nathaniel e se arrastou para a sombra de seu abrigo.

— O filho da mãe está maluquinho — observou Truslow. — Daqui a pouco vai espumar pela boca e se mijar. Vamos ter de levá-lo para longe e acabar com o sofrimento dele.

— Deveríamos ter atirado no filho da mãe quando tivemos chance — comentou Nathaniel, depois ficou em silêncio porque Swynyard tinha deixado o círculo da Bíblia e caminhava para o seu abrigo.

— Capitão Starbuck?

Nate olhou para o rosto do inimigo.

— Estou ouvindo, coronel — respondeu em tom seco.

Agora via que Swynyard havia tentado melhorar a aparência. A barba estava lavada, o cabelo penteado e o uniforme escovado. O tique no rosto continuava e as mãos tremiam, mas era evidente que ele fazia um grande esforço para se manter empertigado e firme.

— Posso falar com você, Starbuck? — indagou o coronel. E, depois de um momento de silêncio, acrescentou: — Por favor?

— Você está bêbado? — perguntou Nathaniel brutalmente. Swynyard deu seu sorriso de dentes podres e amarelos.

— Só com a graça de Deus, Starbuck, só com Sua divina graça. E com a ajuda Dele jamais tocarei em álcool de novo.

Truslow cuspiu para demonstrar incredulidade. Swynyard ignorou o insulto e indicou com um gesto que gostaria de caminhar com Nathaniel.

Nate se levantou relutantemente e saiu do abrigo coberto de relva, pôs o fuzil no ombro e acompanhou o coronel. Estava usando botas novas que tinha tirado de um soldado da Pensilvânia morto. As botas eram duras, mas Nathaniel se convenceu de que elas calçariam bem depois de um ou dois dias. Mas então sentiu uma bolha se formando enquanto andava sem jeito ao lado de Swynyard. A notícia da conversão do coronel havia se espalhado pela brigada e os homens se dirigiam à linha de piquete para ver isso pessoalmente. Alguns, sem dúvida, acreditavam que a experiência religiosa do coronel era apenas outra aventura embriagada e riam, antecipando alguma demonstração da idiotice de um bêbado, mas Swynyard parecia não perceber a atenção que recebia.

— Você sabe por que mandei sua companhia avançar ontem? — perguntou a Nate.

— Urias, o heteu — respondeu Nathaniel rapidamente.

Swynyard pensou durante um segundo; depois a história de Davi e Bate-Seba voltou de suas empoeiradas lembranças das escolas dominicais na infância.

— É — disse ele. — E eu queria que você fosse morto. Eu lamento, de verdade.

Nate se perguntou quanto tempo duraria a manifestação de honestidade de Swynyard, e achou que seria apenas até que a sede do coronel suplantasse sua devoção, mas guardou o ceticismo.

— Acho que você só estava obedecendo às ordens de outra pessoa — disse, por fim.

— Mesmo assim foi um ato pecaminoso — retrucou Swynyard com muita seriedade, confirmando obliquamente que tinha sido mesmo Washington Faulconer quem havia ordenado que ele colocasse a companhia de Nathaniel em perigo. — E peço seu perdão. — Ele concluiu a confissão com a mão estendida.

Torturado com o embaraço, Nate lhe deu um aperto de mão.

— Não fale mais sobre isso, coronel.

— Você é um bom soldado, Starbuck, é um bom soldado, e eu não facilitei sua vida. Nem a de ninguém, na verdade. — Swynyard admitiu isso com voz rouca.

Ele estivera chorando ao dar o testemunho hesitante na reunião de orações, mas agora parecia num humor mais pesaroso. Virou-se e olhou para o norte, onde era possível ver grupos de ianques nos campos longínquos, para além dos primeiros agrupamentos de árvores. Nenhum homem dos dois lados parecia inclinado à beligerância nesse dia; até os atiradores de elite, que adoravam matar a distância, mantinham frios o cano dos fuzis.

— Você tem uma Bíblia? — perguntou Swynyard de repente.

— É claro que tenho. — Nathaniel bateu com a mão no bolso do peito, onde mantinha a pequena Bíblia enviada pelo seu irmão. James tinha pretendido que a Bíblia provocasse em Nate um arrependimento parecido com o que transformava Swynyard, mas Nathaniel havia guardado a escritura mais por hábito que por necessidade. — Quer ficar com ela? — perguntou, oferecendo o livro.

— Eu vou encontrar outra. Só queria ter certeza de que você tem uma Bíblia, porque tenho certeza de que vai precisar dela.

Swynyard sorriu ao ver a expressão cheia de suspeita no rosto de Nathaniel. Sem dúvida o coronel pretendia que o sorriso fosse amistoso, mas o riso de dentes imundos lembrava de modo desconfortável a malevolência usual.

— Eu gostaria de poder descrever o que aconteceu comigo ontem à noite e hoje de manhã. Foi como se eu fosse golpeado por uma luz poderosa. Não houve dor. Ainda não há dor. — Ele tocou o hematoma lívido na têmpora direita. — Eu me lembro de estar caído na terra e escutar vozes. Não conseguia me mexer, não conseguia falar. As vozes discutiam minha morte, e eu soube que estava diante do trono do juízo e senti medo, um medo terrível, de estar sendo mandado para o inferno. Eu queria chorar, Starbuck, e, no meu terror, chamei pelo Senhor. Eu me lembrei dos ensinamentos da minha mãe, das lições da infância; eu chamei pelo Senhor e Ele me escutou.

Nathaniel já havia ouvido muitos testemunhos de pecadores arrependidos para ficar comovido ou até mesmo convencido pela mudança de ânimo do coronel. Sem dúvida Swynyard tinha levado um choque e sem dúvida pretendia consertar a vida, mas Nate estava igualmente convencido de que a conversão do coronel seria solúvel em álcool antes que o sol baixasse.

— Eu desejo tudo de bom a você — murmurou de má vontade.

— Não, não, você não entende. — Swynyard falou com parte de sua antiga força selvagem e pôs a mão esquerda mutilada no cotovelo de Nathaniel para impedir que o rapaz se virasse. — Quando recuperei os sentidos, Starbuck, encontrei minha espada fincada na terra ao lado da minha cabeça e havia uma mensagem empalada na espada. Essa mensagem. — O coronel tirou do bolso um panfleto amassado e rasgado, que colocou na mão de Nathaniel.

Nate alisou o panfleto e viu que se chamava *Libertando os oprimidos* e tinha sido impresso na Anne Street, em Boston. A capa exibia a imagem de um homem negro seminu se soltando de algemas partidas e se dirigindo a uma cruz cercada por uma luz celestial. As algemas despedaçadas estavam presas a grandes pesos de ferro com as legendas "Escravocracia", "Ignorância" e "Maldade", e sob esses pesos de ferro estava escrito o nome do autor do panfleto: o reverendo doutor Elial Starbuck. Nathaniel estremeceu com a aversão que sempre sentia diante de qualquer lembrança da existência do pai, depois devolveu o panfleto ao coronel.

— Então essa foi a sua mensagem? — perguntou azedamente. — Que a escravidão é um pecado contra Deus? Que os negros da América precisam ser devolvidos à África? É isso que você vai fazer com os seus dois? Libertá-los? — E jamais dois escravos mereceram tanto a liberdade, refletiu Nathaniel.

Swynyard balançou a cabeça, mostrando que Nathaniel ainda não estava entendendo.

— Eu não sei no que acreditar com relação à escravidão. Santo Deus, Starbuck, mas tudo na minha vida precisa mudar, você não entende? A escravidão também, mas não foi por isso que Deus deixou esse panfleto ao meu lado ontem à noite. Você não entende? Ele o deixou para me dar uma missão!

— Não, eu não entendo.

— Meu caro Starbuck — Swynyard estava muito sério —, eu fui trazido de volta do caminho do pecado no último instante. Ao mesmo tempo que fui colocado na borda do fogo do inferno, eu fui salvo. A estrada para o inferno é um caminho terrível, Starbuck, mas, no início, a jornada foi agradável. Você entende agora o que eu digo?

— Não — respondeu Nate, que temia entender exatamente o que o coronel queria dizer.

— Eu acho que você entende — insistiu Swynyard com ardor. — Porque eu acho que você está nos primeiros passos desse caminho para baixo. Eu olho para você, Starbuck, e me vejo há trinta anos, motivo pelo qual Deus me mandou um panfleto com o seu nome. É um sinal, dizendo para salvá-lo do pecado e das agonias do castigo eterno. Eu vou fazer isso, Starbuck. Em vez de matar você, como Faulconer queria, vou conduzi-lo à vida eterna.

Nathaniel parou para acender um charuto saqueado do oficial de cabelos brancos da Pensilvânia que tinha se esforçado tanto para proteger suas bandeiras. Depois suspirou enquanto soprava fumaça longe do rosto ferido de Swynyard.

— Sabe, coronel? Acho que eu realmente preferia você como pecador.

Swynyard fez uma careta.

— Há quanto tempo eu conheço você?

Nathaniel deu de ombros.

— Seis meses.

— E em todo esse tempo, capitão Starbuck, alguma vez você me chamou de "senhor"?

Nate olhou nos olhos do coronel.

— Não, e não pretendo chamar.

Swynyard sorriu.

— Você vai chamar, Starbuck, vai chamar. Vamos ser amigos, você e eu, e eu vou arrastá-lo para fora dos caminhos do pecado.

Nathaniel soprou mais fumaça no vento úmido.

— Eu nunca entendi, coronel, por que alguns filhos da puta podem ter uma vida inteira de pecado e então, no momento em que ficam com medo, dão meia-volta e tentam impedir que as outras pessoas se divirtam.

— Você está dizendo que o caminho dos justos não é agradável?

— Estou dizendo que preciso voltar para a minha companhia. Vejo você por aí, coronel. — Em seguida, levou a mão ao chapéu com um ar deliberado de insolência, e voltou para seus homens.

— E então? — perguntou o sargento Truslow, com a inflexão das palavras pedindo notícias sobre o coronel.

— Você estava certo. Ele está completamente maluco.

— Então o que mudou?

— Ele ficou embriagado de Deus, foi isso que mudou. — Nathaniel tentava desconsiderar o que Swynyard tinha dito, mas parte dele sentia o mesmo fogo do inferno que levara o coronel a Deus. — Vou dar a ele até o pôr do sol. Aí ele vai se encher é de uísque.

— O uísque age mais rápido que Deus — comentou Truslow, mas ouviu um tom melancólico na voz de seu capitão, por isso estendeu um frasco de estanho para ele. — Bebe um pouco disso — ordenou.

— O que é?

— O melhor goró. Cinco centavos um quarto de galão. Tom Canby fez duas semanas atrás.

Nate pegou o frasco.

— Você não sabe que é contra o regulamento do Exército beber uísque artesanal?

— Provavelmente é contra o regulamento do Exército se engraçar com as mulheres dos oficiais de serviço, mas isso nunca o impediu.

— É verdade, sargento, é verdade.

Nathaniel bebeu, e a bebida forte abafou momentaneamente o medo do fogo do inferno. E então, sob um céu de nuvens baixas, ele dormiu.

Os burocratas do governo federal podiam ter relutado em financiar o regimento de cavalaria do major Galloway, mas o general Pope viu imediatamente o valor de ter cavaleiros sulistas fazendo reconhecimento por trás das linhas rebeldes, por isso deu ao major uma quantidade de tarefas que uma força de cavalaria dez vezes maior teria dificuldade para realizar em um mês, quanto mais na semana que o general Pope ofereceu a Galloway.

A tarefa principal era determinar se o general Lee estava movendo suas tropas de Richmond. O quartel-general nortista em Washington tinha ordenado ao oponente de Lee, McClellan, que retirasse seu exército dos acampamentos perto da capital rebelde, e Pope temia que, ao saber dessa ordem, Lee já estivesse marchando para o norte com o objetivo de reforçar Jackson. Além disso, temia que os rebeldes estivessem reunindo tropas no vale do Shenandoah e tinha pedido a Galloway que fizesse um reconhecimento, atravessando as montanhas Blue Ridge. E, como se essas duas tarefas não fossem suficientes, Pope também queria saber mais sobre os posicionamentos de Jackson. Assim, Galloway se viu sob a pressão de mandar cavaleiros para o sul, para o leste e para o oeste. Ele se comprometeu do melhor modo que pôde, levando sua própria tropa para o sul, em direção a Richmond, e dando a Billy Blythe a ordem de atravessar as montanhas Blue Ridge e farejar os posicionamentos rebeldes no vale do rio Shenandoah.

Enquanto isso, Adam precisava substituir os cavalos que Blythe havia lhe imposto. O major Galloway tentou garantir a Adam que Blythe não havia agido com más intenções ao comprar aqueles pangarés.

— Eu tenho certeza de que ele fez o melhor possível — comentou o major, tentando manter a unidade de seu esquadrão.

— Eu também tenho certeza de que ele fez — concordou Adam. — E é isso que me preocupa.

Mas pelo menos Adam sabia onde sua tropa poderia conseguir mais cavalos, e Galloway tinha lhe dado permissão de fazer essa investida com a condição de que, na volta, fizesse o reconhecimento do flanco oeste do exército de Jackson. Adam partiu para realizar as duas tarefas três dias depois de o som distante da batalha no monte Cedar ter ferido o ar pesado do verão.

Três quilômetros depois da fazenda que era o quartel-general de Galloway em Manassas, Adam encontrou a tropa de Billy Blythe esperando.

— Pensei em cavalgarmos com você, Faulconer — disse Blythe —, já que nós dois vamos na mesma direção.

— Vamos? — perguntou Adam com frieza.

— Diabos, por que não?

— O vale do Shenandoah fica lá. — Adam apontou para o oeste. — E nós vamos para o sul.

— Bom, ora. — Blythe deu seu sorriso preguiçoso. — No lugar de onde eu venho um cavalheiro não tenta ensinar outros cavalheiros como sugar uma teta. Eu vou escolher minha própria rota para o vale, se não tiver problema para você.

Adam não tinha opção além de aceitar a companhia de Blythe. O sargento Huxtable sussurrou sua suspeita de que Blythe queria meramente seguir Adam e pegar quaisquer cavalos que ele conseguisse, tirando proveito da situação, mas Adam não podia impedir seu colega oficial de viajar em comboio. Nem podia ir mais rápido que Blythe, em seus cavalos pavorosos. E assim, durante dois dias, os quarenta cavaleiros se esgueiraram lentamente para o sul. Blythe não demonstrava nenhum senso de urgência nem desejo de se virar para um dos altos desfiladeiros que atravessavam as montanhas Blue Ridge. Ele ignorou a passagem Chester, depois a passagem de Thornton e finalmente a de Powell, o tempo todo sugerindo que conhecia uma rota melhor para atravessar as montanhas mais ao sul.

— Você é um idiota se usar a passagem Rockfish — comentou Adam. — Eu tenho certeza de que os rebeldes estarão guardando aquele desfiladeiro.

Blythe sorriu.

— Talvez eu não use nenhuma passagem.

— Desse jeito você não vai levar os cavalos para o outro lado das montanhas.

— Talvez eu não precise cruzar as montanhas.

— Você desobedeceria às ordens de Galloway?

Blythe franziu a testa como se estivesse desapontado com a obtusidade de Adam.

— Acho que o nosso maior dever, Faulconer, é o de cuidar dos nossos homens, especialmente quando se acredita que o exército rebelde não vai ser gentil com rapazes sulistas cavalgando com o uniforme azul dos ianques, de modo que não é meu objetivo correr nenhum risco sério. Por isso Abe Lincoln pegou todos aqueles rapazes de Massachusetts e da Pensilvânia. Se tem alguém que vai dar uma surra nos confederados são eles, não nós. O importante para nós, Faulconer, é sobrevivermos intactos à guerra.

Blythe fez uma pausa no longo discurso para acender um charuto. À frente dos cavalarianos estava um vale suave atravessado por cercas sinuosas e com uma fazenda de aparência próspera na extremidade sul.

— O que Joe Galloway me ordenou a fazer, Faulconer, é descobrir quantos rebeldes estão escondidos no vale do Shenandoah, e acho que posso fazer isso muito bem sem atravessar nenhuma maldita montanha. Eu posso fazer isso parando um trem que esteja saindo da passagem Rockfish e interrogando os passageiros, não é?

— E se os passageiros mentirem?

— Diabos, não existe uma mulher viva que me conte mentiras — declarou Blythe com um sorriso. Ele soltou uma risadinha e se virou na sela. — Seth?

— Billy? — respondeu o sargento Seth Kelley.

— Eu acho que deveríamos garantir que não haja nenhum verme rebelde naquela fazenda. Leve dois homens. Vá olhar.

110

Seth Kelley gritou para dois rapazes de Maryland acompanhá-lo, depois os guiou para o sul através das árvores que cercavam o vale.

— Acho que vamos esperar aqui — disse Blythe aos outros homens. — Fiquem à vontade.

— Você diz que o nosso maior dever é sobreviver à guerra? — perguntou Adam a Blythe quando os cavaleiros se acomodaram confortavelmente à sombra da copa ampla das árvores.

— Porque eu acho que é no fim da guerra que começa o nosso trabalho de verdade, Faulconer — respondeu Blythe, animado. — Acho até que sobreviver à guerra é nosso dever cristão. O norte vai vencer. Isso está claro como o dia. Diabos, o norte tem os homens, as armas, os navios, as fábricas, as ferrovias e o dinheiro, e tudo que o sul tem é um fardo de algodão, uma pilha de arroz, um monte de tabaco e mais crioulos preguiçosos que metade da África. O norte tem um monte de coisas e o sul não tem nem uma esperança alucinada! De modo que cedo ou tarde, Faulconer, teremos um sul derrotado e um norte tremendamente satisfeito, e, quando esse dia chegar, queremos garantir que nós, os sulistas leais, recebamos nossa devida recompensa. Nós seremos os bons sulistas, Faulconer, e seremos nós que tomaremos o sul. Vamos ser como pinto no lixo. Rolando em leite e mel, podendo escolher as garotas e fazendo dólares como coelho fazem filhotes. — Blythe se virou para olhar para a fazenda. — E você não vai querer arriscar tudo isso levando uma bala na barriga, vai?

Adam ouviu o riso dos homens que concordavam com Blythe. Outros pareciam sérios, e Adam decidiu que falaria em nome desses idealistas.

— Nós temos um trabalho a fazer. Foi para isso que nos voluntariamos.

Blythe assentiu como se Adam tivesse levantado um argumento maravilhosamente lógico.

— Diabos, Faulconer, ninguém concorda mais com você do que eu! Diabos, se eu pudesse fazer um reconhecimento direto até c Rappahannock, ninguém ficaria tão feliz quanto Billy Blythe. Diabos, eu faria um reconhecimento até o Pee Dee se pudesse, até o Swanee! Diabos, eu faria o reconhecimento do último rio do mundo pelo meu país, faria mesmo, mas eu não posso! Simplesmente não posso, Faulconer, e sabe por quê? — E aqui Blythe pôs uma das mãos no cotovelo de Adam, cheio de confiança, e se inclinou tão perto que o cheiro do charuto envolveu a cabeça de Adam. — Não podemos fazer nada, Faulconer, e essa é a verdade simples e triste. Nem podemos cavalgar até um bordel e voltar porque nossos cavalos são umas bostas de porco com as costas parecendo uma navalha. Qual é o primeiro dever de um cavalariano?

— Cuidar de seu cavalo, Billy — respondeu um dos seus homens.

— E essa não é a verdade abençoada de Deus? — reagiu Blythe. — Portanto, acho que, pelo bem dos cavalos, precisamos ser gentis e permanecer inteiros pelo resto da guerra. Diabos, o que foi essa porcaria?

A pergunta foi a reação de Blythe a dois tiros que soaram em algum lugar perto da casa da fazenda. Para um homem que tinha acabado de pregar um evangelho sobre permanecer longe de encrenca, era notável o quanto ele parecia imperturbável com os tiros.

— Acho melhor irmos ver se o velho Seth está inteiro, rapazes — gritou, e os homens de sua tropa montaram lentamente e afrouxaram os fuzis de repetição Colt nos coldres. — Acho que a sua tropa deveria ficar vigiando — disse Blythe a Adam. — Não estou dizendo que esperamos alguma encrenca, mas nunca se sabe. Essas florestas estão cheias de homens prontos para armar uma emboscada, e cada um deles é tão mau quanto uma cobra, e duas vezes mais traiçoeiro. Portanto, fique atento a guerrilheiros enquanto o restante de nós se certifica se o velho Seth não foi encontrar seu Criador.

Adam ficou olhando das árvores à medida que Blythe levava sua tropa até a casa, típica de muitas propriedades no Piedmont da Virgínia. Frequentemente ele sonhava em se estabelecer numa fazenda assim, a quilômetros das pretensões e da riqueza do pai. A casa de dois andares era revestida de tábuas pintadas de branco e cercada por uma bela varanda profunda, que, por sua vez, era envolvida por um jardim esparso, mas colorido. Uma horta ampla se estendia entre a casa e o maior dos dois celeiros que formavam os dois lados de um pátio contornado por uma cerca. Um pomar descia da casa até onde um riacho reluzia a distância. A visão da propriedade provocou em Adam uma pontada de remorso e nostalgia. Parecia perverso que a guerra se imiscuísse num lugar como esse.

O sargento Seth Kelley esperava pelo capitão Blythe na varanda. Kelley era um homem alto e magro, de barba preta e fina e olhos escuros, e agora estava refestelado numa poltrona de vime, com as botas com esporas apoiadas no parapeito da varanda e um charuto na boca. Seus dois homens estavam encostados nas colunas que flanqueavam os degraus da varanda. Kelley tirou o charuto da boca enquanto o capitão Blythe apeava no gramado seco.

— Atiraram em nós, Billy — avisou Kelley, rindo. — Dois tiros que vieram do andar de cima. Quase me mataram, foi sim.

Blythe balançou a cabeça e estalou a língua

— Mas você está bem, Seth? Não está ferido?

— Eles erraram, Billy, erraram. Mas os patifes tinham esse pedaço de pano pendurado na casa, tinham, sim. — Kelley levantou uma pequena bandeira rebelde.

— Isso não é bom, Seth, não é bom. — Blythe exibia um sorriso tão largo quanto o do seu sargento.

— É mesmo, Billy. Nada bom, mesmo. — Kelley voltou a pôr o charuto na boca.

Blythe levou seu cavalo por cima do canteiro de flores e amarrou as rédeas da montaria no parapeito da varanda. Seus homens apearam enquanto ele subia os degraus e usava o charuto de Kelley para acender o próprio.

— Alguém lá dentro? — quis saber.

— Duas mulheres e um bando de moleques.

Blythe entrou na casa. O piso do corredor era de madeira escura sobre a qual havia dois tapetes felpudos. Havia um relógio de pé comprido perto da escada, com o mostrador proclamando que tinha sido feito em Baltimore. Havia um par de galhadas servindo como cabide de casacos, um retrato de George Washington, outro de Andrew Jackson e uma placa de pirogravura proclamando que Deus era O Ouvinte Invisível de Cada Conversa Nesta Casa. Blythe deu um tapinha de apreciação no relógio ao mesmo tempo que Seth Kelley e dois homens o acompanhavam pelo corredor até a cozinha, onde três crianças se agarravam às saias de duas mulheres. Uma delas tinha cabelos brancos, a outra era jovem e desafiadora.

— Ora, ora. — Blythe parou junto à porta da cozinha. — O que temos aqui?

— Vocês não têm nada a fazer aqui — disse a mulher mais nova. Tinha 30 e poucos anos e evidentemente era a mãe das três crianças. Segurava um cutelo pesado, que levantou, nervosa, quando Blythe entrou na cozinha.

— O que temos a fazer aqui, senhora, é da conta dos Estados Unidos da América — retrucou Billy Blythe, animado. Em seguida, passou por um aparador antigo e pegou uma maçã numa tigela de louça. Deu uma mordida na fruta e sorriu para a mulher mais nova. — É doce mesmo, senhora.

113

Como a senhora. — A mulher tinha cabelos escuros, com feições boas e olhos desafiadores. — Eu gosto de uma mulher com espírito, não é, Seth?

— Você sempre teve gosto por esse tipo de mulher, Billy. — Kelley apoiou o corpo magro no batente da porta da cozinha.

— Deixa a gente em paz! — disse a mulher mais velha, farejando encrenca.

— Não tem nada nesse mundo que eu preferiria fazer, senhora — respondeu Blythe.

E deu outra mordida na maçã. Duas das crianças começaram a chorar, levando-o a bater com o restante da maçã na mesa da cozinha com força. Pedaços da fruta despedaçada rolaram pelo chão.

— Eu agradeceria se a senhora mantivesse suas crianças choronas em silêncio! — exclamou rispidamente. — Eu não suporto criança chorona, não, senhor! Crianças choronas deveriam ser chicoteadas. Chicoteadas! — A última palavra foi berrada tão alto que as duas crianças pararam de chorar por puro medo. Blythe sorriu para a mãe delas, revelando pedaços de maçã entre os dentes. — E onde está o homem da casa, senhora?

— Ele não está aqui — respondeu a mais nova, em tom de desafio. — Só estamos nós, mulheres e crianças. Vocês não têm pendências com mulheres e crianças.

— Minhas pendências são da minha conta e meu negócio é descobrir por que uma de vocês, senhoras, disparou dois tiros contra meu ótimo sargento aqui.

— Ninguém atirou contra ele! — retrucou a mais velha com desprezo. — Ele disparou o próprio revólver. Eu vi!

Blythe balançou a cabeça, incrédulo.

— Não é o que o Sr. Kelley disse, senhora, e ele não mentiria para mim. Diabos, ele é um sargento do Exército dos Estados Unidos da América! A senhora está dizendo que um sargento do Exército dos Estados Unidos da América mentiria? — Blythe fez a pergunta com horror fingido. — A senhora está tentando mesmo sugerir uma coisa dessas?

— Ninguém atirou! — insistiu a mais nova. As crianças estavam quase enterradas em suas saias. Blythe deu um passo para mais perto dela, que levantou o cutelo ameaçadoramente.

— Se usar isso, senhora — disse ele em tom magnânimo —, a senhora vai ser enforcada por assassinato. Qual é o seu nome?

— Meu nome não é da sua conta.

— Então diga o que é da minha conta, senhora. — Blythe estendeu a mão para o cutelo e o arrancou da mão da mulher, que não resistiu. Em seguida, levantou-o e deu um golpe com força, cravando a ponta da lâmina na mesa. Ele sorriu para a mulher mais nova, depois soprou fumaça do charuto na direção dos molhos de ervas pendurados numa trave. — O que é da minha conta, senhora, é a Ordem Geral Número Cinco, emitida pelo general de brigada John Pope, do Exército dos Estados Unidos, e essa ordem geral me dá o direito legal e o dever solene de alimentar e equipar meus homens com quaisquer comidas ou bens que encontrarmos nessa casa e que possam ser necessários ao nosso bem-estar. Isso é uma ordem que me foi dada pelo general comandante do meu exército, e como um bom soldado cristão, senhora, tenho o dever de obedecer. — Blythe se virou e apontou um dedo para o sargento Kelley. — Comece a procurar, Seth! Nas latrinas, no andar de cima, nos porões, nos celeiros. Faça uma boa revista! Você, fique aqui, cabo — acrescentou para um dos homens que tinham entrado na cozinha.

— A gente não tem nada! — protestou a mulher mais velha.

— Nós é que avaliaremos isso, senhora — retrucou Blythe. — Comece a procurar, Seth! Seja meticuloso!

— Seus ladrões desgraçados — disse a mais nova.

— Pelo contrário, senhora, pelo contrário. — Blythe sorriu para ela, depois se sentou à cabeceira da mesa da cozinha e tirou um formulário impresso de uma bolsa de couro presa ao cinto. Encontrou um toco de lápis num bolso. O lápis estava rombudo, mas ele experimentou a ponta no tampo da mesa e ficou satisfeito com a marca deixada. — Não, senhora, não somos ladrões. Só estamos tentando tornar o país de Deus inteiro de novo, e precisamos da sua ajuda para isso. Mas isso não é um roubo, senhora, porque o Tio Sam é um tio gentil, um tio bom, e vai pagar muito bem a vocês por tudo que nos derem hoje. — Ele alisou o formulário, lambeu a ponta do lápis e levantou os olhos com expectativa para a mulher mais nova. — Seu nome, querida?

— Não vou dizer.

Blythe olhou para a mulher mais velha.

— Não podemos pagar à família se não tivermos um nome, vovó. Portanto, diga o seu nome.

115

— Não diga a ele, mamãe! — gritou a mais nova.

A velha hesitou, depois decidiu que revelar o nome da família não faria muito mal.

— Rothwell — disse com relutância.

— Um ótimo nome — observou Blythe, escrevendo-o no formulário.

— Eu conheci uma família Rothwell em Blytheville. Eram ótimos batistas; e ótimos vizinhos também. Agora, senhora, por acaso sabe que dia é hoje?

A casa ecoava com as gargalhadas dos homens e os sons pesados de botas subindo pela escada; depois gritos de comemoração irromperam quando algum tesouro foi descoberto num dos cômodos da frente. Mais pés subiram ruidosamente a escada. A mulher mais jovem olhou para o teto e uma ruga de preocupação atravessou seu rosto.

— A data de hoje, senhora? — insistiu Blythe.

A mais velha pensou por um instante.

— Ontem foi o dia do Senhor — disse ela. — De modo que hoje deve ser dia 11.

— Ora, como esse verão está voando! Onze de agosto, já. — Blythe anotou a data enquanto falava: — No ano de Nosso Senhor, 1862. Essa porcaria de lápis está raspando feito o diabo. — Terminou de anotar a data e se recostou na cadeira. O suor escorria por seu rosto gorducho e manchava a gola da casaca do uniforme. — Bom, agora, senhoras, esse pedaço de papel confirma que eu e meus homens vamos requisitar praticamente qualquer porcaria de que gostarmos nessa propriedade. Qualquer coisa! E, quando pegarmos, vocês vão dizer qual é o valor de toda essa comida e de todas essas bugigangas, e eu vou anotar o valor nesse pedaço de papel e depois vou assinar com o meu nome dado por Deus. E o que as senhoras vão fazer é guardar esse pedaço de papel como se fosse a palavra sagrada escrita pela própria mão do Senhor, e, no fim da guerra, quando os rebeldes estiverem bem derrotados e o bom Tio Sam estiver recebendo todos vocês de volta no seio de sua família, vocês vão apresentar esse pedaço de papel ao governo, e o governo, com sua misericórdia e bondade, vai dar todo o dinheiro a vocês. Cada centavo vermelho. Mas primeiro só há uma coisinha que vocês deveriam saber. — Ele parou para dar uma tragada no charuto, depois sorriu para as mulheres amedrontadas. — Quando apresentarem esse pedaço de papel terão de provar que permaneceram leais aos Estados Unidos da América desde a data desse formulário até o dia em que a guerra terminar. Mesmo uma pequena prova de que qualquer pessoa da família Rothwell possa ter usado armas ou, que Deus nos ajude, até mesmo nutrir um ressentimento contra os Estados Unidos da América bastará para tornar esse papel inútil. E isso significa que não vão receber nenhum dinheiro, querida! — Ele gargalhou.

— Seu ladrão desgraçado — disse a mulher mais jovem.

— Se você for uma boa garota — retrucou Blythe em tom de zombaria —, vai receber o dinheiro. É o que diz a Ordem Geral Número Cinco, e nós obedeceremos à Ordem Geral Número Cinco, com a ajuda de Deus. — Ele se levantou. Era um homem alto, e a pluma de seu chapéu roçava as traves da cozinha enquanto ele ia até a família amedrontada. — Mas também existe a Ordem Geral Número Sete. Já ouviram falar da Ordem Geral Número Sete? Não? Bom, a Ordem Geral Número Sete decreta qual punição será dado a qualquer lar que dispare contra tropas dos Estados Unidos da América, e um tiro foi disparado dessa casa contra os meus homens!

— É mentira! — insistiu a mulher mais velha, e sua veemência fez com que as três crianças começassem a chorar de novo.

— Quietos! — gritou Blythe. As crianças gemeram e tremeram, mas conseguiram ficar em silêncio. Blythe sorriu. — Por ordens do general de brigada Pope, que é devidamente autorizado pelo presidente e pelo Congresso dos Estados Unidos da América, é meu dever queimar essa casa para que mais nenhum tiro seja disparado dela.

— Não! — protestou a mulher mais nova.

— Sim — disse Blythe, ainda sorrindo.

— Nós não demos nenhum tiro! — disse a mais nova.

— Mas eu digo que deram, e no fim das contas, senhora, na palavra de quem a senhora acha que o presidente e o Congresso vão acreditar? Na minha, que é a palavra de um oficial comissionado do Exército dos Estados Unidos, ou na sua palavra, que é a cavilação lamuriosa de uma cadela separatista? Qual de nós, senhora, será acreditado? — Ele pegou uma caixa de prata no bolso e a abriu com um estalo, revelando a cabeça dos palitos de fósforo branco.

— Não! — A mulher mais nova tinha começado a chorar.

— Cabo Kemble! — chamou Blythe rispidamente, e Kemble se desgrudou da parede da cozinha. — Leve-a ao celeiro — ordenou, apontando para a mulher mais nova.

Ela se lançou para o cutelo ainda preso à mesa, mas Blythe era rápido demais. Derrubou o cutelo fora do alcance, em seguida sacou o revólver e apontou para a cabeça da mulher.

— Eu não sou um homem de coração duro, senhora, e será que não podemos chegar a um acordo razoável?

— Você é pior que um ladrão — acusou a mulher. — Você é um traidor.

— Senhor? — Kemble estava preocupado com a ordem de Blythe.

— Leve-a, Kemble — insistiu Blythe. — Mas sem liberdades! Eu é que vou lidar com ela, não você. — Blythe sorriu para a mulher e seus filhos. — Eu adoro a guerra, senhora. Adoro fazer parte da guerra. Acho que o que corre nas minhas veias é guerra, e não sangue.

Kemble levou a mulher embora e deixou as crianças chorando, enquanto Billy Blythe ia verificar o que tinham conseguido saquear da casa antes de ir atrás do verdadeiro prêmio do dia.

No sábado depois da batalha, o capitão Anthony Murphy abriu uma rodada de apostas sobre quanto tempo demoraria até que o coronel Swynyard voltasse a beber. A legião inteira concordava que tinha sido um milagre o coronel ter aguentado duas noites, ainda que estivesse sofrendo com uma concussão durante a maior parte da primeira, mas ninguém acreditava que ele fosse aguentar mais duas sem o socorro do álcool. Desde sua suposta conversão, o coronel tremia visivelmente, tamanha era a tensão que suportava, e na noite de sexta-feira foi ouvido gemendo dentro de sua barraca. Mas suportou essa noite, e a seguinte, de modo que, no domingo, apareceu na formatura religiosa da brigada com sua barba, que já fora hirsuta, aparada e limpa, as botas engraxadas e um sorriso decidido no rosto feio. Sua voz era a mais séria nas orações, a mais entusiasmada ao gritar amém e a mais alta cantando os hinos. De fato, quando o reverendo Moss comandou a legião cantando "Misericórdia profunda, ainda pode haver misericórdia reservada para mim? Pode meu Deus se abster de sua ira? Poupar a mim, o pior dos pecadores?", Swynyard olhou para Nathaniel e deu um sorriso cheio de confiança enquanto cantava.

Após o serviço religioso, o general Washington Faulconer chamou de lado seu segundo em comando.

— Você está se fazendo de idiota, Swynyard. Pare com isso.

— Deus está me fazendo de idiota, senhor, e eu O louvo por isso.

— Vou rebaixar você — ameaçou Faulconer.

— Tenho certeza de que o general Jackson gostaria de ouvir falar de um oficial que foi rebaixado por amar ao Senhor — disse Swynyard com um toque de sua antiga esperteza.

— Só pare de bancar o idiota — rosnou Faulconer, e se afastou.

Swynyard procurou o capitão Murphy.

— Ouvi dizer que você abriu um caderno de apostas sobre mim. Isso é verdade, Murphy?

O irlandês enrubesceu, mas confessou que era verdade.

— Mas não sei se posso deixar que o senhor aposte, coronel, se é isso que está querendo, já que o senhor poderia ser considerado parcial na questão, se é que me entende.

— Eu não apostaria. Apostar é pecado, Murphy.

— É, senhor? — perguntou Murphy com inocência. — Então deve ser um pecado protestante, e que pena para o senhor!

— Mas devo alertar que Deus está do meu lado, portanto, nenhuma gota de álcool passará de novo pelos meus lábios.

— Eu fico tremendamente feliz em saber, senhor. O senhor é um santo vivo. — O irlandês sorriu e recuou.

Naquela noite, depois de testemunhar na reunião de orações da legião, o coronel foi ouvido rezando em sua barraca. Estava numa agonia evidente. Sentia desejo de beber, lutava contra isso e invocava Deus para ajudá-lo na luta. Nate e Truslow ouviram a luta patética, depois foram para o abrigo de Murphy.

— Mais um dia, Murphy. — Nathaniel apostou os últimos dois dólares de seu salário recente. — Aposto dois dólares que ele vai estar de porre nessa hora, amanhã à noite.

— Também aposto dois dólares que vai ser amanhã à noite — acrescentou Truslow, oferecendo seu dinheiro.

— Vocês e mais uns vinte estão dizendo exatamente a mesma coisa — comentou Murphy em dúvida, depois mostrou aos dois uma valise atulhada de notas de dinheiro confederado. — Metade desse dinheiro é apostando que ele não vai durar essa noite, e a outra metade dá até amanhã ao anoitecer. Não posso lhe oferecer boas condições, Nate. Iria me dar mal se oferecesse qualquer coisa melhor que dois para um. Não vale arriscar seu dinheiro com uma chance dessas.

— Escute — disse Nate.

No silêncio, os três ouviram o coronel soluçando. Havia uma luz na barraca de Swynyard e a sombra monstruosa do coronel se balançava para trás e para a frente enquanto ele rezava pedindo ajuda. Seus dois escravos, absolutamente perplexos com a mudança de postura do senhor, estavam agachados, impotentes, do lado de fora.

— Pobre homem — observou Murphy. — Quase faz a gente ter vontade de parar de beber.

— Dois para um? — perguntou Nathaniel. — Para amanhã à noite?

— Tem certeza de que não quer apostar nessa noite? — quis saber Murphy.

— Ele sobreviveu até agora — retrucou Truslow. — Vai dormir logo...

— Amanhã à noite, então — admitiu Murphy; em seguida pegou os dois dólares de Nate e os dois que o sargento Truslow tinha oferecido.

Quando as apostas foram anotadas no caderno de Murphy, Nathaniel passou pela tenda do coronel e viu o tenente Davies de joelhos perto da entrada.

— Que diab... — começou Nate, mas Davies se virou com o dedo junto aos lábios. Nathaniel olhou mais de perto e viu que o tenente estava empurrando meia garrafa de uísque por baixo da aba da barraca.

Davies recuou.

— Eu apostei trinta dólares que seria essa noite, Nate — sussurrou ao se levantar. — Por isso pensei em ajudar o dinheiro.

— Trinta dólares?

— Um para um — disse Davies, depois espanou o pó da calça. — Acho que o ganho é garantido. Escutem o filho da mãe!

— Não é justo fazer isso com o sujeito — declarou Nathaniel, sério. — Você deveria ter vergonha! — Imediatamente foi até a barraca, enfiou a mão embaixo da lona e pegou o uísque.

— Ponha de volta! — insistiu Davies.

— Tenente Davies, eu arranco sua barriga pela garganta e a enfio no seu traseiro fedorento se encontrar você ou mais alguém tentando sabotar o arrependimento desse homem. Entendeu? — Ele se aproximou um passo do tenente alto, pálido, de óculos. — Eu não estou brincando, Davies. Esse homem está tentando se redimir, e tudo que você faz é zombar dele! Deus Todo-poderoso, isso me deixa com raiva!

— Certo! Certo! — reagiu Davies, com medo da veemência de Nate.

— Eu estou falando sério, Davies — reforçou Nathaniel, ainda que o tenente não tivesse duvidado de sua sinceridade. — Eu mato você, se tentar isso de novo. Agora vá.

Nathaniel ficou olhando o tenente sumir na noite, depois deu um longo suspiro de alívio.

— Vamos guardar isso para amanhã à noite, sargento — disse a Truslow, balançando o uísque que Davies havia abandonado.

— E colocar na barraca de Swynyard?

— Exato. Danem-se os trinta dólares de Davies. Eu preciso de dinheiro muito mais que ele.

Truslow caminhou ao lado de seu capitão.

— O que esse desgraçado sofredor do Swynyard gosta mesmo é de um bom conhaque.

— Então talvez possamos encontrar um pouco no campo de batalha amanhã — disse Nathaniel, e essa descoberta parecia uma possibilidade nítida, já que, apesar de terem se passado três dias desde a batalha, ainda havia feridos na floresta ou escondidos entre os pés de milho quebrados. De fato, havia tantos mortos e feridos que os rebeldes sozinhos não podiam recuperar todas as baixas, por isso tinha sido combinada uma trégua e as tropas do exército do general Banks foram convidadas a resgatar seus homens.

O dia da trégua amanheceu quente e opressivo. A maior parte da legião tinha recebido ordem de ajudar a procurar no mato em meio às árvores onde o ataque ianque havia parado, mas a companhia de Nathaniel recebeu a ordem de derrubar árvores e construir uma pira enorme onde os animais mortos da cavalaria da Pensilvânia seriam incinerados. Na estrada atrás da pira, uma sucessão de ambulâncias nortistas com feixes de mola macios carregava os ianques feridos. Os veículos nortistas, construídos especialmente com esse objetivo, mostravam um contraste nítido com as carroças de fazenda ou capturadas do Exército que os rebeldes usavam como ambulâncias, assim como os soldados nortistas uniformizados e bem equipados pareciam muito mais elegantes que as tropas rebeldes. Um capitão da Pensilvânia, encarregado da equipe que carregava as ambulâncias, foi até os homens de Nate e precisou perguntar qual maltrapilho era o oficial.

— Dick Levergood — disse, apresentando-se a Nathaniel.

— Nate Starbuck.

Afável, Levergood ofereceu um charuto e um gole de limonada a Nathaniel.

— É essência cristalizada — explicou, desculpando-se pela limonada em pó. — Mas o gosto não é ruim. Minha mãe mandou.

— Você preferiria uísque? — Nathaniel ofereceu uma garrafa a Levergood. — É uísque nortista, bom — acrescentou com malícia.

Outros homens da Pensilvânia se juntaram aos legionários. Jornais foram trocados e pedaços de tabaco negociados por café, mas o comércio maior era em dólares confederados. Todo nortista queria comprar dinheiro do sul para mandar para casa como souvenir, e o preço do dinheiro sulista mal impresso subia a cada minuto. Os homens faziam os negócios ao lado da grande pira que era um monte de toras de pinheiro recém-cortadas, com quase vinte metros de comprimento, sobre a qual uma companhia de artilheiros confederados empilhava os cavalos. Os artilheiros usavam uma carroça de transporte de canhão com uma estrutura de içamento parafusada em cima. O verdadeiro objetivo da carroça era resgatar canos de canhão desmontados, mas agora seu guindaste levantava as carcaças apodrecidas dos cavalos e as colocava sobre as toras de lenha, onde uma equipe de homens com a boca e o nariz cobertos com lenços por causa do fedor posicionava os cadáveres usando ganchos. Outros dois homens mascarados jogavam querosene na pilha.

O capitão Levergood olhou para a carroça com o andaime.

— É uma das nossas.

— Capturada — confirmou Nate. De fato, a carroça ainda tinha as letras USA pintadas na tábua de trás.

— Não, não — corrigiu Levergood. — É uma carroça da minha família. Nós as fabricamos em Pittsburgh. Fazíamos aranhas, charretes, Deerborns e bondes, mas agora fazemos principalmente carroças para o Exército. Cem carroças por mês, e o governo paga o que pedirmos. Vou lhe dizer, Starbuck, se quiser fazer fortuna, trabalhe para o governo. Ele paga mais por uma carroça de sete toneladas do que jamais ousaríamos cobrar por uma diligência de oito cavalos com assentos de couro, fornalha, cortinas de seda, tapetes turcos e lampiões folheados de prata.

Nathaniel deu um trago no charuto.

— Então por que você está aqui levando tiros, em vez de construindo carroças em Pittsburgh?

Levergood deu de ombros.

— Eu queria lutar pelo meu país. — Ele parecia sem graça pela confissão. — Veja bem, jamais sonhei que a guerra iria durar mais que um verão.

— Nós também não. Achamos que uma boa batalha daria a vocês uma lição e seria só isso.

— Acho que devemos ser lentos em aprender — disse Levergood, afável.

— Veja bem, agora não vai demorar muito.

— Não? — perguntou Nate, achando divertido.

— Ouvimos dizer que McClellan vai sair da península. Os homens dele estão navegando para o norte, e em mais duas semanas o exército dele vai estar junto do nosso, e então vamos partir para cima de vocês como uma matilha de lobos. Os exércitos de Pope e McClellan combinados. Vocês vão ser esmagados como uma uva macia. Só espero que existam camas suficientes em Richmond para cuidarem de todos nós.

— Há muitas camas de prisão lá, mas os colchões não são muito macios.

Levergood gargalhou, depois se virou quando uma voz ressoou na estrada.

— Leiam! Leiam! Deixem a palavra de Deus exercer a graça em suas almas pecadoras. Aqui! Peguem e leiam, peguem e leiam. — Um homem mais velho, vestindo roupa de pastor religioso, distribuía panfletos a cavalo, espalhando os papéis para os soldados rebeldes ao lado da estrada.

— Meu Deus! — exclamou Nathaniel, atônito.

— É o reverendo Elial Starbuck — explicou Levergood, com orgulho evidente pela presença de um homem tão famoso. — Ele pregou para nós ontem. A fala dele é única. Parece que é íntimo do nosso alto-comando e eles lhe prometeram a honra de fazer o primeiro sermão na Richmond libertada. — Levergood fez uma pausa, depois franziu a testa. — Você também se chama Starbuck. Vocês são parentes?

— É só coincidência.

Nathaniel deu a volta na extremidade da pira. Tinha enfrentado a batalha com coragem, mas não era capaz de enfrentar o próprio pai. Foi até onde Esau Washbrook montava guarda solitário junto à pilha de armas da companhia.

— Me dê seu fuzil, Washbrook — pediu Nate.

Washbrook, o melhor atirador de elite da companhia, tinha se equipado com um fuzil de elite europeu: uma máquina de matar, pesada e de longo alcance, com mira telescópica ao lado do cano.

— Você não vai matar o sujeito, vai? — Levergood tinha acompanhado Nathaniel, vindo da estrada.

— Não.

Nate apontou o fuzil para seu pai, inspecionando-o através da mira telescópica. Os artilheiros tinham colocado fogo na pira fúnebre dos cavalos e a fumaça começava a atravessar a visão de Nathaniel enquanto o calor do fogo fazia estremecer a imagem nas linhas cruzadas da mira. Seu pai, espantosamente, parecia mais feliz do que ele jamais o vira. Evidentemente estava exultando no fedor da morte e nos restos da batalha.

— As chamas do inferno serão mais fortes que este fogo! — gritou o pastor aos rebeldes. — Vão queimar por toda a eternidade e golpear vocês com uma dor insuportável! Esse é o seu destino, a não ser que se arrependam agora! Deus está estendendo a mão para vocês! Arrependam-se e serão salvos!

Nathaniel tocou o gatilho de leve, sentiu vergonha do impulso e baixou imediatamente a arma. Por um segundo pareceu que seu pai havia olhado para ele, mas, sem dúvida, a visão do pastor também tinha sido atrapalhada pelo tremeluzir do calor e da fumaça, porque ele desviou o olhar sem reconhecimento antes de voltar para as linhas federais.

As chamas da pira subiram mais enquanto a gordura das carcaças escorria chiando entre as toras. As últimas ambulâncias foram para o norte e com elas as últimas carroças levando os ianques mortos. Agora cornetas chamavam os ianques vivos para suas linhas, e o capitão Levergood estendeu a mão.

— Acho que vamos nos encontrar de novo, Nate.

— Eu gostaria. — Nathaniel apertou a mão do nortista.

— Isso é meio maluco, mesmo — comentou Levergood com certo pesar por ter encontrado um inimigo de quem havia gostado tanto; depois deu de ombros. — Mas tome cuidado na próxima vez em que nos encontrarmos. McClellan vai nos comandar, e McClellan é um verdadeiro tigre. Ele vai derrotá-los num instante.

Nathaniel havia encontrado o tigre uma vez e o tinha visto levar uma surra, mas não disse nada sobre esse encontro nem sobre a surra.

— Se cuida — disse a Levergood.

— Você também, amigo.

Os nortistas se afastaram, perseguidos pela fumaça fedorenta das carcaças queimando.

— Você sabia que seu pai esteve aqui? — A voz áspera do coronel Swynyard soou de repente atrás de Nate.

Starbuck se virou.

— Eu o vi, sim.

— Eu falei com ele. Contei que tive a honra de comandar o filho dele. Sabe o que ele disse? — Swynyard fez uma pausa dramática, depois riu. — Disse que não tinha nenhum filho chamado Nathaniel. Disse que você não existe. Você foi riscado da vida dele; expurgado, condenado, deserdado. Falei que rezaria para que vocês dois se reconciliassem.

Nathaniel deu de ombros.

— Meu pai não é do tipo que se reconcilia, coronel.

— Então você precisará perdoá-lo. Mas primeiro prepare seus colegas para marchar. Vamos voltar para o outro lado do Rapidan.

— Essa noite?

— Antes do amanhecer. Vai ser uma marcha rápida, por isso diga aos seus rapazes que não carreguem nenhuma bagagem desnecessária. Não podemos permitir que o passo deles seja retardado, hein, Starbuck? — Swynyard pegou uma garrafa de conhaque no bolso. — Encontrei na minha barraca, Starbuck. Logo depois de você levar aquele uísque. Ouvi você reprovar o Davies e agradeço por isso, mas várias outras pessoas levaram bebida para mim, de qualquer modo.

Nathaniel sentiu uma pontada de vergonha por ter planejado recolocar o uísque de Davies na barraca de Swynyard essa noite.

— Você se sentiu tentado? — perguntou ao coronel.

— É claro que fiquei tentado. O diabo ainda não me abandonou, Starbuck, mas vou derrotá-lo. — Swynyard avaliou a distância até a pira funerária e jogou o conhaque nas chamas. A garrafa acertou em cheio, quebrando-se e espalhando uma luz azul-clara no coração do fogo. — Eu estou salvo, Starbuck. Portanto, diga aos amigos de Murphy para ficar com a bebida deles.

— Sim, coronel. Eu farei isso.

Em seguida, Nathaniel foi ao encontro do sargento Truslow.

— Ele está salvo e nós estamos pobres, sargento. Acho que acabamos de perder a porcaria do nosso dinheiro.

Truslow cuspiu no chão.

— Talvez o veado não aguente essa noite.

125

— Aposto dois dólares que aguenta.

Truslow pensou por um segundo.

— Que dois dólares? — perguntou finalmente.

— Os dois dólares que vou ganhar de você amanhã se Swynyard aguentar a noite.

— Esquece.

A fumaça foi levada para o norte e lá se misturou com nuvens escuras amontoadas no céu de verão. Em algum lugar embaixo dessas nuvens, os exércitos dos Estados Unidos se reuniam para marchar em direção ao sul, e tudo que os homens de Jackson podiam fazer, em menor número, era recuar.

Adam esperava com suas tropas num lugar de onde via as distantes montanhas Blue Ridge. Estava atento à possibilidade de que guerrilheiros aparecessem, mas o sargento Tom Huxtable ficava olhando para a casa da fazenda.

— Lugar bem-cuidado — comentou por fim.

— O tipo de casa onde um homem poderia viver para sempre — concordou Adam.

— Mas não depois de Billy Blythe terminar de revistá-la. — Huxtable não conseguia mais silenciar sua preocupação. — Nosso trabalho é caçar rebeldes, não perseguir mulheres.

Adam ficou tremendamente desconfortável com essa crítica ao seu colega oficial. Suspeitava de que a crítica fosse justificada, mas sempre tentava dar a todos o benefício da dúvida, e agora tentava encontrar algum aspecto positivo no caráter de Blythe.

— O capitão está apenas investigando disparos de arma de fogo, sargento. Eu não ouvi nada sobre mulheres.

— Disparos dados por Seth Kelley, provavelmente.

Adam ficou em silêncio ao examinar a floresta e os campos ao sul. As árvores estavam imóveis no ar parado enquanto ele girava o binóculo de volta na direção das montanhas.

— Um homem deveria ter crenças, veja bem — disse o sargento Huxtable. — Um homem sem crenças, capitão, é um homem sem propósito. Como um navio sem bússola.

Adam continuou em silêncio. Virou o binóculo para o norte. Observou um terreno vazio, depois deslizou as lentes por uma encosta coberta de árvores.

Huxtable moveu seu chumaço de tabaco de uma bochecha para a outra. Tinha sido tanoeiro na Louisiana, onde havia nascido, e depois aprendiz de marceneiro no povoado de sua esposa, no norte do estado de Nova York. Quando a guerra começou, Tom Huxtable visitou a igreja do povoado com sua torre branca, ajoelhou-se rezando por vinte minutos, depois foi para casa e pegou seu fuzil nos ganchos acima da lareira, uma Bíblia na gaveta da mesa da cozinha e uma faca em sua oficina. Depois disse à mulher para manter as abóboras bem molhadas e foi se juntar ao Exército nortista. Seu avô tinha sido morto pelos ingleses para estabelecer os Estados Unidos da América, e Tom Huxtable não era do tipo que deixaria esse sacrifício ser em vão.

— Talvez eu não tenha o direito de falar — continuou sem remorso —, mas o capitão Blythe não tem nenhuma crença no corpo, senhor. Ele lutaria pelo diabo, se o pagamento fosse bom. — Os homens de Adam concordavam com o sargento e murmuraram assentindo. — O Sr. Blythe não está no norte por escolha, capitão — prosseguiu Huxtable com teimosia. — Ele diz que está lutando pela União, mas ouvimos dizer que ele deixou a cidade onde morava para não ser linchado. Falam de uma garota, capitão. Uma garota branca, de boa família. Ela disse que o Sr. Blythe a derrubou e...

— Eu não quero saber! — reagiu Adam abruptamente. Depois, achando que tinha falado com ferocidade demais, virou-se para o sargento com um ar de desculpas. — Tenho certeza de que o major Galloway considerou tudo isso.

— O major Galloway é como o senhor. Um homem decente que não acredita no mal.

— E você acredita?

— O senhor viu as plantações no sul, senhor? Sim, senhor, eu acredito no mal.

— Senhor!

A conversa foi interrompida por um dos homens de Adam, que apontou para o norte. Adam se virou e ergueu o binóculo. Por um segundo viu apenas folhas turvas; depois focalizou as lentes e viu homens montados no alto de um morro. Contou doze cavaleiros, mas achou que haveria mais. Não estavam de uniforme, mas carregavam fuzis pendurados nos ombros ou enfiados em coldres de sela. Um segundo grupo de cavaleiros surgiu. Deviam ser guerrilheiros: os cavaleiros sulistas que percorriam os caminhos secretos da Virgínia para importunar os exércitos nortistas.

Huxtable olhou para os cavaleiros distantes.

— O capitão Blythe vai fugir — disse com nojo.

— Ele precisa ser avisado. Venham.

Adam guiou sua tropa descendo a colina. Eles esporearam seus cavalos para seguir para o leste e Adam desejou que seus cavalos não fossem tão decrépitos.

O gramado seco diante da casa era uma bizarra exposição de móveis e bens domésticos, que os homens de Blythe reviravam em busca de saques. Havia baldes, escarradeiras, quadros, abajures e cadeiras com assento de palha torcida. Havia uma máquina de costura, um comprido relógio de pé, duas batedeiras de manteiga, um penico e peneiras para alimentos. Alguns homens experimentavam peças de roupas enquanto outros dois estavam enrolados em echarpes femininas. Um homem jogou uma peça de tecido de uma janela do andar de cima e o pano colorido formou uma cascata pelo telhado da varanda até onde os cavalos estavam amarrados nos canteiros de flores.

— Onde está o capitão Blythe? — perguntou Adam a um dos homens com echarpes.

— No celeiro, capitão, mas ele não vai apreciar ser encontrado pelo senhor — respondeu o homem.

Crianças gritavam dentro da casa. Adam jogou suas rédeas para o sargento Huxtable e correu para o celeiro, onde o cabo Kemble montava guarda.

— O senhor não pode entrar — disse o cabo, insatisfeito.

Adam simplesmente passou pelo cabo, destrancou a porta e entrou. Havia duas baias vazias à direita, um cortador de aveia no centro do piso e um monte de feno ocupava a outra extremidade do celeiro. Blythe estava no feno, contorcendo-se com uma mulher que chorava.

— Puta! — disse Blythe, dando um tapa na mulher. — Puta maldita! — Houve o som de pano rasgando; então Blythe percebeu que a porta tinha sido aberta e se virou com raiva. — O que diabo você quer? — Ele não reconheceu o intruso, que era apenas uma silhueta contra a luz do lado de fora.

— Deixe-a em paz, Blythe! — ordenou Adam.

— Faulconer? Seu filho da puta! — Blythe se levantou e espanou fiapos de feno das mãos. — Só estou interrogando essa dama, e o que eu faço aqui não é da sua conta.

A mulher apertou os restos do vestido contra o peito e se arrastou pelo chão.

— Ele estava me atacando, moço! — gritou para Adam. — Ele ia me...

— Saia! — gritou Blythe para Adam.

Mas Adam sabia que tinha chegado a hora de se opor a ele. Sacou seu revólver, engatilhou-o e apontou para a cabeça de Blythe.

— Deixe-a em paz.

Blythe sorriu e balançou a cabeça.

— Você é um garoto, Faulconer. Eu não estou atacando essa mulher! Ela é uma rebelde! Atirou contra nós!

— Eu nunca fiz isso! — berrou a mulher.

— Afaste-se dela! — mandou Adam. Ele podia sentir o coração batendo forte e reconhecia o próprio medo, mas sabia que Blythe precisava ser confrontado.

— Atire no filho da puta que está interferindo, Kemble! — gritou Blythe para o cabo.

— Se encostar o dedo no gatilho, cabo, eu mato você — disse o sargento Huxtable do outro lado da porta.

Blythe pareceu achar divertido esse impasse, porque continuou sorrindo enquanto espanava o feno do uniforme.

— Ela é uma traidora, Faulconer. Uma maldita rebelde. Sabe qual é a pena por atirar contra um soldado nortista? Você leu a Ordem Geral Número Sete, não leu? — Ele havia tirado a caixa de prata com os fósforos de dentro do bolso.

— Só fique longe dela — reforçou Adam.

— Eu nem quis chegar perto dela. Mas a puta ficou tentando me impedir de fazer o meu serviço. E o meu serviço, Faulconer, é queimar essa propriedade, como ordenou o general de brigada Pope.

Ele começou a riscar os fósforos e a largá-los acesos no feno. Gargalhou enquanto a mulher tentava apagar as chamas com as mãos nuas. Seu vestido rasgado se abriu e Blythe apontou para ela.

— Belas tetas, Faulconer. Ou será que você não pode fazer uma comparação, porque nunca viu nenhuma? — Blythe riu ao mesmo tempo que largava mais fósforos provocando mais fogo. — E por que não atira em mim, Faulconer? Perdeu a coragem?

— Porque não quero revelar aos guerrilheiros que estamos aqui. Tem um grupo deles a pouco mais de um quilômetro ao norte. E estão vindo para cá.

Blythe encarou Adam por um instante, depois sorriu.

— Bela tentativa, garoto.

— Devem ser mais de vinte — disse o sargento Huxtable casualmente, da porta do celeiro.

Atrás de Blythe o feno tinha começado a queimar ferozmente. A mulher se afastou do calor, chorando. Seu cabelo tinha se soltado, pendendo ao longo do rosto. Ela apertou o corpete, depois cuspiu em Blythe antes de correr para fora do celeiro.

— Obrigada, moço — disse ao passar por Adam.

Blythe observou-a se afastar, depois olhou para Adam.

— Você está mentindo para mim, Faulconer?

— Quer ficar aqui e descobrir? Quer correr o risco de encontrar o marido daquela mulher?

— Guerrilheiros malditos! — gritou o sargento Seth Kelley subitamente, na luz do sol lá fora. — A mais ou menos um quilômetro e meio, Billy!

— Que inferno! — xingou Blythe, depois passou correndo por Adam e gritou pedindo seu cavalo. — Venham, rapazes! Saiam daqui! Peguem o que puderem, deixem o resto! Rápido! Rápido!

O feno estava pegando fogo, uma grande quantidade de fumaça saía pela porta do celeiro.

— Para onde? — perguntou o sargento Kelley.

— Para o sul! Venham! — Blythe estava desesperado para escapar da fazenda antes que os guerrilheiros chegassem. Ele pegou um saco de pilhagem, esporeou o cavalo e galopou para o sul, em direção à floresta.

Seus homens o seguiram desorganizados. Adam e sua tropa foram os últimos a ir. Encontraram Blythe a pouco menos de um quilômetro, no meio da floresta, hesitando entre uma trilha que ia para o oeste e outra que ia para o sul. Havia vozes de homens no ar distante, e isso bastou para Blythe escolher a trilha para o sul, que prometia uma fuga mais rápida porque descia o morro. Os cavalos de Adam estavam cansados, os pulmões chiando, asmáticos, e os flancos molhados de suor branco, mas mesmo assim Blythe acelerou o passo, sem parar até estarem a uns oito ou dez quilômetros da fazenda. Não havia sinais de perseguição.

— Os desgraçados provavelmente pararam para apagar o fogo, Billy — sugeriu Seth Kelley.

— Com os guerrilheiros nunca se sabe — retrucou Blythe. — Eles são astutos feito serpentes. Podem estar em qualquer lugar. — Ele olhou nervosamente para a floresta verde ao redor.

Os cavaleiros tinham parado perto de um riacho que corria para o leste através da floresta ensolarada. Os cavalos estavam todos exaustos e uns dois mancavam. Adam sabia que, se os guerrilheiros os tivessem seguido, todos os homens sob o comando de Blythe seriam mortos ou capturados.

— O que fazemos agora? — perguntou um dos homens a Blythe.

— Vamos descobrir onde diabos nós estamos — reagiu Blythe, irritado.

— Eu sei onde nós estamos — disse Adam. — E sei para onde vamos.

Ofegando muito e com o rosto vermelho coberto de suor, Blythe olhou para o outro oficial.

— Para onde?

— Vamos arranjar alguns cavalos decentes, depois vamos lutar, como devemos.

— Amém — disse o sargento Huxtable.

Blythe se empertigou na sela.

— Você está dizendo que eu não quero lutar, Faulconer?

Por um segundo, Adam ficou tentado a aceitar o desafio e fazer com que Blythe lutasse com ele ou cedesse diante de seus homens. Depois se lembrou dos guerrilheiros e soube que não podia se dar ao luxo de travar um duelo tão no interior das linhas inimigas.

Blythe viu a hesitação de Adam e a traduziu como covardia. Riu.

— Perdeu a língua?

— Eu estou indo para o sul, Blythe, e não me importo se você vem ou fica.

— Eu vou deixar você ir, garoto.

Blythe virou seu cavalo e esporeou em direção ao oeste. Planejava levar seus homens aos pés das Blue Ridge, depois acompanhar as montanhas para o norte até chegar às linhas federais.

Adam observou Blythe se afastar e soube que meramente tinha adiado o confronto. Então, depois do crepúsculo, quando seus cavalos e homens estavam descansados, levou a tropa para o sul, para onde planejava obter uma vitória.

Parte 2

5

Como uma cobra que tivesse atacado, ferido, mas não matado a presa, Jackson recuou de mau humor, voltando a atravessar o rio Rapidan. Assim abandonou o campo de batalha ao pé do monte Cedar com seus terrenos de capim queimado e enegrecido e os longos montes de terra de sepulturas recém-reviradas, onde abutres se refestelavam nos corpos descobertos pelos cães.

Os ianques ficaram com a posse do Condado de Culpeper e consideraram isso uma vitória, mas ninguém acreditava de fato que Jackson estivesse derrotado. A cobra ainda tinha presas, o que significava que os generais nortistas deviam tentar matá-la de novo. Tropas ianques se lançavam em torrentes para o sul e espalhavam seus acampamentos ao longo da margem norte do Rapidan, enquanto ao sul do rio, em Gordonsville, os vagões ferroviários traziam novas tropas rebeldes de Richmond.

Nas duas margens do rio havia uma sensação nervosa de que grandes eventos estavam prestes a acontecer, e inevitavelmente os boatos alimentavam essa apreensão. Os rebeldes temiam que o Exército do Potomac, de McClellan, tivesse juntado forças com o Exército da Virgínia, de Pope, e como se essa perspectiva não fosse suficientemente apavorante, um jornal nortista sugeriu que os ianques tinham esvaziado todas as cadeias entre Washington e a fronteira com o Canadá e deram uniformes e armas e mandaram os prisioneiros devastar a Virgínia. Outra história insistia que o norte estava recrutando mercenários na Europa, principalmente alemães, e que a cada estrangeiro havia sido prometido meio hectare de território índio para cada rebelde morto.

— Eu sabia que acabaríamos lutando contra os hessianos — observou Truslow. — Mas nós derrotamos os filhos da puta em 1776, então vamos derrotar os filhos da puta em 1862 também.

Mas o boato mais recorrente de todos era que Abe Lincoln estava alistando escravos libertos em seu Exército.

— Porque não pode encontrar mais ninguém disposto a lutar contra nós — garantiu patrioticamente o tenente Coffman.

A maioria dos homens descartava o boato de escravos armados como se fosse algo impensável, porém, uma semana depois de a legião se retirar do monte Cedar, o capitão Murphy encontrou uma confirmação da história numa edição do *Hartford Evening Press* de duas semanas antes, que de algum modo tinha chegado às linhas rebeldes.

— Vejam! — exclamou Murphy para os oficiais que compartilhavam uma garrafa de uísque em volta da fogueira. — É verdade! — Ele inclinou o jornal na direção do fogo. — "O Congresso estendeu a permissão para o presidente alistar homens de cor no Exército" — leu em voz alta. — "O congressista Matteson, de Nova Jersey, diz que os irmãos de cor da América desejam fervorosamente colaborar com seu sangue para a grande cruzada e que, desde que sua natureza infantil e irritável se mostre suficientemente maleável à disciplina militar, não há motivo para não lutarem pelo menos tão bem quanto qualquer rebelde traiçoeiro."

Um coro de zombaria recebeu as últimas duas palavras. Depois houve muitas discussões sobre a notícia do jornal, e Nate sentiu um nervosismo entre os oficiais. Havia um quê de pesadelo na ideia de tropas de negros vindo se vingar dos antigos senhores.

— Se bem que quantos de nós já tiveram um escravo? — perguntou, ressentido, o tenente Davies.

— Eu tenho alguns — disse Murphy em tom afável. E, depois de uma pausa, acrescentou: — Vejam bem, eu pago muito bem aos desgraçados. Acho que nós, irlandeses, não somos bons em possuir escravos.

— O major Hinton tem uma dúzia — declarou o tenente Pine, da Companhia D, de Murphy.

— E Swynyard já teve um bocado, durante a vida — completou Nathaniel.

— Porém, não mais — observou o tenente Davies, pasmo.

E de fato, para perplexidade de todos, o coronel tinha alforriado seus dois escravos quando Jackson levou o exército de volta para o outro lado do rio. Apesar de vir de uma das famílias de traficantes de escravos mais proeminentes da Virgínia, o coronel havia libertado pelo menos o equivalente a mil dólares em negros de primeira ao mandar os dois homens para o norte, até as linhas federais. De algum modo, foi esse sacrifício, mais até que o feito espantoso de permanecer longe da bebida, que evidenciou a toda a brigada que seu segundo em comando era realmente um homem convertido.

— Ele abandonou até os charutos — acrescentou Davies.

Murphy pegou a garrafa de cerâmica com Nathaniel.

— Deus sabe por que vocês, protestantes, têm uma religião tão desagradável.

— Porque é a religião verdadeira — garantiu o tenente Ezra Pine. — E nossa recompensa estará no céu.

— E o céu é um lugar de todos os prazeres, não é? — insistiu Murphy com seu tenente. — O que significa que haverá rios transbordando com o uísque mais gostoso e as caixas dos melhores charutos esperando já acesos em cada canto, e se esses prazeres são suficientemente bons para os anjos, são suficientemente bons para mim. Que Deus o abençoe, Pine — acrescentou Murphy e levou a garrafa de cerâmica aos lábios.

Ezra Pine queria iniciar uma discussão teológica sobre a natureza do céu, mas foi calado sob gritos. No escuro, um homem cantava uma balada de amor, e esse som fez os oficiais ficarem em silêncio. Nate imaginou que todos estavam pensando na horda de condenados, mercenários hessianos e escravos libertos vingativos que supostamente se reuniam na outra margem do Rapidan.

— Se Lee estivesse aqui — Murphy rompeu o silêncio —, colocaria todos nós para cavar trincheiras. As mãos estariam machucadas, estariam mesmo.

Todo mundo concordou que Robert Lee teria travado uma batalha defensiva, mas ninguém sabia o que Thomas Jackson podia fazer.

— Eu gostaria que Lee viesse — comentou Murphy, pensativo —, porque na terra de Deus não há nada tão bom para parar uma bala como um ou dois metros de terra boa e limpa.

No dia seguinte, Nate ouviu o primeiro boato confirmando que Lee vinha de fato assumir o comando das forças rebeldes no Rapidan. Ele ouviu o boato de um velho amigo que entrou cavalgando no acampamento da legião brandindo duas garrafas de bom vinho francês.

— Pegamos dez caixas com os ianques a cinco quilômetros além do Rappahannock!

Quem falava jubiloso era um francês, o coronel Lassan, ostensivamente um observador militar estrangeiro, mas que, na verdade, acompanhava a cavalaria rebelde pelo puro prazer de lutar. Tinha acabado de voltar de uma rápida investida atrás das linhas ianques e trazia notícias dos preparativos do inimigo.

— Há filas de carroças indo até onde a vista alcança, Nate! Quilômetros e quilômetros delas, e todas atulhadas de comida, pólvora e balas de canhão!

— É o exército de McClellan?

Lassan balançou a cabeça.

— De Pope, mas McClellan está vindo. — O francês parecia feliz com esse encontro de exércitos e sua promessa implícita de batalha.

— E, se McClellan vier — disse Nathaniel —, Lee virá, e isso vai significar quilômetros e mais quilômetros de trincheiras.

O francês lançou um olhar de surpresa para ele.

— Santo Deus, não. Lee não pode se dar ao luxo de esperar. Ele cavou trincheiras para proteger Richmond, mas trincheiras não vão ajudar aqui. — E fez um gesto indicando o terreno aberto. — E Lee precisa derrotar os ianques antes que eles juntem os exércitos. Lee não é idiota, Nate. Ele sabe qual extremidade do porco faz sujeira.

Nathaniel riu da frase curiosa. Lassan falava um inglês perfeito, legado do pai nascido na Inglaterra, mas às vezes transpunha a linguagem de um camponês normando para a língua do pai. O próprio Lassan não era camponês, e sim um soldado profissional que havia lutado na Itália, na Crimeia e no norte da África e tinha as cicatrizes dessas guerras no rosto atravessado por um tapa-olho. Eram cicatrizes terríveis, capazes de apavorar crianças e provocar pesadelos, mas o próprio Lassan era um homem afável cujos grandes pecados eram a guerra e as mulheres.

— Ambas são atividades perigosas — gostava de dizer a Nate —, mas por que se acomodar com a monotonia nesse mundo triste e mau?

Agora, com o cavalo amarrado, o francês caminhou com Nathaniel, passando perto das fogueiras da legião. O clima era tal que nenhum homem tinha se incomodado em fazer abrigos de relva, preferindo dormir no terreno aberto, e, assim, as linhas eram pouco mais que pilhas de pertences interrompidas pelos restos de fogueiras usadas para cozinhar. Os novos recrutas da legião eram treinados pelo sargento-mor Tolliver, e os veteranos que não estavam de serviço dormiam, jogavam cartas ou liam.

Lassan, que parecia ter assumido a tarefa de educar Nate em questões militares, estava explicando por que Lee não poderia se dar ao luxo de usar uma estratégia defensiva.

— Cave trincheiras e posicione canhões atrás, deste lado do rio, meu amigo, e como você vai impedir que os ianques simplesmente deem a volta ao redor de suas trincheiras? Você não tem homens suficientes para guardar uma trincheira cavada desde a baía de Chesapeake até as montanhas Blue Ridge, por isso, em vez de cavar, você precisa marchar e desequilibrar o inimigo. Será uma guerra de manobras, uma guerra de cavalarianos! Naturalmente, vocês, da infantaria, terão de travar a luta de verdade e morrer, e é por isso que Deus fez os soldados de infantaria, mas nós, cavalarianos, faremos o reconhecimento para vocês. — Lassan coçou embaixo do tapa-olho mofado. — Você saberá que as coisas vão ficar quentes, Nate, quando Lee chegar.

— Ou quando os ianques atacarem.

— Eles não vão atacar. Eles são lentos demais. O norte é como um homem que ficou gordo a ponto de não conseguir se mover depressa. Ele só quer rolar por cima de você e esmagá-lo até a morte, ao passo que você precisa parti-lo em pedacinhos.

Nate deu alguns passos em silêncio. Os dois deixaram para trás as linhas da brigada e agora andavam em direção a um agrupamento de árvores que cobria a margem sul do Rapidan.

— Nós podemos vencer essa guerra? — perguntou Nathaniel por fim.

— Ah, sim — respondeu Lassan sem hesitar. — Mas vai ser caro. Se vocês matarem ianques suficientes, eles podem achar que o jogo não vale a pena. Além disso, vocês vão precisar de sorte. — O francês tinha parecido confiante, mas mesmo assim essa pareceu uma prescrição sinistra. — Claro, se vocês conseguirem obter apoio da Europa, tudo muda de figura.

— E podemos conseguir? — indagou Nate, como se isso não tivesse sido debatido interminavelmente na Confederação.

Lassan balançou a cabeça.

— A França não vai fazer nada, a não ser que a Inglaterra faça antes, e a Inglaterra se queimou demais com as aventuras nos Estados Unidos, por isso não vai intervir, a não ser que o sul pareça capaz de vencer a guerra sozinho, caso em que vocês não precisariam de ajuda. E tudo isso significa, *mon ami*, que o sul está por conta própria para lutar e vencer sua guerra.

Tinham chegado perto das árvores, um lugar mutilado pelos machados dos homens que procuravam lenha para as fogueiras, e Nate hesitou em ir mais adiante, porém Lassan sinalizou que ele prosseguisse.

139

— Eu queria falar com você em particular — disse o francês, e levou Nathaniel por uma trilha que seguia em zigue-zague pelo mato baixo. Pombos agitavam as folhas acima e o metralhar staccato de um pica-pau soou repentino e próximo. — Eu preciso dizer a você — Lassan meio que se virou para Nate — que arranjei um estabelecimento em Richmond.

Parecia uma confissão estranhamente desnecessária, talvez porque Nathaniel não tivesse certeza plena do que o francês queria dizer com "estabelecimento".

— Um negócio, você quer dizer?

— Santo Deus, não! — Lassan riu da simples ideia. — Eu não tenho cabeça para o comércio, nem um pouco! Não, quero dizer que estabeleci moradia. Fica na Grace Street. Conhece?

— Conheço muito bem. — Nate achou divertida a ideia de Lassan ocupado com arranjos domésticos.

— É um apartamento. Temos cinco cômodos em cima de uma alfaiataria na esquina da rua 4. Além disso, temos acomodações para os escravos embaixo, nos fundos, onde fica uma cozinha, uma pequena horta de temperos, um pessegueiro e um estábulo de madeira. É alugado, claro, e a chaminé da cozinha solta fumaça quando o vento vem do oeste, mas, fora isso, é bastante confortável.

Lassan, um homem de meia-idade, nunca tinha considerado o conforto uma das prioridades da vida e dava à palavra um tom irônico.

— Você tem escravos? — perguntou Nathaniel, surpreso.

Lassan deu de ombros.

— Quando em Roma, *mon ami*. — Ele tirou um charuto da bolsa e entregou a Nate, antes de acender outro para si mesmo. — Não posso dizer que me sinto confortável com o arranjo, mas me convenço de que os escravos estão melhor comigo do que com qualquer outra pessoa. Eu tenho um cavalariço, há duas meninas que cozinham e fazem a limpeza e, claro, uma garota no andar de cima, que cuida das roupas e do resto das bobagens.

Ele pareceu sem graça de novo. Os dois chegaram a uma velha trilha de carroças coberta de vegetação, mas com largura suficiente para andarem lado a lado.

— Parece que você arranjou uma esposa — comentou Nathaniel em tom despreocupado.

Lassan parou e encarou o amigo.

— Eu arranjei uma companheira — disse muito sério. — Não somos casados e não devemos nos casar, mas por enquanto, ao menos, servimos um para o outro. — Lassan fez uma pausa. — Você me apresentou a ela.

— Ah.

Nathaniel ficou ligeiramente ruborizado, lembrando-se de como Lassan, ao atravessar pela primeira vez as linhas para se juntar às forças rebeldes, tinha pedido para ser apresentado a uma casa de prazeres em Richmond. Nate mandou Lassan à melhor de todas, à mais exclusiva, a casa onde Sally Truslow trabalhava.

— Sally?

— Sim — respondeu Lassan. Seu único olho examinou o amigo ansiosamente.

Nathaniel ficou quieto por um momento. Sally era a filha rebelde do sargento Truslow, uma garota por quem Nate às vezes achava que estava apaixonado. Tinha pedido Sally em casamento no início do ano, e às vezes ainda se convencia de que poderia ter feito esse casamento dar certo. Ficou bastante satisfeito quando ela abandonou o bordel em troca do serviço mais lucrativo de médium espiritual, e agora as sessões espíritas de Sally eram famosas em Richmond, uma cidade obcecada pelos fenômenos sobrenaturais. Mas não havia dúvida de que o sucesso dela se devia um bocado ao fato de que o templo escuro de madame Royall, como Sally agora chamava a si mesma, era ligado à casa de prostituição mais famosa de Richmond, uma proximidade que acrescentava um tempero de malícia às visitas dos clientes. Nate meio que ousara ter esperanças de que Sally poderia completar a conversão à respeitabilidade arranjando um marido, mas, em vez disso, tinha arranjado um amante, e ele entendia que, do modo mais gentil possível, estava sendo alertado para ficar longe da cama dela.

— Bom para você — disse a Lassan.

— Ela mesma queria contar a você, mas eu insisti.

— Obrigado.

Nathaniel se perguntou por que sentia tanto ciúme de repente. Não tinha motivo para isso. Na verdade, se estava tão apaixonado por Sally, por que se esgueirava para longe das linhas da brigada à noite e visitava aquela taverna rústica ao sul do acampamento? A Taverna de McComb tinha sido considerada proibida, mas havia uma garota ruiva que trabalhava num dos quartos do andar de cima que Nate ficava feliz em se arriscar ao castigo de Washington Faulconer para visitar. Não tinha motivos para sentir ciúme, disse de novo a si mesmo, depois começou a andar para o norte pela trilha de carroças.

— Você é um homem de sorte, Lassan.

— Sou, sim.

— E Sally também tem sorte — declarou Nate com elegância, apesar de não conseguir deixar de se sentir traído.

— Acho que sim — concordou o francês em tom ameno. — Estou ensinando francês a ela.

Nate se obrigou a sorrir ao pensar em Sally Truslow, uma garota vinda de uma fazenda nas montanhas Blue Ridge onde o trabalho era duro, aprendendo a falar francês. No entanto, a ideia não era tão estranha, já que Sally tinha percorrido um longo caminho desde a casa desconfortável do pai. Havia aprendido os modos da sociedade, como se vestir e falar, mas de novo Nathaniel sentiu uma pontada de ciúme ao se lembrar da beleza exótica de Sally. Porém, então, pensou em como era injusto de sua parte sentir inveja, porque, com a mesma frequência com que pensava em Sally, pensava em Julia Gordon, a noiva abandonada de Adam Faulconer, e não sabia qual das duas preferia, ou se, efetivamente, era só um idiota por qualquer mulher, até por uma prostituta ruiva numa taverna do campo.

— Fico feliz por você, Lassan — afirmou com generosidade forçada. — De verdade.

— Obrigado — disse Lassan, depois parou ao lado de Nathaniel, no lugar em que a trilha de carroças saía das árvores e descia até o rio. Onde antes havia uma casa na margem mais próxima, agora só restava o toco de uma chaminé quebrada e os restos de um alicerce de pedra dentro do qual crescia um emaranhado de arbustos. A outra margem do rio era uma floresta de árvores frondosas que pairavam acima da água revolta, mas bem em frente à casa havia uma trilha de carroça passando entre dois salgueiros e entrando na floresta do outro lado. Lassan olhou para aquela trilha distante e franziu a testa. — Está vendo o que eu estou vendo, Nate?

Nathaniel estivera pensando na beleza espantosa de Sally e no rosto mais sério de Julia Gordon. Mas agora, sentindo que estava sendo testado, observou a paisagem e tentou ver o que havia de significativo. Uma casa arruinada, um rio, uma margem oposta com árvores densas. Então viu a anomalia com tanta clareza quanto os olhos treinados de Lassan.

142

A trilha que ele e Lassan percorreram até ali não terminava no rio, mas continuava na outra margem. O que significava que existia um vau. O que era estranho, porque supostamente todas as travessias do Rapidan eram vigiadas para impedir um ataque surpresa do norte. Mas ali estava uma passagem vazia e sem vigilância.

— Porque ninguém sabe que o vau está aqui — comentou Nathaniel. — Ou será que o leito da estrada foi levado pelo rio?

— Tem um modo fácil de descobrir — respondeu Lassan.

Ele sentia a cautela instintiva de qualquer soldado chegando a um rio, especialmente um rio que dividia dois exércitos, mas tinha observado a outra margem com atenção através de uma pequena luneta e estava satisfeito, achando que os ianques não esperavam numa emboscada. Por isso saiu ao sol, tirou as botas com esporas e ergueu o sabre. Nate acompanhou o francês, vadeando no rio que corria rápido, límpido e raso, num leito de cascalho fino. Algas compridas se estendiam na corrente acima e alguns peixes nadavam ligeiro nas sombras rio abaixo, mas nada obstruía o progresso dos dois; de fato, a água mal chegou aos joelhos deles. Na outra margem a trilha saía íngreme da água, mas não a ponto de uma parelha de cavalos ser incapaz de puxar um canhão pesado com armão para fora do rio.

— Se os ianques souberem desse vau, eles podem chegar na retaguarda de vocês num instante — disse Lassan.

— Achei que você tinha dito que eles não iriam nos atacar — comentou Nate, saindo na margem norte.

— E eu também disse centenas de vezes que você deve sempre esperar o inesperado da parte do inimigo. — Lassan se sentou à sombra de um salgueiro e olhou para o outro lado do rio. Fez um gesto com o charuto, corrente acima. — Que unidades estão por lá?

— Nenhuma. Somos a brigada mais a oeste do exército.

— Então os ianques poderiam mesmo dar a volta na sua retaguarda — confirmou Lassan baixinho. Em seguida, fumou em silêncio por alguns segundos e levou o assunto de volta à sua nova moradia. — Sally espera que você nos visite quando estiver em Richmond. Eu também espero.

— Obrigado — respondeu Nathaniel, sem jeito.

Lassan riu.

— Estou ficando domesticado. Minha mãe acharia isso tremendamente divertido. Pobre mamãe. Eu sou um aventureiro e minha irmã mora na Inglaterra, por isso mamãe fica bem solitária ultimamente.

— Você tem uma irmã?

— A condessa de Benfleet. — Lassan fez uma careta meio zombeteira diante do título pomposo. — Dominique se casou com um nobre inglês, de modo que agora tem um castelo, cinco filhos adultos e, provavelmente, o dobro desse número em amantes. Pelo menos eu espero que tenha. — Ele jogou a ponta do charuto na água. — Um dos filhos de Dominique quer entrar nesta guerra e ela perguntou por qual lado ele deveria lutar. Eu disse que pelo norte se ele quiser ser respeitável e pelo sul se quiser aventura. — Lassan deu de ombros, como se sugerisse que não se importava. — Será que esse vau tem nome?

— Vau da Mary Morta — disse um homem subitamente na trilha, e a voz assustou Nate a ponto de ele levar a mão ao revólver. — Tudo certo, sinhô! Silas é inofensivo. — O homem não visto deu um risinho; depois os arbustos se mexeram e Nathaniel viu um negro velho que estivera escondido no meio das árvores a poucos metros dos dois. O velho devia estar observando-os havia um bom tempo. — Silas é um homem livre! — disse enquanto ia para a trilha e tirava de dentro da roupa imunda um papel que tinha perdido toda a legibilidade muito tempo atrás. — Livre! O sinhô Kemp deu liberdade a Silas. — Ele balançou o pedaço de papel gorduroso que estava se desfazendo. — Deus abençoe o sinhô Kemp.

— Você é Silas? — perguntou Lassan.

— Silas. — O velho confirmou a identidade, assentindo. — Silas Maluco — acrescentou, como se a qualificação tivesse alguma utilidade. Estava olhando com atenção para a ponta do charuto de Nate.

Lassan pegou um charuto novo e entregou ao velho, que agora estava agachado na trilha.

— Você mora aqui, Silas?

— Ali adiante, sinhô. — Silas apontou para a casa arruinada. — Silas tem uma toca naquela maçaroca. — Ele deu um risinho, depois achou graça da própria rima e quase rolou para trás de tanto gargalhar.

— Quantos anos você tem, Silas? — quis saber Lassan.

— Silas é mais velho que o sinhô! — Silas gargalhou de novo. — Mas já o pai do Silas viu os casacas-vermelhas!

— Por que vau da Mary Morta, Silas? — indagou Lassan.

O velho se aproximou alguns centímetros, arrastando os pés. Suas roupas pareciam tão velhas quanto ele, o cabelo era branco e sujo, e o rosto cheio de rugas profundas. A pergunta de Lassan acabou com o humor desse rosto, substituindo-o por suspeita.

— Porque Mary morreu — respondeu finalmente.

— Aqui? — perguntou Nathaniel com gentileza.

— Os brancos vieram. Procurando Silas, mas Silas não estava aqui. A neném da Sra. Pearce sumiu, sabe? Eles acharam que Silas levou ela, por isso vieram e queimaram a casa de Silas. E queimaram a mulher de Silas. — O velho estava à beira das lágrimas enquanto observava a casa, onde, Nate percebeu agora, havia uma espécie de abrigo escavado nos arbustos sob a chaminé de tijolos. — Mas a neném não sumiu, afinal de contas. — Silas suspirou terminando a história. — Agora ela cresceu. Mas a Mary de Silas também está aqui.

Lassan acendeu outro charuto para si mesmo e fumou num silêncio afável durante alguns instantes. Em seguida, deu um sorriso para o velho.

— Escuta, Silas. Mais brancos vão vir aqui. Eles vão cavar trincheiras na beira das árvores, ali, no topo da sua campina. Eles não querem fazer mal a você, mas, se houver alguma coisa valiosa para você na sua casa, leve e esconda. Entendeu?

— Silas entendeu, sinhô — disse o velho com intensidade.

Lassan deu mais dois charutos a ele e logo depois um tapa no ombro de Nathaniel.

— É hora de voltar, Nate.

Os dois atravessaram o vau, calçaram as botas e retornaram pela floresta. Nate queria encontrar o major Hinton, mas ele estava fora das linhas. Assim, acompanhado por Lassan, foi à grande casa de fazenda que Washington Faulconer confiscara para ser o quartel-general.

Washington Faulconer tinha ido a Gordonsville, deixando o coronel Swynyard no comando da brigada. O coronel estava na sala, sentado sob as bandeiras cruzadas da legião, que Faulconer mantinha abertas na parede. Uma das duas era a bandeira da Legião Faulconer, feita a partir do brasão da família. Mostrava três crescentes vermelhos num campo branco e tinha o lema da família — "Sempre Ardente" — ao redor do crescente de baixo. A bandeira media mais de três metros quadrados e tinha uma franja amarela, assim como a outra, que era a nova bandeira de batalha dos Estados Confederados da América.

A bandeira da Confederação original tinha três listras — duas vermelhas e uma branca — e um campo azul com estrelas no canto superior.

Mas, quando o vento baixava e a bandeira pendia, lembrava a dos Estados Unidos, assim uma nova bandeira tinha sido desenhada, um estandarte vermelho com uma cruz de santo André azul, e nessa cruz diagonal com bordas brancas estavam treze estrelas brancas. A bandeira antiga, com as estrelas e as três listras, ainda era a oficial da Confederação, porém, quando os soldados confederados marchavam para lutar, eles levavam a nova bandeira de batalha.

O Departamento de Guerra Confederado havia decretado que os regimentos de infantaria deveriam carregar uma bandeira de batalha quadrada com um metro e vinte de lado, mas uma bandeira assim não era suficientemente grandiosa para o general Washington Faulconer, que havia insistido em ter uma com um metro e oitenta por um e oitenta, feita da seda mais fina e com uma franja de fios de ouro com borlas. O general pretendia que as duas bandeiras de sua legião fossem as melhores de todo o exército confederado, por isso as tinha encomendado na mesma fábrica francesa, caríssima, que tinha feito seus malfadados distintivos de ombro com os crescentes.

— O que significa — disse o coronel Griffin Swynyard ao ver o francês admirando as bandeiras luxuosas — que cada atirador de elite do norte estará mirando nelas.

— Talvez você pudesse convencer Faulconer a ficar embaixo delas — sugeriu Nathaniel docemente.

— Ora, Nate, sejamos bondosos — disse Swynyard.

O coronel estivera ocupado tentando sanar as contas da brigada e pareceu feliz em ser interrompido por visitantes. Ele se levantou e trocou um aperto de mãos com o coronel Lassan, pediu desculpas porque o general Faulconer não estava no quartel-general e insistiu em saber que circunstâncias trouxeram o oficial de cavalaria francês cheio de cicatrizes ao exército confederado.

— Eu gostaria de convidá-lo a tomar uma limonada, coronel — disse Swynyard quando a história foi contada, indicando uma garrafa de líquido amarelo-claro protegida das vespas por uma cobertura de musselina fina bordada com contas.

— Eu tenho vinho, coronel. — Lassan pegou uma das suas garrafas capturadas.

Swynyard fez uma careta.

— O capitão Starbuck vai lhe contar que abandonei todas as bebidas alcoólicas, coronel. Já há duas semanas! — acrescentou com orgulho.

Era espantosa a mudança provocada pela abstinência. O tom doentio da pele havia sumido, os ataques de suor pararam e o espasmo na bochecha, que antes convulsionava seu rosto num ricto grotesco, havia se tornado um tique fraco. Os olhos estavam límpidos e alertas, ele se postava mais ereto e vestia roupas limpas todo dia.

— Eu sou um novo homem — alardeou. — Se bem que, infelizmente, meu renascimento não tenha me dado nenhuma facilidade para a matemática. — Ele indicou os livros de contabilidade da brigada. —Preciso de alguém que saiba fazer contas, alguém com formação; alguém como você, Starbuck.

— Eu, não, coronel. Eu estudei em Yale.

— Isso deve tê-lo deixado bom para alguma coisa — insistiu Swynyard.

— Não muita. A não ser, talvez, para descobrir vaus não mapeados. — Ele foi até um mapa da área, desenhado à mão, que estava numa mesa com pés em forma de garra. — Bem aqui, perto das linhas.

Por um momento, Swynyard pensou que Nate estivesse fazendo uma piada, depois foi até a mesa dos mapas.

— É verdade?

— Bem aqui. — Nathaniel apontou para o mapa desenhado a lápis. — Chama-se vau da Mary Morta.

— Nós o atravessamos, coronel — disse Lassan. — Água até os joelhos, possível de ser atravessado pela artilharia e tão aberto quanto um bordel de acampamento numa noite de sábado.

Swynyard gritou pedindo sua montaria. Agora que tinha libertado os escravos, estava usando Hiram Ketley, o simplório ordenança do coronel Bird, como serviçal. O próprio Bird estava indo para casa em Faulconer Court House e poderia sobreviver, desde que seu ferimento permanecesse limpo.

— Você não tem cavalo, Starbuck? — perguntou Swynyard enquanto sua égua era trazida para a frente da casa.

— Não, coronel. Eu não tenho dinheiro para isso.

Swynyard ordenou que outro cavalo fosse arreado, depois os três foram para o norte, pela floresta, até onde ficava a casa arruinada junto ao rio. Swynyard atravessou o vau e retornou.

— Nosso poderoso senhor ordenou que eu não mudasse o posicionamento da brigada sem permissão — avisou a Nate —, mas suspeito que até mesmo Faulconer concordaria que precisamos colocar uma guarda aqui. — Ele parou de falar, distraído pela figura encurvada e maltrapilha de Silas Maluco, que tinha saído de repente do meio do mato em sua casa arruinada, como um animal se arrastando para fora de uma toca. — Quem é aquele?

— Um negro pobre, velho e maluco — respondeu Lassan. — Ele mora aqui.

— Aquilo que ele está segurando é um crânio? — perguntou Swynyard com horror.

Nathaniel olhou e ficou chocado ao perceber que o objeto nas mãos de Silas era mesmo um crânio velho e amarelado.

— Meu Deus! — exclamou debilmente.

— Deve ser da Mary Morta — observou Lassan friamente.

— Eu acho que ele sabe o que está fazendo — comentou Swynyard enquanto Silas atravessava o rio e desaparecia na floresta do outro lado. — E é mais do que nós fazemos. — Ele voltou a atenção para o vau. — Se não sabíamos dessa travessia, acredito que os ianques também não saibam, mas mesmo assim não podemos nos arriscar. Por que não traz sua companhia para cá, Starbuck, além da B e da E? Vou designá-lo como um comando separado, o que significa que você vai acantonar aqui. Você vai ter que cavar trincheiras, é claro, e eu vou inspecionar o trabalho hoje ao pôr do sol.

Por um segundo Nathaniel não entendeu direito as implicações das palavras do coronel.

— Isso quer dizer que eu vou estar no comando?

— E quem mais? A fada dos dentes? — A conversão de Swynyard não lhe havia roubado a selvageria por completo. — É claro que você está no comando. As companhias B e E são comandadas por tenentes, caso você não tenha notado. Mas, claro — acrescentou —, se você não se sente em condições de assumir a responsabilidade... — Ele deixou o restante no ar.

— Eu estou em condições, senhor, e obrigado. — Em seguida, Nate viu o riso de triunfo de Swynyard e percebeu que tinha chamado o coronel de "senhor". Mas esta era uma ocasião especial, a primeira vez em que Nathaniel Starbuck recebia a responsabilidade de um comando independente.

— Creio que agora o vau esteja em boas mãos — comentou Swynyard, satisfeito consigo mesmo. — Então, coronel — e se virou para Lassan —, o senhor obviamente viu mais aventuras que a maioria dos homens. Como eu! — Ele levantou a mão esquerda, onde faltavam os dedos. — Portanto, vamos trocar histórias de cicatrizes. Vá, Starbuck! Pegue seus homens. Deixe o cavalo com Ketley.

— Sim, senhor.

Nathaniel sentiu o ânimo se exaltando. Tinha um vau para guardar.

Priscilla Bird tinha assumido as responsabilidades do marido na pequena escola de Faulconer Court House, onde ensinava diariamente a cinquenta e três crianças com idades entre 5 e 16 anos. Era uma boa professora, paciente com os lentos, exigente com os rápidos e firme na disciplina. Mas desde o início da guerra havia dois sons que com certeza destruíam toda a ordem em sua sala de aula. Um era o ruído de pés marchando e o outro era o de muitos cascos na rua lá fora. E, apesar das ordens rígidas de Priscilla, as crianças mais velhas sempre reagiam a esses sons primeiro deslizando ao longo dos bancos para olhar pelas janelas, e, se vissem soldados passando, ignoravam seus protestos e insistiam em ficar nos parapeitos aplaudindo os heróis.

Mas, conforme as temperaturas de agosto alcançavam níveis recordes, Priscilla ficou tão sensível ao som dos cavalos quanto qualquer criança. Esperava o retorno do marido ferido, e essa expectativa era atravessada de apreensão, amor, alívio e medo, motivo pelo qual não protestava mais quando as crianças se apinhavam nas janelas, porque estava tão ansiosa quanto elas para investigar cada som diferente na rua. Não que tropas passassem com frequência, já que, desde que a Legião Faulconer havia partido um ano antes, a cidade tinha visto pouquíssimos soldados nas ruas. O povo lia sobre as batalhas na *Gazeta do Condado de Faulconer*. De fato, no verão de 1862, praticamente nenhum uniforme foi visto na cidade até que, num dia de agosto que foi dos mais quentes na memória, o som de cavalos atraiu as crianças às janelas da sala de aula. Priscilla se juntou a elas, procurando uma carroça que pudesse trazer o marido, mas só viu um grupo de cavaleiros cansados com armas nos ombros. As crianças aplaudiram enquanto Priscilla, com dor no coração, sentia pena dos homens de aparência exausta e seus pobres cavalos derreados.

Um ou dois cavaleiros sorriram para as crianças que aplaudiam, porém a maioria ficou de rosto sério ao passar pela escola. Havia ape-

149

nas soldados a cavalo, mas sua chegada estava agitando a cidade com a empolgação e a expectativa de notícias.

— Vocês estão com Jeb Stuart? — gritava um garoto repetidamente da escola. A Confederação ainda se empolgava ao lembrar a cavalgada zombeteira de Stuart em volta de todo o exército de George McClellan. — Vocês são soldados de Jeb Stuart, moço? — gritou o garoto de novo.

— Dane-se o Stuart, seu desgraçado bunda suja — gritou um dos cavaleiros cobertos de poeira.

Priscilla franziu a testa, olhou e mal ousou acreditar na suspeita que atravessou seus pensamentos de repente. Aqueles homens usavam casacas azuis, e não cinza ou marrons, e o líder da tropa era subitamente familiar sob a máscara de poeira no rosto bronzeado. O homem tinha uma barba quadrada e loira e olhos azuis que se ergueram para encará-la. Ele deu um leve sorriso, depois tocou com cortesia a aba do chapéu. Era Adam Faulconer.

— Voltem! — gritou Priscilla para as crianças, e tamanho era o medo e a raiva em sua voz que somente os alunos mais rebeldes não obedeceram.

Porque havia ianques em Faulconer Court House.

Adam sabia que era imprudente levar seus homens pelo centro de sua cidade natal, mas assim que tinha pensado nessa ideia não pôde afastá-la. Queria alardear sua nova aliança diante dos vizinhos do pai, e o simples dano desse ato desleal tornava tudo mais atraente ainda. Repentinamente, sentiu-se livre do pai e do dinheiro dele, e essa libertação o havia feito lançar ao vento toda a cautela e levar seus soldados de uniforme azul para o coração de sua cidade natal.

— Sargento Huxtable! — gritou ao ver Priscilla Bird recuar da janela da escola.

— Senhor? — respondeu Huxtable.

— Desfralde a bandeira, Huxtable. Não sejamos tímidos!

— Sim, senhor! — O sargento riu, depois ordenou ao cabo Kemp que tirasse a cobertura de pano da bandeira com estrelas e listras.

Kemp desenrolou a bandeira e depois a ergueu bem alto na ponta da lança. Uma última criança estivera comemorando na escola, mas ficou em silêncio abruptamente quando a bandeira antiga foi desfraldada ao sol forte da Virgínia. Olhando para aquela bandeira, Adam sentiu o aperto familiar na garganta.

Foi um momento doce para ele, cavalgar pelo Faulconer Court House sob sua bandeira adequada. Cavalgava orgulhoso num uniforme estranho e desfrutava da perplexidade no rosto das pessoas.

— Bom dia, Sra. Cobb! — gritou, animado. — Seu marido vai bem? Sem dúvida deve estar esperando alguma chuva para sua horta. — Ele acenou para a avó Mallory, que estava nos degraus da entrada do banco, depois cumprimentou o ferreiro, Matthew Tunney, que estava num grupo de bebedores reunidos do lado de fora da Taverna de Greeley para olhar a passagem dos cavaleiros estranhos. — Mantenha a mão longe da arma, Southerly! — alertou um idoso cujo rosto demonstrava um ultraje lívido. Os homens de Adam tiraram os fuzis Colt dos ombros.

— Traidor! — gritou Southerly, mas manteve as mãos à vista enquanto os cavaleiros cobertos de poeira, de rostos duros, passavam. Alguns moradores notaram que os cavalos estavam esquálidos e malcuidados.

— Você devia ter vergonha, um Faulconer montando pangarés assim — observou Matthew Tunney.

Adam deixou os pangarés passarem pela Mercearia de Sparrow, depois pela igreja episcopal e pela batista, pela sede do município e pelo estábulo. Cães adormecidos acordaram assustados e saíram da estrada à medida que os cavalos passavam. Adam parou perto do estábulo municipal para levar a mão ao chapéu, cumprimentando uma mulher magra e abatida.

— Lamentei muito quando soube de Joseph, Sra. May — disse. — Eu sinto muito, sinceramente.

A Sra. May ficou apenas encarando, em choque. Algumas pessoas da cidade seguiam os cavaleiros, mas, assim que Adam passou pelo moinho d'água de Medlicott, que marcava a extremidade leste de Faulconer Court House, ele acelerou o passo da tropa e deixou os curiosos para trás.

— Eles vão mandar alguém pedir ajuda — alertou o sargento Huxtable.

— A ajuda mais próxima está em Rosskill — garantiu Adam. — E teremos ido embora antes que alguém possa ir até lá e voltar. E ninguém em Rosskill vai ouvir esse barulho! — acrescentou, enquanto alguém na cidade começava a puxar a corda do sino da sede do município.

O sino ainda tocava o alarme quando Adam entrou com sua tropa por um portão branco que dava numa avenida ladeada por carvalhos. Para além das árvores havia pastos densos, bem irrigados, onde as vacas se enfiavam até a barriga em lagos frescos, e no fim da avenida ficava uma casa ampla e confortável envolvida por trepadeiras que cobriam as tábuas do revestimento e se acumulavam nos telhados íngremes. Um cata-vento em forma de cavalo galopando ficava acima de uma torre de relógio sobre a entrada do estábulo. O único aspecto que lembrava a guerra na casa era um par de canhões de bronze, de seis libras, que flanqueava a entrada principal. As duas armas foram compradas por Washington Faulconer no início da guerra, com a expectativa de que a Legião Faulconer precisaria de uma artilharia própria, mas, na corrida para chegar à primeira batalha, as peças ficaram para trás e Faulconer tinha achado mais simples deixar os dois canhões como ornamentos de jardim.

Adam indicou o estábulo para Huxtable.

— Você provavelmente vai encontrar uns dez cavalos decentes ali — avisou. — O resto vai estar nos pastos de baixo. Eu o levo lá quando tiver terminado na casa.

Huxtable parou antes de se virar para o outro lado.

— É um belo lugar — comentou olhando para a casa.

— Lar, doce lar — disse Adam com um sorriso largo.

O lar era Seven Springs, a casa de campo do pai de Adam, onde Washington Faulconer mantinha o plantel que supostamente gerava os melhores cavalos de toda a Virgínia. Era ali que Adam encontraria as montarias para seus cavalarianos. E não seriam quaisquer montarias, e sim cavalos concebidos a partir do melhor sangue árabe, cruzado e reforçado com cepas americanas mais rústicas, gerando um cavalo rápido, bem-disposto e resistente, capaz de caçar durante um longo dia de inverno em meio às colinas baixas e aos vales cobertos de árvores da Virgínia ou então de ser esporeado até galopar para a vitória nos últimos metros de uma corrida de tirar o fôlego e cobrir o animal de suor. Adam tinha se arriscado vindo até tão ao sul para equipar seus homens com os melhores cavalos da América do Norte — cavalos que poderiam ultrapassar e resistir mais tempo que os melhores da famosa cavalaria do sul. De fato, eram animais que deveriam pertencer à cavalaria sulista, porque o governo de Richmond tinha ordenado que todos os cavalos de sela fossem entregues ao Exército. Mas Adam sabia que seu pai havia optado por ignorar essa ordem. Segundo Washington Faulconer, os cavalos Faulconer eram valiosos demais para serem desperdiçados na guerra, por isso o plantel ainda existia.

Adam entrou na casa. Não sabia se sua mãe iria querer vê-lo ou não, mas, mesmo assim, pretendia prestar seus respeitos. Quando entrou no saguão, com quatro retratos de Washington, Jefferson, Madison e Washington Faulconer, a primeira pessoa que encontrou foi Nelson, o empregado pessoal de seu pai. Adam parou, surpreso.

— Meu pai está aqui? — perguntou com algum nervosismo, porque mesmo sentindo que estava fazendo um belo gesto de desafio ao roubar alguns cavalos de Seven Springs, não desejava encontrar o pai enquanto o fazia.

Nelson balançou a cabeça, depois levou um dedo aos lábios e olhou para o andar de cima, como se alertasse Adam de algum perigo. Então o chamou pelo corredor que levava ao escritório de Washington Faulconer. Adam acompanhou o negro.

— A senhora mandou John para Rockville, Sr. Adam — explicou Nelson quando teve certeza de que ninguém na casa podia ouvi-lo. — O jovem Sr. Finney veio da cidade dizendo que o senhor tinha chegado com os soldados, por isso a senhora mandou o jovem John pedir ajuda.

Adam sorriu.

— Então ninguém vai estar aqui durante pelo menos uma hora e meia.

— Talvez — concordou Nelson —, mas a senhora disse que o senhor deve ser mantido aqui. Disse que o senhor está doente da cabeça, Sr. Adam. Disse que o senhor deve ser trancado até que os médicos possam vê-lo. — Os dois entraram no escritório e Nelson fechou a porta para lhes dar privacidade. — As pessoas dizem que sem dúvida o senhor ficou completamente maluco, Sr. Adam.

— Elas diriam isso, mesmo — admitiu Adam com tristeza.

Ele sabia que seus pais não suportavam sua traição à Virgínia e jamais aceitariam a convicção de Adam de que a Virgínia estaria melhor juntando-se à União. Olhou por uma janela e viu alguns cavalariços fugindo em pânico dos homens do sargento Huxtable.

— O que você está fazendo aqui, Nelson?

— O general me mandou trazer uma coisa — respondeu o negro, evasivamente.

Ele era um serviçal de confiança, muito mais velho que o patrão, e comandava três negros mais jovens que serviam ao general como valetes e cozinheiros. Como todos os serviçais de Washington Faulconer,

Nelson era livre, embora a liberdade, pela experiência de Adam, raramente tirasse um negro da pobreza ou o livrasse da necessidade de demonstrar um respeito obsequioso por todos os brancos. E Adam suspeitava de que o aparentemente servil Nelson ainda abrigava o ressentimento secreto da maioria dos escravos. Washington Faulconer, por outro lado, acreditava piamente na lealdade de Nelson e tinha lhe dado um passe permitindo viajar livremente por toda a Virgínia confederada.

Adam foi até o gigantesco mapa da Virgínia pendurado numa parede do escritório.

— Você acha que eu estou louco, Nelson?

— O senhor sabe que não.

— Você acha que eu estou errado?

Nelson parou, depois deu de ombros. Em algum lugar no interior da casa uma voz feminina chamou com um tom de reprovação e uma sineta soou.

— A senhora está me chamando — disse Nelson.

— Onde está meu pai? Aqui? — Adam colocou um dedo sobre a península a leste de Richmond, onde tinha visto a legião pela última vez.

De novo Nelson fez uma pausa, depois pareceu atravessar qualquer Rubicão de lealdade que o estivera contendo e se aproximou de Adam.

— O general está aqui — disse, pondo um dedo nas margens do rio Rapidan, a oeste da estrada que ia para o norte, de Gordonsville a Culpeper Court House. — Eles lutaram contra o general Banks aqui — o dedo de Nelson subiu pela estrada de Culpeper — e voltaram. Acho que só estão esperando.

— O quê? Que o norte ataque?

— Não sei, senhor. Mas, quando vinha para cá, eu vi muitas tropas marchando para o norte. Acho que vão lutar logo.

Adam olhou para o mapa.

— Como está o meu amigo Starbuck? — perguntou meio ironicamente, mas também interessado no destino do homem que já fora seu melhor amigo.

— Foi por isso que o general me mandou para cá, senhor — disse Nelson misteriosamente, e depois, quando Adam franziu a testa intrigado, o servi-çal indicou o outro lado do escritório, onde havia uma bandeira cobrindo a mesa do general. — O Sr. Starbuck capturou aquela bandeira dos ianques. O general a tirou do Sr. Starbuck e me mandou trazer para cá, para ficar em segurança. É uma bandeira da Pensilvânia, senhor.

Adam atravessou o escritório e pegou a bandeira suja de pólvora, chamuscada, rasgada por balas, feita de tecido púrpura. Alisou a águia bordada com suas garras compridas acima do lema em alemão: *Gott und die Vereinigten Staaten.*

— Deus e os Estados Unidos — murmurou em voz alta, e a visão da bandeira nortista capturada lhe deu uma ideia súbita e empolgante.

Ele voltou ao mapa e pediu a Nelson que descrevesse o posicionamento da Brigada Faulconer, e, enquanto ouvia, achou que sua ideia ficava cada vez mais executável. Estava se lembrando do desejo fervoroso do reverendo Elial Starbuck de ganhar de presente uma bandeira rebelde, e, de repente, viu como poderia realizá-lo.

Mas por enquanto se contentou em confiscar a bandeira da Pensilvânia.

— Vou devolvê-la aos donos de direito — disse a Nelson. — Mas primeiro devo falar com mamãe.

— E com sua irmã — observou Nelson. — Ela também está lá em cima. Mas não demore, senhor. O jovem John é um cavaleiro rápido.

— Não vou demorar.

Do lado de fora da janela do escritório, os homens do sargento Huxtable estavam ocupados arreando seus maravilhosos cavalos novos. Adam sorriu ao ver aquilo, depois foi até a porta do escritório. Se Deus quisesse, pensou, aqueles cavalos iriam levá-lo para causar um golpe que faria o norte ressoar em triunfo e o sul se encolher de vergonha.

Então, ouvindo a sineta da mãe tocando alto, subiu a escada e se preparou para o combate.

Ao pôr do sol, o vau da Mary Morta estava adequadamente protegido. Na beira da floresta Nate havia cavado uma linha de quinze buracos para atiradores com fuzis, invisíveis da outra margem do rio. A terra vermelha e escavada tinha sido jogada para trás, na vegetação rasteira, e os parapeitos dos buracos estavam disfarçados com arbustos e troncos, de modo que, se um inimigo tentasse atravessar o rio, seria recebido por uma fuzilaria disparada de uma linha de árvores aparentemente deserta. O piquete avançado estava escondido dentro da casa arruinada de Silas, onde quatro homens podiam ficar de olho na floresta distante, porém a maior parte dos cento e trinta homens de Nathaniel estava duzentos metros atrás das trincheiras de fuzil. Lá fizeram o acampamento e esperariam para o caso de serem necessários como reforço para os homens que serviam nos turnos nas ruínas ou nas trincheiras.

O coronel Swynyard aprovou tudo que viu.

— Você mandou alguém para o outro lado do rio? — perguntou.

— Sargento Truslow! — chamou Nate.

Truslow veio e contou ao coronel o que tinha encontrado na outra margem:

— Nada.

Em seguida, Truslow cuspiu sumo de tabaco, puxou as calças para cima e contou que havia levado doze homens pela trilha até o fim das árvores.

— É um caminho bom, com cerca de um quilômetro e meio. Depois tem uma fazenda. Uma família chamada Kemp morava lá, mas foi embora. — Ele cuspiu de novo. — Eles gostam dos ianques — disse, explicando a expectoração e a ausência da família Kemp. — Eu vi uma vizinha na fazenda. Ela mora cerca de um quilômetro ao norte e diz que não vê um ianque vivo há semanas.

— Então provavelmente você vai ter um tempo de descanso, capitão — observou Swynyard. — Pensou em colocar piquetes na outra margem?

— Prefiro não fazer isso. Não quero ninguém atirando num dos nossos homens por engano.

— Eu disse à mulher da fazenda Kemp para ficar longe do rio — avisou Truslow. — E o capitão falou a mesma coisa ao preto velho.

— Mas um posto de sentinela a cem metros naquela trilha daria a você mais tempo para chamar suas reservas — apontou Swynyard.

Truslow respondeu pelo seu capitão:

— Eu coloquei várias árvores cortadas em cima da trilha, coronel. Não existe um ianque vivo que possa vir por aquela estrada sem acordar até os mortos.

Swynyard assentiu, aprovando, depois se virou e olhou para o oeste, onde outra trilha acompanhava a margem do rio.

— Aonde aquilo leva?

— Ao tenente Davies e doze homens — respondeu Nate. — Tem um celeiro arruinado que não dá para ver. É o nosso piquete oeste.

— Parece que você pensou em tudo! — aprovou Swynyard. — Inclusive, espero, na necessidade de me fornecer o jantar, não é? E depois disso, capitão, sem dúvida você vai permitir que eu oriente um pequeno grupo de orações para os homens que se importam com as próprias almas.

Nathaniel deu de ombros.

— Temos pouquíssima comida, coronel. Não que o senhor não seja bem-vindo, mas o jantar não passa de arroz com casca, esquilo cozido e café de ervilha, se o senhor tiver sorte. Mas eu vou ficar aqui. — Ele queria ver a noite cair sobre o rio para saber o que esperar quando pegasse o turno de sentinela tarde da noite.

— Não se canse demais — aconselhou Swynyard, depois voltou para onde as fogueiras lançavam fumaça nas folhas.

Nate ficou perto da linha das árvores, observando a escuridão baixar e a lua subir acima das árvores do outro lado, tornando prateada a água rasa que corria sobre o leito de cascalho. Andou ao longo das trincheiras de fuzis e se encheu de orgulho porque esse era seu primeiro comando independente. Se uma patrulha da cavalaria ianque viesse para o sul e se mostrasse idiota a ponto de tentar atravessar as árvores derrubadas, Nathaniel travaria a própria batalha. E, se reconhecesse a verdade, queria travar essa batalha porque sabia que venceria. Deixaria o vau prateado coberto de sangue e acrescentaria um bando de fantasmas ianques ao espírito inquieto da Mary Morta.

O rio corria rápido, a lua lançava sombras pretas e Nate rezou para que Deus lhe mandasse sua pequena batalha.

6

Havia ocasiões em que o general Washington Faulconer precisava deixar para trás os problemas da brigada. Ele dizia que essas ocasiões lhe davam uma oportunidade de avaliar sua brigada a partir do que chamava de perspectiva distante, mas a maioria dos seus oficiais suspeitava de que a perspectiva distante servia meramente para aliviar a aversão do general aos desconfortos das campanhas. Washington Faulconer havia sido criado para o luxo e nunca tinha perdido o gosto pela vida fácil. Um mês de bivaques e comida do Exército inevitavelmente o levava a descobrir um hotel onde lençóis limpos eram alisados num colchão de verdade, onde a água quente estava disponível ao toque de uma campainha e onde a comida não era biscoito duro, comido por vermes ou rançoso. O general chegava a acreditar que merecia esses luxos. Ele não tinha montado a legião com próprio dinheiro? Outros homens marchavam com entusiasmo para a guerra, mas Washington Faulconer havia acrescentado uma carteira aberta à mera empolgação. De fato, poucos homens em toda a Confederação gastaram tanto com um regimento quanto Washington Faulconer; então por que não deveria se recompensar com alguns adornos civilizados de vez em quando?

Assim, quando sua brigada se acomodou adequadamente no bivaque no flanco oeste do exército de Jackson, o general Faulconer logo encontrou um motivo para visitar Gordonsville para uma noite de conforto. Ele não deveria deixar sua brigada sem a permissão do general Jackson, mas, sabendo que essa permissão não viria, Faulconer encontrou sua justificativa:

— Eu preciso de óculos — disse a Swynyard, aéreo. — Hoje em dia não consigo enxergar os detalhes nos mapas.

Com essa desculpa médica, montou no cavalo e, acompanhado pelo capitão Moxey, foi para o leste. A cidade ficava a apenas três horas a cavalo, por isso o abandono das funções não era muito sério, e Swynyard tinha recebido instruções rígidas de que, caso surgisse alguma emergência, um mensageiro deveria ser mandado imediatamente a Gordonsville. O general considerava que até um idiota podia entender essas ordens simples, e Swynyard, em sua opinião, era um idiota. Antes o sujeito se fazia de idiota com a garrafa, porém agora se fazia de idiota de forma ainda mais evidente, com seu vício ridículo no Espírito Santo.

O espírito do general começou a se animar no momento em que se afastou do acampamento. Sempre sentia uma empolgação assim quando podia deixar para trás as irritações mesquinhas da brigada, em que nada jamais era objetivo e as ordens mais simples provocavam uma torrente de questionamentos, obstruções, mal-entendidos e até mesmo desobediência explícita. E, quanto mais pensava nessas frustrações, mais se convencia de que a raiz de todos os seus problemas estava na hostilidade de homens como Thaddeus Bird, o coronel Swynyard e Nathaniel Starbuck. Especialmente o capitão Nathaniel Starbuck. Veja a questão simples dos distintivos com os crescentes. Não tinha sido pouca coisa conseguir que os distintivos de pano fossem feitos, já que esses adereços eram um luxo na Confederação tomada pela guerra, no entanto, Faulconer havia conseguido mandar que fossem feitos na França e depois contrabandeados para Wilmington num barco rápido que havia rompido o bloqueio. O simples custo dos distintivos exigia respeito! E com certeza a função proposta deles era admirável, já que o crescente vermelho pretendia instigar o orgulho na Brigada Faulconer e servir como identificação no caos esfumaçado da batalha.

Mas o que havia acontecido? Soldados zombeteiros usaram os distintivos como peças para fazer a contagem em jogos ou deram às namoradas. Outros limparam os fuzis com os distintivos ou então os usaram para remendar os fundilhos das calças, insulto que havia levado o general a decretar um castigo severo para qualquer homem que não usasse a insígnia do crescente vermelho na casaca do uniforme. Depois disso houve um protesto religioso contra o uso de um símbolo muçulmano num país cristão! Cartas foram escritas a jornais das cidades, reuniões de orações foram feitas para interceder pela alma pagã de Washington Faulconer, e sete capelães do Exército levaram seus protestos ao Departamento de Guerra, obrigando Faulconer a explicar que a lua crescente não pretendia ser um símbolo religioso, e sim que era meramente parte do brasão de sua família. Mas essa explicação só provocou novas reclamações sobre a restauração dos privilégios aristocráticos na América. A campanha contra a insígnia foi uma ultrajante mixórdia de mentiras, e agora a causa estava absolutamente perdida, porque qualquer homem que fosse contrário ao uso do crescente vermelho poderia alegar de forma plausível que o havia perdido na batalha. E tudo isso significava que Washington Faulconer não tinha muita opção além de aceitar a derrota — uma derrota mais odiosa ainda, já que ele estava convencido de que Nathaniel Starbuck havia orquestrado toda a controvérsia. Só Starbuck poderia ter imaginado a objeção religiosa ou inventado a afirmação fantástica de que usar o distintivo reduzia a brigada ao nível dos servos europeus.

Mas até mesmo a lembrança dessa humilhação recuou enquanto Washington Faulconer cavalgava pelas estradas de verão indo para Gordonsville. Contemplava os prazeres de um longo banho de banheira, cama limpa e uma mesa cheia, e a ansiedade foi mais que recompensada quando ele entrou na sala de estar do Rapidan House Hotel e foi surpreendido pela presença de quatro velhos amigos de Richmond, cuja visita à cidade coincidia de modo feliz com a sua. Dois eram congressistas confederados e os outros dois, como Faulconer, eram diretores da ferrovia Orange e Alexandria. Os quatro formavam uma comissão que deveria informar ao Departamento de Guerra como o sistema de suprimento do Exército poderia ser aprimorado, mas, até o momento, nenhum dos quatro comissários tinha ido além da casa de tolerância que ficava ao lado do hotel. Felizmente, todos leram e admiraram o relato no *Richmond Examiner* descrevendo como a Brigada Faulconer havia capturado uma bandeira inimiga na batalha recente e agora insistiam para que o general e seu ajudante se juntassem a eles e narrassem sua versão do triunfo.

Faulconer contou a história com modéstia, afirmando que estava com a linha de visão obstruída quando o estandarte inimigo caiu, mas a modéstia era lindamente calculada para encorajar os ouvintes a chegar à conclusão oposta.

— O porta-estandarte era um brutamontes alemão, não era, Mox? — O general pediu a confirmação do ajudante.

— Era mesmo, senhor — respondeu Moxey. — E eu fiquei tremendamente feliz porque o senhor é que estava lá para cuidar do sujeito e não eu.

— O sujeito levou meia dúzia de balas — o general tocou levemente no cabo de marfim do seu revólver — e mesmo assim continuou vindo. Alguns daqueles nortistas são notavelmente corajosos. Mas, claro, não existe

nenhum daqueles patifes que possa se comparar com os nossos rapazes.
— E aqui o general prestou um tributo ao soldado sulista, descrevendo-o como o sal da terra, um diamante bruto e um guerreiro honesto, cada elogio sendo acompanhado por um brinde, de modo que logo foi necessário pedir outra garrafa de uísque.

— Não que seja um uísque muito bom — comentou um dos congressistas. — Mas até mesmo o pior é melhor que água.

— Como as *nymphs du monde* aí ao lado — opinou seu colega político. — As putas de Gordonsville não são atraentes, mas até a pior delas é preferível a uma esposa.

Os seis homens gargalharam.

— Se não tiver nada mais importante a fazer, talvez você queira arrear pessoalmente uma ou duas damas, não é? — sugeriu um dos homens da ferrovia a Faulconer.

— Eu adoraria — respondeu Faulconer.

— Será nosso prazer pagar — disse o outro diretor, então incluiu o capitão Moxey no convite de forma cortês.

— Já eu quero pegar a mulata essa noite — declarou o congressista mais gordo, enquanto se servia de mais um copo de uísque. — E é melhor nos divertirmos, porque amanhã todos teremos de parecer ocupados. Não podemos deixar que Bobby Lee ache que estamos à toa.

— Lee? — perguntou Faulconer, escondendo a consternação. — Lee está aqui?

— Chega amanhã — respondeu um dos homens da ferrovia. — O trem foi requisitado hoje cedo.

— Não que nenhum de nós devesse saber para quem é o trem — acrescentou o outro homem da ferrovia, bocejando. — Mas é verdade. Lee vem assumir o comando.

— O que você acha de Lee, Faulconer? — quis saber um dos congressistas em tom casual.

— Mal conheço o homem — respondeu o general, o que era uma evasão nítida.

A família Faulconer era tão proeminente na sociedade da Virgínia quanto os Lees, e Washington Faulconer conhecia Robert Lee quase desde que havia nascido, porém, mesmo assim, ficava perplexo com sua importância atual. Lee havia começado a guerra com uma reputação considerável, mas nada que tinha alcançado desde então justificava isso. No entanto, com uma aparente falta de esforço que Faulconer só podia admirar, Lee havia ascendido ao comando do Exército do Norte da Virgínia. A única explicação de Faulconer para esse fenômeno era que os líderes da Confederação tinham sido enganados pela postura séria de Lee e acreditavam que pensamentos profundos eram avaliados por trás dos olhos calmos e dignos de confiança do general. Mas ele não podia confessar isso àqueles dois líderes.

— Eu fico preocupado achando que ele é cauteloso demais — disse, por fim. — Se bem que, é claro, a cautela pode ser a tática certa no momento.

— Quer dizer, deixar que o inimigo venha até nós? — sugeriu o congressista mais gordo.

— Por enquanto, sim, porque não há muito sentido em manobrarmos para encontrar encrenca. Que eles encontrem a ruína diante dos nossos bastiões, não é?

Faulconer sorriu, parecendo confiante, mas por dentro estava preocupado, pensando que, se Lee chegaria a Gordonsville no dia seguinte, certamente a cidade ficaria repleta de oficiais confederados de alta patente que olhariam de soslaio ao descobrir que Faulconer estava ausente de sua brigada sem permissão. E a última coisa que Washington Faulconer precisava era da inimizade de Stonewall Jackson. Jackson já suspeitava de Faulconer por causa de sua demora em se unir ao contra-ataque no monte Cedar, embora, felizmente, a captura da bandeira inimiga tenha servido para preservar sua reputação até certo ponto. Mas mesmo assim Jackson podia ser um inimigo poderoso, em especial porque o *Richmond Examiner* o apoiava tanto quanto apoiava Washington Faulconer. Assim, Faulconer decidiu que esse era o momento para uma retirada estratégica.

— Acho que essa notícia significa que devemos voltar ao acampamento essa noite, Mox — disse, virando-se para o ajudante. — Se Lee está vindo, certamente haverá ordens para nós, e precisamos estar a postos.

O capitão Moxey escondeu a surpresa diante de uma partida tão abrupta e o desapontamento por ter negados os prazeres da casa de tolerância vizinha ao hotel.

— Mandarei trazer os cavalos, senhor — avisou Moxey.

Quando os animais cansados foram arreados, os dois oficiais, sem sequer tomarem um banho, quanto mais compartilhado das recreações mais exóticas da cidade, voltaram para o oeste no crepúsculo. No hotel, um dos congressistas apontou que o país era mesmo afortunado por ter homens tão dedicados e disciplinados como Washington Faulconer, e os três colegas concordaram solenemente antes de se levantar das cadeiras e ir para a casa ao lado.

Estava escuro quando Washington Faulconer chegou à fazenda que era o quartel-general de sua brigada. O coronel Swynyard ainda estava acordado, sentado à luz de velas sob os estandartes cruzados da Legião Faulconer, esforçando-se para lidar com a contabilidade confusa da brigada. Ele se levantou quando Faulconer entrou, escondeu a surpresa diante do retorno súbito do general e ofereceu um relato dos acontecimentos do dia. Dois homens foram presos por bebedeira na Taverna de McComb e estavam esperando o castigo que viria pela manhã.

— Pensei que eu tinha proibido o acesso à taverna — disse Faulconer, esticando a perna direita para que Moxey arrancasse uma bota de montaria.

— E proibiu, senhor — confirmou Swynyard.

— Mas não se consegue manter um patife longe da bebida. Era isso que você ia dizer, coronel? — perguntou Faulconer sordidamente.

— Eu ia dizer, senhor, que McComb mantém um par de prostitutas e muitos homens são capazes de se arriscar ao castigo em troca disso.

— McComb mantém mulheres? — vociferou Faulconer. — Então prenda essas criaturas imundas! Maldição. Não quero metade da brigada derrubada pela sífilis.

Ele acendeu um charuto e não prestou muita atenção ao relato de Swynyard. Enquanto fingia escutá-lo, na verdade pensava em como desgostava dessa nova manifestação da idiotice de Swynyard. O antigo Swynyard bêbado era praticamente invisível, sem dúvida um embaraço, mas era um embaraço previsível e um preço pequeno a pagar pelo apoio do primo dele, o editor do *Richmond Examiner*. Mas o novo Swynyard era um homem que alardeava sua moralidade assiduamente, algo que Faulconer considerava irritante. Ao passo que antes Swynyard não ligava para as questões da brigada, agora se ocupava constantemente, e constantemente trazia reclamações e sugestões à sua atenção. Essa noite havia um problema com uma entrega de espoletas do arsenal de Richmond. Pelo menos metade estava com defeito.

— Então mande essas porcarias de volta! — exclamou Faulconer rispidamente.

— Eu preciso da sua assinatura — observou Swynyard.

— Você não pode falsificá-la?

— Posso, mas prefiro não fazer isso.

— Danem-se os seus escrúpulos, então me dá isso aqui.

— E infelizmente houve mais três deserções, senhor — disse Swynyard, colocando as fichas dos desertores ao lado do documento que precisava da assinatura do general. A mão de Swynyard tremia, mas não de nervosismo, e sim porque a sobriedade ainda não tinha acalmado totalmente seu corpo devastado pelo álcool.

— Quem fugiu? — perguntou Faulconer com uma voz ameaçadora. Odiava deserções, traduzindo o crime como uma crítica à sua liderança.

— Dois são homens do Haxall — respondeu Swynyard, referindo-se ao batalhão do Arkansas —, e Haxall suspeita de que eles estão indo para casa, e o terceiro é um dos novos vindos de Richmond, que acha que a mulher o está traindo. É o mesmo sujeito que fugiu há duas semanas.

— Então pegue o filho da mãe e dessa vez atire nele — disse Faulconer, dando um tapa numa mariposa que o estava incomodando. — E como, diabos, eles fugiram? Os piquetes não estão acordados?

— Os três faziam parte de uma equipe que estava levando munição para a posição de Starbuck, senhor.

Faulconer afastou a bota esquerda de Moxey, depois encarou o coronel barbudo e cheio de cicatrizes.

— Explique — disse numa voz muito ameaçadora.

Swynyard tinha plena consciência de que a menção ao nome de Starbuck o colocava numa situação arriscada, mas o coronel tinha a coragem de suas convicções militares e a força de sua fé recém-encontrada. Assim, explicou, cheio de confiança, a descoberta do vau inesperado e contou que Nathaniel tinha sugerido colocar uma guarnição na travessia do rio.

— Eu lhe dei três companhias, senhor, e o inspecionei ao anoitecer. Ele está bem entrincheirado e não pode ser surpreendido pelos flancos.

— Maldição! — gritou Faulconer, batendo na mesa ao lado da cadeira. — Que ordens eu lhe dei?

Ele fez uma pausa, mas não esperava uma resposta. Na verdade, o general não ouviria nenhuma resposta, já que todas as frustrações dos últimos meses incharam até causar uma explosão abrupta que agora era impossível de ser contida. Como o núcleo derretido de um vulcão fechado por tempo

164

demais por uma capa de rocha fria e dura, o humor de Faulconer irrompeu numa fúria incandescente que não tinha nada a ver com o assunto em pauta. De fato, se Swynyard tivesse meramente dito a Faulconer que um vau sem vigilância tinha sido descoberto no flanco aberto da brigada, sem dúvida o general ordenaria que duas ou três companhias de fuzileiros vigiassem a travessia, mas a menção ao nome de Nathaniel tinha levado Washington Faulconer instantaneamente à fúria.

Durante alguns segundos, foi uma fúria tão profunda que Faulconer não conseguiu falar, mas então as palavras fluíram e soldados a cinquenta metros da casa ouviram com espanto, enquanto homens acantonados mais adiante correram para perto, para escutar a diatribe. Faulconer disse que Swynyard era um fracote que, se não estava mamando uma maldita garrafa, estava agarrado à teta da nova religião.

— Pelo amor de Deus, seu idiota, tente ficar de pé sozinho!

Isso era injusto, já que o motivo aparente da fúria de Faulconer era porque Swynyard tinha ousado assumir a responsabilidade por mover parte da brigada sem a permissão expressa do general. Mas, nesses primeiros instantes, a fúria incandescente não era direcionada, ela simplesmente ia para onde as frustrações de Faulconer a deixavam voar. Assim a raiva abarcou a origem de Swynyard, sua feiura e o envolvimento de sua família com o tráfico de escravos. Logo Washington Faulconer direcionou sua reprimenda à aparente conversão de Swynyard, zombando da devoção do coronel fraudulenta e sua eficiência recém-encontrada como pose.

Foi uma explosão espetacular. Washington Faulconer já estava se sentindo frustrado porque a permanência em Gordonsville tinha sido interrompida, mas, agora, toda a amargura por causa do filho traidor, os ressentimentos com Nathaniel e a teimosia da brigada em relação às suas ordens mais simples alimentaram a torrente amarga. Duas décadas sendo desprezado pela esposa e zombado pelo maldito professor, irmão dela, jorraram num vômito terrível da boca de Faulconer enquanto ele berrava insultos para Swynyard. E, por fim, quando apenas a falta de fôlego o fez baixar o tom de voz de um meio berro para um mero volume alto, ele suspendeu Swynyard de seus deveres.

— Considere-se preso! — concluiu o general.

Houve silêncio na sala. Moxey, com o rosto pálido de medo, recuou encostado nas bandeiras da parede, e nenhum som vinha da audiência atônita do lado de fora. A bochecha de Swynyard tinha começado a se repuxar, ao mesmo tempo que ele fechava e abria a mão esquerda mutilada. No entanto, quando finalmente falou, usou o tom mais ameno.

— Preciso protestar, senhor.

— Pode protestar o quanto quiser, diabos, mas não vai adiantar! Eu suportei demais! Demais! Ou você está bêbado ou está rezando, ou está caído de costas ou de joelhos, e nas duas posições não me serve mais que uma cadela manca. Você está preso, Swynyard, portanto, suma da minha vista. Vá! — Faulconer gritou a ordem, incapaz de suportar a visão do sujeito por mais um instante. Depois foi para a varanda com os passos pesados de apenas uma das botas. — Major Hinton! — gritou para o escuro, confiando que as ordens seriam repassadas e obedecidas rapidamente. — Major Hinton! Venha cá!

Enfim o general estava assumindo o comando.

Nate jantou no bivaque, sentado perto de uma pequena fogueira com Truslow e Coffman. A noite estava quente e úmida, escurecendo a cada momento enquanto as nuvens se amontoavam mais e mais altas acima das montanhas Blue Ridge. Durante um tempo a lua tornou as árvores prateadas; depois as nuvens ficaram densas e finalmente amortalharam a luz. O jantar era um pedaço de pão de milho e toucinho gordo. O milho tinha sido mal moído e Nathaniel quebrou um dente num pedaço de sabugo preso ao grão. Xingou.

— Esse é o pão favorito dos dentistas — comentou Truslow quando Nate cuspiu o sabugo e o pedaço de dente juntos; depois o sargento deu um riso medonho mostrando quantos dos seus dentes faltavam. — Arranquei metade eu mesmo, o resto foi tirado pelo velho McIlvanney. Era um cavador de poço que também trabalhava como dentista.

Nate se encolheu de dor ao dar a mordida seguinte.

— Não sei por que Deus inventou os dentes — disse.

— Não sei por que Deus inventou os ianques — acrescentou Truslow.

— Porque caso contrário só existiriam índios e mexicanos para os cristãos matarem — observou inesperadamente o tenente Coffman.

— Eu sei por que Deus inventou os tenentes jovens — comentou Truslow. — Para treino de tiro ao alvo. — Ele se levantou, espreguiçou-se e pegou o fuzil, preparando-se para render os piquetes nas trincheiras de fuzis rio acima. — Gostaria que chovesse.

Nate levou o grupo que ia render os piquetes por entre as árvores, até onde o rio tremeluzia branco na noite. A margem oposta estava absolutamente escura e impenetrável, as únicas luzes eram as fagulhas minúsculas e efêmeras dos vaga-lumes. Então, a oeste, onde as nuvens se acumulavam, o risco de um relâmpago despedaçou a escuridão acima das montanhas e lançou uma súbita luz branco-azulada que formou a silhueta do celeiro caindo aos pedaços no qual o piquete mais externo vigiava a trilha da margem do rio. O encarregado desse piquete agora era o sargento Mallory, que mandou Edward Hunt de volta pela margem para encontrar Nathaniel.

— Capitão! Capitão! — gritou Hunt.

— O que foi?

— Bob acha que tem algum filho da puta na trilha, capitão.

Nate se levantou.

— Truslow! — gritou. — Eu vou ao celeiro.

Um grunhido confirmou que a informação tinha sido recebida; depois Nathaniel acompanhou Hunt ao longo do rio.

— Foi aquele relâmpago — explicou Hunt.

— Você viu o sujeito?

— Um homem e um cavalo — disse Hunt, animado. — Deu para ver claramente.

Nate estava cético. No ano anterior tinha aprendido como a noite podia ser enganadora. Um arbusto que não atrairia um segundo olhar à luz do dia podia ser transformado pela escuridão numa ameaça monstruosa. Um rebanho de vacas podia se transformar numa tropa de cavalaria inimiga atacando, ao passo que, com a mesma facilidade, todo um batalhão de tropas inimigas podia parecer um milharal. A noite alimentava a imaginação e a imaginação temia inimigos ou ansiava por segurança, fazendo a escuridão servir aos seus desejos. Agora Nathaniel tateou pelo caminho até onde o piquete estava posicionado atrás da parede quebrada do celeiro. O sargento Mallory estava nervoso.

— Tem alguém lá, senhor — avisou. — Todos nós vimos.

Nate não via nada além da escuridão e do brilho tremeluzente do rio.

— Vocês o interpelaram?

— Não, senhor — respondeu Mallory.

Nathaniel apoiou o fuzil no parapeito improvisado e pôs as mãos em concha.

— Quem vem lá? — gritou o mais alto que pôde.

Ninguém respondeu, a não ser a pequena agitação do vento e o som do rio correndo.

— Nós vimos alguma coisa, senhor — insistiu Mallory.

— Vimos, senhor, é verdade — confirmou um dos homens.

— Tem certeza de que não era o preto velho?

— Eram um homem e um cavalo, senhor — respondeu Mallory.

Nathaniel gritou a pergunta de novo e de novo não obteve resposta.

— Talvez eles tenham dado o fora, não é? — sugeriu.

E, no instante em que falou isso, a cordilheira distante foi rasgada por outro raio que formou ramos no céu, as riscas descendo e evidenciando a silhueta do alto das montanhas cobertas de árvores. Porém, mais perto, muito mais perto, o fragmento de luz tocou uma figura parada junto de um cavalo a menos de cinquenta passos — ou pelo menos foi o que pareceu a Nate, que teve apenas um segundo para focalizar os olhos e entender os contrastes súbitos e nítidos do fogo noturno branco contra a escuridão como breu.

— Quem é você? — gritou enquanto a luz se esvaía, sem deixar nada além de uma imagem impressa em suas retinas, parecendo sugerir que o homem usava uma bainha de sabre e carregava uma carabina.

Ninguém respondeu. Nate engatilhou o fuzil, sentindo satisfação com o peso do percussor de mola. Tateou com um dedo para garantir que havia uma espoleta no lugar, depois apontou a arma logo acima de onde achava que o homem estava parado. Puxou o gatilho.

A explosão repercutiu no vale do rio, ecoando nas árvores da outra margem e depois se esvaindo como o estalo do trovão nas montanhas distantes. O clarão saindo do cano iluminou alguns metros quadrados de terreno para além do celeiro, mas não chegou ao homem solitário e silencioso que agora Nate estava certo de ter vislumbrado na claridade do raio.

— Som de cascos, senhor! — disse Mallory, agitado. — Está ouvindo?

E, sem dúvida, o som de cascos de cavalos e o tilintar dos arreios soou acima do ruído incessante do rio.

— Cavalaria chegando! — gritou Nathaniel, alertando os homens nas trincheiras atrás. Ele começou a recarregar seu fuzil enquanto o piquete de Mallory deslizava as armas por cima do muro. — Vamos dar uma sa-raivada aos desgraçados.

Então Nate conteve as palavras porque o som de cascos não vinha do oeste, e sim de trás dele, da direção das linhas da brigada. Ele se virou e viu uma luz se movendo entre as árvores acima do vau, e, depois de alguns segundos, percebeu que a luz era uma lanterna carregada por um cavaleiro.

— Starbuck! — gritou o cavaleiro. Era o major Hinton. — Starbuck!

— Não façam nada — disse Nate ao piquete. — Major?

Um segundo cavaleiro apareceu saindo das árvores.

— Starbuck! — gritou o recém-chegado.

À luz da lanterna Nathaniel viu que era o general Washington Faulconer que havia gritado. O rosto de rato de Moxey apareceu em seguida. Depois os três cavaleiros vieram a meio-galope para o terreno aberto ao lado das ruínas da cabana de Silas Maluco.

— Starbuck! — repetiu Faulconer.

— Senhor? — Nathaniel pôs seu fuzil carregado pela metade no ombro e foi encontrar o comandante da brigada.

O cavalo de Faulconer estava nervoso com a tempestade distante e pateou de lado quando uma saraivada de trovões rugiu nas montanhas. Faulconer deu uma pancada forte no animal com seu chicote de montaria.

— Eu dei ordens, Sr. Starbuck, de que nenhuma mudança de posicionamento seria feita sem minha permissão expressa. O senhor desobedeceu a essas ordens!

— Senhor! — protestou o major Hinton, querendo observar que Nate só estivera obedecendo às instruções de Swynyard. O próprio Hinton havia estado ocupado o dia inteiro numa corte marcial de uma brigada vizinha, caso contrário teria reforçado pessoalmente as instruções do coronel Swynyard. — O capitão Starbuck recebeu ordens, senhor...

— Quieto! — Faulconer se virou para Hinton. — Existe uma conspiração, major Hinton, para subverter a autoridade nessa brigada. Agora a conspiração termina. Major Hinton, o senhor levará essas três companhias de volta para as linhas da legião imediatamente. Capitão Moxey, o senhor escoltará Starbuck de volta ao quartel-general. O senhor está preso, Sr. Starbuck.

— Senhor... — começou a protestar Nathaniel.

— Quieto! — gritou Faulconer. Seu cavalo empinou as orelhas e sacudiu a cabeça.

— Há um cavaleiro na trilha... — tentou Nate de novo.

169

— Eu mandei ficar quieto! — gritou Faulconer. — Não dou a mínima, Sr. Starbuck, se o arcanjo Gabriel está na maldita trilha. Você desobedeceu às minhas ordens e agora está preso. Entregue esse fuzil ao major Hinton e acompanhe o capitão Moxey. — Faulconer esperou que Nathaniel obedecesse, mas o nortista permaneceu teimosamente imóvel. — Ou pretende desobedecer a essa ordem também? — E Faulconer enfatizou a ameaça implícita desabotoando a aba do coldre de seu revólver. Truslow e Coffman, com os rostos sombrios nas sombras projetadas pela luz fraca da lanterna, olhavam além da linha das árvores.

Nate sentiu uma ânsia insana de lutar com Faulconer, mas então Paul Hinton se inclinou na sela e pegou o fuzil dele.

— Está tudo bem, Nate — murmurou em tom conciliador.

— Não está tudo bem! — Faulconer exultava. Sua noite, que havia começado tão mal com a fuga precipitada de Gordonsville, tinha se transformado num triunfo. — A disciplina é o primeiro requisito de um soldado, major. E a insolência de Starbuck corrompeu esse regimento. Não haverá mais nada disso, por Deus, nada disso! Haverá mudanças!

Um raio rasgou o oeste, despedaçando a noite sobre as montanhas, e sua luz súbita revelou a felicidade bem-aventurada no rosto de Washington Faulconer. Ele havia confrontado seus inimigos e tinha derrotado ambos. E pela primeira vez desde que tinha vestido o uniforme de seu país se sentia um soldado triunfante.

E Nathaniel Starbuck estava preso.

Nate foi posto na barraca do coronel Swynyard. Um soldado constrangido da Companhia A montava guarda do lado de fora, e, dentro da barraca, Nathaniel encontrou Swynyard sentado com o corpo afundado em sua cama de campanha segurando o que Nate supôs que era uma Bíblia. Uma vela de cera ardia numa mesa dobrável lançando uma luz doente e fraca. A cabeça do coronel estava baixa, de modo que o cabelo caía sobre o rosto magro. Nathaniel se sentou na outra ponta da cama e anunciou sua presença com um palavrão.

— Um contágio — reagiu Swynyard misteriosamente, sem oferecer um cumprimento mais formal ao colega prisioneiro. — É isso o que eu sou, Starbuck: um contágio. Uma contaminação. Uma infecção. Uma peste. Sujo. Descompassado. Você já se sentiu descompassado com relação a toda

170

a humanidade? — O coronel ergueu a cabeça ao fazer a pergunta. Seus olhos estavam vermelhos. — Vou lhe dizer, Starbuck, que o mundo seria um lugar melhor sem mim.

Alarmado com essas palavras fortes, Nate olhou com mais atenção para o objeto nas mãos do coronel. Tinha presumido que fosse uma Bíblia e agora temeu ver um revólver, mas, em vez disso, viu que era uma garrafa sem rolha.

— Ah, não — disse, atônito com o próprio desapontamento. — O senhor está se embebedando?

Swynyard não respondeu. Apenas olhou para a garrafa, virando-a nas mãos como se nunca tivesse visto um objeto assim.

— O que Faulconer disse a você? — perguntou por fim.

— Não muito. — Nathaniel usou um tom de indiferença para demonstrar rebeldia. — Ele disse que eu desobedeci às ordens.

— Você obedeceu às minhas ordens, mas, para Faulconer, isso não vai fazer diferença. Ele odeia você. Ele me odeia também, mas odeia você mais. Faulconer acha que você tirou o filho dele. — O coronel continuou observando a garrafa, depois balançou a cabeça, cansado. — Eu não estou bebendo. Tomei um gole e cuspi. Mas ia beber. Aí você entrou. — Ele segurou a garrafa perto da vela que pingava e estalava, de modo que a luz fraca foi refratada no vidro verde e no líquido âmbar. — Faulconer me deu. Ele disse que eu mereço. Falou que é o melhor uísque da América, do Condado de Bourbon, Kentucky. Nada da sua malvada essa noite, Starbuck. Nada da sua manguaça, nem do seu goró. — A menção ao goró evidentemente provocou alguma lembrança que fez o coronel fechar os olhos com uma dor repentina. — Não, senhor — continuou, triste. — Para Griffin Swynyard, só o melhor uísque do Condado de Bourbon. Límpido feito uma gota de orvalho, está vendo? — De novo ele segurou a garrafa à luz da vela. — Não é lindo?

— O senhor não precisa dele, coronel — comentou Nate em voz baixa.

— Mas eu preciso, Starbuck. Eu preciso de Deus ou de uísque, e devo dizer que o uísque é muito mais conveniente que Deus. Está mais disponível que Deus e é mais previsível que Deus. O uísque, Starbuck, não faz exigências como Deus, e a salvação que ele oferece é tão certa quanto a de Deus. E ainda que essa salvação não dure tanto quanto a de Deus, ainda é um remédio seguro e experimentado para os sofrimentos da vida. O uísque é um consolo, Starbuck, e um socorro muito presente em tempos atribulados, ainda mais quando vem do Condado de Bourbon, no Kentucky. — Ele girou a garrafa lentamente, olhando com reverência para o conteúdo. — Você vai fazer sermão para mim, Starbuck?

— Não, senhor. Fizeram sermões para mim durante toda a minha maldita vida, e isso não fez bem nem a mim nem ao pastor.

Swynyard levou a garrafa ao nariz e cheirou. Fechou os olhos diante do cheiro da bebida, depois encostou a boca da garrafa nos lábios. Por um segundo Nate teve certeza de que o coronel viraria o uísque garganta abaixo, então Swynyard baixou a garrafa de novo.

— Eu acho que a pregação não serviu, Starbuck, porque você é filho de pastor. Provavelmente, isso fez mais mal que bem. Se um homem lhe diz todos os dias da sua vida que fique longe das mulheres e do uísque, o que mais você vai procurar quando se soltar da coleira?

— Foi por isso que o senhor procurou as duas coisas?

O coronel baixou a cabeça.

— Meu pai não era nenhum pastor. Ele ia à igreja, certo, mas não era pastor. Era vendedor de escravos, Starbuck. Era o que estava escrito na fachada da nossa casa. Em letras vermelhas com um metro de altura: "JOS SWYNYARD, VENDEDOR DE ESCRAVOS." — O coronel deu de ombros ao se lembrar. — As pessoas respeitáveis não chegavam perto de nós, Starbuck, não chegavam perto de um vendedor de escravos. Elas mandavam seus supervisores e capatazes comprar a carne humana. Não que meu pai se incomodasse; ele achava que era tão respeitável quanto qualquer um no Condado de Charles City. Tinha um lar respeitável, isso posso garantir. Nenhum de nós ousava contrariá-lo. Ele era um açoitador, veja bem. Açoitava seus escravos, suas mulheres e seus filhos. — Swynyard ficou em silêncio observando a garrafa. A sentinela se remexeu do lado de fora da barraca e panelas ressoaram na cozinha da casa de fazenda enquanto os serviçais faziam a limpeza depois do jantar tardio de Washington Faulconer. O coronel balançou a cabeça, triste. — Eu tratava mal meus escravos.

— Tratava, sim.

— Mas ele nunca açoitava os cachorros. — Swynyard estava pensando de novo no pai. — Nunca, em todos os anos que viveu. — Ele deu um sorriso pesaroso, depois levou a garrafa ao nariz e cheirou de novo. — Realmente não é um tipo ruim de uísque, a julgar pelo cheiro. Já tomou uísque escocês?

172

— Uma ou duas vezes.

— Eu também. — Swynyard ficou em silêncio por algum tempo. — Acho que eu bebia praticamente qualquer coisa que é possível enfiar na garganta, mas conheci um homem que se dizia *connaisseur* de uísque. Um verdadeiro *connaisseur* — Swynyard revirou a palavra na língua —, e esse *connaisseur* me disse que não havia nada no mundo que ele não soubesse sobre uísques, e sabe que uísque ele achava melhor?

— O bagaceira?

Swynyard riu.

— Bagaceira! Bom, ele funciona, isso eu devo dizer. Funciona feito um coice de mula na cabeça, o bagaceira, mas não é a melhor bebida do mundo, não se você quiser que um chute de mula tenha gosto melhor que linimento de cavalo. Não, esse homem dizia que tinha bebido todo tipo de uísque que esse vale de lágrimas tem para oferecer, e que o melhor, o melhor de todos, o absolutamente fantástico, Starbuck, era o uísque da Irlanda. Não é algo estranho?

— Talvez ele só estivesse bêbado quando provou.

Swynyard pensou nisso por um segundo, depois balançou a cabeça.

— Não, eu acho que ele sabia o que estava dizendo. Era um homem rico, e os ricos não enriquecem sendo idiotas. Pelo menos podem enriquecer, mas certamente não permanecem ricos sendo idiotas, e esse homem permaneceu rico. E não bebia muito. Só gostava do sabor, veja bem. Gostava do uísque e pagava o preço de um rico pelo uísque irlandês, mas a bebida da qual mais gostava era do champanhe da viúva. *Clicquot!* — Swynyard levantou a garrafa num tributo ao champanhe de madame Clicquot. — Você já bebeu *Veuve Clicquot*?

— Já.

— Bom para você. Seria triste morrer sem provar o champanhe da viúva. Mas é mais triste ainda morrer sem salvação, hein? — perguntou Swynyard, mas pareceu confuso com a pergunta. Olhou repetidamente para a garrafa e pareceu que ia beber, mas no último segundo desistiu. — Houve um tempo, Starbuck, em que eu podia me dar ao luxo de tomar o champanhe da viúva de manhã, de tarde e de noite. Eu poderia dá-lo ao meu cavalo! Poderia dá-lo a todos os meus cavalos! Eu era rico.

Nate sorriu, mas não disse nada.

— Você não acredita, não é? Mas houve um tempo, Starbuck, em que eu poderia ter comprado Faulconer.

— É verdade?

— É verdade. — Swynyard zombou gentilmente do sotaque de Nathaniel, repetindo. — Eu nem sempre fui soldado. Terminei West Point, na turma de vinte e nove, como quadragésimo sexto. Adivinha quantos havia na turma de vinte e nove de West Point.

— Quarenta e seis?

Swynyard estendeu um dedo imitando uma pistola para Nate e fez um som de estalo, confirmando.

— Quadragésimo sexto de quarenta e seis alunos. Eu não me sobressaí exatamente. O fato é que, vinte anos depois, eu ainda não tinha passado de capitão, e sabia que não iria mais alto que isso, e nunca mataria nada mais perigoso para a república do que um comanche ou um mexicano. Eu sempre achei que poderia ser um bom soldado, mas o uísque garantiu que isso jamais acontecesse. Até que uma noite, em cinquenta, eu fiquei bêbado e pedi baixa. E esse foi o fim da minha carreira.

— O que o senhor fez?

— O que qualquer soldado sensato queria fazer. Eu fui para o rio Feather. Você já ouviu falar do Feather?

— Não.

— Califórnia. Os campos dourados. O rio Feather, Goodyear's Bar e Three Snake Run. Foi onde enriqueci. Encontrei um naco de ouro do tamanho de um cachorro. Ouro — disse o coronel, olhando para o coração do uísque. — Ouro de verdade, grosso, macio como manteiga, puro como amor, e tudo isso antes do café da manhã. Isso foi antes de mecanizarem a mineração de ouro. Hoje em dia, Starbuck, eles tiram o ouro do cascalho com jatos de água. A água é lançada com tanta força que seria possível matar um regimento ianque com aquela mangueira, só que é necessário um regimento para construir todas as calhas e represas; nem os ianques são idiotas a ponto de ficar parados enquanto você constrói a estrutura. Mas eu tive sorte. Cheguei cedo, quando só era preciso subir bem alto e começar a rolar as pedras de lado. — Ele ficou em silêncio.

— E perdeu tudo?

Swynyard assentiu.

— Cada centavo. Tudo escorreu pela goela ou por cima das mesas. Pôquer. Mulheres. Uísque. Idiotice. E perdi esses dedos. — Ele levantou a mão esquerda na qual faltavam três dedos.

— Eu achei que tinham sido cortados por um sabre mexicano.

— É o que digo às pessoas. Ou o que eu dizia antes de encontrar o Senhor Jesus Cristo, mas não é verdade. A verdade, Starbuck, é que explodi os dedos quando eu e um minerador alemão estávamos usando pólvora acima do riacho Shirt Tail. O nome dele era Otto, e era maluco feito uma cobra. Ele achou que havia um bocado de pepitas no alto do Shirt Tail e nós levamos uma semana para carregar todo o equipamento para lá. Depois arrebentamos o chão e não havia nada além de terra e quartzo. Só que Otto explodiu o negócio antes da hora, veja bem, achando que ia acabar comigo e ficar com todo o ouro.

— E o que aconteceu com Otto?

Swynyard piscou rapidamente. Suas mãos apertavam a garrafa de uísque com tanta força que Nate temeu que ele quebrasse o vidro.

— Eu tenho muitos pecados na consciência — disse Swynyard depois de um tempo. — Muitos. Eu matei Otto. Ele demorou muito tempo para morrer e eu fiquei zombando o tempo todo. Deus me perdoe.

Nathaniel esperou alguns segundos, rezando desesperadamente para que o coronel não bebesse da garrafa.

— E quando a guerra começou? — perguntou por fim.

— Eu voltei para o leste. Achei que poderia recomeçar. Meio que me convenci de que conseguiria ficar sem uísque desde que pudesse ser um soldado de verdade outra vez. Eu queria me redimir, certo? Um novo país, um novo Exército, um novo começo. Mas estava errado.

— Não, não estava. Você já está sem uísque há dias.

Swynyard não falou nada, apenas olhou para as profundezas douradas do uísque caro do Kentucky.

— O senhor não quer isso, coronel.

— Eu quero sim, Starbuck, e essa é a verdade simples e dura. Eu quero tanto um gole que dói.

— Largue a garrafa.

Swynyard o ignorou.

— Eu nunca pensei que poderia parar de beber, nunca, e aí, finalmente, Deus me ajuda a fazer isso. E, justo quando as coisas estão começando a ficar certas de novo, Faulconer faz isso com a gente. O que eu deveria fazer? Deixar o vau sem vigilância?

— Coronel. — Nate estendeu a mão para a garrafa de uísque. — O senhor fez a coisa certa. E sabe disso. E sabe por que Faulconer lhe deu essa garrafa essa noite?

Swynyard não queria abrir mão do uísque, por isso, em vez de cedê-la, colocou a garrafa fora do alcance de Nate.

— Ele me deu porque quer me humilhar. É isso.

— Não. Ele fez isso para que o senhor não esteja em condições de testemunhar numa corte marcial. Ele quer o senhor bêbado, coronel, porque o filho da puta sabe que está errado mas também sabe que nenhum tribunal vai inocentar um bêbado cambaleando. Mas, se o senhor ficar sóbrio, coronel, ele vai recuar e não haverá corte marcial.

Swynyard pensou nas palavras de Nate, depois balançou a cabeça.

— Mas eu desobedeci às ordens dele. Não que isso importe, porque Faulconer não se importa com o vau da Mary Morta. Ele só quer se livrar de mim. Você não entende? Não é o que eu fiz ou não fiz, é porque eu fiz um inimigo. Você também. Nós estamos sendo açoitados pela bolsa de um homem rico e não podemos fazer nada a respeito.

— Maldição, é claro que podemos! — insistiu Nathaniel. — Faulconer não comanda esse maldito Exército, e sim Jackson. E, se Jackson disser que você está certo e Faulconer errado, não vai importar nem se você e eu desobedecermos às ordens de George Washington. Nem todo o dinheiro de Faulconer pode mudar isso, mas vou lhe dizer uma coisa: se o senhor aparecer na frente do Velho Jack Maluco de ressaca ou com bafo de uísque ou com a aparência que tinha antes de deixar Cristo entrar no seu coração, o Velho Jack Maluco vai chutá-lo desse Exército mais rápido do que o senhor consegue cuspir. — Nate parou e estendeu a mão. — Agora, coronel, me dê o uísque.

Swynyard franziu a testa.

— Por que Jackson se importaria com o que acontece com a gente?

— Porque vamos fazer com que ele se importe. Vamos contar a verdade. Então me dê a garrafa. — Ele continuou com a mão estendida. — Anda, eu estou com sede!

Swynyard estendeu a garrafa, mas, em vez de entregá-la a Nathaniel, virou-a de cabeça para baixo, fazendo a bebida gorgolejar e lamber as tábuas de pinho do piso da barraca e escorrer entre as frestas, até a terra. Quando a garrafa estava vazia, Swynyard a deixou cair.

— Temos uma batalha a travar, Starbuck. Portanto, vamos estar sóbrios os dois.

— Filho da puta — disse Nate. O cheiro do uísque era hipnotizante na barraca. — Eu estava com sede.

— E amanhã vai estar sóbrio.

A distância, um trovão roncava. A sentinela espirrou e o coronel fechou os olhos em oração. Ele havia resistido à tentação e suportado o desespero. E agora, como o soldado que ele sabia que poderia ser, iria lutar.

Silas Maluco começou a tirar as árvores caídas da trilha que atravessava a floresta em direção ao norte. Era um trabalho duro, especialmente porque estava com o crânio da sua querida Mary num saco pendurado no pescoço e não queria bater o crânio com muita força para não a machucar. Ele falava com ela enquanto trabalhava, dizendo que estava mantendo a estrada livre porque o homem de casaca azul tinha pedido, e o homem de casaca azul tinha dito que todos os negros ficariam melhor se os azuis vencessem os cinza. E, apesar de os homens brancos de casaca cinza terem sido educados com Silas Maluco e até dado alguns charutos, ele ainda acreditava no soldado de azul porque o homem de azul era o jovem Sr. Harlan Kemp, filho do velho Sr. Kemp, que tinha dado a liberdade a Silas.

Às primeiras luzes, Silas tinha limpado todo o caminho. Depois, com muita cautela, esgueirou-se até a margem do rio e viu, para sua surpresa, que todos os soldados de cinza tinham ido embora. As fogueiras haviam esfriado até virar cinzas e os buracos dos atiradores estavam vazios. Apertou o crânio chamuscado nos braços e tentou pensar no que significava a ausência dos soldados, mas não conseguia entender de verdade. No entanto, a ausência deles o fez se sentir em segurança de novo, por isso recolocou sua Mary no buraco embaixo da chaminé arruinada onde ela morava agora. Depois, satisfeito por estar em casa com ela, caminhou ao longo do rio, passou pelo celeiro arruinado e foi até a árvore e o arbusto que, à noite, se pareciam tanto com um homem e um cavalo. Tinha uma armadilha ali para pegar os coelhos que iam até o rio.

Então, justo quando estava separando as folhas do arbusto, ouviu os cascos. Rolou pela margem, no capim alto, e ficou imóvel. O sol ainda não tinha nascido, por isso a luz estava cinzenta e chapada e a água do rio não brilhava. Porém, Silas podia ver claramente a outra margem, e depois de um tempo viu os homens aparecendo lá. Eram brancos, de casacas azuis. Eram três, a pé e carregando um fuzil comprido, um sabre e um revólver. Passaram um longo tempo olhando por cima do rio; depois um deles correu pelo vau, patinhando a água com as botas de cano longo e as esporas reluzentes. Silas perdeu esse homem de vista, mas, depois de um ou dois minutos, o homem gritou para o outro lado:

— Os desgraçados estiveram aqui, sem dúvida, major, mas foram embora.

Então toda uma coluna de soldados de uniforme azul e montados em cavalos apareceu no vau. Suas esporas, bainhas e correntes dos freios tilintavam enquanto eles instigavam os animais a atravessar. Os três que fizeram o reconhecimento do vau pegaram as rédeas e montaram. Silas os viu sumir de vista, depois ouviu o som dos cascos desaparecendo ao sul. Em seguida, continuou prestando atenção até que não havia mais nada a escutar, a não ser o rio correndo e o canto dos pássaros.

Então, segurando um coelho morto, voltou para contar a Mary as coisas empolgantes que estavam acontecendo no seu vau, enquanto longe, ao sul, insuspeitos e sem serem vistos, os cavaleiros ianques apeavam e esperavam.

7

A ofensiva de primavera dos ianques podia ter fracassado, deixando o Exército do Potomac, de McClellan, encalhado na margem lamacenta do rio James abaixo de Richmond, mas agora o Exército da Virgínia, de John Pope, juntava suas forças nos condados do norte da Virgínia. Mais e mais suprimentos atravessavam as pontes do Potomac e eram empilhados nos armazéns desolados do entroncamento de Manassas enquanto, na água que refletia o sol nos rios de maré da Virgínia, barcos e mais barcos carregavam os veteranos de McClellan para o norte, do rio James ao riacho Aquia, no Potomac. Os dois exércitos do norte estavam juntando forças, e, ainda que esse processo de união fosse insuportavelmente lento, assim que o exército da Virgínia e o do Potomac estivessem unidos, eles estariam em número muito superior ao do Exército rebelde do norte da Virgínia, de Robert Lee.

— Portanto, precisamos atacar primeiro — disse Lee num murmúrio destinado apenas aos seus próprios ouvidos.

O general estava olhando para o norte, ao alvorecer, examinando os inimigos a partir do ponto de observação elevado no monte Clark, que ficava na margem sul do rio Rapidan. Os veteranos de Lee, que contiveram e depois perseguiram McClellan, afastando-o de Richmond, vieram para o norte enfrentar a ameaça de ataque por parte de Pope. Stonewall Jackson tinha servido para conter a beligerância de Pope durante boa parte do mês, mas agora o Exército rebelde estava de novo unido, tendo Robert Lee à frente, e assim chegava a hora de derrotar Pope.

Com esse objetivo Lee tinha chegado ao monte Clark. Estava cercado de ajudantes montados, mas ele próprio estava a pé, usando a garupa de seu cavalo cinza tranquilo, Traveller, como apoio para sua luneta. A luz da manhã estava suave e perolada. Grandes volumes de chuva encobriam o oeste, mas estava seco no norte, onde Lee conseguia ver as ondulações dos montes, pequenas plantações, fazendas pintadas de branco, florestas longas e escuras. E, para onde quer que olhasse, ianques. As carroças com cobertura de lona branca enchiam as campinas, e, acima de tudo, como fios de uma névoa tênue, a fumaça das fogueiras que usavam para cozinhar se misturava formando uma névoa cinza-azulada. Em mais dez dias, no máximo duas semanas, esse exército dobraria de tamanho, e Lee tinha consciência de que a chance de o expulsar de sua Virgínia natal seria pequena.

Mas agora, enquanto os homens de McClellan continuavam indo para o norte em seus vapores fluviais confiscados e nos paquetes transatlânticos esguios, havia uma chance de vitória. Essa chance surgia porque John Pope tinha se colocado numa armadilha. Ele havia trazido a maior parte de seu exército para perto do Rapidan, afim de estar pronto a atacar o sul, mas atrás da nova posição de Pope corria o largo afluente do Rapidan, o Rappahannock. E, se Lee pudesse virar o flanco direito de Pope, teria chance de impelir o exército do norte com força para o encontro dos rios, onde Pope ficaria preso entre uma horda de rebeldes berrando e a confluência profunda e ligeira dos dois rios. Mas, para fazer essa manobra, Lee precisava de uma cavalaria para proteger sua marcha, e mais cavalaria ainda para enganar o inimigo. E mais cavalaria ainda para avançar até a retaguarda do inimigo e capturar as pontes do Rappahannock, impedindo que os ianques tenham uma saída de seu matadouro junto à água.

— O general Stuart diz que lamenta, senhor, mas os cavalos simplesmente não estão prontos — avisou um ajudante a Lee no alvorecer do monte Clark.

Lee assentiu abruptamente, indicando que tinha ouvido o relato desagradável, mas afora isso não demonstrou nenhuma reação. Em vez disso, olhou por um longo tempo e pela última vez para o inimigo acampado. Ele não era vingativo — de fato, tinha aprendido muito antes a controlar suas emoções, impedindo que a paixão tirasse o bom senso do caminho —, mas nas últimas semanas havia adquirido um desejo profundo de humilhar o general de brigada John Pope. O general nortista tinha chegado à Virgínia e ordenado que seus homens vivessem da terra e queimassem as casas daqueles que fossem leais ao sul. Lee desprezava esse barbarismo. Mais que desprezava, odiava. Levar a guerra aos civis era o estilo de selvagens e pagãos, não de soldados profissionais. Mas, se John Pope optava por lutar contra mulheres e crianças, Robert Lee lutaria contra John Pope e, se Deus permitisse, arruinaria a carreira do inimigo. Porém, a mola que fecharia a tampa da armadilha ainda não estava pronta, e Lee resistiu à tentação de fechar essa tampa sem a ajuda dos cavalarianos.

— Quanto tempo até que a cavalaria esteja pronta? — perguntou ao ajudante enquanto fechava a luneta.

— Um dia, senhor.

A maior parte da cavalaria rebelde tinha acabado de vir para o norte, saindo de seu serviço de isolar o exército de McClellan de Richmond e seus cavalos estavam completamente exaustos depois da longa marcha por estradas secas e duras.

— Amanhã ao alvorecer?

O ajudante assentiu.

— O general Stuart diz que com certeza, senhor.

Lee não se demonstrou desapontado com o atraso, apenas olhou para os longos fios de fumaça que formavam uma renda nas florestas e nos campos distantes. Sentiu uma pontada de arrependimento por não poder atacar nesta manhã, mas sabia que iria levar a maior parte do dia para transportar seus canhões desajeitados e as longas filas de infantaria para o outro lado do Rapidan. E os cavaleiros de Jeb Stuart precisariam entreter e enganar os ianques enquanto os homens e os canhões se posicionassem. Assim, ele deveria esperar um dia inteiro e torcer para que John Pope não acordasse para o perigo.

— Vamos atacar amanhã — avisou ao montar em Traveller.

E rezava para que os ianques continuassem dormindo.

O major Galloway chegou logo depois do alvorecer, guiado pelo cabo Harlan Kemp até onde os homens de Adam esperavam, no meio de árvores densas, três quilômetros ao sul do Rapidan. A tropa de Galloway era acompanhada pelo capitão Billy Blythe e seus homens, que retornaram de seu reconhecimento frustrante. Blythe declarou que o inimigo guardava todos os desfiladeiros que atravessavam as montanhas Blue Ridge e assim o impediram de atravessar até o vale do Shenandoah, mas a investida do próprio Galloway para além do Rapidan o havia convencido de que os rebeldes não estavam usando o vale do Shenandoah para ameaçar o exército de Pope. Em vez disso, seus regimentos estavam acantonados ao longo da margem sul do Rapidan, e era lá, no coração da Virgínia, que havia uma ameaça. E era lá, graças à mensagem oportuna de Adam, que Galloway podia atacar o inimigo e estabelecer uma reputação de ousadia e ferocidade para seu regimento de cavalaria novato. E era por isso que todos os sessenta e oito cavaleiros de Galloway estavam escondidos num bosque a apenas cinco quilômetros do flanco oeste do exército de Lee. Sessenta e oito homens contra um exército parecia uma chance remota, até mesmo para um otimista como Galloway, mas ele tinha a surpresa e o clima a seu favor.

O tempo tinha mudado naquela manhã quando, apenas uma hora antes do alvorecer, uma tempestade veio das montanhas se lançando sobre os acampamentos rebeldes no oeste. As estradas viraram lama vermelha imediatamente. A chuva escorria dos telhados, jorrava pelos tubos, inundava calhas, transbordava das valas e se espalhava nos sulcos arados nos campos baixos. Trovões ribombavam lá em cima, e, às vezes, na distância prateada pela chuva, um risco de relâmpago corria para o chão.

— Perfeito — comentou Galloway na borda das árvores, vendo a chuva açoitar os campos vazios. — Simplesmente perfeito. Não há nada como uma chuva boa e forte para manter baixa a cabeça das sentinelas. — Ele se agachou sob a capa para acender um charuto. Depois, como seu próprio cavalo precisava descansar, pediu emprestada uma das éguas recém--adquiridas de Adam. — Vamos ver os rebeldes do seu pai.

Galloway deixou Blythe encarregado dos cavaleiros escondidos enquanto ele e Adam iam para o leste. Adam estava preocupado com o perigo de o major Galloway fazer o reconhecimento pessoalmente, mas Galloway descartou os riscos de captura.

— Se alguma coisa der errado essa noite, não quero pensar que foi por causa de algo que eu não fiz — disse o major, depois cavalgou em silêncio por alguns instantes antes de lançar um olhar astuto para Adam. — O que aconteceu entre você e Blythe?

Perplexo com a pergunta, Adam gaguejou uma resposta inadequada sobre personalidades incompatíveis, porém o major Galloway não estava com clima para subterfúgios.

— Você o acusou de uma tentativa de estupro?

Adam se perguntou como Galloway sabia, depois concluiu que o sargento Huxtable ou o cabo Kemp deviam ter reclamado sobre Blythe.

— Eu não acusei Blythe de nada. Só o impedi de maltratar uma mulher, se é isso que o senhor quer dizer.

Galloway tragou o que restava do seu charuto encharcado de chuva. Curvou-se sob um galho baixo e conteve o cavalo para examinar a terra molhada adiante.

— Billy me contou que a mulher estava meramente se oferecendo porque queria dólares nortistas — disse o major quando ficou satisfeito vendo que nenhum piquete esperava junto às árvores distantes. — E porque ela queria salvar a casa. O sargento Kelley me disse a mesma coisa.

— Eles estão mentindo! — reagiu Adam, indignado.

Galloway deu de ombros.

— Billy é um sujeito bom o suficiente, Adam. Não estou dizendo que é o homem mais correto que já nasceu. Quero dizer, certamente ele não é nenhum George Washington, mas somos uma tropa de soldados, não um bando de clérigos.

— Isso justifica o estupro?

— Diabos, isso é o que você diz, Adam, não ele — declarou Galloway, cansado. — E, quando se trata de contar histórias, você deveria saber que Billy está contando algumas sobre você também. — O major cavalgava à frente de Adam, num caminho encharcado que seguia ao lado de uma floresta. A chuva enfim apagara seu charuto, que ele jogou numa poça. — Blythe afirma que você é simpatizante do sul, um lobo cinzento com roupa azul. Na verdade, ele diz que você é um espião. — Galloway ergueu uma mão. — Não proteste, Adam. Eu não acredito numa palavra disso, mas o que você esperava que ele dissesse sobre um homem que o acusa de estupro?

— Talvez ele pudesse contar a verdade — proclamou Adam, revoltado.

— A verdade! — Galloway gargalhou com a simples ideia. — A verdade na guerra, Adam, é aquilo que o vencedor decidir, e o melhor jeito de você provar que Blythe está mentindo é fazer algumas cabeças rebeldes sangrarem essa noite.

— Major — disse Adam com firmeza —, todos os homens viram aquela mulher. Ela não rasgou as próprias roupas, Blythe fez isso, e...

— Adam! Adam! — Havia um tom de súplica na voz de Galloway.

O major era um homem decente e honesto que tinha uma visão de como seu regimento de cavalaria irregular poderia encurtar essa guerra, e agora essa visão era ameaçada pela cisão rancorosa em suas fileiras. E Galloway não queria acreditar de fato nas acusações de Adam, porque gostava de Blythe. Blythe o fazia rir e animava suas noites monótonas, e, por esses motivos, além do desejo de evitar o confronto, tentava encontrar circunstâncias atenuantes.

— Quem pode dizer que a mulher não atacou Billy quando ele tentou queimar o celeiro? Nós não sabemos o que aconteceu, mas eu sei que temos uma batalha a travar e uma guerra a vencer, e seríamos mais úteis lutando contra o inimigo, e não uns contra os outros. Agora, confie em mim. Eu vou ficar de olho em Billy, isso eu prometo, mas quero que você o deixe comigo. O comportamento dele não é responsabilidade sua, Adam, e sim minha. Está de acordo?

Adam não podia discordar de uma promessa tão razoável e séria, por isso fez que sim com a cabeça.

— Sim, senhor.

— Bom homem — disse Galloway com entusiasmo, depois fez o cavalo ir mais devagar enquanto se aproximava do topo de uma colina baixa. Os uniformes azuis dos dois estavam cobertos por capas pretas impermeáveis que iam até as botas, mas ambos sabiam que o disfarce pouco serviria caso fossem interceptados por uma patrulha rebelde.

No entanto, o clima parecia ter embotado toda a vigilância rebelde, já que Galloway e Adam puderam espionar as posições da Brigada Faulconer sem que nenhuma sentinela ou piquete questionasse sua presença. Eles mapearam os bivaques da legião, cobertos de relva, cravejados por pirâmides de armas empilhadas e cortados pela fumaça das poucas fogueiras que ainda lutavam contra a chuva soprada pelo vento; então, notaram a grande casa de fazenda no meio das barracas que Adam sabia pertencerem ao quartel-general da brigada. De vez em quando, um soldado corria entre os abrigos ou saía desanimado e preguiçoso da casa. Mas, com exceção disso, o acampamento parecia deserto. Mais ao sul ainda havia uma campina onde estavam as carroças de suprimento da brigada e os cavalos amarrados em fileiras desconsoladas. Adam mostrou a Galloway as carroças de munição pintadas de branco, depois apontou o binóculo para alguns veículos desconhecidos e viu que pertenciam a uma bateria de artilharia acampada com a brigada do seu pai.

— Quantas sentinelas você esperaria junto às carroças? — perguntou Galloway, espiando através de seu binóculo.

— Geralmente há uma dúzia de homens, mas eu só vejo um.

— Deve haver mais.

— Abrigados nas carroças? — sugeriu Adam.

— Acho que sim, o que significa que os filhos da puta não vão nos ver chegando.

Galloway parecia entusiasmado com a perspectiva de lutar. Ele sabia que não podia ferir seriamente o exército de Jackson. De fato, o ataque dessa noite seria uma espetada de agulha. Porém, o major não estava tentando causar um dano sério. Esperava infligir ao sul o mesmo tipo de insulto feito por Jeb Stuart contra o norte quando levou sua cavalaria desimpedida até o exército de McClellan. Poucos homens morreram naquela investida, no entanto, ela transformou o norte em motivo de piada em todo o mundo. Agora Galloway esperava provar que os cavaleiros nortistas podiam investir de modo tão desafiador e eficaz quanto qualquer sulista.

Adam travava uma batalha diferente: uma batalha contra a própria consciência. Ele tinha obedecido a essa consciência austera quando abandonou o sul para lutar pelo norte, mas a lógica dessa escolha não significava simplesmente lutar contra companheiros sulistas, e, sim, contra o próprio pai, e toda uma vida de amor e obediência filial batalhava contra a inevitabilidade dessa escolha. Contudo, perguntou-se enquanto acompanhava Galloway mais para o sul pelas trilhas da floresta, o que mais havia esperado ao atravessar as linhas e jurar aliança aos Estados Unidos? Ele tinha sofrido durante meses com as escolhas morais da guerra, e no fim de toda essa preocupação e dúvida havia chegado a uma certeza que só era enfraquecida pelo dever para com o pai. Mas essa noite, sob o céu chuvoso, arrancaria esse dever filial da sua vida, libertando-se para se dedicar ao dever mais elevado para com a união da nação.

Galloway parou, apeou e olhou de novo para o sul pelo binóculo. Adam se juntou a ele e viu que o major examinava algumas cabanas, uma igreja de tábuas de madeira e uma casa de dois andares, meio em ruínas, tudo isso em volta de uma pequena encruzilhada.

— Taverna do McComb — disse Galloway, lendo a placa pintada com alcatrão na parede da casa. — Boas bebida, camas limpa e comida farta. Porém escrita ruim. Está vendo algum soldado por lá?

— Nenhum.

— Acho que deve ser um local proibido. — Galloway enxugou as lentes do binóculo, olhou mais alguns segundos para a taverna, voltou para onde a égua estava amarrada e montou. — Vamos.

185

No início da tarde, o vento havia morrido e a chuva se acomodado numa garoa persistente e desanimadora. Os homens de Galloway estavam sentados ou deitados sob qualquer abrigo que puderam encontrar, enquanto os cavalos permaneciam imóveis entre as árvores. Os piquetes vigiavam nas bordas da floresta, mas não viam nenhum movimento. No fim da tarde, quando a luz diminuía até se tornar uma penumbra carrancuda, cor de chumbo, Galloway deu as últimas instruções, descrevendo o que os cavaleiros encontrariam ao atacar e enfatizando que seu alvo principal eram as carroças de suprimentos.

— Os rebeldes estão sempre com pouca munição e poucos fuzis, portanto, queimem tudo que puderem achar.

Galloway dividiu sua força em três. A tropa de Adam serviria como uma barreira entre os atacantes e a força principal da Brigada Faulconer, ao passo que a tropa de Galloway, reforçada com metade dos homens de Blythe, atacaria as carroças de suprimentos. Billy Blythe esperaria com a outra metade de sua tropa na Taverna de McComb, onde serviriam como retaguarda para cobrir a retirada dos atacantes.

— Tudo vai acabar rapidamente — alertou Galloway. — Só o tempo necessário para os filhos da puta se recuperarem da surpresa. — Ele mandou seu corneteiro mostrar o toque que ordenaria a retirada. — Quando ouvirem isso, rapazes, deem o fora de lá. Vão direto pela estrada até a encruzilhada onde o capitão Blythe estará esperando por nós.

— Com um trago de uísque rebelde para cada um de vocês — acrescentou Blythe, e os homens nervosos riram.

Galloway abriu seu relógio.

— Faltam duas horas para irmos, rapazes, por isso sejam pacientes.

O dia foi escurecendo. As roupas dos cavaleiros estavam pegajosas com uma umidade gordurosa, empapada de suor. Galloway tinha proibido fogueiras para que a fumaça não revelasse sua presença, e assim eles simplesmente precisavam suportar a umidade grudenta enquanto os minutos passavam. Os homens se preparavam obsessivamente para a batalha, acreditando que cada pequeno grau de cuidado meticuloso contava para a sobrevivência. Eles usavam capas e panos de sela para impedir que a chuva molhasse os fuzis de repetição e os revólveres ao carregarem as câmaras das armas com pólvora, bucha e balas Minié. Em cima de cada bala punham um tampão de gordura destinado a impedir que a chama na câmara de disparo se comunicasse com as cargas vizinhas, explodindo todo o tambor. Afiavam os sabres, com o som áspero das pedras no aço curvo. Os homens, cujas lâminas estavam frouxas nas bainhas de metal, amassavam as bainhas para que as armas ficassem firmes e silenciosas no metal comprimido. Depois, o cabo Harlan Kemp liderou vinte homens num círculo de orações. Ele apoiou um joelho no chão molhado, uma mão no punho da espada e levantou a outra em direção a Deus, pedindo ao Senhor que abençoasse o trabalho da noite com um sucesso portentoso e mantivesse seus servos livres de qualquer mal por parte do inimigo.

Adam se juntou ao círculo de orações. Ele se sentia muito próximo de seus homens, ajoelhado com eles, e o simples ato de rezar imbuía a ação da noite de uma qualidade sagrada que a alçava acima de uma mera aventura, chegando ao reino do dever.

"Eu não quero estar aqui", rezou Adam em pensamento, "mas, já que estou, Senhor, permaneça comigo e me deixe ajudar essa guerra a chegar a um fim rápido e justo."

Quando a bênção de Harlan Kemp chegou ao fim, Adam ficou de pé e viu Billy Blythe parado ao lado da égua que ele havia tirado do plantel de Faulconer. Blythe passou a mão pelas patas da égua, depois deu um tapa na anca do animal.

— Você conseguiu uns bons cavalos, Faulconer — comentou enquanto Adam se aproximava.

— Você está no meu caminho — disse Adam rispidamente, e tirou Blythe, que era um homem alto, do caminho para jogar um pano de sela sobre o lombo da égua.

— Um belo exemplar. — Blythe puxou os lábios da égua para examinar os dentes, depois ficou a um passo de distância para lançar um olhar de admiração para o animal. — Aposto que ela corre feito uma cadela no cio. Especialmente com um toque do chicote. Você não acha que um chicote mexe muito com uma fêmea, Faulconer? — Blythe deu uma risadinha ao perceber que Adam não responderia. — Eu acho que um animal assim me serviria muito bem.

— Ela não está à venda — declarou Adam com frieza. Em seguida, pôs a sela na égua e se aproximou para pegar a barrigueira.

— Eu não estava pensando em comprar — Blythe cuspiu um jato de tabaco perto do rosto de Adam —, porque não faz sentido comprar qualquer coisa na guerra, principalmente quando elas têm o hábito de cair no colo da gente. É disso que eu gosto na guerra, Faulconer, o modo como as coisas chegam sem pagamento. É muito conveniente, na minha forma de pensar. Acho que acaba com a necessidade de esforço na vida de um homem. — Ele sorriu ao pensar, depois levou o dedo à aba meio caída do chapéu. — Se cuida — disse, depois se afastou rindo para seus colegas e deixando Adam enojado.

O major Galloway foi o primeiro a montar. Acomodou os pés nos estribos, enfiou o fuzil de repetição no coldre de sela, soltou o sabre alguns centímetros da bainha e se certificou de que os dois revólveres estavam ao alcance.

— Fumem seus últimos charutos e cachimbos, rapazes — disse o major —, porque assim que estivermos fora dessa floresta não haverá mais tabaco até acordarmos os filhos da puta.

Seus incendiários verificaram os suprimentos: fósforos, pederneiras, aços, acendalha e pavios. O trabalho deles era queimar a munição, enquanto outros homens carregavam machados para quebrar os raios das rodas e martelos e pregos para inutilizar os canhões dos rebeldes.

Um a um, os homens montaram. Um cavalo relinchou baixinho e outro se agitou, nervoso, dando alguns passos para o lado. Pingava das folhas, mas Adam sentiu que, acima da copa escura das árvores, a chuva havia parado. O entardecer era jovem, mas as nuvens faziam o céu parecer noturno.

— Pela União, rapazes — disse Galloway, e os mais idealistas repetiram a frase e acrescentaram a bênção de Deus. Eles lutavam por seu país amado, pelo país de Deus, pelo melhor país de todos. — Avante, rapazes. — E a coluna partiu.

Para a batalha.

O capitão Medlicott e o capitão Moxey estavam sentados na varanda da casa de fazenda que servia de quartel-general para o general Washington Faulconer e olhavam para a chuva no fim da tarde. No horizonte oeste, Medlicott notou que, no lugar em que deveria estar mais escuro a essa hora do dia, o céu exibia um risco pálido de nuvens mais claras onde a tempestade havia parado, mas essa evidência de tempo seco não dava nenhum sinal de querer se mover para o leste.

— Mas amanhã vai ser um belo dia — grunhiu Medlicott. O suor pingava de sua barba. — Eu conheço essas tempestades de verão. — Ele se virou na cadeira e olhou pela porta aberta da sala, onde o general estava sentado diante da mesa com pés em forma de garra. — Amanhã vai ser um belo dia, general!

Faulconer não respondeu ao otimismo de Medlicott. A tarde estava abafada e o general estava em mangas de camisa. A casaca do uniforme com dragonas pesadas e o acabamento trançado dispendioso estava pendurada no corredor da casa, junto com seu belo revólver inglês e o elegante sabre com o qual o general Lafayette havia presenteado seu avô. O general estava encarando alguns papéis na mesa. Tinha passado boa parte do dia contemplando esses papéis, e agora, em vez de assiná-los, empurrou-os de lado.

— Eu preciso ter certeza de fazer a coisa certa — falou, e com isso queria dizer que precisava ter certeza de não cometer um erro que pudesse se voltar contra a própria carreira. — Maldição, eles deveriam enfrentar uma corte marcial!

O capitão Moxey cuspiu sumo de tabaco por cima do corrimão da varanda.

— Eles deveriam estar na prisão por desobedecer às ordens, senhor — disse, encorajado pelo privilégio de o general ter pedido seu conselho sobre o destino do coronel Swynyard e do capitão Starbuck.

— Mas eles vão argumentar que estavam meramente cumprindo com o dever — retrucou Faulconer, preocupado com o problema como um cachorro com um osso. — Nossas ordens são de vigiar as travessias dos rios, não são? E o que eles estavam fazendo? Apenas vigiando um vau. Como vamos convencer um tribunal de outra coisa?

O capitão Medlicott descartou essa objeção.

— Não é um vau de verdade, senhor. Pelo menos não está nos mapas. É só o rio que está raso demais esse ano.

— Mas, se eu simplesmente dispensá-los — agora Faulconer contemplava a alternativa a uma corte marcial —, o que pode impedi-los de apelar? Meu Deus, vocês sabem como eles têm facilidade para mentir!

— Quem vai acreditar neles? — perguntou Moxey. — Um bêbado devoto e um ianque arruaceiro?

Muita gente vai acreditar neles, pensou Faulconer, esse era o problema. O primo de Swynyard era influente e Starbuck tinha amigos, e, consequentemente, Faulconer se sentia encurralado como alguém que tivesse feito um ataque maravilhoso contra as linhas inimigas e descobria que não conseguia retirar suas forças. A noite anterior tinha sido triunfante, mas um único dia de reflexão sobre os feitos da noite havia levantado dezenas de obstáculos para a realização desse triunfo, e o fato de Swynyard se recusar a beber não era o menor deles. Um coronel bêbado seria muito mais fácil de levar à corte marcial do que um coronel sóbrio e arrependido, e o desejo mais profundo de Faulconer era ver Swynyard e Starbuck arrastados diante de uma corte marcial, depois levados na ponta dos fuzis até a prisão do Exército confederado, em Richmond, mas ele não via como tornar o processo irrefutável.

— O problema — disse, mudando de novo de argumento — é que há pessoas demais na brigada que vão testemunhar a favor de Starbuck.

Medlicott tomou um gole de conhaque.

— A popularidade vem e vai — observou vagamente. — Livre-se dos filhos da puta e todo mundo vai esquecer como eles são em duas semanas. — Na verdade, Medlicott estava se perguntando por que Faulconer simplesmente não levava os dois até a beira do rio e enfiava umas balas na cabeça deles.

— A chuva está diminuindo — comentou Moxey.

Medlicott se virou para olhar para Faulconer. Mais ainda que Moxey, ele tinha consciência de que era um dos conselheiros do general. Afinal de contas, Moxey tinha pretensões de refinamento — a família dele possuía cavalos e caçava com os cães de Faulconer —, mas Medlicott nunca havia sido nada além de um empregado, ainda que habilidoso. Ele gostava de ter a confiança do general e queria manter o privilégio certificando-se de que o general se livrasse mesmo dos encrenqueiros.

— Por que você simplesmente não manda os dois filhos da puta de volta para Richmond com um relatório dizendo que eles não são adequados ao serviço de campanha? — sugeriu. — Então recomende que sejam mandados para as defesas costeiras na Carolina do Sul.

Faulconer alisou os papéis na mesa.

— Carolina do Sul?

— Porque nessa época, no ano que vem — disse Medlicott, sério —, eles terão morrido de malária.

Faulconer desatarraxou a tampa de prata de seu tinteiro de viagem.

— Inadequados para o serviço de campanha? — perguntou, hesitando.

— Um é bêbado, o outro é nortista! Diabos, eu diria que eles são inadequados. — Medlicott tinha se encorajado com o bom conhaque do general, e agora, um tanto obliquamente, oferecia a solução que ele preferia. — Mas por que ser formal, senhor? Por que não se livrar dos desgraçados? Atirar neles.

Moxey franziu a testa diante da sugestão, e Faulconer optou por ignorá-la, não porque desaprovasse, mas porque não conseguia imaginar que se livraria da acusação de assassinato.

— Você não acha que eu precisaria dar um motivo para a dispensa deles?

— De que motivo o senhor precisa, além da inadequação para o serviço? Diabos, acrescente indisciplina e negligência. — Medlicott lançou cada palavra para a noite com um gesto descuidado. — O Departamento de Guerra deve estar desesperado para encontrar homens para os postos nos pântanos das Carolinas.

Faulconer mergulhou a pena no tinteiro, depois, com cuidado, tirou o excesso na borda. Hesitou um segundo, ainda preocupado, pensando que sua ação poderia ter repercussões imprevistas; em seguida reuniu coragem e assinou os dois papéis que dispensavam Swynyard e Starbuck da brigada. Ele lamentava não recomendar a corte marcial, mas a prudência e o bom senso determinavam o castigo menor. O clima tinha deixado tudo úmido, de modo que a tinta correu densa nas fibras do papel enquanto Faulconer assinava. Anotou a patente embaixo do nome e pousou a pena, tampou o tinteiro e soprou as assinaturas molhadas para secá-las.

— Mande chamar Hinton — ordenou a Moxey.

Moxey fez uma careta diante da ideia de caminhar quase um quilômetro na lama, mas então se levantou da cadeira e partiu pelo crepúsculo em direção às linhas da legião. A chuva havia parado e fogueiras perfuravam a penumbra enquanto homens saíam dos abrigos e sopravam as acendalhas.

Faulconer admirou as duas ordens de dispensa.

— E dou passes a eles para Richmond?

— Servindo somente para amanhã — sugeriu Medlicott, astuto. — Desse modo, se os desgraçados demorarem, o senhor pode fazer com que sejam presos de novo.

Faulconer preencheu os dois passes. Imediatamente, tendo terminado o serviço, atravessou a varanda e foi até o trecho de grama que ficava entre a casa e um pomar de pêssegos. Espreguiçou os braços com cãibras. As nuvens formaram um crepúsculo prematuro, lançando a mortalha da noite sobre o que deveria ter sido um belo fim de tarde de verão.

— Seria de pensar que a chuva quebraria essa umidade — comentou Medlicott acompanhando Faulconer escada abaixo.

— Outra tempestade talvez faça isso — disse Faulconer.

Ofereceu um charuto a Medlicott e por alguns instantes os dois fumaram em silêncio. Não era um silêncio de companheirismo, mas Medlicott não tinha nada a dizer e o general evidentemente estava pensando intensamente. Por fim, Faulconer pigarreou.

— É claro que você sabe que eu tenho amigos em Richmond.

— Claro — confirmou Medlicott, rouco.

Faulconer ficou em silêncio por mais alguns segundos.

— Eu estive pensando, veja bem — disse —, e me ocorre que fizemos mais que a nossa parte lutando desde o início da guerra. Não concorda?

— Diabos, sim — respondeu Medlicott com fervor.

— Por isso eu estava esperando que pudéssemos fazer com que a brigada fosse designada para Richmond. Talvez pudéssemos nos especializar nas defesas da cidade, não é?

Medlicott assentiu, sério. Não tinha certeza de até que ponto uma brigada poderia se especializar em guarnecer os fortes-estrela e as trincheiras ao redor de Richmond, mas qualquer coisa que afastasse um homem da carnificina dos campos de batalha e o fizesse ficar mais perto de banhos quentes, comida decente e horas normais parecia bastante convidativa.

— Especialistas — repetiu. — De fato.

— E alguns amigos meus na capital estão convencidos de que é uma boa ideia. Você acha que os homens vão gostar? — acrescentou dissimuladamente.

— Eu tenho certeza de que sim, tenho certeza.

Faulconer examinou a brasa do charuto.

— Politicamente, é claro, não devemos parecer ansiosos demais. As pessoas não podem dizer que estamos nos livrando do fardo, o que significa que provavelmente terei de fingir que recuso o serviço. Mas ajudaria se meus comandantes de regimento me pressionassem a aceitar.

— Claro, claro — reagiu Medlicott.

O moleiro não entendia realmente a prevaricação, mas ficou feliz em concordar com qualquer coisa que pudesse levar a brigada de volta para os confortos comparativos das defesas de Richmond.

— E eu estava pensando em, talvez, tornar Paul Hinton meu segundo em comando, o que significa que a legião vai precisar de um novo oficial comandante.

O coração de Medlicott disparou de antecipação, mas ele teve o bom senso de não demonstrar surpresa nem deleite.

— Sem dúvida seu cunhado vai retornar logo, não? — disse por fim.

— Talvez Pica-Pau não queira retornar — argumentou Faulconer, querendo dizer que esperava ser capaz de convencer Bird a não voltar. — Mas, mesmo se ele vier, isso vai demorar um bocado, e a legião não pode ficar sem um novo oficial comandante, não é?

— De fato, senhor.

— Algumas pessoas dirão, é claro, que o serviço deveria ser entregue a um soldado profissional — Faulconer provocou o ansioso Medlicott —, mas eu acho que essa guerra precisa de ideias e olhos novos.

— É verdade, senhor, é verdade.

— E você comandava um bom número de homens no moinho, não é?

O moinho de Medlicott nunca havia empregado mais de dois homens livres em época alguma, e, em geral, um deles era um débil mental, mas agora o moleiro assentiu violentamente, como se estivesse acostumado a dar ordens a centenas de empregados.

— Um bom número — respondeu com cautela, depois franziu a testa porque o capitão Moxey, com lama até os joelhos, estava retornando. Somente mais alguns segundos, pensou Medlicott, e ele seria o novo oficial comandante da legião, mas agora o empolgado Moxey exigia a atenção de Faulconer.

— Moxey? — Faulconer se virou para o ajudante.

— O major Hinton não está aqui, senhor. Ele não está nas linhas -- avisou Moxey, ansioso.

— Como assim, ele não está nas linhas?

Moxey estava obviamente gostando das revelações.

— Ele foi à Taverna do McComb, senhor. Parece que ele está fazendo 50 anos, e a maior parte dos oficiais da legião foi com ele.

— Malditos! — exclamou Faulconer. Eles estavam tramando. Era isso que estavam fazendo, tramando! Ele não acreditou na história do aniversário nem por um momento; os homens estavam conspirando pelas suas costas! — Eles não sabem que a taverna é proibida?

— Eles sabem, sim — interveio o capitão Medlicott. — É claro que sabem. Isso é uma desobediência explícita, senhor — acrescentou para Faulconer, imaginando se talvez não acabasse sendo o segundo em comando de toda a brigada, no fim das contas.

— Mande chamá-los, capitão — ordenou Faulconer a Moxey. Maldição, pensou Faulconer, o major Hinton precisaria aprender que havia uma nova disciplina rígida na Brigada Faulconer. — Diga que venham para cá imediatamente.

Em seguida, Faulconer parou, porque o capitão Medlicott tinha erguido a mão, e o general se virou e viu um cavaleiro se aproximando. O general o reconheceu como o capitão Talliser, um dos ajudantes de Stonewall Jackson.

Talliser cumprimentou Faulconer levando a mão enluvada à aba do chapéu, depois pegou um pacote de papéis na bolsa da sela.

— Ordens de marcha, general. Acho que o senhor vai se ocupar empacotando as bagagens essa noite.

— Ordens de marcha? — Faulconer repetiu as palavras como se não entendesse o significado delas.

Talliser continuou segurando as ordens; então ofereceu um pedaço de papel e um lápis.

— Preciso da sua assinatura primeiro, general. Ou da assinatura de alguém.

Faulconer pegou o papel e rabiscou seu nome para confirmar que as ordens do general Jackson tinham sido mesmo recebidas.

— Para onde vamos? — perguntou, pegando as ordens.

— Para o norte, senhor, do outro lado do rio — respondeu Talliser, enfiando o recibo numa bolsa presa ao cinto.

— Você nos acompanha no jantar, Talliser? — perguntou Faulconer, indicando a casa de fazenda onde seus cozinheiros preparavam a comida.

— É muita gentileza sua, general, mas eu preciso voltar.

— Você não quer tomar um copo de alguma coisa antes de ir?

— Um copo d'água seria muita gentileza. — Talliser não era um dos ajudantes prediletos de Jackson à toa. Apeou da sela e se encolheu por causa da dor nas pernas. — Foi um dia longo, senhor, um dia muito longo.

Faulconer se virou e já ia gritar chamando Nelson, seu serviçal, mas lembrou que o desgraçado ainda não tinha voltado da viagem a Faulconer Court House.

— Moxey — chamou —, antes de ir à Taverna de McComb, faça a gentileza de pegar um copo d'água para o capitão Talliser.

Mas Moxey não estava mais prestando atenção. Em vez disso, olhava boquiaberto e de olhos arregalados para além da casa. Lentamente sua mão começou a apontar; depois ele tentou falar, mas o único som que saiu foi um gaguejar incoerente.

— Que diabo...? — Medlicott franziu a testa diante da demonstração patética de Moxey; depois se virou também e olhou para o sul. — Ah, santo Deus! — bradou; em seguida começou a correr.

Justamente quando os ianques abriram fogo.

Tudo começou muito mais facilmente do que o major Galloway tinha ousado esperar. Os atacantes, cavalgando em coluna de pares, atravessaram o crepúsculo úmido até a estrada que se estendia entre o acampamento rebelde e a encruzilhada, onde luzes fracas de vela reluziam atrás das janelas da taverna. Ninguém viu os cavalarianos se movendo à meia-luz e ninguém os interpelou enquanto instigavam os cavalos subindo o pequeno barranco que ladeava a estrada. Galloway riu quando ouviu pessoas cantando na taverna.

— Sem dúvida alguém está se divertindo — comentou o major, depois se virou para o capitão Blythe. — Billy? Leve seus homens um pouco ao sul. Só se certifique de que ninguém que está na taverna interfira com o que estamos fazendo. E esteja atento à nossa corneta.

Blythe levou a mão ao chapéu e virou o cavalo para o sul.

— Cuide-se, major — alertou em voz baixa enquanto levava seus homens para longe.

O restante da cavalaria de Galloway foi para o norte. Os cascos dos cavalos afundavam na lama, mas o caminho não era tão difícil quanto Galloway havia temido. No inverno, assim que a neve e o gelo derretiam, as estradas sem pavimentação na Virgínia podiam se transformar em faixas intransponíveis de lama imunda; no verão podiam ser cozidas, ficando duras a ponto de aleijar um cavalo com boas ferraduras. Mas a chuva desse dia tinha servido meramente para tornar uns poucos centímetros do solo pegajoso. Uma fogueira pequena soltando muita fumaça ardia sob algumas árvores cinquenta metros adiante e Galloway supôs que ela indicava o piquete mais ao sul da Brigada Faulconer. O major afrouxou o sabre na bainha, passou a língua pelos lábios e notou que as nuvens já refletiam a vastidão de fogueiras que ardiam a leste e ao norte. As do leste eram fogueiras rebeldes e as do outro lado do rio eram as luzes do exército de Pope. Apenas mais algumas horas, pensou, e seus homens estariam em segurança de volta àquelas linhas nortistas.

— Quem está aí? — interpelou uma voz nas sombras a alguns metros da fogueira.

Com o coração martelando, Galloway puxou as rédeas do cavalo.

— Eu não estou vendo porcaria nenhuma — respondeu de modo tão pouco convencional quanto o piquete o havia interpelado. — Quem é você?

Ele ouviu o som inconfundível de um fuzil sendo engatilhado; então um homem com uniforme cinzento dos rebeldes saiu da cobertura das árvores.

— Quem é o senhor? — A sentinela devolveu a pergunta de Galloway. Não parecia ter mais de 16 anos. Sua casaca estava frouxa nos ombros, as calças presas por um pedaço de corda esgarçada e as solas das botas tinham se separado da parte de cima.

— Meu nome é major Hearn, do 2º Regimento de Cavalaria da Geórgia — respondeu Galloway, inventando um nome de regimento. — E sem dúvida estou feliz porque vocês são sulistas, caso contrário, estaríamos bem perto de uma encrenca. — E deu um risinho. — Você tem fogo, filho? Meu charuto está totalmente frio.

— O senhor tem alguma missão aqui? — perguntou a sentinela, nervosa.

— Desculpe, filho, mas eu deveria ter dito. Estamos levando despachos para o general Faulconer. Ele está por aí?

— Outro homem acaba de chegar com despachos — retrucou a sentinela, com suspeita.

Galloway gargalhou.

— Você conhece o Exército, filho. Nunca mande um homem fazer um serviço bem-feito quando vinte podem fazer malfeito. Diabos, eu não me surpreenderia se nossas ordens fossem contrárias às dele. Vamos fazer vocês marcharem em círculos a semana toda. Agora, como eu encontro o general, filho?

— Ele está logo adiante, na estrada, senhor. — A suspeita da sentinela tinha sido totalmente afastada pelo tom amistoso de Galloway. Houve uma pausa enquanto ele travava o fuzil e o pendurava no ombro. — O senhor cavalgou com Jeb Stuart? — A voz do piquete estava cheia de admiração.

— Eu acho que sim, filho. Demos a volta nos ianques. Agora, você tem aquele fogo para o meu charuto?

— Tenho sim, senhor. — O piquete correu de volta para a fogueira e pegou um pedaço de madeira nas chamas. O fogo aumentou, revelando outros dois homens encolhidos na sombra, atrás dele.

— Sargento Darrow? — chamou Galloway em voz baixa.

— Senhor?

— Cuide deles quando tivermos passado. Sem barulho.

— Sim, senhor.

A sentinela trouxe a chama de volta para Galloway, que se curvou para acender o charuto. Como todos os seus homens, Galloway usava uma capa em volta do uniforme.

— Obrigado, filho — disse quando o charuto estava aceso. — Direto pela estrada, não é?

— Sim, senhor. Tem uma casa de fazenda lá.

— Fique seco essa noite, filho, ouviu? — aconselhou Galloway, e seguiu em frente.

Ele não olhou para trás enquanto Darrow e seus homens colocavam o piquete fora de combate. Não houve tiros, apenas uma série nauseante de pancadas seguidas por silêncio. À direita de Galloway ficava o parque das carroças que guardavam a munição da Brigada Faulconer, e adiante, para além de um agrupamento de árvores que pingavam, dava para ver a casa e as barracas que marcavam o quartel-general da brigada. Galloway conteve o cavalo, deixando a tropa de Adam alcançá-lo.

— Vá agora e queime a casa.

— É preciso? — perguntou Adam.

Galloway suspirou.

— Se ela estiver sendo usada pelo inimigo, Adam, sim. Se estiver cheia de mulheres e crianças, não. Diabos, homem, estamos em guerra!

— Sim, senhor — disse Adam, e partiu.

Galloway deu um trago no charuto e levou o cavalo por entre as carroças de suprimentos, onde uns dez cocheiros negros estavam sentados sob um abrigo rústico feito com uma lona esticada entre dois pares de eixos de carroças. Uma fogueira pequena tremeluzia na abertura do abrigo.

— Como vocês estão aí, rapazes? — perguntou Galloway enquanto olhava para além da fumaça da fogueira. — E onde eu encontro a munição?

— As carroças brancas, moço, lá na frente. — O homem que respondeu estava esculpindo um pedaço de madeira na forma de uma cabeça de mulher. — O senhor tem uma ordem do intendente?

— Bela escultura essa aí, bela. Nunca consegui fazer isso. Acho que não mantenho a lâmina afiada o suficiente. É claro que tenho ordens, garoto, todas as ordens que você quiser. Meu sargento vai dá-las.

Galloway acenou para os cocheiros, depois cavalgou até a carroça de munição mais próxima, pintada de branco e com uma cobertura de lona suja. Enquanto avançava, pegou um pedaço de pavio no alforje e um saco de pano com pólvora da algibeira. Enfiou uma ponta do pavio na pólvora, depois puxou a aba molhada da parte de trás da carroça, revelando uma pilha de caixas de munição. Enfiou o saco entre duas caixas de madeira e encostou a ponta reluzente do charuto na extremidade do pavio. Esperou um segundo para ter certeza de que o pavio estava aceso, depois deixou a aba de lona baixar.

O fogo crepitou pelo tubo cheio de pólvora do pavio, deixando uma pequena trilha de fumaça branco-acinzentada. Galloway já montava outra carga pequena para colocar na carroça seguinte e alguns dos seus homens iam para o parque de artilharia, vigiado por um punhado de artilheiros armados com carabinas que não suspeitavam de nada. Galloway colocou sua segunda carga, depois abriu a capa revelando o uniforme azul. Soltou o sabre e se virou de volta para os cocheiros no abrigo.

— Saiam daí, rapazes. Vão embora, corram! Nós somos ianques!

O primeiro saco de pólvora explodiu. Não foi uma grande explosão, mas meramente uma pancada surda que iluminou momentaneamente o interior da cobertura de lona abobadada com um brilho vermelho e sinistro. A lona inchou por um ou dois segundos; então um fogo começou a tremeluzir nas caixas empilhadas. Os cocheiros estavam correndo. Um dos homens de Galloway se inclinou na sela e puxou um pedaço de madeira aceso dos restos da fogueira e jogou numa terceira carroça de munição. A primeira carga de munição começou a explodir numa série de estalos curtos que pareciam tão próximos quanto os de um barbante com bombinhas no Quatro de Julho, e então toda a carroça pareceu evaporar em chamas súbitas. A cobertura de lona molhada voou no ar como um morcego monstruoso cujas asas pingavam fagulhas. Um dos homens de Galloway gritou deliciado e jogou um pedaço de madeira aceso numa pilha de mosquetes.

198

— Continuem queimando, rapazes! — gritou Galloway para os homens que foram destacados como incendiários; depois, levou o restante da tropa em direção aos artilheiros espantados.

O sabre do major refletia a luz das chamas. Um sargento da artilharia ainda estava tentando escorvar sua carabina quando o sabre cortou seu rosto. O homem gritou, mas tudo que Galloway percebeu do golpe foi um ligeiro tremor subindo pelo braço direito e a fricção do aço raspando osso. Então o sabre estava livre e ele o girou, cravando a ponta no pescoço de um homem que corria. Dois cavaleiros de Galloway já haviam apeado e começaram a martelar pregos moles nos ouvidos dos canhões, outros colocavam fogo nos armões cheios de munição e outros soltavam as parelhas de cavalos e os espantavam para a noite. Cavalos de montaria eram capturados e levados para a estrada. Uma carga de pólvora explodiu lançando fagulhas no ar da noite. Homens gritavam no escuro. Uma bala passou assobiando acima da cabeça de Galloway.

— Corneteiro! — gritou o major.

— Aqui, senhor! — O homem levou o instrumento aos lábios.

— Ainda não! — disse Galloway.

Ele só queria se certificar de que o corneteiro estava perto, porque sabia que devia dar o toque de retirada em pouco tempo. Embainhou o sabre e pegou o fuzil de repetição, que disparou para as sombras de homens do outro lado dos canhões. O parque de carroças era um inferno, o céu acima brilhava por causa das chamas e tinha nuvens de fumaça iluminadas pelo fogo. Um cachorro latiu e um cavalo ferido relinchou. À luz das chamas, Galloway viu artilheiros rebeldes se reunindo na escuridão e soube que a qualquer momento um contra-ataque iria atravessar o parque de artilharia. Ele se virou para o corneteiro.

— Agora! — gritou. — Agora!

E o toque de corneta soou límpido no caos da noite. O major recuou seu cavalo pela fileira de canhões, todos inutilizados e com os armões queimando.

— Para trás, rapazes! Para trás! — gritou, chamando seus homens. — Para trás!

Adam estava dentro da casa quando ouviu o toque da corneta. Tinha encontrado a casa vazia a não ser por dois cozinheiros do pai, que ele tinha ordenado que fugissem. Enquanto isso, o sargento Huxtable havia perseguido um grupo de oficiais que estava no gramado, matando um capitão vestido com botas de montaria e esporas. E agora Huxtable estava com a tropa de Adam enfileirada junto à vala no fim do jardim da fazenda, de onde disparavam os fuzis contra as linhas da brigada cobertas pelas sombras. Os fuzis de repetição faziam parecer que uma companhia de infantaria inteira atacava do outro lado da vala.

O cabo Kemp se juntou a Adam na casa.

— Vamos queimar o lugar, senhor? — perguntou.

— Ainda não — respondeu Adam. Ele tinha encontrado o precioso revólver e o inestimável sabre do pai pendurados no corredor. Explosões soavam lá fora, e logo o som agudo dos tiros.

— Senhor! — gritou o sargento Huxtable. — Não podemos ficar muito mais!

A Brigada Faulconer tinha começado a lutar, e as balas de fuzil passavam acima do quintal e do pomar da fazenda. Adam pegou a espada e o revólver do pai, depois se virou quando Kemp o chamou da sala.

— Olhe aqui! Olhe isso! — Kemp tinha encontrado os dois estandartes da Legião Faulconer na parede da sala.

Huxtable gritou de novo do escuro lá fora:

— Rápido, senhor! Pelo amor de Deus, rápido!

A corneta soou de novo no parque de artilharia, um toque doce e puro no meio da fuzilaria raivosa da noite.

Adam e Kemp tiraram os dois mastros cruzados dos pregos.

— Venha! — ordenou Adam.

— Devemos queimar a casa. O senhor ouviu o major — insistiu Kemp. E viu a relutância de Adam. — Ela pertence a uma família chamada Pearce, senhor — continuou Kemp. — Rebeldes de cabo a rabo.

Adam tinha esquecido que o cabo Kemp era um homem da região. Uma bala acertou o andar de cima, lascando madeira.

— Vá! Leve as bandeiras! — disse Adam, depois pegou alguns papéis que estavam na mesa com pés em forma de garra e encostou os cantos na chama de uma vela. Segurou os papéis ali, deixando o fogo pegar bem, em seguida largou os documentos em chamas no meio de outros papéis. Havia uma garrafa de conhaque aberta na mesa, e Adam a derramou no tapete de junco do piso, depois jogou um papel aceso no chão. As chamas se espalharam.

Adam correu para fora. Uma bala passou assobiando perto de sua cabeça e despedaçou uma janela. Ele pulou o corrimão da varanda. As duas bandeiras capturadas tremulavam enormes e brilhantes nos flancos do cavalo do cabo Kemp. O sargento Huxtable estava com as rédeas da égua de Adam.

— Aqui, senhor!

— Para trás! — gritou Adam ao montar.

Os cavaleiros recuaram para além da casa, onde uma claridade feroz já ocupava as janelas da sala. Kemp tinha conseguido enrolar as bandeiras capturadas e as entregou a um soldado, depois desembainhou o sabre para cortar as cordas das barracas mais próximas. Uma voz gritava pedindo água. Outra gritou o nome de Adam, mas ele ignorou os chamados enquanto galopava para o parque das carroças que agora parecia um canto do inferno. Chamas se elevavam a vinte metros de altura e a munição que explodia lançava riscas de fumaça vívida em todas as direções. A corneta soou de novo, e Adam e seus homens partiram pela estrada em direção ao grupo do major Galloway.

— Contagem! — gritou Adam.

— Um! — Era o sargento Huxtable.

— Dois! — O cabo Kemp.

— Três — gritou o próximo homem, e assim foi a tropa inteira. Todos os homens estavam presentes.

— Alguém ferido? — perguntou Adam. Estavam todos bem, e Adam exultava.

— Muito bem, Adam! — Galloway o recebeu logo depois do pequeno agrupamento de árvores. — Tudo bem?

— Todos presentes, senhor! Nenhum ferido.

— Entre nós também!

Galloway parecia triunfante. Outro armão de munições explodiu, lançando fogo vermelho através do acampamento ferido. Então, na escuridão ao sul, soaram tiros de fuzil tão súbitos e furiosos que Galloway pareceu momentaneamente alarmado. Temeu que o caminho dos seus homens estivesse sendo cortado, depois percebeu que o barulho vinha da taverna na encruzilhada, o que significava que Billy Blythe e seus homens estavam lutando.

— Venham! — gritou, esporeou o cavalo e galopou para o resgate.

— Eu não me sinto com 50 anos — disse o major Hinton ao capitão Murphy. — Nem com 40. Mas estou com 50! Eu sou um velho!

— Bobagem! — disse Murphy. — Cinquenta não é velho.

— Matusalém — lamentou Hinton. — Não acredito que estou com 50 anos.

— Vai acreditar amanhã de manhã, se Deus quiser — interveio Murphy. — Toma outra dose.

Uns dez oficiais foram até a Taverna de McComb para comemorar o meio século do major. Como taverna, o lugar não era grande coisa, era apenas uma casa grande onde se vendiam cerveja e uísque destilado artesanalmente; duas prostitutas trabalhavam no andar de cima e duas escravas de cozinha serviam enormes pratos de bolinhos, bacon e pão de milho no andar de baixo. O jantar particular do major Hinton acontecia numa sala dos fundos, e o menu do dia, por assim dizer, estava escrito grosseiramente com giz na parede de tábuas. Não que o major precisasse ler a conta, já que seus oficiais tinham juntado dinheiro para comprar um presunto raro e caro que as cozinheiras de Liam McComb prepararam especialmente para o jantar. O capitão Murphy pediu batatas para acompanhar o presunto, mas McComb havia recusado o pedido dizendo que ficaria feliz se nunca mais visse uma batata pelo resto de sua vida.

— A não ser que esteja líquida, se é que me entende, capitão — disse ele. McComb era um gigante, com mais de 60 anos e uma barriga parecida com um dos seus barris de cerveja.

— Você quer dizer *poitín*? — perguntou Murphy. — Meu Deus, eu não tomo *poitín* há sete anos.

— O senhor vai descobrir que a espera valeu a pena, capitão — avisou McComb, e, quando o jantar terminou e os oficiais em mangas de camisa estavam compartilhando uma garrafa de bom conhaque francês capturado no monte Cedar, o taverneiro trouxe um galão de cerâmica para o andar de baixo. — Alguns goles disso, capitão, e o senhor vai jurar que voltou a Ballinalee.

— Se ao menos eu tivesse! — exclamou Murphy, desejoso.

— Foi minha mulher quem fez antes de cair doente — disse McComb colocando a garrafa de cerâmica na mesa.

— Não é nada fatal, espero — observou Hinton educadamente.

— Deus abençoe o senhor, não, major. Ela está deitada lá em cima com febre, está sim. É o calor que faz isso com ela. Um verão assim não é natural.

— Vamos pagar pelo *poitín*, claro que vamos — declarou Murphy, parecendo mais irlandês do que em muitos anos.

— O senhor não vai me pagar nem um centavo, capitão — retrucou McComb. — Roisin e eu temos dois rapazes servindo no 6º da Virgínia e eles iriam querer que os senhores provassem isso de graça. Então aproveitem! Mas não demais, se quiserem desfrutar dos prazeres lá de cima mais tarde!

Esse comentário foi recebido por gritos de comemoração, já que parte da diversão da noite sem dúvida seria proporcionada pelos dois quartos do segundo andar.

— Mas eu, não! — recusou Hinton depois de McComb sair. — Eu sou casado. Não posso me dar ao luxo de pegar sífilis.

— Starbuck não pegou sífilis — comentou Murphy —, e ele dever ter vindo aqui pelo menos uma dúzia de vezes.

— Ele nunca veio! — exclamou Hinton, chocado com a notícia.

— Starbuck e mulheres? — perguntou Murphy. — Meu Deus, major, é como uísque e padres, nem um pé de cabra separa as duas coisas. Deus sabe o que deram de beber a ele em Boston para ter tanta energia. Mas eu não me incomodaria em tomar uma ou duas garrafas. Agora experimente o *poitín*.

O *poitín* foi passado pela mesa. Todos os capitães da legião estavam ali, menos Daniel Medlicott, que tinha sido chamado ao quartel-general de Faulconer, e Nathaniel, que estava sob guarda na barraca do coronel Swynyard. Ninguém, nem o major Hinton, tinha certeza do destino que o general planejava para Nate; no entanto, o tenente Davis garantia que Faulconer desejava uma corte marcial. Hinton afirmou que uma corte marcial era impossível.

— Talvez Swynyard tenha desobedecido a Faulconer, mas Nate só fez o que Swynyard ordenou. — Hinton levou a garrafa de *poitín* ao nariz e cheirou com suspeita. — Não vai dar em nada — disse, falando da situação de Nate, não da bebida. — Faulconer vai dormir e depois esquecer tudo. Ele não é um homem dado ao confronto, igual ao pai. Eu bebo esse negócio ou uso como unguento?

— Beba — disse Murphy —, e você vai se sentir com 15 anos, em vez de 50.

— Em nome de Deus, o que é isso? — perguntou Hinton enquanto derramava algumas gotas da bebida numa caneca de estanho.

— Uísque de batata — respondeu Murphy. — Da Irlanda. Se a receita estiver certa, é uma bebida dos céus, mas, se estiver errada, ela é capaz de cegar um homem pelo resto da vida e ainda por cima deixar suas tripas em frangalhos.

Hinton deu de ombros, hesitou, depois decidiu que com 50 anos não tinha nada a perder, por isso engoliu de uma vez o líquido incolor. Respirou fundo, balançou a cabeça e soltou um som rouco que parecia indicar aprovação. Serviu-se de mais um pouco.

— O que foi isso? — O capitão Pirie, intendente da legião, estava sentado ao lado de uma janela.

— Foi espantoso — comentou Hinton. — De tirar o fôlego!

— Tiros — disse Pirie, e afastou a cortina de gaze que mantinha os insetos longe da luz das velas.

O som de uma explosão retumbou na paisagem úmida, seguido pelo som agudo dos fuzis disparando. Uma enorme luz vermelha surgiu ao norte, marcando a silhueta das árvores que ficavam entre a encruzilhada e as linhas da brigada.

— Meu Deus! — exclamou Murphy em voz baixa, depois sacou o revólver do coldre que tinha pendurado num prego na parede e foi até a sala principal da taverna, que, por sua vez, dava numa varanda precária. Os outros oficiais o acompanharam, juntando-se a McComb e três fregueses embaixo do telhado de madeira da varanda onde havia dois lampiões pendurados. Uma segunda explosão espalhou seu cobertor de luz pelo céu ao norte, e dessa vez a grande chama delineou um grupo de cavaleiros cobertos por capas na estrada.

— Quem está aí? — gritou Hinton.

— O 4º Regimento de Cavalaria da Louisiana! — respondeu gritando uma voz sulista. O horizonte estava vermelho com chamas, e mais tiros de fuzil estalavam no acampamento.

— É um ataque! — gritou Hinton descendo às pressas os degraus da varanda com o revólver na mão.

— Fogo! — gritou a voz sulista, e uma saraivada de fuzis atingiu a taverna, vinda da escuridão avermelhada.

Hinton foi jogado no chão por um golpe terrível no ombro. Rolou na lama em direção às sombras embaixo da varanda enquanto uma bala despedaçava um lampião e fazia chover cacos de vidro nos oficiais espantados. O capitão Murphy disparou seu revólver duas vezes, mas o simples volume dos tiros que vinham do outro lado o fizeram se enfiar na taverna em busca de cobertura. O tenente Davies tinha seguido Hinton, descendo os degraus e, de algum modo, conseguiu atravessar a estrada até a proteção da igrejinha, mas nenhum dos outros oficiais conseguiu sair da varanda da taverna. Pirie estava caído em cima do corrimão, com sangue pingando das mãos penduradas. Mais sangue escorria entre as tábuas indo até o major Hinton, que ofegava de dor. Liam McComb estava com uma espingarda, que disparou contra a estrada; então uma bala acertou a barriga enorme do taverneiro e ele se dobrou na varanda com uma expressão atônita. Sua respiração entrava em haustos enormes e espasmódicos, o sangue se espalhando na camisa e na calça.

Murphy correu até uma janela lateral, mas, um segundo antes de chegar ao objetivo, uma bala agitou a cortina de gaze, depois uma segunda atravessou a parede e arrancou uma lasca do balcão da taverna. As escravas gritavam na cozinha, enquanto a esposa doente de McComb chamava o marido pateticamente. As outras mulheres lá em cima gritavam de terror. Murphy pôs as mãos em concha.

— Tem mulheres aqui! Parem de atirar! Parem de atirar!

Outra voz gritou na varanda.

— Cessar fogo! Cessar fogo! Tem mulheres aqui!

— Continuem atirando! — gritou um homem na escuridão rasgada pelo fogo. — Os desgraçados estão mentindo! Continuem atirando!

Murphy se abaixou e mais balas atravessaram a parede. O peso da fuzilaria indicava que eram dezenas de inimigos lá fora. John Torrance, capitão da Companhia C, estava caído na porta da varanda, aparentemente morto. Um dos tenentes da legião se arrastava pelo piso, a barba pingando sangue; depois desmoronou numa escarradeira cheia e espalhou o conteúdo rançoso pelo chão. Um incêndio havia começado na cozinha e as chamas rugiam famintas, alimentando-se da madeira seca da velha construção. Dois fregueses de McComb correram para o andar de cima, tentando levar as mulheres para um lugar seguro, ao mesmo tempo em que Murphy corria para a sala dos fundos, onde estava a mesa com os restos do jantar de comemoração. Ele pegou seu casaco pendurado no prego, a bolsa de cartuchos e saltou através de uma cortina de gaze, caindo na noite. A cortina se enrolou nele, fazendo-o tropeçar e rolar impotente na lama durante alguns segundos. Imaginava que talvez conseguisse afastar os cavaleiros da frente da taverna se pudesse disparar contra eles da escuridão atrás, mas enquanto se esforçava para se soltar da cortina ouviu o estalo de uma arma sendo engatilhada e ergueu os olhos, vendo a forma escura de um cavaleiro.

Tentou levantar o revólver, mas o cavaleiro disparou primeiro; depois uma dor terrível subiu por sua coxa. Ele se ouviu gritando, em seguida perdeu a consciência quando o cavaleiro atirou de novo.

O fogo se espalhou a partir da cozinha. A Sra. McComb gritou enquanto as chamas lambiam a escada e os quartos eram tomados por uma fumaça densa. Os dois homens que tentaram salvar as mulheres abandonaram a tentativa e, em vez disso, saíram pela janela de um quarto que dava no telhado da varanda, num esforço para se salvar das chamas.

— Atirem neles! — ordenou Billy Blythe, empolgado. — Derrubem os filhos da mãe!

Meia dúzia de balas acertaram os dois homens, que caíram, rolaram se retorcendo pelo telhado de madeira e despencaram no chão. Blythe gritou com a vitória e seus homens continuaram derramando fogo na construção em chamas.

Uma corneta soou ao norte, chamando os atacantes para a retirada, mas Blythe estava com os inimigos encurralados feito ratos num barril em chamas e decidiu que eles morreriam como ratos. Ele disparou de novo e de novo até as chamas se espalharem pela taverna, avançando pelas cortinas de gaze, devorando os antigos pisos de madeira, explodindo barris de bebida alcoólica e sibilando ao encontrar o sangue derramado tão denso nas tábuas.

Um homem com as roupas em chamas se arrastou pela varanda e caiu estremecendo enquanto era rasgado por balas. Uma trave do telhado desmoronou, fazendo chover fagulhas na noite, e Billy Blythe, com a boca aberta e os olhos brilhando, olhava fascinado.

O major Galloway chegou à frente de seus atacantes.

— Venha, Billy! Não ouviu a corneta?

— Eu estava muito ocupado — respondeu Blythe, de olhos arregalados e fixos na destruição gloriosa.

Chamas se retorciam nos barris de bebida derramados e se erguiam ferozes e breves quando o cabelo de algum morto pegava fogo. A munição estalava nas chamas, cada cartucho emitindo uma luz branca e momentânea como pequenos fogos de artifício.

— O que aconteceu? — Galloway olhou pasmo para a casa em chamas.

— Os filhos da puta dispararam contra nós — justificou Blythe, ainda olhando com fascínio para o horror que tinha engendrado —, por isso demos uma lição nos filhos da puta.

— Vamos, Billy — chamou Galloway, depois pegou as rédeas de Billy e puxou seu segundo em comando para longe do incêndio. — Venha, Billy!

Uma figura se remexeu embaixo da varanda e dois cavaleiros esvaziaram os tambores giratórios dos fuzis no homem. Uma mulher gritou nos fundos da taverna; então o telhado da cozinha desmoronou e o grito foi interrompido bruscamente.

— Foi um cavalo — garantiu Billy a Galloway, que tinha franzido a testa ao escutar o sofrimento da mulher. — Foi só um cavalo morrendo, Joe, e quando estão morrendo os cavalos podem fazer um barulho igual ao das mulheres.

— Vamos — disse Galloway.

Havia um cheiro de carne assando na taverna e coisas horrendas se remexendo no calor daquela fornalha. Galloway deu as costas, sem querer saber que horrores estava abandonando.

Os cavaleiros foram para o oeste, deixando para trás as fagulhas que se agitavam em direção às nuvens e toda uma brigada sofrendo uma derrota.

Nate havia tido vontade de enfrentar os atacantes, mas Swynyard o impediu de sair da barraca.

— Eles vão cortar você como um cachorro. Já foi perseguido por um cavalariano?

— Não.

— Você acabaria retalhado pelos sabres. Fique quieto.

— Precisamos fazer alguma coisa!

— Às vezes é melhor não fazer nada. Eles não vão ficar muito tempo.

Mas a espera pareceu durar uma eternidade para Nathaniel, agachado na barraca; até que finalmente ele ouviu um toque de corneta e vozes gritando ordens de retirada. Cascos passaram perto da barraca, que estremeceu subitamente e despencou em parte quando suas cordas de retenção foram cortadas. Nate saiu de baixo da lona molhada e frouxa e viu Adam a cavalo, a menos de cinco passos.

— Adam! — gritou, sem acreditar realmente nos próprios olhos.

Mas Adam já estava esporeando em direção ao sul, os cascos do cavalo levantando torrões de lama e água. Nathaniel viu a casa que servia de quartel-general pegando fogo e mais chamas subindo no meio das carroças de suprimentos. A sentinela que vigiava a barraca de Swynyard tinha sumido.

— E como eles atravessaram o rio? — perguntou o coronel Swynyard se arrastando para fora dos restos da barraca.

— Pelo mesmo caminho por onde vão voltar.

Os cavaleiros podiam ter recuado para o sul, mas ele não tinha dúvida de que fariam um semicírculo para retornar ao vau sem vigilância, o que significava que um homem a pé talvez pudesse interceptá-los. O general Faulconer estava gritando, pedindo água, mas Nathaniel ignorou as ordens. Pulou a vala que separava o quartel-general das linhas do bivaque e gritou, chamando o sargento Truslow.

— Junte o pessoal! Rápido!

A Companhia H formou fileiras.

— Carregar! — ordenou Nathaniel.

Truslow tinha pegado o fuzil de Nate e o jogou para ele com uma bolsa de munição.

— O general disse que não devemos receber ordens suas — disse o sargento.

— O general pode ir para o inferno. — Nathaniel mordeu um cartucho e derramou a pólvora pelo cano.

— É o que eu acho também — concordou Truslow.

Swynyard chegou, ofegante.

— Aonde você vai?

Nate cuspiu a bala no cano.

— Vamos ao vau da Mary Morta — respondeu, em seguida socou a bala com força, prendeu a vareta de volta no lugar e pendurou o fuzil no ombro.

— Por que ao vau da Mary Morta? — perguntou Swynyard, perplexo.

— Porque, maldição, nós vimos um dos filhos da mãe ontem à noite. Não foi, Mallory?

— Eu vi, claro como o dia — confirmou o sargento Mallory.

— Além disso — continuou Nathaniel —, onde mais eles atravessariam o rio? Todos os outros vaus estão guardados. Me sigam! — gritou.

Os homens correram por uma escuridão tornada lívida pelos grandes incêndios que ardiam incontrolavelmente nas linhas da brigada. O teto da casa desmoronou lançando chamas para o céu, mas elas pareceram diminutas em comparação com o enorme incêndio no parque de munição. De poucos em poucos segundos outro barril de pólvora explodia lançando uma bola de fogo nas nuvens baixas. Obuses explodiam, a munição dos fuzis estourava e os cachorros uivavam aterrorizados. O inferno iluminou o caminho de Nate pela campina encharcada até as árvores, porém, quanto mais penetrava na floresta, mais escuro ficava e mais difícil era encontrar o caminho. Ele precisou diminuir a velocidade para sentir o caminho.

O sargento Truslow queria saber exatamente o que havia acontecido no quartel-general. O coronel Swynyard contou sobre os atacantes nortistas e Nathaniel acrescentou que tinha visto Adam Faulconer no meio dos cavaleiros inimigos.

— Tem certeza? — perguntou o coronel Swynyard.

— Tenho, sim.

Truslow cuspiu no escuro.

— Eu disse que você devia ter atirado no filho da mãe quando ele atravessou as linhas. Por aqui.

Eles atravessaram a floresta aos tropeços; então, quando ainda estavam a meio quilômetro do rio, Nathaniel ouviu o som de cascos e viu o brilho de chamas por entre uma silhueta de árvores emaranhadas.

— Corram! — gritou.

Nate temia que sua companhia chegasse tarde demais e que os cavaleiros nortistas escapassem antes que ele conseguisse chegar à linha de trincheiras de fuzis na borda da floresta.

Logo viu os cavaleiros se reunindo na margem mais próxima do rio. Alguém tinha feito uma tocha amarrando gravetos secos num pedaço de madeira e com ela iluminava a passagem dos cavaleiros por um vau que havia ficado perigosamente fundo por causa da água da tempestade. Nathaniel supôs que a maioria dos cavaleiros havia cruzado o rio muito antes; no entanto, doze deles ainda esperavam na margem sul enquanto ele escorregava para dentro de uma trincheira inundada. Ergueu a arma para mantê-la seca e viu os cavaleiros mais próximos se virarem alarmados quando ouviram o som de sua queda.

— Espalhem-se e abram fogo! — gritou Nate para seus homens. Havia três cavalos no meio do vau com a água acima da barriga. Um cavalariano estalou um chicote para instigar o animal. — Fogo! — gritou Nathaniel de novo, depois apontou seu fuzil para o inimigo mais próximo. Puxou o gatilho e se sentiu aliviado porque finalmente estavam lutando.

Alguém disparou à direita de Nathaniel. A floresta estava cheia do som de passos e a borda da campina ficou subitamente preta com a infantaria rebelde. A casa destruída onde Silas Maluco morava era uma sombra preta no meio da campina por onde o ianque carregava sua tocha acesa; então ele percebeu de repente que estava iluminando o alvo, por isso jogou a tocha no rio e mergulhou a noite num negrume imediato e absoluto. Um cavalo relinchou na escuridão. Mais fuzis espocaram, as chamas se cravando na escuridão súbita.

Os ianques devolveram o fogo. Fuzis lançavam chamas na outra margem. Homens gritavam em pânico, chamando uns aos outros para atravessarem a água. Balas nortistas passavam pelas folhas acima da cabeça de Nate. Ele estava com água até as coxas na trincheira inundada. Enfiou uma nova bala no cano do fuzil e disparou de novo. Não podia ver os alvos porque os clarões dos canos o ofuscavam. A noite era um caos de chamas lançadas pelas armas, gritos e o som de coisas caindo na água. Alguém ou alguma coisa chapinhou no rio e Nathaniel escutou gritos desesperados enquanto os cavaleiros tentavam resgatar o colega.

— Cessar fogo! — gritou, não porque quisesse ajudar os que tentavam salvar o homem, mas porque era hora de fazer prisioneiros. — Cessar fogo! — gritou de novo, então ouviu o sargento Truslow repetir a ordem. — Companhia H! — gritou Nate quando os fuzis silenciaram. — Avançar!

A companhia saiu das árvores e desceu correndo a encosta coberta de capim. Vieram alguns tiros dos ianques do outro lado do rio, mas, na escuridão, os inimigos miravam alto demais e as balas simplesmente rasgavam a copa negra das árvores. Nathaniel passou correndo pela casa arruinada onde Silas Maluco aninhava no peito sua Mary morta. A companhia começou a dar o grito rebelde, querendo amedrontar os homens que ainda tentavam salvar o colega ferido no rio. Nate foi o primeiro a chegar ao vau, largou o fuzil e se jogou na água. Ofegou com a força da correnteza produzida pela tempestade, depois tentou agarrar as sombras à frente e se pegou segurando um uniforme molhado. Uma arma explodiu a menos de meio metro do seu rosto, mas a bala passou longe; um homem gritou quando Nathaniel o arrastou de volta para a margem sul. Mais rebeldes entraram no rio para ajudá-lo. Um deles disparou contra os ianques, e o clarão da chama mostrou um grupo de nortistas vadeando para a margem oposta e um cavalo com cavaleiro sendo levado rio abaixo.

O prisioneiro de Nate ofegou, tentando respirar, enquanto o cavalo se afogando golpeava a superfície do rio com os cascos agitados.

210

— Deem um tiro de despedida a eles, rapazes! — gritou o coronel Swynyard, e um punhado dos homens de Nathaniel disparou por cima da água.

— Venha, seu filho da mãe — grunhiu Nate.

O prisioneiro lutava feito o diabo e tentava dar socos no seu rosto. Nathaniel deu um soco no sujeito com a mão direita, um chute e finalmente o arrastou de volta para a margem sul, onde um grupo de homens dominou o ianque.

— O restante dos desgraçados fugiu — avisou Truslow, pesaroso e ofegante, o som dos cascos recuando para o outro lado do rio.

— Nós temos tudo de que precisamos — declarou Nate. Estava completamente encharcado, cheio de hematomas e sem fôlego, mas havia conseguido a vitória que desejava. Tinha a prova de que era necessário ter vigiado o vau, que havia ficado desguarnecido porque Washington Faulconer retirando os homens, permitindo que os nortistas atravessassem o rio. — Deixe aquele filho da puta armar um julgamento para nós — disse para Swynyard. — Deixe o maldito filho da puta tentar.

8

O ajudante do general Stuart chegou ao quartel-general de Lee antes do alvorecer e encontrou o comandante do Exército do lado de fora de sua barraca, contemplando um mapa grosseiro riscado no chão. O mapa mostrava os rios Rapidan e Rappahannock e os vaus que atravessavam o rio mais distante eram marcados por pedaços de graveto. Eram esses vaus que a cavalaria precisava capturar para que Pope ficasse encurralado na confluência dos rios. Mas pelo jeito não haveria chance de sucesso nesse dia, já que o ajudante trouxe apenas uma repetição das más notícias do dia anterior.

— A cavalaria simplesmente não está preparada, senhor. O general Stuart lamenta de verdade. — O ajudante estava muito sem graça, meio esperando uma explosão por parte do furioso Lee. — São os cavalos, senhor — continuou, hesitante. — Eles não estão recuperados. As estradas estão tremendamente duras e o general Stuart esperava encontrar mais forragem aqui, e... — O ajudante deixou as explicações inúteis no ar.

O rosto sério de Lee mal registrava o desapontamento; na verdade, ele parecia muito mais desapontado com o gosto do café do que com o fracasso de sua cavalaria.

— Esse é mesmo o melhor café que temos, Hudson? — perguntou a um dos seus oficiais mais jovens.

— Até capturarmos mais dos ianques, sim, senhor.

— E não podemos fazer isso sem nossa cavalaria. Infelizmente, não podemos.

Ele tomou outro gole de café, fez uma careta e colocou a caneca num suporte para bacia onde estava o material de barbear dos seus ajudantes. No suporte para bacia do general, dentro de sua barraca, estava um despacho informando que cento e oito barcos federais subiram pelo rio Potomac nas últimas vinte e quatro horas. E o que esse número significava, Lee sabia, era que as forças de McClellan estavam indo reforçar o exército de Pope. As rodas de pás e as hélices dos barcos formavam uma espuma branca no Potomac com o esforço de combinar os exércitos inimigos, e enquanto isso a cavalaria confederada não estava em condições. O que significava que o exército de Pope estaria em segurança por mais um dia. A frustração de Lee aumentou, mas foi suprimida imediatamente. Não havia ganho numa demonstração de mau humor, nenhum, e assim o general olhou placidamente de novo para o mapa grosseiro rabiscado na terra. Ainda havia tempo, disse a si mesmo, ainda havia tempo. Uma coisa era os generais nortistas transportarem um exército por navio, e outra bem diferente era desembarcar as tropas e reuni-las com carroças, canhões, barracas e munição. E McClellan era um homem cauteloso, cauteloso demais, o que proporcionaria aos rebeldes mais tempo ainda para dar uma lição de guerra civilizada a John Pope. Contrariado, Lee apagou o mapa com o bico da bota de montaria e deu ordens de que, afinal de contas, o exército não marcharia naquela manhã. Pegou o café.

— O que, exatamente, eles fazem com esse café? — perguntou.

— Misturam com amendoim moído, senhor — respondeu o capitão Hudson.

— Amendoim moído! — Lee tomou mais um gole. — Santo Deus.

— Faz o café render mais, senhor.

— Faz mesmo, faz mesmo.

— Claro, senhor, nós sempre podemos conseguir uns grãos de verdade em Richmond — disse Hudson. — Se dissermos que são para o senhor, tenho certeza de que encontrarão um pouco.

— Não, não. Devemos beber o que os soldados bebem. Pelo menos quando se trata de café. — O general se obrigou a engolir mais daquele líquido azedo. — Você acha que os cavalos estarão prontos amanhã? — perguntou com muita cortesia ao mensageiro de Stuart, quase como se lamentasse pressionar o cavalariano para tomar uma decisão.

— O general Stuart está confiante, senhor. Muito confiante.

Lee não quis observar que vinte e quatro horas antes Stuart havia tido a mesma confiança de que a cavalaria estaria pronta ao amanhecer mas recriminar não adiantaria nada, e assim deu um sorriso sério para o ajudante sem graça.

— Meus respeitos ao general Stuart — disse. — E diga que estou ansioso para marchar amanhã.

Mais tarde, naquela manhã, Lee voltou ao monte Clark para examinar o inimigo na margem oposta do rio. Enquanto subia a encosta coberta de árvores, viu uma nuvem de fumaça suja manchando o céu a oeste, mas ninguém do seu estado-maior sabia o que ela significava. Vinha das linhas de Jackson, e sem dúvida este enfrentaria qualquer coisa que tivesse provocado o fogo. Lee estava mais preocupado com o que acontecia do outro lado do rio, e assim, quando chegou ao cume, apeou e apoiou a luneta nas costas pacientes de Traveller.

E de novo a presença ianque nas colinas da Virgínia foi denotada por uma infinidade de fogueiras soltando fumaça e turvando a terra verde como uma névoa de inverno. Havia muitas fogueiras, mas nenhuma barraca. Moveu a luneta. Nenhuma carroça, nem cavalos, nem canhões. Não havia nada além dos restos das fogueiras que os ianques acenderam à noite, alimentadas com pilhas de lenha e depois deixadas queimando enquanto eles se esgueiravam para longe.

— Eles foram embora — avisou Lee.

— Senhor? — Um dos seus ajudantes se adiantou para ouvir melhor.

— Eles foram embora. — Lee fechou a luneta, mas continuou olhando para o norte. — Foram embora — repetiu, quase como se não acreditasse nos próprios olhos.

Pope tinha afastado seus homens da armadilha. Havia recuado para o lado oposto do Rappahannock. Tinha visto o perigo e abandonado o terreno entre os rios, o que significava, pensou Lee, que dentro de uma semana Pope teria os reforços de McClellan e então tudo estaria acabado. Os ianques de uniforme azul estariam devastando toda a Virgínia, e John Pope, o desgraçado do John Pope, que odiava os sulistas de modo passional, seria o tirano de todos que ele dominasse.

A não ser que a Confederação arriscasse tudo numa jogada ousada e desesperada. Não com uma manobra tirada dos manuais, e sim algo da caixa de truques do diabo. Lee sentiu a ideia como uma tentação. De repente, viu como poderia desequilibrar John Pope e depois atacá-lo brutalmente, e essa visão cresceu na sua mente ao mesmo tempo que a parte estudada e convencional de sua formação tentava rejeitar a ideia arriscada demais. Porém, outra parte de Lee estava hipnotizada pela beleza e pela simetria da intenção ultrajante. Era uma manobra que humilharia John Pope e expulsaria os ianques da Virgínia, e, enquanto considerava as recompensas e os riscos, Lee sentiu a empolgação de um jogador apostando tudo numa única mão de cartas. Podia ser feito! Mas seu rosto não revelava nenhuma sugestão dessa empolgação enquanto ele montava e acomodava as botas nos estribos.

— Mande meus cumprimentos ao general Jackson — disse calmamente, enfiando a luneta de volta no estojo e pegando as rédeas de Traveller — e diga que eu agradeceria se ele viesse me ver o mais cedo que for conveniente.

E então, pensou Lee, ele soltaria a coleira do Velho Jack Maluco.

E que Deus ajudasse John Pope.

Para o general de divisão Thomas Jackson não era conveniente se encontrar com o general Robert Lee. Seria conveniente em breve, mas não agora, já que o general Jackson tinha duas tarefas urgentes. Não eram agradáveis — na verdade, homens inferiores poderiam evitá-las por completo —, mas Thomas Jackson as considerava simples responsabilidades, por isso as realizou com sua diligência teimosa e costumeira.

Homens precisavam ser fuzilados. Homens sulistas. Só que, para o general, não eram homens, e sim patifes e lixo que desertaram dos deveres e com isso se colocaram abaixo do nível de desprezo. Seus comandantes imploraram pela vida dos condenados, mas Jackson havia respondido que os homens que abandonavam os colegas mereciam ser mortos e que os oficiais que os defendiam mereciam ser enforcados. E depois dessa resposta peremptória não tinha havido mais pedidos de clemência. Agora, sob um céu que clareava, numa campina ainda úmida com a chuva do dia anterior, Jackson tinha reunido toda a sua unidade. Três divisões de soldados, vinte e quatro mil homens, estavam em fileiras e mais fileiras maltrapilhas formando três lados de um quadrado aberto. A manhã estava quente e o ar, opressivo.

Tambores soavam lentamente enquanto uma banda tocava mal uma música fúnebre. A banda estava formada alguns passos atrás de Jackson, montado em seu cavalo pequeno e ossudo e olhando taciturno para as três estacas de madeira fincadas no chão ao lado de três caixões de pinho rústico e três sepulturas recém-cavadas. Atrás dele, seu estado-maior permanecia montado em silêncio nas selas, alguns mais nervosos com as mortes da manhã do que jamais estiveram em batalha. O capitão Hudson, ajudante de Lee, que estava esperando para escoltar o general Jackson ao encontro do comandante do Exército em Gordonsville, olhava para a figura magra e famosa e se perguntava se algum dia, em toda a história da guerra, algum comandante havia parecido tão pouco sedutor. A barba do general era malcuidada e suas roupas pareciam em piores condições que o uniforme de qualquer um dos seus soldados. Tinha uma velha casaca azul de corte vagamente militar, mas puída e desbotada, ao passo que, como chapéu, Jackson preferia um velho quepe de cadete com a aba amassada e caída sobre os olhos. Seu cavalo era um animal desajeitado, de cabeça grande e joelhos cambaios, com pelo castanho desigual, e as enormes botas do general estavam enfiadas em estribos enferrujados que pendiam de tiras de couro remendadas. O aspecto militar mais impressionante do general, afora sua reputação, era a pose rígida, já que montava com as costas eretas e a cabeça erguida. Mas então, como se para estragar a pose militar, ele ergueu devagar e inexplicavelmente a mão esquerda até ficar mais alta do que o quepe puído e amarrotado. Depois manteve a mão imóvel, como se estivesse pedindo uma bênção ao Todo-poderoso.

Os três condenados foram trazidos para o campo, cada um escoltado por sua própria companhia. O general tinha insistido em que os criminosos deveriam ser mortos por seus próprios colegas, que eram os homens imediatamente traídos por cada desertor. Um capelão do Exército esperava os sentenciados que, chegando às estacas, foram obrigados a ficar de joelhos. O capelão avançou e começou a rezar.

Um vento fraco agitava o ar soturno. A oeste uma nuvem de fumaça surgia onde os ianques atacaram à noite, e Jackson, lembrando-se do ataque ousado, olhou na direção da Brigada Faulconer para ver o regimento em formação sem suas bandeiras. Eles perderam as bandeiras, assim como a maioria dos seus oficiais. E, pensando no golpe ianque, Jackson sentiu um espasmo de raiva.

A oração parecia interminável. Os olhos do capelão estavam fechados com força e suas mãos seguravam firmemente uma Bíblia surrada enquanto ele encomendava a alma dos três pecadores ao Deus que iam encontrar. O capelão lembrou a Deus dos dois ladrões que compartilharam a morte de seu filho no Calvário e implorou ao Todo-poderoso que fosse tão caridoso com aqueles três pecadores quanto Cristo havia sido com o ladrão que se arrependeu. Um dos três homens não conseguiu conter as lágrimas. Era um rapaz imberbe que havia desertado porque sua esposa de 16 anos tinha fugido com o tio dele, e agora iria morrer num campo verde porque a amava demais. Ele olhou para seu capitão e tentou fazer um pedido no último minuto, mas o capelão simplesmente elevou a voz de modo que o pedido inútil não fosse ouvido. Os outros dois homens não demonstraram emoção, nem quando a banda terminou a música fúnebre e ficou subitamente em silêncio depois de um último rufo desigual dos tambores.

O capelão também terminou. Cambaleou enquanto se afastava das vítimas. Um oficial do estado-maior ocupou seu lugar e, em voz alta e lenta que chegava quase às últimas fileiras das vinte e quatro mil testemunhas, leu as acusações contra os três homens e os veredictos das cortes marciais. Quando as frases sinistras terminaram, ele recuou e olhou para os três oficiais das companhias.

— Continuem.

— Não, pelo amor de Deus, não! Por favor, não! — O rapaz tentou resistir, mas dois colegas o arrastaram para a estaca e o amarraram com uma corda. Os três usavam camisa, calça e botas velhas. Um sargento vendou o jovem que chorava e mandou que ele parasse com o barulho e morresse como homem. Os outros dois desertores recusaram as vendas.

— Preparar! — gritou o oficial, e mais de cem fuzis foram erguidos para a posição de tiro. Alguns homens apontavam para longe, alguns tinham os fuzis explicitamente não engatilhados, porém a maioria obedeceu à ordem.

— Apontar! — gritou o oficial, e, em vez disso, dois homens nervosos puxaram o gatilho. As duas balas passaram longe.

— Esperem! — vociferou um sargento.

Um oficial de companhia estava de olhos fechados e seus lábios se moviam numa oração silenciosa enquanto esperava a ordem de atirar. Um dos condenados cuspiu no capim. Para o ajudante de Lee, que não esperava testemunhar mortes nessa manhã, pareceu que três divisões inteiras prendiam o fôlego ao mesmo tempo, enquanto Jackson, com a mão esquerda erguida, parecia esculpido em pedra.

— Não, por favor! Não! — gritou o rapaz. Sua cabeça vendada se sacudia de um lado para o outro. — Nancy! — gritou desesperado. — Minha Nancy!

O oficial respirou fundo.

— Fogo!

A fumaça foi lançada com força. O estrondo da saraivada atravessou os campos, fazendo os pássaros voarem das árvores distantes como uma explosão.

Os três homens se sacudiram com espasmos súbitos e o sangue se espalhou pelas camisas. Os comandantes das companhias foram até as três estacas segurando os revólveres, mas apenas um sujeito ainda estava vivo. A respiração dele vinha com o sangue das costelas destroçadas e sua cabeça tinha espasmos. O oficial de sua companhia engatilhou o revólver, prendeu a respiração e tentou impedir que sua mão tremesse. Por um ou dois segundos pareceu que não conseguiria dar o golpe de misericórdia; depois conseguiu puxar o gatilho e a cabeça do homem foi despedaçada pela bala. O capitão se virou e vomitou na sepultura aberta enquanto a banda iniciava uma versão entrecortada de "Old Dan Tucker". O ajudante de Lee soltou a respiração devagar.

— Coloquem esses homens nos caixões! — gritou um sargento, e homens correram para cortar as cordas dos mortos e colocá-los nos caixões abertos, que em seguida foram postos sobre os montes de terra vermelha de modo que os passantes pudessem ver os cadáveres claramente. — Tirem a venda do garoto — ordenou o sargento, e esperou até que a venda do rapaz corneado foi retirada.

Então, um a um os regimentos foram obrigados a marchar diante dos mortos. Homens da Virgínia e da Geórgia, das Carolinas e do Tennessee, do Alabama e da Louisiana, a todos foram exibidos os três cadáveres, e depois da infantaria veio a artilharia e a engenharia, todos obrigados a olhar nos olhos dos mortos infestados de moscas para que entendessem o destino que aguardava os desertores. O general Jackson havia sido o primeiro homem a inspecionar os três cadáveres e tinha olhado para os rostos atentamente, como se tentasse entender o impulso capaz de levar um homem ao pecado imperdoável da deserção. Como cristão, o general devia acreditar que esses pecadores podiam se redimir, mas como soldado não conseguia imaginar nenhum dos três conhecendo um único momento de paz por toda a eternidade. E seu rosto não demonstrava nada além de nojo ao puxar as rédeas do cavalo e ia para a fazenda que servia como seu quartel-general.

Foi nela, numa sala onde estava pendurado um antigo retrato do presidente George Washington e um mais novo do presidente Jefferson Davis, que o general enfrentou sua segunda tarefa desagradável do dia. Ficou parado com as costas totalmente eretas voltadas para o retrato de Washington e, flanqueado por três altos oficiais do estado-maior, mandou chamar o general Washington Faulconer.

A sala era pequena e ficava ainda menor por causa de uma mesa de mapas que quase preenchia o espaço entre as paredes caiadas. Washington Faulconer entrou e se viu espremido num espaço estreito, diante de quatro homens atrás da mesa de mapas, todos de pé e desconfortavelmente parecidos com juízes. Ele esperava se sentar à frente do general, mas, em vez disso, essa reunião evidentemente seria realizada com formalidade, e Washington Faulconer se sentiu ainda mais desconfortável com essa perspectiva desanimadora. Usava uma espada e uma casaca emprestadas, pelo menos um número maior que o seu. O suor escorria para a barba dourada. A sala pequena fedia a corpos sem banho e roupas sujas.

— General — disse Faulconer num cumprimento cauteloso, de pé à frente de seu comandante.

A princípio Jackson não disse nada, apenas olhou para o loiro Faulconer. O rosto do general mostrava exatamente a mesma expressão de quando tinha espiado os três desertores de queixo caído e peito destroçado em seus caixões de pinho baratos. E Faulconer, incapaz de enfrentar a intensidade daqueles olhos azuis, desviou os seus, cheio de culpa.

— Eu dei ordens — disse Jackson finalmente em sua voz tensa e aguda — de que todos os pontos de travessia do Rapidan fossem vigiados.

— Eu... — começou Faulconer, mas foi silenciado imediatamente.

— Quieto! — Até os três oficiais do estado-maior de Jackson sentiram um arrepio de terror diante da intensidade dessa ordem, enquanto Washington Faulconer tremia visivelmente. — Eu dei ordens — recomeçou Jackson — de que todos os pontos de travessia do Rapidan fossem ser vigiados. Homens da sua brigada, general, descobriram um vau não mapeado e foram inteligentes o bastante para obedecer às minhas ordens. Ao passo que você... — e aqui o general parou por tempo suficiente para que um ricto estremecesse seu corpo — ... deu uma contraordem.

— Eu... — começou Faulconer, e dessa vez foi impedido não por um comando, mas pela expressão dos olhos azuis do general.

— Quais foram os danos?

Jackson se virou abruptamente para um dos seus ajudantes de maior confiança, o major Hotchkiss, um homem erudito e meticuloso que havia sido encarregado de descobrir a verdade sobre a incursão noturna. Hotchkiss tinha chegado aos restos do quartel-general da Brigada Faulconer de manhã cedo e passou as duas horas seguintes interrogando sobreviventes, e agora, numa voz seca e neutra, ofereceu sua lista horrenda:

— Quatorze mortos, senhor, e vinte e quatro gravemente feridos. Esses são os soldados, mas houve pelo menos seis civis mortos. E três desses, talvez mais, eram mulheres. — A notícia de Hotchkiss era ainda mais danosa por ser anunciada numa voz plácida. O major Hinton estava entre os mortos; e o capitão Murphy estava ferido tão seriamente que ninguém tinha certeza se seu nome não seria acrescentado logo àquela lista terrível.

— E dentre os mortos está o capitão Talliser, meu ajudante — acrescentou Jackson numa voz ameaçadora.

Ninguém disse nada.

— O capitão Talliser era filho de um grande amigo — Jackson deu o obituário do ajudante — e era um servo leal de Cristo. Merecia coisa melhor do que ser mutilado até a morte por atacantes noturnos.

Nos fundos da casa uma voz masculina começou a cantar de repente "Como é doce o nome de Jesus". Panelas ressoaram no cômodo distante; em seguida, o hino foi interrompido por gargalhadas. O barulho das panelas acordou o gato malhado que estava dormindo no peitoril da janela da sala. O gato arqueou as costas, bocejou, esticou delicadamente cada uma das patas dianteiras e começou a limpar o rosto. O major Hotchkiss olhou para a lista de novo.

— Quanto às perdas materiais, senhor, minha estimativa preliminar é de que dezesseis mil cartuchos de fuzil foram perdidos no incêndio, além de oitenta e seis cargas de pólvora e trinta e oito balas de canhão comuns. Dois armões, quatro cofres de munição e três carroças foram queimados, e pelo menos seis cavalos foram levados. — Hotchkiss dobrou a lista, depois ergueu o olhar cheio de desprezo para Washington Faulconer. — Além disso, duas bandeiras de guerra foram levadas pelo inimigo.

Seguiu-se mais um momento de silêncio doloroso que pareceu se estender para sempre antes que, por fim, Jackson falasse de novo.

— E como os atacantes atravessaram o rio?

-- Num lugar chamado vau da Mary Morta, que estava adequadamente vigiado até a noite anterior — respondeu Hotchkiss. — Os atacantes foram interceptados na retirada e um deles foi aprisionado. Além disso, eles perderam um cavalo. — Hotchkiss, um homem seco e sério que tinha sido professor, acrescentou o fato da morte do cavalo num tom sarcástico. Faulconer enrubesceu.

220

— E foi por ordem sua, general, que o vau ficou desprotegido — acusou Jackson, ignorando o sarcasmo de Hotchkiss.

Dessa vez, Faulconer não tentou se defender. Levantou os olhos brevemente, mas ainda não conseguia encarar Jackson, por isso os baixou de novo. Queria dizer que só estava tentando instilar a disciplina em sua brigada, que havia perdido seu precioso sabre na noite e, o pior de tudo, que toda a humilhação tinha sido causada pelo seu próprio filho. E não era somente uma humilhação, já que seu serviçal Nelson tinha voltado na mesma manhã com a história pavorosa da investida de Adam contra Seven Springs, o que significava que Adam havia atacado a mãe e o pai, e a percepção dessas duas traições medonhas deixava os olhos de Faulconer marejados.

— Você deve ter algo a declarar, Faulconer — instigou Jackson.

Faulconer pigarreou.

— Acidentes acontecem — sugeriu debilmente e deu de ombros. — O vau não estava no mapa, senhor, era meramente um ponto raso. Na verdade, por falta de chuva.

Ele sabia que estava gaguejando feito um idiota e tentou se controlar. Maldição! Ele não era um dos homens mais ricos da Virgínia? Um senhor de terras que podia comprar esse general idiota um milhão de vezes? E tentou se lembrar de todas as histórias risíveis sobre Jackson: que o general dava aulas numa escola dominical para negros, que dava um décimo dos rendimentos à igreja e que tomava um banho frio às seis da manhã todos os dias, fosse inverno ou verão, que mantinha a mão levantada de modo que o sangue não se acumulasse e não tornasse rançosa uma ferida antiga. Mas de algum modo o catálogo de excentricidades e imbecilidades de Jackson não aumentava a confiança de Faulconer.

— Eu considerei que o vau não era importante — conseguiu dizer.

— E o que você considerou que minhas ordens eram?

Faulconer franziu a testa, sem entender a pergunta.

— Eu ordenei a todos que os vaus, independentemente da importância, fossem vigiados — declarou Jackson. — Você achou que eu estava me divertindo quando dei essa ordem?

Derrotado, Faulconer só pôde dar de ombros.

Jackson parou um segundo e deu seu veredicto:

— Você está dispensado de seu comando, general.

Sua voz estava mais severa do que nunca, instigada não somente pelo fato de Faulconer ter abandonado o dever mas também pelas lágrimas que viu nos olhos dele. O general Jackson não se incomodava em ver lágrimas no lugar adequado: num leito de morte, por exemplo, ou na contemplação do sacrifício milagroso de Cristo, mas não onde homens falavam de dever.

— Você deixará meu exército imediatamente e vai se apresentar ao Departamento de Guerra em Richmond, aguardando novas ordens. Se houver outras ordens para você. E espero fervorosamente que não haja. Está dispensado!

Faulconer ergueu a cabeça. Piscou para conter as lágrimas. Por um segundo pareceu que tentaria protestar contra a sentença rígida, mas então se virou sem dizer nada e saiu da sala.

Jackson esperou a porta se fechar.

— Generais políticos são tão adequados para a vida militar quanto cachorrinhos para caças. — Em seguida, pegou a lista do major Hotchkiss e leu as estatísticas deprimentes sem demonstrar nenhum sinal de pesar ou surpresa. — Faça os arranjos para a substituição de Faulconer — ordenou, devolvendo o papel para o oficial. Depois pegou seu chapéu velho preparando-se para visitar o quartel-general de Lee. Um último pensamento lhe ocorreu quando chegou à porta, então parou, franzindo a testa. — O inimigo se saiu bem — disse aparentemente para si mesmo —, portanto, teremos de fazer melhor.

Era meio-dia antes que as ruínas da Taverna de McComb esfriassem o bastante para que um grupo recuperasse os corpos no meio dos destroços, e mesmo assim o trabalho precisou ser feito por homens usando tiras de pano encharcadas em volta das botas e das mãos. Os cadáveres se encolheram com o calor feroz até virarem manequins pretos e quebradiços que tinham um cheiro perturbador de carne de porco assada. Nathaniel supervisionava o trabalho. Ele ainda estava oficialmente preso, no entanto, ninguém mais queria assumir o serviço, e assim, enquanto a brigada marchava para supervisionar as execuções e o general Washington Faulconer esperava no quartel-general do general Jackson, Nate levou uma dúzia de homens da sua companhia e os fez trabalhar.

— E o que vai acontecer? — tinha perguntado Truslow a Nathaniel ao amanhecer, quando as primeiras luzes revelaram os destroços enegrecidos e soltando fumaça.

222

— Não sei.

— Você está preso?

— Não sei.

— Quem comanda a legião?

— Medlicott — respondeu Nate. Faulconer o havia nomeado durante a noite.

— Dan Medlicott! — disse Truslow, enojado. — Por que, em nome do diabo, ele o nomeou?

Nate não respondeu. Sentia-se menosprezado pela nomeação, porque era capitão desde muito antes de Daniel Medlicott ter subornado o caminho para a patente na eleição da primavera, mas Nathaniel também entendia que Washington Faulconer jamais iria nomeá-lo para comandar a legião.

— Eu tenho um serviço para você — disse Nate a Truslow. — O prisioneiro não está ajudando. — O homem que eles capturaram se chamava Sparrow e vinha do Condado de Pendleton, na Virgínia, um dos condados separatistas do oeste que se declararam um estado novo, leal à União.

— Vou fazer o filho da puta guinchar — declarou Truslow, animado.

A manhã se esvaiu. A maior parte da legião testemunhou as três execuções, mas, mesmo quando os homens retornaram ao acampamento, eles ainda pareciam atordoados e estupefatos com os desastres da noite. Dos capitães da legião somente Medlicott, Moxey e Nathaniel permaneciam vivos e sem ferimentos, e dos oficiais que compareceram ao jantar de aniversário do major Hinton apenas o tenente Davies tinha sobrevivido. O tenente havia recebido uma bala de raspão no antebraço, mas escapou à maior parte do massacre escondendo-se atrás da igrejinha.

— Eu podia ter feito mais — dizia a Nate.

— E morrido? Não seja idiota. Se você tivesse aberto fogo, eles iriam caçá-lo e matá-lo feito um cão.

Davies estremeceu com a lembrança. Era um homem alto, magro, de óculos, três anos mais velho que Nathaniel e com uma expressão perpetuamente preocupada. Estudava textos de direito no escritório do tio antes do início da guerra e confidenciava a Nate com frequência seus temores de jamais dominar as complexidades da profissão.

— Eles sabiam que havia mulheres na casa — disse agora a Nathaniel.

— Eu sei. Você me contou.

O tom de Nate era insensível e peremptório. Em sua visão, havia pouco sentido em discutir interminavelmente a tragédia da noite na vã esperança de encontrar algum consolo. A sujeira precisava ser limpa, vingada e esquecida, motivo pelo qual estava empregando sua companhia para recuperar os corpos da taverna incendiada. Davies tinha vindo acompanhar o resgate, talvez para se lembrar de como havia escapado por pouco de ser um daqueles corpos encolhidos e queimados.

— Murphy disse a eles que havia mulheres aí dentro — declarou Davies, indignado. — Eu escutei!

— Não importa — retrucou Nathaniel. Ele estava olhando para os gêmeos Cobb, que remexiam nas cinzas no centro da casa queimada. Izard Cobb tinha encontrado algumas moedas e um tabuleiro de *cribbage*, de marfim, que de algum modo tinha sobrevivido sem danos. — Essas coisas vão para o sargento Waggoner! — gritou Nathaniel do outro lado das ruínas. O recém-promovido Waggoner tinha sido encarregado de coletar os poucos itens de algum valor que pudessem ser salvos da taverna.

— Mas importa! — protestou Davies. — Eles mataram mulheres!

— Pelo amor de Deus! — Nate se virou para o pálido Davies. — Você está para ganhar uma patente de capitão, o que significa que seus homens não querem ouvir o que deu errado ontem à noite. Eles querem saber como você pretende encontrar o filho de uma puta que fez isso conosco e como vai matá-lo.

Davies pareceu atônito.

— Capitão?

— Acho que sim.

Os desastres da noite praticamente decapitaram a Legião Faulconer, o que significava que haveria promoções a rodo ou então novos homens seriam convocados de outros regimentos.

— Será que o Pica-Pau vai voltar? — perguntou Davies, desejoso, como se o coronel Bird pudesse melhorar tudo na legião.

— Pica-Pau vai voltar quando estiver inteiro, e isso ainda vai demorar algumas semanas. — De repente, Nate se virou para observar de novo os destroços. — Cobb! Se você enfiou essa prata no bolso, eu enforco você!

— Eu não enfiei nada! Quer me revistar?

— Eu vou revistar o seu irmão — disse Nathaniel, e viu que a suspeita de que Izard Cobb passaria as moedas para o irmão Ethan estava totalmente correta. — Dê o dinheiro ao sargento Waggoner — ordenou a Ethan Cobb, depois ficou observando enquanto a ordem era obedecida. — Agora pega aquele corpo. — E apontou para a figura enegrecida de uma das cozinheiras de McComb.

Izard Cobb fez uma grande demonstração de horror.

— Ela é crioula, capitão! — protestou.

— Se ela estivesse viva, você ficaria feliz em ir para a cama com ela, portanto, agora pode carregá-la para a sepultura. E faça isso com respeito! — Nate esperou até que os irmãos Cobb tivessem parado de trabalhar, depois se virou para Davies. — São uns filhos da puta preguiçosos.

— Todos os Cobbs são preguiçosos — disse Davies. — Sempre foram. A família arruinou terras de primeira perto de Hankey's Run, deixou tudo se exaurir e virar uma ruína. Uma vergonha.

O conhecimento de Davies sobre esse tipo de coisa era uma lembrança de que a legião ainda se compunha principalmente de homens vindos da área que ficava a um dia de caminhada da cidade de Faulconer Court House; homens que se conheciam, que conheciam as famílias uns dos outros e os negócios uns dos outros. Homens como Nathaniel, vindos de fora, eram exceção. Era esse sentimento de família próxima que havia aumentado a dor do regimento; quando o major Hinton foi morto, a legião perdeu não somente um oficial comandante mas também um amigo, um diácono da igreja, um cunhado, um credor, um companheiro de caça e, acima de tudo, um vizinho. E, se Murphy morresse, eles perderiam outro.

— Mesmo assim — disse Davies —, Dan Medlicott é um homem decente.

Nate acreditava que Daniel Medlicott era um imbecil astuto, lento e covarde mas também sabia que não era bom criticar um homem para o vizinho. Em vez disso, virou-se para observar Izard e Ethan Cobb carregarem o corpo distorcido para fora das cinzas. O interrogatório feito por Truslow com o cavalariano capturado tinha revelado que não era Adam o responsável pelo massacre, e sim um homem chamado Blythe. No entanto, Nathaniel sentia uma amargura profunda com relação ao ex-amigo. Adam havia assumido uma postura moral elevada por muito tempo, pregando a santidade da causa do norte, e agora cavalgava com homens que trucidavam mulheres.

— Starbuck! — gritou o coronel Swynyard da estrada, ao lado do parque de carroças queimadas.

Nate gritou para Truslow assumir o comando e foi se juntar a Swynyard.

— Cinco mulheres mortas. — Nathaniel revelou a contagem final com a voz rouca. — Duas cozinheiras, a mulher de McComb e as garotas do andar de cima.

— As prostitutas?

— Eram garotas decentes — disse Nate. — Pelo menos uma delas.

— Eu achei que a taverna era um local proibido.

— E era.

— E eu achava que você não tinha dinheiro nenhum.

— E não tenho, mas ela era uma boa garota.

— Boa com você, você quer dizer — retrucou Swynyard com azedume, depois suspirou. — Eu rezo por você, Starbuck, rezo mesmo.

— O nome dela era Kath, Kath Fitzgerald. Da Irlanda. O marido fugiu e a deixou com uma pilha de dívidas, e ela só estava tentando pagá-las. — Ele parou, subitamente dominado pelo sofrimento de uma vida e uma morte daquelas. — Pobre Kath. — Ele havia alimentado a esperança de que Sally Truslow pudesse ajudar a jovem, talvez encontrasse um serviço mais lucrativo para ela em Richmond, mas agora Kath Fitzgerald era um cadáver encolhido esperando uma cova rasa. — Eu preciso de uma maldita bebida — disse com amargura.

— Não precisa, não, porque eu e você fomos chamados ao quartel--general. Para ver Jackson, e ele não é um homem que deva ser visitado quando se está fedendo a uísque.

— Ah, meu Deus — bradou Nate. Tinha esperado que o ataque noturno acabasse com seus problemas, mas agora parecia que o próprio Jackson havia se interessado por suas desobediências. — O que Jack Maluco quer?

— Como é que eu vou saber? — Swynyard raspou um pé na estrada, que ainda tinha os rastros dos atacantes da noite. — Ele está falando com Faulconer agora.

— Que deve estar desancando a gente.

— Mas nós estávamos certos com relação ao vau da Mary Morta — retrucou Swynyard numa voz esperançosa. — Talvez Jackson reconheça isso.

— Talvez — disse Nathaniel, mas sem nenhuma esperança verdadeira de que a justiça pudesse ser feita.

226

Sem dúvida, o general Washington Faulconer receberia um golpe de palmatória, mas coronéis e capitães, especialmente coronéis e capitães assolados pela pobreza, eram bodes expiatórios muito mais convenientes para os desastres. Na noite passada, ao capturar o prisioneiro no vau, Nate havia tido certeza de que poderia derrotar a malevolência de Faulconer, mas no interrogatório com o major Hotchkiss, o ajudante de Jackson, ele não sentiu sequer um vislumbre de compreensão ou simpatia, apenas uma desaprovação seca. A justiça era uma mercadoria rara. Nathaniel xingou a injustiça da vida, depois mudou de assunto, pegando um pedaço de papel no bolso.

— O senhor já ouviu falar de um sujeito chamado Joe Galloway? — perguntou ao coronel.

Swynyard pensou por um segundo, depois assentiu.

— Cavalariano. Exército regular. Nunca me encontrei com ele, mas ouvi o nome. Por quê?

— Ele comandou o ataque de ontem à noite.

Nate descreveu o que tinha descoberto sobre a cavalaria de Galloway; que era composta por sulistas renegados capazes de percorrer os caminhos do sul com a mesma familiaridade dos cavaleiros rebeldes e que um tal capitão Billy Blythe havia comandado o destacamento que tinha cercado e destruído a taverna com seus fuzis de repetição.

— Como você descobriu tudo isso? — quis saber Swynyard.

— O prisioneiro falou.

— Fico surpreso por ele ter contado tanta coisa. — Swynyard olhou desconsolado para o campo queimado onde estavam os restos das carroças de munição.

— Ele teve um breve encontro com Truslow. Parece que Galloway tem uma fazenda perto de Manassas, que está usando como posto de treinamento, e eu meio esperava que a gente pudesse voltar lá um dia.

— Para quê?

— Para isso — respondeu Nathaniel, apontando para as ruínas da taverna.

Swynyard deu de ombros.

— Duvido que tenhamos chance. O jovem Moxey disse que nós dois seremos mandados para as defesas costeiras nas Carolinas.

— Moxey é uma bosta de rato sifilítica.

— Sem dúvida você já falou isso sobre mim — disse o coronel.

— Ah, não, senhor. — Nate riu. — Eu nunca fui tão elogioso para com o senhor.

Swynyard sorriu, depois balançou a cabeça, pesaroso.

— Esteja pronto para sair em uma hora, Starbuck. Vou arranjar um cavalo para você. E fique sóbrio, ouviu? É uma ordem.

— Vou ficar sóbrio, senhor, eu prometo.

Porque ele tinha uma prostituta para enterrar e um general para ver.

Os cavaleiros do major Galloway não sobreviveram totalmente incólumes. O infeliz Sparrow foi capturado, um homem de Maryland estava desaparecido e o cabo Harlan Kemp, o homem da Virgínia cujo conhecimento da região tinha conduzido os atacantes até o vau da Mary Morta, levou um tiro na barriga. Todas essas baixas foram causadas durante a luta breve e inesperada no rio, que deixou Kemp com dores terríveis. Ele passou a viagem até em casa perdendo e recuperando a consciência, e de poucos em poucos minutos implorava a um dos homens que o sustentavam na sela o mesmo favor que eles dariam a um cavalo muito ferido.

— Atira em mim, pelo amor de Deus, por favor, atira em mim.

Adam carregava o fuzil de Kemp e uma das bandeiras capturadas. Procurava continuamente algum sinal de perseguição, mas nenhum rebelde apareceu enquanto eles atravessavam o rio Robertson, depois o Hazel e o Aestham, cada qual mais cheio que o anterior por causa da tempestade, que até que pouco depois do meio-dia chegaram ao Rappahannock com suas margens alagadas e foram obrigados a cavalgar dez quilômetros rio acima até encontrar um vau que desse passagem. Então, finalmente em segurança na margem norte, cavalgaram para o leste até a estação ferroviária em Bealeton.

A três quilômetros da cidade um obus passou assobiando acima e explodiu lançando lama e fumaça apenas cem passos atrás dos cavaleiros. Galloway ordenou que a bandeira de estrelas e listras fosse desfraldada. Um segundo obus passou com um silvo e se chocou num pinheiro, rachando a madeira com um estalo que espantou os cavalos exaustos, forçando os cavaleiros a segurar as rédeas com firmeza e golpear suas montarias com as esporas. Podiam ver os telhados de Bealeton depois das árvores e ver a fumaça da artilharia perto daqueles trechos de floresta. Mais fumaça, dessa vez de uma locomotiva, subiu da cidade propriamente dita.

— Os rebeldes não podem ter capturado o lugar! — comentou Galloway, e mandou o porta-estandarte balançar a bandeira mais vigorosamente.

O canhão não disparou novamente. Em vez disso, um oficial de artilharia nortista, com ar de quem pede desculpas, veio investigar os cavaleiros e explicar que o general Pope estava nervoso com a possibilidade de que cavaleiros sulistas estivessem sondando as novas posições federais na margem norte do Rappahannock.

— Não vimos nenhum cavalo dos separatistas — avisou Galloway aos artilheiros, depois entrou esporeando numa cidade apinhada de soldados confusos.

Tropas que embarcaram em Alexandria e Manassas esperando chegar a Culpeper Court House agora aguardavam novas ordens, e, enquanto isso, os trilhos ao sul de Bealeton eram arrancados e carregados para serem guardados no norte, e os trens usados nessa tarefa estavam bloqueados pelos trens de tropas empacados, que iam para o sul, de modo que agora havia nada menos do que oito composições encalhadas na estação. As ruas da cidade estavam igualmente atulhadas. Havia homens que perderam seus regimentos, regimentos que perderam suas brigadas e brigadas que perderam suas divisões. Oficiais suavam e gritavam ordens contraditórias, enquanto o povo da cidade, na maioria simpatizante dos rebeldes, observava achando divertido. Galloway e Adam acrescentaram suas vozes ao barulho pedindo um médico para o cabo Kemp, e, de tempos em tempos, um artilheiro sulista nervoso, nos arredores da cidade, contribuía com o caos disparando um projétil no calor sufocante do campo, numa tentativa de acertar algum cavaleiro sulista inexistente.

— Isso deixa a gente com orgulho de ser ianque, não é? — comentou Galloway, com azedume, ao abrir caminho pelo caos. — Eu achava que esses rapazes deviam estar marchando pela rua principal de Richmond, e não fugindo de lá.

Um médico foi encontrado e Harlan Kemp pôde enfim ser tirado de seu cavalo. Suas calças estavam grudadas no couro da sela por uma massa de sangue seco e teve de ser cortada antes que ele, gemendo, pudesse ser carregado para o salão de palestras da igreja presbiteriana, que servia de hospital. Um médico deu éter ao cabo e em seguida extraiu a bala de suas tripas, mas disse que em Bealeton havia pouco mais que pudesse ser feito por ele.

— Há um vagão-hospital num dos trens — disse o médico, esgotado. — Quanto antes ele voltar a Washington, melhor. — Ele não parecia esperançoso.

Adam ajudou a carregar Kemp numa maca até a estação, onde enfermeiras da Comissão Cristã de Saúde cuidaram do cabo que suava e tremia. O vagão-hospital era um vagão-dormitório requisitado da New York Central e ainda tinha suas escarradeiras de tempos de paz, as cortinas rendadas e as luminárias de vidro gravado, mas agora as camas luxuosas eram atendidas por duas enfermeiras e dois médicos do Exército, protegidos por duas bandeiras vermelhas desbotadas penduradas em cada extremidade do teto do vagão para proclamar que o veículo era um hospital. Chapas de zinco perfuradas no teto deveriam fornecer ventilação, mas não ventava, e assim o carro fedia a óleo de castor, urina, sangue e excremento. O major Galloway prendeu uma etiqueta no colarinho de Kemp, com o nome, o posto e a unidade dele e colocou algumas moedas no bolso da casaca do uniforme do cabo. Depois, ele e Adam desceram do vagão pustulento e caminharam devagar, passando por uma pilha de caixões com letreiros pintados com estêncil, direcionando o conteúdo para casa. Havia cadáveres indo para Pottstown, Pensilvânia; Goshen, Connecticut; Watervliet, Nova York; Biddeford, Maine; Three Lakes, Wisconsin; Springfield, Massachusetts; Allentown, Pensilvânia; Lima, Ohio. E, ao ler a lista de nomes de cidades e saber que cada um representava uma família sofrendo e uma cidade de luto, Adam se encolheu.

— Faulconer! Major Galloway!

Uma voz imperiosa interrompeu as reflexões de Adam. A princípio, nem ele, nem o major Galloway conseguiram ver quem os chamava; então viram um homem de cabelos brancos acenando vigorosamente de uma janela mais adiante no trem.

— Esperem aí! — gritou o sujeito. — Esperem aí!

Era o reverendo Elial Starbuck, que, em deferência ao calor opressivo, usava um paletó de linho sobre a camisa e a volta eclesiástica. Tendo atraído a atenção deles, saiu do vagão de passageiros apinhado e desceu para a lateral dos trilhos, onde colocou um chapéu de palha velho que substituía a cartola perdida.

— Têm notícias? — perguntou. — Notícias boas, espero. Precisamos de boas notícias. Viram que estamos recuando de novo? — O pastor fez essa pergunta enquanto mergulhava rapidamente na direção dos dois cavalarianos, dividindo a multidão com a ajuda de sua bengala de ébano. — Não consigo entender essas coisas, de verdade. Nós montamos um exército, o maior que Deus permitiu colocar na face da Terra, mas, sempre que um rebelde faz uma careta, nós recuamos como crianças invasoras fugindo de uma casa. — O reverendo Elial Starbuck fez essa crítica feroz apesar da presença de vários oficiais federais, que lhe lançaram um olhar furioso, mas havia certa autoridade na presença do reverendo que subjugava qualquer tentativa de contradizer sua opinião. — Ninguém tem mais certeza se podemos capturar Richmond ou se vamos simplesmente defender o Rappahannock. Há muita confusão. — O reverendo fez essa acusação em tom sombrio. — Se eu administrasse uma igreja como este governo comanda um exército, ouso dizer que Satã transformaria Boston num posto avançado do inferno sem sequer um balido de oposição. É ruim demais, ruim demais! Eu esperava retornar para casa com notícias melhores do que essas.

— A Boston? O senhor já está voltando? — perguntou educadamente o major Galloway.

— Pretendo retornar ao meu púlpito antes do fim do mês. Se acreditasse que a captura de Richmond fosse iminente, eu pediria a indulgência de minha congregação e ficaria com o exército, porém não posso mais acreditar nisso. Eu esperava que seus cavaleiros pudessem inspirar o exército. Lembro-me de alguma conversa sobre ataques a Richmond, não é? — Essa acusação foi acompanhada por uma carranca do pastor. — Estamos hesitando, major. Nos demoramos. Trememos ao menor sinal do inimigo. Deixamos a obra do Senhor inacabada, preferindo a timidez à ousadia. Isso me fere, major, me fere de verdade. Mas estou tomando notas e vou informar minhas descobertas ao povo do norte!

O major Galloway tentou garantir ao pastor que o recuo de Pope era meramente uma precaução temporária destinada a dar tempo para o norte transformar seu exército numa força irresistível, no entanto, o reverendo Starbuck não aceitaria esse tipo de raciocínio. Ele tinha descoberto com um dos ajudantes de Pope que o recuo para trás do Rappahannock era calculado para aproveitar a capacidade defensiva da íngreme margem norte do rio.

— Passamos para a defensiva! — exclamou o reverendo com a voz enojada. — Teria existido uma Israel se Josué tivesse meramente defendido o rio Jordão? Ou os Estados Unidos, se George Washington não tivesse feito

231

nada além de cavar trincheiras atrás do Delaware? A obra do Senhor, major, não é realizada cavando e ficando parado, e sim esmagando o inimigo! "E há de ser que, ouvindo tu um ruído de marcha pelas copas das amoreiras, então sairás à peleja; porque Deus terá saído diante de ti, para ferir o exército dos filisteus." O Primeiro Livro de Crônicas não nos promete isso? Então por que não estão indo em direção às amoreiras e avançando? — O reverendo Starbuck fez a pergunta em tom professoral.

— Tenho certeza de que avançaremos logo — respondeu Galloway, imaginando o que as amoreiras teriam a ver com a guerra.

— Então, infelizmente, devo ler sobre o avanço de vocês no *Journal*, em vez de testemunhá-lo pessoalmente. Se, de fato, algum dia eu chegar de novo a Boston.

Essa última declaração foi pronunciada numa censura violenta contra o caos da pequena estação de Bealeton. O reverendo Starbuck continuava retido na cidade por causa de três composições de suprimentos que estavam sendo descarregadas. Ninguém sabia quanto tempo essa descarga demoraria, nem se os suprimentos não precisariam ser carregados de novo num preparativo para um recuo maior ainda.

— Mesmo assim, não estamos totalmente desprovidos de confortos — comentou o pastor com sarcasmo. — Portanto, sigam-me.

E guiou os dois cavalarianos até o fim da estação, onde damas voluntárias da Comissão Cristã de Saúde serviam limonada reconstituída, pão de trigo sarraceno e bolo de gengibre. O reverendo Starbuck enxugou o suor do rosto com um lenço enorme, depois usou a bengala para abrir caminho até a mesa de cavaletes onde exigiu três porções de comida. Uma das damas apontou timidamente para uma placa proclamando que os comestíveis eram para consumo somente dos soldados, mas um olhar feroz do pastor sufocou seu pequeno protesto.

Assim que estavam garantidos as fatias de bolo de gengibre, a limonada e um local adequado para consumi-los, o major Galloway deu a notícia esplêndida ao reverendo Starbuck. O exército de John Pope podia estar recuando, mas a cavalaria de Galloway tinha ferido o inimigo. O major exagerou, de modo perdoável, os danos que seus atacantes infligiram aos rebeldes, multiplicando pelo menos por quatro o número de carroças e munições destruídas. E, ainda que admitisse suas próprias perdas, afirmou que seus homens deviam ter matado pelo menos quarenta rebeldes.

— Deixamos o acampamento dele pegando fogo, senhor, e fedendo a sangue.

O reverendo Starbuck pousou a caneca de limonada para juntar as mãos em oração.

— Louvado seja o Deus que derrotou grandes nações e matou grandes reis!

— A notícia é melhor ainda, senhor — disse Adam, já que, enquanto Kemp estivera sob a faca do médico, ele havia encontrado papel e barbante e feito um embrulho endereçado ao reverendo Elial Starbuck na Walnut Street, em Boston. Tinha planejado mandar o embrulho da estação, mas agora podia entregar o prêmio pessoalmente.

Pela consistência do pacote, era óbvio que continha tecido, e o reverendo Starbuck, cutucando com o dedo, mal podia acreditar no que suspeitava.

— Isso não é... — começou ele. Depois, sem terminar a pergunta, rasgou o papel e arrancou o barbante, cobiçoso, encontrando a seda escarlate cortada por branco e azul. O pastor suspirou, levantando uma franja dourada da bandeira de batalha rebelde. — Que Deus o abençoe, caro rapaz — disse a Adam. — Que Deus o abençoe.

Adam pretendia guardar a bandeira dos Faulconers, assim como pretendia usar o sabre e o revólver do pai, mas a bandeira de batalha, a bandeira de seda vermelha com as onze estrelas brancas sobre a cruz de santo André, era um presente para o reverendo Elial Starbuck: um troféu arrancado do coração imundo da secessão, que o pastor poderia usar para mostrar aos seus contribuintes que as doações não eram desperdiçadas.

— Não sei se o senhor quer saber disso — continuou Adam, hesitando, enquanto o pastor olhava fascinado para a seda maravilhosa —, mas essa bandeira vem do batalhão de Nate.

Mas a menção ao nome do filho só aumentou o prazer do pastor.

— Você pegou o trapo espalhafatoso de Nate, foi? Muito bem!

— O senhor vai levá-la para Boston? — perguntou o major Galloway.

— Com certeza. Vamos exibi-la, major. Vamos pendurá-la para que todos vejam, e talvez convidemos o povo a jogar lama nela com o pagamento de uma pequena quantia para o esforço de guerra. E vamos queimá-la no Quatro de Julho. — Ele olhou para a seda vermelha luxuosa, e um tremor, misturado com luxúria e desprezo, sacudiu seu corpo. — "E serão assolados vossos altares — disse em sua voz maravilhosa — e quebradas vossas imagens. E porei os cadáveres dos filhos de Israel diante dos vossos ídolos. O que estiver longe morrerá de peste, e o que estiver perto cairá à espada, e o que restar e ficar cercado morrerá de fome; assim cumprirei o meu furor sobre eles. Então sabereis que eu sou o Senhor." — Houve alguns segundos de silêncio por parte das dezenas de pessoas admiradas que tinham se virado para escutar o pastor que agora, para mostrar que tinha encerrado a peroração, pegou sua caneca de limonada. — O profeta Ezequiel — acrescentou, solícito.

— Amém — disse debilmente o major Galloway. — Amém.

— Então o que será feito de você, major? — perguntou o reverendo Starbuck enquanto embolava a bandeira. Ele tinha rasgado o papel do embrulho a ponto de inutilizá-lo, mas conseguiu guardar barbante suficiente para amarrar de forma razoável o grande tecido dobrado.

— Vamos procurar algum serviço aqui, senhor. Ferir o inimigo de novo, espero.

— É no trabalho do Senhor que vocês estão engajados, portanto desempenhem-no bem! Devastem as terras deles, major, derrotem-nos! E que Deus dê aos seus braços a força de dez quando o fizer. Pode fazer um relato completo de seu ataque? Para que eu publique para os nossos assinantes?

— Claro, senhor.

— Então vamos à vitória! À vitória!

O reverendo doutor Starbuck colocou sua caneca vazia na mão de Adam e, carregando a bandeira rebelde com tanto orgulho como se a tivesse capturado pessoalmente, voltou para esperar em seu vagão.

Galloway suspirou, balançou a cabeça maravilhado diante de tamanha energia e foi procurar alguém, qualquer um, que pudesse ter ordens para sua cavalaria.

O coronel Swynyard e o nervoso capitão Nathaniel Starbuck esperaram a tarde inteira para ser recebidos pelo general Thomas Jackson, e ainda estavam esperando quando o crepúsculo caiu e um dos ajudantes do general trouxe um par de lampiões para a varanda da casa onde Jackson tinha seu quartel-general.

— Não que ele durma na casa — comentou o ajudante, parando para fofocar. — Ele prefere dormir ao ar livre.

— Mesmo quando está chovendo? — Nate se obrigou a falar alguma coisa. Não sentia vontade de socializar, principalmente quando estava esperando um interrogatório desagradável, mas o ajudante parecia bastante amigável.

— Desde que não seja uma tempestade. — O ajudante obviamente adorava contar histórias das excentricidades do comandante. — Ele acorda todo dia às seis para um mergulho frio. Totalmente nu e com água até o pescoço. Aqui ele usa aquele velho cocho de cavalo, e numa manhã de verão isso pode ser bastante agradável, mas no inverno já vi o Velho Jack quebrar o gelo de uma banheira antes de se batizar. — O ajudante sorriu, depois se virou quando um negro veio pela lateral da casa. — Jim! — gritou. — Diga a esses cavalheiros o que o general gosta de comer.

— Ele não gosta de comer nada! — resmungou o sujeito. — Come pior que um pagão. É como cozinhar para um galo de briga.

— O Sr. Lewis é empregado do general — disse o ajudante. — Não é escravo, é empregado.

— E ele é um grande homem. — A admiração de Jim pelo excêntrico Jackson era tão sincera quanto a do ajudante uniformizado. — Não há mais de uma dúzia de homens como o general em todo o mundo, isso é fato, e não há nenhum homem no mundo como o general para chicotear os ianques, e isso é mais fato ainda, mas mesmo assim ele come pior que um bode.

— Nada além de pão rançoso, carne simples, gema de ovo e leitelho — completou o ajudante. — E fruta de manhã, mas só de manhã. Ele acha que a fruta ingerida à tarde é ruim para o sangue, veja bem.

— E o general é realmente ruim para o sangue ianque! — exclamou Lewis, rindo. — Sem dúvida ele é mortal para o sangue ianque! — Lewis mergulhou um balde na banheira do general e levou a água para a cozinha, nos fundos, enquanto o ajudante levava o segundo lampião até a outra extremidade da varanda. Vozes soavam dentro da casa, onde a luz de velas brilhava numa janela com cortina de musselina.

— Vença batalhas, Starbuck, e você pode ser quem você quiser — observou Swynyard com amargura. — Pode ser maluco, pode ser excêntrico, pode até ser rico e privilegiado como Faulconer. — O coronel fez uma pausa, vendo a escuridão cair sobre a floresta e os campos distantes onde reluziam as incontáveis fogueiras. — Sabe qual é o defeito de Faulconer?

— Estar vivo — respondeu Nate, azedo.

— Ele quer ser amado. — Swynyard ignorou o veneno de Nathaniel. — Ele acredita mesmo que pode fazer os homens gostarem dele tratando-os com leniência, mas isso não funciona. Os homens não gostam de um oficial afável. Eles não se importam em ser tratados como cachorros, até mesmo como escravos, desde que você lhes dê a vitória. Mas os trate com suavidade e dê derrotas que eles vão desprezá-lo para sempre. Não importa o tipo de homem que você seja, que tipo de patife você seja, desde que os leve à vitória. — O coronel fez uma pausa, e Nate supôs que ele estivesse refletindo sobre sua própria carreira, não a de Faulconer.

— Coronel Swynyard? Capitão Starbuck? — Outro ajudante apareceu junto à porta. Sua voz era peremptória e os modos eram de alguém que desejava se livrar rapidamente de uma tarefa. — Por aqui.

Nate ajeitou a casaca, depois acompanhou Swynyard pelo corredor, entrando numa sala iluminada por velas, pequena demais para a mesa de cavaletes que servia como suporte para os mapas do general. Não que Nathaniel tivesse tempo para examinar os móveis da sala, já que assim que entrou se sentiu sob o olhar feroz e perturbador da figura extraordinária que olhava para os dois visitantes do outro lado da mesa.

Jackson não disse nada quando os dois entraram. Estava flanqueado pelo major Hotchkiss e por outro oficial. Swynyard, com o chapéu na mão, assentiu rapidamente, saudando, e Nate simplesmente ficou em posição de sentido olhando para o rosto magro e barbudo, de olhos brilhantes e carranca malevolente. Um rosto que, Nathaniel reparou, tinha uma semelhança incomum com a imagem devastada do próprio coronel Swynyard.

— Swynyard — disse Jackson finalmente, cumprimentando os visitantes —, que já foi do 4º Regimento de Infantaria dos Estados Unidos. Mas a ficha não é boa. Acusado de bebedeiras, pelo que vejo. — Ele estava com um maço de papéis para os quais olhava continuamente. — Você foi levado a uma corte marcial e inocentado.

— Erroneamente — declarou Swynyard, fazendo Jackson levantar o olhar dos papéis, com surpresa.

— Erroneamente? — perguntou o general. Como muitos oficiais de artilharia, ouvia notoriamente mal, pois seus tímpanos foram golpeados por demasiados tiros de canhão. — Você disse que foi inocentado erroneamente.

236

— Erroneamente, senhor! — Swynyard falou mais alto. — Eu devia ter sido preso, senhor, porque estava mesmo bêbado, frequentemente bêbado, senhor, absolutamente bêbado, senhor, imperdoavelmente bêbado, senhor, mas, devido à graça salvadora de Nosso Senhor Jesus Cristo, eu não ficarei mais bêbado.

Confrontado com essa admissão de culpa, Jackson pareceu perplexo. Pegou outra folha de papel no maço e franziu a testa ao lê-la.

— O general de brigada Faulconer — ele disse o nome com um tom de nojo — falou comigo hoje de manhã. Depois achou adequado me escrever esta carta. Nela, Swynyard, ele diz que você é um bêbado, ao passo que você, rapaz, é descrito como imoral, mulherengo e um mentiroso ingrato. — Os rígidos olhos cinza-azulados foram direcionados para Nate.

— Além disso, um excelente soldado, general — interveio Swynyard.

— Além disso? — O general enfatizou as palavras.

De repente, Nathaniel se ressentiu daquela inquirição. Estivera tentando vencer uma maldita guerra, não ensinar numa escola dominical.

— Além disso — disse em tom seco. Em seguida, depois de uma longa pausa, acrescentou: — Senhor.

Hotchkiss olhou atentamente para os próprios pés. Duas velas na mesa de mapas estalavam muito, lançando riscas de fumaça fuliginosa para o teto amarelado. Nos fundos da casa uma voz começou a cantar "Como é doce o nome de Jesus". Jackson pareceu momentaneamente irritado com o som; depois se sentou lentamente numa cadeira de espaldar reto. Ou melhor, empoleirou-se na beira do assento de palha trançada com a coluna rigidamente paralela, mas sem tocar no encosto. Nate supôs que sua beligerância idiota tivesse acabado de destruir qualquer chance de receber leniência, mas agora era tarde demais para recuar.

Jackson voltou a olhar para Swynyard.

— Quando você encontrou Cristo, coronel?

Swynyard respondeu com o testemunho passional de que tinha visto a luz no campo de batalha do monte Cedar. Por um momento, deixou de ser um soldado falando com seu superior e se tornou apenas um homem simples falando com seu irmão em Cristo. Contou sobre a vida pecaminosa anterior e a bebedeira contínua, e comparou essa condição decaída com o recém-encontrado estado de graça. Era um testemunho de salvação como milhares de outros que Nathaniel já tinha ouvido, o mesmo tipo de história transformadora que havia composto a maior parte das suas leituras juvenis, e ele supunha que o general também devia ter ouvido uma infinidade de histórias como essa, porém Jackson estava obviamente fascinado com a narrativa de Swynyard.

— E agora, coronel — perguntou Jackson quando o testemunho acabou —, você ainda anseia pelo álcool?

— Todo dia, senhor — respondeu Swynyard com fervor. — Todo minuto de todo dia, mas, com a ajuda de Nosso Senhor Jesus Cristo, eu vou me abster.

— O grande perigo da tentação — disse Jackson com a voz perplexa — é como ela é tentadora. — Ele voltou o olhar para Nathaniel. — E você, rapaz, foi criado num lar cristão, não foi?

— Sim, senhor. — Um gato malhado tinha começado a passar em torno dos tornozelos de Nate, se esfregando nas bainhas esgarçadas da calça e brincando com as pontas dos cadarços das botas.

— Esta carta afirma que você é um nortista — continuou Jackson, indicando a carta de Faulconer.

— De Boston, senhor.

— E por que está lutando pelo sul?

— Por causa do aspecto mulherengo, senhor — respondeu Nathaniel num tom de desafio.

Ele sentiu Swynyard se agitar ao seu lado e supôs que o coronel estava tentando passar a mensagem de que ele devia aplacar sua combatividade, mas Nate estava irritado com a sugestão de que precisaria provar sua lealdade para aqueles sulistas. O gato ronronava alto.

— Prossiga — disse Jackson numa voz perigosamente seca. Nathaniel deu de ombros.

— Eu segui uma mulher para o sul, senhor, e fiquei aqui porque gostei.

Jackson encarou o rosto de Nathaniel por alguns segundos. Não pareceu gostar do que via e em vez disso olhou para seus papéis.

— Precisamos decidir o que fazer com a brigada. Ela não está em boas condições, não é, Hotchkiss?

Hotchkiss deu de ombros muito levemente.

— Não tem munição de reserva nem transporte. E um regimento está praticamente sem oficiais.

Jackson olhou para Swynyard.

— E então?

— Só precisamos tomar a munição do inimigo, senhor — respondeu Swynyard.

Jackson gostou da resposta. Olhou de novo para Nate, que de repente, e tardiamente, percebia que esse interrogatório não era uma questão disciplinar, e sim algo totalmente diverso.

— Qual é a maior falha desse exército? — perguntou Jackson a ele.

A mente de Nathaniel girou em pânico. A maior falha? Por um segundo, lembrando-se das execuções da manhã, ficou tentado a responder que era a deserção, mas antes que sua língua pudesse moldar uma palavra, um pensamento anterior brotou.

— Os desgarrados, senhor.

Alguns regimentos perdiam um quarto de seu número porque os homens saíam das fileiras durante as longas marchas, e, ainda que um bom número desses retardatários reaparecesse, dentro de um ou dois dias, alguns sumiam para sempre. Ele tinha dado uma boa resposta ao general, mas, mesmo assim, desejou ter tido mais tempo e elaborado uma resposta mais refletida.

Então, espantosamente, viu que tinha dado a resposta correta, porque Jackson assentia.

— E como você vem impedindo os desgarrados em sua unidade, Starbuck?

— Eu só digo aos filhos da puta que eles estão livres para ir embora, senhor.

— Você faz o quê? — rosnou Jackson com sua voz alta.

Hotchkiss pareceu alarmado, e o outro oficial balançou a cabeça como se sentisse pena da estupidez de Nate.

— Eu só digo que eles podem deixar o regimento, senhor, mas também digo que não têm permissão de levar nenhuma propriedade do governo confederado para o caso de elas se desgarrarem até em casa ou para as mãos dos inimigos. Por isso digo que estão livres para ir embora, mas primeiro deixo os filhos da puta completamente nus e confisco suas armas. Depois os chuto para longe.

Jackson o encarou.

— Você faz isso? De verdade? — Era difícil saber se o general aprovava ou não, mas agora Nathaniel não podia recuar.

— Eu fiz uma vez, senhor — admitiu. — Só uma. Mas só precisei fazer uma vez, porque desde então não tivemos mais nenhum desgarrado. A não ser os doentes, senhor. Eles são diferentes.

A voz de Nate ficou no ar enquanto o general começava a se comportar de um modo muito estranho. Primeiro ele levantou um dos joelhos ossudos, depois segurou o joelho com as duas mãos enormes, e depois disso inclinou o corpo para trás até onde a cadeira dura permitia. Depois inclinou a cabeça para trás e abriu a boca o máximo possível sem emitir nenhum som. Nathaniel se perguntou se o general estaria tendo um ataque, mas depois viu os dois oficiais rindo e percebeu que isso era o modo peculiar de Jackson demonstrar que estava se divertindo.

O general ficou na pose estranha por alguns segundos, depois se inclinou para a frente de novo, soltou o joelho e balançou a cabeça. Ficou em silêncio por mais alguns segundos e se virou para Swynyard.

— Quantos anos você tem, coronel?

— Cinquenta e quatro, senhor — respondeu Swynyard, parecendo um tanto envergonhado. Um soldado com 54 anos era considerado velho, a não ser que, como Lee, fosse o comandante em chefe. O próprio Jackson tinha 38, e a maior parte da luta era feita por rapazes que ainda não tinham feito 21.

Mas o argumento de Jackson não tinha a ver com a idade perfeita para um soldado. Era, sim, um comentário teológico.

— Eu também já era maduro antes de encontrar Cristo, coronel. Não digo que devemos estar na idade madura antes da conversão, mas também não devemos culpar os jovens por deixar de fazer o que nós próprios não fizemos. Quanto ao seu comportamento mulherengo — ele olhou para Nathaniel —, o casamento vai curar isso, se a autodisciplina não conseguir. Acho que imersão diária em água fria e exercícios regulares ajudam. Rache lenha, rapaz, ou se balance num galho. Você pode saltar cercas. Mas se exercite! Se exercite! — De repente, ele se levantou e pegou a carta de Washington Faulconer, então a encostou numa chama de vela. Segurou o papel junto à chama até estar bem aceso, depois o levou com cuidado e segurança para a lareira vazia, onde o olhou queimar até virar cinza. — A guerra traz mudanças — prosseguiu, virando-se de novo para os visitantes. — Ela me mudou, vai mudar vocês. Confirmo suas nomeações. Você, coronel Swynyard, irá assumir a Brigada Faulconer. E você, major Starbuck, vai comandar a legião dele. Em troca, lutarão por mim, e lutarão com mais intensidade do que fizeram em toda a sua vida. Não estamos aqui para derrotar o inimigo, mas, com a ajuda de Deus, vamos ajudar a destruí-lo, e peço sua ajuda nessa ambição. Se receber essa ajuda, irei aceitá-la como seu dever, mas, se fracassarem, mandarei ambos atrás do Faulconer. Boa noite aos dois.

Nate não conseguia se mexer. Tinha entrado na sala esperando ser castigado e, em vez disso, tinha recebido uma promoção. E não era qualquer promoção, e sim o comando do seu próprio regimento. Meu Deus! Tinha o comando da legião, e de repente ficou aterrorizado com a responsabilidade. Tinha apenas 22 anos, certamente era jovem demais para comandar um regimento; depois se lembrou de Micah Jenkins, o georgiano que havia comandado sua brigada penetrando fundo no exército ianque em Seven Pines. E Jenkins não era muito mais velho que ele. Havia outros oficiais de 20 e poucos anos que comandavam regimentos e brigadas, então por que não estaria preparado?

— Boa noite, senhores! — disse Jackson incisivamente.

Nate e Swynyard foram arrancados da perplexidade. Permitiram-se ser levados para fora por um ajudante, que deu os parabéns na varanda iluminada pelos lampiões.

— O major Hotchkiss recomendou vocês dois — explicou o ajudante. — Vocês devem mandar seus homens cozinharem o máximo de rações possível e prepará-los para marchar muito cedo de manhã. — Ele sorriu e entrou de novo na casa.

— Meu Deus — murmurou Swynyard debilmente. — Uma brigada.

O coronel parecia mais próximo das lágrimas do que da exultação. Ele ficou em silêncio por alguns segundos e Nathaniel supôs que estivesse rezando; então Swynyard foi à frente, em direção ao lugar onde os cavalos estavam amarrados.

— Eu não fui totalmente honesto com você antes — disse ele enquanto desamarrava seu cavalo. — Eu sabia que Hotchkiss estava me sondando com relação ao novo comandante da legião, mas não ousei levantar suas esperanças. Ou as minhas, confesso.

Nate montou desajeitadamente no cavalo emprestado.

— Medlicott não vai ficar feliz.

— O objetivo dessa guerra é corrigir as concepções políticas equivocadas de Abraham Lincoln — disse o coronel Swynyard com mordacidade —, não fazer a felicidade do capitão Medlicott. — Ele esperou até Nate se acomodar na sela. — Eu achei que você ia chatear Jackson.

Nathaniel riu.

— Não podemos esperar que o velho Jack aprove um mulherengo, não é?

Swynyard olhou para o céu. As últimas nuvens tinham ido embora e havia um esplendor de estrelas formando um arco sobre a cabeça dos dois.

— Acho que eu não devia repassar boatos — começou —, mas existem histórias de que o velho Jack teve um filho ilegítimo. Há muito tempo. As histórias provavelmente são inverídicas, mas quem sabe? Talvez seja necessário conhecer o pecado antes de odiá-lo. Talvez os melhores cristãos sejam feitos a partir dos piores pecadores, não é?

— Então ainda há esperança para mim? — provocou Nate.

— Só se você vencer batalhas, Starbuck, só se vencer batalhas. — O coronel olhou para ele. — A legião não vai ser um serviço fácil.

— Não, senhor, mas sou o melhor homem para ele. — Nathaniel sorriu para o coronel. — Eu sou um filho da puta arrogante, mas, por Deus, sei lutar. — E agora tinha um regimento inteiro para lutar por ele, e mal podia esperar para dar início.

O general Thomas Jackson tirou da mente o interrogatório com Swynyard e Nathaniel no segundo em que eles saíram da sala, concentrando-se nos mapas que o major Hotchkiss tinha desenhado meticulosamente para ele. Esses mapas feitos à mão, abertos de ponta a ponta na mesa de cavaletes e com os cantos presos por candelabros, mostravam a região ao norte do Rappahannock, a região onde a ideia insolente e ousada de Robert Lee seria testada. Era uma ideia da qual Jackson gostava porque era desafiadora e porque tinha imensas possibilidades.

O que significava que também guardava riscos enormes.

O inimigo estava se entrincheirando depois da íngreme margem norte do Rappahannock, convidando os rebeldes a jogar a vida fora em ataques inúteis atravessando o rio profundo. Sem dúvida eles planejavam ficar depois do rio enquanto mais e mais regimentos de McClellan acrescentavam suas fileiras ao exército nortistas até que, finalmente, seu número fosse avassalador e eles sentissem confiança para varrer da história o maltrapilho exército de Lee.

242

Assim, em resposta, Lee propunha violar uma das regras fundamentais da guerra. Ele planejava dividir seu exército, que já era pequeno, em dois exércitos ainda menores, cada qual terrivelmente vulnerável ao ataque. Essa vulnerabilidade era o risco, mas era um risco baseado na probabilidade de John Pope não atacar, e, em vez disso, ficar atrás de sua margem íngreme e esperar que os regimentos de McClellan aumentassem suas fileiras.

Assim, Lee planejava distrair Pope fazendo movimentos ameaçadores na margem sul do Rappahannock. E, enquanto Pope vigiasse essa distração, Thomas Jackson marcharia para o oeste com o exército rebelde menor. Iria com apenas vinte e quatro mil homens, que seguiriam para o oeste, depois para o norte e então, com a ajuda de Deus, para o leste, até terem penetrado longe e fundo na retaguarda do inimigo. E, assim que estivesse por trás das linhas de Pope, esse pequeno exército rebelde mataria, cortaria, queimaria e destruiria até que John Pope fosse obrigado a se virar para destruí-lo. Então o pequeno exército, o exército vulnerável, precisaria lutar feito o diabo para dar tempo de Lee chegar a sua ajuda, mas pelo menos os rebeldes estariam lutando num terreno de sua escolha, e não atacando através de um rio tingido de sangue. O pequeno exército de Jackson era a bigorna, e o maior, de Lee, o martelo. E com a graça de Deus o exército de John Pope seria apanhado entre os dois.

Mas, se o martelo e a bigorna não conseguissem se juntar, os livros de história diriam que Lee e Jackson jogaram fora um país ao violar as regras básicas da guerra. Por pura tolice.

Mas a tolice era a única arma que restava aos rebeldes. E poderia funcionar.

Portanto, no dia seguinte, de manhã, Jackson, o Tolo, marcharia.

9

Eles marcharam.

Marcharam como nunca haviam marchado na vida e como esperavam jamais ter de marchar de novo.

Marcharam como nenhuma tropa jamais tinha marchado, e o fizeram num dia quente como o inferno e seco como os ossos do inferno, e através de uma poeira densa levantada pelos homens e cavalos que iam à frente; uma poeira que cobria as línguas, engrossava as gargantas e ardia nos olhos.

Marchavam com botas arrebentadas ou até sem botas. Marchavam porque o Velho Jack Maluco tinha dito que esperava que eles marchassem, mas ninguém sabia por que estavam marchando nem para onde. Primeiro marcharam para o oeste por um território exuberante, não visitado por equipes de forrageiros de nenhum dos dois exércitos, onde as pessoas recebiam os primeiros regimentos com biscoitos, queijo e leite. Mas não havia comida suficiente para servir a todos os homens que passavam andando com dificuldade: regimento após regimento, brigada após brigada, a longa fila de homens sofrendo com o passo ligeiro indo para o oeste com poeira no rosto, sangue nas botas e suor na barba.

— Aonde estão indo, rapazes? — perguntou um velho aos soldados.

— Dar uma surra nos ianques, vovô! — um homem encontrou energia para gritar, mas ninguém além do general sabia qual era o destino.

— Deem uma bela surra neles, rapazes! Deem uma bela surra nos filhos da puta!

A legião tinha sido acordada às três da madrugada por cornetas que arrancaram os homens cansados do sono leve. Os soldados resmungaram e xingaram o Velho Jack, depois sopraram as fogueiras para ferver o café medonho.

Nate distribuiu toda a munição que a legião possuía. Cada homem carregaria trinta balas, metade da quantidade normal, mas esses eram todos os cartuchos que restavam. Os homens levariam suas trinta balas, as armas, o cobertor e uma sacola com o máximo de biscoito duro e carne cozida que pudessem carregar, mas não poderiam levar mais nada. Todas as mochilas e a bagagem pesada seria deixada ao sul do Rappahannock sob a guarda de homens feridos e doentes demais para marchar.

Daniel Medlicott, cuja promoção a major tinha sido o último presente de Washington Faulconer à legião, foi com o sargento-mor Tolliver fazer um protesto formal contra as ordens de Nathaniel. Eles disseram que, se a legião encontrasse um inimigo, os homens não poderiam lutar adequadamente com apenas metade da munição necessária. Nervoso com esse primeiro desafio à sua autoridade, Nate postergou o confronto abaixando-se perto de sua fogueira e acendendo um charuto.

— Então teremos de lutar duas vezes mais que eles — disse, tentando afastar a insatisfação dos dois com uma resposta leve.

— Isso não é uma piada, Starbuck — retrucou Medlicott.

— É claro que isso não é uma piada! — rebateu Nathaniel, mais alto do que pretendia. — Isso é uma guerra! Você não desiste de lutar só porque não tem tudo o que quer. Os ianques fazem isso; nós, não. Além do mais, não vamos lutar sozinhos. Todos os homens de Jackson estão marchando conosco.

O sargento-mor parecia infeliz, mas não pressionou. Nate suspeitava que Medlicott havia convencido o sargento a participar de um protesto que era mais o resultado do seu ressentimento do que de uma preocupação genuína. E Nathaniel admitia que Medlicott tinha motivos para se sentir maltratado. Durante um dia o moleiro tinha pensado que era o comandante da Legião Faulconer, e depois, do nada, o homem por quem sentia mais aversão no regimento havia sido promovido e ocupava uma posição acima da dele. Medlicott afirmou que seu protesto tinha um objetivo mais nobre que salvar o orgulho ferido.

— Você não entende porque não é um local — disse a Nate. — Mas eu sou, e esses são meus vizinhos. — Ele balançou uma das mãos indicando a legião. — E é meu dever levá-los para casa, para as esposas e para os filhinhos.

— Isso faz com que se questione por que estamos travando uma guerra, afinal de contas.

Medlicott olhou para o rapaz de Boston, sem saber como interpretar a observação.

— Acho que não deveríamos marchar — reiterou o protesto com intensidade. — E não será minha culpa se houver um desastre.

— É claro que não será sua culpa — disse Nathaniel causticamente. — Será minha culpa, assim como será minha culpa se não houver um desastre. — E, para sua diversão particular, o antigo sotaque de Boston havia mudado, acompanhando sua aliança com o sul. — E seu dever, major, não é garantir que seus vizinhos voltem para casa, e sim que os ianques vão para casa. E, se os filhos da puta não tiverem o tino de ir por conta própria, seu dever é mandá-los de volta para as esposas e para os filhinhos dentro de caixões. Esse é o seu dever. Bom dia. — Em seguida, deu as costas aos dois insatisfeitos. — Capitão Truslow!

Truslow se aproximou.

— Só Truslow já basta — disse.

— Sua companhia está na retaguarda e você sabe o que fazer se encontrar algum desgarrado. — Nate fez uma pausa. — E isso inclui oficiais desgarrados.

Truslow assentiu, sério. Além de comandar a Companhia H, ele também tinha o comando dos oito cavalos de carga do regimento que sobreviveram e antigamente puxavam as carroças de munição e suprimentos. Agora, sem veículos para arrastar, serviriam como ambulâncias para os homens que genuinamente não conseguissem acompanhar o ritmo.

A legião começou a marchar ao alvorecer. A ordem de deixar a bagagem pesada para trás havia alertado os homens para o fato de que essa não seria uma marcha comum, não seria um passeio pelo campo indo de um bivaque ao outro, mas ninguém estivera preparado para uma marcha tão difícil. Geralmente Thomas Jackson dava aos seus homens um descanso de dez minutos a cada hora, mas hoje não. Hoje marchavam sem paradas para descansar e havia oficiais ao lado da estrada garantindo que ninguém ficasse de preguiça. E havia outros esperando no primeiro vau para garantir que ninguém parasse para tirar as botas ou enrolar a calça.

— Continuem marchando! — gritavam eles. — Continuem! Andem!

As tropas obedeciam, chapinhando para fora do vau e deixando rastros molhados que secavam rapidamente sob o sol quente de agosto.

O sol subiu mais ainda. Era um dos verões mais quentes na memória, mas hoje parecia que o calor iria alcançar novos patamares de desconforto. O suor abria riscas pelas camadas de poeira que cobriam o rosto dos homens. Às vezes, quando a estrada passava pelo topo de uma colina baixa, eles viam a linha de infantaria se estendendo até longe, à frente e atrás, e supunham que toda uma divisão estava em marcha, mas só Deus e o Velho Jack sabiam para onde. Não marchavam com passo combinado, seguiam na caminhada dos soldados de infantaria experientes que sabiam que teriam de suportar essa agonia durante um dia inteiro.

— Fechem os buracos! — gritavam os sargentos sempre que uma abertura surgia nas fileiras da companhia, e o grito ecoava ao longo da longa linha trôpega. — Fechem! Fechem!

Eles passaram por campos ressecados, lagos secos e celeiros vazios. Cachorros de fazendas rosnavam da beira da estrada e às vezes começavam brigas com os cachorros de estimação dos soldados; geralmente essas brigas eram diversões populares, mas hoje os sargentos chutavam os bichos separando-os e batiam nos cachorros da região com a coronha dos fuzis.

— Continuem! Fechem os buracos!

A cada hora, mais ou menos, uma das patrulhas de cavalaria que protegiam a marcha contra possíveis cavaleiros inimigos passava a meio-galope pela legião, a caminho de novas posições à frente da longa coluna, e os cavaleiros respondiam às perguntas dos soldados de infantaria dizendo que não tinham visto inimigos. Parecia que até agora os ianques não sabiam dos homens de Jackson se movendo pela quente paisagem de verão.

Os homens mancavam à medida que os músculos primeiro se retesavam e depois se contraíam com cãibras. A dor começava nos tornozelos, depois se espalhava para as coxas. Alguns deles, como Nate, usavam botas tomadas no monte Cedar, e em poucos quilômetros elas tinham ralado os calcanhares e os dedos até formar bolhas de sangue. Nathaniel tirou as suas e as amarrou em volta do pescoço, então marchou descalço. Durante algumas centenas de metros ele deixou pequenas pegadas sangrentas na poeira; depois as bolhas secaram, mas continuaram doendo. Seus pés doíam, suas pernas doíam, sentia uma pontada na lateral da cintura, sua garganta ardia, seu dente ruim latejava, seus lábios estavam rachados, seus olhos ardiam com o suor e a poeira, e esse era apenas o início da marcha.

Alguns oficiais iam a cavalo. Swynyard estava montado, assim como o major Medlicott e o capitão Moxey. Moxey estava de volta com a legião. Nate não o quisera, mas Swynyard também não o queria como ajudante, portanto Moxey era agora capitão da Companhia B. O recém-promovido major Medlicott tinha ido para a Companhia A com a honra consoladora de comandar as quatro companhias do flanco direito da legião. Moxey tinha a companhia seguinte. O sargento Patterson, agora tenente Patterson, comandava a C, e o antigo tenente de Murphy, Ezra Pine, era agora capitão da Companhia D. As quatro companhias da esquerda tinham o sargento Howes, agora tenente, no comando da E; um tal de capitão Leighton, que tinha sido emprestado do regimento de Haxall, do Arkansas, comandava a F. O capitão Davies assumiu a antiga de Medlicott, a Companhia G, e Truslow, que Nate havia insistido em promover a capitão, comandava a Companhia H.

Era uma lista precária de oficiais, montada por causa do desastre, e os homens da legião sabiam que era improvisada e não gostavam disso. Nathaniel entendia a inquietação. A maioria deles não queria ser soldado. Eles não queriam ser arrancados de casa, das mulheres e da convivência no condado. E até o sentimento de aventura dos rapazes mais imprudentes podia ser erodido com facilidade pelas balas Minié e pelos obuses disparados pelos canhões Parrot. O que mantinha esses guerreiros relutantes no dever era a disciplina, a amizade e a vitória. Nathaniel sabia que, se desse essas coisas, os homens da Legião Faulconer acreditariam que eram os melhores soldados do mundo inteiro e que não havia um homem vivo ou morto, usando qualquer uniforme de qualquer país de qualquer era, que poderia derrotá-los numa luta.

Mas nesse momento a legião não tinha essa convicção. Seu sentimento de camaradagem tinha sido despedaçado pelo ataque de Galloway e pelo desaparecimento de Washington Faulconer. A maioria dos homens da legião conhecia Faulconer desde a infância; ele havia dominado a vida civil deles assim como a existência militar. E, independentemente de suas falhas, a falta de gentileza jamais havia sido uma delas. Faulconer era um comandante fácil porque queria ser amado, e seu desaparecimento inquietava as tropas. E os homens estavam envergonhados porque a legião era o único regimento que marchava sem bandeiras. Todas as outras unidades avançavam com estandartes desfraldados, mas, para sua desgraça, a legião não tinha nenhum.

Assim, enquanto marchavam, Nate passava um tempo com cada companhia. Não se impunha sobre elas. Em vez disso, começava ordenando que os homens cerrassem fileiras e marchassem mais rápido, depois simplesmente marchava junto e suportava os olhares embaraçados ou pouco amistosos que lhe diziam que a maioria deles o considerava jovem demais para ser o comandante. Ele sabia que esses olhares não significavam que era impopular, já que na primavera, quando a legião havia tido a última eleição para oficiais de campanha, quase dois terços dos homens escreveram seu nome nas cédulas, apesar da oposição de Washington Faulconer. Mas aquele desafio da primavera não significava que quisessem o jovem nortista rebelde como oficial comandante. Não com 22 anos e não à custa de homens de sua própria comunidade da Virgínia. E assim Nate marchava com eles e esperava que alguém fizesse a primeira pergunta. A conversa que havia tido com a Companhia G tinha se tornado bastante comum.

— Para onde vamos? — quis saber Billy Sutton, recém-promovido a sargento.

— O Velho Jack sabe e não vai dizer.

— Nós vamos ver o general Faulconer de novo? — Essa pergunta veio de um homem que já havia trabalhado nas terras de Washington Faulconer e sem dúvida queria saber se seu antigo emprego o estaria esperando no fim da guerra.

— Acho que sim — respondeu Nate. — Ele só foi levado para coisas mais importantes. Não dá para manter um homem como o general Faulconer por baixo, você deveria saber.

— Então para onde ele foi? — A pergunta era hostil.

— Richmond.

Houve outro silêncio, a não ser pelo som de botas batendo na estrada, de coronhas de fuzil batendo nos cantis de estanho e do som áspero da respiração dos homens. A poeira subia da estrada cobrindo os arbustos com um cinza-avermelhado.

— Dizem que o Velho Jack deu um tapa com as costas da mão em Faulconer. Foi isso que o senhor ouviu, major? — perguntou o sargento Berrigan.

Nathaniel notou o uso de sua nova patente e supôs que Berrigan o apoiava. Balançou a cabeça.

— Pelo que ouvi dizer, o Velho Jack simplesmente achou que o general Faulconer seria mais útil em Richmond. Faulconer nunca ficou feliz com esse negócio de marchar e dormir mal, todos vocês sabem. Ele não foi criado para isso e nunca sentiu gosto por isso, e o Velho Jack apenas concordou com ele.

249

Era uma resposta bastante astuta, sugerindo que Faulconer não era tão durão quanto seus homens. A maior parte da legião não queria acreditar que seu general tinha sido dispensado, já que isso se refletia neles, por isso estavam dispostos a abraçar a versão mais gentil de Nate para o desaparecimento súbito de Faulconer.

— E o coronel Bird? — perguntou um homem.

— Pica-Pau vai voltar logo — garantiu Nathaniel. — E vai recuperar o antigo trabalho.

— E o capitão Murphy? — gritou outro homem.

— Pelo que ouvi na última vez, ele estava muito bem. Também vai voltar.

A companhia continuou em frente.

— Ainda somos a Legião Faulconer? — perguntou um cabo.

— Acredito que sim — respondeu Nate. — A maior parte de nós veio de lá. — A resposta era uma evasiva, já que, com o tempo, Nathaniel pretendia mudar o nome do regimento, assim como Swynyard planejava mudar o nome da brigada.

— Eles vão promover Tony Murphy a major? Como o senhor?

Essa pergunta carrancuda veio de um homem alto e mal-humorado chamado Abram Trent, que pareceu deliberadamente pouco amistoso. A pergunta de Trent sugeria que a promoção de Nate tinha vindo rápido demais e à custa de homens nativos do Condado de Faulconer.

Nathaniel reagiu à pergunta:

— A decisão não foi minha, Trent, mas, se você acha que eu não deveria ser major, fico muito feliz em discutir isso assim que pararmos de andar. Você e eu, mais ninguém.

Os homens gostavam de um oficial disposto a usar os punhos, e a oferta de luta por parte de Nathaniel os fez respeitá-lo. E a relutância de qualquer um em aceitar a oferta só aumentava esse respeito. Nate sabia que homens como Abram Trent eram centros de resistência à sua autoridade nova e frágil, e ao encará-los e suplantá-los ele ajudava a tornar esse desafio impotente. Ele terminou dizendo à Companhia G o pouco que sabia do destino deles.

— O Velho Jack não faz a gente marchar feito cachorros só porque quer, pessoal. Estamos indo dar uma surra nos ianques, portanto, guardem o fôlego e continuem marchando.

A batalha, pensou, e especificamente a vitória na batalha, era o elixir que restauraria a confiança da legião.

Mas nem todos os homens estavam ansiosos pelo combate. No fim da manhã, quando poucos ainda tinham fôlego para perguntas ou respostas, o capitão Moxey alcançou Nathaniel. Moxey estivera montado, mas agora puxava o animal pelas rédeas.

— Eu não posso continuar — avisou.

Nate lançou um olhar hostil para o macilento Moxey.

— Você parece bem descansado para mim, Mox.

— Não sou eu, Starbuck, e sim a égua.

Nathaniel tirou a alça do fuzil de cima do ponto no ombro direito que estava ficando esfolado pelo roçar incessante, mas sabia que em segundos ela voltaria ao lugar ferido.

— Sua égua não comanda uma companhia, Mox. Você, sim.

— Ela está manca — insistiu Moxey.

Nate olhou para o animal, que estava mesmo mancando ligeiramente com a pata direita traseira.

— Então a solte.

— Provavelmente é só uma ferradura mal colocada — disse Moxey. — Se você me der um passe, Starbuck, eu acho um ferreiro num povoado aqui perto e depois alcanço vocês.

Nate balançou a cabeça.

— Eu não posso fazer isso, Mox. Ordens do Velho Jack. Ninguém pode abandonar a marcha.

— Eu não vou demorar! — insistiu Moxey. — Diabos, é o que nós sempre fazemos quando estamos em marcha.

Ele tentava parecer despreocupado, mas só conseguia soar petulante. Sua família tinha dinheiro, mas, como Pica-Pau Bird sempre dizia, não o suficiente para as pretensões dele, assim como Moxey não possuía graça suficiente para ser um cavalheiro. Havia nele um eterno ar de queixa, como se estivesse ressentido contra um mundo que inexplicavelmente havia negado à sua família os últimos milhares de dólares que a livrariam de qualquer preocupação financeira. E Moxey, o filho mais velho, vivia no terror de um dia ter de trabalhar para viver.

Nathaniel fez uma careta quando pisou numa pedra afiada. Estava marchando descalço, e por um ou dois passos a dor o impediu de falar. Então a breve agonia passou.

— Então o que é, Mox? Você não quer lutar?

Moxey se eriçou.

— Está me acusando de covardia?

— Estou fazendo uma maldita de uma pergunta — reagiu Nate rispidamente.

Moxey recuou no mesmo instante.

— Minha égua está manca! É só isso!

Nathaniel passou o fuzil para o ombro esquerdo, mas imediatamente passou a sentir o ponto machucado que estava ficando esfolado.

— As ordens são claras, Mox. Se a sua montaria não aguenta, você deve deixá-la para trás. Deixe-a num campo onde algum fazendeiro possa encontrá-la.

— Ela é uma égua valiosa! — protestou Moxey. — Do plantel de Faulconer.

— Não me importa se é um maldito unicórnio dos estábulos do sol — disse Nathaniel com frieza. — Se não consegue acompanhar, fica para trás.

A raiva de Moxey explodiu:

— Ela não é um pangaré de um carvoeiro de Boston, Starbuck. É um animal de primeira. Vale quase mil dólares.

Nathaniel colocou o fuzil de volta no ombro direito.

— Só continue com a gente, Mox, com ou sem égua.

— Pode ferver o seu cérebro de filho da puta — disse Moxey, e se virou com raiva.

Nate, de repente, sentiu uma energia renovada. Ele foi atrás de Moxey, agarrou-o pelo cotovelo e o guiou até algumas árvores que cresciam ao lado da estrada. Obrigou-se a sorrir para que os homens que olhavam não percebessem a cena como uma briga entre dois oficiais, mas, assim que estava com Moxey e sua égua fora do campo de visão da coluna, desfez o sorriso.

— Agora escuta aqui, seu filho de uma puta desgraçada. Você pode não gostar, mas eu estou no comando desse maldito regimento e você não passa de um capitão que vai fazer o que todos os outros homens do regimento precisam fazer. Não me importa se você vai montar a maldita da sua égua até ela morrer ou se vai deixá-la aqui para morrer de fome. O que me importa é que você esteja comandando a Companhia C quando enfrentarmos os malditos ianques. Então o que você vai fazer, Mox? Marchar ou cavalgar?

Moxey tinha empalidecido.

— Eu não vou deixar a minha égua. Ela é valiosa demais.

Nate tirou o revólver do coldre.

— Vou lhe dizer, Mox — falou, colocando uma espoleta num cone. — Deviam ter afogado você assim que você nasceu e poupado um monte de encrenca para a gente. — Ele girou o tambor de modo que a câmara escorvada fosse a próxima sob o cão, depois encostou o revólver na cabeça baixa da égua, com o cano logo acima dos olhos do animal.

— Que diabos... — começou Moxey.

Nathaniel puxou o cão para trás enquanto a égua o encarava com seus olhos castanhos suaves.

— Você é um pedaço de bosta de rato leproso, Mox — disse com a voz calma. — Mas, por acaso, eu preciso de você apesar disso, e se essa égua aqui for o obstáculo para você fazer o seu trabalho, bom, a égua vai ter que ir para o céu. — Ele apoiou o dedo no gatilho.

— Não! — Moxey afastou a égua do revólver. — Ela vai conseguir!

Nathaniel baixou o cão.

— Só garanta que você também vai conseguir, Mox.

— Maldição! Você é maluco!

— E seu comandante, Mox, e acho que é sensato não irritar os comandantes, especialmente os comandantes malucos. Da próxima vez vão ser os seus miolos, e não os da égua. — Nate virou a cabeça na direção da estrada. — Retorne à sua companhia.

Ele acompanhou Moxey de volta à estrada. A Companhia H estava passando e Truslow cuspiu na direção da figura desconsolada de Moxey.

— O que foi isso? — perguntou a Nate.

— Mox e eu só estávamos olhando a égua dele. Decidindo se ela conseguiria continuar caminhando até o fim.

— Ela poderia caminhar para sempre — disse Truslow com desprezo —, desde que ele tirasse a maldita pedra presa no casco dela.

— Era só isso?

— O que diabo você achou que era?

Truslow não parecia afetado pelo calor do dia nem pela velocidade da marcha. Ele era um dos homens mais velhos da legião mas também era o mais forte. Não se importava muito em ser promovido a oficial, porque para ele a patente era indiferente, mas se importava com Nathaniel, que ele percebia um homem inteligente e um soldado esperto.

— Você precisa ficar de olho no Moxey.

— Foi o que eu pensei.

— Estou falando de vigiar de verdade. — Truslow passou um chumaço de tabaco de uma bochecha para a outra. — Ele é o bichinho de estimação do Faulconer, e Faulconer não quer que a gente seja bem-sucedido.

Nate deu de ombros.

— O que Moxey pode fazer com relação a isso? Ele nem quer estar aqui, só quer fugir.

— Ele é dissimulado. É igual a um cachorro. Precisa de um dono, sabe? E agora que Faulconer foi embora ele provavelmente vai enfiar o nariz no bolso de Medlicott. — Truslow fungou. — Você ouviu o boato que Medlicott está espalhando? Ele disse que, se tivesse mantido o comando da legião, nós não estaríamos lutando com Jackson, e sim sentados nas trincheiras em Richmond. Ele diz que isso é um fato.

— Fato é o diabo — retrucou Nathaniel, encolhendo-se quando o peso do fuzil pressionou o ombro.

— Mas é o tipo de boato em que os homens acreditam se estiverem insatisfeitos, e não adianta fingir que todo mundo na legião quer você no comando. Você se esquece de quantos homens dependem de Washington Faulconer para viver. Eles cortam as árvores dele, pescam nos rios dele, recebem salário dele, guardam o dinheiro no banco dele e vivem nas casas dele. Veja Will Patterson. — Truslow estava se referindo ao recém-promovido comandante da Companhia C.

— Patterson vem tentando virar oficial desde o início da guerra — disse Nate. — Ele devia me agradecer!

— Aquela família não agradece nada!

O sargento Patterson, filho de um canteiro em Faulconer Court House, tinha tentado duas vezes vencer uma eleição para oficial, mas fracassou em ambas. Nathaniel não tinha certeza se Patterson seria um bom oficial, mas não havia mais ninguém que ele pudesse promover.

— E uma boa parte dos negócios dos Pattersons vem de Washington Faulconer — continuou Truslow. — Você acha que Will Patterson pode se dar ao luxo de apoiar você?

— Desde que ele lute, é só isso que importa.

— Mas Medlicott, Moxey e Patterson estão comandando suas três companhias do flanco direito — argumentou Truslow objetivamente.

254

— E com que empenho você acha que esses sujeitos vão lutar quando a coisa ficar sangrenta?

Nate pensou nessa observação e não gostou do que estava pensando. Guardou a conclusão para si mesmo e riu para Truslow.

— Algumas pessoas gostam de mim — declarou.

— Quem?

— Coffman.

— Ele é um garoto, novo demais para saber das coisas.

— Swynyard?

— Mais louco que um morcego raivoso.

— Pica-Pau?

— Mais louco do que dois morcegos raivosos.

— Murphy.

— Murphy gosta de todo mundo. Além disso, ele é irlandês.

— Você?

— Eu gosto de você — concordou Truslow com desprezo —, mas que tipo de recomendação você acha que isso é?

Nathaniel riu.

— De qualquer modo — disse depois de dar alguns passos —, não estamos aqui para que gostem de nós. Estamos aqui para vencer batalhas.

— Então certifique-se de vencer, certifique-se muito bem.

Os homens cansados e morrendo de calor tiveram uma folga quando chegaram perto do Rappahannock. Até esse momento o Exército havia marchado bem ao sul do rio, mas agora os homens iam virar para o norte passando pelo flanco ianque. A margem norte do rio era um penhasco pelo qual a estrada subia íngreme, e um dos oitenta canhões de Jackson empacou no barranco escorregadio. Os cocheiros usavam chicotes e a infantaria mais próxima foi convocada para empurrar as rodas dos canhões, mas o atraso inevitavelmente foi recuando pela coluna, e os homens agradecidos desmoronaram perto da estrada para descansar as pernas doloridas e recuperar o fôlego. Alguns dormiram, seus rostos com uma aparência cadavérica por causa da poeira que cobria a pele. Moxey tirou disfarçadamente a pedra do casco da égua, depois se sentou ao lado do carrancudo major Medlicott. A maior parte dos outros oficiais da legião se juntou em volta de Nathaniel, esperando obter mais informações do que ele tinha dado até então, mas Nate insistiu que não sabia para onde iam.

— Deve ser para o vale do Shenandoah — opinou o capitão Davies, e, embora ninguém o tivesse contradito ou perguntado por que acreditava nisso, ele explicou mesmo assim: — É o quintal do Velho Jack, não é? Ele é um terror no Shenandoah. Assim que os ianques souberem que estamos no Shenandoah, eles vão ter de dividir o exército em dois.

— Não se decidirem nos deixar apodrecer no Shenandoah — comentou o recém-promovido tenente Howes.

— Então não vamos apodrecer lá, e sim atravessar para Maryland — sugeriu Davies. — Subir o Shenandoah, atravessar direto o Potomac e ir até Baltimore. Assim que chegarmos a Baltimore podemos atacar Washington. Acho que daqui a um mês poderíamos arrancar Abe Lincoln da Casa Branca por cima de uma cerca.

A confiança de Davies foi recebida com silêncio. Alguém cuspiu na estrada, outro homem inclinou o cantil para a boca e o manteve ali na esperança de encontrar um último fio de água morna.

— Vamos descer o Shenandoah — disse Truslow por fim —, e não subir.

— Descer? — Davies ficou perplexo com a contradição. — Por que marcharíamos para o sul?

— Descer é para o norte e subir é para o sul — explicou Truslow. — Sempre foi e sempre vai ser assim. Vá ao vale e pergunte o caminho para subir o rio, e eles vão mandar você para o sul. Por isso vamos descer o Shenandoah, não subir.

— Subir ou descer — disse Davies, ofendido com a correção —, quem se importa? Ainda vamos para o norte. Vai ser uma marcha de dois dias até o Shenandoah, mais dois para o Potomac, e depois uma semana até Baltimore.

— Eu já estive uma vez em Baltimore. — O capitão Pine falou em tom sonhador. Todo mundo esperou para ouvir mais, porém pareceu que Pine não tinha nada a acrescentar ao anúncio breve.

— De pé! — Nate viu o batalhão da frente recebendo ordens para se levantar. — Deixem seus rapazes prontos.

Eles atravessaram o rio e foram para o norte. Não foram pela estrada, que nesse ponto seguia para o oeste, e marcharam por campos e florestas, atravessando riachos rasos e amplos cercados. Nathaniel tinha na

256

cabeça um mapa nebuloso da Virgínia e sentiu que agora marchavam paralelamente às montanhas Blue Ridge, o que significava que, assim que chegassem à ferrovia Manassas Gap, poderiam virar para o oeste e seguir os trilhos pelo desfiladeiro entrando no vale do Shenandoah. E esse vale apontava como um canhão para o interior de Washington, de modo que talvez o agitado Davies tivesse acertado. Nathaniel tentou imaginar a queda de Washington. Viu as maltrapilhas legiões rebeldes marchando pelo círculo de fortes conquistados que cercavam a capital ianque e depois, sob os olhos dos espectadores silenciosos e chocados que ladeavam as ruas, desfilando pela Casa Branca capturada. Ouviu a música da vitória e imaginou nitidamente a bandeira de batalha entrecruzada de estrelas voando alto acima das construções brancas, ricas e presunçosas, e, quando terminasse o desfile da vitória, os soldados ocupariam a cidade capturada e comemorariam o triunfo. O coronel Lassan, o francês, tinha passado uma semana na capital do norte e havia descrito a cidade para Nate. Ele disse que era um lugar desprovido de força. Não havia indústria em Washington, nem cais, nem fábricas, nem tecelagens movidas a vapor para soar apitos agudos e amortalhar o sol com sua imundície. Ele falou que era uma cidade pequena e sem propósito a não ser manufaturar leis e regulamentos; uma cidade artificial onde a astúcia passava por inteligência e a venalidade substituía a indústria. Era povoada por advogados pálidos, políticos gordos, putas ricas e hordas de empregados negros sem rosto. E, quando os rebeldes entrassem marchando, sem dúvida os advogados e os políticos teriam ido embora muito antes, o que significava que só as almas boas ficariam para trás.

Essa perspectiva hipnotizante servia para manter a mente de Nate longe das bolhas nos pés e dos músculos ardendo. Ele sonhava com uma cidade amena, champanhe capturado, camas amplas e lençóis brancos engomados. Sonhava com ostras fritas, sopa de tartaruga, carne assada, bifes e tortas de pêssego, tudo isso comido na companhia das prostitutas ricas dos advogados de Washington. E esse pensamento hipnotizante o lembrou subitamente da mulher de cabelos dourados que ele tinha vislumbrado na carruagem aberta do marido atrás das linhas ianques na batalha de Bull Run. Ela morava em Washington e o havia convidado a visitá-la. Mas agora ele não conseguia se lembrar do nome da mulher, de jeito nenhum. O marido era um congressista do norte, um homem pomposo e frouxo, mas a mulher era dourada e linda, uma visão cuja lembrança era suficientemente adorável para consolar um homem cansado marchando pelas cidadezinhas da Virgínia onde o povo empolgado aplaudia seus jovens soldados que passavam. Bandeiras rebeldes com um ano, guardadas durante os meses em que as tropas ianques eram as mais próximas, estavam penduradas em sacadas e empenas de telhados, e meninos traziam baldes de água de poço tépida para os soldados beberem.

As dores de Nathaniel pareceram quase entorpecidas quando o sol começou a baixar atrás dos picos serrilhados das montanhas Blue Ridge. À frente ele via os soldados tirando os chapéus e se perguntou por que tantos faziam esse gesto. Então um oficial do estado-maior veio a meio-galope ao longo da linha de marcha dizendo que eles não deveriam aplaudir.

— Não queremos que nenhum batedor da cavalaria ianque ouça — explicou o oficial. — Portanto, nada de gritar comemorando.

Comemorar? Por que não comemorar? Com os pensamentos arrancados dos luxos imaginados de Washington e jogados nessa realidade maldita e suarenta, Nate viu de repente uma figura de costas eretas parada em cima de uma pedra do tamanho de uma casa ao lado da estrada. Era Jackson, de chapéu na mão, observando a passagem das tropas. Nathaniel instintivamente ajeitou os ombros e tentou colocar algum ânimo na passada. Ele tirou o chapéu manchado de suor de cima do cabelo preto e comprido e olhou o homem de rosto duro que, ao vê-lo, assentiu muito levemente, em reconhecimento. Atrás de Nate a legião tirou os chapéus e acertou o passo para marchar diante do general lendário. Ninguém comemorou, ninguém disse uma palavra, mas, no quilômetro e meio seguinte, parecia haver um ânimo extra no passo de cada homem.

Marcharam tarde adentro. O céu do oeste era de um carmesim lívido riscado de ouro, uma luz intensa que diminuiu vagarosamente se desbotou num crepúsculo cinzento. As dores da marcha voltaram, agora aliviadas pela ligeira queda na temperatura brutal do dia. Os homens procuravam sinais de bivaques dizendo que tinham chegado ao destino, mas não havia nenhuma tropa acampando ao lado da estrada e nenhuma fogueira soltando fumaça no início da noite; em vez disso, a marcha prosseguiu na escuridão. A lua subiu branqueando a poeira que cobria os fuzis da legião e se grudava à pele dos homens. Ninguém cantava, ninguém falava, os homens simplesmente continuavam marchando, quilômetro após quilômetro sob uma lua

258

minguante. À direita, ao longe, um brilho vermelho extenso indicava as fogueiras ianques que cobriam os condados do norte da Virgínia. E Nate, tentando se manter alerta, percebeu que o exército de Jackson já estava ao norte da maior parte daquela claridade, o que certamente significava que o inimigo tinha sido flanqueado. E, pela primeira vez, se perguntou se eles estariam mesmo planejando virar para o oeste em direção ao Shenandoah. Talvez fossem para o leste, pensou, para mergulhar feito uma adaga na retaguarda ianque.

— Aqui! Aqui! Nada de fogueiras! — Uma voz arrancou Nathaniel do devaneio e ele viu um cavaleiro indicando uma campina escura na noite. — Descansem um pouco. — Evidentemente, o cavaleiro era um oficial do estado-maior. — Vamos marchar ao amanhecer. Nada de fogueiras! Há um riacho na base do morro para pegar água. Nada de fogueiras!

Nate recebeu a ordem e parou na porteira da campina para observar a legião passar exausta.

— Muito bem! — gritava para cada companhia. — Muito bem.

Os homens mal percebiam sua presença, apenas adentravam mancando na campina que ficava no topo de uma pequena colina. Moxey se manteve do lado oposto de sua companhia para que pudesse ignorar a existência de Nate.

Por fim, a companhia de Truslow passou.

— Algum desgarrado? — perguntou Nathaniel.

— Nenhum que você precise saber.

Nathaniel caminhou ao lado de Truslow entrando na campina.

— Uma marcha dos infernos — comentou, cansado.

— E amanhã provavelmente vamos repetir a dose. Quer que eu monte uma guarda?

Nate ficou tentado a aceitar a oferta, mas sabia que os homens da Companhia H achariam que ele os havia escolhido porque eram sua antiga companhia, por isso escolheu deliberadamente a Companhia A. O major Medlicott estava cansado demais para reclamar.

Nathaniel foi mancando até o bivaque de seus homens. Queria garantir que tivessem água para beber, mas a maioria já havia caído no sono. Eles simplesmente se deitaram no capim e fecharam os olhos, de modo que agora estavam feito os mortos que eram recolhidos no fim das batalhas para serem enterrados. Alguns caminharam até o riacho para encher os cantis, uns poucos fumavam, alguns mastigavam o biscoito duro, mas a maioria simplesmente estava esparramada ao luar.

Ele ficou acordado com os piquetes. Ao sul a lua brilhava sobre os homens que ainda vinham pela estrada, mas um a um os regimentos entraram nos campos para um descanso breve. Os regimentos ainda estavam chegando quando Nathaniel acordou Medlicott para rendê-lo, e continuavam marchando quando ele se deitou para dormir. Nate sonhou que marchava, sonhou com a dor, com um dia fustigado pelo sol, suando em direção ao norte numa estrada dura feito pedra que levava não para as prostitutas em lençóis brancos numa cidade gorda, e sim para a batalha.

Na manhã em que o exército de Jackson marchou para o oeste, o major Galloway recebeu a ordem de se apresentar ao general McDowell, cujas tropas estavam em formação na ala direita do exército de Pope. Um informe estranho e inquietante havia chegado do flanco oeste. Um dos oficiais do estado-maior do general Banks estivera espionando as posições inimigas de uma colina ao norte do Rappahannock e viu uma coluna distante de artilharia e infantaria misturadas marchando para o oeste na margem oposta do rio. A estrada que os rebeldes seguiam serpenteava pelo terreno montanhoso, de modo que o oficial só pôde vislumbrar partes da coluna, mas havia estimado o número de regimentos contando as bandeiras e informou que a força rebelde devia ter pelo menos vinte mil homens. A coluna acabou desaparecendo na névoa de calor que tremeluzia sobre as fazendas e as florestas distantes.

O general Banks repassou o relatório ao general McDowell, que por sua vez o enviou ao general Pope acrescentando o comentário de que a coluna provavelmente pretendia atravessar as montanhas Blue Ridge e depois avançar para o norte pelo vale do Shenandoah. Será que a força rebelde planejava atacar a guarnição federal em Harpers Ferry, depois atravessar o rio e ameaçar Washington?, supôs McDowell.

Pope juntou o relatório a todas as outras evidências inquietantes da atividade rebelde. Os cavaleiros de Jeb Stuart tinham atacado um dos depósitos de suprimentos na estação de Catlett. A cavalaria rebelde havia avançado durante uma noite chuvosa como demônios do inferno. E, ainda que tivesse causado pouco dano real, a investida deixou todos nervosos. Houve mais relatos de atividade rebelde no flanco leste de Pope, perto de

Fredericksburg, enquanto outros observadores viram sinais claros de que os rebeldes planejavam um ataque direto atravessando o rio Rappahannock. O general Pope se sentia como um malabarista que tinha recebido um bastão além do que deveria, por isso mandou uma enorme quantidade de telegramas peremptórios para o Departamento de Guerra em Washington exigindo saber quando as forças de McClellan se reuniriam às suas. Depois, enviou uma série de ordens destinadas a repelir todos os ataques ao mesmo tempo. Tropas da União faziam marchas e contramarchas sob o sol quente, nenhuma delas sabendo exatamente o que estava fazendo ou onde o inimigo deveria estar.

Era serviço da cavalaria determinar a posição do inimigo, e por isso foi ordenado ao major Galloway que ele se apresentasse ao general McDowell, que o instruiu a levar seus homens para a enorme região vazia que ficava entre o exército nortista e as montanhas Blue Ridge. Foi nessa região que a misteriosa coluna inimiga tinha sido avistada marchando, e McDowell queria que Galloway a encontrasse. Mas, quando Galloway estava pronto para partir, chegou uma nova ordem do quartel-general do general Pope. Parecia que um grupo de cavaleiros rebeldes tinha atravessado o vau de Kelly recentemente, e Galloway recebeu a ordem de descobrir para onde o inimigo ia.

O major pediu um mapa. Ele levou um tempo para encontrar o vau de Kelly. De algum modo esperava que fosse perto de Warrenton, onde as forças de McDowell estavam ancoradas, mas em vez disso descobriu que ficava a vinte e cinco quilômetros de distância, no flanco leste do exército. Protestou contra a idiotice de exigirem que um regimento de cavalaria estivesse em dois lugares ao mesmo tempo, mas ficou sabendo que a maior parte da cavalaria do Exército estava imobilizada por causa da falta de forragem ou então ocupada. Galloway olhou o mapa.

— Qual serviço é mais importante? — perguntou.

O oficial do estado-maior de Pope, um coronel, coçou a barba.

— Eu acho que, se os sulistas estão atravessando o vau de Kelly, eles estão planejando nos separar dos rapazes de McClellan. — Ele passou um dedo manchado de nicotina pelo vau, mostrando como uma força rebelde poderia isolar os homens de Pope do riacho Aquia, onde o exército de McClellan estava desembarcando. — Eles nos dividiriam. E isso seria ruim. Muito ruim.

— E essa outra coluna? — perguntou Galloway, indicando a paisagem oeste.

O coronel esmagou um piolho entre dois polegares manchados de nicotina. Na verdade, ele não tinha ideia de qual ameaça era maior, mas não queria consultar seu chefe, que já estava num humor péssimo por causa do fluxo constante de relatos conflituosos que confundiam todos os seus planos cuidadosos.

— Suponho — disse o coronel —, e é apenas uma suposição, veja bem, que os separatistas estão dando uma pista falsa. Eles provavelmente querem que nós nos enfraqueçamos mandando homens para o vale do Shenandoah. Mas a guerra não vai ser vencida no Shenandoah, e sim aqui, nas linhas dos rios. — Ele bateu no mapa, em cima da faixa de rios que barrava as estradas entre Washington e Richmond. — Mas, por outro lado, major — o coronel era esperto demais para não qualificar sua avaliação —, certamente gostaríamos de saber o que diabos aqueles vinte mil sulistas estão fazendo. E todo mundo diz que seus rapazes são os melhores para esse tipo de serviço. Dizem que vocês podem cavalgar por trás das linhas inimigas, não é verdade?

Assim Galloway não teve opção além de dividir sua pequena força. Se a ameaça no vau de Kelly era a mais perigosa, isso justificava o uso de duas tropas, e assim Galloway decidiu ir até lá pessoalmente e levar a tropa de Adam, enquanto Billy Blythe levaria seus homens para investigar a misteriosa coluna no oeste.

— Você não vai entrar numa luta, Billy — alertou Galloway. — Só descubra para onde diabos os rebeldes estão indo, depois mande a informação para McDowell.

Blythe pareceu satisfeito com a ordem. Seus cavalos estavam cansados e famintos, mas ele não tinha de ir até tão longe quanto Galloway, e assim que estavam montados seus homens cavalgaram lentamente. Seguiram para um território vazio e ressecado por um sol da tarde que ardia feito uma fornalha. Blythe levou sua tropa alguns quilômetros a oeste dos últimos piquetes da União e depois parou no alto de um pequeno morro para observar a paisagem vazia.

— O que diabo estamos fazendo, Billy? — perguntou o sargento Kelley.

— Correndo atrás do próprio rabo, Seth. Só correndo atrás do nosso rabo.

O sargento Kelley cuspiu com nojo.

— E se o inimigo estiver por aqui? Diabos, Billy, nossos cavalos não comem direito há três dias e também não descansaram direito. Você acha que podemos ir mais rápido que os rapazes de Jeb Stuart com esses pangarés?

Os homens murmuraram concordando.

Blythe balançou a mão indicando o campo sereno, com uma névoa de calor.

— Que inimigo, sargento? Está vendo algum inimigo?

Kelley franziu a testa. Havia uma nuvem de poeira a noroeste, mas estava tão depois do Rappahannock que certamente era levantada por tropas nortistas, ao passo que a oeste, onde a coluna misteriosa supostamente havia desaparecido, não havia nada além de árvores, campos iluminados pelo sol e colinas suaves.

— Então, o que diabo estamos fazendo aqui? — perguntou de novo o sargento.

Blythe sorriu.

— Como eu disse, Seth, correndo atrás do próprio rabo. Então por que, em nome de Deus, não fazemos alguma coisa mais útil? Como, por exemplo, dar de comer direito aos cavalos. — Ele puxou as rédeas, virando a cabeça do cavalo para o sul. — Acho que me lembro de ter uma fazenda não muito longe daqui. Era um antro de víboras rebeldes, mas havia forragem e talvez não tenha pegado fogo por completo, e acho que você e eu temos um negócio inacabado por lá.

Kelley riu.

— Está falando da tal de Rothwell e dos filhos dela?

— Eu odeio crianças — comentou Blythe. — Eu odeio muito crianças. Mas as mães delas? — Ele sorriu. — Ah, eu adoro uma mãe jovem.

Trinta quilômetros a leste o major Galloway encontrou o vau de Kelly vigiado por uma forte guarnição rebelde na margem sul. Essa guarnição atirou sem efeito contra os cavaleiros de Galloway que exploravam o lado norte do rio, onde não descobriram pegadas nem nenhuma outra evidência de uma força rebelde atravessando o rio. A população negra do local, sempre a melhor fonte de informação para os batedores nortistas, disse que nenhum confederado tinha cruzado o rio em dois dias, e mesmo assim esses homens só atravessaram para pegar forragem para os cavalos. Galloway examinou a margem do rio por oito quilômetros a leste e a oeste, mas nem ele nem Adam encontraram nenhum rebelde. O boato era falso, e, sabendo que seu dia tinha sido desperdiçado, Galloway retornou devagar.

Uns vinte quilômetros ao norte dc vau ficava o entroncamento de Warrenton, onde os trilhos da cidade encontravam a linha principal da ferrovia Orange e Alexandria. Havia uma confusão geral no entroncamento. Dois trens carregados com armas e munição tentavam passar para o sul até a estação de Bealeton, ao passo que outro tentava puxar vinte e quatro vagões carregados com biscoitos duros, uniformes, espoletas e obuses de artilharia até Warrenton. Enquanto isso, três trens vazios e um trem-hospital esperavam ao sol implacável para serem liberados em direção ao norte. O cheiro doce de pinho pairava sobre a estação, vindo das longas pilhas de lenha que esperavam para alimentar as fornalhas das locomotivas.

O vagão de passageiros do reverendo Elial Starbuck estava preso ao trem-hospital. O pastor escapava do calor sufocante do vagão caminhando de um lado para o outro à longa sombra do trem, em que era obrigado a assistir a uma sucessão de homens mortos recentemente sendo levados para fora dos vagões marcados com bandeiras vermelhas. Eles não morriam por causa dos ferimentos, e sim por prostração resultante do calor, e seu destino enfurecia o reverendo Elial Starbuck. Aqueles eram jovens americanos bons e decentes que foram lutar por seu país, e a recompensa era serem largados num trilho de uma ferrovia onde seus cadáveres ficavam cobertos de moscas. Se o trem-hospital não se movesse logo, todo homem ferido nos vagões morreria. Por isso, o reverendo encontrou um coronel engenheiro que parecia ter alguma autoridade sobre a ferrovia e exigiu saber dele quando os trens seriam liberados para seguir para o norte.

— Em Boston temos uma coisa chamada tabela de horários — garantiu o reverendo Starbuck ao coronel. — Achamos útil.

— Em Boston, senhor — retrucou o coronel —, vocês não têm Jeb Stuart.

O atraso na ferrovia era causado pelo ataque feito por Stuart à estação de Catlett, a próxima da ferrovia, onde a cavalaria rebelde havia feito dezenas de prisioneiros, capturado um baú de pagamento e até roubado a melhor casaca de uniforme do general Pope. Uma chuva forte tinha impedido que os atacantes queimassem a ponte que levava os trilhos sobre o Cedar Run, mas, mesmo com a ponte intacta, o ataque havia causado um caos na programação da ferrovia.

— Mas o seu trem será o primeiro a viajar para o norte amanhã à tarde — prometeu o coronel. — O senhor estará em Washington na quarta-feira.

— Na quarta-feira eu esperava estar em Richmond — disse o reverendo Starbuck em tom cáustico.

O coronel conteve qualquer resposta. Em vez disso, arranjou para que os vagões hospitalares fossem levados para a sombra de um armazém e que trouxessem água para os feridos sobreviventes. Alguns escravos fugidos que agora trabalhavam como empregados da ferrovia receberam a ordem de cavar sepulturas para os mortos.

O reverendo Starbuck se perguntou se deveria testemunhar por Cristo para os trabalhadores negros, porém decidiu que seu humor estava soturno demais para uma evangelização eficiente. Sua opinião sobre o Exército havia ficado mais negativa ao longo da semana, mas agora chegava a um abismo tenebroso. Em todos os dias de sua vida jamais testemunhara uma organização tão caótica, incapaz e lenta. A menor mercearia de Boston tinha maior capacidade administrativa do que esses incompetentes uniformizados, e não era de espantar que os rebeldes de crânios inferiores estivessem fazendo os generais nortistas de idiotas com tanta facilidade. O pastor se sentou na plataforma aberta numa extremidade de seu vagão de passageiros e, enquanto o sol baixava enorme no oeste, enxugou o suor da testa e assumiu a tarefa agradável de fazer anotações em seu diário para uma carta pungente que pretendia mandar à delegação do congresso em Massachusetts.

A oito quilômetros dali, na cidade de Warrenton, o major Galloway se apresentava ao quartel-general do Exército. Ele encontrou o mesmo coronel que o havia despachado naquela manhã e que agora parecia desapontado porque nenhum inimigo tinha atravessado o vau de Kelly.

— Tem certeza? — perguntou o coronel.

— Certeza absoluta.

O coronel coçou a barba, encontrou um piolho e o esmagou entre as unhas dos polegares.

— E os vinte mil sulistas no oeste?

— Mandei meu segundo em comando para lá, mas ele ainda não voltou. O coronel bocejou e se espreguiçou.

— Não ter notícia é uma boa notícia, não é? Se seu colega tivesse encontrado alguma coisa, sem dúvida teria mandado notícias. E ninguém mais está falando de vinte mil rebeldes, então é provável que tudo isso seja resultado de alguma bebedeira, uma simples bebedeira. O que me lembra... — Ele se virou na cadeira e pegou dois copos e uma garrafa de uísque. — Me acompanha? Bom. — E serviu a bebida. — Mas, mesmo que haja vinte mil sulistas à solta, que dano eles podem causar? — O coronel fez uma pausa, pensando na pergunta, depois riu da simples ideia de todo o exército dos Estados Unidos amedrontado por uma força tão minúscula. — Vinte mil homens — disse em tom depreciativo. — Que dano eles podem causar?

O capitão Davies acordou Nate.

— Alvorada, senhor.

Nathaniel achou que devia estar sonhando. Não. Pior: achou que não estava sonhando. Seus músculos eram tiras de dor, seus ossos estavam travados.

— Starbuck! De pé! — disse Davies.

Nate gemeu.

— Está escuro.

— Querem que a gente marche em vinte minutos.

— Ah, não, meu Deus, não — murmurou Nathaniel. E gemeu de novo, depois se virou de lado. O simples esforço de rolar doía. Tudo doía. Não suportava a ideia de tentar ficar de pé com os pés cheios de bolhas.

— Água. — Davies, que tinha assumido o serviço de piquete depois de Medlicott, ofereceu um cantil. Nate bebeu, depois tateou à procura de um charuto. Ainda tinha dois, ambos preservados de qualquer dano porque estavam enrolados no chapéu. Pegou emprestado o charuto de Davies para acender o seu, depois tossiu jogando um pouco de vida nos pulmões.

— Meu Deus! — exclamou de novo, depois se lembrou de que precisava dar o exemplo, por isso se esforçou para ficar de pé. Xingou de novo.

— Firme? — perguntou Davies.

— Por que eu não entrei para a cavalaria?

Nathaniel tentou dar alguns passos. Ainda estava escuro, sem sequer uma sugestão do alvorecer no céu a leste. As estrelas brilhavam lá em cima e a lua pendia baixa sobre as Blue Ridge, destacando as encostas cobertas de floresta num preto fundo e num branco nítido. Ele se sentou para calçar as botas. Simplesmente puxá-las sobre os pés em carne viva causava uma dor tremenda.

— Acordado? — perguntou a voz do coronel Swynyard.

— Acho que eu morri e fui para o inferno — respondeu Nate se obrigando a ficar de pé outra vez. — Talvez seja isso, coronel. Talvez nada disso seja real. Estamos todos no inferno.

— Bobagem! Estamos indo para o céu, que Ele seja louvado.

— Então eu gostaria que Ele se apressasse — reclamou Nathaniel.

Ao redor o campo arfava e gemia enquanto os homens acordavam e percebiam a provação que os esperava. Nathaniel coçou um piolho, transferiu o charuto que restava para o bolso e pôs o chapéu na cabeça, pendurou o cobertor enrolado no ombro esquerdo e o fuzil no direito, e assim estava pronto para começar.

O desjejum foi comido durante a marcha. Para Nate foi um pedaço de biscoito duro feito ardósia que ficou preso em seu dente doído. Ele tentou se lembrar de quando havia comido sua última refeição decente. A calça do uniforme estava presa por uma corda que deixava franzidos pelo menos uns dez centímetros de tecido, uma peça que caía perfeitamente antes da primeira batalha da guerra. Então as bolhas nos pés voltaram a doer, assim como o machucado no ombro esfolado, por isso ele se esqueceu da comida e se concentrou apenas em andar em meio à dor.

A coluna continuava marchando para o norte. Uma vez, quando a estrada subiu oferecendo uma visão dos morros banhados pela lua no oeste, Nathaniel viu a fenda do Manassas Gap, que levava a ferrovia através das Blue Ridge para o fértil vale do Shenandoah. Ao luar o desfiladeiro parecia distante, e o ânimo de Nate diminuiu ao pensar que marcharia toda aquela distância. Seus músculos relaxavam lentamente, apenas para doer mais ainda. A legião passou entre duas fileiras de casas, com as janelas mal iluminadas com velas. Um cachorro amarrado latiu para os soldados que passavam e uma mulher que ninguém viu gritou de uma janela abençoando os soldados.

Abruptamente, a estrada subiu alguns metros íngremes e Nate quase tropeçou num trilho de aço. Ele recuperou o equilíbrio e passou por cima do metal, percebendo que a legião finalmente havia chegado à ferrovia Manassas Gap. Lá a estrada se dividia, um ramo subindo para o oeste, em direção às Blue Ridge, e o outro indo para o leste, em direção aos ianques. Um oficial do estado-maior, a cavalo, estava parado no entroncamento direcionando as tropas para o leste. Então eles não iriam para o vale do

Shenandoah, afinal de contas. Em vez disso, marchariam para o sol nascente que subia através de uma vasta nuvem de fumaça, marcando o lugar onde ardiam as fogueiras de um exército que despertava. Marchariam para o leste, em direção à batalha.

O sol subiu como o fogo do inferno nos olhos deles. De vez em quando Nathaniel via os trilhos da ferrovia Manassas Gap ao lado da estrada como duas riscas de fogo refletido, mas nenhum trem corria naquele caminho de metal derretido. Todas as locomotivas e vagões foram levados para o sul ou então confiscados pelos ianques para levar suprimentos de Alexandria, passando pelo entroncamento de Manassas, para suas forças no Rappahannock.

E agora Nathaniel percebeu que Stonewall Jackson estava atrás dessas forças. E talvez, pensou, os ianques soubessem que ele vinha. Como é que vinte e quatro mil homens poderiam ter esperança de evitar os batedores de um exército hostil? À frente da coluna em marcha havia uma faixa de morros baixos, tão baixos que em tempos de paz mal seriam notados. Mas Nate podia ver que as encostas aparentemente inócuas eram suficientemente íngremes para conter um ataque de infantaria. E, se os federais tivessem posto canhões nas árvores escuras no alto daqueles morros, a longa marcha de Jackson poderia terminar numa derrota sangrenta.

A estrada e a ferrovia vazia seguiam lado a lado em direção a uma passagem entre os morros baixos. A cavalaria de Jackson avançava dos dois lados do aterro da ferrovia, as carabinas engatilhadas enquanto eles olhavam nervosos para cada cerca, cada bosque e cada casa. A passagem pelos morros abandonados era chamada de Thoroughfare Gap, e, se os ianques estivessem acompanhando a marcha de Jackson, Thoroughfare Gap era o lugar perfeito para posicionar sua emboscada. E, enquanto as paredes íngremes do desfiladeiro se estreitavam, os cavaleiros avançavam cada vez mais lenta e cautelosamente. Tentavam não pensar em artilheiros escondidos aguardando com os cordões de disparo retesados ou nas filas de soldados de infantaria escondidas com fuzis carregados. Cada rangido de sela, farfalhar do vento ou barulho de uma ferradura em pedra aumentava o nervosismo dos batedores a cavalo. De repente chegaram ao alto do desfiladeiro, e todo o terreno a leste se abria diante deles. Estava vazio. Não havia armões, canhões nem cofres de munição, nenhum federal. Não havia nada além de colinas baixas e florestas densas se estendendo pela longa distância azul. Stonewall Jackson tinha passado com seu exército sem ser detectado, penetrando na barriga desprotegida dos ianques.

Agora ele só precisava torcer o gancho e começar a matança.

— Cerrar fileiras! — gritavam os oficiais. — Cerrar!

Os homens marchavam em silêncio, cansados demais para falar ou cantar. De vez em quando um deles saía das fileiras para pegar uma maçã verde ou uma espiga de milho verde nas plantações nas laterais da estrada, enquanto outros rompiam fileiras para vomitar ao lado de uma cerca, mas sempre corriam atrás dos colegas e voltavam. Os cavalos que puxavam os canhões avançavam com dificuldade sob a ação dos chicotes e as rodas dos canhões riscavam a superfície da estrada formando sulcos que faziam com que homens torcessem os tornozelos. Mas eles continuavam marchando no mesmo passo acelerado atrás de uma vanguarda de cavalaria que, no fim da manhã, entrou numa cidadezinha onde uma banda da União ensaiava na rua principal. A banda pertencia a um regimento que tinha partido em marcha, deixando os músicos para entreter os carrancudos moradores da Virgínia. O povo mal-humorado aplaudiu quando a banda aos poucos ficou em silêncio. A música terminou com um último grunhido de uma tuba que soou como um sapo coaxando, enquanto os músicos percebiam que os cavaleiros na rua apontavam armas para suas cabeças. Garantiram aos músicos que eles estavam a pelo menos trinta quilômetros de qualquer força inimiga, mas agora se viam diante de um bando de homens contentes, vestindo cinza, em cavalos cobertos de poeira e suados.

— Vamos ouvir vocês tocarem Dixie, rapazes — ordenou o líder da cavalaria.

Alguns músicos começaram a recuar, mas o oficial da cavalaria engatilhou o fuzil com uma das mãos e o maestro se virou rapidamente, levantou as mãos para preparar os músicos e depois os regeu numa apresentação medíocre do hino rebelde.

No meio da tarde, com os músicos agora transformados em prisioneiros silenciosos sob guarda, a coluna do general Jackson partiu para o sudeste numa estrada ampla que atravessava campos colhidos e pomares saqueados. Agora os homens tinham como saber aonde iam, já que à frente havia uma grande nuvem de fumaça agitada que indicava o local onde a ferrovia Orange e Alexandria deixava suprimentos vindos do Exército nortista para as tropas ianques no sul. Cada bala, cada cartucho, cada biscoito duro, cada espoleta, cada obus, cada par de botas, cada baioneta, cada coisinha pequena ou grande de que um exército precisava para lutar era transportada por aquele único par de trilhos. E agora a primeira infantaria de Jackson escutava a cadência dos apitos das locomotivas. Era possível até mesmo ouvir o chacoalhar distante e ritmado das rodas dos vagões passando pelas juntas dos trilhos.

Os trens vinham do entroncamento de Manassas, que ficava apenas alguns quilômetros ao norte. Durante um tempo Jackson se sentiu tentado pela ideia de marchar direto para o entroncamento, mas parecia inconcebível que a maior base de suprimentos federais na Virgínia não estivesse guardada por trincheiras, canhões e regimentos de infantaria de primeira. Assim, em vez disso, o general planejou interromper a ferrovia na estação de Bristoe, que ficava apenas seis quilômetros ao sul do entroncamento. O povo da região disse que a estação de Bristoe estava vigiada por apenas um punhado de cavalarianos e três companhias de infantaria nortista.

O crepúsculo baixava quando o primeiro grupo de infantaria rebelde chegou a uma pequena elevação e começou a descer a longa encosta até Bristoe. A cavalaria rebelde tinha cavalgado à frente, mas esses homens não estavam à vista. Tudo que a primeira linha de infantaria conseguia ver eram os dois trilhos brilhando vazios à luz agonizante do dia e algumas casas de tábuas de onde a fumaça das cozinhas subia para o céu. A pequena guarnição não fazia ideia do perigo que a ameaçava. Um cavalariano nortista, sem camisa e com os suspensórios pendendo, carregou um balde de lona com água de um poço para um cocho de cavalo. Outro homem tocava uma rabeca, treinando assiduamente a mesma frase repetidamente. Homens fumavam cachimbos na brisa fraca e quente ou liam jornais vindos de casa à última luz do sol poente. Alguns viram a infantaria na estrada do oeste, mas presumiram que eram federais. As bandeiras da infantaria estavam desfraldadas, mas o sol poente era enorme e vermelho atrás da coluna rebelde, por isso os ianques não conseguiam identificar detalhes dos estandartes nem dos uniformes que se aproximavam.

O primeiro regimento rebelde era da Louisiana. Seu coronel deu a ordem para os homens colocarem espoletas nos cones dos fuzis carregados. Até agora eles tinham marchado com as armas não escorvadas, para evitar que alguém ao tropeçar disparasse o cartucho alertando o inimigo.

— Acho que chegamos antes da cavalaria — comentou o coronel com seu ajudante, enquanto tirava a espada da bainha.

O som do aço na bainha pareceu mandar a aldeia para o inferno. Porque, assim que o coronel tirou a espada à luz escarlate do sol, os cavaleiros rebeldes escondidos lançaram sua carga partindo de um cinturão de árvores ao norte do povoado. Cornetas rasgaram o céu e cascos retumbaram na terra ao mesmo tempo que uma linha de cavalaria rebelde saía gritando da cobertura e caía como uma tempestade sobre o povoado.

O homem com o balde d'água ficou imóvel por um segundo. Depois largou o balde e correu para uma casa. Na metade do caminho mudou de ideia e correu de volta para seu cavalo amarrado. Mais nortistas montaram e, abandonando tudo menos as armas, fugiram para o leste. Alguns cavaleiros ianques demoraram demais e ficaram presos no pequeno povoado enquanto a cavalaria rebelde ribombava pela única rua. Um nortista virou o cavalo e golpeou com o sabre, mas, antes que o movimento chegasse à metade, uma lâmina sulista estava em sua barriga. O sulista continuou cavalgando, arrancando o sabre da carne que o prendia.

Fuzis espocaram e lançaram fumaça nas casas onde a infantaria nortista havia buscado proteção. Um cavalo e um homem caíram, o sangue dos dois salpicando a estrada poeirenta. A cavalaria sulista disparou com seus revólveres até que seu coronel gritou para que esquecessem a infantaria abrigada e capturassem a estação ferroviária.

Outra saraivada partiu das casas, e um cavaleiro foi arrancado da sela. Seus colegas continuaram esporeando as montarias até a estação, na qual grupos de soldados da infantaria nortista se juntaram sob o castelo d'água e ao longo dos depósitos de lenha de pinheiro. O maior grupo de ianques se reuniu em volta do barracão pintado de verde onde um telegrafista aterrorizado se protegia embaixo da mesa em vez de mandar uma mensagem. O sujeito ainda estava encolhido protegendo a cabeça com os braços quando os vitoriosos cavaleiros sulistas dispersaram a infantaria e abriram a porta do barracão, ordenando que o telegrafista saísse.

— Eu não fiz nada! — gritou o telegrafista desesperado. Estivera com medo demais para mandar uma mensagem, de modo que por enquanto nenhum nortista sabia que a linha vital do Exército tinha sido cortada.

— Anda, ianque! — O cavaleiro puxou o telegrafista para o crepúsculo, em que os vitoriosos cavalarianos sulistas perseguiam o que restou da guarnição nortista nos campos.

Atrás deles um grito de comemoração soou enquanto a infantaria da Louisiana penetrava na única rua de Bristoe. Uma saraivada de balas acertou uma casa onde um grupo de ianques ainda tentava desafiar os atacantes, então os defensores do povoado começaram a se render. Os homens da Louisiana foram de casa em casa, puxando soldados de uniforme azul para a rua. Um último ianque teimoso disparou contra os atacantes de um barracão atrás de uma mercearia e recebeu a saraivada de uma companhia inteira. Então os tiros no povoado cessaram. Alguns disparos ainda soavam nos campos atrás da ferrovia, mas com exceção disso a luta havia acabado, Stonewall Jackson tinha passado por trás de John Pope e isolado seus oitenta mil homens dos suprimentos.

Era um feito realizado por apenas vinte e quatro mil homens que, com pés sangrando, músculos doloridos, bocas secas e barrigas vazias, agora entravam marchando em Bristoe. Eles marcharam mais de oitenta quilômetros pelo interior para cortar a linha de suprimento ianque. Jackson sabia que logo os nortistas feridos iriam se virar contra ele como demônios. Era exatamente o que Lee desejava que os nortistas fizessem. Lee queria que o exército de Pope abandonasse suas trincheiras bem cavadas atrás da íngreme margem norte do Rappahannock, e o serviço de Jackson era atraí-lo. Agora os homens de Jackson eram a isca: vinte e quatro mil homens vulneráveis, isolados no meio de um mar de tropas nortistas.

O que no todo, admitiu Jackson, significava a probabilidade de uma luta excelente.

Ao sul da estação um apito de trem ofereceu seu som lamentoso à noite que caía. A fumaça enevoava o céu; então a luz de uma locomotiva apareceu numa curva, fazendo brilhar seus reflexos nos trilhos que tinham começado a estremecer com o trovão das rodas se aproximando. O trem, sem suspeitar, ia para o norte, onde um exército rebelde e um pesadelo dos ianques esperavam.

10

A legião entrou marchando em Bristoe justamente quando o trem virou a curva ao sul da estação. As portas da fornalha da locomotiva estavam abertas, de modo que as chamas eram refletidas na parte de baixo da longa trilha de fumaça. O trem avançava tão devagar que Nate pensou inicialmente que ele planejava parar na estação; uma enorme quantidade de fagulhas foi lançada pela chaminé alta conforme a locomotiva acelerava. A luz do dia que restava era apenas o suficiente para o maquinista ter visto tropas em volta da estação e, suspeitando de que encontraria problema, ele puxou a corda do apito num alerta e empurrou o regulador com força para mandar toda a energia da locomotiva para as grandes rodas motrizes. O brilho refletido da fornalha desapareceu quando as portas foram fechadas. A locomotiva puxava uma carga leve: apenas dois vagões-dormitórios exibindo bandeiras vermelhas para indicar que transportavam feridos, um vagão de passageiros que ia para Alexandria e uma variedade de vagões de carga abertos e fechados que seriam desconectados no entroncamento de Manassas para serem carregados com canhões e munição que iriam para o sul no dia seguinte.

Houve uma agitação caótica na estação enquanto a infantaria rebelde pegava todo tipo de obstáculo que estivesse por perto e jogava nos trilhos. O bloqueio mais substancial era formado por um monte de dormentes e trilhos que estavam empilhados, prontos para qualquer serviço de reparo, agora jogados apressadamente no caminho da locomotiva.

O apito soou de novo. O sino tocava incessantemente, um alarme na escuridão, e os trilhos tremiam com o peso do trem que se aproximava.

— Para trás! Para trás! — gritaram oficiais.

Os soldados rebeldes correram para longe dos trilhos que agora reluziam com a luz refletida da enorme lâmpada a querosene do trem. As janelas do vagão de passageiros tremeluziam, lançando uma luz amarela nos depósitos de combustível e no castelo d'água. Dois rebeldes jogaram um último pedaço de trilho no caminho do trem, depois correram para se proteger enquanto o estrondo da locomotiva se aproximava da estação. A locomotiva pintada de dourado e vermelho atravessou as barricadas menores, despedaçou um monte de barris e pedaços de cerca, espalhou um feixe de lenha como se as toras de pinheiro fossem meros gravetos; então o motor passou pela estação iluminada com os pistões martelando e a chaminé alta soltando uma nuvem de fumaça riscada por fagulhas. O maquinista puxou a corrente do apito enquanto a lâmpada a querosene iluminava a agourenta barricada de trilhos de aço e enormes dormentes de madeira, logo depois da estação. O trem ainda acelerava. Os rebeldes que acompanhavam a cena prenderam a respiração antecipando o desastre espetacular, depois aplaudiram quando o limpa-trilhos de madeira da locomotiva atingiu a barreira; no entanto, a barricada simplesmente foi desintegrada pelo trem acelerado. Houve uma chuva de fagulhas voando das rodas da frente, estalos de dormentes e o clangor de trilhos, um estrondo quando a lâmpada da locomotiva se desfez em pedaços de vidro e metal. E então o apito desafiador soou de novo conforme o trem atravessava feito um búfalo os restos da barreira improvisada e acelerava para o norte, em direção a Manassas.

Passageiros espiaram ansiosos pelas janelas dos vagões enquanto o trem chacoalhava ao passar pela estação, mas os rostos sumiram quando um punhado de soldados rebeldes abriu fogo. Uma bala ricocheteou na locomotiva, outra cortou um cano de vapor, e várias janelas dos vagões de doentes e de passageiros foram despedaçadas. A maior parte das balas foi disparada contra os vagões de carga, que os rebeldes imaginavam, cobiçosos, conter uma fortuna em saques que era negada a eles. Livre dos obstáculos, o trem soava o apito continuamente como um alerta para as tropas federais adiante, mas, para os rebeldes, o apito soava mais como um grito de vitória cheio de zombaria. A locomotiva passou trovejando pela ponte que atravessava o Broad Run logo ao norte da estação, depois desapareceu na floresta, e as duas lâmpadas na traseira do pequeno vagão que levava os trabalhadores da via férrea foram a última coisa que os rebeldes viram enquanto o trem se afastava rapidamente. Homens começaram a disparar contra aquelas lâmpadas até que os oficiais gritaram para cessar fogo.

O barulho dos trilhos morreu. Depois, misteriosamente, cresceu de novo. Um oficial do estado-maior tinha cavalgado cem metros para o sul, até uma pequena colina que oferecia uma boa visão dos arredores. Ele pôs as mãos em concha e gritou para trás:

— Mais um trem vindo!

— Arranquem o trilho! — ordenou um segundo oficial do estado-maior.

Logo ao norte da estação, onde os trilhos passavam em cima de um aterro em direção ao riacho, um oficial tinha descoberto o baú no qual as equipes de reparo guardavam as ferramentas, e de repente o aterro estava repleto de homens carregando marretas e pés de cabra.

O segundo trem ainda estava a mais de um quilômetro de distância, porém seu barulho rítmico aumentava como um tambor na noite enquanto os primeiros pedaços de trilho eram erguidos e jogados para o lado. O trabalho se tornou mais eficaz à medida que se organizava — alguns soldados eram destacados para arrancar os coxins que prendiam os trilhos nos dormentes e outros levantavam os trilhos soltos e jogavam pelas laterais do aterro. Oficiais ordenaram que os homens que não estavam arrancando os trilhos não atirassem, de modo que o trem que se aproximava não fosse alertado do perigo.

— Vocês vão pegar um bocado deles agora — comentou um civil idoso com Nate. A ajuda da legião não era necessária para destruir a ferrovia, por isso seus homens estavam parados na rua do povoado, de onde esperavam ter uma visão privilegiada da destruição. — A essa hora da noite eles passam vazios — continuou o velho. — Depois começam a trazer os vagões de volta, o dia e a noite toda. Tráfego num só sentido, sabe? Vazio nessa direção, cheio naquela. Vocês vieram de longe?

— Bem longe.

— Fico bastante feliz em ver vocês. Os ianques são muito metidos a besta para o meu gosto. — O velho riu enquanto o novo trem tocava o apito para alertar que estava se aproximando. — Aquele primeiro deve estar entrando em Manassas agora mesmo. Acho que os rapazes nortistas de lá devem estar se mijando de preocupação. Eles disseram que a gente nunca mais ia ver vocês do sul! Pelo menos até que fossem trazidos como prisioneiros.

O apito da locomotiva soou de novo. Homens se espalharam para longe do aterro enquanto os oficiais tiravam os soldados da estação, de modo que o maquinista do trem que se aproximava não fosse alertado do perigo ao ver uma multidão esperando. A locomotiva surgiu ruidosa. Era um trem com vagões de carga que chacoalhava sob a fumaça iluminada pela lua.

Nathaniel olhou para o velho que tinha falado com ele.

— O senhor está dizendo que aquele primeiro trem já deve estar em Manassas?

— É só uma hora de caminhada naquela direção. — O velho apontou para o nordeste. — O trem faz em dez minutos!

Dez minutos, pensou Nate. Ele estava tão perto assim do covil da cavalaria de Galloway? Meu Deus, pensou, que prazer seria fazer com a casa de Galloway o que os homens dele fizeram com a Taverna de McComb. Depois afastou essa ideia de vingança enquanto o trem entrava trovejando no povoado.

— Não atirem! — gritou um oficial em algum lugar adiante. — Não atirem!

Nathaniel viu alguns dos seus homens erguerem os fuzis.

— Nada de atirar! — gritou. — Baixem as armas!

Mas o alvo era irresistível. Os homens mais perto de Nate baixaram as armas, porém uns vinte outros atiraram, e de repente todo o povoado ecoava com disparos de fuzil. A bordo da locomotiva a reação inicial do foguista foi pular para o tênder e puxar o freio de mão, e por um segundo houve uma chuva de fagulhas saindo da máquina que protestava, mas então o maquinista percebeu o perigo e gritou para que os freios fossem liberados enquanto mandava mais vapor para as rodas motrizes. O trem deu uma guinada brusca para a frente com jatos de vapor saindo de dezenas de buracos de balas que cercaram a locomotiva com um halo iluminado pelas luzes das lâmpadas, através do qual os vagões foram arrastados em direção ao aterro.

O maquinista se abaixou procurando abrigo dos tiros de fuzil, por isso não viu os trilhos que faltavam à frente do trem. Sua locomotiva ainda acelerava quando saiu pela extremidade dos trilhos. Durante alguns segundos todo o trem continuou em linha reta enquanto terra e pedras eram lançadas numa onda escura atrás das rodas da locomotiva. Mas então os vagões começaram a se dobrar como um fole de acordeão e tombar. A locomotiva rolou lentamente, cuspindo fogo enquanto escorregava pelo barranco do aterro. Os vagões se empilharam num monte de estruturas retorcidas e tábuas despedaçadas. Os homens de Jackson gritaram comemorando à medida que a destruição continuava e continuaram gritando quando a confusão terminou. A máquina havia parado alguns metros antes da ponte sobre o Broad Run e, cinquenta metros atrás, a última dúzia de vagões continuava de pé no trilho incólume. O trem destruído não tinha o último vagão pequeno, que costumava levar os trabalhadores da ferrovia; em vez disso, um par de lampiões a óleo de vidro vermelho reluzia na traseira do último vagão de carga. Alguns homens começaram a arrombar os vagões não danificados na esperança de encontrar luxos ianques para substituir o biscoito duro feito pedra, as maçãs verdes e duras e o milho verde que comeram nos últimos dois dias. Certa ou erroneamente, todo sulista acreditava que nenhum ianque iria para a guerra sem uma carga de iguarias às costas, por isso os rebeldes abriram os vagões achando que encontrariam um jantar luxuoso, mas todos os vagões estavam vazios.

Um apito soou na escuridão.

— Mais um trem! — O oficial do estado-maior que olhava de cima do morro ao sul da estação gritou avisando.

— Voltem! Voltem!

Oficiais e sargentos empurravam os saqueadores desapontados para longe do trem acidentado enquanto outros homens apagavam as chamas provocadas quando a locomotiva despencou do aterro. Homens da cavalaria ajudaram a liberar o local de modo que a equipe do próximo trem não suspeitasse de nada.

— Dessa vez não atirem! — Um oficial barbudo cavalgou ao longo da linha de soldados risonhos. — Não atirem!

— O filho da puta não vai continuar o caminho se vir aquelas luzes acesas.

Truslow apareceu ao lado de Nate e indicou os vagões parados com a cabeça, onde os dois lampiões vermelhos ainda reluziam se refletindo nos trilhos de aço. Truslow esperou que alguém percebesse isso, mas ninguém pareceu ter notado os lampiões, por isso ele tomou a iniciativa e correu pela faixa de terreno vazio que separava os trilhos das casas mais próximas. Um cavalariano viu a figura correndo e virou o cavalo para interceptá-lo.

— Deixe-o! — gritou Nathaniel.

Truslow alcançou o trem, pegou o fuzil e golpeou com a coronha os dois lampiões. Houve um barulho de vidro quebrando e as duas luzes se apagaram segundos antes de o novo trem aparecer na curva a oeste. Um silêncio baixou sobre os homens que esperavam enquanto o trem passava pela colina, ressoava sobre uma agulha de desvio que levava a um ramal não utilizado, soltava fumaça em volta do castelo d'água e penetrava na fraca luz amarela dos lampiões pendurados na estação. Ninguém disparou nenhum fuzil. O maquinista se inclinou para fora da cabine com o objetivo de acenar para quem pudesse estar na estação, mas não viu ninguém, por isso tocou o apito. Estava prevendo os confortos de Manassas, onde ele e seu foguista grelhariam dois bifes numa pá engordurada junto à fornalha da locomotiva. Depois jogariam baralho e tomariam uísque no barracão do maquinista antes de levar um trem pesado de munição para o sul na manhã seguinte. Os dois eram ferroviários profissionais da Pensilvânia que se ofereceram voluntariamente para servir na ferrovia militar dos Estados Unidos, onde o dinheiro era bom, o álcool farto, as putas baratas e o perigo, como diziam constantemente um ao outro, era mínimo.

O maquinista ainda estava pensando em bifes grelhados na pá quando sua locomotiva bateu nos restos do primeiro trem. O limpa-trilhos levantou o vagão traseiro, catapultando o veículo suficientemente alto para raspar ao longo da caldeira e arrancar a lâmpada, a chaminé, a cúpula de vapor e o sino. O impacto do terceiro trem derrubou os carros do segundo que ainda estavam de pé; então o peso morto dos vagões em movimento se acumulou no impacto e fez a locomotiva penetrar mais nos destroços. Por fim as rodas saltaram dos trilhos e a locomotiva deslizou de lado até parar. Havia um carro de passageiros atrás do tênder, e os gritos soaram no caos enquanto os vagões se chocavam atrás. Os últimos vagões pararam de pé na estação, e no meio dos destroços da frente do trem começou um incêndio feroz. Dos dois lados do trilho, fora do perigo, homens gritavam de júbilo.

— Mais um trem! — gritou o oficial no morro, e de novo um apito soou na escuridão.

— Vamos passar a noite fazendo isso! — Truslow estava numa animação incomum. Havia uma alegria selvagem em se libertar de todas as regras costumeiras e cautelosas da vida normal.

Um esquadrão correu até a estação para apagar as lâmpadas traseiras do trem parado. Outros homens apagaram as luzes da própria estação de modo que o trem que chegava não visse os vagões parados. Em meio aos destroços em chamas saía fumaça sibilando da locomotiva. Homens tentavam tirar os trabalhadores e os passageiros, além de apagar os focos de incêndio enquanto o quarto trem da noite surgia com sua lâmpada reluzindo num branco-amarelado na escuridão cada vez mais negra.

— Venha, seu filho da puta! — vociferou Truslow.

Mas, em vez de um terceiro estrondo, houve um barulho de freios quando o maquinista sentiu o problema adiante. Talvez fosse a estação escura, ou talvez fossem as chamas não apagadas que ainda tremeluziam nos destroços, mas algo o fez usar os freios. As rodas foram travadas, derrapando nos trilhos e soltando fagulhas. A locomotiva parou pouco antes do morro baixo, o maquinista a colocou em marcha a ré e liberou o vapor; então as rodas começaram a tracionar e as toneladas de aço, ferro e madeira começaram a se arrastar para o sul. O oficial do estado-maior disparou contra a cabine e gritou para o maquinista parar, mas ele manteve o regulador totalmente aberto e os vagões, protestando, ganharam velocidade. O ritmo da locomotiva se tornou mais e mais rápido enquanto o trem recuava para longe, em segurança. O oficial disparou de novo, mas agora o trem se movia mais depressa do que seu cavalo conseguia galopar, assim ele abandonou a perseguição e se limitou a ficar observando o trem desaparecer na escuridão, com o apito emitindo sons agudos.

Estava claro que nenhum outro trem viria essa noite, assim Jackson ordenou a seus homens que voltassem para a estação. Havia trabalho a fazer. Os sobreviventes precisavam ser trazidos dos destroços dos dois trens, a ponte ao norte da aldeia precisava ser destruída e os prisioneiros precisavam ser interrogados. Os lampiões da estação foram acesos outra vez e o general ficou andando de um lado para o outro sob a luz débil enquanto dava ordens.

Os sobreviventes dos destroços foram trazidos para a estação. Cirurgiões confederados lidaram com os feridos e comida e água eram trazidos das casas. Um nortista, um civil corpulento e de cabelos brancos vestindo um terno caro e portando uma corrente de relógio de ouro cheia de sinetes pendurados que atravessava o colete amplo, ergueu-se apoiado num cotovelo para olhar os oficiais do outro lado dos trilhos, na estação. O civil tinha uma bandagem nova em volta da cabeça e uma tala na perna esquerda. Ficou espiando por um longo tempo, aparentemente incapaz de desviar o olhar do homem magro, barbudo, desalinhado e de uniforme simples que gritava as ordens numa voz aguda. Por fim, o nortista chamou um dos soldados rebeldes.

— Filho, quem é aquele?

— Aquele é o Stonewall, senhor — respondeu o soldado. E depois, vendo que o civil estava fraco e com dores, ajoelhou-se e sustentou a cabeça dele. — É o Velho Jack, senhor, grande como a vida.

O ferido olhou para a figura maltrapilha que não carregava nenhuma insígnia de posto e cujo chapéu não passava de um velho quepe de cadete. O nortista era um burocrata de Washington voltando de uma visita para discutir os problemas de suprimentos do general Pope. Era um homem acostumado a oficiais altivos e imperiosos como John Pope ou George McClellan, motivo pelo qual achava tão difícil acreditar que aquela figura pouco sedutora, com sua barba embaraçada, a casaca puída e as botas rasgadas era o bicho-papão que fazia com que o Exército dos Estados Unidos inteiro tivesse pesadelos.

— Tem certeza de que é Jackson, filho?

— Tenho certeza, senhor, certeza absoluta. É ele.

O civil balançou a cabeça com tristeza.

— Ah, meu Deus, me poupe.

Uma gargalhada ecoou entre os soldados próximos.

Do outro lado dos trilhos, Jackson franziu a testa para as gargalhadas. O general escutava um general de brigada lhe garantindo que os ianques tinham toneladas de munição, um tesouro de equipamentos e uma cornucópia de comida nos armazéns do entroncamento de Manassas.

— Mas tudo que eles têm é uma guarda comandada por um cabo para vigiar tudo — garantiu o general de brigada. — E de manhã, general, eles vão ter centenas de rapazes vindos de Washington para nos manter distante. E os filhos da puta, com o perdão da palavra, general, só estão a seis quilômetros daqui. Deixe-me levar os meus dois regimentos, general, e eu lhe entrego Manassas ao amanhecer.

— Com apenas dois regimentos? — perguntou Jackson, cético.

— Com meus dois regimentos, general, eu poderia tomar o inferno, quanto mais um depósito de suprimentos. — O general de brigada fez uma pausa. — O senhor quer falar com o homem? — Ele virou a cabeça bruscamente para o maquinista capturado que tinha revelado como a guarnição era pequena e como era grande o prêmio no entroncamento de Manassas.

Jackson balançou a cabeça, depois parou um segundo.

— Vá — disse finalmente. — Vá.

Porque a noite ainda era jovem e os danos estavam só começando.

O reverendo Elial Starbuck era um passageiro impaciente do primeiro trem que havia deixado o entroncamento de Warrenton em direção ao norte. Os trilhos deviam estar livres, porém ainda assim o avanço era terrivelmente lento. Na Nova Inglaterra, como informou o pastor orgulhosamente aos companheiros de viagem, os trilhos possibilitavam uma viagem contínua em alta velocidade, mas a suposta administração da ferrovia do Exército combinada com as técnicas de construção sulistas fizeram com que a ferrovia Orange e Alexandria não chegasse aos pés da eficiência inigualável da Boston e Albany.

— Cem quilômetros por hora não é algo incomum na Nova Inglaterra — declarou o reverendo.

Um engenheiro civil cuspiu numa escarradeira e declarou que uma locomotiva movida a carvão da Illinois Central tinha sido cronometrada acima de cento e dez quilômetros por hora.

— Muito mais que na Nova Inglaterra também — acrescentou.

— Sem dúvida estava indo morro abaixo — retrucou o pastor. — Ou talvez o cronômetro tenha sido fabricado em Richmond!

Elial Starbuck ficou satisfeito com essa réplica e não resistiu a dar uma gargalhada. A noite estava caindo, fazendo as janelas do vagão brilharem com a luz refletida dos lampiões. O pastor ajeitou a bandeira rebelde embolada para ficar mais confortável no colo e tentou enxergar algum detalhe da região, mas, justo quando encostou o rosto no vidro, o trem deu uma sacudida súbita e começou a acelerar.

O engenheiro pegou seu relógio.

— Só faltam dez minutos para o entroncamento de Manassas — disse. O ritmo da máquina a vapor acelerou enquanto o vagão chacoalhava mais e mais rápido nas juntas dos trilhos, sacudindo as escarradeiras de latão e vibrando as chamas a gás dos globos que pareciam enevoados. — Acho que o senhor chamaria isso de passo de lesma na Nova Inglaterra, não é, reverendo? — gritou o engenheiro do outro lado do vagão.

Os lampiões de uma estação passaram piscando na penumbra. Então, justo quando o reverendo Starbuck ia responder à provocação do engenheiro, a janela ao lado dele se desfez numa chuva de vidro quebrado. Por alguns segundos aterrorizantes o pastor teve certeza de que o trem havia descarrilado e estava se chocando em alguma coisa. De súbito, a eternidade pareceu iminente; então ele ouviu homens gritando empolgados do lado de fora e teve um vislumbre alarmante e de parar o coração de uniformes cinzentos e de chamas de fuzil na escuridão. O trem deu uma sacudida violenta, mas de algum modo continuou em frente. Uma passageira gritou de medo.

— Fiquem abaixados! — gritou um oficial de artilharia na frente do vagão.

Outra janela foi despedaçada e uma bala se cravou no estofamento da poltrona vazia do lado oposto ao do pastor, mas logo o trem corria livremente na escuridão bem-vinda depois da estação. As rodas faziam uma barulheira ao passar sobre uma ponte enquanto o apito e o sino da locomotiva tocavam seu alarme.

— Alguém ferido? — gritou o oficial enquanto as cabeças dos passageiros emergiam cautelosamente acima do encosto das poltronas. A lufada de ar entrando pelas janelas quebradas apagou as chamas dos lampiões e espalhou as páginas de um jornal pelo corredor. — Alguém ferido? — perguntou o oficial de novo. — Digam agora! Agora!

— Pela graça de Deus, não — respondeu o reverendo Starbuck sacudindo cacos de vidro das dobras da bandeira. Ainda estava tirando os cacos da seda preciosa quando a locomotiva ferida ofegou e gemeu ao entrar na estação do entroncamento de Manassas.

— Todos para fora! — Uma voz autoritária dava ordens aos passageiros. — Todo mundo para fora! Tragam a bagagem! Todos para fora!

O vagão que sofreu a emboscada ia para a estação de Alexandria, do outro lado do rio diante de Washington, e o reverendo Starbuck estivera ansioso para partir cedo da capital nos vagões da Baltimore e Ohio. Em Baltimore, planejava pegar um bonde puxado por cavalos para atravessar a cidade até a estação da ferrovia Philadelphia, Wilmington e Baltimore, onde encontraria um vagão indo para Nova York. Assim que chegasse a Nova York, abandonaria as ferrovias em troca da cabine de um dos barcos a vapor mais rápidos e confortáveis para Boston. Mas agora parecia que sua jornada se atrasaria de novo.

— Peguem as bagagens, pessoal! — gritou o homem que tinha ordenado a eles que saíssem do trem.

A bolsa de tapeçaria do reverendo Starbuck estava consideravelmente mais pesada do que quando tinha vindo para o sul. Sim, ele havia distribuído todos os seus panfletos abolicionistas, mas no lugar juntara alguns souvenires de batalha valiosos. Nenhum, sem dúvida, tão precioso quando a grande bandeira de seda, mas, mesmo assim, tinha descoberto objetos com os quais esperava incitar a curiosidade de Boston. Na bolsa estavam dois quepes rebeldes cinza, um com um buraco de bala e o outro satisfatoriamente manchado de sangue, um tampão de zinco de um obus que não explodiu, um revólver com o cano despedaçado por uma bala de canhão, o osso de um dedo de um rebelde morto e uma fivela enferrujada com as iniciais CSA gravadas. O souvenir mais pesado era um maço de exemplares de jornais sulistas: mal impressos em papel grosseiro e contendo editoriais tão malignos, que até mesmo o reverendo doutor Starbuck os considerava de tirar o fôlego. Tudo isso acrescentava um peso considerável à sua bolsa, que ele tirou do trem antes de encurralar o jovem capitão que havia ordenado tão peremptoriamente que os passageiros saíssem do vagão.

— Vocês estão preparando outro trem? — perguntou.

— Para quê? — retrucou o capitão, virando-se da janela aberta da sala do telégrafo.

— Para Washington, é claro!

— Para Washington? Meu Deus, titio, o senhor seria um homem de sorte! Acho que agora nada vai se mover até de manhã. Se havia guerrilheiros em Bristoe, só Deus sabe onde mais eles podem estar.

— Eu preciso estar em Washington de manhã! — protestou o pastor.

— Então pode ir andando — disse o capitão com grosseria. — São só quarenta quilômetros, mas não haverá mais nenhum trem essa noite, titio. E de manhã imagino que vão mandar tropas de Washington. — Ele fez uma pausa. — Acho que o senhor pode esperar quando um desses trens de tropas voltar, não é? Mas esse aqui não vai a lugar nenhum; primeiro ele precisa ir para a oficina passar por consertos. — Ele se virou de novo para o telegrafista. — O que dizem?

O telegrafista se afastou da máquina, que ainda gaguejava muito baixo.

— Querem saber quantos atacantes eram, senhor.

— E então? — O capitão perguntou ao maquinista do trem, que estava parado atrás dos telegrafistas. — Quantos guerrilheiros você viu?

— Duzentos ou trezentos? — sugeriu o maquinista, incerto.

O reverendo Elial Starbuck pigarreou.

— Não eram guerrilheiros — declarou. — Eram soldados rebeldes. Eu vi claramente.

O capitão lançou um olhar cansado para o pastor idoso.

— Se fossem soldados, tio, eles teriam cortado o telégrafo. Mas não cortaram, o que me faz pensar que eram amadores. Mas nós avisamos ao Exército o que está acontecendo, de modo que não há com o que se preocupar.

— Eles cortaram o fio agora, senhor — interveio o telegrafista. — Nesse segundo, senhor. — Ele batucou na chave, mas não houve sinal de volta. — A linha para Alexandria ainda está aberta, mas para o sul está tudo mudo.

— Então o que vamos fazer? — perguntou um viajante, lamentando.

O capitão fez uma careta.

— Vocês podem conseguir quartos na taverna do Micklewhite, mas, se o Mick estiver cheio, vão ter de ir a pé até a cidade de Manassas. Não fica longe, pelos trilhos, e há uma estrada atrás do estacionamento dos vagões.

Se o reverendo Elial quisesse descanso e abrigo, usaria a casa do major Galloway, que não ficava muito longe da cidade, mas nessa noite ele não estava interessado em confortos mundanos. Em vez disso, segurando firmemente a bengala de ébano com a mão direita e a bandeira e a bolsa de tapeçaria desajeitadamente com a esquerda, partiu em busca de algum oficial que pudesse lhe dar mais atenção que o jovem capitão loquaz. A estação propriamente dita não encorajava suas esperanças, já que se resumia a grandes construções escuras erguidas às pressas nos alicerces dos armazéns queimados pelos rebeldes depois de abandonarem o depósito no início do ano. Aqui e ali, em meio àquelas monstruosidades escuras, um braseiro de sentinela lutava contra a noite com uma claridade reduzida e vermelha. No meio dos armazéns enormes havia ramais cobertos de mato onde mais materiais estavam guardados em vagões fechados e onde vagões abertos longos e baixos carregavam canhões novos em folha. A lua prateava os canos compridos dos canhões, e o reverendo Starbuck se perguntou por que eles estavam ali, e não esmagando os rebeldes. Concluiu então que a guerra era travada por imbecis.

Deixou os armazéns para trás e atravessou com passos pesados um estacionamento de carroças, seguindo para as luzes da cidade próxima. Um homem inferior ao reverendo Elial Starbuck poderia hesitar em entrar na rua principal da cidade, pois havia uma barulheira de bêbados. A maioria era de trabalhadores ferroviários, mas havia uma boa quantidade de negros entre eles. A visão dos negros deixou o reverendo furioso. Onde estavam as missões?, perguntou-se. E onde estavam os professores cristãos?

284

A cidade havia sido declarada refúgio oficial para escravos fugidos, mas, pelo que via diante de seus olhos, parecia que os negros estariam melhor servindo do que sendo expostos assim ao deboche, à sujeira e à bebida. Mudanças eram necessárias!

Ele perguntou a um soldado onde poderia encontrar o comandante da guarnição e foi mandado para uma sala de guarda ao lado da agência de correios. Um tenente se levantou rapidamente quando o reverendo entrou, depois respondeu à pergunta dele dizendo que o capitão Craig não estava presente.

— Foi ver nossas defesas, senhor. Parece que há bandoleiros na via férrea.

— Mais que bandoleiros, tenente. Quem atacou foram tropas rebeldes. Eu vi a mesma escória no monte Cedar, por isso sei do que estou falando.

— Vou garantir que o capitão Craig tome conhecimento do que o senhor diz — declarou respeitosamente o tenente, mas por dentro tinha dúvidas quanto ao relato do pastor. Tinha havido boatos de tropas rebeldes perto de Manassas em todas as noites das últimas duas semanas, mas nenhum tinha se provado verdadeiro. E o tenente duvidava que o ministro do evangelho soubesse a diferença entre soldados rebeldes e guerrilheiros, especialmente porque os rebeldes mais bem-vestidos tinham uma aparência pouco melhor que a de patifes fora da lei. — Mas não se preocupe, senhor, o capitão Craig ordenou aos nossos homens da artilharia e da cavalaria que se preparassem, além de ter colocado toda a infantaria em alerta. — O tenente decidiu que era mais sensato não acrescentar que só havia oito canhões nas defesas, auxiliados por meros cem cavalarianos e uma única companhia de infantaria. Manassas devia ser um posto seguro, tão seguro quanto qualquer guarnição no Maine ou na Califórnia. — Não creio que o nosso sono será incomodado, senhor — concluiu o tenente em tom tranquilizador.

O reverendo Starbuck ficou agradavelmente surpreso ao descobrir que pelo menos um oficial parecia ter cumprido com o dever essa noite.

— Capitão Craig? Esse é o nome dele? — O reverendo tinha pegado seu diário e estava fazendo uma anotação a lápis. — Ele fez bem, tenente, e gosto de informar os comportamentos recomendáveis quando os encontro.

— O nome dele é capitão Samuel Craig, senhor, do 105º da Pensilvânia. — O tenente ficou imaginando até que ponto esse pastor autoritário era importante. — O senhor presta contas ao governo?

— Eu presto contas ao maior governo que jamais comandou esta Terra, tenente, e a nenhum outro. — O reverendo terminou de fazer sua anotação.

285

— Então talvez o senhor queira acrescentar meu nome — disse o tenente, ansioso. — É Gilray, senhor, tenente Ethan Gilray, da Guarda Militar. Só um L, senhor, e obrigado por perguntar. — Gilray esperou enquanto o pastor escrevia seu nome. — O senhor vai querer alojamento para esta noite? Há uma Sra. Moss, na rua principal, uma mulher muito cristã que tem uma casa bastante limpa. Para uma moradora da Virgínia.

O reverendo Starbuck fechou o diário.

— Eu vou esperar na estação, tenente. — Por mais que uma cama limpa fosse tentadora, não ousava perder a chance de pegar um trem que fosse para o norte, mas antes de voltar à estação ainda tinha uma obrigação cristã a realizar.

— A Guarda Militar é responsável pela disciplina, não é? — perguntou.

— É sim, senhor.

— Então não terei alternativa a não ser denunciar vocês pelo abandono mais grosseiro do dever, tenente. Um dever que, antes de ser militar, é cristão. Há negros na cidade, tenente Gilray, que tiveram acesso permitido a bebidas inebriantes. Um pai amoroso colocaria álcool no caminho dos filhos? É claro que não! Mas os negros vieram a Manassas exatamente com essa promessa de proteção, uma promessa feita por nosso governo e que vocês, como seus representantes, quebraram ao permitir que eles se tornassem presas da tentação de uma bebida forte. É uma desgraça, senhor, uma desgraça vergonhosa, e irei me certificar de que as autoridades em Washington tenham pleno conhecimento. Tenha um bom dia.

O reverendo Starbuck deixou Gilray atônito e voltou para a noite. Sentia-se melhor por se desincumbir de sua tarefa, já que acreditava fervorosamente que cada homem, a cada dia, devia tornar o mundo um lugar melhor do que era antes.

Voltou pela cidade, ouvindo as cantigas dos bêbados e vendo as mulheres escarlate que levantavam as saias nos becos fétidos. Empurrou um bêbado com sua bengala. Em algum lugar no escuro um cachorro ganiu, uma criança chorou, um homem vomitou e uma mulher gritou, e os sons tristes fizeram o reverendo Starbuck refletir sobre a quantidade de pecados que azedava o bom mundo de Deus. Satã estava à solta nesses dias sombrios, pensou, e começou a planejar um sermão que comparava a vida cristã com uma campanha militar. Talvez houvesse mais que um sermão nessa ideia, e sim um livro inteiro. E esse pensamento agradável lhe fez companhia enquanto caminhava pela rua banhada pela lua em direção à estação. Um livro assim viria em boa hora, decidiu, e até poderia lhe garantir um bom dinheiro para acrescentar uma nova copa à casa na Walnut Street.

Já havia planejado os títulos dos capítulos e estava começando a prever os agradecimentos na abertura do livro quando subitamente, surpreendentemente, o céu à frente foi tomado por um relâmpago vermelho quando um canhão disparou. A onda de som passou por ele justo quando um segundo canhão lançou chamas que iluminaram brevemente uma nuvem de fumaça de pólvora. Então o reverendo Starbuck ouviu o som arrepiante, ululante, que tinha confundido com o peã de Aristófanes no monte Cedar. Parou, agora sabendo que o ruído diabólico indicava um ataque rebelde, e olhou enojado quando alguns soldados de uniforme azul saíram correndo das sombras da estação. Cavalarianos nortistas galopavam por entre as construções escuras e soldados de infantaria corriam ao longo dos trilhos. O reverendo Starbuck ouviu quando o peã imundo dos rebeldes se transformou em gritos de comemoração. Em seguida, para sua consternação, viu casacas cinzentas ao luar e soube que o diabo obtinha outra vitória terrível nessa noite de verão. Um braseiro foi virado, fazendo o fogo reluzir entre dois armazéns. E na luz súbita o reverendo viu o estandarte satânico dos rebeldes sulistas vindo em sua direção. Acompanhou o que estava acontecendo estarrecido, depois pensou no horror maior de ser capturado por aqueles demônios, por isso escondeu a bandeira capturada embaixo do casaco e, com a bengala e a bolsa na mão, virou-se e correu. Procuraria abrigo na casa de Galloway, onde, escondido desse inimigo furioso e aparentemente impossível de ser contido, rezaria por um milagre.

A legião marchou ao alvorecer. Estavam todos famintos e cansados, mas os passos eram mais leves por causa dos boatos de que os armazéns de Manassas tinham sido capturados e que todos os homens famintos do mundo poderiam se alimentar com o conteúdo deles.

Nate tinha visto o depósito de Manassas pela última vez encoberto de fumaça quando o Exército confederado destruiu o entroncamento. De fato, a legião fora o último regimento de infantaria rebelde a abandonar Manassas, deixando os armazéns destruídos. Mas, quando conseguiu ver a estação, Nathaniel percebeu que agora havia ainda mais construções que antes. O governo nortista não tinha apenas substituído os armazéns queimados como também havia acrescentado outros e construído novos ramais ferroviários para as centenas de vagões de carga que esperavam para serem puxados para o sul. Mas nem mesmo essas novas instalações bastavam para guardar todos os suprimentos do norte, e assim milhares de toneladas de comida e material bélico precisavam ser mantidos em carroças cobertas de lona, paradas roda com roda nos campos atrás dos armazéns.

Um oficial do estado-maior voltou cavalgando pela coluna em marcha.

— Vão pegar suas rações, rapazes! É tudo de vocês! Presente do tio Abe. É tudo de vocês!

Revigorados com a ideia do saque, os homens aceleraram o passo.

— Mais devagar! — gritou Nate enquanto as primeiras companhias começavam a se separar do restante. — Major Medlicott!

O comandante da Companhia A se virou na sela e lhe lançou uma expressão lúgubre.

— Vamos ficar com o armazém do final! — Nathaniel apontou para o ponto mais a leste do depósito, que ainda não tinha tropas rebeldes. Temia o caos resultante caso seu regimento se espalhasse entre dezenas de armazéns e se misturasse com soldados de outras brigadas festejando. — Capitão Truslow! — gritou para a retaguarda da coluna. — Conto com você para encontrar munição! Tenente Howes! Quero piquetes em volta do armazém! Mantenha os nossos homens dentro dele! Coffman? Quero que encontre moradores locais e descubra onde fica a fazenda de Galloway.

Mas por enquanto não havia tempo para pensar na vingança contra a Cavalaria de Galloway, só para mergulhar nas pilhas de caixas, barris e caixotes empilhados no armazém enorme e escuro e dentro dos vagões e carroças próximos. Havia uniformes, fuzis, munição, mochilas, cintos, cobertores, barracas, selas, botas, arreios, espoletas, lonas impermeáveis para o chão, pinos de piquete, fios de telégrafo, bandeiras de sinalização e fósforos. Havia velas, lampiões, mobília de campanha, tambores, partituras, bíblias, baldes, capas impermeáveis, vidros de quinino, garrafas de cânfora, mastros dobráveis, cornetas, cadernetas de pagamento, pavios e obuses de artilharia. Havia pás, machados, puas, serras, baionetas, panelas, sabres, espadas e cantis.

E havia comida. Não apenas biscoito duro em caixas e sopa em pó em sacos de lona, mas luxos vindos das carroças dos vivandeiros do norte, que ganhavam dinheiro vendendo iguarias para as tropas. Havia barris de ostras secas e barriletes de picles, bolos de açúcar, caixas de chá, peças de carne-seca, sacos de arroz, latas de frutas, mantas de toucinho, vidros de pêssego, favos de mel, garrafas de molho de tomate e frascos de limonada em pó. O melhor de tudo era o café, café de verdade; já adoçado, torrado, moído, misturado com açúcar e ensacado. Também havia garrafas de bebida alcoólica: rum e conhaque, champanhe e vinho, caixas e caixas de garrafas de vinho e de destilados protegidas com serragem, tudo desaparecendo rapidamente nas mochilas dos homens sedentos. Alguns oficiais responsáveis dispararam contra as caixas de bebida num esforço para impedir que os homens se embebedassem, mas havia garrafas demais para que a precaução surtisse efeito.

— Salada de lagosta, senhor! — O soldado Hunt, com o rosto sujo de orelha a orelha com alguma coisa rosada, ofereceu a Nate uma lâmina de faca cheia da iguaria de uma lata recém-aberta. — Veio da carroça de um vivandeiro.

— Você vai passar mal, Hunt.

— Espero que sim, senhor.

Nathaniel experimentou a salada e achou deliciosa.

Ele caminhou atordoado de uma baia do depósito para a próxima. Os suprimentos pareciam ter sido empilhados sem nenhum sistema de organização, simplesmente atulhados no armazém na ordem em que chegaram do norte. Havia cartuchos da Inglaterra, comida enlatada da França e bacalhau salgado de Portugal. Havia óleo de lampião de Nantucket, queijo de Vermont e maçãs secas de Nova York. Havia querosene, sulfa, leite de magnésio, acetato de chumbo e laxantes feitos de ruibarbo em pó. Era tanto material que, se dois exércitos do tamanho da força de Jackson tivessem saqueado o depósito durante um mês, não conseguiriam abrir cada caixa nem explorar cada pilha de caixotes empoeirados.

— O que não puderem carregar vocês terão de queimar — gritou um oficial do estado-maior. — Portanto, examinem bem!

E a legião, como crianças liberadas numa loja de brinquedos, começou a arrebentar os caixotes e gritava de alegria a cada nova descoberta. Patrick Hogan, da Companhia C, distribuía dragonas de oficiais e Cyrus Matthews cobria o rosto com uma mistura nauseabunda de maçã seca e carne picada. Um homem tinha descoberto um baú que parecia conter apenas jogos de xadrez, e agora estava enojado espalhando reis, torres e bispos enquanto procurava tesouros maiores. O maestro da banda Little tinha encontrado uma caixa de partituras e Robert Decker, um dos melhores homens da companhia de Truslow, havia descoberto um fuzil num estojo, feito com precisão para um atirador de elite e equipado com uma mira telescópica do tamanho do cano, gatilho sensível, alavanca de engatilhamento separada e um pequeno par de pernas na ponta do cano para sustentar o enorme peso da arma. Decker se gabou:

— É capaz de matar uma mula a quinhentos passos, senhor!

— Vai ser pesado de carregar, Bob — alertou Nate.

— Mas vai igualar a situação com os atiradores de elite, senhor.

Os rebeldes odiavam os atiradores de elite ianques, mortalmente equipados com fuzis semelhantes, de longo alcance.

O capitão Truslow havia confiscado duas carroças de sete toneladas, novas em folha, ambas com pequenas placas de latão proclamando serem produtos da Levergood's Carriage Factory, de Pittsburgh, Pensilvânia. Havia caixas presas nas laterais das carroças cheias de ferramentas de reparos, lanternas e latas de graxa para os eixos. E Truslow, sempre relutante em admitir que algo podia ser bem-feito no odiado norte, admitiu que a Levergood construía veículos decentes. As duas carroças pintadas de cinza substituiriam as antigas de munição queimadas no ataque de Galloway. Truslow ocupou seus homens enchendo-as com caixas de munição para fuzil e caixotes de espoletas. Os cavalos de carga receberam coelheiras, arreios e tirantes novos em folha, depois foram colocados nos varais.

Os homens do capitão Pine distribuíam botas, e a companhia do tenente Patterson entregava sacos de café. A companhia do capitão Davies estava derrubando as portas de um armazém, que seriam usadas como rampas para que uma bateria de artilharia da Geórgia pudesse manobrar alguns canhões nortistas novos em folha para fora de seus vagões de carga. No momento, os georgianos eram equipados com napoleões de doze libras que, na palavra de seu comandante, estavam "cansados". Agora eles seriam armados com meia dúzia de Parrots de vinte libras e cano chanfrado, tão novos que a graxa da embalagem da fundição ainda estava pegajosa nos canos. Os artilheiros despedaçaram as rodas e inutilizaram os ouvidos de seus canhões antigos, depois arrastaram as armas novas, cada qual com uma legenda muito bem escrita com estêncil na conteira: PROPRIEDADE DOS EUA.

O coronel Swynyard observava o saque de cima do cavalo. Ele tinha pegado uma sela nova em folha e estava chupando uma tira de carne-seca.

— Dezesseis homens — disse enigmaticamente a Nate.

— Senhor?

— Foi tudo o que perdemos de desgarrados. Da brigada inteira! E a maioria vai reaparecer. Não duvido. Algumas outras brigadas perderam centenas. — Swynyard fez uma careta quando a tira de carne fez doer um dente ruim. — Imagino que você não tenha encontrado nenhuma dentadura, encontrou?

— Não, senhor, mas vou ficar de olho.

— Acho que vou mandar o Dr. Billy arrancar todos os meus. Eles só servem para atrapalhar. Eu confesso, Starbuck, que minha nova fé no Deus Todo-poderoso fica abalada com a existência dos dentes. Seus dentes doem?

— Um dói.

— Provavelmente você fuma demais. A fumaça do tabaco pode ser boa para manter os pulmões abertos, mas acredito há muito tempo que o sumo da planta apodrece os dentes. — Ele franziu a testa, não por pensar no sumo do tabaco, mas porque um apito de trem havia soado no vento quente daquela manhã. Swynyard olhou para o horizonte ao norte, onde uma nuvem de fumaça agitada surgia acima das nuvens distantes. — Acho que temos companhia.

O pensamento nos nortistas lembrou a Nathaniel que Stonewall Jackson não marcharia oitenta quilômetros em dois dias só para prover seu estoque de munição e comida. Nate fez a eterna pergunta dos soldados:

— Alguém sabe o que está acontecendo?

— Disseram que o general Jackson não gosta de confidenciar com os inferiores. Nem com os superiores, por sinal. De modo que só posso supor, e minha suposição é de que fomos mandados para cá como iscas.

— Iscas. — Nate repetiu a palavra sem emoção. A coisa não parecia boa.

— Acho que fomos mandados para cá com o objetivo de arrancar os ianques das defesas no Rappahannock — disse Swynyard, depois parou para olhar um soldado soltar metros e metros de tela para mosquitos. — O que pode significar que em algumas horas teremos cada maldito ianque da Virgínia tentando nos matar. — Ele terminou, depois olhou para o norte, onde havia soado uma rápida saraivada de tiros de fuzil. Ela foi seguida pelo som mais pesado de artilharia. — Alguém está levando uma surra — disse com um prazer sedento de sangue, depois se virou na sela para olhar uma triste procissão surgir ao lado do armazém. Um grupo de soldados rebeldes escoltava uma longa fila de negros, homens e mulheres, alguns chorando, mas a maioria andando com dignidade. — Escravos fugidos — explicou Swynyard.

Uma mulher tentou escapar da coluna, mas foi empurrada de volta por um soldado. Nate contou quase duzentos escravos, que agora receberam ordem de formar uma fila perto de uma forja portátil capturada.

— O que eles deveriam ter feito — comentou Swynyard — era continuar correndo para o norte do Potomac.

— Por que não fizeram isso?

— Porque os ianques declararam Manassas como um refúgio seguro para os fujões. Eles querem manter as pessoas de cor aqui embaixo, veja bem, ao sul da linha Mason-Dixon. Uma coisa é pregar a emancipação, outra bem diferente é permitir que eles vivam na sua rua, não é?

— Não sei, senhor.

Nathaniel fez uma careta ao ver um ferreiro com avental de couro testar o calor na fornalha da forja. A forja portátil era uma oficina ambulante montada numa carroça pesada que podia viajar com o exército e colocar ferradura em cavalos ou fornecer reparos imediatos para peças de metal quebradas. O ferreiro tirou um pedaço de corrente de dentro de um barril e Nate entendeu imediatamente o que iria acontecer com os escravos recapturados.

— E quantos negros vivem na rua do seu pai? — perguntou Swynyard.

— Nenhum, a não ser alguns serviçais.

— E seu pai já recebeu um negro à mesa do jantar?

— Não que eu saiba.

Um martelo ressoou na bigorna. O ferreiro estava usando aros de barril para fazer algemas e depois as caldeava abertas à corrente. O calor tremeluzia acima da pequena fornalha aberta, ventilada por dois soldados que bombeavam um fole de couro. A intervalos de cerca de um minuto um escravo capturado era obrigado a ir até a forja para ter uma das algemas recém-feitas presa no tornozelo. Um capitão de barriga enorme e barba preta eriçada supervisionava a operação, dando cascudos nos escravos se eles demonstrassem qualquer resistência e alardeando o quanto sofreriam, agora que foram recapturados.

— O que vai acontecer com eles? — perguntou Nate.

— Nunca se pode confiar num negro que fugiu. — Swynyard falava com a autoridade de alguém nascido numa das mais antigas famílias de traficantes de escravos da Virgínia. — Não importa o quanto ele seja valioso. Quando sente o gosto da liberdade, fica estragado de vez, por isso todos vão ser vendidos rio abaixo.

— As mulheres também?

O coronel assentiu.

— As mulheres também. E as crianças.

— Então todos estarão mortos em um ano?

— A não ser que tenham muita sorte e morram antes.

Ser vendido rio abaixo significava ir para os grupos acorrentados nas plantações de algodão do escaldante extremo sul. Swynyard desviou o olhar.

— Acho que meus dois rapazes tiveram o bom senso de continuar fugindo. Pelo menos eles não estão aqui, eu procurei por eles.

Swynyard fez uma pausa enquanto os tiros ao norte chegavam a um crescendo repleto de estalos. A fumaça de pólvora embranquecia o céu, indicando que uma escaramuça relativamente séria estava em andamento, mas o fato de nenhum oficial do estado-maior exigir reforços das tropas que saqueavam os depósitos sugeria que o inimigo estava sob controle.

— Nesse momento acho que só uns gatos pingados vieram nos atacar. O verdadeiro ataque só vai acontecer amanhã.

— Estou ansioso por isso — disse Nathaniel secamente.

O coronel riu e se afastou a cavalo, deixando Nate andando entre seus homens felizes. Agora não havia reclamações sobre não ter chance de se juntar à guarnição de Richmond; em vez disso, a legião adorava a chance de saquear. O capitão Moxey tinha encontrado algumas camisas com babados e as vestia uma por cima da outra para não ter de atulhá-las numa sacola já cheia de latas de galantina de frango. O sargento-mor Tolliver tinha aberto um caixote cheio de revólveres Whitney de cano longo e estava tentando enfiar o maior número possível dentro da roupa, e o tenente Coffman havia descoberto uma bela capa preta com uma trança de seda azul na bainha que ele girou dramaticamente em volta do corpo. Ao menos dois homens já estavam completamente bêbados.

Nathaniel afastou um dos bêbados de um caixote onde estava escrito "Massachusetts Arms Co. Chicopee Falls". O sujeito gemeu e protestou, mas Nate rosnou para ele calar a boca, depois abriu o caixote e encontrou um carregamento de revólveres Adams calibre .36. As armas, de canos azuis e coronhas de nogueira preta com ranhuras entrecruzadas, pareciam mortais e lindas. Nathaniel descartou o desajeitado Colt de cano longo que havia tirado de um nova-iorquino morto em Gaine's Mill e pegou um dos novos revólveres. Estava carregando a última das cinco câmaras do Adams quando um coro de gritos irrompeu do outro lado do armazém. Ele se virou e viu um grupo agitado de seus homens perseguindo uma figura negra, que se desviou ao redor do atônito Coffman, saltou por cima de um caixote aberto cheio de cantis e teria escapado se o bêbado ao lado de Nate não tivesse estendido a mão sem perceber e feito o fugitivo tropeçar. O garoto — ele mal passava de um menino — caiu esparramado na lama, levando socos dos perseguidores que gritavam animados.

— Tragam o filho da mãe aqui! — O major Medlicott veio andando pelo armazém, carregando um chicote de carroceiro.

O prisioneiro gritou quando Abram Trent lhe deu um cascudo na cabeça.

— Ladrão preto desgraçado! — Trent estava segurando o garoto por uma orelha e batendo nele com a mão livre. — Preto ladrão maldito!

— Basta. — Nate tirou um homem do caminho. — Largue-o.

— Ele é um ladrão...

— Eu mandei largar!

Trent soltou a orelha do garoto com relutância, mas não sem dar um último soco violento no fugitivo capturado. O garoto cambaleou, mas conseguiu ficar de pé. Olhou ao redor procurando um jeito de fugir, então percebeu que estava encurralado, por isso adotou um ar desafiador. Tinha rosto fino, cabelo preto e comprido, nariz reto e malares altos. Vestia calça boca de sino, de marinheiro, e uma camisa listrada e larga que lhe dava uma aparência exótica. Tempos atrás, Nathaniel havia passado algumas semanas com uma trupe de atores ambulantes, e havia algo no exagero e na insolência do rapaz que o fazia se lembrar daquela época distante.

— Qual é o seu nome? — perguntou a ele.

O garoto olhou para seu salvador, mas, em vez de demonstrar gratidão, cuspiu:

— Eu não tenho nome.

— Qual é o seu nome? — insistiu Nate, mas recebeu como respostas apenas um olhar com raiva.

Medlicott abriu caminho pelo círculo de homens.

— Fica fora disso, Starbuck! — exclamou, levantando o chicote para o garoto negro.

Nate ficou na frente do major Medlicott. Manteve um sorriso no rosto enquanto aproximava a boca do ouvido direito de Medlicott, e continuou sorrindo enquanto falava baixo, tão baixo que somente o major conseguia ouvir.

— Escuta, seu filho da puta covarde, se você me der ordens mais uma vez, eu o rebaixo a cabo e lhe dou uma surra de pistola. — Nathaniel ainda estava sorrindo quando deu um passo para trás. — Não concorda que é o melhor modo de agir, major?

A princípio Medlicott não teve certeza do que tinha ouvido e apenas piscou para Nate. Depois deu um passo para trás e apontou o chicote para o garoto capturado.

— Ele roubou o meu relógio — acusou. — O ladrãozinho maldito pegou o relógio do meu bolso quando eu larguei a casaca. E era um presente da minha esposa — acrescentou, indignado. — De Edna!

Nathaniel olhou para o garoto.

— Entrega o relógio ao major.

— Não está comigo.

Nate suspirou e deu um passo à frente. O garoto tentou se virar para o lado, mas Nathaniel era rápido demais para ele. Agarrou os cabelos compridos e sujos e o fez parar, retorcendo-se.

— Reviste-o, Coffman — ordenou.

Nervoso, o tenente Coffman começou a revistar os bolsos do rapaz. A princípio não achou nada; então ficou aparente que os bolsos da calça tinham sido aumentados até virar sacos compridos, em forma de salsicha, reforçados especialmente para segurar e esconder coisas roubadas. Os homens ficaram olhando pasmos enquanto as provas dos roubos do rapaz eram trazidas à luz. Coffman pegou dois relógios de bolso com tampa, uma moldura de retrato de ouro, um copo de prata retrátil, um espelho dobrável, duas navalhas, uma caixa de fósforos de latão, um cachimbo entalhado, um anel de sinete, um pincel de barba com cabo de marfim, um pente, um baralho e um punhado de moedas. Os homens ficaram olhando pasmos a quantidade de coisas.

— Ah, meu Deus — disse um deles. — Me poupe.

E surgiu uma gargalhada geral no grupo.

Coffman se afastou do garoto.

— É só isso, senhor.

— É tudo meu! — insistiu o garoto, tentando pegar de volta um dos relógios.

Os homens no círculo gargalharam e aplaudiram a insolência. Apenas um minuto antes estavam berrando pelo sangue dele, mas havia algo irresistível no rosto sem arrependimento do rapaz e na quantidade impressionante de objetos roubados.

Medlicott pegou seu relógio de volta.

— Ele é um ladrão maldito. Devia ser chicoteado.

— Mas eu achava que hoje todos nós fôssemos ladrões — argumentou Nate, e já ia chutar o garoto quando uma voz retumbante gritou de fora do círculo de legionários.

— Segurem esse preto! — E os homens abriram caminho lentamente para o grande capitão barbudo que estivera supervisionando o processo de algemar os escravos recapturados. — Outro fugitivo desgraçado — disse o sujeito estendendo a mão para o garoto.

— Eu sou um homem livre! — insistiu o garoto.

— E eu sou Abraham Lincoln — retrucou o capitão enquanto agarrava a camisa listrada do garoto. Em seguida, jogou o cabelo comprido e preto de lado e mostrou uma das orelhas para Nate. — Tirou o brinco, não foi? A primeira coisa que um fugitivo faz é tirar o brinco. — Os brincos indicavam o status de escravo. — Se você é livre, garoto, por que não mostra os seus documentos?

Obviamente o garoto não tinha documentos. Por um ou dois segundos pareceu desafiador; depois foi dominado pelo desespero e tentou se soltar do capitão, que lhe deu um tapa na cabeça com força.

— Agora você vai colher algodão, garoto.

— Ele pertence a mim — disse Nathaniel subitamente.

Ele não tinha pretendido falar nada e certamente jamais reivindicaria a propriedade do garoto, mas havia algo atraente no espírito do rapaz que o fazia se lembrar de suas tentativas desesperadas de refazer sua imagem por outra criada por ele mesmo. E sabia que, se não falasse nada, o garoto seria posto nas correntes, a golpes de marreta e fogo, e depois vendido rio abaixo, para o inferno na Terra, que eram as plantações de algodão.

O capitão lançou um olhar demorado e intenso a Nate, depois cuspiu um jato viscoso e marrom de sumo de tabaco.

— Sai do meu caminho, garoto — mandou o capitão.

— Me chama de "senhor" — disse Nate — ou eu faço com que você seja preso e acusado de insubordinação. Agora, garoto, dá o fora do meu regimento.

O capitão gargalhou com a presunção de Nathaniel, depois pegou o escravo fugitivo para arrastá-lo até a forja. Nate deu um chute no meio das pernas do sujeito, depois um tapa no rosto barbudo. O capitão soltou o escravo fugido e cambaleou para trás. Sentia uma dor terrível, mas conseguiu ficar de pé, e já ia avançando com os punhos fechados quando ouviu o estalo inconfundível de uma arma sendo engatilhada.

— Você ouviu o major — disse a voz de Truslow. — Então saia do regimento.

O capitão levou a mão ao rosto para limpar o sangue do bigode. Olhou de lado para Nate, se perguntando se o rapaz era mesmo major, depois decidiu que qualquer coisa poderia ser verdade em tempos de guerra. Apontou um dedo sujo de sangue para o garoto encolhido.

— Ele é um fugitivo. A lei diz que ele deve ser devolvido...

— Você ouviu o capitão — interrompeu Nathaniel. — Saia do regimento.

Nate ficou olhando até o sujeito ir embora, depois se virou e segurou a orelha do garoto.

— Vem cá, seu filho da puta — disse, arrastando-o para longe dos outros e entrando no armazém, onde o jogou com força numa pilha de sacos de grãos. — Escuta, seu desgraçadinho. Eu acabei de salvar você de ser chicoteado. E, melhor ainda, eu acabei de salvar você de ser vendido rio abaixo. Então qual é o seu nome?

O garoto esfregou a orelha.

— O senhor é mesmo major?

— Não, eu sou o maldito do arcanjo Gabriel. Quem é você?

— Quem eu quiser — respondeu o garoto em tom de desafio.

Nate supôs que ele devia ter 14 ou 15 anos, era um moleque que havia aprendido a viver da própria esperteza.

— E quem você quer ser?

O garoto ficou surpreso com a pergunta, mas pensou nela, depois riu e deu de ombros.

— Lúcifer — disse, por fim.

— Você não pode ser Lúcifer — retrucou Nate, chocado. — Esse é o nome do diabo!

— É o único nome que eu vou lhe dar, senhor — insistiu o garoto.

Nathaniel supôs que era verdade, por isso aceitou o nome satânico.

— Então escuta, Lúcifer. Eu sou o major Starbuck e preciso muito mesmo de um empregado. Você acaba de ganhar o serviço. Está me ouvindo?

— Sim, senhor. — Havia algo de presunçoso e zombeteiro na resposta.

— E eu preciso de um pente, uma escova de dentes, um binóculo, uma navalha que mantenha o fio e alguma coisa para comer que não seja um biscoito duro como sola de sapato. Está me ouvindo?

— Eu tenho ouvidos, senhor! Está vendo? — Lúcifer puxou para trás seus cabelos longos e encaracolados. — Um de cada lado, viu?

— Então vá conseguir essas coisas, Lúcifer. Não importa como, e volte aqui em uma hora. Você sabe cozinhar?

O garoto fingiu pensar na pergunta, arrastando o silêncio um pouco além do limite da grosseria.

— Claro, eu sei cozinhar.

— Bom. Então consiga os utensílios de cozinha de que precise. — Nate ficou de lado. — E me traga o máximo de charutos que puder carregar.

O garoto caminhou até a porta iluminada pelo sol, onde parou, ajeitou a roupa desalinhada e se virou para olhar para Nate.

— E se eu não voltar?

— Só garanta que não vai ser mandado rio abaixo, Lúcifer.

O garoto o encarou e depois assentiu diante da sabedoria desse conselho.

— O senhor está me transformando num soldado?

— Eu estou transformando você no meu cozinheiro.

O garoto riu.

— Quanto vai me pagar, major?

— Eu acabei de salvar a sua vida sem valor e esse é o pagamento que você vai receber de mim.

— Quer dizer que eu sou seu escravo? — O garoto parecia enojado.

— Eu quero dizer que você é um maldito serviçal do melhor oficial desse maldito exército, portanto, dá o fora daqui e para de desperdiçar o meu maldito tempo antes que eu lhe dê um chute nessa bunda maldita.

O garoto riu.

— Eu ganho uma maldita arma?

— Você não precisa de uma arma.

— Para o caso de eu ter que me proteger dos ianques que quiserem me tornar um homem livre — argumentou Lúcifer, e gargalhou. — Eu não posso ser um soldado sem uma arma.

— Você não é um soldado. É um cozinheiro.

— O senhor disse que eu podia ser o que quisesse, lembra?

Em seguida, saiu correndo.

— Esse é um preto que você não vai ver de novo — comentou Truslow, do lado de fora da porta.

— Na verdade, eu não quero vê-lo de novo.

— Então não devia ter se arriscado a entrar numa briga por ele. Aquele capitão teria matado você.

— Por isso, obrigado.

— Eu não mandei o sujeito embora para salvar sua carinha linda — disse Truslow, sarcástico. — E sim porque não é bom para os rapazes ver o major deles levar uma surra. Quer ostra em conserva?

Truslow estendeu um vidro da iguaria; depois, enquanto Nate se servia, virou-se e olhou para um grupo de prisioneiros desconsolados, de casacas azuis, passar mancando. Os homens estavam uniformizados com elegância, mas pareciam completamente derrotados. Alguns exibiam cortes de sabre lívidos na cabeça, ferimentos tão profundos que o sangue havia encharcado as túnicas até a cintura. Os nortistas passaram mancando, seguindo para seu longo período de prisão, e Truslow riu.

— Não é o dia deles, hein? Não é mesmo o dia deles.

O coronel Patrick Lassan, da Guarda Imperial de Sua Majestade francesa, que era oficialmente um observador militar estrangeiro acompanhando o Exército nortista, mas que preferia observar das primeiras fileiras da cavalaria rebelde, segurou uma mecha da crina do cavalo e passou a espada longa e reta nos pelos ásperos limpando o sangue da lâmina. Precisou limpar o aço três vezes antes de poder enfiá-lo na bainha; depois, acendendo um charuto, trotou lentamente de volta pelo caminho da carga de cavalaria.

Uma brigada de soldados de Nova Jersey tinha vindo das defesas de Washington para expulsar o que imaginava ser um bando de cavaleiros rebeldes vindos do depósito no entroncamento de Manassas. Só que, em vez de encontrar um punhado de cavalarianos maltrapilhos, marcharam direto para as antigas trincheiras defensivas da estação ocupadas pelas infantaria e artilharia veteranas de Stonewall Jackson. Açoitados por tiros de fuzil e esfolados por canhões, os homens de Nova Jersey recuaram. Foi então que Jackson liberou a cavalaria, que transformou o recuo em debandada.

Nortistas atordoados ainda corriam às cegas pelo campo onde os cavaleiros fizeram a investida. Estavam feridos principalmente na cabeça ou nos ombros, ferimentos sangrentos de homens surpreendidos em terreno aberto por cavalarianos portando sabres. Seus colegas estavam caídos mortos onde as saraivadas dos defensores entrincheirados os emboscaram ou então lutando para chegar à segurança do outro lado do Bull Run transbordado pelas chuvas, no qual, um ano antes, tantos de seus compatriotas se afogaram na derrota da primeira invasão aos Estados Confederados da América.

Lassan viu os rebeldes arrebanhando os vivos e saqueando os mortos. Os confederados zombavam de como a vitória havia sido fácil, dizendo que era mais uma prova de que meia dúzia de nortistas não era páreo para um único sulista, no entanto Lassan era mais experiente e mais realista, por isso sabia que o ataque da brigada de Nova Jersey tinha sido uma manobra malfeita por parte de um general inexperiente. Os oficiais de Nova Jersey eram tão novos na guerra que atacaram com as espadas desembainhadas, sem perceber que com isso se tornavam alvos para os atiradores sulistas. Os oficiais nortistas levaram seus homens para o horror, mas Lassan sabia que essa carnificina de inocentes era uma aberração e que logo a luta de verdade teria início. O norte tinha sido surpreendido pela marcha de Jackson, mas não iria demorar muito até que os ianques veteranos chegassem para morder a isca pendurada de forma tão tentadora no entroncamento de Manassas. Porque agora os homens do norte tinham Stonewall Jackson em menor número, isolado e, como certamente acreditavam, condenado.

11

Durante o dia inteiro os ianques tentaram entender a tempestade que havia caído às suas costas. Os primeiros relatos confusos falavam de meros guerrilheiros, depois foi dito que o grupo que atacava era um bando maior dos cavaleiros de Jeb Stuart, e, finalmente, havia informes preocupantes de uma infantaria e uma artilharia rebeldes dentro das defesas do entroncamento de Manassas, mas ninguém conseguia dizer a John Pope exatamente o que estava acontecendo em seu depósito de suprimentos. Ele sabia que nenhum trem vinha de Manassas e que o telégrafo para Washington fora cortado, mas nenhum desses acontecimentos era incomum, e durante a maior parte do dia Pope considerou que todos os relatos sobre Manassas eram simples boatos alarmistas espalhados por homens em pânico com medo de um punhado de cavaleiros sulistas. John Pope não estava disposto a abandonar sua convicção de que Lee devia fazer o que John Pope tinha planejado para ele fazer: lançar um ataque grandioso, ainda que suicida, atravessando o agitado Rappahannock. Mas lentamente, de má vontade, como alguém que se recusasse a admitir que as nuvens pesadas sobre seu desfile tinham começado a derramar chuva, Pope começou a entender que a agitação em Manassas significava muito mais do que uma pequena investida. Era o movimento inicial de uma campanha que ele não havia planejado lutar, mas à qual era obrigado a reagir.

— Vamos cavalgar para o norte essa noite. Ouçam o que eu digo — observou o major Galloway. — Ouviu, Adam?

Mas Adam Faulconer não estava prestando atenção a seu comandante. Em vez disso, lia um exemplar recente do *Richmond Examiner* que tinha sido trocado por um *New York Times* por um dos piquetes nortistas, depois trazido ao quartel-general de John Pope, para onde o major Galloway e Adam foram convocados peremptoriamente. O major havia olhado superficialmente para as folhas mal impressas, fungado com nojo diante

301

das distorções separatistas do editor e entregado o jornaleco a Adam. Agora Galloway esperava ansioso no corredor, enquanto uma sucessão de ajudantes agitados carregava mapas para a sala, onde o general tentava compreender os acontecimentos do dia.

— O senhor leu isso? — perguntou Adam subitamente a Galloway.

Galloway não precisava ser informado de que item no jornal tinha ofendido Adam.

— Li, mas não acredito necessariamente.

— Cinco mulheres mortas! — protestou Adam.

— É um jornal rebelde — observou Galloway.

O título da história era "Ultraje no Condado de Orange". Contava que cavaleiros ianques, buscando imitar os feitos de Jeb Stuart, atravessaram o Rapidan para atacar as forças de Lee, mas, em vez disso, queimaram uma taverna no interior e mataram todos que estavam dentro dela. Não havia menção ao ataque à Brigada Faulconer nem aos canhões e carroças que os homens de Galloway destruíram, somente uma descrição digna de pena dos civis inocentes morrendo dentro do inferno que havia engolido o que o jornal descrevia como "Hotel de McComb", presumivelmente porque uma boa quantidade de leitores do *Examiner* poderia aprovar a destruição de tavernas, ainda que os destruidores fossem os odiados ianques. Os hotéis, por outro lado, não eram necessariamente as estações de pouso do diabo, por isso o estabelecimento de Liam McComb tinha sido adequadamente elevado. "O leitor só pode imaginar o terror das mulheres implorando aos atacantes que poupassem suas vidas", anunciava o *Examiner*, e um parágrafo depois dizia: "Parece que os cavalarianos nortistas podem ser muito corajosos quando os inimigos são mulheres e crianças, mas não apresentam nada além dos calcanhares e das caudas dos cavalos quando enfrentam soldados sulistas."

— Eles só estão alardeando patriotismo quando contam meias-verdades e mentiras completas — argumentou Galloway, cansado. — Havia soldados naquele suposto hotel, Adam, até mesmo o jornal admite.

— E diz aqui, senhor, que esses soldados gritaram pedindo ao inimigo que cessasse fogo.

— O que mais o jornal diria? — perguntou Galloway, e então, num reconhecimento relutante da raiva de Adam, continuou: — Quando Billy voltar, vamos perguntar a verdade a ele.

— E o senhor acha que ele vai dizer a verdade? — perguntou Adam acaloradamente.

Galloway suspirou.

— Eu acho que Billy talvez tenha um excesso de zelo, Adam, mas não creio que ele tenha assassinado nenhuma mulher naquela noite. Não estou dizendo que nenhuma mulher morreu, só que foi um acidente. Acidentes acontecem na guerra, Adam. É por isso que estamos tentando acabar com isso o mais rápido possível.

Adam largou o jornal, enojado. Seu nojo não era tanto direcionado ao *Examiner*, e sim à recusa de Galloway em encarar a realidade: Billy Blythe usava a guerra como desculpa para cometer crimes. Blythe chegava a alardear o uso da guerra como um meio de enriquecimento, e, quanto mais Adam pensava nele, mais raiva sentia, de modo que foi obrigado a se acalmar respirando fundo. Escutou as vozes furiosas vindas da sala do general e pensou que a guerra era um instrumento pavoroso que lançava toda uma sociedade no caos, trazendo o pior das pessoas à tona e afundando o melhor.

Galloway percebeu a raiva no rapaz e se perguntou se Adam não seria sensível demais para a guerra: talvez um bom soldado precisasse da carapaça impenetrável de Billy Blythe, mas era inegável que Adam, e não Blythe, tinha dado a única vitória a Galloway. Agora, o major se perguntou onde Blythe estaria, já que seu segundo em comando não tinha voltado da patrulha no oeste. Talvez tivesse seguido a coluna estranha até o objetivo dela e estaria esperando na fazenda de Galloway. Ou talvez, o que seria desastroso, a tropa de Blythe tenha sofrido uma emboscada e fora derrotada pelos rebeldes. Longe da cidade um apito de trem soou lamentoso. E mais longe, onde o exército federal estava entrincheirado na margem norte do Rappahannock, o troar dos canhões ressoava incessantemente. Os artilheiros sulistas tinham começado um duelo de artilharia que durou o dia inteiro. Era provável, Galloway percebeu agora, que fosse um meio de distrair John Pope do que acontecia às suas costas.

— Quando essa guerra acabar — Adam rompeu o silêncio depois de uma longa pausa —, precisaremos viver nessa comunidade. Precisaremos fazer as pazes com vizinhos e parentes, mas nunca teremos paz se admitirmos assassinatos. — Ele queria acrescentar que a virtude do norte estava na retidão moral, mas esse sentimento parecia pomposo demais para ser pronunciado.

Galloway duvidava de que qualquer sulista que tivesse lutado pelo norte pudesse ter esperanças de voltar a ter um lar ao sul de Washington, mas mesmo assim assentiu.

— Eu vou investigar, Adam, prometo — declarou, e Adam precisou se contentar com essa promessa, porque de repente a porta da sala foi aberta e o próprio John Pope saiu no corredor.

O comandante nortista parou ao ver os oficiais de cavalaria que esperavam.

— Você é Galloway, certo?

— Sim, senhor.

— Um homem de Manassas, não é?

— Sim, senhor — admitiu Galloway.

Pope estalou os dedos.

— Você é o homem certo! Você vai levar seus colegas para casa, Galloway. Jackson está lá. Um dos nossos homens viu o desgraçado em pessoa e fugiu para contar a história. Não há dúvida, Jackson está em Manassas, e sabe o que isso significa? Que estamos com ele nas nossas mãos! Entendeu?

Subitamente o general estava exultando. Ele podia ter se mostrado relutante a aceitar que sua batalha estava em Manassas e não no Rappahannock, mas algumas horas de reflexão o convenceram das vantagens de aceitar o desafio insano de Jackson.

— O maldito idiota deu a volta no nosso exército para encalhar em Manassas, e amanhã vamos pegá-lo! Meu Deus, Jeb Stuart pôde fazer George Brinton McClellan de idiota cavalgando ao redor do exército dele, mas nenhum Stonewall Jackson vai marchar incólume em volta de John Pope! Não, senhor! Portanto, Galloway — Pope cutucou o major com um dedo —, leve seus homens para o norte e descubra exatamente onde o desgraçado está e me informe quando souber. Essa noite vamos para Bristoe. Se quiser colocar seus cavalos no nosso trem, venha agora, depressa! — O comandante saiu para a rua, seguido por ajudantes agitados carregando bagagens e mapas.

— E onde Lee está? — perguntou Galloway debilmente, mas ninguém respondeu, talvez porque ninguém o tivesse escutado ou talvez porque ninguém achasse a pergunta importante. Tudo o que interessava era que Stonewall Jackson havia marchado para uma armadilha e que John Pope iria destruí-lo de uma vez por todas.

— Estamos com o idiota nas nossas mãos! — alardeou Pope enquanto ia rapidamente para o trem que acreditava que iria carregá-lo para a vitória no norte. — Nas nossas mãos!

Lúcifer voltou. Voltou com uma bolsa de couro que tinha sido deixada no depósito por um oficial nortista, mas agora estava com as novas posses de Nathaniel.

— Absolutamente cada porcaria que o senhor queria — avisou Lúcifer com orgulho. — E uma escova de cabelos de prata, está vendo? Faz o senhor ficar com uma aparência ótima. E consegui charutos. Dos bons.

Além disso, Lúcifer tinha abandonado suas roupas espalhafatosas e substituído pela calça de um cavalariano nortista sobre a qual usava uma casaca cinza, um cinto de couro e um coldre com aba abotoada. E, de algum modo, sua elegância natural imbuía de bom gosto até mesmo esse uniforme trivial.

— Tem alguma coisa nesse coldre? — perguntou Nate.

— Eu consegui um implemento de cozinha feito pelo Sr. Colt, de Hartford, em Connecticut.

— Quer dizer que você tem uma arma — disse Nathaniel, seco.

— Não é uma arma — protestou Lúcifer. — É um utensílio para matar a comida que o senhor quer que eu cozinhe. E, se eu não puder ter um utensílio, não posso conseguir carne, e eu não posso cozinhar a carne que eu não conseguir, e o senhor não pode comer a carne que eu não puder cozinhar, e aí o senhor vai passar fome e eu vou passar tanta fome que nem vou ter forças para enterrar o que sobrar do senhor.

Nate suspirou.

— Se você for pego com uma arma, Lúcifer, vão arrancar o couro das suas costas.

— Se eu tiver um utensílio de cozinha Colt, major, não há nenhum filho de uma puta fedorenta vivo que possa tirar o couro de nenhuma parte de mim.

Nate cedeu. Mandou o garoto arranjar algo para comer, mas alertou que estivesse pronto para partir a qualquer momento. A luz do dia desaparecia, o crepúsculo obscurecido por uma miríade de fogueiras que ardiam entre as carroças e os vagões, e Nate aguardava ordens iminentes de se afastar das ferozes colunas de fumaça que certamente serviam de faróis para atrair

305

cada soldado nortista num raio de trinta quilômetros. Não que o exército rebelde estivesse em condições de se mover; alguns homens roncavam num estupor alcoólico e outros, estufados com a comida farta, dormiam sem perceber os bandos incendiários que iam de armazém em armazém queimando o que não podia ser carregado.

Às últimas luzes Nathaniel se barbeou usando um novo espelho e uma navalha que Lúcifer havia encontrado; depois se refestelou com ostras em conserva, pão fresco e manteiga. A escuridão chegou e ainda não havia ordens para se moverem. Ele supôs que Jackson havia decidido correr o risco de passar a noite na estação capturada e em chamas, por isso fez uma cama com uma pilha de sobretudos nortistas novos em folha, mas a maciez do colchão improvisado era de um conforto desconcertante, por isso rolou de cima da pilha para o chão familiar. E ali dormiu bem.

E acordou no inferno.

Abriu os olhos e viu um céu rasgado de fogo e ouviu uma trovoada monstruosa enchendo a noite. Levantou-se com o susto, levando a mão ao fuzil, e por todo lado os homens da legião acordavam com a cacofonia aterrorizante. O fragmento de alguma coisa em chamas caiu do céu e bateu com força no chão ao lado de Nate.

— O que diabo está acontecendo? — perguntou a ninguém em particular.

Então percebeu que o grande suprimento de munições nortista estava sendo destruído. Vagões e mais vagões de cartuchos, espoletas, obuses e propelente de artilharia eram queimados. As explosões ressoavam pela estação, cada qual lançando uma luz forte que pulsava no céu. Chamas monstruosas subiam dezenas de metros no ar, onde projéteis assobiavam atravessando a fumaça que se agitava.

— Ah, meu Deus — disse um homem depois de uma explosão particularmente luminosa. — Me poupe. — A frase, que estava se espalhando pelo exército de Jackson, provocou uma gargalhada imediata.

— Major Starbuck! Major Starbuck! — O capitão Pryor, agora ajudante de Swynyard, procurava entre os homens espantados.

— Aqui.

— Vamos marchar agora.

— Que horas são?

— Meia-noite, senhor. Pouco depois da meia-noite.

Nate gritou chamando o sargento ajudante Tolliver. Um armazém atulhado de obuses se desintegrou em chamas tornando a noite momentaneamente luminosa e vermelha como o inferno no auge do meio-dia. A explosão foi seguida por um cheiro hipnotizante enquanto barris de toucinho curado pegavam fogo e fritavam. Um cavalo solto galopou tomado pelo terror, passando por um bando de demônios suados que destruíam as últimas locomotivas da estação enchendo as fornalhas com pólvora e mutilando os tubos condensadores com balas.

— Pronto? — gritou o coronel Swynyard. Ele já estava montado, e os olhos do seu capão refletiam as chamas da noite como se o animal fosse uma fera mística. — Marchem!

Foram para o norte, seguindo cegamente a brigada e deixando para trás um poço agitado de horror escarlate. Uma explosão depois da outra rasgava o depósito incendiado enquanto as chamas subiam mais alto ainda no céu. O norte havia trabalhado portentosamente para juntar os suprimentos necessários para derrotar o sul, e agora todo esse trabalho evaporava em chamas, fumaça e cinzas.

Os homens de Nate caminhavam exaustos, com o peso dos saques e nem um pouco revigorados com as poucas horas de sono que conseguiram no fim do dia. Parte dos saques mais pesados foi abandonada logo, juntando-se a outros troféus jogados fora por soldados cansados. À luz tremeluzente e não natural Nathaniel viu um tarol abandonado ao lado da estrada, depois duas espadas com cabos folheados a ouro, uma balança de correio e uma sela fina. Havia pilhas de comida, candelabros, sobretudos — quaisquer tesouros que os homens desejaram, tomaram e depois abandonaram enquanto os músculos voltavam a sofrer com cãibras.

Ninguém sabia aonde iam nem por quê. O avanço era lento, porém não mais lento do que quando descobriram que a coluna seguia pela estrada errada. Guias locais tiveram de ser tirados da cama para orientar os soldados que caminhavam com carregamentos enormes, atravessando o campo em direção a uma floresta escura. As parelhas eram chicoteadas até sangrar, puxando os canhões pesados através de cercas vivas emboladas e campos de trigo crescendo.

O tenente Coffman, ainda envolto em sua bela capa, veio caminhar ao lado de Nate.

— Descobri o que o senhor queria — disse.

307

Nathaniel nem conseguia lembrar o que havia pedido para Coffman descobrir.

— E então? — perguntou.

— Fica perto da estrada de Sudley, senhor. Tem uma trilha de fazenda perto dos vaus, basta andar uns quinhentos metros para o norte e lá está. Deve ter uma coluna caiada na porteira da trilha, mas o sujeito com quem eu falei disse que ela precisa ser repintada.

Nate franziu a testa para o jovem tenente.

— Do que você está falando, em nome do inferno?

— Da fazenda Galloway, senhor. — Coffman pareceu magoado.

— É, claro. Me desculpe.

Mas agora a informação parecia muito trivial. Nate adoraria visitar a fazenda Galloway, mas percebeu que o desejo era quixotesco nessa noite de fogo e confusão. Jackson estava saindo de Manassas, portanto, a vingança da legião contra Galloway precisaria esperar.

— Obrigado, Coffman, e muito bem — acrescentou, tentando aplacar a irritação do rapaz.

Pouco antes do alvorecer a legião atravessou uma estrada, subiu um morro e chegou a um trecho com uma floresta densa. Atrás dos soldados, depois de uma curva do terreno na escuridão da noite, o incêndio da estação rugia como a fornalha do inferno. O brilho da destruição era selvagem e a fumaça formava uma pira gigantesca, de modo que, para Nate, parado na beira da floresta e olhando para trás, parecia que um enorme trecho da terra em si estava pegando fogo. O incêndio tinha sido provocado quatro horas antes, mas as explosões poderosas ainda pulsavam na noite e lançavam fumaça para o céu. Para além do fogo, e parecendo fraca diante de seu brilho, a borda do mundo mostrava a primeira linha prateada do alvorecer.

— Para trás, agora, para trás. — Um oficial do estado-maior, montado, empurrava os homens da campina aberta para a proteção das árvores. — E nada de fogueiras! Nada de fogueiras!

— O que está acontecendo? — perguntou Nate.

— Descansem um pouco — respondeu o sujeito. — E fiquem escondidos. Ninguém deve acender nenhuma fogueira a não ser que queira ser queimado vivo pelo próprio Velho Jack.

— Não vamos continuar marchando? — perguntou o capitão Davies ao oficial.

— Por enquanto, não. Só fiquem escondidos. Descansem um pouco. E nada de fogueiras! — O oficial se afastou a cavalo, repetindo a mensagem.

Nathaniel levou seus homens para a floresta. Jackson tinha ido a Manassas, transformado o lugar num inferno e se escondido.

O reverendo Elial Starbuck praticamente não dormiu naquela noite. Às vezes seus olhos se fechavam de puro cansaço, ele apoiava a cabeça aquilina no encosto alto da poltrona e começava a roncar baixinho. Mas quase imediatamente outra explosão enorme chacoalhava as janelas da sala do major Galloway, o pastor acordava com um susto e via outra bola de fogo subindo do brilho incandescente que indicava a localização da fornalha, que antes era o grande depósito. O diabo estava trabalhando, pensou, severamente, e tentou dormir de novo. Tinha decidido não ficar num dos quartos, para o caso de ter de escapar rapidamente de atacantes rebeldes, por isso passava a noite na biblioteca meio mobiliada, com sua bengala, a bolsa pesada e a bandeira preciosa ao lado. Sua única arma era o guião decorativo do major Galloway no mastro com ponta de lança, que o pastor encostou na poltrona esperando que a ponta de lança pudesse ser útil para espetar um rebelde sem Deus.

Ele tinha passado o dia anterior inteiro na mesma sala. Sua frustração o havia feito sair da casa duas vezes na tentativa de fugir das forças rebeldes, mas em ambas vislumbrara cavaleiros vestidos de cinza a distância, por isso voltava rapidamente para a segurança dúbia da fazenda. Antes da chegada do pastor havia uma guarda de quatro cavalarianos na residência, cujo trabalho era proteger o depósito de Galloway contra as depredações dos carrancudos vizinhos sulistas do major, mas os homens fugiram com a chegada das tropas de Jackson. Os três empregados negros da fazenda permaneceram nela e alimentaram o pastor e rezaram com ele, mas nenhum se sentia convencido pelo otimismo do reverendo Starbuck, de que sem dúvida John Pope viria castigar os homens que ousaram incendiar Manassas.

O pastor conseguiu dormir um pouco antes do amanhecer. Estava largado na poltrona com a bandeira rebelde apertada contra a barriga magra até que uma última explosão fortíssima o acordou para a luz fraca da alvorada. Sentia-se rígido, com frio e cansado enquanto se levantava. Da janela da sala via uma enorme coluna de fumaça subindo ao céu, mas não via nenhum cavalariano inimigo com casacas cinza-rato importunando a paisagem.

Parecia cedo demais para esperar o desjejum, por isso, deixando a bagagem na casa e levando apenas a bengala e a preciosa bandeira, aventurou-se timidamente na manhã. Havia orvalho na grama e névoa no terreno. Dois cervos de cauda branca saltaram para longe e atravessaram um bosque. Logo ao norte via o brilho do Bull Run através de um espaço entre as árvores, mas ainda não tinha visto nenhum soldado. Passou pelos casebres dos empregados e foi até a extremidade do quintal de Galloway em busca dos inimigos, mas tudo que se movia na paisagem perolada era a coluna de fumaça agitada acima da estação. Havia um sentimento de desolação e solidão na paisagem, quase como se o pastor fosse o último homem no mundo. Subiu lentamente pelo caminho da fazenda, sempre atento, mas não viu nada que o ameaçasse. E, quando chegou à estrada, virou à esquerda e subiu até o alto da pequena colina para observar o longo vale que ficava a leste. Ainda não havia inimigos à vista. Os campos estavam desprovidos de animais de criação, as fazendas pareciam desertas e a terra se estendia estéril.

Continuou andando. O reverendo pretendia voltar à fazenda e acordar os empregados para os deveres matinais na cozinha, mas a curiosidade o impeliu a caminhar mais ainda, até que por fim decidiu ir até o topo do morro do outro lado do vale. Se visse algum sinal do inimigo, voltaria à fazenda, tomaria o desjejum e levaria a bagagem para o norte. Assim decidido foi andando teimosamente, seguindo a coluna de fumaça como Moisés tinha seguido a coluna de nuvem pelo deserto. Subiu o lado leste do vale, percorrendo, apesar de não saber disso, o mesmo caminho que havia feito o primeiro ataque nortista na batalha que abrira a luta na Virgínia e passando, ainda que não fosse querer saber, pelo lugar em que seu filho estivera pela primeira vez na linha de batalha rebelde. Era o terreno onde a primeira invasão do norte aos territórios do sul tinha sido repelida, e os campos dos dois lados da estrada ainda exibiam o branco no qual fragmentos de ossos foram desenterrados das covas rasas por animais de rapina. Alguém tinha posto um crânio em cima de um toco de árvore na entrada de uma estradinha de fazenda. E o rosto macabro ria com dentes amarelos para o pastor que passava.

Chegou ao topo da colina coberta de árvores. Tinha se afastado pelo menos um quilômetro e meio da fazenda de Galloway. À frente via a estrada de Warrenton atravessando vazia um vale e, do outro lado, no alto de um morro verde e íngreme, as ruínas de uma casa incendiada se erguiam lúgubres e pretas contra a grande mancha de fumaça suja que obscurecia o alvorecer de modo odioso. A casa havia sido destruída na batalha travada nesses campos de Manassas um ano antes, mas o pastor presumiu que a residência tinha sido queimada pelos rebeldes no dia anterior. Não lhe ocorreu que um exército sulista não queimaria uma fazenda na Virgínia. Elial Starbuck simplesmente enxergava novas provas da obra do diabo com a certeza de que isso tinha de ser responsabilidade das forças escravocratas.

— Bárbaros! — disse em voz alta para o terreno vazio. — Bárbaros!

Algo soou na estrada, atrás dele. O pastor se virou e viu que o crânio risonho tinha sido derrubado do toco de árvore e agora rolava pela estrada. Atrás do crânio estava um cavaleiro segurando um fuzil apontado para o reverendo Starbuck. Para sua surpresa, o reverendo percebeu que não sentia medo de verdade ao encarar um dos diabos que devastaram essa terra.

— Bárbaro! — gritou com raiva, balançando a bengala para o cavaleiro. — Pagão!

— Doutor Starbuck? — reagiu o cavaleiro educadamente. — É o senhor?

O pastor olhou boquiaberto para o cavaleiro.

— Major Galloway?

— O senhor não é a pessoa que eu esperaria encontrar aqui — comentou o major Galloway esporeando o cavalo em direção ao pastor. Toda uma tropa de cavaleiros o seguiu saindo das árvores, enquanto Galloway explicava ao reverendo Starbuck que na noite anterior ele e seus homens pegaram um trem para o norte até Bristoe e agora tentavam descobrir o paradeiro do exército de Stonewall Jackson.

— Eu não vi nenhum rebelde essa manhã — disse o pastor, e contou que tinha passado a noite na fazenda. Confirmou que a propriedade estava incólume e informou que, apesar de ter visto um punhado de cavaleiros sulistas na véspera, não tinha visto nenhum nessa manhã. — Parece que eles sumiram — concluiu num tom sombrio, como se os rebeldes possuíssem poderes satânicos.

— O capitão Blythe também — observou Galloway. — A não ser que ele esteja na fazenda.

— Infelizmente, não.

— Tenho certeza de que ele vai aparecer quando puder — disse Galloway com a voz abatida, depois se virou na sela e pediu a Adam que trouxesse

311

um dos cavalos de reserva para o pastor. — Estávamos indo para a fazenda — explicou Galloway ao reverendo —, e recebemos ordem para depois examinar o terreno ao norte do Bull Run.

— Eu esperava ir para o norte. Preciso chegar a Washington.

— Não sei se o senhor pode ter muitas esperanças de fazer isso hoje — disse Galloway respeitosamente. — Existem evidências de que Jackson trouxe as tropas para o norte. Talvez os rebeldes estejam planejando atacar as defesas de Centreville. Ele pode ter desaparecido, mas certamente não está longe. — O major observou a paisagem vazia ao redor, como se esperasse que os rebeldes aparecessem como vilões de teatro saltando de um alçapão.

— Não posso me demorar aqui! — protestou o pastor vigorosamente. — Eu tenho uma igreja para administrar, responsabilidades das quais não posso fugir!

— Aqui o senhor certamente estará mais seguro — sugeriu Galloway com calma —, já que o general Pope se encontra aqui e o restante do exército está a caminho. — Ele se inclinou para segurar o cavalo de reserva enquanto o pastor montava. A bandeira rebelde quase caiu da mão do reverendo, mas ele conseguiu segurar a seda embolada enquanto se acomodava no cavalo. Um cavalariano entregou a bengala do pastor, depois lhe deu as rédeas. — Na verdade, se o senhor ficar, acho que até pode ver um pedaço da história sendo feito.

— História! Durante todo o mês não me prometeram nada além de história, major! Prometeram um púlpito em Richmond, mas se dependesse de todas essas belas promessas seria melhor eu ter planejado pregar as palavras de Deus no Japão!

— Mas agora os rebeldes fizeram bobagem, senhor — explicou Galloway com paciência. — Ao menos é o que o general Pope acredita. Jackson está encurralado aqui, senhor, a quilômetros das linhas sulistas, e o general Pope planeja cortar o caminho dele e destruí-lo. Por isso Pope está aqui. Vamos acabar com Jackson de uma vez por todas.

— Você acha mesmo que Pope consegue fazer isso, major? — A pergunta do pastor saiu cáustica.

A resposta de Galloway foi calma.

— Eu acho que o general Pope pretende tentar, senhor, e nenhum de nós sabe realmente do que o general é capaz em batalha. Quero dizer, ele foi muito bem-sucedido no oeste, mas não lutou aqui, e por isso foi trazido para a Virgínia. Por esse motivo acho que ele ainda pode nos deixar surpresos. Sim senhor, acho que podemos ver uma boa batalha antes do fim do dia, e até acho que podemos vencê-la.

A perspectiva era tentadora para o reverendo Starbuck. Ele tinha vindo à Virgínia com enormes esperanças e essas esperanças desmoronaram. Mas agora parecia haver uma chance de vitória, afinal de contas. Além disso, era manhã de quinta-feira e ele sabia que jamais chegaria a tempo para o culto de domingo, o que significava que poderia muito bem ficar aqui e ver a nêmesis do norte ser derrotada em batalha. E que belo tema para um sermão!, pensou. Como Satã mergulhando no abismo, Jackson seria derrotado e o reverendo Starbuck seria testemunha da queda devastadora do demônio. Ele assentiu. Ficaria e lutaria.

As tropas de Jackson passaram o dia inteiro esperando na floresta. A maioria dos homens dormia um sono profundo, de modo que Nate, posicionando suas sentinelas logo no interior da linha das árvores, ouvia o murmúrio do exército adormecido como um enxame de abelhas. Vinte e quatro mil soldados rebeldes roncavam a menos de dez quilômetros de Manassas, mas o exército nortista não sabia de sua presença.

Lúcifer trouxe para Nathaniel um jantar. Tinha carne de porco fria, maçãs e nozes.

— Ainda estamos comendo a comida dos ianques — disse, explicando as iguarias de luxo. Depois se agachou ao lado de Nate e olhou morro abaixo, para a estrada vazia, em busca dos ianques. Não havia nenhum essa noite. — E onde estão os amigos dos negros? — perguntou.

— Só Deus sabe. Esperemos que eles não nos encontrem.

O sol estava baixo no céu, e com alguma sorte a noite cairia antes que o inimigo encontrasse o esconderijo de Jackson.

— O senhor não quer lutar? — perguntou Lúcifer num tom sarcástico.

— Eu não quero morrer.

— O senhor não vai morrer. O senhor nasceu sob uma estrela da sorte. Como eu. Dá para ver.

Nate zombou da confiança do garoto.

— E eu lhe digo, Lúcifer, que praticamente todo pobre filho da puta que morreu nessa guerra achava que tinha sorte demais para ser morto.

313

— Mas eu tenho sorte mesmo — insistiu Lúcifer —, e é melhor o senhor ter tanta sorte quanto eu, porque sabe o que eu ouvi lá atrás, no meio dos serviçais humildes? Que há homens nesse regimento que não gostam do senhor.

— Eu sei disso.

A carne de porco estava macia e as maçãs eram frescas. Ele se perguntou quanto tempo demoraria até voltar a comer biscoitos duros e tripas salgadas.

— Mas o senhor sabia que eles escreveram uma carta a seu respeito? — Lúcifer olhou de soslaio, depois acendeu um dos charutos que tinha conseguido para Nate. — O sujeito careca escreveu a carta, sabe? O homem a quem o senhor me fez devolver o relógio, "Merdalicott", é o nome dele? E ouvi dizer que uns três ou quatro oficiais assinaram, e pelo menos quarenta ou cinquenta soldados, e eles vão mandar a carta para um congressista. Dizem que o senhor é jovem demais e que deveria ser mandado rio abaixo o mais rápido possível. — O garoto riu, depois passou o dedo pela garganta. — Eles significam encrenca para o senhor, major.

Nathaniel disse a Lúcifer o que os malditos autores da carta podiam fazer com ela.

— Ninguém vai me mandar rio abaixo — acrescentou. — Não se eu vencer batalhas.

— Mas e se eles não deixarem o senhor vencer?

Nate deu de ombros como resposta, depois roubou o charuto do garoto.

— Você sabe o que eu aprendi na vida militar?

— A tirar o charuto dos outros?

— Que o pior inimigo nunca é o sujeito com o outro uniforme. — Ele parou com o charuto a meio caminho da boca porque uma fuzilaria súbita havia soado a oeste. Os tiros eram distantes, mas estalavam furiosamente no fim da tarde. — Lá vamos nós de novo — disse Nate, e tragou o charuto enquanto seu coração disparava. Imaginou se algum dia o medo diminuía ou se ficava cada vez pior, até que o sujeito fosse incapaz de se manter de pé na batalha.

Homens acordavam no meio das árvores ouvindo inquietos o som dos tiros. Todos, a não ser os recrutas mais novos, tinham aprendido a avaliar a intensidade de um combate a partir do som das armas, e esse era violento e furioso, por isso eles esperavam receber a ordem de

314

participar, mas essa ordem não veio. A luta continuou até o crepúsculo. Ninguém sabia quem estava lutando nem quem estava vencendo, só que uma leve fumaça de pólvora surgia branca acima da linha das árvores no oeste.

O coronel Swynyard por fim trouxe notícias da legião. Parecia que uma coluna de soldados ianques estivera marchando pela estrada e que Jackson tinha ordenado que sua própria brigada interceptasse e destruísse a coluna nortista.

— Só que os ianques são teimosos demais para fugir — explicou Swynyard. — Estão de pé e lutando feito demônios.

— Eu achei que devíamos nos manter escondidos dos ianques — comentou Nate.

— Acho que já nos escondemos o suficiente. Talvez o Velho Jack Maluco ache que é hora de atrair os ianques. — Swynyard olhou para o céu que escurecia e fez uma careta. — Não que eles venham essa noite. Mas amanhã? — Ele olhou para Lúcifer, agachado ao lado das poucas posses de Nate. — Como está o seu negrinho? — perguntou, carrancudo.

— Parece bastante disposto.

— Ele me parece astuto. Tem mãos macias, Starbuck, o que provavelmente significa que era o bichinho de estimação de alguém. E aquelas calças que ele estava usando quando você o encontrou, com bolsos compridos, não são calças de homem honesto. Se você quer um bom escravo, arranje um trabalhador do campo, cabeça dura, que não tenha medo de trabalho, mas o seu garoto me parece mais o tipo perigoso de escravo.

— Qual é o tipo perigoso?

— O esperto. Nem todos os pretos têm um cérebro igual ao de uma mula, sabe? Alguns são espertos de verdade, e meu pai sempre achava que esses precisavam ser dobrados primeiro. Ele dizia: chicoteie até tirar sangue, depois faça com que trabalhem até a morte, porque, se houver algum problema no meio do povo, você pode ter certeza de que foi provocado por esses espertinhos, por isso você tem que se livrar dos inteligentes e assim não vai ter problemas. Essa é a primeira e a última regra de como manter escravos, Starbuck, e você provavelmente a está violando. Não creio que seja um ato cristão espancar um preto sem motivo, por isso não vou sugerir que faça isso, mas aconselho que mande o garoto embora.

— Eu não vou fazer isso. Gosto de Lúcifer.

— Lúcifer? É assim que ele se chama? Santo Deus. — Swynyard ficou chocado com o nome ímpio. — Descobre o verdadeiro nome dele, Starbuck. Não aceita esse tipo de absurdo! E mande-o cortar o cabelo. Você não quer um dândi negro. E, pelo amor de Deus, tira aquela arma dele! Para começo de conversa, é ilegal. E, mais importante, se você o encorajar a achar que está acima dos outros pretos, ele logo vai achar que está acima de você. É só dar um centímetro a um escravo esperto que ele vai tirar tudo o que você tem. — O coronel conteve essa torrente de conselhos para ouvir o som dos tiros, que tinha alcançado uma nova intensidade, quase como se os dois lados estivessem igualmente desesperados para chegar à vitória antes que o sol mergulhasse abaixo do horizonte. — Não é da nossa conta, graças a Deus. Dorme um pouco essa noite, Starbuck, porque tenho certeza de que amanhã vamos estar enfiados até o pescoço no meio dos ianques.

Lúcifer, de cabelos compridos e portando uma arma, observou o coronel se afastar.

— O que ele falou de mim?

— Ele me deu bons conselhos. Disse para eu chicotear você até tirar sangue e depois fazer você trabalhar até morrer.

Lúcifer riu.

— O senhor não vai querer fazer isso. Eu sou a sua sorte, major.

Ele se virou de novo para a figura de Swynyard, que havia se afastado, e fez um gesto deliberadamente formal com o punho direito fechado, que, no último instante, abriu para deixar cair alguns pedacinhos de algum osso frágil e poeira branca.

Nate imaginou ter reconhecido as costelas de algum passarinho no meio daquilo que Lúcifer havia deixado cair, mas não quis perguntar o que significava aquele gesto estranho. Tinha medo de saber, por isso olhou por entre as árvores e, finalmente, viu os ianques. Cavaleiros galopavam nos campos distantes esporeando os animais na direção do tiroteio que ainda espocava no oeste. Os inimigos estavam se reunindo feito nuvens de tempestade. E amanhã lutariam.

As esperanças do reverendo Elial Starbuck, que se afundaram tanto durante as inconveniências da viagem de trem, agora se alçavam de novo, e de novo era o cheiro acre da batalha que o fazia regozijar. Tinha tomado o desjejum com o major Galloway, e depois, deixando a bagagem na fazenda, cavalgara até o entroncamento de Manassas para ver os danos causados no depósito e se apresentar no quartel-general do general Pope. O general se mostrou a afabilidade em pessoa e permitiu que o famoso reverendo acompanhasse o exército, até mesmo convidando-o para compartilhar do jantar simples nas próximas noites. Depois de receber essa honra, o reverendo Starbuck cavalgou para o sul até Bristoe, para se encontrar com seu velho amigo Nathaniel Banks, que havia recebido a tarefa pouco exigente de vigiar a estação ferroviária. Banks, que ainda considerava sua ação no monte Cedar uma vitória, reclamou amargamente das tarefas atuais, mas o reverendo Starbuck não estava com clima para encorajar essa picuinha. Seu ânimo era renovado pela chegada de um trem depois do outro, vindos do entroncamento de Warrenton, cada qual apinhado de tropas trazidas das defesas do Rappahannock. Os danos à ferrovia ao norte de Bristoe implicaram a necessidade de os trens deixarem os passageiros em campo aberto, e logo a fila de locomotivas e vagões estacionados se estendia por mais de três quilômetros. Os homens marchavam a partir dos campos onde desembarcaram e alardeavam ter vindo derrotar Stonewall de uma vez por todas. O pastor gostou do ânimo deles. Seu próprio ânimo aumentou ainda mais quando, no fim da tarde, ouviu o som de tiros vindo do norte.

Ele levou seu cavalo cansado na direção do som, atravessando campos silenciosos e florestas desertas, até que finalmente chegou ao vale onde a estrada de Warrenton passava e onde um fio de fumaça indicava o lugar em que os homens lutavam, nas profundezas do vale. Cavalgou para a luta, chegando justamente quando um regimento inimigo atacava o flanco direito dos ianques.

Os atacantes vestidos de cinza avançavam numa linha com duas fileiras de profundidade. Seus fuzis tinham baionetas que refletiam a luz escarlate do sol poente. Vinham em boa ordem, derrubando uma cerca sinuosa e depois avançando por um pasto. O ataque era silencioso, sugerindo que os rebeldes planejavam guardar seu famoso grito para os últimos metros da carga. Alguns davam aquele grito estranho à esquerda do pastor, mas a batalha maior parecia empatada entre duas linhas de fuzileiros frente a frente.

Os nortistas viram a ameaça ao seu flanco direito e mandaram rapidamente três regimentos para enfrentá-la. Dois regimentos eram de Wisconsin e o terceiro, de Nova York. Os nortistas formaram suas fileiras numa irregularidade do terreno onde se agacharam atrás de uma cerca. Os atacantes, sem saber o número de ianques que enfrentaria sua carga, começaram a correr, e seus primeiros gritos agudos soaram no crepúsculo. O som desafiador instigou a linha nortista a ficar atrás da cerca e disparar uma saraivada capaz de estourar os tímpanos. Seu barulho atravessou o vale e ecoou de volta. Chamas de fuzis reluziam na luz poente, e a nuvem de fumaça de pólvora em camadas pairou sobre a campina, chegando até onde estavam os confederados, que foram obrigados a parar subitamente, atônitos. O reverendo Starbuck aplaudiu os nortistas, sem se importar com as balas que passavam em volta do cavalo. A primeira saraivada tinha feito o ataque rebelde parar, a segunda o transformou numa massa sangrenta e a terceira começou a impelir para trás o regimento sulista. O fogo rebelde ficou cada vez mais fraco enquanto o nortista se intensificava. Um estandarte rebelde tombou, foi apanhado e imediatamente caiu de novo quando o novo porta-estandarte foi jogado para trás por uma dúzia de balas.

— É assim que se faz com os demônios, rapazes! — gritou o reverendo Starbuck.

Uma linha de mortos e feridos amontoados surgiu onde a maré do ataque confederado empacou, e agora os sobreviventes abandonavam, relutantes, aquele monte sangrento e disforme enquanto recuavam devagar. Mais cedo o pastor tinha se equipado com um revólver Colt da provisão de Galloway, e agora se lembrou da arma e a tirou do alforje. Disparou contra os rebeldes teimosos que, apesar de terem sua linha partida e sangrada, ainda tentavam retribuir o avassalador fogo nortista.

— Pela esquerda oblíqua! Avançar! — gritou uma voz retumbante, e o regimento de Nova York se virou, avançando como um portão que ameaçava se fechar sobre os restos dos atacantes rebeldes.

— Alto! — gritou o comandante dos nova-iorquinos. — Apontar!

O pastor apressou seu cavalo para ficar atrás do avanço nova-iorquino.

— Fogo!

A saraivada do regimento de Nova York retalhou o flanco esgarçado dos rebeldes. Foi uma saraivada mortal, um golpe fortíssimo que pareceu sacudir os rebeldes sobreviventes. O sangue enevoou o ar da tarde enquanto as balas acertavam os alvos. Casacas cinza eram manchadas de vermelho e o campo foi coberto de mais mortos e agonizantes. Um homem saiu girando da linha rebelde com sangue jorrando de uma órbita ocular. Ele tombou de joelhos, parecendo rezar, e o reverendo Starbuck deu um grito de triunfo ao disparar o revólver contra ele.

— Fazendo a obra de Deus? — O coronel do regimento nova-iorquino veio cavalgando para perto do pastor.

— "Não cuideis que vim trazer a paz à terra; não vim trazer paz, mas espada." — recitou o reverendo Starbuck, depois disparou contra um rebelde que parecia estar dando ordens. — Palavras de Nosso Senhor — acrescentou ao coronel.

— Dessa vez certamente estamos fazendo bem a obra Dele! — gritou o coronel acima do som dos tiros dos seus homens.

— Rezo por isso!

O reverendo disparou o último tiro do revólver e esperou ter matado pelo menos um rebelde com seus esforços. Seu pulso doía por causa do coice forte da arma. Fazia muito tempo que não atirava, e não tinha certeza de que se lembrava exatamente de como carregar um revólver.

— Imagino que o senhor não saiba onde Pope está, não é? — perguntou o coronel.

— Eu o vi pela última vez em Manassas.

— O senhor vai voltar para lá? E, se for, pode levar uma mensagem?

— De boa vontade.

O coronel escreveu numa página de seu caderno.

— Só Deus sabe onde está o corpo principal das forças de Jackson, mas não pode estar longe. Precisamos trazer todos os homens para cá amanhã de manhã, para arrancá-lo da toca e acabar com ele. — O coronel arrancou a página do caderno e a entregou ao pastor. — Exatamente como acabamos com esses patifes — disse, indicando o regimento rebelde que havia sido derrotado com uma perda terrível. O campo estava repleto de corpos se retorcendo, e uma quantidade lamentável de sobreviventes mancava para a floresta distante. — Pobres homens — disse o coronel.

— Pobres homens? Eles são a escória da criação! — garantiu o pastor. — Demônios em forma de cretinos, coronel, e até mesmo um olhar casual para o formato do crânio deles é capaz de revelar isso. Eles são sulistas: burros, moralmente infantis e criminosos. Não sinta pena deles. Guarde sua pena para os negros que eles escravizaram.

— De fato — murmurou o nova-iorquino, estarrecido com a veemência das palavras do pastor. — O senhor vai entregar minha mensagem ao general Pope?

— Com prazer, coronel, com prazer.

Então, sentindo como se finalmente estivesse fazendo uma verdadeira contribuição para a destruição da escravatura, virou seu cavalo cansado e voltou para o outro lado da colina.

Nas últimas horas do dia ele chegou às ruínas cobertas de fumaça da estação, onde fileiras de estruturas de vagões retorcidos e queimados permaneciam sobre as rodas enegrecidas no meio de grandes montes de cinzas soltando fumaça. Eram hectares e hectares de ruínas, desolação, destruição. Com certeza, para os sentidos estimulados do pastor, havia algo bíblico naquela visão medonha, quase como se ele testemunhasse o resultado da ira de Deus a um povo que havia sido relaxado no cumprimento do dever. O reverendo Starbuck não duvidava de que Deus podia usar até mesmo a odiada escravocracia para flagelar o norte por seus pecados. Mas certamente chegaria a hora em que o norte iria se arrepender, e nesse dia feliz os exércitos dos santos infligiriam uma destruição semelhante a esse horror sobre as habitações, cidades e fazendas rebeldes. E talvez, rezou com fervor, esse grande renascimento e a consequente vitória estivessem começando aqui e agora.

Encontrou o general comandante do Exército numa fazenda logo ao norte da estação. Uma vintena de oficiais de alta patente cercava Pope; entre eles, e abaixo de todos em posto, estava o major Galloway, o rosto coberto de poeira e o uniforme encharcado de suor. Pope pegou a mensagem trazida pelo reverendo Starbuck.

— É de Wainwright — anunciou ele. O general leu o bilhete rapidamente e ficou tão satisfeito que deu um tapa na mesa. — Nós o pegamos! Ele está na estrada de Warrenton, mas ficou impedido de avançar. Está encurralado. Ele estava em Centreville, agora está recuando para Warrenton. — Pope fez uma bela marca a lápis num mapa sobre a mesa.

— Eu não vi nenhum sinal dele em Centreville, senhor — disse Galloway, nervoso.

— Não é de espantar! O sujeito estava andando para trás! — Pope gargalhou. — Mas quem se importa se você o viu ou não, Galloway? Não importa onde ele estava, e sim onde está agora! E está bem aqui! — Ele fez outra marca a lápis, formando um X na estrada de Warrenton, onde o reverendo Starbuck tinha visto o ataque rebelde ser destroçado. — Portanto, amanhã vamos pegar todos eles!

O general não conseguia esconder a empolgação. Durante quase um ano o norte havia estremecido ao ouvir o nome de Stonewall Jackson, e, no dia seguinte, Pope acabaria com o medo e destruiria o bicho-papão.

Apesar da patente inferior em relação aos homens barbudos ao redor, o major Galloway se ateve a sua posição.

— Mas e os sujeitos que meu oficial viu em Salem, senhor?

Ele estava falando de Billy Blythe, que, enfim, havia reaparecido com uma história confusa e não totalmente convincente de que havia sido perseguido por cavaleiros sulistas e forçado a se abrigar durante dois dias e duas noites num local protegido nas Blue Ridge, até chegar aos trilhos desertos da ferrovia Manassas Gap. Mas, quando tentou seguir essa ferrovia para o leste, quase foi capturado por piquetes de cavalaria sulista vigiando uma imensa coluna de tropas que seguia rapidamente na direção do Thoroughfare Gap. Os homens de Blythe confirmaram essa parte da história do capitão, e Galloway tinha trazido a notícia alarmante a Pope.

— Mas até que ponto esse sujeito é confiável? — questionou Pope. O general nortista não queria acreditar que mais rebeldes marchavam para Manassas. Ele preferia sua própria teoria de que a retirada em pânico de Jackson tinha sido interceptada na estrada.

— O capitão Blythe é... — começou Galloway, mas foi incapaz de continuar. — Billy pode ser extravagante às vezes — admitiu com sinceridade. — Mas os homens dele contam a mesma história.

— E devem contar mesmo. Os homens devem apoiar os oficiais — retrucou Pope sem dar importância. — E o que, exatamente, eles viram?

— Homens se aproximando do Thoroughfare Gap, senhor. Carroças, canhões e infantaria.

Pope deu uma risadinha.

— O que os seus colegas viram, Galloway, foi o comboio de suprimentos de Jackson indo para o oeste. É razoável, major! Se Jackson está recuando nessa direção — ele fez um traço com o lápis, de leste a oeste —, então as carroças e os canhões dele não estariam indo na direção oposta, a não ser que ele seja muito mais imbecil do que supomos. Não, major, seu colega viu os rebeldes recuando, e não avançando, e amanhã vamos transformar esse recuo numa debandada!

Seus ajudantes murmuraram concordâncias. No dia seguinte, o norte viraria a guerra. No dia seguinte, o norte começaria a destruição absoluta da rebelião na Virgínia.

Apenas um dos oficiais superiores de Pope hesitou. Era um velho oficial de artilharia usando uma estrela de general de brigada no colarinho, e pareceu suficientemente preocupado com o informe de Galloway para perguntar se valeria a pena correr algum risco.

— Se recuarmos para trás das defesas de Centreville, senhor, podemos esperar até que as tropas de McClellan se juntem a nós. Daqui a uma semana, senhor, com todo o respeito, podemos derrotar cada rebelde da Virgínia.

— Você quer que eu recue? — perguntou John Pope com um ar de escárnio. — Esse exército, senhor, está acostumado demais a recuar. Foi comandado por homens que não sabiam nada além de recuar! Não, é hora de avançar, hora de lutar e vencer.

— Aleluia! — exclamou o reverendo Starbuck.

— Mas onde Lee está? — perguntou Galloway, porém ninguém o ouviu.

O general Pope e seu estado-maior tinham se dirigido para o jantar improvisado, levando os generais e o pastor visitante e deixando Galloway sozinho.

A luta foi morrendo conforme a escuridão cobria a estrada. O norte, presumindo que Jackson tinha tentado forçar passagem por entre suas forças, declarou vitória, ao passo que Jackson, cujo objetivo era atrair os nortistas para um ataque total, se manteve em silêncio. Os feridos gritavam na escuridão enquanto ao redor, com o mínimo de ruído na noite, um exército se reunia para a carnificina.

12

Em Manassas, na sexta-feira, 29 de agosto de 1862, as primeiras luzes surgiram alguns instantes depois das quatro e meia. Era uma luz cinzenta, a princípio pouco mais que uma fria diminuição da escuridão no leste, no entanto, foi suficiente para acordar o exército de Jackson. Os homens enrolaram os cobertores, e, pela primeira vez desde que deixaram a estação em chamas, tiveram permissão de acender fogueiras.

— Agora os filhos da puta sabem que estamos aqui, por isso não precisamos nos esconder — disse Nate aos seus homens, depois suspirou de satisfação ao sentir o perfume maravilhoso de café de verdade sendo preparado em dezenas de fogueiras.

Às cinco e quinze, com uma caneca de café nas mãos, ele observava a paisagem tomar forma do outro lado da estrada. Agora havia tropas onde na noite anterior não existia nenhuma. A fumaça marrom que ainda subia da estação tinha atraído um exército para Manassas, e Nathaniel conseguia ver fileiras de soldados de infantaria nos bivaques, parques de canhões e fileiras de cavalos de cavalaria amarrados. Os inimigos, como seus próprios homens, faziam café e se barbeavam, enquanto oficiais ianques curiosos apontavam binóculos e lunetas para a floresta silenciosa no oeste, onde fios de fumaça que se misturavam revelavam, enfim, o verdadeiro tamanho da posição de Jackson.

— O senhor acha que vamos lutar aqui? — perguntou o capitão Ethan Davies. Davies estava limpando as lentes dos óculos na aba da casaca. — Não é um local ruim para defender — acrescentou, enganchando os óculos de novo nas orelhas.

O terreno era um declive da floresta até a estrada. Nate, como Davies, achava que não era um lugar ruim para ficar e lutar, porque os ianques precisariam atacar morro acima enquanto os rebeldes teriam às costas a floresta que os escondia.

Mas, conforme o sol subia, Jackson abandonou a posição e ordenou a seu exército que recuasse para o oeste. Não foram longe, caminharam apenas pouco mais de meio quilômetro pelos campos vazios até outro trecho de carvalhos, bordos e bétulas espalhados. Essa nova floresta era interrompida por pequenos trechos de campina e cortada por dois riachos e por um leito escavado onde se assentaria uma estrada de ferro, que havia sido preparada, mas não finalizada, com dormentes e trilhos. Esse leito serviria a uma linha que passaria ao largo do entroncamento de Manassas, evitando que os trens da ferrovia Manassas Gap tivessem de realizar os pagamentos exorbitantes para usar os trilhos da ferrovia Orange e Alexandria; mas os investidores ficaram sem dinheiro e abandonaram o projeto, deixando apenas um caminho liso, amplo e coberto de capim que atravessava encostas profundas e seguia ao longo de barrancos altos enquanto fazia curvas, sempre niveladas, através da floresta cheia de ondulações. Foi nesse leito que Jackson parou com seus vinte e quatro mil homens.

A brigada do coronel Swynyard defenderia um trecho da ferrovia inacabada que passava por uma encosta profunda. O barranco voltado para o leste fornecia uma base de tiros para os fuzileiros que, caso fossem suplantados, poderiam recuar pela ampla trincheira e ir até a floresta do lado oeste. Cem passos atrás da encosta, o terreno era uma subida íngreme, mas à direita da linha de Swynyard, onde a Legião Faulconer estava posicionada, essa encosta descia aos poucos, de modo que as companhias à direita de Nate não tinham barreira natural atrás deles, apenas um trecho plano de árvores novas e arbustos densos. Essa mudança na topografia também significava que a encosta ficava menos profunda conforme o leito da ferrovia subia um aterro, e a existência de um buraco profundo para refugos atrás da linha só tornava a linha de defesa mais confusa. O fosso de refugos, preenchido até a metade, era o lugar onde os homens da ferrovia jogavam a terra e as pedras que não eram necessárias para construir os aterros.

O fosso de refugos marcava a linha divisória entre a brigada de Swynyard e seus vizinhos ao sul, e, assim que os homens de Nate estavam em posição, ele foi conhecer os vizinhos, um regimento da Carolina do Norte. O coronel do regimento era um homem alto, muito magro, de cabelos muito claros. Estava na meia-idade e tinha um bigode caído cuidadosamente aparado, olhos divertidos e rosto marcado pelo tempo. Seus cabelos compridos tinham um corte antiquado, indo além do colarinho azul desbotado de sua casaca cinzenta.

— Coronel Elijah Hudson — apresentou-se a Nathaniel. — Do Condado de Stanly, e com um orgulho incomum disso.

— Major Starbuck, de Boston, Massachusetts.

O coronel Hudson afastou uma mecha de seu cabelo encaracolado para descobrir um ouvido.

— Creio que minha audição tenha sido bastante prejudicada pela artilharia, major, porque eu poderia jurar que o senhor disse Boston.

— Disse mesmo, coronel, disse mesmo, mas todos os meus rapazes são da Virgínia.

— Só o bom Deus sabe por que você veio de Massachusetts para cá, major, mas sem dúvida é um prazer conhecê-lo. Seus rapazes estão preparados para o que der e vier, não é?

— Acho que sim.

— Os meus são completos patifes, todos eles. Nenhum vale um centavo, mas, por Deus do céu, como eu adoro esses desgraçados! Não é, rapazes? — O coronel Hudson tinha falado alto o suficiente para que seus homens mais próximos ouvissem, e eles abriram sorrisos largos. — E esse major aqui — Hudson apresentou Nate aos seus homens — é um pobre nortista perdido lutando por nós, rebeldes miseráveis, mas sejam bonzinhos com ele, rapazes, porque, se os garotos dele cederem, nós vamos ser um bando de patos mortos esperando que John Pope venha nos depenar. E eu não estou com vontade de ser depenado por um nortista sujo hoje.

Nate levou Hudson, passando pelo fosso de refugos e indo até a legião, e o apresentou ao major Medlicott, explicando que ele não somente comandava a companhia adjacente ao regimento da Carolina do Norte como também era responsável por toda a ala direita da legião.

— Certamente é um prazer conhecê-lo, major — disse Hudson, estendendo a mão. — Meu nome é Elijah Hudson e eu sou do Condado de Stanly, o melhor condado de todas as Carolinas, ainda que minha cara esposa venha do Condado de Catawba, que Deus a abençoe, e como vai você?

Medlicott pareceu desconcertado com o jeito amistoso do sujeito alto, mas conseguiu dar uma resposta civilizada.

— Estamos diante de um terreno propenso a uma carnificina — continuou Hudson, indicando a encosta da ferrovia, onde o terreno corria até o trecho de floresta mais próximo. Era um local propenso a uma carnificina porque qualquer ianque que atacasse a partir da floresta seria obrigado a

325

atravessar esses cinquenta passos de terreno aberto sob fogo constante. — Não posso dizer que minha maior ambição já tenha sido matar ianques, mas o bom Senhor quer que eu o faça, então, certamente, ele torna o serviço fácil num lugar assim. Veja bem, se os cavalheiros nortistas conseguirem atravessar o leito da ferrovia, vamos todos ficar bastante encrencados. Se isso acontecer, é melhor fazermos as malas e voltar para os nossos trabalhos. Qual é o seu trabalho, major? — perguntou a Nate.

— Soldado, acho. Antes da guerra eu era estudante.

— Eu sou moleiro — respondeu Medlicott a uma pergunta semelhante.

— E que trabalho melhor um homem pode ter do que moer o milho do Senhor para o pão nosso de cada dia? — perguntou Hudson. — Sem dúvida é um privilégio, major, um privilégio genuíno, e tenho orgulho de conhecê-lo.

— E sua profissão, senhor? — perguntou Nathaniel ao alto Hudson.

— Não posso dizer de fato que tenha alguma profissão, Starbuck, além do amor a Deus e ao Condado de Stanly. Creio que você poderia dizer que faço um pouco de tudo e um monte de nada, mas se fosse obrigado teria de confessar que sou fazendeiro. Apenas um dos fazendeiros que labutam na América, mas bastante orgulhoso disso. — Hudson deu um sorriso largo, depois estendeu a mão de novo para os dois. — Acho que eu deveria garantir que meus patifes não estejam fugindo daqui por puro tédio. Considero um verdadeiro privilégio lutar ao lado dos senhores e desejo toda a felicidade nesse dia. — Com um aceno, o magro Hudson se afastou.

— Bom sujeito — comentou Nate.

— Gente gananciosa, esse povo da Carolina do Norte — disse Medlicott com azedume. — Nunca confiei num homem da Carolina do Norte.

— Bom, ele está confiando em você — retrucou Nathaniel num tom cortante. — Porque, se abrirmos caminho aqui, ele vai ser flanqueado.

Nathaniel olhou para os fuzileiros de Medlicott, que tentavam se sentir confortáveis no trecho raso da encosta da ferrovia. Depois se virou para observar os restos do fosso de refugos da construção, que agora era uma depressão cheia de mato estendendo-se por trinta metros atrás da trincheira improvisada. O leito pedregoso do fosso coberto de mato podia servir como um caminho oculto na retaguarda das defesas rebeldes.

— Acho que deveríamos fazer uma barricada no buraco.

— Não precisa me ensinar meu trabalho — rebateu Medlicott.

A raiva de Nate desferiu um golpe incontrolável.

— Escuta, seu filho de uma puta desgraçada, eu não vou perder essa batalha maldita porque você não gosta de mim. Se os ianques usarem esse buraco para entrar na retaguarda da minha linha, eu vou usar a sua maldita cabeça para o regimento treinar tiro ao alvo. Entendeu?

Incapaz de competir com a intensidade da fúria de Nathaniel, Medlicott recuou dois passos.

— Eu sei lutar — disse, inquieto.

Nathaniel resistiu à tentação de lembrar a Medlicott sua covardia no monte Cedar.

— Então certifique-se de lutar, e, para ajudar, coloque um abatis atravessando o buraco. — Um abatis é uma barreira de galhos que atrapalha um atacante e oferece um parapeito baixo para o defensor. Nate viu o ressentimento no rosto do moleiro e se arrependeu do tom ríspido. — Eu sei que você não gosta de mim, Medlicott — disse, tentando acertar as coisas. — Mas nossa briga não é um contra o outro, e sim contra os ianques.

— E você é ianque — retrucou o moleiro, carrancudo.

Nathaniel resistiu ao impulso de dar uma segunda bronca no desgraçado.

— Ponha seus homens para construir o abatis — obrigou-se a dizer com calma —, e eu volto logo para ver o resultado.

— Não confia em mim, é?

— Ouvi dizer que você sabe escrever uma carta, mas não sei até que ponto consegue construir um bom abatis.

Com esse disparo final ele se afastou, soprando a frustração dos pulmões numa nuvem de fumaça de charuto. Ele se perguntou se deveria ter revertido a ordem de batalha usual da legião colocando os homens de Truslow na direita e os de Medlicott na esquerda, mas um ato assim seria considerado um insulto profundo às companhias do flanco direito, e Nate queria demonstrar aos homens dessas companhias, ainda que não aos oficiais, que confiava neles. Andou até a extremidade norte de sua linha, onde a companhia de Truslow estava entrincheirada na parte mais funda da encosta da ferrovia. À esquerda estava um dos pequenos batalhões da Flórida que faziam parte da brigada.

Truslow tinha percorrido o terreno aberto na frente da encosta para garantir que seus homens conhecessem a extensão exata da floresta.

327

— São setenta e cinco metros daqui até a linha das árvores — disse. — E até um filho da puta cego pode acertar um ianque a setenta e cinco metros. A bala nem vai ter começado a descer. — Ele levantou a voz de modo que os homens da Flórida mais próximos pudessem ouvir. — Mirem no coração dos desgraçados, e na pior das hipóteses vão furar a barriga deles. Essa matança é digna de um jardim de infância, não é nada difícil.

Difícil era a luta em terreno aberto, em que a trajetória de longo alcance de uma bala ficava tão pronunciada que um tiro mirado contra um homem parado a trezentos metros de distância passaria muito acima do quepe de um soldado cem passos mais perto. Nate tinha visto a saraivada de um regimento inteiro ser disparada contra uma linha de escaramuçadores sem que uma única bala acertasse o alvo.

Havia um ir e vir constante de oficiais do estado-maior sondando a floresta para além da área onde realizariam a matança, para vigiar o avanço dos ianques. O coronel Swynyard fez um reconhecimento semelhante e voltou dando a Nate as informações que tinha.

— Eles ainda não estão avançando — avisou.

— O senhor acha que eles virão?

— Se fizerem o que devem fazer, sim. — Ele confirmou que a ação do dia anterior na estrada era destinada a atrair os ianques para o ataque. — Acho que nosso serviço é segurá-los aqui enquanto Lee traz o restante do Exército.

Era a primeira vez que Nathaniel ouvia Swynyard se referir ao comandante Lee, desde que chegaram a Manassas.

— Onde Lee está? — perguntou.

— Do outro lado do Thoroughfare Gap.

— Tão perto assim? — Nate estava surpreso.

— Acho que é onde ele sempre pretendeu estar — respondeu Swynyard com admiração indisfarçada. — Ele nos mandou à frente para atrair os ianques para longe do rio, e agora está vindo atrás deles. O que significa que, se pudermos segurar os ianques durante a manhã inteira, Lee deve cercear os movimentos deles essa tarde. Isso é, se o bom Senhor quiser — acrescentou devotamente.

O tique em sua bochecha direita, que aos poucos havia sumido depois de abandonar o álcool, tinha retornado misteriosamente com força total. Por um segundo Nate se perguntou se Swynyard teria bebido, mas então percebeu que o tique devia ser um sintoma do nervosismo. Era a primeira batalha do coronel como comandante de brigada, e ele queria desesperadamente que fosse bem-sucedida.

— Como estão os seus rapazes? — perguntou.

— Muito bem — respondeu Nate, imaginando que sintomas de nervosismo estaria exibindo. Pavio curto, talvez?

Swynyard se virou e apontou para a colina atrás da linha da legião.

— Os rapazes de Haxall, do Arkansas, estão comigo lá em cima. Se as coisas ficarem difíceis vou mandá-los descer para ajudar, mas, assim que eles tiverem vindo, não teremos mais reservas.

— Artilharia?

— Não que eu tenha visto. Nenhuma, acho, mas, se Lee chegar rápido, talvez não precisemos.

O coronel voltou para seu posto de comando. O sol subiu ainda mais, prometendo outro dia sufocante. Ao sul, abafados pela distância, soavam tiros de fuzil, mas era difícil dizer se eram disparados com raiva ou se aquilo era meramente o som de homens tentando provocar piquetes distantes. Alguns homens de Nate dormiram enquanto esperavam. Alguns prendiam etiquetas de papel nas casacas para identificar os corpos, caso morressem, outros escreviam cartas, liam ou jogavam baralho. No fosso de refugos a altura do abatis chegava até o peito.

— Está alto o suficiente para você? — perguntou Medlicott a Nathaniel.

— Está alto o suficiente para você? — retrucou Nate. — É a sua vida que ele pode salvar, não a minha.

— Se é que eles vão atacar — disse Medlicott num tom que sugeria que a expectativa de batalha por parte de Nathaniel era meramente alarmista.

No fim da manhã o próprio Nate se perguntava se o exército nortista iria atacar.

Talvez os nortistas tivessem detectado a aproximação de Lee e se afastado para lutar outro dia, já que este havia ficado sonolento; a paz não era rompida por qualquer coisa mais ameaçadora que um tiro de fuzil ocasional e distante. Então, justamente quando Nate tinha se convencido de que estaria a salvo da batalha nesse dia, na floresta à sua esquerda irromperam furiosos disparos de fuzil. Homens espantados acordaram e apoiaram os fuzis no parapeito grosseiro da encosta da ferrovia. Ao longo de toda a linha os cães das armas estalaram ao serem engatilhados, mas nenhum ianque surgiu na área da matança, apenas um cervo amedrontado que entrava e saía da luz do sol antes que qualquer homem pudesse dar um tiro.

Então um oficial do estado-maior da brigada ao norte cavalgou até a linha, gritando para os homens avançarem em direção à floresta.

— Para fazer o quê? — gritou Nate.

O oficial estava agitado e suando, com uma espada na mão.

— Os ianques estão lá. Você pode acertá-los no flanco.

— Faça isso, Starbuck! — O coronel Swynyard tinha chegado bem a tempo de ouvir o oficial. — Vá atrás deles!

Nathaniel mandou Coffman avisar ao coronel Hudson o que estava acontecendo. Queria manter o colega da Carolina do Norte informado, assim como Hudson havia prometido mantê-lo a par de qualquer ameaça ao seu flanco sul. Logo Nate subiu pela face da encosta.

— Legião!

Os homens saíram da encosta e formaram duas fileiras. Não havia bandeiras de batalha a serem desfraldadas no centro da legião, onde Nate ocupou seu lugar.

— Avançar! — gritou.

O combate estalava e cuspia fogo na floresta, pontuado por gritos rebeldes. Era difícil dizer o que o havia provocado, mas obviamente algumas tropas rebeldes tinham atravessado o leito da ferrovia para interceptar alguns ianques no meio das árvores, para onde Nathaniel levava agora a legião. Ia rápido, sabendo que sua cuidadosa linha de batalha seria esgarçada pelos carvalhos mas também sabendo que qualquer chance de encontrar um flanco ianque aberto era instigante demais para ser ignorada.

Os homens ofegavam atrás dele, passando pela vegetação rasteira e partindo galhos secos e caídos enquanto corriam. Nathaniel levava a legião para a esquerda, indo diagonalmente pela linha de frente rebelde. Podia ver fumaça de armas atravessando as folhas adiante; então vislumbrou lampejos azuis onde um punhado de soldados nortistas corria pela floresta. Foi na direção desses inimigos, mas as casacas azuis desapareceram no meio das árvores. Em algum lugar um fuzil disparou, e Nate ouviu a bala rasgando as folhas acima, mas não viu a fumaça da arma nem foi capaz de dizer se quem tinha disparado era amigo ou inimigo. Diminuiu a velocidade para recuperar o fôlego. A legião tinha perdido a coesão à medida que as companhias se separavam na floresta, de modo que agora passavam entre as árvores como bandos de caçadores seguindo o faro. Uma saraivada espocou à esquerda, mas nenhuma bala veio em sua direção. Um cavalo sem cavaleiro, espumando de suor e de olhos brancos e arregalados atravessou a vegetação baixa, galopando sem ser contido entre duas companhias de Nate. De repente, a floresta pareceu estar sem inimigos. Nathaniel ouvia ordens gritadas e tiros de fuzil esporádicos, mas não conseguia ver ninguém e temia ter levado seus homens para longe demais. Então um súbito grito de alerta o fez virar à esquerda.

E ali, subitamente, estava o inimigo. Havia um grupo de ianques ajoelhando e atirando, carregando e apontando, mas seus alvos não eram os homens da legião, e sim outros sulistas muito à esquerda, sugerindo que Nate havia encontrado o flanco aberto do norte.

— Legião, alto! Apontar!

Ele estava dando pouquíssimo tempo aos seus homens.

— Fogo!

O pequeno grupo de ianques foi varrido cruelmente. Mais de duzentas balas foram disparadas contra uns vinte homens, e só um deles conseguiu ficar de pé quando a saraivada terminou, e esse homem estava cambaleando e sangrando.

— Carga! — gritou Nathaniel. — E me deixem ouvir seu grito!

A legião começou a dar o grito rebelde. Nate se lembrou de que não tinha ordenado aos homens que calassem baionetas, mas agora era tarde demais para remediar a situação. A legião fora solta e nada podia impedir a carga atabalhoada que partiu gritando pela floresta para tomar o flanco aberto do inimigo. As árvores à frente estavam cheias de ianques fugindo. Mais rebeldes vinham da esquerda, e Nathaniel gritou para seus homens virarem para a direita.

— Por aqui! Por aqui!

A respiração martelava nos pulmões. Em algum lugar um homem não parava de gritar, um som terrível e patético até que foi misericordiosamente interrompido por um disparo de fuzil.

Nate saltou por cima de um morto, tropeçou num galho caído, atravessou uma barreira de pés de louro e viu que tinha saído de repente num campo aberto cheio de homens correndo.

— Alto! — gritou. — Parem aqui! Recarregar!

A legião formou uma linha tosca na beira da floresta e disparou contra a horda de ianques recuando. Os homens estavam ofegantes e empolgados demais para atirar direito, porém os disparos de fuzil serviram para apressar a retirada em pânico dos ianques. Outro regimento rebelde apareceu à esquerda da legião e perseguiu o inimigo para a campina aberta, mas, quando a Companhia H começou a ir atrás, o capitão Truslow a fez recuar um segundo antes de uma bateria nortista se revelar num agrupamento de árvores do outro lado da campina. O primeiro canhão mandou uma carga de metralha nos perseguidores rebeldes. Um segundo disparou, lançando um obus contra os homens de Nate. O projétil estalou acima deles e explodiu nas árvores justamente quando uma saraivada nortista assobiava por cima do pasto.

— Para trás! — O coronel Swynyard tinha avançado com a legião. — De volta para o leito da ferrovia, rapazes! Muito bem!

— Tenente Howes? — gritou Nate. — Um grupo para recolher armas e munição!

— Temos alguns prisioneiros aqui, senhor — gritou Howes em resposta.

Nathaniel não tinha percebido nenhum inimigo sendo aprisionado, mas de fato havia um grupo desconsolado de uma dúzia de homens sob a guarda de um cabo, que precisava ser escoltado de volta para o quartel-general da brigada. Os homens de Howes encontraram uns vinte fuzis em bom estado e centenas de cartuchos que carregaram pela floresta.

— Um belo começo — comentou o coronel Swynyard com Nate quando a legião estava de volta à encosta da ferrovia.

— Isso foi fácil.

Nathaniel não deu importância. Não conseguia se lembrar de uma única bala chegando perto dele. Sabia que a legião não precisara se envolver na luta, mas ficou feliz porque seu regimento tinha conseguido uma vitória rápida e simples. Como dissera Swynyard, era um bom começo.

— Mas o seu colega "Merdalicott" não se mexeu. — Lúcifer esperou até que Swynyard tivesse se afastado para falar com Nate. — Eu fiquei olhando. Ele levou os homens dele para a floresta e parou. O senhor continuou, mas ele ficou para trás.

Nathaniel grunhiu, não querendo encorajar a indiscrição de Lúcifer. Em vez disso, perguntou ao escravo fugido:

— Quantos anos você tem?

Lúcifer ficou surpreso diante da pergunta inesperada.

— Dezessete — respondeu depois de um tempo. — Por quê?

Nathaniel suspeitou que Lúcifer tivesse acrescentado pelo menos um ano a sua idade.

— Porque você é novo demais para morrer, por isso volte ao parque das carroças.

— Eu não vou morrer. Sou enfeitiçado!

— Enfeitiçado? Como? — Nathaniel se lembrou dos ossos de passarinho esmagados.

— Eu simplesmente sou enfeitiçado. Nunca fui pego como ladrão. Até seus homens me encurralarem, e ali estava o senhor! — Ele riu. — Está vendo? Eu sou enfeitiçado.

— Mas você era um ladrão — disse Nate, não desaprovando, mas simplesmente para enfatizar a primeira informação que Lúcifer dava sobre seu passado até esse momento.

— O senhor acha que eu usaria aquela calça com bolsos fundos se não fosse? Foi o Mick que me deu.

— Mick?

— O Sr. Micklewhite. Ele é dono de uma taverna grande no entroncamento de Manassas e eu trabalhava para ele.

— Você era escravo dele?

— Eu era o ladrão dele. Mas ele queria que eu fizesse outras coisas. Porque dizia que eu era jovem e bonito. — Lúcifer riu, zombando de si mesmo, mas Nathaniel detectou uma ansiedade no meio das palavras.

— Que tipo de coisas?

— Quer saber? O senhor não sabe nada sobre apetite?

— Apetite?

Mas, antes que Lúcifer pudesse explicar, um galho estalou ao se quebrar na floresta além do campo de batalha. A legião ficou imóvel, dedos encostados nos gatilhos, porém nada mais soou nas árvores. À direita, o tiroteio recomeçou, mas essa batalha distante pertencia a outros. Nate olhou de novo para seu serviçal, mas Lúcifer tinha sumido, levando junto seu passado. À frente de Nathaniel a floresta verde estava silenciosa. Em algum lugar para além do silêncio oitenta mil ianques se reuniam, mas aqui, por enquanto, havia paz.

Nate havia optado por não colocar escaramuçadores na floresta. O campo de batalha entre a encosta que descia até o leito da ferrovia e a linha de árvores era amplo demais, de modo que, quando seus escaramuçadores tivessem retornado às linhas da legião, os perseguidores ianques já estariam na metade do terreno aberto. Mas os homens da Carolina do Norte, à direita da legião, estavam diante de uma faixa de terreno aberto que se estreitava cada vez mais e tomaram a precaução de colocar uma linha de escaramuça no meio das árvores. E foram esses homens que alertaram Nathaniel do segundo ataque ianque do dia, um ataque muito mais organizado que o primeiro avanço confuso.

A batalha entre os escaramuçadores não demorou. Os ianques avançavam com uma força grande demais e a floresta não era um lugar para homens espalhados lutarem contra uma horda. Cada escaramuçador de Hudson disparou um único tiro e correu para salvar sua vida, mas essa saraivada dispersa bastou para alertar a legião de que o ataque estava chegando.

Nate estava no alto da encosta com a Companhia C, agora comandada pelo agitado e irritadiço William Patterson, que era canteiro e, por isso, motivo de muitas piadas sobre lápides funerárias. Patterson tinha pretensões de elevar seu status social e recebera a promoção inesperada adornando-se com uma faixa de cintura vermelha, um chapéu com pluma e uma espada. Tinha deixado de lado a espada e o chapéu emplumado para o combate do dia, mas a faixa ainda o identificava como oficial.

— A postos, rapazes! A postos! — gritou, e seus homens passaram a língua nos lábios secos e olharam, ansiosos, para as árvores. — Eles estão vindo, rapazes! Eles estão vindo! — Mas a floresta verdejante continuava vazia, as árvores salpicadas apenas pela luz do sol, e o ar úmido não tinha pólvora.

Então, de repente, os nortistas estavam no campo de visão dos rebeldes. Uma massa de homens surgiu correndo sem fazer barulho. Bandeiras e baionetas reluziam. Por um segundo, uma fração de segundo, Nate teve a rara visão de um exército inteiro vindo em sua direção, por isso berrou a ordem de abrir fogo.

— Fogo! — ecoou Patterson, e a frente de sua companhia desapareceu numa nuvem de fumaça de pólvora.

— Fogo! — gritou Moxey para a companhia seguinte.

Os homens de Patterson cuspiam balas nos fuzis, enfiavam varetas nos canos e pegavam espoletas nos chapéus virados de ponta-cabeça, posicionados convenientemente ao lado da plataforma de tiro.

— Fogo! — gritou o capitão Pine, da Companhia D.

— Fogo! — gritou o tenente Howes da Companhia E. O ataque ianque era oblíquo, emergindo das árvores primeiro ao sul e depois ao norte.

E repentinamente, como uma enorme onda quebrando na praia, o barulho do ataque dominou a audição de Nate. Era o som de uma grande carga de infantaria: o ruído de gritos empolgados, de berros, de homens suados, e atrás deles o barulho de tambores e cornetas, o som das balas de seus próprios homens sendo socadas no cano dos fuzis, o das balas Minié atingindo a carne e o dos primeiros feridos gritando e ofegando, o som metálico de varetas sendo enfiadas nos fuzis, o breve assobio, como um chicote, das balas Minié ocas e o ruído de milhares de botas pesadas, de gritos de ordens, de homens xingando a própria falta de jeito enquanto tentavam rasgar os cartuchos.

Era um crescendo interminável, um tumulto de ondas sonoras que se entrechocavam, obliterando os sentidos turvados pela fumaça de pólvora. A única possibilidade era lutar, e lutar significava derramar chumbo na fumaça das armas para mandar para longe o inimigo que atacava e xingava. E o inimigo continuava avançando, fileiras e mais fileiras de homens de casacas azuis sob suas bandeiras altas e listradas.

— Fogo! — gritou um ianque.

— Fogo! — respondeu a voz de Truslow no flanco esquerdo da legião.

— Eles estão atirando alto! — exultou o soldado Matthews a apenas cinco passos de Nathaniel, então Matthews foi jogado para trás por uma bala na cabeça que arrancou um pedaço de seu crânio do tamanho de um pires e sujou o homem ao seu lado com sangue e miolos. O tenente Patterson ficou hipnotizado enquanto o corpo de Matthews escorregava até parar aos seus pés. O corpo estremeceu, com sangue jorrando do crânio despedaçado.

— Fogo! — gritou Nate.

Ele viu um garoto puxar o gatilho; nada aconteceu. O garoto começou a socar outra carga no cano, provavelmente, cheio de cargas não disparadas. Nathaniel pegou o fuzil de Matthews, grudento por causa do sangue, e correu até o garoto.

— Dispara a maldita bala antes de carregar! — disse rispidamente, entregando a arma nova ao rapaz apavorado. Em seguida, pegou o fuzil do garoto e o jogou para trás da encosta.

335

Ele disparou seu fuzil contra a fumaça, depois correu, passando pela companhia de Moxey, até onde Medlicott guardava o vulnerável flanco direito. O moleiro estava lutando muito bem, disparando seu revólver contra a fumaça que agora era alimentada por saraivadas dos dois lados, criando uma única nuvem de um amarelo-leproso e fedor insuportável. A carga ianque parecia ter empacado, mas não tinha sido derrotada. Em vez disso, os nortistas sustentavam sua posição no campo de batalha e tentavam dominar a linha rebelde com saraivadas coordenadas.

— Ainda estamos aqui, Starbuck! Ainda estamos aqui! — Quem falava era o afável coronel Hudson, que tinha vindo ao seu próprio flanco esquerdo numa tarefa não diferente da de Nate. — O Partido Republicano do Sr. Lincoln está barulhento hoje, hein? — O coronel indicou os ianques com uma vara de aveleira que aparentemente era sua arma predileta. Uma bala passou perto do cabelo comprido de Hudson. — Péssimo tiro — lamentou o coronel. — Tiro terrível! Eles realmente deveriam se preocupar mais com o treino de mosquetes.

Então um segundo grito de comemoração soou do outro lado da fumaça, uma repetição daquele primeiro som terrível que havia aumentado até explodir nas defesas rebeldes.

— Santo Deus! — exclamou Hudson — Acho que tem uma segunda linha vindo. Segurem-se firme, rapazes! Segurem-se firme! — E voltou andando ao longo de sua linha.

— Ah, meu Deus! Ah, meu Deus! — O major Medlicott estava enfiando espoletas em seu revólver. — Ah, meu Deus! — Ele levantou a arma, escorvada apenas pela metade, e disparou às cegas contra a fumaça.

Para além da fumaça, os ianques diminuíram os disparos enquanto a primeira onda de atacantes abria caminho para a segunda. Os rebeldes disparavam contra a penumbra, vendo seus alvos apenas como sombras escuras na fumaça clara. Uma massa de homens gritando, com baionetas caladas, surgiu naquela neblina.

— Recuar! — gritou Medlicott, e seus homens começaram a se afastar da encosta rasa.

— Fiquem e lutem, maldição! — berrou Nate, mas o pânico era infeccioso e a companhia passou por ele.

Por um segundo, Nathaniel ficou sozinho no amplo fosso. Depois viu as bocas abertas dos atacantes ianques a menos de dez passos e correu para salvar sua vida. Esperava receber uma bala nas costas a qualquer momento ao subir pelo barranco oeste e seguir a companhia de Medlicott para o emaranhado de árvores novas e arbustos.

Os ianques sentiram cheiro de vitória. Eles gritaram comemorando enquanto pulavam na encosta e subiam o barranco do outro lado. Suas bandeiras tremulavam. Uma abertura havia surgido entre a legião e os homens da Carolina do Norte comandados por Hudson, e a infantaria nortista se lançou por esse espaço, onde descobriu o fosso de refugos desguarnecido. Como uma onda de água liberada por uma represa aberta, os ianques inundaram o buraco, mas se chocaram com o abatis. Pararam um segundo enquanto o emaranhado de galhos continha a carga; depois avançaram dando a volta nos flancos da barreira para subir pela borda do fosso de refugos.

— Fogo! — O coronel Swynyard tinha trazido morro abaixo o batalhão de Haxall, do Arkansas, para enfrentar a carga ianque que tentava sair do fosso de refugos.

Fuzis dispararam contra o fosso. Os rebeldes não tinham como errar, porque os ianques estavam mais apinhados que ratos no ninho.

— Fogo! — gritou o major Haxall, e uma segunda saraivada foi lançada para baixo, e a massa ianque pareceu estremecer como um grande animal ferido.

— Coloque seus homens em formação e lute! — gritou Swynyard com raiva para Nathaniel. — Lute, maldição!

— Desgraça!

Nate estava perdido, confuso. Os atacantes no buraco eram trucidados, porém mais ianques haviam atravessado o fosso e estavam atacando pela vegetação rasteira, procurando homens, quaisquer homens, sem encontrar nada além do caos. Então ele viu Peter Waggoner, o gigante sargento da Companhia D que vivia fazendo citações da Bíblia. Santo Deus, pensou Nate, se a Companhia D tinha sido expulsa do leito da ferrovia, a legião devia estar se estendendo por todo o terreno.

— Waggoner!

— Senhor?

— Onde está a sua companhia?

— Aqui, senhor! Aqui! — E ali, agachada com medo atrás do grande sargento, estava a maior parte da Companhia D. O capitão Pine empurrava os homens em linha, gritando para ficarem de pé e lutar.

— Calar baionetas — gritou Nathaniel —, e me sigam! E gritem! Pelo amor de Deus, gritem!

O som ululante do grito rebelde, capaz de gelar o sangue, açoitou o ar enquanto a companhia seguia Nate de volta ao leito da ferrovia. Maldição, ele não seria derrotado! Um ianque surgiu a sua frente e ele disparou o revólver no rosto do sujeito, que pareceu sumir num jato vermelho enquanto o coice da arma estremecia até o ombro de Nathaniel. Ele escorregou em sangue, mas não caiu, e disparou contra uma massa de uniformes azuis à frente.

— Atacar! — gritou. — Atacar!

E os homens de Waggoner o acompanharam, gritando feito demônios liberados para destruir, e os ianques desorganizados recuaram. A carga desesperada através dos arbustos havia encontrado mais grupos de legionários espalhados, de modo que agora Nate comandava quase um terço de seu regimento num contra-ataque ensandecido com o sangue, desesperado, maligno. Os nortistas estiveram à beira da vitória, mas ficaram subitamente confusos por essa oposição inesperada. Recuaram.

Nathaniel subiu de volta para o leito da ferrovia. Um nortista escorregou no barranco do outro lado, virou-se e girou o fuzil. Nate disparou contra o sujeito, ouviu-o gritar, depois pulou por cima do corpo que caía, tropeçando e caindo no topo do aterro. Um tiro de fuzil estalou acima de sua cabeça, uma onda de seus homens passou por ele e uma mão enorme o puxou para que ficasse de pé.

— Venha, senhor!

Era o sargento Peter Waggoner. Um canhão disparou em algum lugar, acrescentando seu som ao ruído da batalha. Atrás de Nate, na borda do fosso de refugos, as saraivadas de fuzil ainda soavam, transformando a depressão no terreno num matadouro. Os ianques estavam recuando, atônitos com a violência da reação rebelde. Nate passou correndo pelo monte de corpos mortos no duelo de fuzis que tinha precedido o segundo avanço ianque. Ele sabia que havia perdido o comando de seus homens e que agora eles lutavam por instinto e sem orientação adequada. Por isso correu para tentar ficar à frente deles e controlá-los de algum modo.

Os ianques tinham trazido um pequeno canhão para a beira das árvores. A peça de artilharia não tinha nem um metro e vinte de altura e seu cano era curto e largo. Eles conseguiram disparar um único tiro com o canhão,

338

e agora a equipe de quatro homens tentava desesperadamente voltar com a arma por entre as árvores para salvá-la de ser capturada pela onda cinzenta que gritava enlouquecida pela batalha. Na pressa, os artilheiros prenderam uma das rodas do canhão numa árvore, impedindo o recuo.

— O canhão! — gritou Nate. — O canhão! — Se pudesse reunir seus homens perto do canhão, teria uma oportunidade para recuperar o controle da legião. — Vão para o canhão! — gritou, então correu para lá.

Algo o acertou com força na coxa esquerda, fazendo-o girar e cair. Deu um passo mancando, esperando a agonia retardada dominar seu corpo. Respirou fundo, pronto para gritar, mas, em vez disso, quase soluçou ao sentir algo molhado escorrer pela perna. Depois percebeu que a bala inimiga havia meramente atingido seu cantil. Não era sangue, e sim água. Seu quadril estava esfolado, mas ele não tinha se ferido, e seu grito de autopiedade se transformou num desafiador berro de alívio.

Por todo lado o grito rebelde preenchia o ar. Um artilheiro ianque, sabendo que a arma estava perdida, inclinou-se por cima de uma roda para puxar o cordão da escorva. Percebendo com horror que o canhão ainda estava carregado e que uma tempestade de metralha ia ser lançada sobre seus homens, Nate disparou as últimas balas de seu revólver. Viu um risco de metal brilhante surgir no cano do canhão quando uma bala ricocheteou no bronze; então sua última bala mandou o artilheiro para trás, caído no chão.

— Legião! — gritou Nate. — A mim! — Agora estava no meio das árvores, a apenas alguns metros do canhão. Os ianques tinham fugido para a floresta destruída e esfumaçada, onde os troncos eram atingidos pelos disparos de fuzis. — Legião! Legião! Legião! — Nathaniel chegou à peça de artilharia e colocou a mão, como um proprietário, no cano riscado por balas. — Legião! Formar linha! Formar linha! Fogo! Legião! Legião! — Ele estava gritando feito louco, como se pudesse impor sua vontade aos homens empolgados usando a pura força da mente e da voz. — Formar! — gritou em desespero.

E finalmente os homens ouviram e obedeceram. Companhias estavam misturadas, oficiais desaparecidos, sargentos e cabos mortos, mas de algum modo a carga ensandecida conseguiu formar uma linha de tiro grosseira que disparou uma saraivada contra a floresta, respondida com outra pelo inimigo. Os ianques, recuando para as árvores, tinham se virado e formado sua própria linha de batalha. Um dos homens de Nate gritou ao ser atingido na perna, outro cambaleou para trás na luz do sol coberta de fumaça, com sangue escorrendo entre os dedos que apertavam a barriga. Uma bala acertou um dos cofres de munição do canhão capturado. Em algum lugar um homem ofegava dizendo o nome de Jesus repetidamente.

Meu Deus do céu, pensou Nate, de algum modo eles sobreviveram. Estava nauseado. Estava envergonhado, e suas mãos tremiam enquanto recarregava o revólver. Havia fracassado. Havia sentido a legião se desintegrar ao seu redor como uma represa desmoronando e não pudera fazer nada. Havia lágrimas em seu rosto, lágrimas de vergonha por ter fracassado. Apertou as espoletas nos cones do revólver e disparou contra a fumaça à sombra das árvores.

— Senhor! — O capitão Pine, da Companhia D, com os lábios enegrecidos de pólvora e os olhos vermelhos da fumaça, apareceu ao seu lado.

— Vamos pegar o canhão? — E indicou a peça capturada.

— Vamos! — respondeu Nate, depois se forçou a ficar calmo, a pensar. — Continuem atirando! — gritou para a linha tosca da legião.

Olhou para o canhão mais atentamente. Havia um cavalo morto perto dele, apenas um cavalo, e não havia armão, apenas cofres de munição, de madeira. Nate se lembrou de Swynyard falando dos morteiros de montanha do antigo Exército dos Estados Unidos e percebeu que esse canhão de doze libras era uma daquelas velhas peças para terreno difícil, transportadas nas costas de um único cavalo. Esse morteiro não era uma arma pesada, mas mesmo assim precisaria de meia dúzia de homens para arrastá-lo de volta por entre as árvores até o leito da ferrovia. Nathaniel sabia que a ausência desses poucos homens enfraqueceria sua linha o suficiente para permitir que os ianques voltassem. Talvez, pensou, devesse simplesmente inutilizar o canhão e abandoná-lo; então viu uma massa de uniformes azuis atrás de sua linha frágil e sentiu o pânico ressurgir.

Estava prestes a gritar para seus homens se virarem e expulsarem aqueles novos inimigos quando percebeu que as casacas azuis pertenciam a prisioneiros. Eram ianques que sobreviveram ao horror do fosso de refugos e agora subiam para o terreno aberto.

— Pegue alguns daqueles ianques — disse a Pine — e faça com que arrastem o canhão para lá. E tenha cuidado, ele está carregado!

340

— Usar prisioneiros, senhor? — perguntou Pine, aparentemente chocado com a ideia.

— Faça isso!

Nate se virou para o leste e viu que seus homens disparavam e recarregavam, disparavam e recarregavam obstinadamente. A maioria se abrigava atrás de árvores, assim como os ianques, o que significava que o tiroteio começava a se transformar num empate, mas logo a legião deveria recuar para sua trincheira no leito da ferrovia e Nathaniel estava decidido a fazer o recuo em boa ordem. Não perderia o controle como antes.

O tenente Pine estava discutindo com um oficial ianque capturado. Nate se curvou junto à conteira do canhão e pegou um pedaço de corda de uns dois centímetros de espessura com ganchos de ferro nas extremidades. Ele jogou a corda para Pine.

— Atire no filho da mãe se ele não obedecer! — gritou.

Finalmente, Pine organizou uma equipe de trabalho carrancuda com uma dúzia de prisioneiros que receberam a corda. O próprio tenente prendeu um dos ganchos na argola da ponta da conteira, depois mandou a equipe relutante puxar. A conteira girou e o canhão se soltou da árvore com facilidade, de modo que o cano curto com a boca preta ficou de frente para os antigos donos.

— Parem! — gritou Nathaniel.

Os prisioneiros, atônitos, largaram a corda.

— Saiam da frente! Saiam da frente! — Nate gritou para os seus homens que estavam diante do canhão, atirando contra os inimigos. — Saiam da frente!

Dois homens olharam ao redor, viram o canhão virado para eles e correram depressa para o lado. Quando teve certeza de que a área de tiro estava livre de seus homens, Nate se inclinou por cima da roda e agarrou o cordão da escorva. Esperou alguns segundos até ver nortistas saindo de trás das árvores para apontar os fuzis, então puxou o cordão.

O canhão soltou um estrondo como o golpe avassalador do martelo da perdição. A fumaça se projetou trinta metros à frente enquanto a arma recuava, saindo de perto das árvores e quase atropelando os puxadores vestidos de azul. A metralha de latão havia se despedaçado no cano, espalhando as balas como o disparo de uma espingarda gigante. Os ouvidos de Nathaniel zumbiam por causa da explosão.

— Levem embora! Rápido! — gritou para os apavorados prisioneiros ianques. — Chicoteie-os se eles não quiserem trabalhar — gritou para Pine. — Nós, escravagistas, sabemos chicotear!

Os espantados prisioneiros ianques começaram a puxar como se sua vida dependesse disso, e o canhão soltando fumaça foi sacolejando pelo terreno irregular tão depressa que saltou meio metro no ar quando suas rodas bateram num cadáver esparramado. A fumaça do canhão se dissipou nas árvores revelando um trecho de floresta rasgado e com as cicatrizes da metralha.

— Continuem atirando! — gritou Nate para seus homens.

Então, enquanto a equipe de Pine arrastava o canhão pela parte mais rasa da encosta e subia até a floresta esparsa do outro lado, ele correu para a direita para determinar onde terminava a linha dos seus homens.

Encontrou o tenente Patterson.

— Onde está Medlicott? — gritou acima dos tiros de fuzil.

— Não o vi, senhor.

— Mande seus homens carregarem as armas e voltarem para o leito da ferrovia, e estejam prontos para atirar quando nós voltarmos!

Nathaniel precisava gritar mais alto que os tiros de romper os tímpanos. Patterson assentiu com a cabeça. Estava de olhos arregalados e num frenesi, disparando o revólver repetidamente contra os ianques. Mesmo quando o cão do revólver começou a bater sobre espoletas disparadas, Patterson continuou engatilhando e atirando, engatilhando e atirando. Nate deu um tapa na arma descarregada e fez o tenente repetir as ordens recebidas.

— Faça isso agora! — ordenou.

Em seguida, correu para o norte até encontrar o tenente Howes, o sargento Tyndale e o capitão Leighton. Mandou levarem seus homens para o leito da ferrovia.

— Uma última saraivada para manter os ianques ocupados — ordenou. — Depois corram feito o diabo, entenderam?

Estava começando a entender a disposição desorganizada da legião. Medlicott e Moxey tinham sumido, as quatro companhias do centro estavam nas árvores ou tinham voltado com o tenente Patterson, e Truslow e Davies presumivelmente não se afastaram do leito da ferrovia.

— Fogo! — gritou o capitão Leighton, e as chamas dos fuzis se lançaram luminosas nas árvores.

— Para trás! — ordenou Nate. — Para trás!

Correram para trás, saltando por cima da linha de maré dos corpos vestidos de azul e depois pulando por cima de seus próprios mortos no leito da ferrovia. Os nortistas demoraram a perceber que os rebeldes tinham ido embora, e se passou um longo tempo antes que seus primeiros escaramuçadores aparecessem próximo à linha das árvores.

— Já teve o bastante, Johnny? — gritou um nortista.

— Volte, Billy, antes de mandarmos você para casa num caixão! — respondeu um rebelde.

— Ah, meu Deus — disse outro homem, ofegando por causa do esforço dos últimos minutos. — Me poupe.

Nate correu pelo leito da ferrovia até chegar à companhia do capitão Davies, que, como havia suspeitado, não tinha saído de sua posição. Truslow garantira isso, fazendo uma barricada com uma árvore caída sobre o leito da ferrovia inacabada, e assim o desastre que ameaçava o sul não teve chance de se espalhar até sua companhia. Havia ianques mortos ao longo de toda a frente dos homens de Truslow e Davies, mas nenhum inimigo tinha chegado a menos de quinze metros do parapeito.

— E o que você estava fazendo lá? — perguntou Truslow calmamente.

— Eu não estava me saindo muito bem — confessou Nate.

— A legião continua no lugar — observou Truslow numa voz tão séria que se passaram alguns instantes até que Nathaniel percebesse que as palavras eram provavelmente um elogio.

— Só Deus sabe se aguentamos mais um ataque.

— Isso não é da conta de Deus — disse Truslow —, mas se os desgraçados vierem de novo só teremos de expulsá-los outra vez. Muito bem!

Esse raro elogio entusiasmado não era para Nathaniel, e sim para o sargento Bailey, que tinha trazido mais munição para o leito da ferrovia. Os outros homens cuidavam de uma fogueira para que a companhia de Truslow tivesse água fervente para limpar os depósitos de pólvora dos fuzis.

Nathaniel voltou ao longo de sua linha defensiva. Os ianques se estabeleceram na linha de árvores, de onde lançavam um fogo constante e incômodo contra o leito da ferrovia. Os homens de Nate mantinham a cabeça baixa, às vezes se levantando para disparar um tiro ou às vezes apenas levantando um fuzil acima do parapeito improvisado e apertando o gatilho às cegas.

343

— Não desperdice munição! — vociferou Nathaniel para um homem que tinha atirado sem mirar. — Se vai atirar, mire, e, se não vai, fique abaixado.

Havia corpos no leito da ferrovia. Alguns eram mortos da legião, caídos de costas, de boca aberta e mãos fechadas. Nate reconheceu alguns homens com tristeza, alguns sem nenhum pesar e uns poucos com satisfação. Um ou dois rebeldes mortos eram estranhos. Ele deveria conhecê-los, mas não havia tido tempo para aprender os nomes e os rostos de cada novo recruta. A maioria dos mortos ianques tinha sido colocada sobre o parapeito com o objetivo de proteger os rebeldes vivos, e os feridos da legião, de rosto branco, respiravam com dificuldade na encosta da retaguarda da encosta.

Nathaniel resistiu à ânsia de se agachar quando a encosta ficou mais rasa. Um oficial deveria dar aos homens o exemplo de intrepidez, por isso ele manteve o passo firme enquanto a mente gritava e a pulsação disparava de medo. Balas estalavam ao redor nos poucos segundos em que ele esteve exposto aos ianques; em seguida, pôde pular no fosso de refugos, que estava grotesco com os mortos inimigos. O cheiro de sangue era intenso e as primeiras moscas já cobriam os ferimentos ensanguentados. O fosso de refugos tinha salvado a legião, reconheceu Nathaniel. A depressão havia atraído os atacantes para longe do restante da linha com a promessa de uma rota segura e coberta para chegar à retaguarda rebelde. Mas, assim que entraram no fosso, os nortistas ficaram encurralados, primeiro pelo abatis e depois pelo fogo do batalhão de Haxall, que Swynyard havia trazido do morro. O tenente Patterson saudou Nate.

— Estamos reduzidos no terreno, senhor.

— Reduzidos?

Patterson deu de ombros.

— Metade das companhias A e B sumiram.

— Medlicott? Moxey?

Nathaniel não precisaria ter perguntado. Os dois haviam sumido. Coffman estava em segurança, agachado sob o parapeito baixo do leito da ferrovia com um fuzil que havia tirado de um morto, e o morteiro de montanha do capitão Pine também estava seguro. Tinha sido colocado na parte de trás do fosso de refugos, onde atraía balas ianques.

Patterson viu Nate observar o canhão.

— Esquecemos de trazer a munição, senhor.

Nathaniel xingou. Nada estava dando certo nesse dia, nada, a não ser, como Truslow havia comentado, o fato de que a legião continuava no lugar. O que significava que a batalha não estava perdida. E felizmente, a não ser pelo morteiro de montanha infeliz, os ianques não posicionaram nenhuma peça de artilharia contra a legião. A floresta era densa demais para que os artilheiros dos dois lados conseguissem posicionar suas armas, mas, justamente quando esse pensamento ocorreu a Nate, alguns obuses começaram a explodir. Eram obuses rebeldes, e estouraram na floresta acima dos ianques que, atônitos com os estilhaços, se esgueiraram, afastando-se da linha das árvores. Os disparos de canhão pareciam vir de longe, ao sul, mas pararam abruptamente quando um estardalhaço de gritos e tiros de fuzil soou mais adiante na linha de Jackson. Ouvindo o barulho da batalha, Nate supôs que estivesse escutando um ataque ianque igual àquele ao qual a legião tinha sobrevivido por pouco. Os artilheiros encurtaram o alcance para lançar um fogo enfiado contra os atacantes, e os ianques perto da legião se esgueiraram de volta para a linha das árvores com o objetivo de recomeçar seus disparos incômodos.

Os homens de Haxall tinham voltado para o morro, de onde atiravam por cima do leito da ferrovia, e os soldados da Carolina do Norte, de Hudson, também retornaram para sua posição inicial. O coronel Hudson viu Nate e foi até ele.

— Lugar agitado, Starbuck! — Ele se referia ao leito da ferrovia perto do fosso de refugos.

— Sinto muito pelos meus colegas que fugiram.

— Meu caro, os meus também foram embora! Se espalharam feito galinhas no quintal! — Com decoro, Hudson evitou observar que seus homens não tiveram escolha, a não ser fugir, assim que Medlicott expôs seu flanco direito. — Você tem horas? — perguntou o coronel. — Um ianque atirou no meu relógio, está vendo? — Ele mostrou o bolso rasgado onde o relógio ficava. — A bala passou direto, sem encostar em mim, mas estragou o relógio. Uma pena. Era do meu avô. Era péssimo para marcar as horas, mas eu gostava dele e esperava passar para o meu filho.

— Você tem um filho? — perguntou Nate, um tanto surpreso com a informação.

— Três, e um punhado de filhas. Tom é o mais velho. Tem 24 anos e serve como ajudante de Lee.

— Lee! — Nathaniel estava impressionado. — O Lee?

— O próprio Bobby. Um bom sujeito. Mesmo assim, uma pena, o relógio. — O coronel pegou um pedaço de vidro quebrado nos restos do bolso.

— Coffman! — gritou Nathaniel. — Que horas são?

Coffman tinha herdado um relógio antiquíssimo do pai, que pescou de um bolso interno, abrindo a tampa do objeto bulboso.

— Está marcando quatro e meia, senhor.

— Deve ter parado de manhã — disse Nate. — Não pode ser tão tarde.

— Mas olhe o sol! — observou Hudson, sugerindo que seria mesmo fim de tarde.

— E onde Lee está? — perguntou Nathaniel. — Achei que ele vinha nos ajudar.

— Gosto de planejar as questões militares a partir de dois princípios: qualquer coisa que me digam com certeza jamais vai acontecer e qualquer coisa que tenha sido declarada impossível é desastrosamente iminente. Não há notícias boas na guerra — declarou Hudson em tom grandioso. — Apenas notícias não tão ruins. Ora, que coisa! — A leve reclamação tinha sido causada por um ressurgimento da fuzilaria inimiga a partir da linha das árvores. — Acredito, meu caro Starbuck, que o Partido Republicano reivindica nossa atenção de novo. Ah, bom, à labuta, à labuta.

E a tempestade despencou de novo.

O reverendo Elial Starbuck tentava entender o que estava acontecendo. Ele achava que pedir uma explicação não era muito. Presumia que a guerra era uma atividade tão racional quanto qualquer outro empreendimento humano, sujeita à análise. Mas sempre que indagava a um oficial o que, exatamente, estava acontecendo na floresta a oeste, recebia uma resposta diferente.

O norte estava atacando, disse um general, mas os próprios homens desse general estavam esparramados na campina jogando cartas e fumando cachimbo.

— Tudo em seu devido tempo, tudo em seu devido tempo — disse o general quando o pastor perguntou por que seus homens não davam suporte ao ataque.

Um oficial do estado-maior do general, um rapaz com ar de superioridade que deixou claro que desaprovava a presença de um civil se intrometendo no campo de batalha, informou ao reverendo que Jackson estava recuando, sendo perseguido pelos ianques, e que a agitação na floresta não passava de uma retaguarda barulhenta.

O major Galloway também tentou tranquilizar o pastor. Galloway havia recebido ordem de esperar até que a infantaria rompesse a linha de Jackson, e depois disso seus homens se juntariam à cavalaria nortista perseguindo o inimigo despedaçado. O reverendo Starbuck esperou a cavalo esse rompimento prometido e tentou se convencer de que a explicação do major fazia sentido.

— Jackson está tentando recuar para o sul, senhor — disse Galloway —, e nossos colegas o encurralaram contra as árvores, lá.

Mas nem mesmo Galloway estava satisfeito com essa análise. Afinal, o major não havia conseguido encontrar nenhuma evidência de que Jackson tinha ido para Centreville, portanto não fazia sentido que agora estivesse recuando para longe da cidade, o que levantava o mistério de o que, exatamente, o general sulista estava fazendo. E esse mistério ficou ainda mais preocupante com as repetidas afirmações de Billy Blythe de que vira um segundo exército rebelde marchando para Manassas, vindo do oeste. Galloway não estava disposto a compartilhar sua ansiedade com o reverendo doutor Starbuck, mas tinha a nítida impressão de que talvez o general Pope tivesse se equivocado completamente com relação ao que acontecia de fato.

A infelicidade de Galloway aumentava ainda mais por causa do humor amargo predominante em seu pequeno regimento. O retorno de Blythe havia atiçado a raiva de Adam Faulconer, uma raiva que chegou ao auge na noite anterior, quando o soldado da Virgínia acusou Blythe de assassinar civis na Taverna de McComb. Blythe negou a acusação.

— Soldados dispararam contra nós.

— E os soldados imploraram a vocês que parassem de atirar porque havia mulheres lá dentro! — insistiu Adam.

— Se alguém tivesse feito isso, eu cessaria fogo imediatamente. Instantaneamente! Dou minha palavra, Faulconer. Que tipo de homem você acha que eu sou?

— Do tipo mentiroso — respondeu Adam, e antes que Galloway pudesse intervir, o desafio estava feito.

Mas o duelo ainda não tinha sido travado, e Galloway ousava esperar que talvez jamais fosse. E, com esse objetivo, buscou a ajuda do reverendo

Starbuck. O pastor, feliz por ter um objetivo enquanto a batalha de infantaria continuava feroz, falou primeiro com o capitão Blythe e depois levou um relato da conversa para Galloway.

— Blythe admite que poderia haver mulheres na taverna — disse o reverendo —, e esse pensamento o perturba tremendamente, mas sem dúvida ele não sabia sobre elas na ocasião e me garantiu que não ouviu nenhum pedido de cessar fogo. — O pastor parou um momento para observar os rastros de fumaça dos obuses da artilharia formando arcos sobre a floresta distante, depois franziu a testa para o major. — Que tipo de mulher estaria numa taverna, de qualquer forma?

Galloway esperava que a pergunta fosse retórica, mas a expressão do pastor sugeria que desejava uma resposta. O major olhou ao redor, procurando algum subterfúgio adequado, e não encontrou.

— Prostitutas, senhor — respondeu por fim, vermelho de vergonha por ter usado essa palavra com um homem de Deus.

— Exatamente. Mulheres sem virtude. Então, por que Faulconer está fazendo tanto alarde?

— Adam tem uma consciência sensível, senhor.

— Além disso, ele está no seu regimento por cortesia do meu dinheiro, major — disse o pastor incisivamente, deixando de lado o fato de que o dinheiro para a Cavalaria de Galloway tinha sido dado por centenas de pessoas humildes e bem-intencionadas de toda a Nova Inglaterra. — E não admitirei que a obra do Senhor sofra estorvos por causa de uma simpatia equivocada por mulheres decaídas. O capitão Faulconer precisa aprender que não pode se dar ao luxo de ter uma consciência sensível, não com o meu dinheiro!

— O senhor vai falar com ele?

— Agora mesmo — respondeu o pastor, e no mesmo instante chamou Adam de lado.

Os dois cavalgaram até uma distância suficiente para que a conversa fosse particular; então o pastor exigiu saber exatamente que provas Adam tinha para a acusação de assassinato.

— A prova de um jornal, senhor, e minha percepção do caráter do capitão Blythe.

— Era um jornal sulista. — O reverendo Starbuck demoliu facilmente a primeira parte da prova de Adam.

— Era mesmo, senhor.

— E a outra prova se baseia meramente em sua aversão pelo caráter do capitão Blythe? Você acha que podemos nos dar ao luxo desses julgamentos autoindulgentes em tempos de guerra?

— Tenho bases para essa aversão, senhor.

— Bases! Bases! — O reverendo cuspiu as palavras. — Estamos em guerra, meu jovem, não podemos nos dar ao luxo desse tipo de picuinha.

Adam se enrijeceu.

— Foi o capitão Blythe que lançou o desafio para o duelo, senhor, e não eu.

— Você o chamou de mentiroso!

— Sim, senhor, chamei.

O reverendo balançou a cabeça, triste.

— Eu conversei com Blythe. Ele me garante, com sua palavra de cavalheiro, que não fazia ideia de que havia mulheres na taverna, e ainda afirma que não havia nenhuma presente. Mas aceita que poderia estar enganado e só pede que você aceite que ele jamais teria continuado a batalha se soubesse que seus atos estavam colocando a vida de mulheres em risco. Eu acredito nele. — O reverendo Starbuck fez uma pausa, oferecendo a Adam a chance de concordar, mas este permaneceu num silêncio obstinado. — Pelo amor de Deus, homem, você acredita mesmo que um homem de honra, oficial do Exército dos Estados Unidos, cristão, perseguiria mulheres?

— Não, senhor, não acredito — respondeu Adam.

O reverendo demorou alguns segundos para avaliar o argumento de Adam, e essa avaliação não melhorou seu humor.

— Vou agradecer se você não bancar o espertinho comigo, rapaz. Eu investiguei essa questão. Conheço a maldade dos seres humanos melhor que você, Faulconer. Eu lutei contra a iniquidade durante a vida inteira e meus julgamentos não se baseiam em jornais sulistas, e sim na experiência enrijecida, temperada, pelo que acredito, com a misericórdia e as orações, e digo agora que o capitão Blythe não é assassino e que seus atos naquela noite foram cavalheirescos. É indizível que um homem se comporte como você descreve! Impensável! Manifestamente impossível!

Adam balançou a cabeça.

— Eu poderia lhe contar sobre outra ocasião, senhor — disse, e já ia contar a história da mulher que tinha descoberto no celeiro com Blythe, mas o pastor não lhe deu chance de narrar a história.

— Não ouvirei boatos! — insistiu o reverendo. — Meu Deus, eu não ouvirei boatos. Estamos engajados numa cruzada, Faulconer, numa grande cruzada para forjar a nação escolhida por Deus. Estamos purgando a nação do pecado, queimando a iniquidade de seu coração com um fogo feroz e justo, e não há espaço, nem mérito, nem satisfação, nem justificativa para um homem colocar seus caprichos pessoais à frente dessa grande causa. Como disse o próprio Senhor e Salvador: "Quem não é comigo é contra mim", e juro, Faulconer, que, se você se opuser ao major Galloway nessa questão, vai descobrir que Cristo e eu nos tornaremos seus inimigos.

Adam começou a sentir simpatia por seu antigo amigo Nathaniel Starbuck.

— Não admito que ninguém duvide da minha lealdade à causa dos Estados Unidos, senhor — retrucou num protesto débil.

— Então aperte a mão de Blythe e admita que estava errado.

— Eu? Que estava errado? — Adam não conseguiu deixar de repetir a pergunta.

— Ele admite que você pode estar certo, e que talvez houvesse mulheres lá, então você não pode fazer o mesmo e admitir que ele teria se comportado de outra forma se soubesse?

A cabeça de Adam estava num redemoinho. De algum modo, não sabia ao certo como, havia passado para o lado errado dessa história. Também pesava em sua consciência estar em dívida para com o pastor, e assim, apesar de isso ir contra um veio de teimosia, assentiu.

— Se o senhor insiste... — disse, infeliz.

— É a sua consciência que deveria insistir, mas mesmo assim fico satisfeito. Venha! — E o reverendo Starbuck bateu nos flancos de seu cavalo para levar Adam até onde o risonho Billy Blythe esperava. — O Sr. Faulconer tem algo a lhe dizer, capitão — anunciou o reverendo.

Adam admitiu que podia ter julgado mal o capitão Blythe, depois pediu desculpas por esse julgamento. Odiou-se por se desculpar, mas mesmo assim tentou parecer sincero. Até estendeu a mão ao fim.

Blythe trocou um aperto de mão com Faulconer.

— Acho que nós, cavalheiros sulistas, temos a cabeça quente demais, não é, Faulconer? Então não vamos falar mais disso.

Adam se sentiu aviltado e rebaixado. Tentou demonstrar coragem diante da derrota, mas mesmo assim era uma derrota, e doía. Porém, o major Galloway estava comovido e satisfeito com a aparente reconciliação.

— Devemos ser amigos — comentou Galloway. — Já temos inimigos suficientes, sem fazê-los do nosso próprio lado.

— Amém — disse Blythe. — Amém.

— Amém, mesmo — ecoou o reverendo Starbuck. — E aleluia.

Adam não disse nada, apenas olhou para a floresta onde a fumaça subia dos canhões.

Enquanto isso, ao sul, sem ser visto por nenhuma tropa nortista, regimento após regimento de infantaria rebelde marchava numa estrada rural que levava ao flanco aberto do exército de John Pope. Os reforços de Lee estavam chegando justamente quando a última grande carga do exército ianque do dia era lançada contra o leito da ferrovia inacabada na floresta.

Acima das montanhas Blue Ridge, o sol descia lentamente iniciando aquela tarde de verão. O reverendo Starbuck viu a iminência do anoitecer e cerrou os punhos com força enquanto rezava para Deus conceder a John Pope o mesmo milagre que havia concedido a Josué quando fez o sol parar acima de Gibeão para que os exércitos de Israel tivessem tempo de derrotar os amoritas. O pastor rezou, cornetas soaram na floresta, gritos altos e empolgados ressoaram entre as árvores e a última grande investida do dia teve início.

13

O último ataque nortista do dia foi, de longe, o mais forte e mais perigoso, já que, em vez de ser lançado em linha, veio numa antiquada coluna que golpeou como uma marreta a parte mais rasa do leito da ferrovia. Além disso, atacou numa junção vulnerável entre os homens de Nate e os da Carolina do Norte de Elijah Hudson. Nathaniel, olhando da borda do fosso de refugos que ficava depois do leito da estrada de ferro, soube instintivamente que seus homens jamais suportariam aquele maremoto vindo da floresta. Os batalhões que atacavam estavam tão próximos que seus estandartes formavam uma falange colorida acima das fileiras escuras. As bandeiras exibiam os brasões e os símbolos de Nova York e de Indiana, da Pensilvânia, do Maine e de Michigan, e embaixo delas os gritos dos atacantes abafavam os estalos dos fuzis da legião.

— Dez passos para trás! — gritou Nate.

Não iria esperar para ser atropelado. Ouviu Hudson gritar uma ordem semelhante; então todos os sons do lado rebelde foram momentaneamente obliterados pela vasta comemoração dos nortistas diante do recuo dos defensores.

— Para trás — gritou Nate de novo quando a comemoração dos nortistas parou. — Para trás! Mantenham a linha! Mantenham a linha!

Caminhou ao longo das fileiras da legião, olhando seus homens em vez de olhar para o inimigo que se aproximava.

— Para trás! Firmes, agora! Firmes!

De repente sentiu orgulho da legião. Os homens estavam encarando a morte coberta de azul vindo numa enorme torrente, mas recuavam em boa ordem enquanto ele os levava mais dez passos para trás, para a floresta rala atrás do leito da ferrovia. Fez com que parassem no meio das árvores novas.

— Recarregar! — gritou. — Recarregar!

Homens mordiam cartuchos, derramavam pólvora e cuspiam balas. Socavam as cargas com força, depois levantavam os fuzis e comprimiam as espoletas nos cones enegrecidos de fogo.

— Apontar! — gritou Nate. — Mas esperem! Esperem minha ordem! — Ao longo de toda a linha da legião os pesados cães dos fuzis estalaram, engatilhando-se. — Esperem minha ordem e mirem baixo!

Nathaniel se virou para olhar a carga assim que os nortistas chegaram à encosta da ferrovia. As triunfantes tropas ianques se lançaram descendo o barranco externo da depressão e depois, ainda gritando, subiram como um enxame a encosta de trás, indo direto para as miras da legião que as esperava.

— Fogo!

A saraivada explodiu ao longo da linha, lançando nortistas para trás, na depressão. A vinte passos de distância, uma saraivada como essa era um mero trabalho de abate, mas ela não fez nada além de conter o avanço durante os poucos segundos necessários para que os atacantes incólumes tirassem os mortos e os agonizantes que os atrapalhavam do caminho. Então, instigados por oficiais e inflamados com a perspectiva da vitória, os ianques vieram em busca de vingança.

Mas Nate já havia levado seus homens de volta ao morro, onde o batalhão de Haxall, do Arkansas, esperava dando apoio. O recuo da legião tinha deixado uma abertura diante do fosso de refugos, e de novo essa abertura atraiu os ianques. Era o lugar com a menor resistência, e assim a coluna se lançou para o espaço aberto e convidativo. Alguns nortistas se viram no meio dos corpos fedorentos no fosso, mas a maior parte deu a volta pela borda e continuou em direção ao terreno aberto depois do buraco. Eles deixaram incontáveis feridos no caminho, uma trilha de árvores novas esmagadas e o infeliz morteiro capturado por Nate, que havia sido jogado de cima de sua carreta.

Os homens de Haxall ajudaram a fechar a abertura disparando uma saraivada capaz de estourar os tímpanos, e, quando a fumaça desses disparos se dissipou, os fuzis da legião foram recarregados.

— Fogo! — gritou Nate, e ouviu a ordem ser ecoada na direção do flanco esquerdo do regimento.

O ataque nortista estava ficando mais devagar, não por estar sendo rechaçado, mas porque um grande número de ianques tentava atravessar as aberturas estreitas de cada lado do fosso de refugos, enfrentando uma poderosa resistência, enquanto o flanco direito de Nate e o esquerdo de Hudson se fechavam um de encontro ao outro. Os homens de Haxall estenderam a linha de Nathaniel, e, quando finalmente a abertura foi fechada, eles se viraram para caçar os ianques que conseguiram atravessá-la. A junção dos homens da Virgínia de Nathaniel com os da Carolina do Norte estava agora cerca de cinquenta passos atrás do fosso de refugos, e foi onde a linha se firmou e começou um combate assassino contra os ianques que não conseguiram atravessar a linha de Jackson.

A batalha começou com os dois lados separados por apenas trinta passos — perto o suficiente para que os homens vissem o rosto dos inimigos, perto o suficiente para ouvir a voz de um inimigo, perto o suficiente para que uma bala mutilasse a carne causando um completo horror. Um combate de infantaria, fuzil contra fuzil, a prova para a qual os dois lados treinaram incessantemente. Nate precisava esquecer os ianques que atravessaram a linha e que agora estavam soltos em sua retaguarda; sua única tarefa era permanecer de pé, lutar e confiar que alguém se preocuparia com esses nortistas, assim como outra pessoa deveria se preocupar com a possibilidade de mais ianques atravessarem o leito da ferrovia para se juntar a esse duelo de fuzis. Ele sabia que, se esses reforços inimigos chegassem, a legião seria dominada. Mas, por enquanto, os nortistas estavam sendo contidos. Estavam sendo contidos por homens que sabiam que sua sobrevivência dependia da capacidade de carregar os fuzis mais rápido que o inimigo. Eles não precisavam ouvir ordens de nenhum oficial ou sargento. Os homens sabiam o que fazer. E o fizeram.

O tenente Patterson estava morto, morto por causa da faixa vermelha que havia atraído um número grande demais de balas ianques. Para Nate, era um milagre algum homem ter sobrevivido à tempestade de tiros de fuzil dados à queima-roupa, mas a fumaça sulfurosa de pólvora servia como barreira e o fogo nortista foi reduzido enquanto os ianques voltavam devagar para o leito da ferrovia. Nenhum regimento, por mais corajoso que fosse, conseguia sobreviver por muito tempo a um duelo de fuzil a curto alcance, e o instinto dos dois lados era recuar. Mas os homens de Nathaniel se mantinham firmes na base do morro, e o barranco inibia o instinto natural de recuar alguns centímetros a cada recarga dos fuzis. Em contrapartida, o terreno aberto atrás da linha ianque instigava os nortistas a ceder o terreno centímetro a centímetro conforme sangue era derramado, depois metro a metro conforme fumaça era lançada.

Nathaniel perdeu a conta das balas que disparou. Seu fuzil estava tão sujo de pólvora que era doloroso socar as balas novas no cano. Disparou e disparou outra vez, seu ombro doendo por causa do coice, seus olhos ardendo com a fumaça e sua voz rouca de tanto gritar. Ouvia o som nítido, como uma machadinha enfiada na carne, que as balas faziam ao atingir homens ao seu redor e tinha uma leve consciência dos corpos que caíam para trás. Também tinha consciência de que o posto lhe dava a liberdade de sair da linha de batalha, no entanto a responsabilidade do comando decretava, perversamente, que ele não podia dar esse passo voluntário para trás.

E assim Nate lutou. Às vezes gritava para a linha se fechar, mas, acima de tudo, socava as balas na arma e disparava, socava e disparava, consumido pela convicção, compartilhada por todos na linha, de que eram suas as balas que empurravam os inimigos para trás. Encolhia-se a cada coice da arma pesada no ombro e engasgava com cada cartucho que abria com os dentes, sentindo o gosto acre e salgado da pólvora que ressecava a boca. Seus olhos ardiam de suor. Em algum lugar no fundo da mente estava o medo de ser ferido, mas ele se mantinha ocupado demais carregando e atirando para se deixar dominar por esse sentimento. Um projétil ocasional que passava perto dele o fazia tremer por um tempo, mas então ele socava outra bala no fuzil recalcitrante, disparava contra os ianques mais um tiro que machucava seu ombro e pescava outro cartucho da sacola enquanto deixava a coronha pesada do fuzil bater no chão. Uma vez, enquanto derramava pólvora no cano, a carga nova pegou fogo e explodiu, ferindo seu rosto com uma labareda. Encolheu-se de dor, com os olhos queimando, e apagou as brasas no cano furiosamente com a vareta. Minutos depois outra dor forte atravessou seu braço direito e ele quase largou o fuzil com a agonia repentina; viu que tinha sido atingido, não por uma bala, e sim por uma lasca de osso pontudo que tinha sido arrancada da costela do homem ao seu lado por uma bala ianque. O homem estava no chão, retorcendo-se enquanto o sangue jorrava do peito despedaçado. Ele olhou para Nate, tentou falar, então engasgou com sangue e morreu.

Nate se curvou para tatear a mochila do sujeito procurando mais cartuchos e só encontrou dois. Estava na última camada de suas próprias balas.

— Fechem! — gritou. — Fechem!

E uma calmaria momentânea na luta lhe deu a oportunidade de ir para trás da linha, onde homens pediam munição extra a amigos e vizinhos.

Nathaniel entregou as poucas balas que lhe restavam e subiu o morro íngreme à procura do suprimento de munição extra da legião. Uns vinte homens feridos se refugiaram no morro. Um dos homens de Haxall, com o braço esquerdo pendendo e coberto de sangue, tentava carregar o fuzil com apenas uma das mãos.

— Filhos da puta desgraçados — murmurava repetidamente. — Ianques filhos da puta desgraçados.

Um obus explodiu acima deles, lançando estilhaços quentes de metal saindo fumaça.

— Os ianques trouxeram mais dois morteiros! — O coronel Swynyard estava sentado na metade da encosta, com o binóculo na mão. Parecia bastante calmo.

— Precisamos de munição! — exclamou Nathaniel, tentando parecer tão controlado quanto o coronel, mas incapaz de esconder uma nota de pânico na voz.

— Não temos mais nada! — O coronel deu de ombros, impotente. — Preciso pedir desculpas a você, Starbuck.

— A mim?

— Eu xinguei você antes. Desculpe.

— Xingou? Meu Deus!

Nathaniel cuspiu uma blasfêmia quando outro obus passou assobiando acima deles, em baixa altitude, ricocheteou na encosta e explodiu em algum lugar do outro lado do cume. Swynyard o havia xingado? Nate não se lembrava nem se importava muito. De repente, estava muito mais preocupado com o que havia acontecido com a massa de ianques que atravessou a linha e chegou à retaguarda do Exército, desaparecendo em seguida. E se aqueles homens estivessem prontos para contra-atacar?

— Precisamos de munição! — gritou para Swynyard.

— Usamos tudo. Foi um dia longo. — O coronel parecia notavelmente calmo enquanto apontava seu revólver para a linha de batalha nortista e puxava o gatilho metodicamente. — Eles estão afrouxando! Quando tiverem ido embora, vamos saquear os mortos em busca de munição.

Nate correu morro abaixo e destacou dois homens do capitão Davies das fileiras.

— Revistem mortos e feridos em busca de munição — ordenou. — Distribuam o que encontrarem! Rápido!

356

Mandou um homem para a esquerda e o outro para a direita, depois ocupou o lugar deles na fileira e sacou o revólver.

Viu-se parado ao lado do capitão Ethan Davies, de óculos, que lutava com um fuzil.

— Eles são de Indiana — comentou Davies, como se Nate estivesse interessado na informação.

— O quê? Quem? — Nathaniel não estivera escutando. Em vez disso, examinava a linha inimiga, tomada pela fumaça, buscando qualquer sinal de alguém que estivesse dando ordens.

— Aqueles sujeitos. — Davies indicou os ianques mais próximos com o queixo. — São de Indiana.

— Como você sabe?

— Eu perguntei a eles, é claro. Gritei para eles. — Davies disparou, encolhendo-se com o doloroso coice do fuzil no ombro machucado. — Quase me casei com uma garota de Indiana, uma vez — acrescentou enquanto baixava a coronha do fuzil no chão e pegava um cartucho embrulhado em papel.

— O que o impediu? — Nate estava escorvando o revólver com espoletas.

— Ela era católica e meus pais desaprovaram.

Davies falava num tom afável. Rasgou o papel com os dentes e mordeu a bala, então jogou a pólvora áspera no cano quente e cuspiu a bala no cano com os lábios enegrecidos de pólvora. Seus óculos estavam opacos de poeira e suor.

— Penso nela com frequência — prosseguiu, pensativo, depois socou a bala com força, ergueu o fuzil, escorvou-o e puxou o gatilho. — Ela era de Terre Haute. Não é um nome lindo para uma cidade?

Nathaniel engatilhou o revólver.

— Como um homem da Virgínia conheceu uma garota católica de Terre Haute? — Ele precisou gritar a pergunta acima do som ensurdecedor dos tiros.

— Ela é uma espécie de prima distante. Conheci quando ela veio a Faulconer Court House para um enterro de família.

Davies xingou, não por causa da lembrança do amor perdido, mas porque o cone do seu fuzil tinha ficado quebradiço por causa do calor e se despedaçou. Jogou a arma no chão e pegou outra de um morto. Em algum lugar na fumaça da batalha, um rapaz dava gritos terríveis. Os gritos continuavam e continuavam, pontuados por haustos curtos de respiração ofegante. Davies estremeceu diante daquele som medonho.

— Ah, meu Deus — disse insensivelmente quando os gritos pararam subitamente. — Me poupe.

— Eu gostaria que as pessoas parassem de dizer isso — comentou Nate. — Está me dando nos nervos.

— O senhor prefere citações bíblicas? Cordeiros para o matadouro — sugeriu, citando mal Isaías.

— "A espada do Senhor está cheia de sangue". — Nathaniel fez uma citação do mesmo profeta enquanto disparava dois tiros com o revólver. — "Está engordurada da gordura do sangue de cordeiros."

Davies estremeceu.

— Vivo esquecendo que o senhor foi estudante de teologia.

— Não há nada como um curso sobre o Velho Testamento para deixar um soldado pronto para a batalha — declarou Nathaniel com prazer. Em seguida, baixou o revólver e prestou atenção ao som da batalha. Os tiros dos ianques definitivamente estavam diminuindo. — Agora não vai durar muito. — Sua boca estava tão seca que era difícil falar. Tinha trocado o cantil despedaçado por outro, mas havia bebido todo o conteúdo tépido muito tempo atrás. Por isso se curvou e pegou o cantil de um morto.

— O nome dela era Louisa — disse Davies.

— De quem? — Nate virou o cantil na boca e foi recompensado por um fio de água morna. — De quem? — perguntou de novo.

— Da minha prima distante católica de Indiana — respondeu Davies escorvando o fuzil novo. — E há dois anos se casou com um comerciante de milho.

— Com sorte, está prestes a matar o filho da mãe, e isso vai transformar a linda Louisa numa respeitável viúva jovem e você pode se casar com ela quando a guerra acabar.

Nate esvaziou o restante das câmaras do revólver contra a fumaça.

— Continuem atirando! — gritou para os homens, depois deu um tapa no ombro de Davies ao deixar a companhia para voltar pela retaguarda da legião. — Os desgraçados estão cedendo, homens! Continuem atirando! Continuem atirando!

Recarregou o revólver enquanto andava, sem precisar olhar para a arma. Lembrava-se de seu primeiro dia de batalha, a menos de cinco quilômetros de onde estava agora, quando não havia conseguido recarregar o revólver porque suas mãos tremiam e sua visão estava turva, ao passo que agora fazia isso sem pensar nem olhar.

A legião continuava atirando, mas recebia pouco fogo, a não ser por algum obus ocasional disparado pelos pequenos morteiros na borda das árvores, e a maioria desses obuses tinha pavios compridos demais, por isso explodiam sem causar danos no meio dos brotos de árvores despedaçados atrás da linha de batalha. A linha ianque, dividida em grupos por causa do constante fogo rebelde, recuava por cima de seus próprios mortos seguindo para o leito da ferrovia. Havia o risco de eles se entrincheirarem lá, e Nate achou que seus homens atordoados e ensanguentados precisariam atacar com baionetas caladas para manter a retirada nortista em movimento. Porém, um segundo antes de gritar essa ordem, um grande fluxo de atacantes voltou do oeste.

Os nortistas que atravessaram livremente a linha rebelde e se lançaram no terreno aberto atrás dos sulistas retornavam. Eles foram importunados pelo batalhão de Haxall, do Arkansas, e agora batiam em retirada.

— Deixamos que eles passem? — gritou Hudson para Nate.

As opções eram abrir fileiras e deixar os nortistas voltarem para o outro lado da ferrovia ou se virar e lutar, mas Hudson deixava implícito que sua escolha era permitir que o inimigo passasse livremente. Eram ianques demais para a exausta linha rebelde enfrentar, especialmente porque ainda havia muitos nortistas disparando do leito da ferrovia. A decisão de lutar implicaria atirar ao mesmo tempo para o leste e para o oeste, por isso Nathaniel gritou concordando com Hudson, agradecido, e, em seguida, afastou a ala direita da legião do caminho dos ianques que recuavam. O inimigo em fuga se lançou para além do fosso de refugos.

Nate observou o inimigo desorganizado passar correndo, então outra movimentação mais próxima do morro o fez olhar para a direita e ver um pequeno grupo de homens vestidos de cinza correndo paralelamente ao inimigo, mas se mantendo afastado do perigo. O major Medlicott e o capitão Moxey estavam à frente de uns vinte homens que agora tentavam se juntar de novo às fileiras da legião sem que sua chegada fosse percebida. Nathaniel correu até os fugitivos.

— Onde vocês estavam? — perguntou a Medlicott.

— Como assim? — Medlicott deu as costas para Nate e apontou seu fuzil para os ianques que corriam a cinquenta passos dali.

Nathaniel baixou o fuzil dele com um tapa.

— Onde vocês estavam?

— Os ianques nos empurraram para trás — respondeu Medlicott, cujo tom de voz desafiava Nate a contradizê-lo. — Nós tentamos nos juntar de novo à legião.

Nathaniel sabia que ele estava mentindo. Pela condição dos soldados de Medlicott, dava para ver que nenhum deles havia lutado. Seus olhos não estavam avermelhados de fumaça, seus lábios não estavam enegrecidos de pólvora e seus rostos não tinham a expressão feroz, meio apavorada, meio selvagem, de homens levados ao limite da resistência. Todos ainda usavam o distintivo do crescente vermelho, denotando a lealdade para com Washington Faulconer. E todos, Nathaniel tinha certeza, haviam se escondido durante a maior parte do dia. Mas não podia provar nada, por isso admitiu uma aceitação débil da mentira de Medlicott.

— Continuem lutando — ordenou.

Sabia que não havia lidado bem com o confronto, suspeita confirmada quando Moxey gargalhou. O riso foi abafado por um súbito ribombar ensurdecedor quando uma enorme quantidade de obuses despencou no campo de batalha do outro lado do leito da ferrovia. A artilharia rebelde, que nos últimos longos minutos estivera preocupada com os atacantes ianques mais ao sul, tinha virado o fogo de volta para o terreno diante da brigada de Swynyard, afastando os morteiros inimigos da linha das árvores e dos ianques que recuavam para o abrigo da encosta da ferrovia com os projéteis que explodiam envoltos em fumaça.

— Você precisa tirá-los de lá, Starbuck! — gritou Swynyard imediatamente da colina.

De súbito, os ianques descobriram o valor do leito da ferrovia e estavam usando a proteção do aterro para abrir fogo contra a legião. Os homens retribuíam as balas, mas os rebeldes estavam em situação muito pior. Ainda parado diante das recalcitrantes companhias do flanco direito, Nate pôs as mãos em concha.

— Calar baionetas!

Ele observou seus homens se agacharem atrás da fina cobertura das pequenas árvores destroçadas pelos tiros e encaixar as lâminas compridas nos canos pretos e quentes dos fuzis. Virou-se e viu os ressentidos homens de Moxey fazendo o mesmo. Moxey estava usando uma das camisas com babados que tinha saqueado no entroncamento de Manassas, e de algum modo aquela roupa fina fez Nate odiá-lo ainda mais. Afastou esse ódio da mente enquanto colocava as espoletas nas cinco câmaras de seu novo revólver Adams.

— Preparados? — gritou para os homens de Medlicott. Um ou dois assentiram, mas a maioria o ignorou. Olhou para a esquerda e viu os rostos tensos e ansiosos das outras companhias. — Atacar! — gritou. — Atacar!

Os homens da legião se levantaram como se estivessem saindo bruscamente de um pesadelo. Os ianques no leito da ferrovia reagiram com uma saraivada que levantou fumaça ao longo da borda de seu parapeito improvisado. Um obus estourou acima criando uma nuvem preta. Homens caíam, sangravam, gritavam de dor, porém a maior parte da legião ainda corria pelos arbustos enegrecidos e fedendo a fumaça. Eles davam seu grito de guerra. A fumaça da saraivada ianque se dissipou, e os nortistas, agora armados com fuzis descarregados, viram o brilho das baionetas se aproximando depressa, por isso saíram correndo de sua posição.

Exatamente quando uma sequência de obuses disparados pelos rebeldes atingiu o chão e explodiu, lançando estilhaços na cara deles. A maioria dos nortistas tentou se proteger daquela morte explosiva voltando para onde estavam antes quando a linha rebelde saltou na vala.

— Matem-nos! — gritou Truslow, e golpeou com uma baioneta que ele abandonou na primeira vítima para desembainhar sua faca de caça.

A maior parte dos ianques decidiu que tinha mais chances de sobreviver atravessando a área onde os obuses explodiam do que correndo o risco de ser estripado numa trincheira coberta de sangue. Assim, uma horda nortista saiu correndo do leito da ferrovia e partiu para o terreno aberto. Outros ficaram e se renderam. Alguns poucos tentaram enfrentar o contra--ataque rebelde e todos esses foram mortos. Nate viu Peter Waggoner comandando um esquadrão de homens contra um grupo de ianques teimosos; houve uma saraivada, um grito, então Waggoner brandiu seu fuzil pelo cano e acertou a coronha na cabeça de um sujeito, e os outros nortistas começaram a gritar, rendendo-se. No terreno aberto outra sequência de obuses lançou fumaça, chamas e estilhaços de metal no meio dos fugitivos. Enquanto saía fumaça de seu revólver, Nate viu a cabeça de um homem rolando pelo chão como uma bala de canhão largada. Observou aquela cena boquiaberto, sem saber se seus olhos estavam mesmo vendo o que seu cérebro registrava.

— Não, não, não, não, por favor! — Um nortista olhava para Nate com horror no rosto. Estava com as mãos erguidas. Tremia de terror, achando que seria executado pelo alto oficial sulista de olhos amargos com o revólver soltando fumaça.

— Você está em segurança — disse Nathaniel.

Ele se virou e viu que nem os homens da companhia de Medlicott nem os da de Moxey tinham atacado junto com a legião. Em vez disso, estavam no fosso de refugos, onde tentavam parecer ocupados cercando prisioneiros. Havia negócios inacabados ali, negócios que precisavam ser resolvidos logo, caso contrário não restaria legião para ser comandada.

— Major Medlicott? — gritou para o fosso de refugos.

— Sim? — O tom de Medlicott era cauteloso.

— Quero que a munição da legião seja reunida e redistribuída. E reviste os mortos em busca de cartuchos. — Ele olhou para o céu. Logo anoiteceria. — Seus homens ficam com o primeiro turno de piquete. E vigiem com atenção.

— Eles sempre vigiam com atenção — respondeu Medlicott em tom de desafio. Ele imaginava que seria repreendido por ter desobedecido à ordem de atacar o leito da ferrovia, e seu tom sugeria o desprezo que sentia agora, já que Nate não tinha ousado impor disciplina.

Nathaniel o ignorou. Tinha outras coisas a fazer. Precisava contar os mortos, resgatar os feridos e encontrar munição. De modo que estivesse preparado para lutar de novo. Amanhã.

— Foi um bom dia de trabalho, senhores, um excelente dia de trabalho.

John Pope estava empolgadíssimo com o feito de seu exército ao entrar na fazenda que era seu quartel-general de campanha. Uma dúzia de homens aguardava sua chegada, e tão contagioso era o prazer que o general sentia que uma salva de palmas irrompeu quando ele entrou. A maioria dos que o esperavam eram oficiais generais, porém também havia um congressista de Washington e o reverendo Elial Starbuck, de Boston, carregando, como sempre, a bandeira rebelde embolada, que era seu precioso troféu e souvenir. O reverendo Starbuck tinha passado o dia no campo e estava coberto de poeira, sujo e cansado, tanto quanto qualquer soldado, ainda que o próprio Pope parecesse revigorado enquanto levantava a tampa de uma das terrinas de sopa na longa mesa de jantar. Sentiu o cheiro do conteúdo, apreciando-o.

— Carne de veado? Bom! Bom! Espero que haja um pouco de geleia de oxicoco para acompanhar.

— Infelizmente, não, senhor — murmurou um dos ajudantes.

— Não faz mal. — Pope estava num clima de perdão.

A ponte ferroviária em Bristoe havia sido consertada, possibilitando que os trens percorressem toda a extensão da Orange e Alexandria, o que significava que os últimos regimentos a serem transportados de Warrenton para o norte podiam ser deixados nas ruínas cobertas de fumaça do entroncamento de Manassas, de onde era uma pequena caminhada até o campo de batalha do dia seguinte. Ou melhor, da vitória do dia seguinte, já que agora John Pope estava convencido de que estava à beira de um triunfo histórico.

O general McDowell, que tinha perdido a primeira batalha travada em Manassas, mas agora comandava a Terceira Unidade de Pope, também acreditava na vitória, especialmente porque mais tropas chegavam a cada hora. Esses reforços vinham não somente do Exército da Virgínia, comandado pelo próprio Pope, como também do Exército do Potomac, de McClellan.

— Embora eu duvide que vejamos o jovem Napoleão aqui amanhã — comentou McDowell severamente.

— Também duvido — concordou Pope, sentando-se à mesa e se servindo de um bife de veado. — George não quer testemunhar outro homem obtendo uma vitória. Isso tiraria brilho demais dos botões dele, não é? — Ele gargalhou, convidando a mesa a rir junto. — Ao passo que eu não me importo com quem receba o crédito, desde que os Estados Unidos obtenham a vitória, não é? — Pope lançou essa declaração ultrajante para um dos seus ajudantes, que confirmou debilmente. — Sabem o que George quer que eu faça? — continuou enquanto se servia de feijão-manteiga. — Ele quer que eu recue com o exército até Centreville e espere lá! Cá estamos, com Stonewall Jackson encurralado contra a parede, e eu deveria ir embora para Centreville! E por quê? Para que o jovem Napoleão possa assumir o comando!

— Ele não quer que o senhor obtenha a vitória que ele não pode ter — sugeriu McDowell, leal.

— E eu não tenho dúvida de que, se recuasse para Centreville — continuou Pope sem discordar da declaração de McDowell —, a primeira coisa que o nosso jovem Napoleão iria fazer é um desfile. Ouvi dizer que George aprecia os desfiles.

— Aprecia bastante — interveio o congressista visitante. — E como não? Desfiles são ótimos para levantar a confiança das pessoas.

— Uma vitória pode ser melhor para a confiança — sugeriu McDowell. O comandante da Terceira Unidade tinha feito uma pilha de bifes de veado e batata-doce no prato.

— Bom, danem-se os desfiles de George — disse Pope, imaginando, como todos à mesa, se McDowell conseguiria colocar mais uma colherada de comida no prato atulhado. — Não vou recuar para Centreville. Em vez disso, terei uma vitória. Isso vai deixar Washington atônita, não é, congressista? Vocês não estão acostumados com generais que lutam e vencem! — Pope gargalhou, e seu riso ecoou pela mesa de jantar, mas o general notou que apenas o famoso pastor de Boston não parecia achar divertido. — O senhor parece cansado, doutor Starbuck — observou, afável.

— Um dia na sela, general — explicou o pastor. — Não estou muito acostumado com esse tipo de esforço.

— Sem dúvida eu ficaria cansado se passasse um dia no seu púlpito — disse Pope com elegância, mas o pastor sequer sorriu. Em vez disso, colocou um caderno sobre a mesa, puxou uma vela para perto das páginas abertas e expressou uma perplexidade educada diante de alguns acontecimentos que havia testemunhado naquele dia.

— O que, por exemplo? — perguntou John Pope.

— Homens atacando, outros sem fazer nada para ajudá-los — respondeu o pastor, sucinto. Parecia ao reverendo Starbuck que os ataques federais chegaram perto demais do sucesso, mas os sobreviventes reclamavam que os reforços que poderiam ter garantido a vitória do norte jamais saíram de seus bivaques.

John Pope sentiu um lampejo de raiva. Ele não precisava se explicar a religiosos intrometidos, mas sabia que tinha poucos aliados nos postos mais altos do Exército, e menos ainda em Washington. John Pope era um abolicionista, ao passo que a maioria dos seus rivais, como McClellan, não lutava pelos escravos, e sim pela União, e John Pope sabia que precisava da opinião pública do seu lado para sobrepujar seus muitos inimigos políticos. O reverendo Starbuck era um homem capaz de mobilizar a opinião do povo nortista, e assim o general conteve a irritação e explicou pacientemente os feitos do dia. Falou entre bocados de comida, gesticulando com o garfo. O feito do Exército da Virgínia, disse, foi encurralar Stonewall nos morros e nas florestas do oeste. Pope olhou para o congressista, certificando-se de que ele estava escutando, depois passou a explicar como Jackson quisera escapar pela estrada de Warrenton, mas como, em vez disso, havia sido encurralado.

O pastor assentiu, impaciente. Ele entendia tudo isso.

— Mas por que precisamos esperar até amanhã para matar a cobra? Nós a colocamos numa armadilha hoje, não foi?

Sabendo o que o lápis do pastor podia conseguir, Pope sorriu.

— Empurramos Jackson para um terreno ruim, doutor, mas não cortamos todas as suas rotas de fuga. O que o senhor testemunhou hoje foi uma luta galante para manter Jackson olhando para essa direção enquanto nossos outros rapazes davam a volta pelos flancos dele. — O general demonstrou essa estratégia cercando uma molheira com galhetas. — E amanhã, doutor, podemos atacar de novo com a certeza absoluta de que dessa vez os desgraçados não têm como fugir. — Ele largou um saleiro dentro do molho, sujando a toalha da mesa. — Não têm como fugir!

— Amém! — disse McDowell com a boca cheia de carne de veado e feijão-manteiga.

— O senhor só viu uma pequena parte do quadro geral — explicou Pope ao pastor. — O bom livro não diz que existe mais coisas no céu e na terra do que podemos sonhar?

— Quem disse isso foi Shakespeare — observou o pastor rigidamente, ainda fazendo anotações a lápis. — "Há mais coisas no céu e na terra, Horácio, do que sonha sua filosofia." *Hamlet*, ato um, cena cinco. — Ele fechou o caderno e o colocou no bolso. — Então amanhã, general, podemos esperar uma vitória no nível de Canas? Ou de Yorktown?

Pope hesitou antes de reivindicar algo tão grandioso, em especial diante de um congressista, mas ele próprio havia elevado as expectativas.

— Desde que os homens de McClellan lutem como devem — respondeu, passando a responsabilidade para o rival.

Ninguém reagiu. De fato, ninguém queria mexer naquele vespeiro. Os homens de McClellan eram famosos pela lealdade ao seu general. Muitos deles se ressentiam por estar sob as ordens de John Pope, e havia um temor de que o ressentimento se transformasse numa relutância em lutar.

— O que será que Lee está fazendo? — perguntou um oficial de artilharia na outra ponta da mesa.

— Robert Lee está fazendo o que Robert Lee sempre faz melhor — declarou Pope. — Ficar de pernas para o ar e deixar outra pessoa trabalhar. Lee está esperando ao sul do Rappahannock, entocado. Mandou Jackson para atrapalhar os nossos preparativos, mas não contava com a rapidez da nossa reação. Lee nos subestimou, senhores, e isso será sua desgraça. Isso é um prato de peras? Posso incomodá-lo pedindo uma porção? Obrigado.

Um ordenança trouxe uma jarra de limonada para os abstêmios e uma de vinho para o restante. Do lado de fora das janelas da fazenda, as luzes das fogueiras formavam uma bela imagem numa colina, onde os batalhões mais próximos acampavam. Uma banda distante tocava uma música doce e triste na quente escuridão de verão.

— Alguém descobriu o que aquelas tropas rebeldes estavam fazendo do outro lado de Groveton? — perguntou um dos oficiais de McDowell enquanto derramava o creme sobre suas peras. Tinha havido alguns relatos sobre tropas rebeldes chegando pelo flanco oeste do exército de Pope, que estava aberto.

— Boatos alarmistas — respondeu Pope cheio de confiança. — Eles só viram batedores de cavalaria. Os últimos estertores de um exército agonizante, senhores, são sempre a visão de seus batedores de cavalaria procurando uma saída. Mas não amanhã, não mais. De agora em diante, esse exército marcha para a frente. Para Richmond!

— Para Richmond! — murmuraram os oficiais reunidos. — E para a vitória.

— Para Richmond — declarou o congressista — e para a reeleição.

— Para Richmond — completou o reverendo Starbuck — e para a emancipação.

Tudo isso de manhã.

Durante a noite, os homens da Carolina do Norte de Hudson ergueram um novo abatis à frente do leito da ferrovia, onde nem a encosta nem o aterro adjacente ofereciam um obstáculo verdadeiro para os atacantes ianques.

366

— Eu devia ter pensado nisso antes — admitiu Hudson.

— Eu também — disse Nathaniel. E fez uma pausa. — Mas achei que Lee estava chegando. Não pensei que teríamos de lutar o dia inteiro.

— Eu disse para sempre esperar o pior — observou Hudson numa voz gentil.

— Mas onde Lee está? — insistiu Nate, apesar do conselho do outro.

— Só Deus sabe, e acho que teremos de continuar lutando até que o bom Senhor nos revele o segredo.

— Também acho.

Nathaniel estava mal-humorado, pois tinha noção de que seu primeiro dia no comando de um regimento em combate não havia sido um sucesso. A legião fora expulsa duas vezes da posição, e apesar de ter recuperado duas vezes o leito da ferrovia, tinha sofrido terrivelmente no processo. Pior, duas companhias inteiras do regimento estavam praticamente amotinadas. Nate se lembrou da gargalhada de Moxey e soube, com uma certeza que jamais tivera na vida, que a risada de zombaria tinha sido sua oportunidade de esmagar as companhias do flanco direito que o desafiavam de uma vez por todas. Sabia que deveria ter sacado o revólver e enfiado uma bala entre os olhos de Moxey, mas, em vez disso, fingiu não escutar, dando uma vitória aos inimigos.

A construção do novo abatis foi atrapalhada por atiradores de elite ianques, cujos disparos não foram interrompidos ao anoitecer. Na escuridão, os atiradores disparavam sempre que viam movimento perto de uma fogueira ao longe, e esse perigo constante levava os homens a se proteger no leito da ferrovia ou então a buscar a segurança da encosta do outro lado do morro, onde os médicos da brigada trabalhavam à luz de velas. Os atiradores de elite da brigada respondiam ao fogo ianque, as chamas de seus fuzis de cano pesado se lançando longas e finas na escuridão. Os atiradores só interrompiam o fogo quando um grito exigia que respeitassem os movimentos de uma equipe carregando macas, mas, sempre que os maqueiros terminavam a tarefa e gritavam agradecendo a cortesia do inimigo, os disparos recomeçavam.

A única boa notícia da noite foi a chegada de uma sacola de correspondências trazidas de Gordonsville junto com as tropas de Lee que avançavam. O sargento Tyndale distribuiu as cartas e os pacotes, fazendo uma triste pilha de correspondências destinada a soldados mortos. Um dos pacotes tinha vindo do Arsenal de Richmond e era dirigido ao oficial comandante da Legião Faulconer. O grande embrulho continha uma bandeira de batalha padrão: um estandarte com um metro e vinte de lado, feito de tecido comum, destinado a substituir o de seda, capturado. Não havia mastro de bandeira, por isso Nate mandou Lúcifer cortar um broto de árvore reto, de três metros.

Então, à luz de uma fogueira do outro lado da colina, ele abriu suas duas cartas. A primeira era de Thaddeus Bird, informando que estava se recuperando notavelmente bem e esperava retornar logo à legião. "Priscilla não compartilha essa esperança e constantemente descobre novos sintomas que podem exigir um período de convalescença maior, mas sinto minha ausência da legião." A carta prosseguia dizendo que Anthony Murphy tinha chegado em segurança a Faulconer Court House e também estava se recuperando, mas só devia ficar de pé dali a uma ou duas semanas. "É verdade que Swynyard viu a luz divina? Se for verdade, isso prova que o cristianismo pode ter alguma utilidade neste mundo, mas confesso que acho difícil entender uma conversão dessas. O dragão ronrona? Reza antes de bater nos escravos ou depois? Você deve me escrever com todos os detalhes maliciosos." A carta acabava com a notícia de que Washington Faulconer não tinha sido visto em Faulconer Court House, mas, segundo boatos, estaria provocando agitação na política em Richmond.

A segunda carta para Nathaniel vinha da capital confederada. Para sua surpresa e prazer, era de Julia Gordon, a ex-noiva de Adam, que agora considerava Nate um amigo. Escrevia com boas notícias.

"Mamãe cedeu ao meu desejo e permitiu que eu me tornasse enfermeira no Hospital Chimborazo. Não cedeu de boa vontade, mas sob a pressão dos pobres e com a promessa solene de o hospital me pagar um salário, mas essa promessa ainda não foi cumprida. Dizem que estou sendo treinada, por isso devo abrir mão de qualquer esperança de pagamento até ser capaz de distinguir entre uma bandagem e uma garrafa de calomelano. Aprendo, aprendo, e à noite choro pelos pobres rapazes aqui, mas sem dúvida devo aprender a não fazer isso."

Ela não fez nenhuma menção a Adam, nem havia nada pessoal na carta; eram simplesmente as palavras de uma amiga buscando um ouvido simpático.

"Você não reconheceria o hospital, agora", concluiu Julia. "Diariamente brotam novas construções pelo parque, e cada nova enfermaria se enche de feridos antes que os cavaletes dos construtores sejam ao menos retirados. Rezo todos os dias para ser poupada de ver você num dos catres."

Nathaniel olhou a carta e tentou se lembrar do rosto de Julia, mas de algum modo a imagem não se formava. Cabelos escuros e traços marcantes, lembrou, e olhos rápidos e inteligentes, mas mesmo assim não conseguia vislumbrar essa imagem.

— Você parece estar com saudade. — O coronel Swynyard interrompeu seus pensamentos.

— Carta de uma amiga.

— Uma moça? — perguntou Swynyard, sentando-se diante dele.

— É. — E, depois de uma pausa, prosseguiu: — Uma moça cristã, coronel. Uma moça boa, virtuosa e cristã.

Swynyard gargalhou.

— Como você anseia pela cidadania respeitável no reino de Deus, Starbuck! Talvez devesse se arrepender agora. Talvez essa seja a hora de depositar a confiança Nele.

— O senhor está tentando me converter, coronel — acusou Nate, mordaz.

— Que favor maior eu poderia fazer?

Nathaniel olhou para o fogo.

— Talvez — falou lentamente — o senhor possa me substituir como comandante da legião.

Swynyard deu um risinho.

— Suponha, Starbuck, que um dia depois de abandonar o álcool eu lhe dissesse que estava achando tudo aquilo difícil demais. Você teria aprovado?

Nate conseguiu dar um riso pesaroso.

— Naquela época, coronel, eu teria dito para o senhor esperar um dia, depois voltar para a garrafa. Desse jeito eu teria vencido a aposta que fiz.

Swynyard não ficou completamente satisfeito com a resposta, mas conseguiu dar um sorriso.

— Então lhe dou o mesmo conselho. Espere um dia e veja como se sente amanhã.

Nathaniel deu de ombros.

— Eu não me saí bem hoje. Entrei em pânico. Fiquei gritando e correndo de um lado para o outro feito um gato escaldado.

Swynyard sorriu.

— Nenhum de nós se saiu bem hoje. Não tenho certeza de que Jackson se saiu bem, e só o bom Deus sabe o que aconteceu com Lee, mas o inimigo também não se saiu bem. Ainda estamos aqui e eles ainda não nos derrotaram. Veja como se sente amanhã. — O coronel se levantou. Fagulhas passaram agitadas perto de seu rosto magro. — Que tal trocar suas companhias amanhã? — sugeriu. — Colocar Truslow na direita e Medlicott na esquerda?

— Pensei em fazer exatamente isso.

— E?

Nate pegou um tição no fogo e usou para acender um charuto.

— Acho que tenho uma ideia melhor, coronel. — Jogou o tição de volta nas chamas e olhou para Swynyard. — O senhor se lembra do que disse sobre o Velho Jack Maluco? Que não importava o quanto o sujeito fosse excêntrico, desde que ele vencesse?

— Me lembro, sim. E daí?

Nate riu.

— E daí que o senhor não aprovaria o que vou fazer. O que significa que não vou dizer o que é, mas vai funcionar.

Swynyard pensou nessa resposta.

— Então você não queria ser substituído, na verdade?

— Eu digo ao senhor amanhã, coronel.

Nathaniel passou a noite no leito da ferrovia, onde dormiu durante alguns instantes preciosos, mas parecia que acordava sempre que um atirador de elite mandava uma bala acima do terreno que separava os exércitos.

De manhã, antes que a névoa se dissipasse, transformando Nate num alvo fácil, ele subiu a colina para observar a terra emergindo do vapor. A distância, para além das árvores, uma enorme quantidade de fios de fumaça indicava onde estavam as fogueiras do inimigo, e à esquerda, muito mais perto do que tinha esperado, um brilho forte entre dois trechos de floresta surgiu brevemente por trás das faixas de névoa. Pegou emprestado um fuzil de um atirador de elite de Haxall e usou a mira telescópica para inspecionar o brilho.

— Acho que é o Bull Run — comentou com o atirador.

O sujeito deu de ombros.

— Não creio que haja outro rio tão grande por aqui. Mas com certeza não é o Big Muddy.

Mais perto, Nate via um trecho de estrada passando entre dois pastos. Suspeitava que fosse a estrada de Sudley, o que significava que a legião estava a menos de um quilômetro dos dois vaus que atravessavam os cursos dos riachos Catharpin e Bull. Tinha atravessado esses vaus um ano antes, no dia em que Washington Faulconer tentou expulsá-lo da legião. Se aquele brilho distante era de fato o curso do riacho e a estrada era mesmo a que ia de Manassas a Sudley, isso significava que a legião estava perto, terrivelmente perto da fazenda Galloway.

Sem nada além de um exército entre a legião e sua vingança.

Devolveu o fuzil do atirador de elite e desceu o morro até onde os cirurgiões trabalhavam com os feridos do dia anterior. Primeiro, falou com as baixas da legião. Depois, com o fuzil de um morto no ombro e um punhado de cartuchos catados e colocados na mochila, voltou correndo para o leito da ferrovia. Um atirador tentou matá-lo enquanto ele atravessava a área coberta de vegetação rasteira, mas a bala do ianque passou a quase meio metro de distância e acertou um cadáver inchado, fazendo um enxame de moscas voar no ar quente da manhã. Então Nate pulou por cima do parapeito e desceu a encosta do leito da ferrovia para começar seu novo dia de trabalho.

14

O primeiro ataque da manhã de sábado foi um avanço feito por duas companhias de infantaria nortista que emergiram das árvores em formação de escaramuça. Os soldados caminhavam cautelosamente com baionetas caladas, quase como se suspeitassem de que a ordem de avançar para o leito da ferrovia era um erro.

— Ah, meu Deus. — O capitão Davies começou o refrão idiota que tinha o poder misterioso de agitar o exército de Jackson.

— Não — resmungou Nate, mas poderia ter poupado o fôlego.

— Me poupe. — Meia dúzia dos homens de Davies terminou a frase e começou a gargalhar imediatamente.

— Imbecis — disse Nathaniel, mas ninguém sabia se ele se referia aos legionários ou ao punhado de ianques que atravessavam o terreno aberto onde centenas morreram na véspera.

— Algum idiota se confundiu com as ordens — comentou Davies com um prazer indecente. — Cordeiros para o matadouro, marchem! — E apoiou o fuzil no parapeito.

— Não atirem! — gritou Nate.

Esperava que o corpo principal do inimigo aparecesse na borda das árvores, mas parecia que o punhado de escaramuçadores nortistas deveria capturar o leito da ferrovia sozinho. Esse comportamento suicida sugeria que Davies estava certo e que algum pobre oficial nortista havia entendido errado as ordens, ou talvez o inimigo acreditasse que os rebeldes tinham abandonado o leito durante a noite. Nate acabou com a ilusão deles. Usou apenas duas companhias. Ele queria que as outras economizassem munição, e o fogo das companhias F e G bastou para fazer os soldados nortistas correrem vergonhosamente de volta para as árvores. Dois escaramuçadores foram deixados no chão e outros seis fugiram mancando. Um dos feridos balançava um braço repetidamente, como se gesticulasse para os rebeldes não atirarem de novo. Nenhum deles atirou.

— Acho que nossos vizinhos nortistas estavam nos sondando, Starbuck. Medindo nossa pulsação para ver se resta alguma vida em nós. Bom dia para vocês! — Quem falava era o exuberante coronel Elijah Hudson, que veio caminhando pelo leito da ferrovia como se estivesse apenas fazendo um passeio matinal. — Dormiu bem?

— Mais ou menos — respondeu Nathaniel. — Foi uma noite barulhenta.

— Foi mesmo, foi mesmo. Confesso que parei de tentar dormir e fui para a floresta ler Homero à luz de um lampião. Fiquei impressionado com o verso sobre flechas chacoalhando nas aljavas enquanto os arqueiros avançavam para a batalha. Você lembra? Ele deve ter ouvido o barulho, para descrevê-lo dessa forma. Aqueles é que eram bons tempos, Starbuck. Nada dessa coisa de esperar numa trincheira, e sim ficar de pé ao sol, um sacrifício rápido a Zeus, que tudo vê, e depois uma corrida de carruagem para a glória. Ou para a morte, acho. Tomou desjejum?

— Frango frio e café quente — respondeu Nate.

Lúcifer se mostrava disposto a alimentar Nathaniel, embora supostamente o garoto ainda tivesse os suprimentos tirados do depósito de Manassas. O verdadeiro teste dele seria quando tudo que tivesse fosse bolachas duras cheias de caruncho, gordura de toucinho rançoso e carne-seca meio podre. Se é que o garoto ficaria por tempo suficiente para enfrentar esse teste culinário. Até agora o escravo fugido parecia se divertir fazendo parte do Exército confederado, mas sem dúvida fugiria assim que lhe desse vontade.

— Meu filho veio me ver ontem à noite — comentou Hudson com Nathaniel, que precisou pensar durante um segundo antes de se lembrar de que o filho mais velho de Hudson era ajudante de Robert Lee. — Tom me disse que Lee chegou ontem, mas Pete Longstreet recusou a ordem de atacar. O Sr. Longstreet é um sujeito meticuloso. Gosta de garantir que tem o suficiente de lama e água antes de fazer suas tortas. Vamos esperar que os ianques fiquem por tempo suficiente para serem atacados por nós. Ou talvez eu não devesse esperar isso. Meus rapazes estão com pouquíssimos cartuchos.

— Os meus também.

— Bom, se todo o resto falhar, podemos jogar pedras neles! — Hudson sorriu para mostrar que estava brincando, depois cutucou com sua bengala a encosta do leito como um fazendeiro testando a terra na época do plantio. — Seus colegas sofreram muito ontem? — Ele fez a pergunta num tom enganosamente casual.

— Bastante. Vinte e três mortos. E cinquenta e seis estão com os médicos.

— Mais ou menos a mesma coisa com os meus — disse Hudson, balançando a cabeça. — Um negócio ruim, Starbuck, um negócio ruim. Mas não podemos evitar. Que idiotas nós, mortais, somos! Tenho um pouco de café no fogo, se quiser fazer uma visita de cortesia. — Hudson acenou com a bengala e voltou para seu regimento.

O tenente Coffman tinha retomado o papel de ajudante de Nate. Havia sido ferido levemente no dia anterior por uma bala que abriu um sulco áspero e sujo na carne do braço esquerdo. Truslow limpou o ferimento dele e fez um curativo, e Coffman ficava tocando a bandagem improvisada como para garantir que seu distintivo de coragem ainda estava no lugar. Não usava nenhum outro distintivo; na verdade agora era impossível dizer que o maltrapilho Coffman era um oficial, porque ele carregava um fuzil além de ter uma mochila, uma caixa de espoletas no cinto e o rosto sujo, meio esfomeado e meio temeroso, de um soldado comum.

— O que vai acontecer agora, senhor? — perguntou a Nate.

— Isso é com os ianques, Coffman.

Nathaniel estava vigiando o sargento Peter Waggoner comandar um pequeno grupo em orações e se lembrando de como outro grupo havia seguido com entusiasmo o grande sargento para a encosta da ferrovia, onde Waggoner tinha brandido o fuzil como um porrete, despedaçando parte da resistência ianque. Não era tanto a bravura do sargento que agora impressionava Nathaniel, e sim o fato de os homens o seguirem com tanta disposição para a batalha.

— Capitão Pine! — gritou para o comandante da Companhia D.

— Seis cartuchos para cada — disse Pine, saltando à conclusão de que Nate precisava saber da má notícia de quantas balas restavam para seus homens.

— Quem é o seu melhor sargento, depois de Waggoner? — perguntou Nathaniel em vez disso.

Pine pensou por um segundo.

— Tom Darke.

— Talvez você tenha de perder o Waggoner, por isso perguntei.

Pine se encolheu diante dessa notícia, depois deu de ombros.

— Para substituir o pobre Patterson?

— Talvez — respondeu Nate vagamente. — Mas por enquanto não diga nada a Waggoner.

Então voltou para o sul, passando pelos restos da Companhia C, de Patterson, agora sob o comando do sargento Malachi Williams, que acenou rapidamente quando Nathaniel passou. Ninguém da Companhia C tinha se juntado à retirada de Medlicott no dia anterior, assim como nem todos os homens das companhias A e B. A podridão, concluiu Nate, estava confinada a um punhado de teimosos que, sem dúvida, presumia que Washington Faulconer ainda tinha mais poder na legião do que Nathaniel Starbuck.

Nate resistiu à tentação de se agachar quando a trincheira ficou mais rasa.

— Mantenha a cabeça baixa — disse a Coffman.

— O senhor não está com a sua abaixada.

— Eu sou ianque. Não tenho seu precioso sangue — retrucou Nate no instante em que um atirador de elite na floresta ocupada pelos nortistas tentou acertá-lo. A bala atingiu um galho do novo abatis, ricocheteou e foi para cima, enquanto o som da arma ecoava na colina.

Nathaniel deu um aceno de desprezo para o atirador invisível, depois pulou no fosso de refugos, onde estavam Medlicott e Moxey, ao lado de uma pequena fogueira sobre a qual havia um bule de café suspenso. Meia dúzia dos homens deles descansava perto do fogo e todos olharam com suspeita quando Nate e Coffman chegaram.

— Esse café é fresco? — perguntou Nathaniel, animado.

— Não tem muito — respondeu Moxey, cauteloso.

Nathaniel olhou para dentro do bule.

— O suficiente para o tenente Coffman e eu — disse, depois passou sua caneca de estanho para Coffman. — Sirva, tenente. — Em seguida, virou-se para Medlicott. — Recebi uma carta do Pica-Pau. Sem dúvida você vai ficar feliz ao saber que ele espera voltar logo.

— Bom — observou Medlicott forçadamente.

— E Murphy está bem. Obrigado, tenente. — Nathaniel pegou a caneca estendida e soprou o café fumegante. — Está adoçado? — perguntou a Medlicott.

Medlicott não disse nada, apenas ficou olhando Nate tomar o café.

— Recebemos notícias do general Faulconer — disse Moxey bruscamente, incapaz de guardar a notícia.

— Foi, é? — perguntou Nathaniel. — E como está o general?

Por um momento nenhum dos dois respondeu. De fato, Medlicott parecia aborrecido porque Moxey tinha mencionado a carta, mas agora que o major sabia da existência dela, ele decidiu assumir a responsabilidade pelo conteúdo.

— Ele ofereceu serviços ao capitão Moxey e a mim — disse com o máximo de dignidade que pôde reunir.

— Fico feliz — disse Nathaniel com simpatia. — Que tipo de serviço? Nos estábulos dele, talvez? Servindo à mesa? Empregados de cozinha, talvez?

Em algum lugar um canhão deu um latido seco. O som da bala atravessou o terreno e desapareceu do outro lado do campo; então um apito de trem soou na estação distante. O apito era um som muito agradável, lembrança de que existia um mundo onde homens não acordavam com atiradores de elite e corpos inchados.

— O general precisa de um par de limpadores de botas, é?

Nate tomou outro gole de café. Era muito bom, mas ele fez cara de nojo e derramou o líquido nas pedras do fosso de refugo, fazendo-o espirrar nas botas de Medlicott.

— Que tipo de serviço, major?

Medlicott ficou em silêncio por alguns segundos enquanto controlava a irritação, depois conseguiu dar um sorriso soturno.

— O general Faulconer disse que há vagas na Guarda Militar da capital.

Nathaniel fingiu estar impressionado.

— Vocês vão proteger o presidente e o Congresso! E todos aqueles políticos de Richmond e as putas deles! Eles só precisam de vocês dois? Ou vocês podem levar o resto de nós junto?

— Podemos levar homens suficientes, Starbuck — respondeu Medlicott —, mas só o tipo certo de homem. — Ele acrescentou o insulto infantil e houve um murmúrio de concordância por parte dos soldados próximos, que obviamente foram convidados a compartilhar da suposta sorte de Medlicott.

— E isso explica por que vocês estão evitando a batalha! — exclamou Nate, como se a ideia tivesse acabado de lhe ocorrer. — Santo Deus! E eu que pensava que vocês estavam simplesmente sendo covardes! Agora me dizem que estão se mantendo em segurança para tarefas melhores e mais elevadas. Por que não me disseram antes? — Nathaniel esperou, mas nenhum dos dois respondeu. Cuspiu aos pés deles. — Escutem, seus filhos da puta, eu servi na Guarda Militar de Richmond, e é o general Winder que comanda aquele grupo de desgraçados leprosos metidos a besta, não o general Faulconer. O general Faulconer tem quase tanta influência em Richmond quanto eu. Ele está prometendo uma vida fácil para vocês só para deixá-los infelizes aqui, mas não vou permitir que vocês entrem nesse jogo. Vocês estão aqui para lutar, não para sonhar, por isso hoje de manhã, seus filhos da puta, vocês vão lutar com o resto de nós. Está claro?

Moxey pareceu apreensivo, mas Medlicott tinha mais fé em Washington Faulconer do que ele.

— Vamos fazer o que tivermos de fazer — disse com teimosia.

— Bom, porque o que vocês têm de fazer é lutar.

Nathaniel foi até a beira do fosso de refugo e se inclinou na encosta fingindo desinteresse. Apoiou o fuzil no barranco e começou a limpar as unhas com o punhal que usava para tirar os cones de seu revólver.

— Eu me esqueci de fazer a barba hoje cedo — disse a Coffman.

— O senhor deveria deixar a barba crescer — sugeriu Coffman, nervoso.

— Não gosto de barbas — explicou Nate. — E odeio covardes.

Estava olhando para os homens em volta de Medlicott, vendo seu ódio e se perguntando se algum deles ousaria ameaçá-lo com violência. Esse era um risco que precisaria correr quando chegasse a hora. Até lá, esperaria no fosso de refugos que tinha transformado em quartel-general temporário do regimento. O mestre de banda Little, que servia como principal escriturário do batalhão além de músico meticuloso, trouxe uma sacola cheia de uma papelada tediosa e Nathaniel passou o tempo preenchendo as listas de mortos, fazendo marcas nas rações e mandando pedidos urgentes de munição.

Nenhuma munição veio, mas os ianques também não. O sol chegou a pino e não tinha havido nenhum ataque. De vez em quando, estalos de tiros soavam pelo campo, mas, afora isso, só havia silêncio. Dois exércitos estavam postados um de frente para o outro, mas nenhum dos dois se movia. A paz do dia frustrava Nate. Ele precisava de um combate para que seu confronto com Medlicott desse resultado.

— Talvez os filhos da mãe tenham ido para casa — disse a Lúcifer quando o garoto lhe trouxe uma refeição, ao meio-dia, que consistia em pão, queijo e maçãs.

377

— Eles ainda estão lá. Sinto o cheiro — garantiu Lúcifer. O garoto olhou para o carrancudo Medlicott, depois de volta para o animado Nate. — O senhor andou puxando as correntes dele — disse com ar divertido.

— Não é da sua conta, Lucy.

— Lucy! — O garoto ficou ofendido.

Nathaniel sorriu.

— Não posso chamar você de Lúcifer, não é adequado. Por isso vou chamá-lo de Lucy.

O garoto se eriçou, mas, antes que pudesse pensar numa resposta, houve um grito súbito vindo de um piquete do coronel Hudson, em seguida um grande ruído de gente correndo na floresta depois do campo de batalha. Nate abandonou o pão e o queijo, pegou o fuzil e correu para a borda dianteira do fosso, onde um esquadrão da companhia de Moxey estava deitado com os fuzis apontados embaixo do abatis.

— Estão vendo alguma coisa? — perguntou Nathaniel.

— Nada.

Mas o barulho ficava mais alto. Era o som de centenas ou talvez milhares de botas marchando na vegetação rasteira. Era o som de um ataque de infantaria destinado a romper a linha de Jackson de uma vez por todas. Era o som que prenunciava a batalha, e por todo o leito da ferrovia os homens apoiavam os fuzis no parapeito e os engatilhavam.

— Os filhos da puta não desistem — comentou o homem ao lado de Nate. Era um dos que ficaram e lutaram no dia anterior.

— Qual é o seu nome? — perguntou Nathaniel.

— Sam Norton.

— De Faulconer Court House?

— Rosskill — respondeu Norton. Rosskill era o ponto final de uma ferrovia mais próximo da cidade de origem da legião.

— O que você fazia lá?

Norton riu.

— O último emprego que tive em Rosskill foi varrendo a cadeia do condado.

Nate riu também.

— Contra sua vontade, imagino.

— Nunca me incomodei em varrer, major, porque, assim que a gente terminava de varrer a cadeia, tinha de varrer a casa do xerife, e o xerife

Simms tinha duas filhas mais doces que mel no favo. Diabo, eu conheço sujeitos que roubavam lojas e ficavam parados implorando para serem presos só pela chance de encontrar Emily e Sue.

Nathaniel gargalhou, depois ficou em silêncio enquanto o som de passos se traduzia numa corrida súbita de homens, centenas de homens que davam seu grito rouco de guerra e atacavam atravessando a estreita faixa de terreno aberto na direção do aterro onde os soldados da Carolina do Norte de Elijah Hudson esperavam.

— Fogo! — gritou Hudson, e o aterro ficou coberto de fumaça.

— Fogo! — gritou Nate, e a legião deu o fogo de flanco que pôde, mas para a maioria dos homens o ângulo era agudo demais para que os fuzis ajudassem Hudson, que estava cercado.

A carga ianque chegou ao pé do aterro e subiu pela encosta. Os homens de Hudson se levantaram. Por um segundo, Nathaniel pensou que os soldados da Carolina do Norte haviam se levantado simplesmente para fugir, mas em vez disso eles avançaram pelo leito plano da ferrovia e enfrentaram a carga ianque. Brandiam fuzis, cortavam com facas de caça e cravavam baionetas.

Nate ficou observando a floresta em frente à legião e não viu ameaça lá. O ruído do combate corpo a corpo à sua direita era terrível, um eco dos dias medievais com homens estripados por aço e esmagados com porretes. A bestialidade do som era uma tentação para deixar aquilo de lado e ficar na encosta que dava no leito da ferrovia, com a desculpa de que um segundo ataque ianque poderia vir contra a posição da legião, mas Nathaniel sabia que essa suposição era meramente uma desculpa para a covardia, por isso pendurou o fuzil no ombro e pulou no fosso de refugos.

— Major Medlicott! Nós vamos ajudar.

O major não se mexeu. Os homens dele encaravam Nate com olhares carrancudos.

— Você ouviu? — perguntou Nathaniel.

— Essa luta não é nossa, Starbuck. — Medlicott havia reunido coragem suficiente para articular o desafio. — Além disso, se sairmos daqui, os ianques podem atacar pelo fosso de novo, e aí onde nós estaríamos?

Nate não respondeu. Em vez disso, olhou de lado para Coffman.

— Vá chamar o sargento Waggoner — ordenou em voz baixa para que somente Coffman ouvisse. — Depois diga a Truslow que ele deve susten-

379

tar o leito da ferrovia com as companhias G e H. Ele deve ignorar minha ordem de atacar. Entendeu?

— Sim, senhor. — E Coffman partiu para realizar a tarefa.

Medlicott não ouvira a ordem que Nate tinha dado, mas ainda assim falou com ar de zombaria:

— Mandou chamar Swynyard?

Nathaniel podia sentir o coração batendo forte no peito.

— Major Medlicott — disse muito lenta e claramente. — Estou ordenando que você cale as baionetas e vá ajudar o coronel Hudson.

O grande rosto vermelho de Medlicott pareceu se retorcer num espasmo de ódio, mas ele conseguiu fazer com que a resposta parecesse respeitosa.

— Minha avaliação é de que devemos guardar nossa posição — retrucou com a mesma formalidade de Nate.

— Você está desobedecendo a uma ordem?

— Eu vou ficar aqui — disse o moleiro, teimoso, e, como Nathaniel não reagiu imediatamente, riu, antecipando a vitória. — Ninguém vai se mexer! — gritou para seus homens. — Nosso serviço é ficar aqui e...

E parou de falar porque Nate havia atirado nele.

Nathaniel não acreditou no que estava fazendo. Tinha consciência de que o ato selaria a legião como seu regimento ou iria condená-lo a uma corte marcial ou a um linchamento. Ele sacou o pesado revólver Adams e estendeu o braço direito enquanto o polegar puxava o cão para trás; em seguida, seu dedo indicador pressionou o gatilho tão rápido que a expressão de triunfo no rosto de Medlicott mal havia mudado quando a bala o acertou logo embaixo do olho direito. Sangue e ossos formaram uma nuvem em volta da cabeça do major se despedaçando enquanto ele era jogado para trás. Seu chapéu saltou para o alto enquanto o corpo voava por três metros, se retorcendo e se sacudindo como um peixe fora d'água, até por fim cair com todo o seu peso no chão. Ali o corpo ficou, completamente imóvel, de braços estendidos.

— Ah, meu Deus — Nathaniel ouviu-se dizendo. — Me poupe. — E começou a gargalhar.

Os homens de Medlicott olhavam para ele com os rostos pálidos. Ninguém se mexeu. Os dedos mortos de Medlicott se enrolaram devagar.

Nate enfiou o revólver no coldre.

— Capitão Moxey? — chamou muito calmamente.

Moxey não esperou o restante da frase.

— Companhia! — gritou. — Calar baionetas!

Os homens de Moxey correram para o sul ao longo do leito da ferrovia, para ajudar a companhia do flanco esquerdo de Hudson. Os homens de Medlicott continuavam olhando como idiotas para o corpo de seu oficial, depois olharam para Nate. Esse era o momento que Nathaniel imaginava que talvez pudesse se transformar num motim, mas ninguém fez nenhum gesto para vingar o moleiro morto.

— Mais alguém quer desobedecer às minhas ordens? — perguntou ele.

Ninguém respondeu. Os homens pareciam atordoados; então Peter Waggoner chegou correndo, ofegando.

— Senhor?

— Agora você é tenente, Waggoner, e comanda a Companhia A. Assuma, siga o capitão Moxey e se livre daqueles ianques.

— Senhor? — Waggoner demorou a entender.

— Faça isso! — ordenou Nathaniel rispidamente. Então tirou o fuzil do ombro e encaixou a baioneta. Virou-se para o restante do regimento. — Legião! Calar baionetas! — E esperou alguns segundos. — Sigam-me!

Era um risco, porque, se os ianques estivessem esperando para atacar as posições da legião, Nathaniel estava lhes dando a vitória, mas, se não ajudasse os homens da Carolina do Norte, os ianques provavelmente romperiam as linhas e penetrariam na floresta, por isso levou três quartos da legião pelo leito da ferrovia para ajudar os homens de Hudson. Alguns desses estavam sem munição e jogavam pedras nos ianques com tanta força que elas tiravam sangue ao acertar os rostos suados.

— Me sigam! — gritou Nate de novo.

Moxey e Waggoner estavam auxiliando as companhias do flanco esquerdo de Hudson, mas a maior ameaça estava no centro da linha do coronel. Nate levou seus reforços pela parte de trás do aterro, até onde a pressão ianque era mais selvagem. Alguns nortistas ocuparam o alto do aterro, esforçando-se para tomar os dois estandartes de Hudson, e foi ali que Nathaniel interveio.

— Venham! — gritou, e ouviu seus homens começando a dar o grito rebelde, terrível e agudo, enquanto subiam o barranco e entravam na luta.

Puxou o gatilho do fuzil quando se aproximou da confusão, depois cravou a baioneta com força numa casaca azul. Gritava feito um demônio, sentindo de repente o extraordinário alívio causado pela morte de Medlicott. Meu Deus, ele havia lancetado a parte podre da alma da legião!

Havia um rebelde caído, tentando afastar um sargento nortista que o enforcava. Nathaniel deu um chute na cabeça do ianque e cortou a garganta do sujeito com a baioneta. O sargento desmoronou, jorrando sangue no sulista. Nate passou por cima dos dois e estocou de novo com a baioneta. Homens grunhiam e xingavam, tropeçando nos mortos e escorregando no sangue, mas os ianques cediam terreno. Eles tentaram subir lutando pelo barranco do aterro. Os rebeldes conseguiram manter a maioria deles nesse barranco e, por isso, em desvantagem, até que a chegada da legião desequilibrou a balança. Os nortistas recuaram.

Eles desceram do aterro, mas ainda não estavam derrotados. Ali, a floresta crescia perto do leito da ferrovia, tão perto que os ianques podiam recuar para a linha das árvores e continuar disparando, com mira aberta para a posição rebelde, por isso, assim que chegaram às árvores, encheram o barranco de tiros. A tempestade de balas afastou os defensores rebeldes do topo, forçando-os a se abaixar em busca de cobertura. As balas assobiavam e chiavam ao passar, atingindo os corpos dos mortos ou então ricocheteando no aterro e rasgando as folhas da própria floresta de onde disparavam. De tempos em tempos um grupo ianque atacava o parapeito aparentemente vazio e era recebido por uma saraivada rebelde esparsa, uma chuva de pedras e a visão de baionetas à espera.

— Eles não cedem com facilidade, não é? Meu Deus, Starbuck, eu lhe devo agradecimentos. Juro que devo. — O coronel Hudson, com o cabelo comprido grudado com sangue e os olhos ensandecidos tentou apertar a mão de Nate.

Atrapalhado com o fuzil, a vareta e o cartucho, Nathaniel trocou um aperto de mão desajeitado.

— O senhor está ferido, coronel?

— Ora, não! — Hudson afastou do rosto o cabelo comprido e denso de sangue. — O sangue é de outro homem. Você o matou, lembra? Cortou a garganta dele. Que coisa! Mas, pela minha alma, Starbuck, estou grato. Verdadeiramente grato.

— Tem certeza de que não está machucado, senhor? — perguntou Nate, porque Hudson parecia não conseguir manter o equilíbrio.

— Apenas em choque, Starbuck, apenas em choque, mas vou estar ótimo em questão de alguns segundos.

O coronel olhou para o leito da ferrovia, onde uma pedra tinha acabado de cair. Parecia que agora os ianques estavam jogando as pedras de volta. Nathaniel terminou de carregar seu fuzil, arrastou-se barranco acima e enfiou a arma entre dois corpos. Mirou numa casaca azul, puxou o gatilho e deslizou de volta para recarregar. Ainda tinha cinco cartuchos, e a maioria dos seus homens estava reduzida a apenas um ou dois. Elijah Hudson também estava com pouca munição.

— Mais um ataque, Starbuck, e suspeito que estaremos acabados.

O ataque veio praticamente quando ele falou. Foi uma carga frenética, desesperada, de homens cansados e ensanguentados que saíram da floresta para se lançar contra o aterro. Durante dois dias aqueles nortistas tentaram romper a linha rebelde e durante dois dias foram frustrados. Mas agora estavam prestes a ser bem-sucedidos e reuniram as últimas reservas de forças enquanto subiam o barranco chamuscado de baionetas caladas.

— Fogo! — gritou Hudson, e os últimos fuzis rebeldes dispararam ao mesmo tempo que uma tempestade de pedras passava acima deles. — Agora ataquem, meus caros! Ataquem! — gritou o coronel, e os homens cansados se lançaram à frente para enfrentar a investida ianque.

Nate estocou com a baioneta, torceu a lâmina e estocou de novo. Coffman estava ao seu lado, disparando um revólver. Então vislumbrou Lúcifer, logo Lúcifer, disparando seu Colt. Em seguida, a baioneta de Nathaniel acertou a barriga de um homem e ele tentou soltá-la com um chute, depois torcendo-a, mas nada liberava o aço da carne que o prendia. Xingou o ianque agonizante, sentiu um jorro de sangue quente nas mãos ao desencaixar a lâmina e afastar o fuzil da baioneta presa. Virou o fuzil ao contrário e o brandiu como um porrete. Dava um berro insano, entre uma exultação e um lamento, à espera da morte a cada segundo, mas decidido a não ceder um centímetro sequer à massa de homens que se comprimia contra as lâminas e as coronhas dos fuzis rebeldes.

E subitamente, sem nenhum motivo aparente, a pressão se aliviou.

Subitamente a grande carga havia terminado e os nortistas corriam de volta para as árvores, deixando para trás uma linha de maré feita de corpos empilhados, alguns se movendo devagar sob a mortalha de sangue, outros imóveis. E houve silêncio, a não ser pelo ofegar dos rebeldes de olhos selvagens, de pé no aterro que sustentaram contra o ataque nortista.

— Para trás agora! — Nate rompeu o silêncio. — Para trás!

Ainda podia haver atiradores de elite na floresta, por isso levou seus homens para trás, descendo o aterro em busca de cobertura.

— Não me deixem! Não me deixem! — gritou um homem ferido, e outro chorou porque estava cego.

Os maqueiros atravessaram o leito da ferrovia. Ninguém atirou neles. Nate limpou o sangue da coronha do fuzil com um punhado de folhas de carvalho. Coffman estava ao seu lado, os olhos reluzindo com um prazer alucinado. Lúcifer recarregava o revólver.

— Você não deveria matar nortistas — disse Nathaniel.

— Eu mato quem eu quiser — respondeu o garoto, ressentido.

— Mas obrigado, de qualquer modo. — A única reação de Lúcifer foi um olhar de dignidade ferida. Nate suspirou. — Obrigado, Lúcifer.

Lúcifer riu imediatamente.

— Então eu não sou Lucy?

— Obrigado, Lúcifer — repetiu Nathaniel.

Triunfante, Lúcifer beijou o cano do revólver.

— Um homem pode ser o que quiser. Talvez no ano que vem eu decida ser matador de rebeldes.

Nathaniel cuspiu no fecho do fuzil para ajudar a limpar o sangue coagulado ali. Em algum lugar na floresta, atrás dele, um pássaro começou a cantar.

— Está quieto, não está? — observou Hudson, a alguns passos dele.

Nate ergueu o olhar.

— Está?

— Está quieto, maravilhosamente quieto. Acredito que os ianques tenham ido embora.

A linha havia se sustentado.

O reverendo doutor Starbuck presenciava um pesadelo.

Havia passado um segundo dia com os cavalarianos do major Galloway na esperança de ter a chance de se juntar à perseguição de um exército rebelde derrotado. Tinha consciência de que o dia seguinte seria o Dia do Senhor, e passou as horas de espera planejando o sermão que faria para as tropas vitoriosas. Mas, à medida que as horas passavam e ainda não havia sinal de uma derrota rebelde, a perspectiva do sermão recuava. Então, à tarde, logo depois da troca de tiros na floresta ter parado subitamente, chegou uma mensagem ordenando que os homens de Galloway investigassem algumas tropas estranhas que foram vistas marchando a sudoeste.

O pastor cavalgou com Galloway. Passaram por milharais pisoteados e pomares cujas frutas tinham sido saqueadas. Atravessaram a estrada onde a batalha havia começado dois dias antes, cruzaram um riacho e subiram uma colina desnuda onde dois regimentos de zuavos de Nova York, com uniformes espalhafatosos, descansavam no topo coberto de capim com os fuzis empilhados.

— Tudo calmo por aqui — proclamou o jovem e garboso comandante do regimento mais próximo, o 5º de Nova York. — E temos uma linha de piquete na floresta. — Ele fez um gesto morro abaixo, onde crescia um bosque denso. — E eles não estão sendo incomodados, por isso acho que vou continuar por aqui.

O major Galloway decidiu que iria até a linha de piquete de Nova York, mas o pastor preferiu ficar com a infantaria, já que, num momento de conversa amena, ele havia descoberto para a sua surpresa que o oficial comandante do 5º Regimento de Nova York era filho de um antigo colega. E esse antigo colega, o reverendo doutor Winslow, era capelão do regimento do próprio filho. Então o reverendo Winslow veio galopando para cumprimentar o amigo de Boston.

— Jamais pensei que iria encontrá-lo aqui, Starbuck!

— Acho que sempre serei encontrado onde a obra do Senhor precise ser feita, Winslow — respondeu o pastor de Boston, depois os dois trocaram um aperto de mãos.

Winslow olhou com orgulho para o filho, que tinha voltado para o seu lugar à frente do regimento.

— Ele só tem 26 anos, Starbuck, mas está no comando do melhor regimento de voluntários do nosso Exército. Nem mesmo os soldados regulares estão à altura do 5º de Nova York. Eles lutaram feito troianos na península. E os seus filhos? Espero que estejam bem.

— James está com McClellan — respondeu o reverendo Starbuck. — Os outros são novos demais para lutar.

Então, querendo mudar de assunto antes que Winslow se lembrasse da existência de Nathaniel, o pastor de Boston perguntou sobre o uniforme espalhafatoso do 5º de Nova York, que consistia em calças largas de um vermelho vivo, casacas azuis e curtas sem golas com acabamento em vermelho, uma faixa vermelha na cintura e um quepe carmesim envolto por um turbante branco e coroado com uma longa borla dourada.

— É cópia de um uniforme francês — explicou Winslow. — Os zuavos são considerados os lutadores mais ferozes do Exército francês, e nosso patrono queria que imitássemos a vestimenta deles, além do *élan*.

— Patrono?

— Somos pagos por um fabricante de móveis de Nova York. Ele pagou por tudo que você vê aqui, Starbuck; absolutamente tudo. Você está vendo os lucros do mogno e das pernas torneadas sendo usados na guerra.

O reverendo Starbuck olhou para o uniforme do velho amigo e desejou ser capaz de usar uma vestimenta assim. Estava prestes a perguntar que arranjos Winslow tinha feito para ocupar o púlpito enquanto servia ao Exército, mas foi distraído por tiros na floresta.

— Nossos escaramuçadores, acredito eu — disse Winslow quando o som se esvaiu. — Provavelmente estavam atacando um regimento de perus selvagens. Comemos uns dois ontem à noite, e estavam muito bons.

O regimento descansando tinha se agitado ao som da fuzilaria súbita e alguns homens pegaram os fuzis nas pilhas, porém a maioria apenas xingou por ter sido acordada, baixou os turbantes sobre os olhos de novo e tentou voltar a dormir.

— Seu filho disse que não tem havido sinal do inimigo por aqui, não foi? — indagou o reverendo Starbuck, imaginando por que os pelos em sua nuca estavam se eriçando de repente.

— Absolutamente nenhum! — respondeu o capelão, olhando para a floresta. — Acho que se pode dizer que tiramos o palitinho menor. Nossa participação na grande vitória é sermos espectadores dela. Ou talvez não.

As três últimas palavras foram instigadas pelo surgimento de um grupo de zuavos na linha das árvores no flanco leste do regimento. Evidentemente eram escaramuçadores voltando ao regimento de origem e estavam agitados.

— Rebeldes! — gritou um dos homens. — Rebeldes!

— Eles estão em pânico! — disse o capelão com desprezo.

A maioria dos zuavos pegou seus fuzis. Um capitão montou num cavalo preto e nervoso, e, ao passar a meio-galope pelos dois pastores, levou a mão ao chapéu, respeitosamente.

— Acho que eles estão imaginando coisas, capelão! — gritou o capitão para Winslow, com bom humor, depois levou a mão à garganta e começou a emitir um som como um miado tentando respirar. O sangue começou a escorrer entre seus dedos.

Enquanto o reverendo Starbuck tentava entender essa estranha situação, ele foi subitamente dominado pelo som de tiros que, de algum modo, demorou um ou dois segundos para ser registrado em seus sentidos atônitos. Atônitos porque o alto do morro estava sendo varrido por um tufão de disparos, um terror de balas assobiando e açoitando, vindo da linha de árvores onde, aparentemente, surgiam regimentos e mais regimentos rebeldes. Num momento, a paz do verão prevalecia no calor da colina, onde abelhas revoavam nas flores de trevo, e, de repente, havia morte, gritos e sangue. E a transição tinha sido abrupta demais para que a mente do pastor a compreendesse.

O capitão agonizante foi arrancado da sela e arrastado pelo chão pelo pé que ficou preso no estribo. Gritava de forma patética; então um grande jorro de sangue o silenciou para sempre. O capelão começou a gritar para encorajar os zuavos atordoados, que pareciam se encolher para se afastar do tiroteio ensurdecedor. O cavalo do reverendo Starbuck disparou para longe dos estalos intermináveis dos fuzis que flanqueavam os dois regimentos de Nova York. O pastor correu para o norte, fugindo do ataque, e só quando chegou à beira do morro ele conseguiu conter o animal apavorado e virá-lo a tempo de ver uma linha de regimentos rebeldes sair das árvores distantes. Eram homens de Lee, que marcharam um dia depois de Stonewall Jackson e que agora eram lançados dos vales e florestas onde passaram a noite escondidos. Todos davam seu grito demoníaco, ululante, enquanto atacavam, e o sangue do pastor gelou à medida que o som terrível se alastrava pelo topo da colina.

O reverendo Starbuck pegou seu revólver no coldre da sela, mas não fez nenhum esforço de disparar. Estava diante de um pesadelo. Observava a morte de dois regimentos.

Os nova-iorquinos tentaram lutar. Mantiveram-se em linha e retribuíram o fogo rebelde, mas as linhas cinzentas se sobrepuseram e dizimaram as fileiras de zuavos com um volume avassalador de disparos de fuzil. Homens com uniformes de cor forte eram arrancados das fileiras de Nova York, e, ainda que os sargentos e cabos tentassem fechar as aberturas, elas se formavam mais rápido do que podiam ser preenchidas. Homens saíam correndo para o norte e para o leste. O reverendo Starbuck gritou para os fugitivos ficarem firmes, mas eles ignoravam suas arengas e corriam morro abaixo em direção ao córrego. O regimento do fabricante de móveis foi reduzido a três grupos de homens que tentavam resistir ao ataque avassalador, mas nem mesmo um número três vezes maior poderia ter impedido a maré rebelde.

Os nova-iorquinos morreram. Houve alguns últimos disparos esparsos, um grito de desafio, depois as bandeiras tombaram conforme os últimos defensores teimosos eram dominados. De repente, a colina estava coberta de casacas cinza-rato dos rebeldes, e o pastor, forçado a superar a imobilidade causada pelo medo, instigou o cavalo e o deixou correr morro abaixo em meio aos fugitivos espalhados. Os primeiros rebeldes já disparavam contra os fugitivos. O reverendo Starbuck ouviu as balas passando ao seu redor, mas seu cavalo continuou correndo. Atravessou o riacho chapinhando a água e subiu para a segurança das árvores do lado oposto. O grito rebelde obsceno azedou os ouvidos do pastor enquanto ele diminuía a velocidade do animal suado. A toda volta ouvia aquele grito terrível, o som do diabo em marcha, e sentiu, ainda que não entendesse, que outro exército nortista estava sendo derrotado de modo ignominioso. Lágrimas escorriam por suas bochechas enquanto tentava entender as vontades insondáveis de Deus.

Ele atravessou a estrada, voltando para o lugar onde tinha passado tanto tempo esperando para começar a perseguição aos rebeldes derrotados, mas não havia sinal dos homens de Galloway. Nem de nenhum rebelde, graças a Deus. O pastor limpou as lágrimas com as costas da mão enquanto descansava o cavalo. À direita, onde a fumaça da estação incendiada ainda formava uma mancha escura no céu, havia somente um emaranhado de árvores e vales íngremes, e era através daquele terreno difícil, suspeitou, que acontecia o avanço rebelde. À esquerda, pelos campos mais amplos, ficava a floresta onde um ataque nortista após o outro havia sido lançado contra o leito da ferrovia, mas nenhum obtivera sucesso, o que com certeza significava que os rebeldes ainda se escondiam no meio daquelas árvores. E atrás dele as tropas do diabo tinham acabado de transformar em carniça os zuavos de Winslow numa colina da Virgínia. E com isso restava apenas um lugar aonde o pastor poderia ir.

Foi para o nordeste, com o sofrimento se transformando numa raiva capaz de preencher todo o céu. Que idiotas comandavam os exércitos do norte! Que imbecis presunçosos e empertigados! Sentiu que um dever lhe era imposto, o dever de acordar o norte para os poltrões que comandavam seus filhos numa derrota após a outra. Iria à casa de Galloway, pegaria sua bagagem e mandaria que um dos empregados do major lhe mostrasse uma rota de fuga para o norte atravessando o Bull Run. Era hora de retornar à sanidade de Boston, onde começaria sua campanha para acordar uma nação para seus pecados.

Canhões disparavam nas colinas, o som ecoando de forma confusa pelo céu. Fuzis estalavam, a fumaça das armas surgia em camadas acima das árvores e dos córregos. Robert Lee tinha trazido vinte e cinco mil homens, colocando-os em um ângulo reto em relação à linha já ferida de Jackson. Nenhum ianque sabia que os rebeldes estavam ali até que os estandartes estrelados avançaram acima das linhas cinzentas. O ataque de flanco rebelde avançou como uma porta se fechando sobre a glória de John Pope. E o reverendo Elial Starbuck, indignado, carregava sua raiva para casa.

O sol descia lentamente em direção aos morros a oeste. Nada se agitava na floresta a leste. O som da batalha atravessava o terreno feito um trovão distante, mas ninguém sabia o que o barulho significava nem onde os ianques estavam. Uma patrulha da Companhia H, de Truslow, foi a primeira a atravessar a faixa de terreno chamuscado e entrar no meio das árvores, mas não encontrou nenhum ianque. Os atiradores de elite tinham sumido e o bosque estava vazio, a não ser pelo entulho dos bivaques abandonados.

A munição chegou e foi distribuída entre os homens cansados. Alguns soldados dormiam, indistinguíveis dos mortos ao redor em sua exaustão. Nate tentou fazer uma lista dos mortos e feridos, mas o trabalho era vagaroso.

Uma hora antes do crepúsculo o coronel Swynyard veio a cavalo até o leito da ferrovia. Puxava outro cavalo pelas rédeas.

— Era do major Medlicott — disse a Nathaniel. — Ouvi dizer que ele morreu.

— Ouvi dizer que ele levou um tiro de um ianque — falou Nate, impassível.

A boca de Swynyard se repuxou no que poderia ser um sorriso.

— Recebemos ordem de avançar, e pensei que você gostaria de ter um cavalo.

A reação inicial de Nathaniel foi de recusar, porque sentia orgulho em marchar como seus homens, mas depois se lembrou da casa com a coluna de pedra caiada no portão e agradeceu a Swynyard por ter trazido o animal. Montou na sela justamente quando a legião começava a sair do descanso. Os homens exaustos reclamaram por ser incomodados, mas puseram os fuzis nos ombros e subiram a encosta, saindo do leito da ferrovia. Os feridos, os médicos, os serviçais e a guarda de um sargento ficaram para trás enquanto o restante da legião formava fileiras em volta da guarda do estandarte, onde o tenente Coffman carregava a bandeira de batalha substituta presa ao mastro improvisado. Nate ocupou seu lugar à frente do regimento, no cavalo de Medlicott.

— Avante! — gritou.

Os homens da Carolina do Norte avançavam à direita da legião. O coronel Hudson montava uma dispendiosa égua preta e portava uma espada numa bainha com acabamento em ouro. Hudson acenou num cumprimento amigável enquanto os dois regimentos avançavam em linha, mas, assim que chegaram às árvores, Nathaniel conduziu a legião para a esquerda, abrindo espaço entre ela e os soldados da Carolina do Norte.

Atravessou o pequeno pasto onde tinham interrompido a perseguição do primeiro ataque ianque na véspera. Ainda havia mortos não enterrados no campo. Para além do pasto ficava uma faixa de árvores, depois um trecho maior de terra agrícola aberta dividido por uma estrada que subia até o topo de um morro distante. Nate cavalgava à esquerda de sua linha.

— Você se lembra desse lugar? — perguntou a Truslow.

— Eu deveria lembrar?

— Nós travamos nossa primeira batalha aqui. — Nathaniel apontou para a esquerda. — Os ianques saíram daquelas árvores e nós esperamos aqui. — Ele apontou para a direita, em direção ao morro. — Eu estava mais apavorado que o inferno e você se comportava como se tudo aquilo já tivesse acontecido antes.

— E tinha. Eu estive no México, lembra?

Nate deixou o cavalo escolher o próprio ritmo atravessando o antigo campo de batalha. Havia fragmentos de ossos amarelados nos sulcos na terra e ele se perguntou por quantos anos os fazendeiros iriam desenterrar com os arados os ossos de homens e as balas que os colocaram ali.

— E o que aconteceu com Medlicott? — perguntou Truslow. Os dois estavam trinta passos à frente das fileiras.

— O que seus homens dizem que aconteceu?

— Que você brigou com o filho da puta e atirou nele.

Nathaniel pensou nisso, depois confirmou.

— Foi mais ou menos isso. Eles ficaram incomodados?

Truslow partiu um pedaço de tabaco e o colocou na boca.

— Alguns sentiram pena de Edna.

— A esposa dele?

— Ela tem filhos para alimentar. Mas, diabos, não, eles não se incomodaram com o moleiro. Ele era um filho da puta ruim.

— Agora ele é um herói. Vai ter seu nome numa estátua em Faulconer Court House. Dan Medlicott, herói da nossa Guerra de Independência.

Nathaniel cruzou a estrada, lembrando-se de quando tinha visto um exército nortista atacar atravessando aqueles campos. O lugar não estava muito diferente — as cercas sinuosas tinham sumido muito tempo atrás, queimadas para ferver os bules de café dos soldados, e pedaços de ossos desfiguravam a terra, mas, afora isso, era como Nate lembrava. Ele levou a legião, virando ainda mais à esquerda até que, em vez de seguir em direção ao morro a leste com o restante da brigada, estava indo para um bosque sobre uma pequena colina ao norte.

Swynyard veio galopando.

— Você está no caminho errado! É para lá! — E apontou para o leste, seguindo a estrada.

Nate puxou as rédeas.

— Eu quero visitar um lugar, coronel, logo depois do morro. A não mais de meio quilômetro.

Swynyard franziu a testa.

— Que lugar?

— A casa do homem que pegou nossas bandeiras, coronel, do homem cujas tropas queimaram mulheres numa taverna.

A reação inicial de Swynyard foi de balançar a cabeça; depois pensou de novo e olhou para a companhia de Truslow antes de se virar outra vez para os dois oficiais.

— O que você pretende conseguir lá?

— Não sei. Mas não sabíamos o que íamos conseguir quando corremos até o vau da Mary Morta no meio da noite. — Nathaniel o lembrou daquela noite e, como resultado, do favor que de certa forma o coronel lhe devia.

O coronel sorriu.

— Você tem uma hora. Vamos continuar pela estrada — disse, apontando para a direita. — E acho que seria prudente se alguém patrulhasse o norte, para o caso de alguns patifes estarem escondidos por lá. Você acha que uma companhia basta?

— É o suficiente, senhor — respondeu Nate; então levou a mão à aba do quepe. — Companhia! — gritou para sua antiga companhia. — Me siga!

Pegou emprestado um charuto aceso com John Bailey e acendeu um dos seus com a ponta em brasa. Cavalgava devagar, fazendo o animal seguir ao lado de Truslow. O restante da legião subiu a encosta suave a leste, em direção ao som de batalha que agora parecia muito longínquo — tanto que nenhum batalhão que avançava parecia ter pressa de se juntar àquela batalha distante. Nathaniel olhou para a esquerda e viu a coluna pintada de branco na estrada, no fim do bosque.

— Agora não falta muito — disse a Truslow. — Vamos atravessar essas árvores e ir para o campo, depois.

— O que vai acontecer se o lugar estiver cheio de ianques? — perguntou Truslow.

— Nós voltamos.

Mas, quando a companhia emergiu das árvores no alto do morro, viu que o lugar não estava cheio de ianques. Em vez disso, a fazenda de Galloway parecia deserta enquanto os soldados rebeldes desciam lentamente a longa encosta em direção às construções que ficavam no meio de um bosque de árvores frondosas, grandes. Parecia uma bela casa, pensou Nathaniel, um lugar onde um homem podia se estabelecer e levar uma boa vida. Parecia ter terra fértil com água, campos bem drenados e muita madeira.

Um negro os recebeu no portão do quintal.

— Não tem ninguém aqui, sinhô — disse, nervoso.

— De quem é essa casa? — perguntou Nate.

O homem não respondeu.

— Você ouviu o oficial — vociferou Truslow.

O negro olhou para a companhia que se aproximava e umedeceu os lábios.

— Pertence a um cavalheiro chamado Galloway, sinhô, mas ele não está aqui.

— Está com o Exército? — perguntou Nathaniel.

— Sim, sinhô. — O homem deu um sorriso afável. — Está com o Exército. Nate retribuiu o sorriso.

— Mas com que Exército?

O sorriso do negro desapareceu imediatamente. Ele não disse nada, e Nathaniel bateu os calcanhares na montaria para passar pelo sujeito.

— Tem algum escravo na casa? — gritou para o negro olhando para trás.

— Somos três, sinhô, e não somos escravos. Somos empregados.

— Vocês moram na casa?

— Nas cabanas, sinhô. — O empregado estava correndo atrás de Nate, e Truslow trazia a companhia.

— Então a casa está vazia? — perguntou Nathaniel.

O homem parou, depois assentiu enquanto Nathaniel olhava para ele.

— Está vazia, sinhô.

— Qual é o seu nome?

— Joseph, sinhô.

— Então escute, Joseph, se você tem algum pertence na casa, tire agora mesmo, porque eu vou queimar completamente essa casa maldita, e se o seu senhor quiser saber por que, diga que é com os cumprimentos das prostitutas que ele queimou vivas na Taverna do McComb. Entendeu a mensagem, Joseph? — Nate parou o cavalo e se virou na sela. Pulou para o chão fazendo subir uma nuvem de poeira. — Ouviu, Joseph?

O empregado negro olhou horrorizado para Nathaniel.

— O senhor não pode queimar a casa!

— Diga ao seu senhor que ele matou mulheres. Diga que meu nome é Starbuck, ouviu? Deixe-me ouvir você dizer.

— Starbuck, senhor.

— E não se esqueça, Joseph. Eu sou Starbuck, o vingador das putas! — Nate declamou essa frase final subindo os degraus da varanda e abrindo a porta da casa.

E encontrou seu pai.

Nuvens se acumulavam ao sul, escurecendo um dia que já declinava para o crepúsculo. Nos morros íngremes e nos vales onde o ataque de flanco rebelde avançava, a luz poente fazia as chamas dos fuzis saltarem mais reluzentes e a fumaça parecer mais cinzenta. Havia um sentimento de que o tempo iria virar em breve. E de fato, longe, ao sul, nas trincheiras vazias que os ianques abandonaram perto do rio Rappahannock, as primeiras gotas de chuva caíam pesadas. Raios espocavam nas nuvens.

Em Manassas, o ataque de flanco rebelde ficou irregular. Ele havia sido lançado num terreno difícil, e as brigadas que avançaram logo perderam contato umas com as outras enquanto se desviavam de depressões cheias de espinheiros ou de bosques densos. Alguns regimentos avançavam enquanto outros encontravam tropas ianques, que inesperadamente resistiam com bastante teimosia. Canhões disparavam do alto dos morros, a metralha despedaçava florestas e os tiros de fuzil espocavam numa frente sinuosa com cinco quilômetros de comprimento.

Atrás dos ianques ficava o Bull Run, um riacho suficientemente fundo e largo para ser um rio em qualquer país que não fosse os Estados Unidos, e era uma corrente larga e funda o bastante para afogar um homem atrapalhado por mochila, sacola, caixa de cartuchos e botas. E, se os rebeldes pudessem simplesmente quebrar a linha ianque e lançá-la para trás em pânico, oitenta mil homens poderiam estar se esforçando para atravessar aquele riacho assassino, que era atravessado por apenas uma pequena ponte. O exército derrotado poderia ter milhares de homens afogados.

Só que os ianques não entraram em pânico. Eles voltaram aos poucos pela ponte, e alguns realmente se afogaram tentando nadar no riacho, mas outros ficaram ombro a ombro no morro onde um dia um homem chamado Thomas Jackson tinha ganhado o apelido de Stonewall. Eles permaneceram de pé e enfrentaram as tropas rebeldes com um canhoneio que iluminou de vermelho a encosta do morro com as chamas das armas e fez o vale mais além estalar com o eco das saraivadas dos fuzis; saraivada após saraivada mortal, uma chuva de chumbo que rasgou as fileiras cinzentas e sustentou o terreno a oeste da ponte por tempo suficiente para permitir que o grosso do exército de John Pope escapasse. Só então as estoicas fileiras azuis cederam a colina de Stonewall Jackson para os compatriotas de Stonewall Jackson. Foi uma derrota do norte, mas os nortistas não debandaram. Fileiras de homens de uniformes azuis se afastavam de um campo de batalha onde havia sido prometida a vitória, mas onde foram levados à derrota, onde os rebeldes vitoriosos começavam a contar armas e homens capturados.

E, na fazenda de Joseph Galloway, na margem sul do Bull Run, o reverendo Starbuck olhou para o filho, e seu filho o encarou.

Nate rompeu o silêncio.

— Pai?

Por um segundo, um instante, Nathaniel pensou que seu pai cederia. Naquele segundo, achou que o pai iria estender os braços dando as boas-vindas, e houve de fato uma súbita expressão de dor e saudade no rosto do velho. Nesse segundo, todos os planos que Nathaniel havia feito, de desafiar o pai caso se encontrassem de novo, se desvaneceram no ar enquanto ele sentia uma enorme onda de culpa e amor atravessá-lo. Mas então a expressão vulnerável desapareceu do rosto do pastor.

— O que você está fazendo aqui? — perguntou o reverendo asperamente.

— Eu tenho negócios a resolver.

— Que negócios? — O reverendo impedia a passagem do corredor. Estava com sua bengala de ébano, que estendeu como uma espada para impedir que o filho entrasse na casa. — E não ouse fumar na minha presença! — disse rispidamente, depois tentou tirar o charuto da mão do filho com a bengala de ébano.

Nathaniel se livrou do golpe com facilidade.

— Pai — disse, tentando apelar aos antigos laços de afeição severa, mas foi interrompido bruscamente.

— Eu não sou seu pai!

— Então que tipo de filho da puta você é para me mandar não fumar?

A raiva de Nate veio como um raio violento. Gostou da raiva, sabendo que provavelmente era sua melhor arma nesse confronto, já que, no instante em que tinha visto o rosto severo do pai, uma vida inteira de obediência filial o tinha feito se encolher por dentro. No momento em que a porta tinha se aberto, ele se sentiu de novo com 8 anos, absolutamente desamparado diante da certeza implacável do pai.

— Não xingue na minha frente, Nathaniel.

— Eu vou xingar onde eu quiser. Agora saia da minha frente! — A raiva de Nathaniel ardeu intensamente. Ele empurrou o pai e passou. — Se quiser brigar comigo — gritou olhando para trás —, decida se é uma briga de família ou uma luta entre estranhos. E saia dessa casa, eu vou queimar esse lugar.

Nate gritou essas últimas palavras da biblioteca. As prateleiras estavam vazias, mas havia um punhado de livros de contabilidade empilhados na mesa.

— Você vai fazer o quê? — O reverendo Starbuck tinha seguido o filho para o cômodo.

— Você me ouviu. — Nathaniel começou a rasgar os livros de contabilidade para queimarem mais facilmente. Empilhou as folhas rasgadas na beira da mesa, onde suas chamas subiriam prateleiras acima.

O rosto do reverendo Starbuck mostrou um vislumbre de dor.

— Você virou um mulherengo, ladrão, traidor e agora vai queimar a casa de um homem bom?

— Porque ele queimou uma taverna e matou mulheres. — Nate começou a rasgar outro livro. — Elas imploraram aos soldados dele que parassem de atirar, mas eles não pararam. Eles continuaram atirando e queimaram as mulheres vivas.

O reverendo Starbuck tirou a pilha de papéis de cima da mesa com a bengala.

— Eles não sabiam que havia mulheres na taverna.

— Sabiam — retrucou Nathaniel, começando a fazer outra pilha de papel rasgado.

— Você é um mentiroso!

O reverendo levantou a bengala e teria golpeado as mãos do filho se um tiro não tivesse sido disparado no cômodo. O som ecoou terrivelmente dentro das quatro paredes e a bala abriu uma cicatriz nas prateleiras vazias do lado oposto à porta.

— Ele não mentiu, pastor. Eu estava lá. — Truslow havia aparecido na porta que dava no jardim. — Eu mesmo carreguei uma das mulheres para fora das ruínas. Queimada até virar carvão. Encolhida até ficar do tamanho de um bezerro recém-nascido. Havia cinco mulheres queimadas assim. — Ele cuspiu sumo de tabaco, depois jogou uma lata para Nate. — Encontrei isso na cozinha. — Nate viu que eram fósforos.

— Esse é o meu pai — apresentou Nathaniel rapidamente.

Truslow assentiu.

— Pastor — disse num breve cumprimento.

O reverendo não disse nada, apenas olhou o filho fazendo outra pilha de papel rasgado.

— Nós ficamos um pouco chateados — continuou Nathaniel. — Porque não lutamos contra mulheres. Decidimos queimar a casa desse filho da puta para ensinar que lutar contra mulheres não vale a pena.

— Elas eram prostitutas! — exclamou rispidamente o reverendo.

— Então elas estão fazendo uma cama para mim no inferno agora mesmo — vociferou Nathaniel em resposta. — E você acha que elas não serão companhia melhor que os seus santos no céu? — Ele acendeu um dos fósforos e segurou a chama junto aos papéis.

A bengala acertou de novo, espalhando a nova pilha de papéis e apagando a pequena chama.

— Você partiu o coração da sua mãe e trouxe vergonha à minha casa — declarou o pastor. — Mentiu para o seu irmão, trapaceou e roubou!

O catálogo de pecados era tão extenso que o reverendo ficou momentaneamente assoberbado e se forçou a prender a respiração e balançar a cabeça.

— Além disso, o filho da puta bebe uísque. — Truslow, no vão da porta, usou o silêncio para acrescentar essa informação.

— Mas... — O pastor gritou a palavra, tentando controlar a fúria. — Mas — disse, contendo as lágrimas — seu Senhor e Salvador irá perdoá-lo, Nate. Tudo o que Ele pede é que você vá a Ele de joelhos e com uma confissão de fé. Todos os seus pecados podem ser perdoados! Todos! — Lágrimas escorriam pelas bochechas do reverendo. — Por favor! Não suporto pensar que, no céu, teremos de olhar para baixo e ver seu tormento eterno.

Nathaniel sentiu outro maremoto de emoção. Podia ter rejeitado a casa e a religião rigorosa do pai, mas não podia negar que tinha sido uma casa boa e uma religião honesta, nem podia dizer que não temia as chamas da danação eterna. Sentia lágrimas pinicando nos olhos. Parou de rasgar papéis e tentou reunir a raiva que permitiria que ele encarasse o pai outra vez, mas, em vez disso, pareceu tremer, prestes a se render por completo.

— Pense nos seus irmãos mais novos. Pense nas suas irmãs. Eles amam você!

O reverendo Starbuck havia encontrado o tema que mexia com Nate, então o pressionou, decidido. Com frequência tinha jurado que o renegaria, que expulsaria Nathaniel da companhia de Cristo e da família Starbuck, mas agora via que a vitória sobre o demônio seria o arrependimento e o retorno do filho. Imaginou Nathaniel confessando seus pecados na igreja, via-se como o pai do filho pródigo e antevia o júbilo no céu diante do arrependimento desse pecador. No entanto, havia algo além de uma vitória espiritual em jogo. A fúria do pastor tinha explodido tanto quanto a do filho, mas o pai também descobria que um ano de negação tinha sido aniquilado diante de um momento de proximidade. Afinal de contas, esse era o filho que mais se parecia com ele, motivo pelo qual, supunha, era com ele que mais discutia. Agora precisava recuperá-lo, não apenas para Cristo mas para a família Starbuck.

— Pense em Martha! — instigou, citando a irmã preferida de Nate. — Pense em Frederick e em como ele sempre admirou você!

O pastor poderia ter vencido essa batalha se não tivesse aberto os braços ao mencionar Frederick. Ele havia pretendido que o gesto fosse uma lembrança de que Frederick, cinco anos mais novo que Nathaniel, tinha nascido com um braço mirrado, mas o gesto deixou cair a bandeira de batalha que estivera debaixo do braço esquerdo do pastor. A bandeira caiu no chão, onde se soltou do barbante esgarçado. Feliz por não ter de encarar o pai, Nate olhou para ela.

Viu a seda, a franja luxuosa, olhou para o rosto do pai e por um instante todas as lembranças de Martha e Frederick sumiram. Olhou mais uma vez para a bandeira.

Truslow também tinha notado o tecido luxuoso.

— Isso é uma bandeira de batalha, pastor? — perguntou ele.

O reverendo Starbuck se curvou para pegar a bandeira, mas a violência do movimento só destruiu o que restava do barbante, de modo que o estandarte se abriu à luz do fim de tarde.

— Não é da sua conta — disse o pastor a Truslow, em desafio.

— Maldição, é a nossa bandeira! — exclamou Truslow.

— É o trapo do diabo! — reagiu o pastor rispidamente, embolando a seda nos braços. Tinha largado a bengala para facilitar a tarefa.

— Eu fico com a bandeira, moço. — Truslow avançou, sério, com a mão estendida.

— Se quiser essa bandeira, vai ter de me derrubar — desafiou o reverendo Starbuck.

— Não me importo nem um pouco.

Truslow estendeu a mão. O pastor tentou dar um chute nele, mas Elial Starbuck não era páreo para Thomas Truslow. O soldado bateu no braço do pastor uma vez, mas com força, depois tirou a bandeira da mão subitamente frouxa.

— Você deixaria baterem no seu pai? — O pastor se virou para Nate.

Mas o momento em que a rendição de Nathaniel era apenas um tremor de lembranças emotivas havia passado. Ele acendeu mais um fósforo e encostou numa página arrancada de um livro de contabilidade.

— O senhor disse que não era meu pai — declarou brutalmente, depois rasgou mais páginas e as empilhou em cima do fogo. Salpicou a pólvora de um cartucho de revólver que rasgou, de modo que a pequena chama saltou violentamente. Seu pai pegou a bengala e tentou tirar os papéis acesos de cima da mesa outra vez, mas Nathaniel ficou no caminho. Por um segundo os dois permaneceram cara a cara; então alguém gritou do quintal:

— Johnnies! — Era o sargento Decker.

Truslow correu para a porta.

— Ianques — confirmou.

Nate se juntou a Truslow na varanda. Menos de meio quilômetro a leste havia um bando de homens vigiando a casa. Usavam azul, alguns estavam a cavalo e outros a pé. Parecia uma tropa de cavalaria que havia visitado o inferno. Um dos homens tinha cabelos loiros e barba curta e quadrada.

— Aquele é Adam? — perguntou a Truslow.

— Acho que sim.

Nate se virou e viu que o pai estava apagando os últimos vestígios do fogo.

— Truslow — chamou. — Queime essa maldita casa enquanto eu vou dizer àqueles ianques para sumir de vez da Virgínia. E eu levo a bandeira.

Havia uma lança no canto da sala. Nathaniel a pegou, tirou a ponta e o guião de cavalaria em forma de cauda de andorinha, em seguida prendeu a bandeira de seda no mastro. Depois, ignorando a voz furiosa do pai, desceu ao pátio e pediu a um homem que trouxesse seu cavalo.

Cavalgou para o leste carregando a bandeira.

Adam veio em sua direção e os dois ex-amigos se encontraram no meio do pátio perto da casa. Adam olhou com pesar para a bandeira.

— Então você a recuperou.

— Onde está a outra?

— Eu vou ficar com ela.

— Nós sempre compartilhávamos.

Adam sorriu com a observação.

— Como você está, Nate?

— Vivo. Por pouco.

— Eu também. — Adam parecia cansado e triste, como uma pessoa cujas esperanças tivessem levado uma surra. Indicou o grupo maltrapilho de homens e cavalos atrás dele. — Sofremos uma emboscada na floresta. Não restam muitos de nós.

— Que bom. — Nathaniel se virou na sela e viu uma tira de fumaça surgindo numa janela da casa. — Sei que não foi culpa sua, Adam, mas alguns de nós receberam muito mal a ideia de mulheres sendo queimadas vivas. Por isso pensamos em fazer o mesmo com a casa de Galloway.

Adam assentiu, sério, como se não se importasse com a destruição da casa.

— O major está morto — comentou.

Nathaniel fez uma expressão de desagrado, porque parecia que estava queimando a casa por nada.

— E o filho da puta que matou as mulheres? Blythe?

— Só Deus sabe. Billy Blythe desapareceu. Billy Blythe tem a habilidade de sumir quando existe encrenca por perto. — Adam se inclinou sobre o arção da sela e olhou para a fazenda de Galloway, de onde saía ainda mais fumaça de meia dúzia de janelas. — Não consigo imaginar Pica-Pau lhe dando permissão para fazer isso — disse com óbvia aversão pela destruição.

Estava claro que Adam não tinha tomado conhecimento do ferimento de Bird nem das outras notícias da legião.

— Pica-Pau está em casa, ferido. E eu sou o novo coronel.

Adam encarou o amigo.

— Você?

— Seu pai foi expulso.

Adam balançou a cabeça, aparentemente sem acreditar ou talvez quisesse recusar a declaração.

— Você comanda a legião?

Nate puxou as rédeas para virar o cavalo.

— Por isso, da próxima vez que quiser fazer joguinhos com um regimento, não escolha o meu, Adam. Da próxima vez, eu mato você.

Adam balançou a cabeça.

400

— O que está acontecendo conosco, Nate?

Nathaniel riu da pergunta.

— Estamos em guerra. E o seu lado diz que casas devem ser queimadas e bens devem ser tomados dos civis. Acho que aos poucos estamos imitando vocês.

Adam nem tentou discutir. Ele olhou para a casa, de onde agora saía uma fumaça densa de várias janelas. Truslow havia posto em prática seu dom incendiário com muito mais habilidade que os esforços débeis de Nathaniel.

— Aquele é o seu pai? — Adam tinha visto a figura de preto sair da casa em chamas.

— Mande-o em segurança para casa, está bem?

— Claro.

Nate virou o cavalo desajeitadamente.

— Cuide-se. E não fique no nosso caminho. Vamos embora em cinco minutos.

Adam assentiu; depois, quando Nathaniel instigou o cavalo, falou de novo:

— Teve notícias de Julia?

Nate se virou na sela.

— Ela está bem. Está trabalhando como enfermeira no Chimborazo.

— Mande lembranças a ela — disse Adam, mas o ex-amigo já havia se afastado.

Nathaniel cavalgou de volta até a casa, onde sua antiga companhia tinha se reunido do lado de fora da cerca do quintal para observar as chamas. Seu pai gritou alguma coisa para ele, mas as palavras se perderam no crepitar do fogo.

— Vamos! — gritou Nate, e deu as costas para a casa em chamas.

Não disse adeus ao pai, apenas subiu a colina. Pensou em como havia chegado perto de uma reconciliação com ele em meio às lágrimas, depois tentou se convencer de que algumas estradas jamais poderiam ser revisitadas, não importa o que estivesse no fim delas.

Parou perto do topo da colina coberto de árvores e olhou para trás. Uma trave do telhado desmoronou no fogo, lançando fagulhas no ar do fim de tarde.

— Venham! — gritou para a companhia.

Alcançaram a brigada um quilômetro e meio a oeste. Swynyard tinha deixado os homens descansar e esperava ordens. Havia nuvens de chuva ao sul e um vento fresco soprando forte, mas a oeste, acima das montanhas Blue Ridge, o sol mergulhava reluzente atrás da borda dos Estados Unidos.

Ao norte um exército estava em retirada total, e a leste e ao sul, para onde quer que se olhasse, havia apenas estandartes rebeldes avançando vitoriosos. E agora um estandarte mais brilhante se juntava ao triunfo quando Nate bateu os calcanhares nos flancos da montaria e deixou seu cavalo emprestado correr livremente, de modo que as cores cintilantes da bandeira recuperada se estendessem e tremulassem na brisa. Cavalgou fazendo uma curva, trazendo a bandeira de volta à sua legião, e, ao virar o cavalo para as fileiras, levantou-a ainda mais, de pé nos estribos com o braço direito erguido, fazendo as estrelas brancas, a cruz azul e a seda carmesim ficarem vívidas e brilhantes sob os últimos longos raios de sol.

Estava trazendo a bandeira de volta para casa. Nos súbitos gritos de alegria que preencheram o ar, Nathaniel soube que tinha tornado a legião sua. Era a Legião de Starbuck.

NOTA HISTÓRICA

Todas as batalhas e escaramuças no romance são baseadas em ações reais travadas no verão de 1862, uma campanha que acabou com as esperanças nortistas de obter uma vitória rápida no leste naquele ano. McClellan tinha fracassado em seu ambicioso ataque anfíbio; agora John Pope tinha sido derrotado em terra.

Simplifiquei alguns acontecimentos que ocorreram entre o monte Cedar e a marcha épica de Jackson ao redor do flanco norte. Houve uma semana extra de batalhas entre esses dois eventos, mas foi uma luta muito confusa, por isso tomei uma liberdade de ficcionista e simplesmente fingi que isso jamais aconteceu. Leitores que desejem conhecer a verdadeira história do confronto atravessando o Rapidan e o Rappahannock devem ler o esplêndido relato de John Hennessy sobre a campanha em *Return to Bull Run*, um livro que esteve constantemente ao meu lado enquanto escrevia *Inimigo*.

A estupidez de Washington Faulconer no vau da Mary Morta é baseada num acontecimento parecido no vau Racoon, quando Robert Toombs, um político da Geórgia transformado em soldado, tirou a guarda do vau argumentando que não havia ordenado que ela fosse posicionada, e que, portanto, não deveria estar lá. Na mesma noite, o vau foi atravessado por uma força de cavalaria federal que atacou as linhas confederadas e quase conseguiu capturar Jeb Stuart. Em vez disso, tiveram de se contentar com o chapéu do renomado sujeito. Stuart jurou se vingar do insulto, e fez isso capturando a melhor casaca do uniforme de John Pope na estação de Catlett. Stuart se ofereceu para trocar o chapéu pela casaca, mas Pope, um homem sem humor, recusou. Enquanto isso, o infeliz Toombs era preso.

As notórias Ordens Gerais números Cinco e Sete foram expedidas e, de modo pouco surpreendente, consideradas por muitos nortistas como licenças para roubar. Além disso, elas foram uma ofensa profunda para Robert Lee, motivo pelo qual ficou tão decidido a destruir Pope. E destruiu.

Depois da segunda batalha de Manassas (Bull Run para os nortistas), Pope jamais voltaria a ter um alto comando.

A batalha não é tão conhecida quanto deveria. A marcha de flanco de Jackson foi um belo feito, e a estratégia de Lee confundiu completamente o pedante comando nortista. Os choques de trens na estação de Bristoe e o saque do depósito federal em Manassas aconteceram, e o julgamento enfastiado do civil ferido sobre o improvável Jackson ("Ah, meu Deus, me poupe") se tornou mesmo uma frase repetida com frequência no exército de Jackson. A vitória de Lee poderia ter sido mais completa se Longstreet tivesse atacado no dia em que chegou ao flanco desguarnecido de Pope, em vez de esperar vinte e quatro horas, mas ainda assim a batalha foi uma notável vitória sulista, marcada por pelo menos um recorde medonho. O número de baixas no 5º Regimento de Zuavos de Nova York foi o maior num único regimento num único dia em toda a guerra: 490 homens entraram na luta, 223 foram feridos e 124 mortos, uma taxa de 70%. O reverendo doutor Winslow e seu filho sobreviveram. A proporção geral de baixas de Lee foi de 17%, o que, para um país carente de homens, foi uma perda terrível.

O campo de batalha está bem preservado e fica a pouca distância de Washington, D.C. Boa parte do terreno é compartilhado com o da Primeira Batalha de Manassas, e as duas compartilham um centro de informações, onde está disponível um panfleto delineando um passeio de carro ao local da segunda batalha.

Um motivo para a Segunda Batalha de Manassas não ser tão conhecida quanto deveria é porque foi inevitavelmente ofuscada pelos acontecimentos que vieram em seguida. O norte tinha acabado de ver sua última invasão aos Estados Confederados ser repelida, e agora Lee tentará explorar essa vitória comandando a primeira invasão confederada aos Estados Unidos da América. Seu exército marchará até as margens do riacho Antietam, em Maryland, e lá, menos de três semanas depois de lutarem no Bull Run, os dois exércitos disputarão o dia mais sangrento de toda a história americana. Parece que Nathaniel Starbuck e seus homens devem marchar outra vez.

Este livro foi composto na tipologia Minion Pro
Regular, em corpo 11/14,5, e impresso em
papel off-white no Sistema Cameron da
Divisão Gráfica da Distribuidora Record.